모방범

MOHO HAN
by MIYABE Miyuki

Copyright © 2001 MIYABE Miyuki
All rights reserved.
Originally published in Japan by SHOGAKUKAN, INC., Tokyo.
Korean translation rights arranged with MIYABE Miyuki, Japan
through THE SAKAI AGENCY and SHINWON AGENCY.

Korean translation copyright © 2006, 2012 MUNHAKDONGNE Publishing Corp.

이 도서의 국립중앙도서관 출판예정도서목록(CIP)은
서지정보유통지원시스템 홈페이지(http://seoji.nl.go.kr)와
국가자료종합목록 구축시스템(http://kolis-net.nl.go.kr)에서 이용하실 수 있습니다.
(CIP제어번호: CIP2012000797)

모방범 3

7

다카이 유미코가 건널목 앞에 주저앉아 친절한 여자에게 도움을 받고 있을 무렵, 마에하타 시게코는 약속한 고속버스 터미널에 도착해서 건물 입구에 자물쇠가 걸려 있는 것을 발견했다. 다급히 주변을 둘러보았지만 다카이 유미코로 보이는 여자는 눈에 띄지 않았다.

"주변을 한번 찾아볼까요?"

당혹스러운 표정으로 주변을 둘러보면서 쓰카다 신이치가 말했다.

"시게코 씨는 여기서 기다리세요. 제가 한 바퀴 돌아보고 올게요."

"신이치는 유미코 씨 얼굴 알아?"

"보면 알 것 같아요. 스포츠 신문에서 봤으니까요."

달려가는 신이치의 등을 바라보면서 시게코는 한숨을 내쉬었다. 정말 오늘따라 운이 따라주지 않았다.

계산 착오는 집을 나올 때부터 시작되었다. 유미코에게 입고 가겠다고 약속한 그 스웨터가 보이지 않는 것이었다. 겨울옷을 넣어놓은 수납

박스에 들어 있어야 하는데, 아무리 뒤져도 나오지 않았다. 할 수 없이 포기하고 다른 옷을 입으려고 옷장 문을 여는데, 쇼지가 선물했을 때의 포장된 모습 그대로 거기 들어 있는 것이 아닌가.

옷을 갈아입고 운동화 끈을 맬 시간도 아까워하며 허겁지겁 주차장으로 달려가니 이번에는 쇼지의 고물차가 발을 듣지 않았다. 몇 번이나 키를 돌려도 부릉거리는 신음만 뱉어낼 뿐 시동이 걸리지 않았다. 쇼지와 시게코의 결혼 선물로 친구가 오 년이나 탄 자신의 차를 공짜로 준 것이었다. 선물을 줄려면 새 차로 줄 것이지. 시게코는 처음부터 마음에 들지 않았다. 차도 타는 사람의 마음을 읽었는지, 쇼지가 운전을 할 때는 멀쩡한데 시게코가 핸들을 잡기만 하면 시동이 걸리지 않았다.

"움직여, 이런 멍청이! 움직이라고!"

시게코는 차에다 욕을 퍼부었다.

"중요한 약속이 있단 말이야! 제발 좀 움직여!"

그러나 차는 움직이지 않았다. 시게코는 문을 열고 뛰쳐나가 쇼지가 있는 공장으로 달려갔다.

"차 좀 빌려줘!"

시게코가 공룡처럼 하얀 입김을 뿜어내며 사무실로 뛰어들자, 마침 전화를 받고 있던 쇼지가 깜짝 놀라 눈을 동그랗게 떴다.

"무슨 일이야? 응? 아, 미안합니다. 아무것도 아니에요."

사무복 차림의 시어머니가 책상 너머로 얼굴을 찌푸리며 시게코를 노려보았다.

"왜 이렇게 시끄러워?"

"죄송합니다. 빈 차 있으면 좀 빌리려고요. 갑자기 나가봐야 할 일이 생겨서요."

"너희 차는?"

"시동이 안 걸려요."

"공장 차는 업무에 써야 하는데 맘대로 갖고 가면 어쩌니?"

잔소리를 하는 시어머니를 무시하고 시게코는 열쇠걸이 쪽으로 다가갔다. 마에하타 철공소의 영업용 차량은 두 대인데, 한 대는 실질적으로 쇼지의 부모가 타고 다니는 승용차이고, 다른 한 대는 미니밴으로 옆에 '마에하타 철공소'라는 글자가 크게 씌어 있다. 하필 이런 때 승용차는 시아버지가 쓰고 있는지 미니밴 열쇠밖에 없었다.

급한데 아무렴 어때, 하고 시게코는 미니밴의 열쇠를 집었다. 수화기를 들고 보이지도 않는 상대를 향해 열심히 머리를 조아리고 있는 쇼지의 작업복을 당기며 "다녀올게" 하고 곧장 사무실을 뛰쳐나왔다.

"애, 대체 무슨 일로 그러는 거니? 너무 제멋대로잖아!"

시어머니가 화를 냈다. 그러나 시게코의 귀에는 들려오지 않았다. 귀 안쪽 어디선가 다카이 유미코가 보내는 꺼질 듯한 SOS 소리만 들려올 따름이었다.

드라이브를 좋아하는 쇼지와 달리 시게코는 운전하는 걸 별로 좋아하지 않았다. 미사토 시까지 가는 길은 대충 알고 있지만, 빨리 갈 수 있는 지름길까지는 알지 못했다.

일단 이즈카 다리 교차로까지 가고 보자, 하고 열심히 차를 달리는데 하늘의 도움인지 바로 앞의 인도에 쓰카다 신이치가 혼자 걸어가고 있는 게 보였다. 아르바이트를 하고 돌아가는 길인 것 같았다. 힘없는 발걸음에 어두운 얼굴이었다. 항상 저렇긴 하지만 오늘은 유난히 어두워 보인다. 무슨 다른 일이 있는 것이 분명하다. 시게코는 길가에 차를 세우고 클랙슨을 울렸다.

"신이치, 신이치!"

큰 소리로 부르며 손을 흔들자, 신이치는 천천히 고개를 돌려 시게코를 보았다. 시게코는 조수석 쪽으로 몸을 내밀고 문을 열었다.

"타, 어서 타!"

신이치는 놀라서 눈을 깜빡거렸다.

"네?"

"일단 빨리 타! 설명은 나중에!"

신이치가 문을 닫자마자 시게코는 차를 급발진시켰다.

"시게코 씨, 어디 영업 가세요?"

마에하타 철공소의 미니밴이란 것을 알고 신이치는 황당한 표정으로 그렇게 물었다.

"설마. 지도 좀 꺼내봐. 여기서 미사토 시로 가려면 어떻게 해야 하지? 이대로 미즈모토 공원 쪽으로 가야 돼? 아니면 6호선 고속도로를 타야 돼?"

"지도는 어디 있는데요?"

"방금 네가 깔고 앉았어."

신이치는 엉덩이 아래에서 너덜너덜한 지도를 꺼내 펼쳤다.

"미사토 시 어느 쪽이에요?"

시게코가 고속버스 터미널이라고 말하자 신이치는 고개를 끄덕였다.

"그렇다면 6호선이 가까워요."

"거기 알아?"

"한 번 가본 적이 있어요. 그렇지만 여기서 고속도로를 타려면 멀리 돌아야 하니까 이대로 가는 게 더 빠르겠어요."

"알았어. 내비게이션 잘 봐줘. 그리고 휴대폰이 울리면 받아서 나한테 줘."

"전화 올 데가 있어요?"

시게코는 사정을 설명했다.

신이치가 돌아올 동안 시게코는 담배를 두 개비나 피웠다. 화가 나기도 하고 걱정도 되고 해서 도저히 가만있을 수 없었지만, 그 자리에서 움직이면 안 된다는 생각으로 겨우 참았다.

신이치는 터미널 입구까지 와서 두 손으로 크게 X표를 그려 보였다. 시게코는 손을 들어 대답했다.

"우리가 너무 늦게 와서 가버린 걸까요?"

"글쎄, 애당초 올 생각이 없었는지도 모르지."

"그럴까요…… 전화할 때는 정말로 시게코 씨를 만나고 싶었지만, 용기가 나지 않은 걸지도 모르죠."

신이치도 걱정스러운 것 같았다. 시게코는 팔짱을 끼고 다시 한번 한숨을 내쉬었다. 그때, 문득 너무 당황하는 바람에 미처 생각하지 못했던 사실이 떠올랐다.

"신이치."

"네."

신이치는 아직도 주위를 둘러보고 있었다.

"아까 길에서 신이치를 발견했을 때는 하늘이 도왔다는 심정으로 태우긴 했지만……"

"괜찮아요, 오늘은 어차피 아무 일도 없는걸요. 항상 그렇지만."

그는 쓴웃음을 지었다.

"신이치, 그 다카이 유미코라는 아가씨가 나에게 무슨 말을 하고 싶은지는 모르겠지만, 그녀는 다카이 가즈아키의 여동생이야."

"그렇겠죠. 진짜라면요."

"신이치는 싫지 않아?"

"싫다니요?"

"생각해봐, 상대는 가해자의 가족이야. 나는 그녀의 이야기를 직접 들을 수 있다는 것만으로도 너무 기뻐서 아무 거부감이 없지만, 신이치는 그렇지 않잖아? 내 맘대로 하필 신이치에게 도움을 청하다니……"

시게코는 자기혐오 때문에 머리가 어지러울 정도였다. 나는 왜 이 모양일까.

"듣고 보니 그러네요. 지금까지 저도 생각 못 하고 있었거든요."

"신이치, 내 글 읽어봤어?"

"네."

"화나지 않았니? 가해자를 공격하는 게 아니라 사건 그 자체가 하나의 비극이었다는 식으로 썼잖아. 그렇지만 피해자나 가해자의 유족 입장에서 보면 말도 안 되는 이야기일지도 몰라."

난 도대체 왜 지금 이런 걸 묻고 있는 걸까? 물을 거라면 쓰기 전에 물어보았어야 했고, 묻지 않으려면 영원히 입을 다물어야 하는데. 애당초 시게코에게는 물을 자격도 없는 건지도 모른다. 쓰카다 신이치가 시게코에게 그 나름의 해답을 던져줄 자격을 갖고 있을 뿐이다. 시게코는 상대가 던져주는 것을 받아들일 수밖에 없다.

신이치는 아무 말이 없었다. 초겨울 바람이 불어와 그의 매끈한 이마를 드러냈다.

시게코는 문득, 요즘 십대 부부들 같은 나이에 결혼해서 아이를 낳았더라면 지금쯤은 이만한 자식이 있을 것이라는 생각이 들었다. 그러나 현실적으로 시게코는 지금의 길을 선택했고, 쓰카다 신이치라는 소년과 이런 식의 인간관계를 맺게 되었고, 마치 보호자라도 되는 듯이 그를 돌보려 하면서도 중요한 국면에서는 그의 심정을 조금도 이해하지 못한다는 사실을 스스로 털어놓고 있다.

"미즈노 히사미라는 애 알죠?"

신이치가 갑자기 입을 떼며 시게코를 보았다.

"응, 네 여자친구?"

"사실은 싸웠어요."

"왜?"

"화가 난 모양이에요. 시게코 씨의 글을 읽고. 지금 시게코 씨가 말한 그 이유 때문에요."

"……"

"왜 나는 화를 내지 않는 거냐고 그랬어요. 답답해하면서요."

"……그랬구나."

"사실 저…… 지금까지 많이 신세를 졌지만, 더이상 그 집에 있어서는 안 될 것 같아요."

"언제부터 그런 생각을 했어?"

그렇게 되물으면서 시게코는 생각했다. 있어서는 안 되는 게 아니라, 더이상 있을 수 없다고 생각하는 게 아닐까, 신이치.

"계속 신세질 수는 없다고 처음부터 생각했어요. 그렇지만 결심이 선 건 시게코 씨의 연재가 결정되었을 때였어요."

"그랬구나."

"역시 안 좋을 것 같아요."

신이치는 마구 고개를 저었다.

"아니, 그런 게 아니라, 솔직히 전 시게코 씨의 글에 관련되고 싶지 않아요. 너무 괴로우니까요."

당연하다. 시게코는 조용히 고개를 끄덕였다.

"죄송해요. 이렇게 무턱대고 말하고 싶지는 않았는데."

"괜찮아. 나야말로 무턱대고 신이치를 차에 태워버리고 말았는걸."

시게코는 머리를 숙였다.

"이제는 나 혼자 알아서 할 테니까 신이치는 먼저 돌아가. 정말 미안해. 이제 길도 알았고. 신이치가 다카이 가즈아키의 동생을 만나는 건 좋지 않아. 내가 바보였어."

"그건……"

"아냐. 다만 한 가지 부탁이 있다면, 우리가 없는 사이에 몰래 집을 떠나지는 말아줘. 그렇게 되면 나는 이시이 씨 얼굴을 볼 면목이 없어."

"물론 그런 짓은 안 해요. 그리고, 먼저 가지는 않을래요. 다카이 유미코라는 사람을 찾아서 같이 돌아가요."

"그렇지만……"

신이치는 강렬한 눈길로 시게코를 바라보았다.

"전화를 건 사람이 진짠지 아닌지 의심스럽긴 하지만, 진짜건 가짜건 무슨 목적으로 시게코 씨에게 접근하는지 나도 알고 싶어요. 무슨 말을 하고 싶은지도 모르겠고, 그 말을 들으면 화가 나겠지만, 그건 듣지 않아도 마찬가질 거예요. 마음에 걸리기도 하고요."

시게코는 말없이 고개를 끄덕였다.

"시게코 씨에게 한 가지 부탁할 게 있어요."

신이치는 호흡을 고르려는 듯 길게 숨을 내쉬고는 시선을 아래로 떨어뜨렸다.

"히사미랑 싸웠을 때도 했던 말인데요."

마치 지금부터 내뱉을 말이 자신을 습격해올지도 모른다는 듯이 잔뜩 긴장하면서 신이치는 빠른 어조로 말했다. 가족이 피해를 입은 그 사건의 연유가 된, 자신이 경솔하게 내뱉은 말에 대해서였다.

시게코는 아무 말도 않고 눈만 동그랗게 뜬 채 듣고 있었다.

"그러니까 제가 스스로를 용서하지 못하는 것도, 히구치 메구미가 모든 게 네 탓이라고 저를 질책하는 것도 어쩔 수 없는 일이라고 생각해요."

"그건 아냐!"

시게코는 저도 모르게 신이치의 팔을 잡고 흔들었다.

"그건 아냐, 신이치. 어쩔 수 없는 일이라고 생각해서는 안 돼!"

신이치는 흔들리면서 고개를 저었다.

"괜찮아요. 그런 말 하지 않아도 돼요."

"절대로 그런 생각 하면 안 돼!"

"전 시게코 씨뿐 아니라 누구와도 이런 일로 논쟁을 벌일 생각은 없어요. 저에게 책임이 있는지 없는지에 대해 논쟁하고 싶지 않아요."

시게코는 꾸지람을 들은 아이처럼 놀라서 손을 놓았다.

"다만……"

"다만?"

"그 두 사람에게 죽은 여자들의 가족도 아마 지금의 저처럼 스스로를 책망하고 있을 거예요. 저처럼 욕을 먹어 마땅할 그런 짓을 저지르지 않았어도, 자기 자신을 책망하고 있을 거예요. 근거가 없는 만큼 이런 것 저런 것까지 모두 뭉뚱그려서 자기 책임이라고 생각할지도 모르죠. 어쩌면 그 사람들이 저보다 더 괴로울지도 몰라요."

또다시 찬바람이 불어와 시게코의 몸을 흔들었다.

"시게코 씨가 유족들의 그런 기분에 대해 조금이라도 다루어주었으면 해요. 분노도 있고 슬픔도 있지만, 그 이전에 죄책감에 시달리는 유족들의 고통에 대해 위로의 말 한마디라도 써주기를 바라요. 그것 하나만 부탁할게요."

시게코는 "응" 하고 고개를 끄덕였다. 다른 적당한 말이 떠오르지 않았다.

"그 사람이 진짜 다카이 유미코라면, 그 사람에게도 같은 말을 해주고 싶어요. 그 사람이 시게코 씨에게 뭘 바라건, 시게코 씨를 통해 뭔가 하고 싶은 말이 있다면 그것을 말하기 전에 유족의 그런 마음을 먼저 생각해주길 바란다고 말이에요. 그러니까 어쨌든 그 사람을 찾아야 해요. 그래서 목적이 뭔지 들어봐야 해요."

"맞아."

시게코는 힘차게 그렇게 대답하며 신이치의 어깨를 잡았다. 그는 눈을 감고 짧게 몇 번이고 고개를 끄덕였다.

"이 터미널이 분명하죠?"

"응, 약속 장소는 분명히 여기야."

그때 시게코는 터미널 입구에서 깜빡이를 켜고 안으로 들어오고 있는 왜건을 보았다. 오펠이었다. 독일 차를 좋아하는 쇼지가 이 고물차를 버리고 꼭 사고야 말겠다고 다짐하던 그 차였다.

운전석에는 젊은 남자가 타고 있었다. 옆에는 여자가 앉아 있었다. 하얀 얼굴이 조금 엿보였다.

오펠이 터미널 안으로 들어오자 시게코가 다가갔다. 조수석에 앉은 여자가 시게코의 차와 노란 스웨터를 보고 눈을 크게 떴다.

오펠이 멈춰 섰다. 문이 열리고, 조수석의 여자가 내려섰다. 다치기라도 했는지 발을 절고 있었다.

"마에하타 시게코 씨세요?"

전화 속의 SOS, 그 목소리였다.

8

병원에서 돌아오니 가게를 지키고 있던 기다가 후루카와 시게루에게서 전화가 왔다고 입을 비죽 내밀며 말했다.

"돈을 넣었대요. 너무 잘난 척하길래 화가 나서 그만 소리를 치고 말았습니다. 장인어른과 이야기를 하고 싶다면서, 나중에 다시 걸겠다고 했어요."

아리마 요시오는 알았다고 힘없이 손을 흔들어 보였다. 입을 떼기도 싫을 만큼 피곤했다. 이런 때에 후루카와 시게루 같은 놈의 이름을 듣기도 싫었다. 그러나 기다의 얼굴에서 불만스러운 표정이 사라지지 않는 것을 보고 생각을 고쳤다.

"미안하네."

작업장의 의자를 끌어당겨 석유난로 앞에 앉은 다음, 두 손으로 무릎을 짚고 머리를 숙였다.

"자네에게 이렇게 고생을 시켜 미안하네. 정말 미안해."

부루퉁한 표정을 짓고 있던 기다가 당황하며 요시오 옆으로 다가갔다.

"그런 말씀 하지 마세요. 제가 괜히 화를 내버렸어요."

"아냐, 시게루는 정말 나쁜 놈이야."

요시오가 후루카와 시게루에 대한 구체적인 비난의 말을 입에 담는 것은 드문 일이었다. 특히 기다에게 사위에 대해 불평을 늘어놓은 건 처음이었다. 기다는 오랜 세월 이런 말을 해주기를 기다렸다는 듯이, 요시오의 옆에 쭈그리고 앉아 얼굴을 찌푸렸다.

"사장님, 전 사장님이 마음씨 좋은 사람이란 건 누구보다 잘 알고 있지만, 시게루 씨에게만은 너무 무른 것 같아요. 따님을 위해서라도 좀 더 강력하게 나가서 받을 건 받아내야 됩니다."

후루카와 시게루와 대화하기 싫다고 해서 될 일이 아니다. 요시오는 멍하니 눈을 들어 가게 입구를 바라보았다. 이럴 때 손님이 오면 대답 없이 넘어갈 수 있으련만. 그러나 가게 앞에 멈춰 서는 사람은 없었다.

자전거 멈추는 소리도 들리지 않았다.

마리코의 유골이 집으로 돌아오고 장례식이 치러졌다. 그리고 11월 5일, 그 두 마리의 짐승이 교통사고로 죽었다. 일련의 흐름 속에서 아리마 두부가게는 일본에서 가장 유명한 두부가게가 되었다. 그러나 손님의 수는 줄어들었다. 하루 종일 가게 문을 열어두어도 낯익은 손님이 위로의 말을 하러 찾아올 뿐, 장사는 영 되지 않았다.

가게 장사만이 아니었다. 큰 주문도 끊어졌다. 요릿집이나 도시락 가게, 사 년 전에 이 지역에 지점을 낸 대형 슈퍼마켓. 그 가운데는 이십 년 넘게 단골이었던 곳도 있다. 그것이 전부 끊어졌다. 다들 미안한 표정을 지으면서도 한편으로는 다 요시오를 위해서라고 말했다.

"아리마 씨, 이 기회에 가게를 정리하세요. 이번 일로 얼마나 충격이 크시겠어요. 마치코 씨도 입원해 있고, 따님을 돌볼 사람은 아리마 씨뿐이잖아요. 이렇게 장사를 하고 있으면 간병도 제대로 못 하지 않습니까. 느긋하게 살 수 있을 정도의 돈은 모아놓으셨잖아요? 아니면 가게를 파는 건 어떨까요? 이제 은퇴할 때도 됐지요."

대형 슈퍼마켓은 두부 같은 식품은 그 지역의 업자와 거래하는 것이 방침이라며 굳이 아리마 두부가게까지 찾아와서 납품을 부탁했었다. 그러나 당시의 담당자가 다른 지점으로 전근하게 되자, 새로운 담당자는 마치 아리마 두부가게가 식중독사건이라도 일으킨 것처럼 불편한 얼굴로 전국에 이름이 알려진 이런 불길한 가게와는 거래를 할 수 없다고 통보해왔다. 기다는 얼굴이 벌게져서 화를 냈지만, 요시오는 그냥 입을 다물어버렸다.

전 담당자는 부인까지 데리고 마리코의 장례식에 참석해주었다. 납품 때문에 아리마 두부가게를 찾아왔을 때, 놀러 와 있던 마리코에게 차를 한 잔 얻어마신 적이 있었다. 그렇게 참한 아이가 이런 불상사를 당하다니, 하고 애통해하면서 눈물을 훔쳤다. 돌아갈 때가 되자 자기 회사가 아리마 두부가게와 거래를 끊을 것 같다고 하면서, 정말 미안하다고 머리를 숙였다. 그래서 실제로 거래 중단 통고를 받았을 때도 요시오는 그다지 놀라지 않았다.

기다는 여전히 가게에 나와주긴 하지만 할 일이 없어 빈둥거리고 있다. 때로 욕조에 몸을 담그고 있을 때나 아침에 일어나서 담배를 피울 때, 문득 기다에게 가게를 물려줄까 하는 생각도 했다. 어차피 남에게 팔 바에는 기다에게 넘겨주는 것이 옳다고 생각했다. 말만 하면 바로 결정될 일이었다. 기다는 처음에는 사양하다가 결국에는 기쁘게 받아들일 것이다. 아냐, 그렇게 해서는 안 된다. 기다도 너무나도 괴로운 추억이 남은 이런 곳에서 장사를 하고 싶지 않을 것이다. 여긴 이제 끝이다.

"사장님."

기다가 부르는 소리에 요시오는 퍼뜩 정신을 차렸다. 지금 후루카와 시게루에 대해서 이야기하고 있었다는 사실을 떠올리는 데도 몇 초가 걸렸다. 이것도 노화현상 아니면 피로누적 때문일 것이다. 역시 다른 사람들 말처럼 은퇴하는 게 좋을지도 모른다.

"시게루는 그냥 내버려두는 수밖에 없어. 돈만 대주면 돼."

그렇게 말하고 담뱃불을 붙였다. 석유난로 위에 올려놓은 주전자에서 김이 나오고 있었다.

"차라도 한잔 할까?"

요시오가 기다를 돌아보며 말했다.

"제가 탈게요."

기다는 자리에서 벌떡 일어섰다.

"그 정도면 정말 갈 데까지 간 거죠."

여전히 화난 목소리다.

"아직 그 여자랑 같이 살죠? 이름이 뭐랬더라?"

"글쎄, 뭐였더라."

요시오는 고개를 갸우뚱했다. 정말로 잊어버렸다. 깊이 생각해야 할 일이 산처럼 쌓여 있는데, 후루카와 시게루의 불륜 상대의 이름 따위를 외워둘 이유가 없다.

"결혼할 생각일까요?"

물론 후루카와 시게루는 그럴 생각이다. 오래전부터 그 때문에 마치코와 상의를 해왔으니까. 그러나 마리코가 그렇게 되고 마치코는 제정신을 잃어 이혼서류에 도장을 찍을 수도 없게 되자, 그도 곤란해지고 말았다. 결혼생활을 청산하지 못하면 새로 결혼할 수도 없다. 상대 여자는 닦달을 하고 있는 모양이지만 어쩔 수 없는 일이다.

후루카와 마치코는 오가와 공원에서 마리코의 핸드백이 발견된 그날, 트럭에 치여 대퇴골이 부러지는 중상을 입었다. 그 상처는 이제 다 나았다. 몸은 건강해졌다. 그러나 머리와 마음은 어떻게 된 건지 요시오로서는 알 길이 없었다. 담당 의사도 아는지 모르는지 신통치가 않다.

마치코는 말을 하지도 않고 움직이지도 않는다. 아무것도 보지 않고 아무것에도 반응하지 않는다. 체중이 이십 킬로그램이나 빠졌고, 이십 년이나 더 늙어 보인다. 지금의 마치코는 모르는 사람의 눈에는 요시오의 딸이 아니라 여동생처럼 보일 것이다. 아니, 어쩌면 누나라고 생각할지도 모른다. 또는 연상의 아내라고 생각할지도.

다행히 처음 병원의 담당 의사가 친절하고 책임감이 강한 사람이라 외과 치료가 끝나면 어떤 의료시설에 마치코를 맡기면 좋을지에 대해 요시오의 의논 상대가 되어주었다. 지금 마치코가 입원하고 있는 '호다 클리닉'이라는 작은 의료기관도 그가 소개해준 곳이다. 요시오가 오가기 좋은 거리에 있고 요시오의 경제력으로 부담할 수 있는 정도인 곳은 이곳을 포함해 두세 군데밖에 없었다.

그래도 입원비는 꽤 큰 부담이었다. 줄어들기 시작한 가게 수입으로는 이 주일에 한 번 날아오는 청구서는 거의 협박장이나 다름없었다. 하지만 요시오는 후루카와 시게루에게 돈을 내달라고 할 생각은 없었다. 이미 남남이다. 머리를 숙이고 돈을 구걸할 바에야 차라리 죽는 게 낫다. 그놈은 마리코를 버렸다.

요시오의 친척 가운데 몇몇은 요시오의 그런 고집을 나무라면서, 마리코의 장례식장에서 시게루를 붙들고 욕을 퍼붓고 난리를 쳐 마치코의 치료비로 오백만 엔을 내놓겠다는 약속을 받아냈다. 시게루는 새파랗게 질린 얼굴로 장례식이 끝나자마자 돌아가버렸다.

후루카와 시게루라는 지극히 이성적인 남자의 이지적인 두뇌 속에서는, 마리코를 덮친 사건과 그것이 원인이 되어 정신을 잃어버린 마치코, 그리고 그런 사건이 일어나기 전에 여자를 만나 집을 나간 자신 사이에 어떤 인과관계도 없었다. 논리적으로는 맞는 말이었다. 시게루가 집에서 가장 노릇을 제대로 하고 있었다 한들, 마치코와 부부여행 계획을 세울 정도로 사이가 좋았다 한들, 마리코가 그런 악당들을 만나 무참히 살해당하는 사태를 막을 수는 없었을 것이다.

그러나 '그래도'라는 생각은 버릴 수 없었다. 그래도 아버지가 아닌가. 요시오는 그렇게 생각했다. 그 생각을 시게루에게 터뜨릴 때도 있었다. 그러나 돌아오는 말은 역시 논리뿐이었다. 장인어른, 장인어른은 지금 고통을 이겨내기 위해 누군가에게 책임을 떠넘기려 하고 있습니다. 악역을 맡아줄 사람을 찾고 있는 겁니다. 모든 악의 근원이었던 범인이 죽어버리자 그들을 대신해서 돌을 던질 만한 인간을 하나 찾고 있을 뿐입니다.

그 대답을 듣고, 요시오는 이런 놈하고는 더 할 말이 없다고 생각했다. 그 이후로 일절 연락을 끊어버렸다. 그가 지불하기로 약속한 오백만 엔도 사실은 받고 싶지 않았다.

기다가 따라준 차를 마시면서 요시오는 중얼거렸다.

"한가하네. 오늘도 허탕이야."

"곧 다들 돌아올 겁니다."

기다는 억지로 웃음을 지으면서 힘차게 대답했다.

"우리 두부는 그렇고 그런 다른 집 두부와는 달라요. 사장님 두부를 먹어본 사람이라면 다 알아요."

기다는 어느새 울먹이고 있었다.

"죄송합니다."

기다는 코밑을 문질렀다.

"아까 혼자서 가게를 지키고 있는데, 여고생들이 저들끼리 막 웃으면서 지나가는 거예요. 꼭 마리코 목소리 같았어요. 그런데 하필 그때 후루카와 씨에게서 전화가 왔고, 그놈의 변명을 듣다보니 갑자기 마리코가 너무 불쌍해져서……"

너무 간단히 생각하는 건지도 모르겠지만, 이 가게를 기다에게 넘겨주는 것은 그리 좋은 방법이 아니라고 요시오는 생각했다. 기다는 마리코의 성장을 오랫동안 지켜봐왔고, 마리코를 나이 차가 많이 나는 여동생처럼 대해주었다. 둔감한 성격이라 평소에는 어지간한 일에는 눈물을 보이지 않는 사내였다.

요시오는 생각했다. 가게를 처분해서 기다에게 퇴직금을 주고, 그가 독립하겠다면 설비를 넘겨주고, 여기는 깨끗이 처분하는 것이 좋겠다. 건물은 형편없지만 토지는 그런대로 값이 나갈 것이다. 그것으로 마치코의 치료비를 충당하면 된다. 어디 가서 일을 해도 좋다. 두부가게가 아니라도 좋다. 청소부도 좋고, 슈퍼마켓 경비원도 좋다. 그래, 그렇게 하자.

전화벨이 울렸다. 기다가 여전히 코를 훌쩍이고 있어서 요시오가 일어나 전화를 받았다. 후루카와 시게루였다.

"아, 장인어른, 돌아오셨네요."

요시오가 받아서 다행이라고 안도하는 목소리였다.

"잠깐 이야기를 나누고 싶은데, 괜찮겠습니까?"

무슨 일이냐고 물었다.

"돈은 넣었다고 들었네만."

후루카와 시게루는 수화기 저편에서 마치 밀담이라도 하듯 목소리를 낮추었다.

"그게 말입니다. 돈 문제로 좀 드릴 말씀이 있어서요."

역시 못 주겠다는 건가. 그래도 뭐 상관없다.

"사실은 오늘 넣은 돈은 백만 엔뿐입니다. 당장은 그 정도로 괜찮지 않을까 싶습니다."

요시오는 입을 다물고 있었다.

"그래서 아버님, 남은 사백만 엔에 대해서 의논하고 싶습니다."

요시오는 여전히 입을 다물고 있었다. 시게루는 그대로 말을 이었다.

"남은 돈은, 이혼서류와 바꾸는 것이 어떻겠습니까?"

이번에는 요시오의 혀가 얼어붙어버려 말을 하고 싶어도 할 수가 없었다.

"마치코가 제정신이 아니라는 것은 알고 있습니다. 그렇지만 말을 아예 못 하는 건 아니잖습니까? 장인어른이 의사를 확인하고 마치코 대신 서명해주시면 될 것 같습니다. 이혼서류를 주시면 남은 돈을 입금하겠습니다. 아니, 앞으로 육백만 엔 정도는 더 마련할 수 있을 것 같습니다."

요시오는 전화를 끊으려 했지만, 후루카와 시게루의 애절한 목소리가 손길을 막았다.

"제발 부탁입니다, 아버님. 저에게도 사정이 있어서 말입니다."

"사정?"

저도 모르게 강한 어투로 물었다.

"대체 무슨 사정이 있다는 건가!"

후루카와 시게루는 저울의 눈이라도 읽으려는 듯이 숨을 딱 멈추었다가 말했다.

"사실은 유리에가 임신을 했습니다. 아이가 생겼는데 빨리 입적을 하지 않으면 안 된다고 해서요. 당연한 요구이기도 하고……"

유리에가 아까 생각나지 않았던 시게루의 여자의 이름이라는 사실을 떠올리기도 전에 요시오는 수화기를 힘껏 내려놓았다.

그때 가게 입구에서 여자의 목소리가 들렸다.

"안녕하세요, 아리마 요시오 씨 계십니까?"

머릿속에서 뭔가가 마구 소용돌이치는 바람에 요시오는 금방 입을 열지 못했다. 기다가 대신 대답했다.

"누구십니까? 취재라면 거절하겠습니다."

여자의 목소리가 아까보다 더 크게 들려왔다.

"기자가 아닙니다. 변호삽니다."

변호사? 저도 모르게 요시오는 방금 끊은 수화기를 내려다보았다. 이혼 건으로 후루카와 시게루가 보낸 변호사가 아닐까? 그렇지 않다면 변호사가 아리마 두부가게로 찾아올 일이 없다.

사무실을 나서서 가게 입구 쪽으로 나가자, 감색 슈트를 걸치고 오른손에 갈색 오버코트를 든 서른 살 정도의 여자가 서 있었다. 몸집이 아주 작았다. 키뿐만 아니라 몸을 구성하는 모든 부분이 작았다.

"아리마 요시오 씨세요? 저는 변호사 아사이 유코라고 합니다."

그녀는 요시오를 똑바로 쳐다보고는 머리를 숙이면서 서늘한 목소리로 그렇게 말했다. 영리하고 강해 보였다. 마리코가 어릴 적에 좋아했던 그림책에 나오는 지혜로운 토끼가 떠올랐다.

"내가 아리마입니다만, 무슨 용건이시오?"

아사이 유코는 가게 앞 도로 쪽을 돌아보았다. 그제야 요시오는 가게 입구에서 보이지 않는 방향에 중년 부인 한 사람이 몸을 잔뜩 웅크리고 서 있는 것을 알아차렸다.

"히다카 씨, 이리로 오세요."

아사이 유코가 상냥하게 말했다.

"이분이 아리마 요시오 씨입니다. 어서 이리로 오세요."

히다카라고 불린 중년 부인은 아사이 유코와는 대조적으로 자신의 발아래만 내려다보며 멈칫거리면서 가게 안으로 들어섰다. 역시 작은 몸집인데다 비쩍 말라 있었다. 이 여자는 어느 모로 보나 지혜로운 토끼는 아닌 것 같았다. 나이는 그렇게 많아 보이지 않았지만, 머리에는 흰 서리가 내렸고, 둥글게 굽은 등이 눈을 아프게 찔러왔다.

"히다카 씨라고요?"

요시오의 옆에서 기다가 앵무새처럼 중얼거렸다.

"히다카 씨라면, 혹시……"

중년 부인이 다가와서 고개를 숙이고, 기다를 보고, 요시오를 보았다. 울었는지 두 눈이 빨갛게 충혈되어 있었다. 이윽고 요시오는 기억을 떠올렸다.

"히다카 치아키 씨의……"

"그애 어미입니다."

중년 부인은 울먹이는 목소리로 그렇게 말했다.

"히다카 미치코라고 합니다."

아사이 유코가 그녀의 어깨를 끌어안으면서 말했다.

"아리마 씨를 꼭 한번 만나뵙고 싶다고 해서요."

아사이 유코와 히다카 미치코는 먼저 마리코의 영정에 향을 올리고 싶다고 했다. 요시오는 거절했다. 우리집에는 마리코의 유골이 없다, 나는 그애의 외할아버지라서 유골을 보관할 권리가 없다고 설명했다.

"사진을 놓고 꽃과 향을 올리고는 있지만, 정식으로 남에게 보여드릴 수는 없습니다. 죄송합니다."

"잘 알았습니다. 그렇다면 마리코 씨는 지금 어디에……?"

아사이 유코가 걱정스럽다는 듯이 미간을 찌푸리며 물었다.

"실례의 말씀입니다만, 마리코 씨의 부모님이 사건 전에 별거상태였고, 어머니가 지금 입원중이라는 사실은 알고 있습니다. 그래서 아리마 씨를 찾아온 겁니다."

마리코의 유골은 납골당에 안치하기 전에 일단 요시오의 조카네 집에 맡겨두었다. 그런 조치도 타협의 산물이었다. 후루카와 시게루가 여자와 함께 살고 있는 아파트에 마리코의 유골함을 맡겨두기 싫어서 친척들과 의논한 끝에 겨우 찾아낸 고육지책이었다. 그 조카는 후루카와 시게루에게 따져서 오백만 엔을 내게 한 친척들 중 한 사람으로, 요시오를 무척 딱하게 생각하고 있었다. 유골은 반드시 요시오가 맡아야 하고 시게루의 허락은 받을 필요가 없다고 했지만, 요시오는 사양했다. 요시오가 유골을 맡으면, 아버지로서 면목을 세우고 싶은 욕망만은 남보다 강한 시게루와 싸워야 할 것이다. 그런 짓은 하고 싶지 않았다. 게다가 생전의 마리코는 그 조카와 조카의 아이들과도 사이가 좋았다. 할아버지와 단둘이 두부가게에서 쓸쓸하게 지내는 것보다는 납골하기까지 잠깐이라도 밝은 가정에서 지내게 해달라고 머리를 숙였다. 조카는 울먹이면서 유골함을 안고 돌아갔다.

"갑자기 찾아와서 정말 죄송합니다."

자리에 앉자 아사이 유코는 정중하게 사과했다.

"사전에 미리 연락을 드렸어야 했는데 전화가 연결될지도 모르겠고…… 사실 오늘은 요시오 씨가 아직도 가게를 하고 계시는지 확인만 하고 가려는 생각으로 왔어요."

"가게는 계속 열어두었습니다."

요시오는 찻잔을 내려놓으며 말했다.

"전화도 그대로 사용하고 있습니다. 한때는 너무 귀찮아서 번호를 바꾸려고도 했지만요."

"취재 때문에요?"

"그것뿐이라면 괜찮지만, 장난전화가 너무 많아서 말이오."

손수건으로 코끝을 누르면서 고개를 숙이고 있던 히다카 미치코가 이해한다는 듯이 고개를 끄덕였다.

"부인도 그런 전화를 많이 받았나요?" 하고 요시오가 물었다.

"정말 심했어요."

손수건을 얼굴에 댄 채 코맹맹이 소리로 미치코는 말했다.

"번호를 어떻게 알았는지 모르겠지만, 생판 모르는 사람들이…… 치아키에 대해서…… 너무 심한 말을 많이 했어요."

요시오는 말없이 찻잔을 내밀었다. 아사이 유코가 총명해 보이는 눈으로 요시오와 히다카 미치코를 번갈아 보고 있었다.

같은 범인의 독이빨에 걸려든 희생자라도 후루카와 마리코와 히다카 치아키는 입장이 다르다. 일반 사회는 그렇게 인식하고 있고, 요시오 또한 그렇게 생각했다. 마리코는 무구한 피해자였다. 마리코에게는 희생자라는 말이 잘 어울렸다. 그러나 히다카 치아키는 어떨까?

분명히 그녀도 비참하게 죽었다. 처참한 꼴을 당했다. 그러나 그것은 반 이상은 그녀 자신이 불러들인 재앙이었다.

요시오는 기억을 떠올리지 않을 수 없었다. 범인에게서 전화를 받고 마구 농락당했던 그날 밤의 일을. 몸도 마음도 지칠 대로 지쳐 돌아와 보니 우편함에는 마리코의 손목시계가 들어 있었다. 그 촌극에서 히다카 치아키가 중요한 역할을 하지 않았던가.

성문 감정 결과 요시오에게 전화를 건 것은 두 범인 가운데 구리하시 히로미였다는 것이 밝혀졌다. 다만 요시오를 신주쿠의 호텔까지 끌어낸 그 건에 다카이 가즈아키가 어느 정도 개입했는지는 아직 밝혀지지 않은 점이 많다고 한다. 그는 아버지가 경영하는 메밀국수집에서 부모와 여동생과 함께 일하고 있었다. 그가 주방으로 들어가버리면 가족 이외에 그의 존재를 확인할 사람은 없다. 즉, 완벽한 알리바이를 증언해줄 사람이 없는 것이다. 육친의 증언은 믿을 수 없다는 것이 경찰의 상식이다.

그러나 알리바이 같은 전문적인 말을 무시하더라도, 요시오는 이 사건에서 시종 주도권을 쥐고 있었던 것은 구리하시 히로미라 생각했고, 몇 번이나 전화로 상대한 범인도 구리하시 히로미임이 분명하다고 확신했다. 그날 밤의 촌극을 연출하고 그것을 위해 히다카 치아키를 이용한 것도 구리하시 히로미였을 것이다. 그 교활함, 사람을 바보 취급하는 어투. 구리하시 히로미의 얼굴을 처음 사진으로 확인하고 세상을 조롱하는 듯한 그의 눈길을 본 순간, 요시오는 그가 상대한 범인이 바로 이놈이라는 확신을 가질 수 있었다. 다른 한 명의 범인이 아니다. 그놈은 단순한 곁다리 얼간이에 지나지 않는다. 하지만 이놈은 다르다. 이놈은 뱀이다. 똑바로 달릴 수 있는 뱀이다. 그래서 한번 겨냥한 먹이를 놓치지 않는다.

구리하시 히로미의 얼굴 사진을 보고, 그의 인간 됨됨이에 대해 형사들의 말을 듣고, 뉴스를 보고, 신문을 읽고, 정보를 모아본 결과, 과연 이놈이라면 히다카 치아키를 낚아채서 마음대로 조종하는 건 숨쉬기보다 더 간단한 일이었겠다고 요시오는 확신했다. 척 보기에도 멋지게 생긴 젊은이였다. 이놈이 유혹하자 치아키는 바로 넘어갔을 것이다. 구리하시 히로미는 그녀를 이용해 호텔에 메시지를 전달했을 때 어떤 말로 그녀를 꼬드겼을까? 이 메시지를 기다리고 있는 할아버지에 대해 어떤 말을 들려주었을까? 그리고, 그녀는 그것을 재미있어했을까?

재미있어했을 것이다. 웃었을 것이다. 그렇지 않다면 받아들였을 리가 없다.

호텔 프런트에 있던 젊은 여자 종업원이 메시지를 받아 읽는 요시오의 옆얼굴을 바라보면서 냉소를 보내던 그 장면을 아직도 잊을 수 없다. 히다카 치아키도 그랬을 것이다. 그날 밤, 구리하시 히로미와 히다카 치아키는 프런트로 다가가는 요시오를 전신주 기둥 뒤에 숨어서 지켜보며 터져나오는 웃음을 참느라 애썼을 것이다. 그런 광경이 요시오의 뇌리를 스쳐 지나갔다.

히다카 치아키는 살해당했다. 시체는 어머니에게 발견되도록 집 가까운 곳까지 옮겨져서 그녀가 어렸을 때 곧잘 놀던 미끄럼틀 위에 방치되었다. 확실히 그건 비극이다. 살해당하는 순간, 그녀는 공포에 떨었을 것이다.

그러나 그녀는 무구하지 않다. 제 발로 위험지대에 발을 들이밀었고, 그 대가를 치른 것이다. 그렇게 본다면, 그녀가 죽은 후에 다소 불명예스러운 평가를 받는다 해도 어쩔 수 없는 일이다. 일부 매스컴이 그녀에 대해 마리코와는 다른 어투로 보도하는 데 대해 요시오는 감사했다. 귀여운 손녀딸을, 학교에도 가지 않고 매춘까지 하고 다니는 불량한 여학생과 같이 취급하는 것은 참을 수 없는 일이었다.

"아리마 씨는 치아키를 원망하고 계시겠지요?"

여전히 손수건으로 얼굴 반을 가린 채, 찻잔에 시선을 고정시키고 코맹맹이 소리로 히다카 미치코가 물었다. 지금까지 그녀의 태도에 비해서는 너무도 솔직한 말이라, 요시오는 어떻게 대답해야 할지 몰라 멀뚱히 아사이 유코의 얼굴을 비라보았다.

아사이 유코는 말없이 요시오의 시선을 받아들일 뿐이었다. 본심을 있는 그대로 말해도 된다는 허락의 표정 같기도 하고, 요시오의 선의를 시험하는 어떤 악의를 감춘 눈빛 같아 보이기도 했다.

"당연하겠지요. 그건…… 그애는……"

히다카 미치코는 손수건을 쥔 손에 힘을 넣었다.

"정말 못된 애였습니다. 설령 속아서 그랬다 하더라도 아리마 씨를 고통스럽게 만든 그 일에 협력한 건 사실이에요."

겨우 요시오는 적당한 말을 찾아냈다.

"부인께서는 그걸 사과하러 여기까지 찾아오셨습니까?"

히다카 미치코는 두 손으로 얼굴을 가렸다.

"왜 그런 애가 되어버렸는지 저도 모르겠어요. 열심히 달래도 보고, 학교를 찾아가서 상담도 하고 했지만 소용이 없었어요."

"부인……"

"잡지에도 실렸고, 텔레비전에서도 치아키에 대해 자주 보도했습니다. 그애가…… 매춘 고객의 리스트를 가지고 있었다고…… 그런 사실을 형사에게 전해들었습니다. 텔레비전에서 치아키와…… 치아키와…… 놀아본 적이 있다는 남자가 인터뷰를 하는 장면도 보았어요."

"왜 그런 걸 보셨습니까?"

요시오는 저도 모르게 질책하는 어투로 말하고 말았다.

"알고 싶었어요."

손수건으로 흐르는 눈물을 닦으며 미치코는 말했다. 입술이 떨려 말이 제대로 나오지 않았다.

"나는 치아키에 대해서 아무것도 몰랐어요. 알기 위해서 나름대로 노력은 했지만 결국 아는 게 아무것도 없었다는 것을 그애가 죽고 난 다음에야 알았습니다."

요시오는 아사이 유코에게 물었다.

"치아키의 아버지는 뭘 하고 계십니까?"

미치코가 먼저 대답했다.

"남편과는 헤어졌어요. 치아키의 장례식 때 만나고는 못 봤습니다."

"그런 일이…… 무슨 말을 해야 할지……"

손을 얼굴에 대고 고개를 숙인 채 히다카 미치코는 신음하듯이 말했다.

"남편은 치아키가 죽은 것이 내 탓이라고 했어요. 내가 어머니 역할을 제대로 못 하는 바람에 소중한 딸을 죽이고 말았다고 했어요. 남편은 마음에 상처를 입었습니다. 치아키를 그렇게 잃어서 자신의 인생을 망치고 말았다고, 그 모든 것이 내 탓이라고 했어요. 나도 치아키의 어머니로서, 치아키를 잃고 슬퍼하고 괴로워하고 있는데, 그런 건 조금도 생각해주지 않았어요. 나더러 치아키를 살려내라고 했어요."

미치코는 결국 울면서 그 자리에 엎드리고 말았다. 기다가 걱정스러운 표정으로 다가왔다. 요시오는 눈짓으로 오지 말라는 신호를 보냈다. 기다는 머뭇거리며 되돌아갔다. 히다카 치아키에 대해, 또 그녀의 어머니에 대해 무슨 말이든 한마디 하고 싶어 견딜 수 없는 모양이었다.

요시오도 조금 전까지만 해도 기다와 같은 심정이었다. 쫓아낼 수는 없어서 안으로 들이긴 했지만, 히다카 치아키의 어머니가 무슨 용건이냐는 기분이었다.

그런 모난 감정이 서서히 누그러졌다.

"사실은……"

아사이 유코가 울고 있는 미치코의 어깨를 가볍게 쓰다듬더니 조용히 입을 열었다.

"히다카 씨는 구리하시 히로미와 다카이 가즈아키의 가족을 상대로 손해배상 소송을 제기하려 하고 있습니다."

"손해배상?"

"예, 재판을 한다는 겁니다. 하지만 목적은 돈이 아닙니다."

단호한 그 어투가 요시오에게는 적이 당혹스러웠다.

"돈이 아니라면, 무슨 목적으로?"

아사이 유코는 맑은 눈동자로 천장을 올려다보며 잠깐 생각한 다음 말했다.

"시간, 이라고나 할까요."

"시간?"

"예, 내버려두면 곧 망각의 저편으로 사라져버릴 그 사건을 위해서 시간을 벌려는 거지요."

도무지 이해할 수 없는 말이었다.

"지금은 텔레비전이나 잡지가 이 사건을 열심히 다루고 있지만, 앞으로 석 달 정도 지나면 어떻게 될까요? 반년 후에는? 또다른 비참한 사건이 일어나면 그쪽을 더 중점적으로 다루게 될 테고, 그러면 마리코나 치아키의 이름은 사라져버리고 말 테지요. 구리하시 히로미와 다카이 가즈아키의 이름도 사람들의 기억 속에서 흔적도 없이 사라지고 말 겁니다."

"하지만 지금은 아주 시끄럽습니다. 당연한 일이지만. 지금까지 밝혀진 것 외에도 일곱 명이 더 있지 않습니까? 그래서 경찰도 필사적으로 수사를 하고 있고."

"지금은 그렇지요" 하고 아사이 유코는 천천히 말했다.

"아무튼 적어도 나는 죽을 때까지 잊지 못할 거요."

요시오는 그렇게 말하다가, 이 여자가 자신보다 훨씬 젊다는 생각이
들었다. 요시오의 남은 생과 이 사람이 앞으로 살아갈 세월의 차는 크
다. 피해자의 유족과 단순한 관계자라는 차이보다도 더.

"이윽고 범인의 이름은 잊혀질 테고, 피해자의 이름도 망각의 저편으
로 사라질 겁니다."

약간 화난 듯한 어투로 아사이 유코는 말을 이었다.

"이것은 다시 말해, 사실이 잊혀진다는 것입니다. 구리하시와 다카
이가 얼마나 악독한 짓을 저질렀는지를 잊는다는 거죠. 그것도 너무도
간단히요. 우리는 그것을 조금이라도 연장시키려고 합니다. 아리마 씨,
민사소송을 계속함으로써 형사사건 수사에서는 드러나지 않을 세부적
인 사실들을 밝혀내고, 조사하고, 기록해 사람들의 기억에 이 사건이
가능한 한 오래, 구체적인 하나의 묘비명이 되어 머물 수 있게 하고 싶
습니다."

"그런 게 가능할까요?"

"해야만 합니다."

아사이 유코는 작은 주먹으로 테이블을 쳤다.

"항공기 사고나 천재지변으로 많은 사람들이 목숨을 잃은 경우에는
그 현장에 위령비를 세워 매년 위령제를 열죠. 이 사건도 그처럼 취급
되도록 해야 한다는 것이 우리의 생각입니다. 이 사회가 너무도 간단히
이 사건을 잊어서는 안 됩니다. 하지만 현실적으로 범인 두 사람이 모
두 죽고 말았기 때문에 이대로 두면 금방 잊혀지고 말 겁니다. 이건 위
험해요. 이번 경우는 잊혀진다는 것 자체가 부당하다는 차원을 넘어서

위험하다는 것을 알아야 합니다."

요시오는 담배를 꺼냈지만 불을 붙일 분위기가 아니라 손에만 든 채 아사이 유코의 심각한 얼굴을 바라보았다.

"선생 이야기는 잘 알겠습니다."

"감사합니다."

"그렇지만…… 나더러 뭘 어떻게 하란 말입니까?"

"히다카 씨랑 같이 활동해주실 수 있겠습니까?"

요시오는 놀란 눈으로 히다카 미치코의 얼굴을 바라보았다. 그녀는 얼굴을 들고 애절한 눈길로 요시오를 바라보고 있었다.

"앞뒤가 뒤섞여서 조금 혼란스러울 수도 있을 것 같네요. 사과드리죠."

아사이 유코는 청산유수로 말을 이어갔다.

"히다카 씨가 우리 사무실을 찾아오신 건 지난달 중순, 치아키 씨의 장례식이 끝난 직후였습니다. 아마 오빠분이랑 같이 오셨죠?"

아사이 유코의 물음에 히다카 미치코는 고개를 끄덕였다.

"사이타마 현에서 시의회의원을 하고 있는 오빠의 추천으로 아사이 선생님 사무실을 찾아갔습니다."

"손해배상 소송을 제기하는 것도 처음에는 그 오빠분의 생각이었죠?"

"그렇습니다."

"우리는 그 생각에 찬성했습니다. 그 자리에서 책임을 지고 소송을 맡기로 했습니다. 그리고 이 사건의 피해자는 치아키 한 사람만이 아닙니다. 후루카와 마리코 씨도 있고, 구리하시 히로미의 아파트에서 백골로만 발견되고 아직 신원이 밝혀지지 않은 피해자도 있습니다. 그리고 아까 아리마 씨가 말씀하신 것처럼 사진과 비디오테이프만 발견된 일곱 명의 피해자들도 있고요."

"네……"

"그래서 우리는 이 손해배상 청구소송은 집단소송으로 진행해야 한다고 생각했습니다. 피해자 전원의 유족이 일치단결해서 재판에 임하는 것입니다. 그래서 이런 취지를 히다카 씨에게 전했더니 히다카 씨도 단독으로 하는 것보다는 마음도 든든하고, 이런 마음을 이해해주는 다른 유족들의 협력이 있다면 그보다 더 좋은 일은 없다고 찬성해주셨습니다. 그러나 그러기 위해서는 우선 유족들이 모여야 합니다. 모여서 피해자 유족 연합회를 결성해야 합니다. 그것이 첫걸음입니다. 그러기 위해서 오늘 아리마 씨를 찾아온 것입니다."

이윽고 이야기의 줄기가 눈에 들어왔다. 다시 말해 아사이 유코와 그 변호사 사무실이 그 피해자 유족 연합회의 주창자로 나섰다는 말이다.

"일본에서는 애석하게도 범죄의 피해자나 유족에 대한 정신치료는 거의 행해지지 않고 있습니다. 특히 공적인 기관에 의한 구제는 없다고 해도 과언이 아닙니다."

"그런 건 옛날부터 그랬으니까, 이제 와서 놀랄 일도 아니지요."

"아리마 씨는 이차대전 전에 태어나셨지요?"

"옛날이지요."

이번에는 담배에 불을 붙여 깊이 연기를 들이마셨다.

"정부가 아무것도 안 한다면 우리가 나서야 합니다. 그러기 위해서는 먼저 피해자들끼리 손을 잡아야 합니다."

연기 너머로 요시오는 울어서 부어오른 히다카 미치코의 눈을 보았다. 여윈 턱을 보았다. 툭 튀어나온 어깨뼈를 보았다.

이 불행한 여자도 딸의 꿈을 꾸고 놀라서 벌떡 일어날 거라고 요시오는 생각했다. 마치 요시오가 손녀딸의 꿈을 꾸듯이. 그러고는 아침까지 잠들지 못해 이불 속에서 몸을 동그랗게 말고 있을 것이다.

사별의 슬픔은 이제 사라졌다. 상실감을 끌어안고 살아가는 데도 겨우 익숙해졌다. 그러나 그런 한편으로 아무래도 익숙해질 수 없고, 극복할 수 없고, 떨쳐버릴 수 없는 것이 있었다.

그것은 공포였다. 자신의 내면에서 자신의 상상력을 양식 삼아 자라는 것이 있었다. 요시오는 원하지 않아도 그 생각을 해야 했다. 단 한순간도 머릿속에서 지워지지 않았다. 상상력을 멈출 수 없었다. 놈들이 마리코에게 무슨 짓을 했을까? 무슨 짓을 시켰을까? 그애가 숨을 거둘 때까지, 그애가 그들에게 잡혀 있었을 때, 도대체 무슨 짓을 그애에게 강요했을까?

마리코의 유해가 돌아오기 전부터, 놈들이 죽기 전부터, 그런 무서운 의문이 요시오의 뇌리에서 부풀어오르기 시작했다. 그러나 그것이 정말로 싹을 틔우고, 떡잎을 펼치고, 줄기를 뻗치기 시작한 것은 그 일곱 명의 여성을 찍은 사진과 비디오테이프의 존재가 밝혀지고 난 후였다. 그것이 두렵고도 강력한 비료가 되어 요시오가 예전에는 단 한번도 구사하지 않았던 상상력을 자극했다. 귀에 들어오는 모든 정보가 요시오 속의 공포심이라는 필터를 통하여 초점을 맺고, 때로는 꿈으로, 때로는 환각으로, 때로는 환청으로 그를 덮쳤다.

그런 무서운 환영 속에서 마리코는 늘 살아 있었고, 아무리 상처입어도 죽음을 허락받지 못하고, 울며 외치며 용서를 빌고, 제발 죽여달라고 애원하고 있었다. 실제로 그런 일은 없었다. 그것은 당신의 상처받은 마음이 만들어낸 비뚤어진 망상이다, 쓸데없는 자학이다, 그러니 이제 그런 생각은 그만두라고, 아무도 그렇게 말할 수 없었다. 아무도 요시오의 공포를 진정시킬 수 없었다. 왜냐하면 그들은 죽어버렸으므로.

차라리 놈들이 살아 있다면 얼마나 좋을까. 놈들의 입에서 진실을 토해내게 할 수만 있다면 이 영원한 고통에서 벗어날 수 있으련만. 있었던 일은 있었고, 없었던 일은 없었다고 놈들이 말만 해준다면, 설령 그것이 거짓말일지라도 조금의 구원은 될 수 있으련만.

그 구원 없는 나날들 속에서 때로 악몽에서 튕겨나오듯이 눈을 뜬다. 그러면 마리코는 벌써 죽어 백골이 되어버렸고, 편히 잠들어 있고, 이제 누구에게도 당하지 않을 것이고, 어떤 상처도 입지 않을 것이라는 생각에 겨우 마음을 놓는다. 부인, 치아키 어머니, 당신도 그런 꿈을 꿉니까. 피로에 지쳐 보이는 히다카 마치코를 향해 요시오는 그렇게 묻고 싶었다.

그러나 그렇게 물은들 대체 어떤 대답이 돌아온단 말인가. 서로의 마음속에 있는 고통을 확인하는 것밖에 더 있겠는가.

피해자 유족 연합회라는 것도 결국 이름만으로 끝나고 말 것이다. 유족이 손을 잡으면 정말로 위로가 될까? 사회를 위해, 다음에 일어날지도 모를 사악한 죄악을 막기 위해 사건을 잊게 해서는 안 된다고? 물론 맞는 말이다. 그러나 우리는 살아 있으면서도 죽음의 고통을 맛보아야 한다.

어느새 손가락에 낀 담배가 긴 재로 변하고 말았다. 손가락 끝이 뜨거웠다. 요시오는 죽은 벌레 껍질 같은 재를 재떨이에 떨어뜨리고, 천천히 담뱃불을 비벼껐다.

"나는 이해할 수 없군요."

이윽고 입을 열었다.

"선생의 의도는 알겠습니다. 그런 활동이…… 사건을 잊지 못하게 하는 데 효과가 있을 거라는 뜻도 잘 알겠습니다. 그렇지만 내가 거기에 참가할 수 있는지 없는지는 바로 대답할 수 없어요."

"물론 즉시 대답해달라는 건 아닙니다."

아사이 유코는 기다렸다는 듯이 말했다.

"오늘은 우리 뜻을 전하고 인사를 하려고 찾아왔을 뿐입니다. 그리고 히다카 씨가 지금 이 세상에서 자신의 마음을 가장 잘 이해해줄 수 있는 분은 아리마 씨뿐이라고 했습니다. 그래서 한번 만나뵈려고 이렇게 찾아온 겁니다."

히다카 미치코가 깊이 머리를 숙였다. 요시오는 눈을 지그시 감고 있었다.

아사이 유코는 서류가방을 끌어당겨 열고는 그 안에서 서류를 꺼냈다.

"오늘 이야기한 내용을 글로 정리한 겁니다. 가까운 시일에 연합회의 첫 모임을 가질 생각인데, 거기에 대해서도 정리해뒀습니다. 한번 읽어봐주세요."

테이블 위에 서류를 올려 요시오 쪽으로 밀었다. 요시오는 다시 머리를 숙였지만, 손을 내밀지는 않았다.

"다음에 또 연락드려도 될까요?"

"그거야 뭐……"

"감사합니다."

이번에는 아사이 유코가 머리를 숙였다.

"히다카 치아키와 후루카와 마리코는 이 사건의 중심입니다. 지금 단계에서 신원이 판명되고 유해가 발견되어 가족에게 돌아온 경우는 이 두 사람뿐이라…… 앞으로 남은 일곱 여성의 유해가 발견되면 사건의 성격은 달라지겠지만, 최악의 경우 손해배상 청구 원고는 치아키와 마리코의 유족뿐일 수도 있습니다."

"다른 사람들은 사진이나 비디오뿐이라 안 된다는 겁니까?"

"글쎄요, 안 될 가능성도 있다고 봐야겠지요."

"선생, 나는 놈들이 그런 식으로 죽어서 오히려 덕을 봤다 싶은 생각이 들 때가 있어요."

"저도 그렇습니다."

아사이 유코는 눈동자에 분노의 빛을 띠며 말했다.

"구리하시와 다카이의 사고사를 천벌이라고 평하는 사람들도 있지만, 저는 그 의견에는 절대로 반대입니다. 놈들은 자신들이 저지른 죄에 걸맞은 벌을 받지 않았습니다. 뻔뻔스럽게 벌도 받지 않고, 시간이 흐름에 따라 잊혀지고 말 겁니다. 그건 정말 옳지 않아요. 정말로 천벌이라면 그래서는 안 될 겁니다. 천벌이란 그렇게 부당하지 않아야 합니다."

아사이 유코와 히다카 미치코가 돌아간 후, 요시오는 잠시 멍하니 그 자리에 앉아 있었다.

천벌을 믿을 게 못 된다는 것은 잘 알고 있었다. 선인에게 좋은 보답이 있다는 보장도 없다. 악인이 모두 멸망한다는 보장도 없다.

기다가 살펴보러 왔다. 저녁시간이 되었는데도 손님은 하나도 없었다.

"자네" 하고 요시오는 기다를 불렀다.

"네."

"가게를 접을까?"

'이제 지쳤어'라는 말을 하려다가 요시오는 입을 다물고 손으로 얼굴을 가렸다.

9

종합출판사 고가쿠칸이 십대 독자들을 대상으로 발행하는 주간지 『팝 타임』에는 창간 이후로 십 년에 걸쳐 연재되고 있는 장수 코너가 있다. '애독자 엽서 대결'이라는 이름의 이 코너에서는 11월 넷째주부터

12월 둘째주까지 삼 회에 걸쳐 구리하시 히로미와 다카이 가즈아키의 연속 유괴살인사건 특집이 꾸며졌다.

삼 주일 동안 편집부에 날아온 엽서는 총 사백여 통에 달했다.『팝 타임』의 독자는 팔십 퍼센트 이상이 여학생인데, 이때는 남자 중고생이 보낸 것이 전체의 사십 퍼센트나 되었다.

그즈음, 같은 출판사의 대표적인 주간지인『위클리 저널』에도 연속 유괴살인사건이 사회에 끼친 여파를 다룬 '파문과 영향'이란 제목의 특집이 실렸다. 그중에는 오랫동안『팝 타임』의 '애독자 엽서 대결' 코너를 담당해온 성우 가와노 레이코와 젊은 배우 다카하시 겐지의 대담 내용도 포함되어 있었다.

레이코 : 처음『팝 타임』의 편집부에서 이 기획을 만들 때는 솔직히 말해 이렇게 큰 반향이 있을 줄은 몰랐어요. 이전에도 한 번, 사건이 한창 사회적인 이슈가 되고 있을 때 H라는 여고생에 대해 다룬 적이 있었죠.

다카하시 : 범인에게 협력하고, 결국 공원에서 시체로 발견된 여학생 말이죠?

레이코 : 그래요. 그녀에 대해 '애독자 엽서 대결'에서 약간 이야기를 나누었죠. 그때는 '원조교제나 하다가 살해당하다니 바보 같다'라는 의견이 많았어요.

다카하시 : 바보 같다는 건, 원조교제 자체가 아니라 살해당한 것만 두고 한 얘기인가요?

레이코 : 그래요. 한편으로는 모르는 사람을 무조건 따라가는 게 얼마나 위험한지 알았다는 의견도 많았죠. 어쨌든 H씨의 경우를 보고 뼈저리게 느낀 점이 있다는 거죠. 그렇지만 사건 전체를 이렇게 다양한 각도에서 보고 있을 줄은 몰랐기 때문에 엽서들을 보면서 놀랐고 감동

했어요.

다카하시 : 자신들과는 아무 관계도 없는 사건이라는 의견은 없었던 거군요. 그렇지만 이번의 그 두 범인은 『팝 타임』의 독자 입장에서 보면 아저씨들이나 마찬가지인 나이대죠.

레이코 : 그렇죠. 하지만 특히 남학생들 엽서 중에는, '그런 짓을 한 놈들의 기분은 이해가 간다'라는 의견도 꽤 있어요. 그걸 보고 얼마나 놀랐던지. 그래서 오늘 다카하시 씨에게 이렇게 대담을 청하게 된 거예요.

다카하시 : 제가 작년에 영화 〈실피〉에서 연속 부녀자폭행살인범 역을 맡아서죠?

레이코 : 그래요. 저랑 같은 프로덕션 소속이라 부르기 편하다는 점도 있었지만요. (웃음)

다카하시 : 이 사건에 대해서 만날 때마다 조금씩 대화를 나누기도 했었고요. 그러고 보니 저는 구리하시 히로미나 다카이 가즈아키와 동갑이에요.

레이코 : 학교도 같은 해에 들어갔나요?

다카하시 : 네, 하지만 그들은 도쿄에서 태어났고, 나는 치바 현의 바닷가 마을 출신이라는 게 다른 점이라고 할 수 있겠죠.

레이코 : 그런 지역성을 다카하시 씨 같은 젊은 세대도 느껴요? 전 이제 곧 사십대라 지역성이나 태어나서 자란 환경에서 벗어나지 못하는 세대인데, 다카하시 씨는 어때요?

다카하시 : 같은 치바라도 주택지나 도심지에서 자라면 그런 느낌은 없겠죠. 하지만 우리집은 할아버지, 아버지 모두 어부였거든요.

레이코 : 옛날식으로 말하면 선주 집안이로군요.

다카하시 : 그렇게 말할 정도로 부자는 아니었어요. 그런데 재미있는 건, 제가 영화에서 주연을 맡는다고 했을 때 할아버지가 정말 기뻐하셨

는데, 실제로 영화를 보고는 마구 화를 내셨어요. '너, 왜 그런 인간쓰레기 같은 역을 맡았어!' 하고 말이죠. (웃음)

레이코 : 〈실피〉는 체포된 살인범과 취조관과의 대결을 그린 영화죠?

다카하시 : 네, 제가 연기한 캐릭터는 겉으로 보기에는 얌전하고 아무런 해를 끼치지 않을 것 같은 착한 남자죠. 그런데 그 가면을 벗겨보면 완전히 다른 얼굴이 나타나는 겁니다. 결국에는 그 자신이 가족에 의한 성적 학대의 희생자라는 것이 밝혀지고, 그로 인해 자백을 하는 걸로 끝나는데, 할아버지는 그 줄거리가 마음에 안 든 거예요. 아무리 설명을 해도 막무가내예요.

레이코 : 그 주인공은 인간 내면의 악을 상징하는 존재지요.

다카하시 : 그렇긴 하지만 여든이 넘은 할아버지에게 그런 어려운 말이 통할 리가 없지요. (웃음) '이번에는 형사 역을 해, 사람들 보기에도 좋으니까'라고 하시더군요.

레이코 : 〈실피〉에서 범인을 연기하면서, '아, 이건 이해하겠어, 나에게도 이런 면이 있을지도 몰라' 하는 생각이 들 때도 있었나요?

다카하시 : 그런 부분도 있었어요.

레이코 : 그랬군요……

다카하시 : 그렇지만 그건 논리적으로 생각한 것일 뿐이지, 감정이 동반되는 건 아니에요. 〈실피〉의 범인은 스스로가 성적 학대의 희생자였다는 배경을 가지고 있어요. 그가 여자를 습격해서 살해하는 것은 자신을 학대한 어른 여자에 대한 복수였어요. 그렇지만 현실에서는 사건의 동기를 어느 하나로 특정하기는 힘들 것 같아요.

레이코 : 아, 그렇군요.

다카하시 : 〈실피〉 같은 픽션에서는 관객이 이해할 수 있도록 명쾌한 동기를 설정해야 하지만, 현실 속의 사건에서는 범인조차 자신이 왜 그

런 짓을 하는지 스스로도 답을 내릴 수 없지 않을까요? 야마자와 감독님도 그런 것을 염두에 두고, 여운을 남기는 연기를 하라는 주문을 하셨어요.

레이코 : 정말 힘들었겠네요.

다카하시 : 네, 힘들었죠.

레이코 : 그렇지만 덕분에 연기상도 받았잖아요. 이 자리를 빌려서 축하드려요.

다카하시 : 아, 감사합니다. 그렇지만 저는 배우고 연기가 직업이니까 억지로 상상력을 동원해서 범인 역을 하려고 노력했지만, '애독자 엽서 대결'에 투고한 사람들이 누가 강제한 것도 아닌데 레이코 씨에게 '구리하시와 다카이의 기분을 알 것 같다'라고 쓴 건 왜일까요?

레이코 : 그런 엽서는 대부분 익명이에요. 범인들의 기분에 공감하는 것 자체가 좋지 않은 일이라는 것을 알고 있다는 증거겠죠.

다카하시 : 그렇겠죠. 장난으로 쓴 건 아닌 것 같아요.

레이코 : 그렇지만 심정은 알 것 같기도 해요. 본인에게도 두려운 공감이겠죠.

다카하시 : 둘이서 범죄를 저질렀다는 데에 공감하는 걸까요?

레이코 : 노골적으로 '여자애를 농락해보고 싶다'라고 적어보낸 엽서도 있었어요.

다카하시 : 그건 정말 솔직한 케이스네요.

레이코 : 하지만 대부분은 범인들이 경찰이나 매스컴을 마음대로 주무르며 세상을 떠들썩하게 만든 것이 멋져 보여서, 자신도 한번 그렇게 주목받아보고 싶다는 거였어요.

다카하시 : 아마 탤런트가 되고 싶다, 텔레비전에 나가고 싶다는 것과 같은 게 아닐까요?

레이코 : 백 퍼센트 그렇다고는 할 수 없지만, 비슷한 것은 분명해요.

다카하시 : 경찰이나 미디어에 대한 반체제적인 사고는 아니겠죠?

레이코 : 그건 아니라고 봐요.

다카하시 : 레이코 씨는 다른 사람 눈에 띄고 싶어서 성우가 된 건가요?

레이코 : 글쎄요…… 뭐, 동기가 하나만 있는 건 아니니까요.

다카하시 : 그렇죠. 저도 여자들한테 인기를 얻고 싶어서 배우가 된 건 아니니까. (웃음) 뜨기 전에는 목에 풀칠하기도 힘들 정도니까 여자가 눈길도 안 주지만, 스타가 되면 달라지지 않을까 하는 생각은 했죠. 분명 그런 마음은 있었어요. 그렇지만 그게 동기라고는 볼 수 없죠.

레이코 : 하지만 그런 흉악한 범죄를 저지르는 인간과, 그것을 보고 아, 그 기분 이해할 것 같아, 라고 생각하는 사람 사이에 놓인 어떤 틈 같은 것은 꽤 깊지 않을까요? 특히 십대 시절은 감수성이 예민하니까 좋은 일에건 나쁜 일에건 공감하기가 쉽잖아요.

다카하시 : 흔들리기 쉬우니까요.

레이코 : 그래요. 그렇기 때문에 자신도 그런 일을 저지를지도 모른다는 솔직한 감정을 엽서에 적어보내면 기분이 조금은 나아지겠죠. 실제로 그런 사람이 많을 거예요.

다카하시 : 레이코 씨가 '애독자 엽서 대결'에서 인터넷도 아니고 팩스도 아니고, 오로지 엽서로만 보내달라고 하는 것도 그런 이유 때문이겠죠?

레이코 : 네. 팩스나 인터넷은 너무 빨라요. 쓴 것을 자기 눈으로 곰곰이 읽을 시간이 없죠. 그래서 터무니없는 내용도 그냥 마구 보낼 수 있어요. 그래놓고는 금방 잊어버려요. 그렇지만 엽서나 편지는 쓰기가 정말 힘들죠. 시간을 들여 생각도 해야 하고, 정해진 공간에 들어가는

문장을 구상해야 하니까요. 쓴 다음에는 그것을 들고 우체통에 넣으러 가야 하는 수고도 해야 하고요.

다카하시 : 걸어가는 동안 생각이 바뀌기도 하겠죠. 너무 심한 표현이었다거나, 너무 겉치레가 들었다고 말이죠.

레이코 : 냉정해지는 거죠. 그래서 오히려 우리에게 날아오는 엽서는 아주 신중한 내용이 많아요. 그런 만큼 엽서를 보내고 나서 느끼는 카타르시스도 팩스로 보내는 것보다 더 강렬할 거예요. 저만의 생각인지는 모르겠지만.

다카하시 : 아니에요, 분명히 그런 부분이 있어요. 극단적인 이야기지만, 러브레터도 팩스나 메일로 받는 것보다 편지가 기분 좋죠. 다만, 지금 이야기를 나누다 떠오른 건데 말이죠, 범인의 기분을 알 것 같다고 말한 투고자들은 피해자의 유족에 대해 어떻게 생각하고 있을까요?

레이코 : 그게 문제겠네요. 하지만 유족들에 대해서는 별로 보도가 되지 않아서요.

다카하시 : 분명히 구리하시와 다카이에 비하면 비중이 적지만, 첫 사건 때는 그런 게 있었잖아요. 아까 말한 그 여고생 H의 어머니도 그렇고, A라는 할아버지도 그렇고.

레이코 : 그 두부가게 할아버지 말이죠. 범인들에게 농락당한……

다카하시 : 범인이 그 할아버지에게 손녀의 손목시계를 전해주었죠. 그 할아버지가 기자의 인터뷰에 대답하는 걸 봤는데, 그 목소리에 저까지 목이 메었어요. 우리 할아버지보다는 나이가 적지만 비슷한 세대니까요. 그 범인들을 인간쓰레기라고 생각하고 있을 겁니다. 그런 인간쓰레기에게 소중한 손녀딸을 잃었고, 그걸 또 사람들 앞에서 말해야 하는 지경에 처했어요.

예컨대, 우리 할아버지 세대는 젊은 시절에 전쟁에 나가서 사람을 죽

였는데, 우리는 그걸 좀처럼 이해하지 못하잖아요? 아무리 명령이라고
는 하지만 사람을 죽이라고 하는데 왜 도망치지 않았느냐고 생각할지
도 몰라요.

레이코 : 그런 말을 할아버지에게 한 적이 있어요?

다카하시 : 있죠. 어릴 저에. (웃음)

레이코 : 할아버지가 뭐라고 하셨어요?

다카하시 : 넌 설명을 해도 모른다고.

레이코 : 그랬군요.

다카하시 : 예를 들어 지금 그 A씨가 『팝 타임』을 읽고 있다고 쳐요.
그리고 투고자들이 범인의 기분을 알 것 같다, 나도 똑같은 짓을 할지
모른다, 그런 말을 했다는 사실을 안다면 이해할 수 없다고 고개를 갸
우뚱할 겁니다. 그렇지만 그 A씨가 왜 지금 젊은 남자애들이 그런 생각
을 하느냐고 묻는다면 레이코 씨는 어떻게 대답할 거죠?

레이코 : 흠……

다카하시 : 전 말이죠, 설명해도 모르실 거라고 말할 수밖에 없다고
생각해요. 전쟁 이야기하고는 완전히 반대죠.

레이코 : 그렇겠네요. 다카하시 씨는 저와는 다른 감각으로 이 사건
을 보고 있겠죠. 전 말이죠, 역시 기본적으로 '여자를 장난감처럼 다루
고, 고장나면 버려버리는' 그런 남자가 많아지기를 바라지 않아요. 전
딱히 페미니스트는 아니지만, 이 나이에 혼자서 『팝 타임』에 힘을 쏟고
있는 것도, 비록 불리한 입장이지만 남자들의 뇌리에 여자란 남자를 위
해 존재하는 장난감이라는 가치관을 심어주는 인간들과 싸우기 위해서
예요. 그래서 지금 『도큐먼트 저팬』에 연재중인 그 르포……

다카하시 : 마에하타 시게코라는 여성 저널리스트가 쓰고 있죠.

레이코 : 그래요, 그 글을 여성이 쓴다는 데에 저는 두 손 들고 환영

해요. 구리하시 히로미와 다카이 가즈아키가 한 일을 여성이 분석하는 거죠. 그 자체로 대단한 의미가 있다고 생각해요.

그리고 이야기가 제자리로 돌아가는 것 같은데, 기밀사항이라서 자세히 말할 수는 없지만, 전화상담실에서 자원봉사를 하는 아는 사람이 하나 있어요. 고민이 있는 사람들이 가벼운 기분으로 익명으로 마음을 털어놓을 수 있는 곳이죠.

구리하시와 다카이가 죽고 사건의 범인이 밝혀지기까지 하루에 몇 건이나 자기가 범인이라는 고백 전화가 걸려왔다고 해요. 물론 모두 거짓말이었죠. 자신의 친구가 범인이라는 제보도 있었다고 하는데, 자신이 범인이라는 전화가 가장 많았다고 해요.

다카하시 : 그건 또 잡지의 투고자와는 다른 반응이로군요.

레이코 : 그래요, 분명히 달라요. 개인적으로는 범인의 기분을 알 것 같다는 남자들보다, 그런 거짓 고백을 하는 사람이 훨씬 불쾌하게 느껴져요. 그런 거짓말을 해서 무슨 득이 있다는 걸까요?

10

히다카 치아키의 어머니 히다카 미치코가 변호사를 고용해 구리하시 히로미와 다카이 가즈아키의 유족을 상대로 손해배상 청구소송을 제기하려 한다는 소식을 마에하타 시게코가 접한 것은 11월 23일이었다.

휴일이었지만 연말이라 쇼지는 공장에 나가 있었다. 컴퓨터 앞에 앉아 묵묵히 글을 쓰고 있는데 옛날에 한 번 같이 일을 한 적이 있는 프리랜서가 전화를 걸어와 그런 소문이 있다며 히다카 미치코가 고용한 여성 변호사의 이름과 주소, 연락처를 가르쳐주었다.

시게코는 그 정보를 메모하고 고맙다는 인사를 했다.

"만약 진짜라면 아주 좋은 기삿거린데, 왜 내게 가르쳐주시는 거죠?"

"난 범죄물은 취급 안 하잖아. 그리고 마에하타 씨가 좋은 일을 하고 있다고 생각하거든."

"고마워요."

"『도큐먼트 저팬』의 데지마 씨와도 아주 모르는 사이는 아냐. 이 업계의 명물이니까."

"잡지를 만들었다가 말아먹는 솜씨는 최고죠."

상대는 밝게 웃었다.

"『도큐먼트 저팬』은 그가 만든 잡지 가운데서 제일 장수하게 되지 않을까? 마에하타 씨 덕분에 잡지로서는 드물게 증간호까지 냈으니 말이야."

"원래 부수가 적어서 그렇죠, 뭐."

"이제 장사 이야기는 그만 하지."

상대는 다시 밝게 웃었다.

"그 아사이라는 여성 변호사 말이야, 히다카 미치코만이 아니라 그 사건의 다른 피해자 유족들에게도 연락해서 모임을 만든다고 해."

"피해자 모임을 만들어요?"

"그런 것 같아. 그렇지만 그 여변호사, 너무 젊고 미숙해. 혼자서는 힘들 거라고 봐."

시게코는 메모지에 '아사이 유코 변호사'라는 이름을 적고 둥글게 원을 그린 다음 옆에 물음표를 그렸다. 컴퓨터 화면이 스크린 세이버로 바뀌었다.

만일 누구든 간에 정말로 피해자 유족회를 만든다면 매스컴의 요청으로 한 번은 기자회견을 열 것이다. 거기서는 공적인 코멘트 외에는 취재가 불가능하다. 시게코는 피해자 유족의 육성이 절실히 필요한 입장이었지만, 그런 형태로는 원하는 내용을 얻을 수 없다. 물론 거기서의 발언 내용도 확보는 해두어야겠지만, 별다른 내용은 없을 것이다.

"마에하타 씨는 아직 구리하시 히로미의 유족이나 희생자들의 유족을 만나보지 못했지?"

"네."

시게코는 간결하게 대답했다. 거짓말을 할 때는 말을 많이 하지 않는 게 좋다. 슬슬 전화를 끊고 싶기도 했다. 한참 글에 몰두하던 참이었다.

"아사이 유코라는 변호사도 본격적으로 유족회를 만들기 전에 사람들과 모두 만나야 할 거야. 피해자 개개인을 불러서 말이야. 그런 자리가 마련된다는 소문이 들어오면 연락해줄게. 갈 수 있으면 한번 가봐. 무슨 수확이 있을지도 모르잖아? 물론 우리 쪽 기자들도 가겠지만, 마에하타 씨는 굳이 특종을 노리고 가는 건 아니니까 그건 상관없겠지."

시게코는 이름을 듣고도 금방 떠오르지 않았던 이 작가의 얼굴을 생각해보았다. 나이는 시게코와 비슷할 것이다. 일처리가 깔끔한 사람이다. 성격도 괜찮고 예의도 바른 편이다. 그러나 지금 시게코에게 이렇게 친절하게 대하는 이면에는 분명히 뭔가가 있을 것이다.

"네, 그건 신경쓰지 않아요. 감사합니다."

"진심으로 마에하타 씨의 작업에 기대를 걸고 있어. 언젠가는 대단한 글을 쓸 줄 알았지. 내 눈이 틀림없다는 걸 확인하니 기분이 좋아."

그렇게 말하고 전화를 끊었다. 시게코는 한숨을 내쉬고 수화기를 내려놓았다.

마우스를 움직이자 모니터에 쓰다 만 원고가 떴다. 6회째에 해당하는 원고인데, 어제부터 줄곧 썼다 지우기만 반복하는 바람에 아직 첫부분밖에 쓰지 못했다.

문장이 마음에 안 드는 건 아니다. 구성이 되지 않는 것도 아니다. 오히려 그 이전의 문제였다. 이렇게 써도 괜찮을까, 이것을 지금 시점에서 발표해도 될까 하는 근본적인 문제였다.

4회와 5회에서는 구리하시 히로미와 다카이 가즈아키의 소년 시절과 그들이 자란 네리마의 작은 동네에 대해 썼다. 그 동네 사람들은 시게코의 취재에 협력적이었고, 그 둘에 대해 아는 대로 말해주었다. 그들의 유족이 벌써 그곳을 떠났기 때문에 마음에 걸리는 것도 없었을 것이다.

연재 준비차 취재를 갔을 때는 두 사람의 동창생들에게서도 꽤 많은 이야기를 들었다. 다른 지방이나 수도권에 살고 있는 사람도 있었지만 현주소를 찾아내는 일은 어렵지 않았다. 열 명을 만나면 그중 여덟은 시게코의 연재에 대해 알고 있었고, 연재는 읽지 않았더라도 시게코가 출연한 텔레비전 프로그램을 본 사람들은 많았다. 하나같이 사건에 흥미를 가지고 있었다. 그래서 인터뷰 약속을 얻어내는 것은 그리 힘들지 않았다.

시게코가 질문하기도 전에 학창 시절의 구리하시 히로미와 다카이 가즈아키에 대해 이야기하는 사람도 있었고, 아무리 물어도 했던 말만 되풀이하는 사람도 있었다. 말을 하고 싶어 안달하는 사람과 아무것도 모른다고 고개를 젓는 사람이 반반씩이었다. 그래도 만나자고 하면 다 만나주었다.

아마도 아직 젊어서 자유로운 시간이 많기 때문일 것이다. 질문에 대답하지 않으면서도 마에하타를 만나고 싶어한 사람들은 그들의 동창이 그런 사건을 일으킨 것에 불안을 느끼고 조금이라도 더 많은 사실을 알고 싶어 오히려 시게코를 취재하려고 생각했는지도 모를 일이다. 아주 교묘하게 이런 질문을 하는 여자도 있었다.

"신문과 잡지를 읽으면 읽을수록 영문을 모르겠어요. 내용이 조금씩

다 달라요. 어느 게 진짜인가요?"

그녀는 중학교 이학년 이학기 때 다카이 가즈아키와 짝이었다. 얌전하고 둔한 인상이었다고 한다.

"여름방학이 끝나고 나서 짝이 되었어요. 방학 동안 새카맣게 타서 깜짝 놀랐죠. 운동을 할 것 같지 않았거든요."

시게코는 다카이 가즈아키와 수영부에서 함께 활동했다는 남자 이야기를 들었기 때문에, 그가 수영부 활동을 아주 열심히 했다는 이야기를 들려주었다. 그러자 그녀는 믿을 수 없다는 듯이 고개를 저었다.

"그런 타입이 아니었어요. 천문관측부나 과학부에나 어울릴 것 같았는데."

마치 자신의 신념이 배신당해 기분 나쁘다는 투였다. 다카이 가즈아키가 어른이 되어 연속살인을 저질렀다는 것보다는 소년 시절에 운동을 할 타입도 아닌 주제에 수영부에 들었다는 것이 훨씬 잘못되었다고 말하고 싶은 듯했다.

누구에게 물어봐도 다카이 가즈아키에 대해서는 막연한 인상뿐이었다. 얌전했다. 눈에 띄지 않았다. 있으나 없으나 마찬가지였다. 싫어하는 사람이 없는 만큼 자세히 기억하는 사람도 별로 없었다.

그와 대조적으로 구리하시 히로미는 동창생들에게 선명한 기억을 남기고 있었다. 이상하게도 그가 그런 짓을 할 사람이 아니라고 대답한 것은 대체로 여자들이었다. 그 반대는 남자가 많았다. 대놓고 이렇게 말하는 사람도 있었다.

"완전히 위선으로 똘똘 뭉친 놈이었어요. 자기보다 강한 놈에게는 아부하고, 약한 놈은 철저하게 공격해요. 직접 당하지 않고는 몰라요."

그는 어린 시절에 심한 중이염을 앓은 후유증 때문에 왼쪽 귀가 잘 들리지 않았는데, 그것 때문에 구리하시 히로미에게 얼마나 괴롭힘을 당했는지 모른다는 것이었다.

"예를 들면, 내 귀가 잘 안 들린다는 것을 알고 수업중에 일부러 왼쪽 귀에다 대고 속삭이는 소리로 욕을 하는 겁니다. 내가 화를 내면 자기가 무슨 말을 했는데 그러느냐고 시침을 떼요. 그래서 오히려 내가 선생님에게 야단을 맞았어요."

그보다도 시게코의 흥미를 끈 것은, 겉으로는 우등생이고 인기가 있었지만 그 이면에서는 교활하고 악질적인 본성을 드러냈던 구리하시 히로미가 적극적으로 다가가 친하게 지낸 상대가 한 명 있었다는 이야기였다. 아미카와 고이치라는 소년이었다.

"아미카와? 아, 그애, 피스. 잘 알아요."

"피스, 맞아요. 구리하시와 친했죠."

"피스? 아, 그 친구. 지금 뭘 하고 있어요? 그애랑도 만나봤어요?"

동창생들은 모두 기억하고 있었다. 그리고 아미카와의 이름을 꺼내면 다들 표정이 풀어졌다.

"아미카와는 정말 좋은 놈이었죠."

시게코는 그런 평가를 많이 들었다. 게다가 그 말은 모두 당시 구리하시 히로미에게 괴롭힘을 당하고도 아무에게도 말하지 못하고 정면으로 반발하지도 못했었다는 사람들의 입에서 나온 것이었다.

"아미카와는 초등학교 때 전학 왔었어요."

중학교 일학년 때 아미카와 고이치와 같은 반이었던 남자가 말했다.

"정말 우수한 전학생 그 자체였어요. 공부도 잘하고 운동도 잘했어요. 집이 부자였지만 절대 티내지도 않았고요. 모두 피스라고 불렀죠. 선생님들까지 그렇게 불렀으니까요."

그리고 그리운 옛날을 회상하는 듯이 웃으며 말했다.

"그 녀석, 늘 생글생글 웃는 인상이었어요. 얼굴은 동그랗다기보다 오히려 갸름한 편인데, 그 웃는 얼굴이 피스 마크랑 똑같아서 피스라는 별명으로 불렸죠. 분명히 옛날 학교서도 그렇게 불렸을 거예요."

아미카와 고이치는 반에서 가장 눈에 띄지 않는 학생에게도 피스라는 별명으로 불렸고, 그렇게 부르면 누구에게도 친절하게 대답했다고 한다.

"구리하시가 피스에게 접근한 건 처음에는 견제하기 위해서였을 거예요. 너랑 나랑 누가 더 잘났는지 해보자는 거였겠죠. 그렇지만 피스는 인기도 있었고, 인간성도 좋았고, 공부도 잘했고, 아무리 구리하시라 해도 그놈을 적으로 돌렸다가는 손해라는 것을 알았을 거예요. 피스를 끌어내리려고 발버둥치다가는 자신이 먼저 추락하고 말 테니까요. 그런 점에서는 그놈 머리가 얼마나 좋은지 몰라요. 정확히 판단했죠. 그래서 누구보다 자신이 피스랑 가장 친하다는 것을 내보이기 시작했지요. 그것도 아주 적극적으로."

그러나 이렇게 동창생들의 증언을 모으는 동안에도 시게코는 정작 아미카와 고이치 본인만은 만나보지 못했다. 현주소를 알 수 없는 유일한 사람이었다. 안타까웠다.

그런데 취재가 끝나고 원고를 쓰기 시작하는 순간 다카이 유미코가 시게코에게 접근해왔고, 게다가 놀랍게도 아미카와 고이치까지 같이 나타난 것이다.

시게코는 6회 앞부분에 유미코와 피스를 만난 과정을 썼다. 유미코가 먼저 전화를 걸어와 만날 약속을 했고, 시게코가 약속시간에 늦는 바람에 공황상태에 빠져버린 유미코를 우연히 그곳을 지나가던 아미카와 고이치가 발견하고 같이 시게코를 만나러 온 것이다.

마치 각본을 짜맞춘 것 같은 일이었지만, 사실은 사실이다. 그것도 시게코만이 아는 사실이다. 쓰지 않을 수가 없다.

'그렇지만……'

다카이 유미코라는 가해자측의 유족을 시게코가 보호하고 있다는 것을 연재 단계에서 공표해도 좋을까?

참으로 어려운 문제였다. 다카이 유미코는 그녀의 오빠가 구리하시 히로미의 공범자가 아니라고 주장하고 있다.

"오빠는 구리하시가 범인이란 사실을 알아차렸던 거예요. 그놈이 그 사건의 범인이라는 것을 안 거라구요."

그날 자칫하면 트럭에 깔릴 뻔했던 그녀는 볼에 커다란 상처를 입었다. 그 얼굴로 눈물을 글썽이며 시게코의 무릎에 매달리듯 하면서 말했다.

"오빠는 정말 착한 사람이었어요. 어릴 적 친구였던 구리하시를 차마 경찰에 신고할 수 없어서, 어떻게든 설득해서 범행을 그만두게 하려고 생각했을 거예요. 그래서 구리하시의 옆에 있었던 거예요. 그러다 그렇게 같이 죽어버리다니, 정말 운이 나쁜 사람이에요. 그렇지만 나는 알아요. 오빠는 절대로 살인을 할 사람이 아니라는 걸요. 자신이 죽는 한이 있어도 사람을 죽이지는 않아요. 오빠는 결백해요."

다카이 유미코는 자신의 말을 그대로 써달라고 했다. 그 때문에 시게코를 만나러 온 것이다. 경찰은 상대해주지 않는다. 가족의 증언은 객관성이 없다고 콧방귀도 뀌지 않는다. 시게코만이 유일한 희망이다.

분명히 구리하시 히로미에 비해 다카이 가즈아키에 관해서는 물증이 별로 없다. 별로 없는 정도가 아니라, 아카이 산 그린로드에서 기무라 쇼지의 시체를 싣고 있던 차가 그의 것이라는 사실을 제외하면 거의 없다고 해도 좋을 정도다. 후루카와 마리코나 히다카 치아키 같은 신원이 밝혀진 피해자가 실종된 날에 다카이 가즈아키가 무엇을 했는지에 대한 알리바이는 뚜렷하지 않지만, 그렇다고 해서 그가 범인이라고 할 수는 없다. 결백할 가능성도 있는 것이다.

그 두 사람이 모두 죽어버렸기 때문에 수사당국은 아직 이 두 사람이 연속 유괴살인사건의 범인이라고 공식적으로 단정하지 않고 있다. 피해자의 신원도 모두 밝혀지지 않았고, 아직 수사가 진행중이다.

다만 사회적으로는 상황으로 보아 이 두 사람이 범인이라고 확신하는 분위기가 형성되어 있다. 그리고 대부분의 사람들처럼 시게코도 그렇게 생각하고 있었다. 상식적으로 판단하면 누구든 그렇게 생각하는 것이 마땅하다.

시게코의 글은 어디까지나 구리하시 히로미와 다카이 가즈아키 두 사람이 범인이라는 전제에서 출발하고 있다. 유미코의 의견을 받아들이면 그 토대가 무너지고 만다. 유미코가 새로운 관점에서 충분한 증거를 제시한다면 문제는 다르다. 그러나 이야기를 들어본 한에서 유미코의 가즈아키 무죄론은 감정적인 호소의 수준에 머물고 있다. 이래서는 안 된다.

그러나 시게코가 자신의 요청에 응할 수 없고 자신이 바라는 대로 글을 쓸 수 없다고 하면 유미코는 시게코의 곁을 떠나버릴 것이다. 그래서는 곤란하다. 그러므로 그녀의 존재에 대해 써야 할 타이밍을 잡기가 어려운 것이다.

지금까지 쓴 부분을 다시 읽어보고 있는데 인터폰이 울렸다. 시게코를 부르는 목소리였다. 신이치였다.

"어서 와, 문 열렸어."

쓰카다 신이치가 추운 듯 목을 움츠린 채 들어왔다. 바깥바람이 찬 모양이었다.

"이거, 퀵서비스로 온 거예요."

커다란 봉투를 내민다. 『도큐먼트 저팬』 편집부에서 온 것이었다.

"고마워."

꽤 무거웠다. 아마도 다카이 유미코를 인터뷰한 것을 정리한 원고일 것이다. 약 열 시간 가까이 유미코의 이야기를 들었다. 그녀는 감정이 북받쳐 흥분한 상태에서 몇 번이나 울었다. 그 자리에서는 알아들을 수 없는 부분도 있었다. 처음에는 테이프를 다시 들으면서 직접 정리하려 했지만 좀처럼 쉽지 않아 결국 데지마 편집장에게 부탁해서 전문가를 소개받은 것이다.

신이치는 시게코가 쓴 글을 비추고 있는 모니터를 보고 있었다. 날카로운 눈길이었다.

그날, 버스터미널에서 돌아오는 차 안에서 유미코는 속내를 털어놓았다. 오빠는 결백하다, 나는 그것을 마에하타 씨에게 호소하기 위해서 만나러 왔다. 조수석에 있던 신이치는 그 말을 듣고 새파랗게 질린 채 입을 꾹 다물고 있었다.

물론 시게코는 유미코나 아미카와 고이치와 이야기할 때 신이치를 개입시키지 않았다. 신이치도 그 자리에는 굳이 끼어들지 않았다. 그후 며칠간 굳은 표정으로 생각에 잠겨 있는 것 같더니, 시게코의 작업실을 찾아와 다카이 유미코와 얼마나 관계를 유지할 거냐고 물었다.

"시간 말이니? 그렇다면 아직 들어봐야 할 게 많아."

"그녀의 발언을 르포에 쓸 건가요?"

"그건 아직 모르겠어."

시게코는 솔직하게 말했다.

"일단 말을 들어보고, 그 가운데서 내가 받아들일 수 있는 것은 써야겠지. 그렇지 않으면 쓰지 않을 거야. 그렇지만 그녀가 나를 만나러 접근해왔다는 말은 써야 할 것 같아."

"특종이니까요."

신이치는 노골적으로 경멸하는 투로 내뱉듯이 그렇게 말했다.

"저, 생각해봤어요."

"뭘?"

"버스터미널에서 한 말은 철회할게요. 좀더 이 집에 머물고 싶어요."

혹시 그럴지도 모른다는 생각을 하고 있었기 때문에 시게코는 별로 놀라지 않았다.

"물론 환영이야. 낯선 곳에 혼자 사는 건 보고 싶지 않아."

"그리고, 제가 시게코 씨의 일을 도울 수 있게 해주세요."

천천히 생각한 다음 시게코는 단호하게 말했다.

"도우면서 나를 감시할 생각이니? 다카이 유미코 편을 들까봐?"

신이치의 눈 주위가 조금 빨갛게 물들었다.

"그래요. 시게코 씨가 유미코 씨의 변명을 다 듣고 나면, 제가 한마디 해주고 싶어요."

"버스터미널에서 나에게 했던 말에 대해서?"

"네."

"그래, 유족의 마음을 배려하는 것은…… 오빠의 결백에 대해 아무리 강한 확신을 가지고 있다 해도…… 유미코에게는 필요한 일이야. 그녀의 머리는 오빠 일로 가득 차 있어. 그래서 자신의 기분을 표현할 때는 살해당한 사람들이나 유족을 배려할 수 없는 거야. 그걸 보고 신이치가 화를 내는 것도 당연하다고 생각해. 그 분노가 그녀의 변명을 들어주려는 나에게로 향하는 것도 어쩔 수 없는 일일 거야."

신이치가 자신의 고통을 감당할 수 있다면 꼭 도와달라고 시게코는 말했다.

"도우면서 나를 감시해줘. 단지 유미코 편을 들지 못하게만 감시해서는 안 돼. 내가 글 속에서 무엇을 쓰는가가 아니라, 내가 이 사건으로 살해당한 사람들이나 유족들을 배제해버리는 행동을 하지는 않는지, 이 글이 호평을 받기만 하면 그만이라는 생각에 빠져버리지는 않는지, 엄격하게 지켜봐줘. 그리고 만일 내가 그렇게 변질되면 사정없이 때려줘. 알았니? 해줄래?"

"네."

신이치는 약속했다. 그렇게 약속한 자신에게도, 그런 제안을 한 시게코에게도 조금 놀란 듯이 눈을 동그랗게 떴다.

"잘돼가고 있어요?"

신이치가 물었다. 그런 말을 하면서도 모니터 앞으로는 접근하려 하지 않았다.

"도무지 진도가 안 나가."

바로 그때 전화벨이 울리더니 팩시밀리의 수신 램프가 반짝거렸다. 지익지익 소리를 내며 종이가 나왔다.

시게코는 그것을 훑어보고는 신이치 쪽으로 내밀었다.

"어떻게 생각해? 여기에 취재를 갈 건지 묻는 내용이야."

조금 전에 전화를 건 사람이 보내온 추가 정보였다. 아사이 유코라는 변호사가 히다카 미치코와 아리마 요시오, 그리고 구리하시 히로미의 아파트에 남아 있던 사진에서 신원이 판명된 피해자인 이토 아쓰코, 미야케 미도리의 유족으로 구성된 모임의 예비 모임을 가진다는 것이었다. 날짜는 내년 1월 11일 오후 두시, 장소는 이다바시에 있는 아크 호텔이었다.

"데지마 편집장이 보낸 건가요?"

"아니, 다른 루트로 들어온 정보야."

"그럼 우선 편집장에게 의논하는 게 좋겠는데요."

"그렇긴 하지만……"

시게코는 말꼬리를 흐렸다. 어린아이도 아닌데 사소한 일까지 일일이 의논을 해서 움직인다는 것은 좀 뭣하다.

시게코의 표정을 보고 신이치는 뭔가를 느꼈는지, 그대로 발길을 돌려 나가려고 했다. 시게코는 모니터 쪽을 바라보고 앉아 그를 불러세웠다.

"신이치도 그런 거 싫지?"

"뭐가요?"

"유족들의 모임에 정체도 모를 프리랜서 작가가 끼어드는 거 말이야. 안 가는 게 좋겠지?"

신이치는 말없이 시게코의 얼굴을 바라보았다. 시게코는 한번 세차게 머리를 흔들고, 의자를 돌려 그쪽으로 마주 보고 앉았다.

"미안해. 꼭 생트집 잡는 것 같네, 방금 말투."

신이치는 어깨를 으쓱했다.

"우리 가족 사건과 이번 사건은 사정이 달라요. 아직 밝혀지지 않은 부분도 많고, 피해자도 유족도 관계자도 많아요. 서로 협력해야 할 일도 있을 테고, 이런저런 정보도 주고받아야 하잖아요. 그래서 그런 모임을 만들려는 게 아닌가요? 혹시 기자회견이 예정되어 있는지도 몰라요. 만약 특종거리라면 굳이 시게코 씨에게 알려줄 리가 없잖아요."

그럴지도 모르고, 아닐지도 모른다. 전화와 팩스를 보낸 그 작가는 시게코와 같은 연배이지만 훨씬 경력도 많고 발도 넓다. 시게코로서는 도저히 따를 수 없는 독자적인 정보망을 통해 특종거리를 발견했을지도 모른다. 다만 원래부터 그리 친한 사이가 아니라는 것이 마음에 걸렸다. 아까 전화가 왔을 때도 한참이나 이름이 생각나지 않았을 정도였다.

"시게코 씨, 마음이 좀 약해진 거 아니에요?"

"응, 그런가봐."

"왜요?"

"내가 이런 걸 써도 되는가 하는 생각이 들었어. 내게 이런 르포를 쓸 자격이 있을까 하는 생각."

"호평받고 있잖아요."

시게코는 고개를 저었다.

"두려워."

"두려워요?"

"제대로 훈련도 받지 않고 사람의 목숨이 걸린 수술을 하는 기분이라고나 할까. 아주 중요한 일을 막 연수를 끝낸 신입사원에게 맡기는 것 같은 느낌이야."

신이치는 잠시 생각하더니 진지한 표정으로 말했다.

"그럼, 그만둘 건가요?"

"……"

"그만두지 않았으면 좋겠어요."

"고마워."

시게코는 살짝 웃었다.

"요즘 들어 자주 불안해져. 대체 무슨 권리가 있어서 이런 글을 쓰는 걸까, 혹시 내가 쓴 글이 모두 잘못된 건 아닐까 하는 생각이 들어."

"취재를 해서 쓴 거잖아요?"

"그렇지만 취재한 사실의 단편들을 모아 해석하는 것은 나야."

시게코는 오른 손바닥으로 자신의 가슴을 탁 쳐 보였다.

"그건 내가 책임을 지는 수밖에 없어. 그렇지만 사실 나는 인간이나 세상에 대해서 조금도 몰라. 특별히 머리가 좋은 것도 아니고. 내가 해석한 내용이 이런 공적인 매체를 통해 발표할 만큼 가치가 있는지 모르겠어."

"중증이네요."

"응, 그런 것 같아."

시게코는 의자에 등을 대고 몸을 뒤로 젖혔다.

"처음에는 이러지 않았는데."

"범인들에 대해 쓰기 시작하고부터 아닌가요?"

시게코는 내심 움찔했다. 이애는 예리하다.

"응, 그런 셈이야. 난 구리하시 히로미, 다카이 가즈아키에 대해서는 아무것도 모르는 것 같아."

"그렇지만 그들의 공범관계에 대한 시게코 씨의 의견은 충분히 설득력이 있던데요."

일련의 사건에서 큰 원동력이 된 것은 구리하시 히로미의 미숙한 자존심이고, 다카이 가즈아키는 어린 시절부터 해소되지 않은 콤플렉스 때문에 자신의 '스타'였던 구리하시 히로미에게 맹종할 수밖에 없었다는 설이다.

"그럴듯하지. 하지만 사실이 그런지는 모르잖아."

"둘 다 죽어버렸으니까……"

"추적해볼 수가 없어. 그래서 추측으로 뭔가를 써도 안전하긴 해."

"시게코 씨는 그런 기분으로 원고를 쓴 건 아니죠? 그랬다면 데지마 편집장도 알아차렸을 테고, 실어주지도 않았을 거예요."

"신이치는 남자지?"

"네?"

"난 지금까지 단 한번도 남자의 입장이 되어본 적이 없어."

시게코는 힘없이 웃었다.

"좀 생뚱맞지만, 역시 나는 여자를 납치해서 죽이는 남자의 마음을 이해할 수 없어. 무슨 수를 쓰더라도. 범죄심리학 책에 씌어 있는 대로, 자존심을 만족시키기 위해 힘없는 여자를 공격한다는 논리를 내세울

뿐이야. 그렇지만 실제로는 잘 몰라. 그래서 구리하시 히로미와 다카이 가즈아키의 소년 시절에 대해 취재하고, 친구나 선생의 이야기를 듣고, 그들이 최종적으로 그런 잘못된 길로 들어서기까지의 경위를 재구성해보려고 해도, 꼭 헛발질을 하는 느낌이 들어."

시게코는 길게 한숨을 내쉬었다.

"역시 이 세상에는 여자가 르포를 쓰기에는 어울리지 않는 취재 대상이 있는 건지도 모르겠……"

말을 끝내기도 전에 신이치는 벽에서 몸을 떼고 잰걸음으로 시게코의 작업실을 나가버렸다. 시게코는 갑자기 멍해졌다. 또 감정을 건드리고 말았나 하고 생각했다.

멍하니 모니터를 바라보고 있는데, 신이치가 주간지 한 권을 들고 돌아왔다.

"이거 보세요. 여기에 성우 가와노 레이코가 시게코 씨에 대해 기대하고 있다는 말을 했어요. 가게에서 읽다가 필요할 것 같아서 가지고 왔어요."

시게코는 주간지를 받아들었다.

"지금 시게코 씨가 자신감을 잃은 것도 알겠고, 그 이유도 이해할 수있지만, 시게코 씨가 여자이기 때문에 더더욱 이 사건에 대해 써야 한다고 말하는 사람도 있어요."

두 손을 바지 주머니에 찔러넣고 신이치는 천천히 시게코의 방을 나섰다. 도중에 뒤를 돌아보며 말했다.

"시게코 씨."

"왜?"

잠시 망설이다가 신이치는 얼굴을 치켜들고 시게코의 눈을 보며 말했다.

"분명히 저는 다카이 유미코 씨의 일로 시게코 씨에게 불쾌한 태도를 보였을지도 몰라요."

시게코는 그 눈길을 똑바로 되받았다.

"그렇지만 시게코 씨의 이런 작업을 전부 부정할 생각은 없어요. 아니, 그런 기분이 든 적은 있지만, 저는 일단 범죄에 대해 생각하는 것만도 싫어요. 그게 솔직한 심정이에요."

"나도 알아."

"그렇지만 아까도 말했듯이 이 사건은 우리 가족 사건과는 다른 부분이 너무 많아요. 사건에 대해 조사하고 생각하는 것은 결코 무익한 일이 아니라고 생각해요."

시게코는 고개를 끄덕였다. 다만 문제는 어떻게 쓰느냐 하는 것이다.

"고마워."

"혹시 시게코 씨가 풀이 죽은 게 저 때문이 아닌가 하는 생각이 들어서요."

"그건 아냐. 걱정해줘서 고마워. 마음에 두지 마. 조금 피곤한가봐."

신이치는 방을 나갔다. 시게코는 다시 혼자가 되어 가와노 레이코의 대담을 읽기 시작했다.

'남자들의 뇌리에 여자란 남자를 위해 존재하는 장난감이라는 가치관을 심어주는 인간들과 싸우기 위해서예요.'

가와노 레이코는 거침없이 말하고 있었다. 시게코는 대담의 첫 페이지에 실린 그녀의 경력을 보았다. 성우로서 어떤 일을 하고 있을까? 뭐, 서양영화의 캐릭터를 일본식으로 바꾸는 역할이겠지……

그러나 시게코는 자신의 인식이 얼마나 부족한지를 알았다. 현대의 성우는 영화 일에만 머물지 않았다. 경력에 나온 작품은 텔레비전 애니메이션이나 극장용 애니메이션뿐이었다. 그건 시게코가 알지 못하는 분야였다.

그 방면에 대해 잘 아는 동종업자에게 전화를 걸어 물어보았다. 성우로서 안정된 인기를 누리고 있는 가와노 레이코가 주로 어떤 캐릭터를 맡는지도 가르쳐주었다.

"최근 오륙 년 동안은 거의 소년물만 하고 있어. 판타지물이나 모험물에서 주인공 남자 목소리를 내는 거야. 시나리오를 철저하게 검토해서 마음에 드는 일만 해."

"여자 역을 하는 게 아니네."

"옛날에는 그렇게까지 일을 가리지는 않았는데, 여러 가지 일들이 있었던 모양이야."

"여러 가지라면?"

"어떤 사상적인 면에 눈을 떴다고 할까. 애니메이션 세계에는 동안에 가슴 큰 여자 캐릭터가 많이 나오잖아? 그런데 그런 캐릭터는 대체로 주인공의 연애 상대로서 곁다리밖에 안 된다는 것이 가와노 여사의 주장이야. 그건 여자가 남성 취향의 용모를 갖추지 않으면 공동체 속에 편입되지도 못하고, 남성의 부속물로만 살아가야 한다는 가치관을 강요하는 게 아니냐는 거지."

"그래서 그런 캐릭터의 목소리를 낼 수 없다는 거로구나."

"응. 그런데 시게코, 왜 가와노 여사에게 신경써? 그 두 범인이 혹시 애니메이션 마니아였어?"

시게코는 깜짝 놀랐다. 지금은 다들 마에하타 시게코라는 이름을 들으면 오로지 구리하시 히로미와 다카이 가즈아키만 떠올리게 되는 모양이었다.

"그렇진 않아. 적어도 구리하시 히로미의 원룸에는 그가 찍은 비디오테이프밖에 없었어."

"그건 그렇지."

상대는 새삼 탄식을 하더니 말을 이었다.

"그놈들은 어떤 걸 참고로 해서 그런 사건을 저질렀을까? 역시 폭력적인 포르노인가?"

그런 논의가 한때 텔레비전과 잡지에서 화제가 되었다. 그것을 기회로 폭력물과 포르노를 규제해야 한다는 의견, 표현의 자유는 절대로 보장해야 한다는 의견, 예술작품이 범죄를 환기했다고 해서 예술작품에 죄가 있는 것은 아니라는 의견, 성묘사나 폭력적 대사의 나열에 지나지 않는 영화나 소설이나 만화가 무슨 예술이냐는 의견들이 터져나왔다.

하지만 지금 전화를 받고 있는 작가의 발언에 시게코는 귀를 쫑긋 세웠다. 그가 아주 자연스러운 어투로 '참고로 해서'라는 표현을 썼기 때문이었다.

"그 두 사람에게 어떤 모델이 있다는 뜻이야?"

"모델? 그런 종류의 범죄에 대한?"

"응, 사실이건 픽션이건."

"그야 당연하지."

자신만만한 목소리였다.

"어떤 근거로 단정할 수 있지?"

"근거라…… 시게코, 인간이란 그렇게 독창적인 동물이 아냐. 모두 뭔가를 흉내내면서 살고 있다고."

참으로 극단적인 인간관이자 인생관이라고 생각했지만, 당장은 반박할 수 없었다. 그럴지도 모른다는 생각이 들었기 때문이었다.

그래서 반론 대신 이렇게 물었다.

"당신도 누군가의 흉내를 내면서 살아?"

상대는 하하하, 하고 웃었다.

"그렇겠지, 아마 나도."

"누구의 흉내?"

"특정한 개인은 아냐. 나는 말하자면 개념을 흉내내고 있는 거겠지."

"개념?"

"일반 사회의 통념이라고 할까. 만화나 애니메이션을 좋아하고, 회사에는 다니기 싫고, 아침에 못 일어나고, 간단한 문장을 쓸 수 있고, 기억력은 좋지만 자기 힘으로는 아무것도 만들어낼 수 없고, 육체노동에는 맞지 않는 남자가 만화나 애니메이션 세계에 들어와서 마흔 가까운 나이가 되면 이런 꼴이 되지 않을까 하는 개념."

"그게 뭔데?"

"그러니까 일본이란 사회에는 나 같은 작가가 갈고리로 긁을 만큼 많다는 거야. 그걸 다른 말로 표현했을 뿐이야."

그러고는 약간 진지한 어투로 돌아와서 말을 이었다.

"그 두 사람의 경우는 그런 점에서 조금 특수하다고 해야겠지. 아무리 세상이 썩었다 해도 여자를 납치하고 감금해서 살해하는 남자가 일본 사회에 쓸어담을 만큼 많은 건 아니니까."

알 것 같기도 하고 모를 것 같기도 한 논리였다. 시게코는 책상 앞의 메모장에 '독창성'이라고 적고, 그 위에 가위표를 쳤다. 그 옆에 '특수'라고 적고 물음표를 달려다가 생각을 바꾸어 동그라미표를 그렸다.

"그들도 자신들에게 모델이 있다는 걸 의식했을까?"

상대는 잠깐 생각하는 것 같았다.

"의식하고 있었는지는 모르겠어. 예를 들어 〈컬렉터〉라는 영화를 봤다 해도, 그것과 완전히 똑같이 해보자는 식으로는 생각하지 않았을 거야. 그랬다면 경찰이나 취재력 왕성한 매스컴이 그놈들의 모델은 이거다 하고 찾아냈을 테지."

"그렇다면 자기가 아까 '참고로 해서'라고 한 말은 그런 의식적인 흉내가 아니라, 내면의 깊은 부분에 새겨진 것이라는 뜻이야?"

"으악, 너무 어려운 말 하지 마, 시게코."

"미안, 그렇지만 맛있는 오코노미야키 베스트 텐을 취재하던 시절과 지금의 나는 별로 달라진 건 없어."

상대는 소리내어 웃었다.

"지유가오카에 있는 그 술집 기억해? 언제 거기서 한잔 안 할래?"

"그래, 언제 시간 나면 그러자."

이야기는 결국 거기서 끝나고 말았다.

전화를 끊은 후, 시게코는 혼자서 생각해보았다. 참고. 뭔가를 참고로 했다. 의식적으로 흉내낸 것은 아니지만, 기존의 뭔가를 흉내냈다. 배웠다.

깊은 부분에 새겨진 것.

그게 뭘까? 예를 들면 가와노 레이코가 말하는, 여자는 남자의 장난감이라는 가치관?

아니면……

시게코는 자리에서 일어나 두 손으로 얼굴을 문질렀다.

사회에 받아들여질 수 없는 비대해진 자존심은 언젠가는 반드시 타인을 살해하고 파괴하는 길을 선택한다는 사고방식?

그것이 동기?

나 같은 인간은 모두 언젠가는 이런 짓을 하게 되는 거야, 라고 구리하시 히로미는 생각했을까?

나 같은 인간은 이렇게 될 수밖에 없다고 구리하시 히로미가 말한다. 그렇구나, 그럼 어쩔 수 없다고 다카이 가즈아키가 고개를 끄덕인다. 그렇지만 언젠가는 잡히지 않을까? 잡힐지도 모르지, 하고 구리하시 히로미가 대답한다. 그렇지만 별것 아니잖아. 이런 사건은 넘쳐나. 그러자 다카이 가즈아키는 고개를 끄덕인다. 그래, 선례가 너무 많지. 그렇다고 구리하시 히로미는 말한다. 이른바 선진국에는 먹고살기도 어렵지 않으면서도 자아를 만족시킬 수 없는 인간이 넘쳐나는데, 그런 놈들 가운데서 어떤 확률로 연속살인자가 등장한다고, 그깟이 선진국의 숙명이라고.

시게코는 큰 소리로 외쳤다.

"말도 안 돼!"

왜 이런 말도 안 되는 생각을 하는 거야. 이것은 범죄자의 동기가 아니다. 사람을 살인이나 파괴행위로 몰아가는 정서가 아니다. 이건, 이건……

설명이다.

분류다. 해석이다. 이미 일어나버린 사건을 현대의 사건사나 풍속사 속에서 정리할 때 파일의 등에 붙이는 레테르다. 그리고 분류하는 것도 파일을 만드는 것도 레테르를 붙이는 것도 범죄자가 할 일이 아니다. 그것은, 그것은 아무리 왜곡된 기회가 주어지더라도 범죄자가 저지른 것과 같은 행동은 절대로 하지 않는 인간이 담당하는 작업이고, 그래서 범죄자는 늘 분석되고 해석되는 쪽에 설 뿐, 절대로 그쪽에서 이쪽으로 건너오는 법은 없다. 그러므로 처음부터 자신의 내면에 있는 어두운 충동에 대해 설명할 수 있는 적확한 표현이나 적절한 레테르를 가지고 있는 연속살인범은 존재하지 않는다. 그들은 그들 나름대로 자신의 내면에 대해 설명할 말이나 사고를 가지고 있을 테지만, 그것은 늘 만족스럽지 못해서 반드시 보충 설명이나 해석이 필요하며, 애당초 그렇기 때문에 그들은 범죄를 저지르는 것이다.

그래서 시게코가 해야 하는 일은 구리하시 히로미와 다카이 가즈아키 속에 오랜 세월 검게 고여 있던, 그들 스스로는 설명이 불가능한, 그 존재에 대한 명확한 의식조차 없었던 충동을 밝혀내는 일이다. 그것을 글로 표현해 음지에서 양지로 꺼내는 일이다. 그리고 그것은 시게코뿐 아니라 이 사건에 관심을 가진 모든 작가들이나 저널리스트들이 앞다투어 해내려는 일이기도 하다.

시게코는 그 경쟁 속에 놓여 있다. 지금은 선전하고 있다. 그렇지만 역시 여자 몸으로는 남자의 생리를 이해하기 힘들고, 그래서 벽에 부딪히고 있다. 이대로는 목표에 이를 수 없을 것 같아 점점 자신감을 잃어가고 있다.

그렇다면 전제조건을 뒤집으면 어떻게 될까. 룰을 의심하면 어떻게 될까. 이 사건은 미국에서는 넘쳐날 정도로 많은 연속살인사건의 수법이 본격적으로 일본에 상륙하여 현재화한, 어떤 의미에서는 획기적인 사건이다. 시대의 전환점이 될 만한 사건이다. 그렇지만 그 내부는 많은 범죄심리학자가 연구하고 분석하고 축적해온 지식으로 대항할 수 있는, 선례가 있는 일이다. 하늘 아래 새로운 것은 없다.

시게코는 문득 목덜미가 서늘해지는 느낌을 받았다.

지금 이 나라에 이 사건을 소재로 글을 쓰고 있는 작가와 저널리스트는 대체 몇 사람이나 될까? 몇십 명? 아니, 몇백 명? 실제로 시게코의 르포처럼 주목받고 있는 텔레비전 프로그램도 있다. 긴급 출판된 사건에 관한 대담집도 있다.

그만큼 많은 사람들이 제각기 독창적인 취재나 의견을 가지고 이 사건을 분석하고 있다.

아니, 분석하고 있는 것처럼 착각하고 있을 뿐, 그 목표는 오로지 하나다.

그 목표란 자신의 '설명'에 설득력을 더하려는 것이다. 그래서 취재

범위를 다투고, 취재의 심도를 다투고, 사고의 깊이를 다투고, 독창성을 다투고, 착안점의 참신함을 다툰다. 그렇지만 그 경쟁방식은 단순하다. 결국 경쟁을 하면서 서로를 흉내내고 있을 뿐이다.

이 사건에서 정말로 독창적인 것이 있다면, 그것은 오직 하나뿐일지도 모른다. 범인들을 움직인 충동. 하지만 그것도 그들이 죽었을 때 함께 사라지고 말았다. 재현 불능, 재생 불가. 나 마에하타 시게코는 그들을 움직인 충동의 조잡한 모조품을 누구에게 어떤 허락도 받지 않고, 그 모조품이 얼마나 그럴듯하게 만들어졌는지 과시하고 싶은 마음에, 재빨리, 그리고 열심히 만들어내고 있는 것뿐이지 않은가.

손을 뻗어 컴퓨터의 전원을 껐다. 위잉 하는 소리와 함께 모니터가 어두워졌다. 설치를 도와준 친구가 절대 해서는 안 된다고 주의를 줬던 난폭한 방식이었다. 그러나 이렇게 해서라도 자신이 쓴 원고와 떨어지지 않으면 머리가 터져버릴 것만 같았다.

나는 지금 뭘 하고 있는 거지?

그해 연말도 늘 그렇듯이 어떤 장소에서는 정숙하게, 어떤 장소에서는 화려하게, 어떤 장소에서는 암담하게, 어떤 장소에서는 축복이 가득한 분위기에서 한 해가 저물어가고 있었다. 하늘 아래 새로운 것은 없다.

사람들은 한 해의 마지막 날을 환영하고, 새해를 기뻐했다. 많은 희생자를 낸 연속살인사건의 기억 따위는 수첩의 마지막 페이지에 붙인 채로 덮어버리고 싶을 것이다. 문득 생각이 나면 그것을 다시 꺼내 화제로 삼으면 된다. 사건은 벌써 끝났다. 뒷정리는 그냥 내버려둬도 누군가가 알아서 해줄 것이다. 그것이 선진 문명국의 올바른 방식이다.

올해는 정말 힘든 한 해였고, 엄청난 사건이 있었고, 큰 재해가 있었으니까 빨리 시간이 지나 새로운 해가 오면 좋겠다고 생각했던 해는 생각해보면 지금까지 얼마든지 있었다. 그러면 또 어때, 어차피 남의 일인데. 다행히 나는 잘 살고 있고 가족도 평화롭고 회사도 그런대로 잘 나가고 있으니까, 지난날은 빨리 잊어버리고 새로운 한 해를 맞이하자.

다케가미 에쓰로도 골치 아픈 사건들만 없으면 그런 생각으로 새해 첫날을 맞이할 것이다. 당연하다. 그는 특별난 구석이 없는 사람이니까. 그러나 직업상 담당하는 사건 없이 새해를 맞이하는 경우는 거의 없었다. 그래서 한 해의 마지막 날이면 항상 어떤 불만, 불신, 자기혐오 따위를 끌어안은 채 텔레비전에서 흘러나오는 제야의 종소리를 듣는다.

그래도 한 해의 액을 씻어줄 메밀국수는 먹어야겠다 싶어 회의실로 배달을 시켰다. 새해 첫날에는 부하들을 집으로 돌려보내려고 노력한 결과, 결국 회의실에서 다케가미와 나란히 메밀국수를 먹는 사람은 시노자키를 포함해서 셋뿐이었다. 다케가미 외에는 모두 독신이라 집에 돌아간다 한들 반겨줄 사람이 없다.

요즘 들어 시노자키는 곧잘 방향을 잃은 사람처럼 퀭한 눈길로 산처럼 쌓인 파일 사이에 앉아 있곤 했다. 다케가미는 그런 시노자키를 물끄러미 살피며 튀김과 메밀국수를 먹었다. 시노자키는 입을 다물고 멍하니 있다가 문득, 제야의 종소리는 언제부터 세야 하느냐고 물었다. 다른 형사가 처음 몇 번은 연습이니까 세면 안 되는데 그건 텔레비전으로는 알 수 없다고 했다. 누군가가 그믐날에 일하는 사람은 우리만이 아니라 메밀국수집 주인도 있다면서 웃었다. 다케가미는 제야의 종소리를 세면서 책상 위의 재떨이를 비우고, 새해 첫 담배를 빼어물었다.

같은 시간 다카이 유미코는 어머니와 둘이서 고타쓰에 앉아 있었다. 가쓰키 히로에는 부엌에서 뭔가를 만들고 있었다. 어머니는 졸린 눈을 깜빡이면서 어느 북쪽 지방의 산사에서 승려가 눈을 맞으며 종을 치는 모습을 텔레비전으로 보고 있었다. 유미코가 어머니를 불렀다. 이런 설날은 태어나서 처음이라고 했다. 늘 가게 일이 바빠 이렇게 고타쓰에 앉아 있을 수가 없었던 것이다.

그러나 어머니는 유미코의 말을 듣고 있지 않았다. 당연한 일인지도 모른다. 유미코는 입술을 깨문다. 그리고 잃어버린 것들을 생각하고, 기어이 미움을 깊이 떠는 것을 더이상 견딜 수 없이서 고디쓰 안으로 피고든다. 울지 않으려 했지만 눈물이 저절로 흘러내렸다. 그래서 시곗바늘이 자정을 지나자마자 아미카와 고이치에게서 전화가 걸려왔을 때 운 것을 들키고 말았다.

"아, 유미코, 또 울고 있었구나."

그의 목소리가 들려오자 상처가 아무는 느낌이 들어, 수화기를 잡은 채 전화해줘서 고맙다고 속삭였다. 아미카와 고이치는 다정한 말투로 내일은 힘들지만 그 다음날은 찾아갈 수 있을 테니 그때 신사에 데려가주겠다고 했다. 유미코는 그의 웃음 띤 얼굴을 떠올리며 위안을 느꼈다. 피스라는 별명이 너무도 잘 어울렸다. 소년 시절 그는 구리하시 히로미와는 친했지만, 오빠 가즈아키와는 별로 교류가 없었다. 그런데도 왜 이렇게 마음을 써주는 걸까 하고 의아해하면서도, 모든 사회적인 루트가 단절되어버린 유미코에게는 그 이유를 생각하는 것보다도 다가오는 따스한 손길이 더 소중했다. 그래서 그와 대화를 나눈 후 전화를 끊을 때는 너무 아쉬워 또 울고 말았다.

새해는 유미코에게 정말 소중한 한 해가 될 거라고 아미카와 고이치는 말했다. 유미코, 지면 안 돼. 그것이 다카이 유미코의 새해 목표이며 표어였다.

시게코는 지금 원고가 제대로 안 된다는 사실도, 지독한 독감처럼 갑자기 열을 내기 시작한 자기혐오에 대해서도 남편에게 말하지 않았다. 연내 마감은 맞춰놓았으니 괜한 걱정은 끼치고 싶지 않았다. 지금은 르포에 대해서는 아무 생각도 하기 싫었다.

둘이서 점괘를 뽑았다. 시게코는 길, 쇼지는 중길이었다. '기다리는 사람은 늦게 온다'라고 적힌 제비를 보고 쇼지는 무척 기뻐했다. 누굴 기다리느냐고 시게코가 물었다. 물론 아기라고 대답했다. 르포 원고가 몇십 회나 계속되는 건 아니지 않느냐고 쇼지는 말했다. 올해는 노력해보자면서 쇼지는 겸연쩍게 웃었다.

아리마 요시오는 병원에 있었다. 설날에도 마치코는 외박 허락이 떨어지지 않았다. 그래서 요시오가 병실에 머물 수밖에 없는 처지였다. 병동의 간호부장과 영양사의 호의로 요시오에게도 설날 아침식사가 제공되었다. 마치코가 잠든 침대 끝에 엎드려 아리마 요시오는 마리코의 꿈을 꾸었다.

쓰카다 신이치는 잠깐 이시이 부부의 집으로 돌아갔다. 부부와 같이 야식을 먹고 그들이 먼저 잠자리에 든 후, 불 꺼진 거실에 남아 창밖을 바라보고 있었다. 밤하늘에는 겨울 별이 흩어져 있고, 창유리에 손을 대자 차가운 기운이 전해져왔다. 신이치는 그 창에 볼을 대고 미즈노 히사미를 생각했다.

그녀는 전화를 걸어오지 않았다. 그렇다고 해서 그녀가 신이치를 완전히 잊은 것은 아닐 것이다. 그러나 상상은 현실을 이길 수 없다. 전화벨이 울리지 않는다는 것은 신이치가 세계에서 소외되어 있다는 뜻이나 마찬가지였다. 외로웠다. 정원에서 코를 킁킁거리는 로키를 안으로 들여 목을 쓰다듬어주다가 어느새 소파에서 잠이 들어버렸다. 로키의 따스한 체온 덕분에 악몽을 꾸지 않고 잠들 수 있었다.

이렇게 해서 새해가 왔다. 시간의 화살 끝은 어디로 향할지 아무도 모른다. 다만, 그것이 움직이고 있다는 것만은 분명한 사실이다.

11

1월 11일 오후 두시, 아리마 요시오는 이다바시의 아크 호텔 로비 소파에 앉아 아사이 유코를 기다리고 있었다.

일단 만나서 자세한 이야기를 들어보자는 생각이었다. 히다카 미치코를 비롯한 다른 피해자 유족을 만나자는 결심을 하기까지 많이도 망설였다. 실제적인 문제로서 과연 구리하시 히로미와 다카이 가즈아키의 유족에게 손해배상을 청구할 수 있을지 요시오는 의심스러웠다.

범인들이 죽은 후로 사건은 정리된 듯이 보였다. 새로운 희생자가 나올 위험이 없다는 의미에서는 분명히 그랬다. 그러나 진실로 단 하나의 의구심도 없이 그 두 사람이 범인이라고 재판정이 단언한 것은 아니다. 경찰은 아직 사실관계에 대한 수사를 하고 있다.

그런 상태에서 과연 구리하시와 다카이의 유족을 상대로 재판을 시작할 수 있을까? 가능하다 하더라도, 그 경우에는 구리하시와 다카이가 그 일련의 살인을 저질렀다는 것을 형사재판 정도의 엄밀한 증명까지는 아니더라도 어느 정도 원고측이 입증할 책임이 있지 않을까?

그렇다면 그건 문제다. 슬픔에 젖어 자신의 생활도 지탱하기 힘든 유족들에게 그런 엄청난 작업이 가능할 리 없다.

요시오는 법률적인 지식도 갖고 있지 않고, 지금까지 민사재판의 원고나 피고가 되어본 적도 없다. 다만 조합의 동료들 가운데 교통사고나 영업방해 등으로 재판에 말려든 경험을 한 사람이 있어서 이런저런 이야기를 들어보기는 했다. 그런 귀동냥 지식으로 추론하건대, 이번 아사이 유코의 이야기는 아무래도 믿기 힘들었다. 알아듣기 쉽게 설명하느라 그런지는 몰라도, 연말에 요시오가 들은 이야기만으로는 너무 간단하고 무책임해 보였다.

구리하시 히로미의 아파트에서 발견된 사진으로만 사건과의 관련성이 드러난 이토 아쓰코나 미야케 미도리는 어떻게 될까? 앞으로 경찰 수사를 통해 명확한 물증이 드러나면 좋겠지만, 그게 없으면 지금 이대로는 손해배상 청구의 원고가 된다는 것은 거의 불가능한 일이 아닐까 하고 요시오는 생각했다. 아사이 유코도 그 점을 고려하고 있는 듯, 연말에 찾아왔을 때 이런 이야기를 했었다.

"최악의 경우에 원고측은 히다카 씨와 아리마 씨 두 사람이 될지도 모릅니다."

그렇다면 과연 소송을 제기할 의의가 있을까?

그래서 오늘 요시오는 그 문제를 확인하기 위해서 나온 것이다. 나 같은 아마추어의 눈으로 보아도 무모한 시도인 것 같은데, 변호사 선생, 정말로 해보실 생각이시오?

멍하니 두 개비째의 담배를 피우고 있는데, 히다카 미치코가 복잡한 로비를 가로질러오는 것이 보였다. 요시오가 일어서서 자신의 존재를 알리기 전에 그녀가 먼저 알아보고 다가왔다. 여전히 이 세상 모두를 향해 사죄하는 듯이 등을 동그랗게 말고, 목을 움츠리고, 눈을 아래로 내리깔고 있었다.

"아사이 선생은요?"

"아직 안 오신 것 같습니다."

히다카 미치코는 소파에 앉으려 하지도 않고 두려운 표정으로 다소 곳이 서 있었다. 요시오도 어쩔 수 없이 자리에서 일어섰다.

"오늘은 미야케 씨의 아버님도 오신다고 합니다."

"아, 그래요."

"어머니는 아직 마음의 정리가 안 되어서 참석할 수 없다고 해요."

"이토 아쓰코의 부모님은 어떻게 되었습니까?"

"도저히 말을 붙일 형편이 아니었다고 합니다. 자신들은 관계가 없다고요. 딸의 안부가 아직 확실하지 않으니 참석할 수 없다고 말입니다."

그것도 그렇다. 요시오마저도 마리코의 유해가 드러나지 않았다면 손해배상 청구소송 운운하는 데에 동조할 수 없었을 것이다. 아무리 아사이 유코가 돈이 목적이 아니라고 주장한다 해도.

요시오는 풀이 죽어 있는 히다카 미치코의 생기 없는 얼굴을 힐끗 보았다. 아사이 선생의 말대로 일이 잘 풀릴 것 같지는 않다, 그 선생의 정의감과 열의에는 감탄하지만 지금 단계에서 손해배상 운운하는 것은 이해하기 힘들다, 그런 말을 해버리고 말 것 같았다. 그때 히다카 미치코가 바닥을 내려다보면서 뭐라고 혼잣말로 중얼거렸다.

"방금 뭐라고 하셨나요?"

"아…… 아사이 선생님은 정말 훌륭하신 분이라고요……"

"아, 네."

"저는 법률에 대해서는 문외한이에요. 세상 돌아가는 것도 잘 몰라요. 그냥 집에만 있었으니까요…… 그래서 모든 걸 선생님에게 맡길 생각이에요."

요시오는 그러냐고 고개를 끄덕이고는 어색한 손길로 담배를 꺼냈다. 불을 붙이고 있는데 히다카 미치코는 계속 혼잣말로 중얼거렸다.

"치아키의 뒤를 따라 죽을까도 생각했어요."

"그러면 안 됩니다. 부인."

"네."

히다카 미치코는 눈꼬리를 훔쳤다.

"안 되는 줄 알면서도, 더 살아봐야 아무런 낙이 없다는 생각이 들어서……"

"그 심정이야 오죽하겠습니까. 나도 잘 알지요. 그렇지만 부인, 죽으면 안 됩니다. 따님도 그걸 바라지 않을 겁니다."

히다카 미치코는 울기 시작했다. 손으로 얼굴을 가렸다.

"치아키가 저세상에서 혼자 외롭게 있다는 생각을 하면, 나도 빨리 가는 게 좋지 않을까 싶어서……"

그 말을 들으면서 요시오는 이런저런 대답을 떠올렸다. 치아키는 미인이었다고 하니 저세상에서도 인기가 있어서 외롭지 않을 거다, 애당초 저세상 따위는 없으니 그런 생각은 할 필요 없다, 그건 부인이 자살하고 싶은 마음 때문에 만들어낸 변명에 지나지 않는다, 등등. 그러나 바로 그때, 히다카 미치코의 손가락 틈으로 웅얼거리듯이 흘러나온 한 마디에 생각의 흐름이 뚝 끊겼다.

"연말에 아사이 선생님에게서 전화가 오지 않았더라면, 지금 나는 여기 이렇게 서 있지도 못했을 겁니다. 벌써 죽었을 거예요."

요시오는 그녀의 거무스름한 얼굴을 바라보았다. 잠을 잘 자지 못하는 듯, 눈 아래에 검푸른 테가 그려져 있었다.

"아사이 선생이 부인 댁으로 전화를 걸어왔나요?"

히다카 미치코는 손수건을 꺼내 그것으로 코를 누르면서 고개를 끄덕였다.

"어떤 전화였지요?"

"그러니까…… 치아키의 한을 풀고, 이 사건이 금방 사람들의 기억에서 사라지지 않게 하기 위해서 손해배상 청구소송을 제기하자고요."

요시오는 히다카 미치코의 얼굴을 가만히 들여다보았다. 히다카 미치코도 의아한 표정으로 눈길을 들어 요시오를 보았다.

"연말에 부인과 아사이 선생이 우리집에 왔을 때는 그런 말이 아니었을 텐데요. 부인이 사이타마에서 시의원을 지내는 오빠의 추천으로 아사이 선생을 찾아갔고, 소송을 제기하자는 것도 오빠의 생각이었다고 말하지 않았습니까?"

히다카 미치코의 얼굴이 손에 든 손수건처럼 새하얘졌다.

"그건……"

"따지자는 게 아닙니다. 그렇지만 이야기가 다르지 않습니까?"

"네, 그건……"

히다카 미치코는 고개를 푹 숙이고 눈물을 닦았다.

"사실은, 처음에 아리마 씨에게 이야기한 내용은 거짓말이었습니다."

"사실이 아니었단 말이죠? ……자, 부인, 잠깐 앉으세요."

히다카 미치코는 소파에 앉고, 요시오도 그녀의 작은 목소리를 잘 들을 수 있게 바로 옆에 나란히 앉았다.

"정말로 아사이 씨가 부인의 집에 전화를 걸어온 것이 계기였습니까?"

"네, 그렇습니다."

"그 전화에서 아사이 씨가 지난번에 나한테 한 것처럼 열성적으로 설득해서, 부인이 손해배상 청구소송을 제기할 마음이 생겼다는 거죠?"

"네……"

"그렇다면 왜 내게는 거짓말을 했지요?"

"그건, 저, 제가 스스로의 의지로 재판을 생각하게 되었다고 말하는 것이 다른 분들을 설득하기 쉽지 않겠냐고, 선생님께서 말씀하셔서……"

"아하."

하긴 그렇다.

"그런데, 시의원을 지내고 있는 부인의 오빠가 이 건에 대해 부인의 상담역을 하고 있다는 것은 사실입니까?"

히다카 미치코의 어깨가 더 움츠러들었다.

"그건……"

점점 더 모기보다 작은 목소리로 변해갔다.

"우리 오빠가 사이타마에서 시의원을 지내고 있다는 건 사실이에요. 그렇지만, 오빠와 나는 거의 절연상태입니다."

"옛날부터?"

"아닙니다. 치아키의 일이 있은 이후로…… 오빠는 교육문제를 내세우는 사람인데, 그 때문에 치아키 같은 조카가 있으면 곤란하다고 해서……"

요시오의 가슴이 크게 뛰기 시작했다.

"그렇다면 오빠는 이번 건에 아무 관계도 하지 않는군요."

"네…… 그렇지만 오빠에 대해 말하는 편이 다른 유족분들을 설득하기 쉽다고 아사이 선생님께서……"

"부인, 이 일을 다른 누구와도 의논해보았습니까?"

"아뇨, 아무하고도 안 했습니다."

"아사이 씨에게만 의논했습니까?"

"네……"

"부인은 아사이 씨의 사무실에 가본 적이 있습니까?"

히다카 미치코는 고개를 저었다.

"아닙니다. 항상 선생님이 우리집으로 와주세요."

"그럼 사무실이 어딘지 모르시는군요."

"그렇지만 전화는 한 적이 있어요."

"누가 받았습니까?"

"어떤 남자가요. 선생님과 같은 사무실을 쓰는 변호사라는데, 그분도 오늘 여기에 오신다고 했습니다."

히다카 미치코는 눈을 굴리면서 주변을 살폈다.

"그래도 너무 늦네요. 길이 막히는 걸까요?"

오지 않을지도 모른다고 요시오는 생각했다. 아니, 이렇게 판을 벌인 이상 나타날 것이다.

"부인, 지금 부인은 아사이 씨에게 의뢰한 거지요?"

"네, 그렇습니다."

"벌써 돈을 지불했습니까?"

"네, 착수금으로."

"얼마를요?"

"백만 엔입니다. 이 정도 규모의 손해배상 청구소송치고는 아주 싼 가격이라더군요."

"그건 아사이 씨가 한 말이겠지요?"

"네."

가슴이 더 심하게 뛰기 시작했다. 오늘 여기에 나오길 잘했다고 생각했다. 이건 안 된다. 절대로 안 된다.

그때, 로비에서 아사이 유코의 얼굴이 보였다. 혼자가 아니었다. 그 곁에 오십대 정도 되어 보이는, 병색이 완연한 얼굴에 양복을 입은 남자가 나란히 걸어왔다. 아사이 유코가 열심히 그 남자와 이야기를 나누고 있었다. 그리고 그녀의 뒤에는 역시 오십대로 보이는, 몸집은 작지만 어깨가 딱 벌어진 남자가 따라오고 있었다. 양복 깃에 아사이 유코와 같은 금배지가 보였다. 아마도 변호사 배지일 것이다.

그렇다면 아사이 유코와 나란히 들어오는 남자는 아마도 미야케 미도리의 아버지일 것이다. 뒤에 선 남자가 히다카 미치코가 말했던 같은 사무실의 변호사일 것이다.

세 사람이 다가온다. 요시오는 허리를 꼿꼿하게 세우고 자리에서 일어섰다. 그 움직임을 보았는지 아사이 유코가 이쪽을 바라보았다. 인사를 한다. 나란히 걸어오는 남자에게 무슨 말을 하고, 남자가 요시오 쪽을 본다. 피로에 전 그 시선은 분명 사랑하는 딸을 잃은 아버지의 표정이라고 요시오는 확신했다.

"실례합니다. 미야케 양의 아버님이십니까?"

요시오가 먼저 말을 걸었다. 남자는 말없이 반사적으로 고개를 끄덕였다.

"아리마 요시오라고 합니다. 후루카와 마리코의 외할아버지 되는 사람이지요."

미야케의 아버지는 아, 하고 탄식 같은 소리를 냈다. 그러나 그가 말을 꺼내기 전에 요시오는 아사이 유코 쪽으로 몸을 돌렸다.

"아사이 선생" 하고 큰 소리로 불렀다.

"당신 정말로 변호사시오?"

갑작스러운 그 질문에 히다카 미치코와 미야케 미도리의 아버지는 동시에 눈을 화들짝 뜨고 아사이 유코를 바라보았다. 아사이 유코는 첫 대면 때와 마찬가지로 지혜로운 토끼 같은 얼굴로 무덤덤하게 요시오를 바라보았다. 그러나 그녀와 같이 온 남자는 한순간이었지만 당황하는 기색을 드러냈다.

"갑자기 무슨 말씀이세요?"

아사이 유코가 부드러운 목소리로 반문했다.

"아리마 씨, 무슨 일이라도 있으셨나요?"

"아무 일도 없었습니다. 선생은 관대한 분이니까 마음에 두지는 않겠지요? 나 같은 무식한 할애비가 선생이 정말로 변호사인지 걱정이 된 것은, 오늘 이 모임 전에 선생에 대해 약간 조사를 해보았기 때문이오."

넘겨짚은 말이었지만 요시오는 강하게 밀어붙였다. 연륜의 힘이었다.

"무슨 말씀이세요?"

지혜로운 토끼는 눈 하나 깜빡하지 않았다. 그러나 같이 온 남자는 노골적으로 당황하는 기색을 보이기 시작했다.

"우리 두부조합의 고문 변호사 선생에게 이번에 아사이 선생이 제안한 손해배상 청구소송에 대해 의논해보았습니다. 그리고 아사이 선생이 어디 출신이고 어느 변호사 모임에 소속된 분인지 명부를 보면 금방 알 수 있다고 해서 조금 조사를 부탁했소."

지혜로운 토끼는 천천히 눈을 깜빡거렸다.

"전 생각하는 바가 있어서 도쿄 변호사 협회에도 일본 변호사 연합에도 적을 두지 않고 있어요. 그러니 명부에 올라가 있을 턱이 없지요."

"아, 그런가요."

"아리마 씨, 어쨌든 이런 데서 이야기하는 건 뭐하니까 일단 안으로 들어가시죠. 프런트에서 키를 받아오겠습니다. 잠깐만 기다려주세요."

같이 온 남자에게 눈짓을 하더니 아사이 유코는 요시오 곁을 벗어나려 했다. 도망치려 한다는 것을 요시오는 알아차렸다. 같이 가겠다는 말을 하려는데, 누군가 옆으로 다가와 요시오 앞에 섰다.

젊은 여자였다. 반짝이는 눈을 가진 여자였다.

"저기, 아리마 씨세요?"

마치 싸움을 거는 듯한 높은 톤의 목소리로 말했다.

"저는 다카이 유미코라고 합니다. 다카이 가즈아키의 여동생입니다. 드릴 말씀이 있어 찾아왔습니다."

요시오는 놀라서 두세 걸음 뒤로 물러섰다. 다카이 유미코가 앞으로 나서서 요시오를 잡으려는 듯이 손을 내밀었다. 요시오는 그 손을 뿌리쳤다. 유미코는 비틀거리면서 소파에 손을 짚었지만, 금방 다시 자세를 잡고 소리쳤다.

"아리마 씨! 부탁입니다."

다시 다가왔다. 얼굴은 핏기 하나 없이 창백하고 눈꼬리가 위로 치켜
올라가 있었다.

요시오는 눈앞의 젊은 여자가 내뱉은 말을 도저히 소화할 수 없었다.
다카이 유미코, 다카이 가즈아키의 여동생. 유미코, 가즈아키, 여동생.

여동생? 다카이 가즈아키의 유족?

"어이, 그만두지 못해!"

아사이 유코와 같이 온 미야케 미도리의 아버지라는 남자가 유미코
의 팔을 잡고 요시오 곁에서 떼어내려 했다. 유미코는 그 손을 뿌리치
며 "놔요!" 하고 외쳤다.

"난 아리마 씨에게 할 말이 있단 말예요!"

남자가 고함을 질렀다.

"난 미야케 미도리의 애비야!"

다카이 유미코는 마치 따귀라도 맞은 것처럼 그 자리에 우뚝 멈춰 섰
다. 창백한 얼굴이 더 하얘졌다. 얇은 종이가 바람에 흔들리는 것처럼
볼이 파르르 떨렸다.

"나, 나, 나는……"

더듬거리며 무슨 말을 하려는 다카이 유미코의 어깨를 미야케 미도
리의 아버지가 밀쳤다.

"더러운 년. 가까이 오지 마!"

"난, 그냥 이야기를……"

"네 이야기는 듣고 싶지도 않아!"

누군가 비명을 지르면서 울음을 터뜨렸다. 히다카 미치코였다. 소파
옆에 쭈그리고 앉아 얼굴을 감싸고 울고 있었다. 요시오도 다리가 후들
거렸다. 대체 이게 무슨 일인가. 왜 이런 일이 벌어지고 있는 걸까.

로비에 있던 사람들이 대화를 그치고 가던 발걸음을 멈추었다. 로비

끝에 있는 프런트의 종업원들도 모두 이쪽을 바라보고 있다. 전화기를 들고 어디론가 연락을 하는 종업원도 있다. 한 종업원이 카운터를 돌아나와 잰걸음으로 다가오고 있었다.

아사이 유코는? 그녀의 동료는? 어디로 사라졌지? 요시오는 주위를 둘러보았지만 아무것도 없었다. 갑자기 현기증이 일었다.

아, 쓰러지는 건가.

"위험해요!"

누군가 외치면서 뒤에서 요시오를 부축했다. 그와 동시에 귀에 익은 여자 목소리가 다카이 유미코를 불렀다.

"유미코! 여기서 대체 뭘 하고 있는 거야?"

요시오는 눈을 떴다. 자신이 바닥에 엉덩방아를 찧은 자세로 주저앉아 있다는 것을 알았다. 등 뒤에서 누군가 두 손으로 양 겨드랑이를 붙잡고 있었다. 그 누군가에 기대어 겨우 얼굴을 들 수 있었다.

낯선 여자는 바로 눈앞에서 다카이 유미코의 팔을 붙들고 심각한 표정으로 무슨 말인가를 하고 있었다. 삼십대 중반 정도로 보이는 큰 키에 가느다란 몸매의 여자였다. 요시오는 다카이 유미코의 변호사가 아닌가 생각했다. 여기에도 변호사, 저기에도 변호사. 그런데 진짜는 누구지?

"당신, 당신 누구야?"

미야케가 키 큰 여자를 손가락으로 가리켰다.

"당신 누구야? 어, 잠깐, 당신 얼굴 어디서 본 것 같은데."

키 큰 여자는 진지한 눈길로 미야케의 시선을 똑바로 맞받았다.

"저는 마에하타 시게코라고 합니다."

미야케의 얼굴이 서서히 시퍼렇게 변해갔다.

"아, 당신이었어? 당신이 그 쓰레기 같은 글을 쓴 사람이야?"

그것은 모멸이었다. 마에하타 시게코라는 여자는 그 말에는 아무 대답도 하지 않고, 그냥 눈길로만 목례를 했다. 그러고는 유미코를 끌어당기며 "빨리 가자" 하고 속삭였다.

"여긴 당신이 올 자리가 아냐. 사람이라면 기본적인 예의 정도는 알아야지. 빨리 꺼지지 못해!"

다카이 유미코의 두 눈에서 눈물이 글썽였다.

"나, 나……"

"자, 어서 사과해."

유미코는 목소리를 짜냈다.

"그렇지만 오빠는 결백해요!"

미야케의 얼굴이 일그러졌다. 그의 가슴에서 겨우 버티고 있던 이성과 냉정이 한꺼번에 무너지는 소리가 요시오의 귀에까지 들려오는 것 같았다. 말릴 틈도 없었다. 손바닥도 아닌 주먹으로 그는 다카이 유미코를 후려쳤다.

유미코가 순간 요시오의 시야에서 사라졌다. 젊은 여자의 비명 소리가 들렸다. 유미코가 아니라 로비에 있던 사람 중의 누군가였다. 달려온 경비원이 미야케를 붙들었다. 프런트에 있던 종업원이 달려들어 마에하타 시게코와 함께 쓰러진 유미코를 끌어안았다.

"이거 놔!"

경비원의 팔을 뿌리치면서 미야케가 외쳤다.

"죽여버릴 거야! 이런 더러운 년은 죽어야 돼! 미도리의 원수를 갚을 거야! 놔! 이거 놓지 못해!"

분노와 슬픔의 극한에서 폭주하는 남자의 힘에 밀려 경비원이 떨어져나갔다. 미야케는 쭈그리고 앉은 유미코 쪽으로 방향을 틀었다. 마에하타 시게코가 소리를 지르며 유미코를 감쌌다.

요시오는 등 뒤에서 자신을 지탱하고 있던 팔이 풀어지는 것을 느꼈다. 그 팔의 주인공이 재빨리 앞으로 나가 미야케를 가로막았다. 놀랍게도 소년이라 불러도 좋을 만큼 마른 체격의 젊은 남자였다. 소년이 미야케의 팔을 붙들었다. 미야케가 고개를 돌려 그 흉포한 표정으로 요시오를 바라보았다. 이 사람을 말리지 않으면 큰일이 벌어질지도 모른다. 그런 생각을 하면서도 꼼짝을 할 수 없었다. 요시오는 그저 멍하니 미야케와 엉킨 소년과, 그와 함께 미야케를 제지하는 경비원을 바라보고 있었다. 슬로모션으로 보는 춤 같았다. 너무도 우스꽝스러운 광경이었다. 우습지? 마리코. 할아버지는 여기서 뭘 하고 있는 걸까, 응?

경비원과 미야케와 소년이 한 덩어리가 되어 바닥에 쓰러졌다.

콰당.

소름끼치는 소리가 울렸다. 소파 옆의 테이블 위에서 재떨이가 떨어졌다.

"신이치!"

마에하타 시게코가 비명을 질렀다.

소년은 바닥에 쓰러져 있었다. 미야케도 경비원도 그 자리에 얼어붙어 자신들의 몸 아래에 깔린 소년을 보고 있었다. 소년의 얼굴에서 피가 흘러내려 로비의 카펫을 적시며 퍼져나갔다.

"아, 큰일났어!"

경비원의 목소리가 들렸다. 프런트의 종업원도 외쳤다. 울상을 지은 채.

요시오는 엉금엉금 기어서 그 소년에게 다가갔다. 기절했다. 관자놀이 부근을 다쳤다. 테이블 모서리에 부딪힌 것이다. 그의 머리를 두 손으로 감싸고 요시오는 사람들을 향해 있는 힘을 다해 외쳤다.

"이애부터 빨리 병원으로 옮겨야 돼. 의사를 불러. 빨리!"

구급차가 오는 데 칠 분이 걸렸다. 그 칠 분 동안은 요시오가 지휘관이었다. 마에하타 시게코에게 다카이 유미코를 맡기고, 미야케와 히다카 미치코를 호텔측에 맡기고, 시게코의 명함을 받고 휴대폰 번호를 적고, 이애는 내가 병원으로 데리고 가서 좀 안정되면 전화를 하겠다고 말했다.

히다카 미치코는 무기력하게 주저앉아 울기만 하고, 미야케도 얼빠진 사람처럼 주저앉아버렸다. 요시오가 움직일 수밖에 없는 상황이었다. 구급대원이 들것을 들고 달려오는 것을 보고, 요시오는 자리에서 일어나 경비원과 호텔 종업원의 부축을 받으며 사라지는 미야케의 어깨를 한 번 세게 붙잡아주었다. 불행한 아버지는 어깨를 떨며 울기 시작했다.

요시오는 구급차에 타고 젊은 대원에게 소년이 다친 경위를 간단히 설명했다. 대원은 소년의 맥을 짚어보고 상처에 닿지 않게 조심하면서 눈꺼풀을 뒤집어보고는, 괜찮다면서 곧 의식을 되찾을 것이라고 요시오를 위로해주었다.

병원이 가깝긴 하지만 길이 막혀 시간이 걸릴 거라고 했다. 상처에서는 아직도 피가 흘러나오고, 하얀 거즈가 붉게 물들어갔다. 이렇게 피를 흘려도 괜찮을까 걱정하면서 지켜보고 있는데, 다른 차들을 피하느라 차가 한 번 크게 흔들렸다. 구급차는 잘 흔들린다는 사실을 요시오는 마치코를 입원시키는 과정에서 경험한 터였다. 요시오는 소년의 머리가 흔들리지 않게 재빨리 두 손으로 받쳐주었다.

그러자 소년이 눈을 번쩍 떴다. 수업중에 졸다가 깬 것 같은 눈이었다.
"아야!"
소년은 어린애처럼 외쳤다.
구급대원과 요시오는 저도 모르게 눈을 마주치면서 웃었다. 그리고는 안도의 한숨을 내쉬었다.

"아플 거야. 지금 병원으로 가는 중이니까 조금만 참아. 머리를 움직이지 말고."

"구급차?"

소년이 깜짝 놀란 듯 중얼거렸다.

"테이블 모서리에 부딪혔어."

"아, 그래서 이렇게 아픈 거군요."

소년이 얼굴을 찌푸렸다.

"뭐가 어떻게 된 거지? 다른 사람은 어떻게 됐어요?"

"괜찮아. 걱정하지 마. 마에하타라는 사람이 뒷정리를 하고 있으니까."

"시게코 씨가요?"

그렇게 중얼거리더니, 소년의 얼굴이 갑자기 흐려졌다.

"다른 사람은 안 다쳤나요?"

"그래, 네가 제일 많이 다쳤어."

"다행이네요. 이상해, 대체 어떻게 된 거지. 왜 제가 다친 거죠?"

"머리를 부딪혀서 기억이 잘 안 날 거야. 억지로 기억하지 않아도 돼" 하고 구급대원이 말했다.

사이렌 소리와 길을 비키라는 마이크 소리가 들려왔다.

"집에다 연락하지 않아도 되나? 연락해야 되는 사람이 있으면 병원에서 전화하마."

요시오가 말했다.

"시게코 씨뿐이에요."

"어머니는? 걱정하실 텐데. 혹시 입원할지도 모르는데 보험증 가져오라고 해야지."

"아, 그렇지, 보험증."

소년은 눈을 깜빡이다가 상처가 아픈지 얼굴을 찌푸렸다.

"그것도 그냥 시게코 씨에게 말하면 돼요."

아직 고등학생 정도로 보이는데, 그 마에하타 시게코라는 여자의 조수 정도 되는 건가 하고 요시오는 생각했다.

로비에서 소동을 벌이던 미야케가 내뱉은 쓰레기 같은 글 운운하는 말을 요시오는 이해할 수 없었다. 그러고 보니 기다가 어떤 잡지에서 구리하시와 다카이의 사건에 대해 누군가가 연재를 하는데, 그게 큰 화제가 되고 있다고 화난 목소리로 말한 적이 있었다. 요시오에게 그 사건은 어디까지나 마리코의 사건이며, 마리코에 대해 더는 괴로운 기억을 떠올리고 싶지 않았다. 그래서 사건에 대한 보도나 특집 같은 것을 일부러 읽지 않고 있었다.

그런데 복잡한 도심지의 도로를 천천히 나아가는 구급차 안에 누워 있는 소년의 참한 얼굴을 지켜보는 사이에, 언제 어디선가 한 번 만난 것 같은 기분이 들었다. 이 나이대의 아이들은 모두 비슷비슷하게 보여서일 거라고 생각했다.

"할아버지."

소년이 불렀다.

"아리마 요시오 할아버지 맞으시죠?"

요시오는 깜짝 놀랐다.

"응, 그래. 그런데?"

"저, 전에 할아버지를 만난 적이 있어요."

구급대원이 피에 젖은 거즈를 새것으로 바꿨다. 흘러내린 피가 눈에 들어갔는지, 소년은 한쪽 눈을 감으면서 얼굴을 찌푸렸다.

"나도 지금 어디서 본 것 같다고 생각하는 중이었어. 착각인가 했는데, 역시 그랬구먼. 어디서 만났을까?"

소년은 말하기가 어려운지 입을 꾹 다물었다. 구급차가 왼쪽으로 꺾어졌다. 요시오는 소년의 몸이 흔들리지 않게 어깨를 눌렀다. 그리고 이 소년이 너무 말랐다는 것을 깨달았다.

"모구토 경찰서 앞에서요" 하고 소년이 말했다.

"지나쳤어요. 만났다기보다는 그냥 본 거예요."

기억을 되짚어보았지만 요시오는 기억해낼 수 없었다.

"저, 쓰카다 신이치라고 합니다."

"쓰카다 신이치?"

"네, 오가와 공원 쓰레기통에서 처음 그 오른팔을 발견했어요."

요시오는 저도 모르게 몸을 뒤로 뺐다. 구급대원은 못 들은 척하고 있었다.

"그래서 경찰에 불려갔거든요. 돌아가는 길에 할아버지를 봤어요."

"그랬었군……"

"네, 텔레비전에서 할아버지 얼굴을 본 적이 있어서 기억하고 있었어요. 그렇지만 할아버지가 저를 기억하지 못하는 건 당연하죠."

"신이치, 마에하타라는 여자랑 아는 사이인가?"

"네."

"르포를 쓰고 있다고 하던데, 그 사건에 대해서."

"네, 그래요."

차가 흔들렸다. 요시오는 차창으로 바깥을 내다보았다. 병원 간판이 시야에 들어왔다.

"오늘 마에하타 시게코 씨와 저는 다카이 유미코 씨를 찾으러 간 겁니다."

"그 호텔에?"

"네, 누군가 오늘 그 장소에서 아사이라는 변호사와 피해자 유족이 만난다는 소식을 전해주면서 취재하지 않겠느냐는 말을 했는데, 사실 시게코 씨는 갈 생각이 없었어요. 그런 취재는 해선 안 된다고, 예의에 어긋난다고 말입니다. 그런데 다카이 유미코가 그 정보를 어디서 어떻게 듣고서 혼자서 나가버렸어요. 그 사실을 알고 우리가 뒤를 쫓아 호텔에 간 겁니다."

차는 응급실 입구를 향해 천천히 후진하고 있었다.

"이야기는 상처를 치료한 다음에 천천히 하지."

요시오는 그렇게 말하고 먼저 구급차에서 내렸다. 들것을 끌고 가는 간호사에게 잘 부탁한다고 고개를 숙였다. 사람 좋아 보이는 간호사는 쓰카다 신이치의 얼굴을 힐끗 살펴보았다. 아마도 요시오의 손자로 착각한 모양인지 할아버지, 걱정하지 마세요, 하고 위로의 말을 건넸다. 문득 요시오는 들것에 누워 있는 소년이 마리코인 것 같은 느낌이 들어 가슴이 뜨거워졌다.

마에하타 시게코가 그 병원에 도착했을 때는 신이치는 아직 치료중이라 면회가 되지 않았다. '응급실'이라는 표찰이 붙은 하얀 문 앞의 복도에서 아리마 요시오는 작은 벤치에 구부정하니 앉아 자신의 두 손을 바라보고 있었다.

시게코가 숨을 헐떡이며 달려오자 노인은 놀란 눈을 크게 뜨며 벤치에서 일어나 시게코를 위해 자리를 비워주었다.

"상처는 그리 심각한 건 아니라는군요. 만일을 위해서 사진도 찍고 해서 시간이 걸린답니다."

시게코는 그 자리에서 깊이 고개를 숙였다.

"정말 감사합니다."

시게코는 벤치에 걸터앉았다. 요시오는 담배를 피우고 싶었지만 병원이라 그럴 수 없었다.

"난 당신이 쓴 글은 모르오. 그러니 그리 긴장하지 않아도 돼요. 그걸 읽었더라면 나도 미야케 씨 같은 말을 했을지 모르지만, 모르는 게 약인 거요."

시게코는 말없이 눈을 감았다. 여기서 머리를 숙이는 건 이상할 수도 있지만, 역시 그렇게 하지 않을 수 없었다. 진정한 저널리스트라면 이럴 때 어떻게 행동할까?

"호텔에 남은 사람들은 어떻게 됐지요? 괜찮은가요?"

"네, 다행히 경찰을 부르지 않고 대화로 해결했어요. 미야케 씨와 히다카 씨는 돌아갔습니다. 이게 두 분의 연락처입니다."

요시오는 고맙다고 인사를 하고 연락처를 받아들어 재킷 안주머니에 넣었다. 소매가 닳은 오래된 양복이었다. 위에서 두번째 단추가 떨어져나가고 없었다. 시게코는 아리마 요시오가 홀몸이고, 살해된 마리코의 어머니이자 그에게는 하나뿐인 딸이 현재 입원중이라는 사실을 떠올렸다.

사건이 이 사람의 인생을 완전히 파괴해버린 것이다. 지금 여기 이렇게 앉아 있는 노인의 발치에는 그가 성실하게 일하며 지켜온 인생의 파편이 우수수 떨어져 있다. 한 걸음을 뗄 때마다 이 사람은 그 파편을 밟고, 그것이 부서지는 소리를 들어야 한다.

나라면 더는 견디지 못할 것이라 생각하면서 시게코는 머리를 숙인 채로 있었다.

아리마 요시오는 응급실 문을 올려다보며 물었다.

"다카이 유미코라는 여자애는 어떻게 된 거요?"

"죄송합니다."

"그애가 정말로……"

"네, 다카이 가즈아키의 여동생입니다."

"그랬구면."

요시오는 고개를 끄덕였다. 한번 더 그랬구면, 하고 중얼거리고 안주머니에서 담배를 꺼냈다가 복도에 붙어 있는 금연 팻말을 보고 다시 주머니에 넣었다.

"그애는 집으로 돌아갔습니다."

"혼자서 괜찮을까요?"

"지인이 오기로 했어요. 그 사람이 오기를 기다리느라 이렇게 늦고 말았습니다."

"지인?"

"네."

시게코는 여전히 고개를 들 수 없었다.

"다카이 가즈아키의 동창생이에요. 유미코를 어릴 때부터 잘 알아서, 그녀의 처지를 염려해서 시간 나는 대로 돌봐주고 있습니다."

"그래……" 하고 요시오는 중얼거렸다.

시게코는 심한 죄의식에 사로잡혔다. 후루카와 마리코의 유령이 바로 옆에 서서 슬픈 얼굴로 시게코를 바라보고 있는 듯한 기분이었다. 마리코에게는 구원의 손길이 닿지 못했고, 유미코에게는 도움의 손길이 있다. 그 사실만 가지고 불공평하다고 할 수는 없을 것이다. 유미코는 살인범이 아니니까. 그러나 그래도 그것은 불평등하고 불공정한 일이라는 느낌이 들었다.

"신이치라고 했던가, 저 남자애."

"네."

"그 아이랑 당신은 유미코를 찾으러 호텔로 온 거라고 하던데."

시게코는 다시 죄송하다면서 고개를 숙였다.

"죄송할 것 없소. 그런가요?"

"네, 그렇습니다."

"당신은 우리가 거기서 아사이 변호사…… 아니 변호사가 아니지만, 아무튼 그 사람들과 만난다는 걸 누구에게 들었소?"

"같은 업종에 있는 사람에게 들었습니다."

"그런가. 하기야 그렇겠지."

피로에 지친 몸짓으로 목덜미를 한 번 문지르고 아리마 요시오는 오늘 그가 그 호텔에 가기까지의 사정과 아사이 유코라는 사람이 제안한 이야기의 내용과 그가 그것을 통해 아사이 유코가 가짜 변호사라는 확신을 내리기까지의 경위를 설명했다. 평소에 이야기에 익숙한 사람이 아니라 시게코가 도중에 몇 번이나 질문을 하고 확인했지만, 요시오는 귀찮아하지 않았다. 시게코와 이야기를 나누면서 노인도 머릿속으로 정리를 하는 것 같았다.

"당신은 어떻게 생각하시오?"

이야기를 끝내고서야 요시오는 비로소 의문이 가득한 눈길로 시게코를 바라보았다.

"아사이 유코를 어떻게 생각하시오? 나는 가짜라고 생각하는데, 당신은 그런 분야에 대해 잘 알 테니, 다른 의견이 있을지도 모르지."

아리마 요시오가 말하는 '그런 분야'가 무엇을 말하는 것인지 시게코는 생각해보았다. 법률? 변호사를 자주 만나는 사람? 아니면 세상 돌아가는 사정?

어느 쪽이든 아리마 요시오가 더 정확한 판단을 하고 있다고 시게코는 생각했다. 성실한 노동자일 뿐 법률에 대해 특별한 지식도 경험도 없는 이 노인이 혼자 힘으로 아사이 유코의 제안이 수상쩍다고 판단해

내다니 참으로 놀라운 일이다.

"제 눈에도 아사이라는 여자는 수상해 보여요."

안심한 듯이 아리마 요시오는 고개를 끄덕였다.

"역시 그랬어."

"네, 히다카 미치코 씨는 속은 거예요. 오늘도 아사이 유코와 그녀의 동료라는 남자는 아리마 씨와 미야케 씨를 불러내서 두 사람에게 착수금 명목으로 돈을 받아낼 계획이었을 겁니다. 히다카 씨는 벌써 백만 엔을 줬다고 했죠? 미야케 씨와 아리마 씨에게 각각 백만 엔씩 받으면 삼백만 엔. 꽤 괜찮은 수입이니까요."

"그래서 돈을 받은 다음 바람처럼 사라진다는 거지."

"그럴지도 모르고, 조금 더 시간을 끌어서 새로운 피해자 유족들도 끌어들이려 했을지도 모르죠. 어느 쪽이든 이 단계에서 자신이 먼저 나서서 가해자의 유족에게 손해배상 청구소송을 제기하자고 말하는 변호사는 없을 겁니다. 아사이 유코가 진짜 변호사인지 아닌지 확인하는 건 간단합니다. 제가 확인해볼까요?"

"해준다면 고마운 일이지. 자칫하면 바보가 될 뻔했어."

"……"

"히다카 씨를 데리고 온 아사이라는 여자, 정말 그럴듯한 말로 사람을 감동시키더군. 하나뿐인 딸을 잃고, 그것 때문에 이혼까지 하고 어찌 살아야 할지 모르던 히다카 씨가 넘어가는 것도 무리가 아니지. 나도 그 연설을 듣고 감동하고 말았으니까."

"그렇게 말을 잘하던가요?"

아리마 요시오는 아사이 유코가 무슨 말을 어떻게 했는지 이야기했다. 사회가 간단히 사건을 잊어버리게 하고 싶지 않다, 목적은 돈이 아니다, 피해자끼리 손을 잡아야 한다.

"말하는 데는 돈이 안 드니까요."

이 장소, 이 사람 앞에서는 어울리지 않는 말이라는 것을 알면서도 시게코는 감히 그렇게 말했다.

"말이야 누군들 그럴듯하게 못 하겠어요. 저같이 젊은 사람이 말하지 않아도 아리마 씨께서 누구보다 잘 아시겠지요."

"그렇긴 해."

아리마 요시오는 일그러진 웃음을 보였다.

"그렇지만 그게 그렇지가 않다오. 난 사십 년간 두부가게를 하면서 정직하기만 하면 먹고살 수 있었지. 그 이상은 생각할 필요가 없었으니까. 당신처럼, 아니, 아사이 유코처럼 머리를 쓸 일은 한 번도 없었으니까. 계산하기가 귀찮아서 아직도 우리 가게에서는 소비세를 안 받아."

시게코는 소리없이 웃었다.

"나이가 들었다고 세상을 잘 안다고만은 할 수 없소. 하물며 전쟁도 아닌데 자식과 손자를 잃어버리고 혼란스러워하는 상황이야 말할 것도 없지. 그런 정의의 가면을 덮어쓴 놈들이 작정하고 달려들면 당하지 않고 어찌 배기겠어. 내가 눈치를 챈 것은 그냥 우연이오."

"아사이 유코가 사기꾼이란 사실이 밝혀지면 경찰에 고발하실 거예요?"

아리마 요시오는 고개를 저었다.

"그러면 그냥 내버려두시게요?"

"뭐 어쩌겠는가. 우리에게는 그럴 만한 마음의 여유가 없어. 적어도 나에게는."

아리마 요시오는 눈길을 들어올리고 의문에 가득 찬 표정으로 물었다.

"그보다는, 다카이 유미코 말인데, 어떻게 그 호텔에 올 수 있었을까. 우리가 모이는 것을 어떻게 알았지? 당신이 말했소?"

시게코는 가슴이 졸아드는 듯한 긴장감을 느꼈다. 목이 말라왔다. 어떻게 말해도 변명처럼 들릴 것이라는 생각이 들었다. 변명처럼 들리지 않게 하려면 어떻게 말해야 할지 알 수 없었다. 이마에 땀이 맺혔다.

"제가 가르쳐준 건 아닙니다."

아, 이건 그냥 변명이야.

"다만 제 쪽에서 정보가 흘러들어간 건 분명합니다. 정말로 죄송스럽게 생각합니다."

"당신하고 다카이 유미코는 언제부터 알게 되었소?"

시게코는 유미코를 만난 과정을 설명했다. 그녀에게서 연락이 왔다는 것, 만나서 이야기를 들었다는 것, 아미카와 고이치라는 구리하시와 다카이의 동창생과도 그녀를 통해 알게 되었다는 것.

"그 아미카와 고이치라는 사람이 다카이 유미코를 데리러 온다는 지인인가?"

"네, 그렇습니다."

시게코는 아리마 요시오의 직관력에 놀라고 있었다.

"저는 유미코와 아미카와를 몇 번이나 만나서 이야기를 나눴습니다. 아미카와는 믿을 수 있는 사람이라 생각합니다. 그리고……"

또 다른 사람에게 책임을 전가하는 말투가 되고 말았다. 시게코는 혀를 깨물고 싶은 심정이었다.

"사실은 제가 아미카와에게 말했습니다. 오늘 이다바시의 호텔에서 아리마 씨와 히다카 씨가 변호사를 만난다고 말입니다. 같은 업계 사람이 그런 정보를 줘서 유족들과 직접 만나보라는 권유를 받았지만, 저는 가지 않을 거라고 이야기했습니다. 그래서…… 아까 유미코에게 들은 말로는……"

아리마 요시오는 시게코의 말이 끝나기도 전에 입을 열었다.

"바로 그 아미카와라는 남자가 오늘 모임에 대해 다카이 유미코에게 알려줬다는 게로군."

"……그렇습니다."

시게코는 쥐구멍이라도 있으면 들어가고 싶은 심정이었다. 사실을 이야기하고 있을 뿐인데도, 시름의 사신이 너무 비겁하다는 느낌이 늘었다.

"그 남자는 왜 그런 걸 가르쳐줬을까?"

자문자답하듯이 아리마 요시오는 중얼거렸다.

"다카이 유미코가 나나 히다카 씨나 미야케 씨를 만나서 오빠가 결백하다고 직접 호소할 수 있게 하고 싶었던 걸까?"

"……아마도요."

"아마도, 가 아니지. 당신은 알 거요. 아까 호텔에서 그 아이가 외치지 않았는가, 오빠는 결백하다고 말이오."

"네, 그렇습니다."

시게코는 바닥에 드리워진 자신의 엷은 그림자 속으로 숨고 싶었다.

"유미코는 아리마 씨 일행에게 직접 호소하고 싶었을 거예요. 다만, 그녀는 지금 정신적으로나 체력적으로나 한계에 이르러서 자신밖에 생각할 수 없는 상태입니다. 갑자기 그 장소에 뛰어들어서 그런 말을 하면 어떤 결과가 나올지 이성적으로 판단하지 못한 거예요."

시게코가 말을 마치자 침묵이 이어졌다. 아리마 요시오는 처음 보았을 때와 마찬가지로 몸을 앞으로 구부린 채 두 손을 내려다보고 있었다.

"우리에게 직접 호소한들 아무 소용이 없지."

"네, 맞는 말씀입니다."

"경찰에 가는 게 더 낫지 않겠소?"

"유미코는 경찰이 자신의 말을 들어주지 않는다고 했습니다. 그 사람들은 오로지 오빠를 범인으로 만들기 위해 수사를 하고 있을 뿐이라고요."

잠시 생각에 잠겼다가 아리마 요시오는 시게코가 그 자리에서는 도저히 상상할 수 없는 반응을 보였다. 이렇게 물은 것이다.

"다카이 유미코가 결백하다고 주장하는 것은 자기 오빠만이오? 아니면, 구리하시 히로미도 결백하다고 한 거요?"

시게코는 바로 대답했다.

"오빠만입니다. 그녀도 구리하시 히로미가 사건의 주범이라고 확신하고 있습니다."

"그래, 그 아이의 생각대로라면, 오빠는 어떤 입장이라는 거요?"

"다카이 가즈아키는 구리하시 히로미가 사건의 범인이란 사실을 알고 범행을 막아 자수하게 만들려고 한 거라고 해요. 구리하시가 사고로 죽었을 때 함께 차에 타고 있었던 것도 경찰에 데리고 가려고 했기 때문이었다고요."

"그게 사실이라면 아카이 산 같은 데서 대체 뭘 하고 있었을까? 수사본부는 도쿄에 있는데."

"그건……"

"하기야 아무럼 어때."

아리마 요시오는 손을 흔들어 자신의 반문을 지워버렸다.

"그래서 당신은 어떻게 생각하시오? 당신은 다카이 유미코의 주장을 받아들이는 거요? 나는 그걸 알고 싶소."

처음으로 아리마 요시오의 말에 가시가 돋쳤다.

"그렇지 않은가. 만일 다카이 가즈아키가 그런 입장의 인간이었다면 구리하시 히로미와 손을 잡고 있던 공범자는 따로 있다는 말이 되지. 당신은 그 르포라는 것을 그런 관점에서 쓰고 있는 거요?"

시게코는 정곡을 찌르는 그 말에 식은땀이 흘렀다. 심장이, 시게코의 겁먹은 혼이 목 위까지 치고 올라왔다. 온몸이 떨렸다. 쇼지에게 프러 포즈를 받았을 때도 이렇게 떨리지 않았다.

"저는, 저는, 그런 방향으로 쓰고 있지 않습니다."

아리마 요시오는 눈물에 젖은 듯한 눈으로 시게코를 똑바로 바라보고 있었다. 시게코는 열심히 살아온 인생의 만년에 찾아온 불행한 사건이 이 노인의 마음과 몸을 얼마나 아프게 했는지를 생각했다.

"제 르포는 처음부터 구리하시 히로미와 다카이 가즈아키 두 사람이 범인이라는 전제하에서 시작했습니다. 그것을 바탕으로 사건의 전모와 두 사람이 그런 흉악한 범죄로 치달아버린 내면적인 이유를 밝혀내려고 노력하고 있습니다."

말을 하면서도 자신이 서글퍼졌다. 얼렁뚱땅 임시방편의 설명일 뿐이다. 말에 생명이 들어 있지 않았다.

"마에하타 씨."

목소리를 한층 부드럽게 바꾸어 아리마 요시오는 물었다.

"그렇다면 당신은 그 두 사람이 사건의 범인이란 것을 단 한번도 의심한 적이 없소?"

"없습니다."

단호하게 말한 다음, 어떤 인식이 번개처럼 번쩍여 시게코는 재빨리 반문했다.

"아리마 씨는, 있습니까?"

아리마 요시오는 말없이 상의 안주머니를 뒤졌다. 담뱃갑을 꺼내어, 그것을 힘껏 구겼다.

"없소."

노인은 작은 목소리로 말했다.

"경찰은 거의 설명도 안 하고 신문이나 뉴스나 주간지에서 이런저런 말이 많지만, 세세한 부분에서 조금씩 차이가 있어. 그래도 모두가 그 두 사람이 범행을 저질렀다는…… 대략적인 토대에 대해서는 아무도 의심하지 않지."

"네, 그렇습니다."

두 사람의 사고사 상황이 그걸 말해주고 있다. 범인이 둘이라는 것을 알고 있는 이상, 유미코가 주장하는 '다카이 가즈아키는 선의의 제삼 자'라는 설을 도입하지 않고 사실을 솔직하게 해석하는 편이 훨씬 현실 적이다. 그래서 아무도 그 토대를 의심하지 않는다. 경찰이 수사를 계 속하는 것도 그것을 뒷받침하는 사실을 모으기 위해서이지, 두 사람이 범인이라는 데 이의가 있기 때문은 아니다. 아직 유해가 발견되지 않은 피해자로 추정되는 여성들이 많이 남아 있기 때문이다.

"경찰은 지금 그 두 사람이 여성들을 감금하고 살해하기 위해 사용한 아지트를 찾고 있습니다" 하고 시게코는 설명하기 시작했다.

"구리하시 히로미의 원룸에는 감금이나 살해의 흔적은 전혀 없습니 다. 다카이 가즈아키는 부모와 함께 살고 있었으므로 자기 방에 피해자 들을 감금할 수 없었습니다. 그렇다면 어딘가 반드시 그들이 자유롭게 출입할 수 있는 장소가 있어야 합니다. 기무라 쇼지 씨가 죽은 11월 4일 밤, 구리하시 히로미와 다카이 가즈아키가 히가와 고원에 있었던 것으 로 보아 아지트도 그 부근에 있지 않나 추정하고 있습니다."

아리마 요시오는 고개를 끄덕이더니 눈을 감았다. 후루카와 마리코 의 얼굴을 떠올리고 있을지도 모른다.

"그 아지트만 발견되면, 물적 증거도 늘어날 겁니다. 그렇게 되면 그 것이 두 사람의 범행이라는 사실이 증명되는 건 시간문제입니다."

"그렇게 되면 아무리 오빠가 결백하다고 주장하더라도……"

"현실과 직면하지 않을 수 없겠죠. 지금 유미코는 사실에 등을 돌리고 자신이 상상하는 세계로 도망치려 하고 있습니다. 만일 다카이 가즈아키가 선의의 제삼자이고 구리하시 히로미를 자수시키려고 노력했다면, 다른 진짜 범인은 과연 어디서 무엇을 하고 있었을까요? 손가락을 물고 구경만 하고 있었냐고 할 수도 없는 노릇이죠. 사고가 일어난 건 참으로 불행한 운명의 장난이었습니다. 사고만 없었더라면 두 사람은 경찰에 갔을지도 모르는데, 진범이 그것을 방치해뒀다니, 그런 공범이 세상에 어디 있겠어요."

아리마 요시오는 쓴웃음을 지었다.

"마에하타 씨, 나한테 그렇게 말하면 안 돼요. 그런 설은 그 다카이 유미코에게나 말해야지."

시게코는 얼굴을 붉혔다.

"죄, 죄송합니다."

물론 유미코에게도 이런 말을 했지만, 그녀는 도무지 들어주지 않았다. 진짜 공범은 구리하시 히로미와 다카이 가즈아키의 움직임을 몰랐을지도 모른다고 유미코는 반론했다. 시게코는 그건 개연성이 없다고 생각했다. 만일 그렇다면 다카이 가즈아키의 자동차 트렁크에 들어 있던 기무라 쇼지의 시체는 어떻게 설명해야 할까? 기무라가 연락이 끊어진 그날 저녁, 다카이 가즈아키는 구리하시 히로미의 전화를 받고 자신의 차까지 끌고 히가와 고원으로 달려갔다. 그런 움직임을 대체 어떻게 설명해야 할까. 기무라를 살해한 것은 구리하시 혼자라고? 죽이고 나서 너무 무서운 나머지 열심히 자수를 권하는 다카이 가즈아키를 불러 시체와 함께 경찰에 출두할 때 곁에 있어달라고 했다는 건가? 다른 공범자에게는 연락도 하지 않고?

이건 말이 안 된다. 그보다는 아지트 가까이에서 구리하시 히로미가 혼자 행동하는 중에 우연히 적당한 남자를 발견해 그를 납치하고 안전한 아지트에 감금한 다음, 서둘러 도쿄에 있는 다카이 가즈아키에게 연락해 기무라의 시체를 '공개'하는 작전에 돌입했다고 보는 편이 합리적이고 현실적이다. 두 사람이 시체를 실은 차를 타고 아카이 산으로 향한 것도 그 '공개'의 연출을 위한 것이 아닐까. 그 '유령빌딩'이 두 사람을 불러들였을 것이다. 실제로 HBS의 특별방송에서 선언한 대로 '그럴듯한 남자 하나'를 죽여서 많은 사람들이 모이는 심령 장소인 유령빌딩의 콘크리트 위에 방치해두면, 그렇고 그런 영화나 드라마보다 더 극적인 장면을 연출할 수 있다고 생각했을 테니까.

"난 말이오, 마에하타 씨."

아리마 요시오는 억제된 목소리로 말했다.

"아까 말했지만, 난 그 두 사람이 범인이라는 사실을 의심해본 적이 없소. 지금까지 단 한번도. 다만, 뭐라고 할까…… 무슨 말로 표현하면 좋을지 모르겠지만, 뭔가 결정적으로 와 닿는 게 없어."

"결정적으로 와 닿는 거라뇨……?"

"그렇지 않은가? 난 그놈들을 만난 적이 한 번도 없소. 얼굴도 사진으로만 보았고, 키가 얼마나 큰지, 걸음걸이가 어떤지, 어떤 몸짓을 하는지도 몰라."

그것은 시게코도 마찬가지였다.

"나에게 있어 그놈들은 유령이오. 그 유령이 마리코를 죽였어. 분명히 그놈들이 죽였을 테지. 그렇지만 그게…… 그런데 그게 어쩐지……"

허공에 떠 있는 보이지 않는 사전의 페이지를 넘기는 듯이 아리마 요시오는 눈을 가늘게 뜨고 얼굴을 찌푸렸다. 그러고는 역시 모르겠다며 고개를 저었다.

시게코는 한숨을 내쉬었다.

"아리마 씨, 유미코가 무슨 말을 하건 마음에 두지 마세요. 그런 식으로 그애가 접근하게 만들어서 정말로 죄송합니다. 절대로 있을 수 없는 일이었습니다. 앞으로는 그녀가 돌발적인 행동을 하지 않게 제가 잘 감시하도록 하겠습니다."

아리마 요시오는 시게코의 얼굴을 찬찬히 뜯어보았다.

"당신은 앞으로 다카이 유미코와 어떤 식으로 만날 생각이오?"

"어떤 식이라고 하면……"

"당신은 그 아이가 하는 말에 동의하지 못하지 않소? 그 아이의 의견은 그 아이의 바람에 지나지 않는다고 생각하지 않소? 그런데도 계속해서 만날 수 있을까?"

"네, 만날 수 있습니다."

시게코는 단호하게 말했다.

"저는 피해자의 유족이 아닙니다. 경찰도 아닙니다. 그렇기 때문에 다카이 유미코가 어떤 독선적인 의견을 내놓건 감정을 자제하고 들어줄 수 있습니다."

"그리고, 그 아이에 대해 글을 쓸 건가?"

써야 한다. 살인자가 그 가족에게 어떤 얼굴을 내보였는가를 알기 위해서. 선량한 얼굴밖에 보지 못했던 가족에게는 살인자가 살인자처럼 보이지 않았을 것이라는 사실을 써야 한다.

"네, 쓸 겁니다."

"그 아이는 그 글을 읽고 당신에게 배신당했다고 생각할 텐데? 그애는 당신을 믿고 의지할 텐데?"

"유미코에게는 내가 그녀의 의견을 받아들이지 않을 것이라고 분명히 말해두었습니다. 오해가 생길 여지는 없습니다."

"그래서 배신은 아니라고 생각하는가?"

말끝이 시게코를 비난하는 듯이 날카로워졌다.

"나는 그게 아주 잔인한 일이라고 생각하는데, 당신이 정말로 그런 일을 할 수 있을까?"

시게코는 어금니를 꽉 깨물었다. 겨우 꺼낸 말은 자신이 의도한 것 이상으로 감정적인 것이었다.

"아리마 씨는 너무 마음이 좋으세요. 다카이 유미코는 마리코를 유괴해서 살해한 범인의……"

"그런 건 말하지 않아도 잘 알고 있네."

칼로 자르듯 아리마 요시오는 시게코의 말을 가로막았다.

"마리코의 원한에 대해 당신이 설명할 필요는 없어."

"그런 생각으로 한 말은 아니에요……"

"당신은 당신 생각대로 하면 돼. 그렇지만, 다카이 유미코가 다카이 가즈아키의 여동생이라는 이유만으로 아무리 가혹한 일을 당해도 괜찮을까? 그 아이가 마리코를 죽인 게 아니오. 그 아이가 마리코를 그런 참혹한 지경에 빠지게 한 것도 아니고. 마에하타 씨, 꼭 당신과 내 입장이 거꾸로 된 것 같구먼. 당신은 누구를 위해 글을 쓰고 있소? 당신의 목적은 뭐지? 당신이야말로 우리 피해자 가족들의 진짜 마음이 뭔지 모르고 있는 게 아닌가? 애당초 알려고 하지도 않았을 테지. 당신에게는 그런 필요성이 없으니까."

식은땀이 등줄기를 타고 흘러내렸다. 손바닥도 땀으로 흥건히 젖었다. 시게코는 몸이 떨리지 않도록, 아니, 떨고 있다는 것을 아리마 요시오에게 들키지 않도록 숨을 멈추고 턱을 당겼다.

"아리마 씨, 화내시는 것도 당연합니다. 그렇지만 제가 피해자나 유족들의 마음을 배려하지 않는다는 건 오해예요. 절대로 그렇지 않습니다."

"그래, 그렇다면 당신은 왜 글을 쓰는 거지?"

아리마 요시오의 어투는 결코 공격적이지 않았다. 시게코의 발을 걸어 넘어뜨리려는 것도 아니었다.

그런데도 시게코는 대항할 수 없다는 것을 느꼈다.

"글을 쓰고 사건에 대해서 해설하는 건 이쪽에서도 반대쪽에서도 할 수 있는 일이오. 하지만 어느 쪽에서는 제대로 된 글은 안 나올 거야. 무엇보다, 당신은 누가 그 글을 읽을 거라 생각하오? 당신이 쓴 글을 붙잡고 사건에 대해 자세히 알고 싶어하는 인간들은 사건과 관계없는 사람들뿐이지. 그렇지 않은가? 그 사람들에게는 이 사건이 강 건너 불이나 마찬가지니까 상세한 내용을 알고 싶어하는 거요. 당신은 그런 사람들을 위해 글을 쓰고 있는 거요. 다른 누구보다도 당신이 가장 구경꾼에 가까워. 당신에게는 다카이 유미코를 이용할 권리가 없어. 하물며 그 아이를 비판할 자격이 과연 있을까?"

시게코는 지푸라기라도 잡는 심정으로 쓰카다 신이치의 말을 떠올렸다. 왜 이런 일이 일어나는지, 인간은 왜 이런 짓을 하고 마는지, 그것을 알고 싶다고 신이치는 말했다.

"아리마 씨, 그들이 왜 그런 짓을 저질렀는지 알고 싶지 않나요? 그들이 왜 마리코에게 그런 잔인한 짓을 했는지 알고 싶지 않으세요?"

"그렇다고 해서 마리코가 돌아오는가?"

내뱉는 듯한 말투였다.

여기서 주눅 들어서는 안 된다. 시게코는 밀어붙였다.

"물론 마리코 씨가 돌아오지는 않습니다. 그렇지만 그와 같은 사건이 또 일어나는 것을 막는 데는 많은 도움이 될 거예요."

"당신은 그것 때문에 글을 쓰나? 그렇다면 마음대로 하시오. 나와는 관계없는 일이니까. 지금 나는 내 몸 하나 건사하기도 힘들어."

"기분은 잘 알겠지만, 그래도……"

"마에하타 씨, 당신은 심각한 착각에 빠져 있어."

아리마 요시오는 슬픔이 가득한 눈길로 시게코를 바라보았다.

"나도 알고 싶네. 놈들이 왜 마리코를 죽였는지, 진심으로 알고 싶어. 그때 뭘 생각하고 있었는지도 알고 싶어. 죽인 후에 어떤 느낌이 들었는지도 알고 싶어. 단 한순간이라도 마리코를 불쌍하다고 생각하지 않았는지 알고 싶어. 그러나 그건 당신 같은 타인의 해설로 알 수 있는 게 아니오. 놈들의 목소리로, 놈들의 머리로 생각한 것을 듣고 싶은 거요. 살아 있는 놈들의 말을 말이야. 해설이란 건 아무리 그럴듯하게 만들어내도, 합리적이라 해도, 어차피 이야기일 뿐이야. 만들어낸 이야기. 난 그런 게 아니라 아무리 지리멸렬하더라도 그놈들의 목소리를 듣고 싶은 거요."

마에하타 시게코는 그럴 필요가 없다. 시게코의 마음속의 정직한 목소리가 야유하듯이, 또는 변명하듯이 귀에 울려왔다. 마에하타 시게코에게는 구리하시와 다카이의 살아 있는 목소리가 필요 없다. 필요한 것은 소재로서의 그들, 르포 속에서 자유롭게 요리할 수 있는 재료로서의 그들일 따름이다.

"그러니 나는 다카이 유미코를 만나도 아무렇지도 않아."

몸에 달라붙은 뭔가를 떨쳐내려는 듯이 세차게 고개를 저으며 아리마 요시오는 말했다.

"만나서 그 아이의 말을 듣고 싶어. 이건 거짓말이 아니오. 그 아이가 알고 있는 오빠는 정말로 그런 살인을 저지를 사람이 아니었을지도 모르지. 구리하시의 공범은 따로 있고, 지금 유유히 미소를 짓고 있을지도 모르지. 아니, 난 진심으로 그러기를 바라고 있소. 다카이 가즈아키는 구리하시의 운이 나쁜 친구일 뿐이고 진범이 따로 있다면, 이번에야말로 정말로 범인을 잡을 수 있을지도 모르니까. 당신처럼 머리 좋은 타인의 해설이 아니라 진짜 범인의 목소리를 들을 수 있지 않겠소. 그렇게 되면 그놈은 이제 유령이 아냐. 그놈은 진짜지. 그놈의 손이 마리코를 죽인 거야."

마침 복도를 지나가던 간호사가 아리마 요시오의 울부짖는 목소리를 듣고 그 자리에 우뚝 멈춰 섰다. 한순간 얼굴을 찡그렸다가, 벤치에 앉아 있는 요시오와 시게코의 분위기가 심상치 않은 것을 보고는 입을 다물더니 응급실의 문을 열고 그 안으로 사라졌다.

"아리마 씨."

시게코는 거의 비는 듯한 어투로 말했다.

"그런 심정을 제가 왜 모르겠습니까. 범인 두 명이 모두 죽어버린 것은 정말로 애석한 일이에요. 그들과 함께 아리마 씨의 분노나 원통함을 풀 대상도 사라지고 말았습니다. 그게 얼마나 고통스러운 일인지 저로서는 상상도 못 하겠지만, 그러나……"

그러나, 그래도.

"그런 심정으로 다카이 유미코를 만날 수는 없습니다. 위험합니다. 그녀는 오빠가 결백하다는 꿈을, 아리마 씨는 살아 있는 범인을 잡아야 한다는 꿈을 품고 만나는 것이니까요. 사실을 냉정하게 바라볼 수 없게 될 겁니다. 두 사람 다 그렇게 해서 현실에는 존재하지 않는 환상 속의 공범, 살아 있는 진범을 찾을 생각이세요? 그렇게 남은 인생을 허망하게 보내고 말 겁니까? 저는 그렇게 되길 바라지 않습니다."

"당신은 몰라."

아리마 요시오의 목소리는 떨리고 있었다.

"다카이 유미코에게 아리마 씨와 히다카 씨에게 절대로 접근하지 말라고 단단히 주의를 주겠습니다. 절대로 접근하지 못하게 하겠습니다. 그러니까 아리마 씨도 지금 이야기는 잊어주세요."

말이 끝나자마자 시게코는 자리에서 일어섰다. 도망치는 것처럼 보일지도 모르겠지만, 그래도 상관없었다.

"신이치를 보고 올게요."

그렇게 말하고 잰걸음으로 응급실 문을 열었다. 놀랍게도 눈앞에 신이치가 서 있었다.

소년의 얼굴은 창백했다. 이마에 감긴 붕대보다 더 하얗게 보였다.

"신이치."

시게코는 이름을 부르면서 입술을 축였다. 이야기를 듣고 있었던 것일까? 어디서부터? 어디까지?

"이제 돌아가도 된대요."

신이치는 그렇게 말하고 시게코 흉내를 내듯이 혀로 입술을 축였다. 꺼림칙한 감정을 숨기려 할 때는 모두 그런 행동을 하는지도 모른다. 유전자 속에 새겨진 동작인지도 모른다. 그렇다면 그것은 아마도 식은 땀의 유전자와 나란히 배치되어 있을 것이다.

"그래, 다행이야. 그럼 가자."

이시이 씨 부부에게는 연락해두었다고 말하면서, 시게코는 먼저 복도로 나섰다. 아까와 똑같은 자세로 굳어 있던 아리마 요시오가 신이치를 보고 일어섰다. 두 눈자위가 붉게 물들어 있었다.

신이치가 앞으로 나아가 이마의 붕대를 매만지면서, 열 바늘을 꿰맸다고 말했다. 아리마 요시오는 아픈 듯 얼굴을 찌푸리고서는 희미한 미소를 머금었다.

"이제 가자" 하고 시게코가 신이치의 팔을 잡았다.

"아리마 씨, 정말 신세 많이 졌습니다. 감사합니다."

신이치를 끌어당기듯 하며 발걸음을 옮겼다. 소년은 고개를 틀어 아리마 요시오 쪽을 바라보면서 시게코에게 이끌려갔다. 아리마 요시오는 구부정한 자세로 말없이 그들을 바라보고 있었다. 시게코는 탄약이 바닥난 병사처럼, 칼이 부러진 무사처럼, 말을 모두 잃어버린 장기판의 왕처럼 오로지 출구를 향해 도망쳐갔다.

호텔 지배인과 경비 책임자라는 제복 차림의 남자는 마에하타 시게코가 있는 동안은 비교적 부드럽게 대응했다. 그러나 아비카와 고이지가 오기를 기다렸던 시게코가 신이치의 상태를 살피기 위해 병원으로 가버리자 갑자기 태도를 바꾸었다.

폭력적인 것도 아니고 협박을 하는 것도 아니었다. 건드리지 않았으면 하는 부분만 콕 집어 이야기하는 식이었다. 그것도 오늘 이 호텔 로비에서 유미코가 보인 행동에 대해서가 아니라 일련의 사건에 대해, 다카이 가즈아키에 대해, 그리고 가즈아키의 유족인 유미코와 그 친구인 아미카와에 대해서였다.

"당신들은 반성하는 마음도 없어? 그런 참혹한 일을 저질러놓고도 미안하다고 생각하는 구석이 하나도 없군."

툭 튀어나온 배를 벨트로 꽉 조인 경비주임은 유미코의 얼굴에 코끝을 들이밀며 그런 말을 토해냈다. 그의 시큼한 숨결을 피하려고 유미코가 얼굴을 돌리자 상대의 얼굴이 따라왔다.

"아저씨, 왜 그런 말을 하세요."

아미카와가 거칠게 따졌다.

"정말 죄송하다고, 깊이 반성하고 있습니다. 당신들이 사고 보고서를 작성해야 한다고 해서 이렇게 여기 남아 있지 않습니까. 그런데 당신은 아까부터 오늘 유미코 씨의 행동에 대해서는 아무 말도 듣질 않고 있잖아요."

직장에서 옷을 갈아입을 틈도 없이 바로 달려온 아미카와는 셔츠에 재킷을 걸치고 청바지를 입고 있었다. 언뜻 보기에는 학생 같았다. 그런 분위기의 남자가 아무리 의연히 항의한들 경비주임에게 효과가 있을 리가 없었다.

"어쭈, 이것 봐라."

경비주임은 코를 벌름거리며 말했다.

"그렇게 나오면 어디 경찰을 불러보자구. 이 여자의 행동은 상해행위니까 말야. 체포하라고 할까, 엉?"

경비주임은 다시 유미코 앞으로 얼굴을 들이밀었다. 아미카와가 막아섰다.

"저는 현장에는 없었지만, 쓰카다 신이치가 상처를 입은 것은 유미코 탓이 아니라고 마에하타 씨가 말하지 않았습니까. 그걸 상해행위라고 말하는 건 비겁한 협박입니다."

"뭐라고?"

아미카와 쪽으로 다가가는 경비주임의 두터운 어깨를 지배인이 잡아당겼다.

"그만둬. 맞는 말이잖아."

지배인은 사십대 중반으로 보이는 자그마한 몸집의 남자였다. 남자치고는 묘하게 눈썹이 가늘고 입술도 립스틱을 바르기라도 한 것처럼 엷은 분홍색을 띠고 있어 어딘지 모르게 께름칙한 분위기를 풍겼다. 태도는 우아하고 어투도 부드럽지만, 유미코와 아미카와를 바라보는 눈길은 차갑기 그지없었다. 어쩌면 지금 이 지배인의 마음속에는 자신의 호텔에서 일어난 소동에 대한 염려 따위는 전혀 없는 것이 아닐까 하는 생각마저 들었다. 그렇다면 뭘까. 호기심? 승리감?

혹은, 변명도 할 수 없이 약한 입장에 처한 '악인'이니까 어떻게든 요리해도 된다는 우월감?

"참 이상도 하지."

지배인은 얇은 입술을 달싹거리며 말했다.

"다카이 유미코 씨, 당신은 왜 다카이 가즈아키의 결백을 주장하는 거죠?"

"유미코, 대답하지 마! 이런 질문에는 대답해선 안 돼."

아미카와가 재빨리 끼어들었다.

"넌 빠져."

경비주임이 험악한 기세로 나왔다.

"네가 뭔데 여기 있는 거야? 가족도 아닌 주제에."

"전 유미코의 어릴 적 친구입니다. 다카이 가즈아키와도 친구였어요."

경비주임은 아미카와를 노려보았다.

"허! 그래서 감싸주겠다는 거야? 뻔뻔스러운 놈이네 이거."

"가즈아키가 그 유괴살인사건의 진범이라고 밝혀진 것도 아니에요! 경찰도 아직 확증하지 못하고 있고, 그 사건은 아직 밝혀지지 않은 부분이 많아요."

경비주임은 손으로 자신의 목을 자르는 시늉을 해 보였다.

"만일 그 두 사람이 범인이 아니라면 내 목을 치시지."

"그만두게."

지배인이 또 끼어들었다.

"어떤 인간이든 자신이 좋아하는 것을 믿고 따를 자유가 있어. 이 나라는 민주국가니까."

"민주국가니까 사람을 죽이는 것도 자유란 거요?"

경비주임이 따지고 들었다.

"당신들 부끄럽지도 않아? 미안하다는 생각도 안 드냔 말이야. 그 사랑하는 오빠가 죽인 여자들은 다들 당신 같은 나이라는 사실을 알아야지. 당신이 그런 꼴을 당했다고 생각해봐."

아미카와의 안색이 새파랗게 질렸다. 당장이라도 경비주임의 먹살을 틀어잡을 기세였다.

"막말하지 마!"

"뭐야! 엉? 왜, 그런 말 들으니까 기분이 안 좋아? 몇 년 동안 그렇게 사람들을 죽였는데도 가족이 그것도 몰랐어? 매일 얼굴을 마주 보고 살면서도 이상하다는 생각 안 해봤어?"

"말도 안 되는 소리. 유미코는 오빠가 저지른 일이 아니라고 하는 거예요. 사람 말도 못 알아듣겠어요?"

"그러니까 뻔뻔하다는 거야."

경비주임은 험악한 표정으로 눈을 가늘게 뜨며 말했다.

"너도 한패야? 어릴 적 친구라고? 구리하시와 다카이도 어릴 때부터 친구였지? 네놈도 수상해."

아미카와 고이치의 얼굴이 새하얗게 질리더니 다시 피가 한꺼번에 역류하는 것처럼 새빨갛게 변했다.

"방금 뭐라고……"

너무 화가 나서 말이 안 나오는 듯, 거기까지 말하고 아미카와는 유미코의 팔을 잡았다.

"유미코, 가자. 이런 데 있을 이유 없어."

"경찰을 부를 거요" 하고 지배인이 위협했다.

"부를 테면 불러요. 여기서 당신들이 보인 행동은 누가 봐도 비정상이에요. 이건 폭력이에요. 경찰이 어떻게 판단할지 한번 물어볼까요?"

"건방진 놈."

"그럼 좋아, 경찰을 부르죠."

"어서 불러봐."

경비주임과 아미카와는 서로 노려보았다. 유미코는 현기증이 일어

책상 모서리를 잡은 채 겨우 버티고 있었다. 그리고 이윽고 정신을 차려보니 사람들이 뭐라 말을 주고받고 있었다.

경비주임이 무슨 말을 하고 거기에 아미카와가 대꾸를 한다. 유미코는 그들을 향해 외쳤다.

"전화 좀 빌려주세요."

지배인과 경비주임이 얼굴을 마주 보았다. 아미카와가 유미코 쪽으로 재빨리 달려갔다.

"유미코, 뭐라고 했어?"

유미코는 지배인을 향해 말했다.

"전화 좀 빌려주세요."

지배인이 눈을 치켜뜨며 물었다.

"변호사를 부를 생각인가요?"

"아닙니다. 경찰을 부를 거예요."

"뭐라고, 이년이."

"함부로 말하지 마!"

"괜찮아요, 아미카와 씨. 오늘은 제가 바보 같은 짓을 했으니까요."

유미코는 지배인의 얼굴을 똑바로 쳐다보며 다시 말했다.

"보쿠도 경찰서 수사본부에 아는 형사가 있어요. 전화하면 금방 올 거예요. 제가 호텔에 피해를 입힌 건 사실이니까 법에 따라 처리해달라고 하면 돼요."

지배인과 경비주임이 재빨리 눈길을 주고받았다.

"수사본부에 어떤 형사?"

"당신을 취조한 형사야?"

"유미코는 취조 같은 거 받은 적 없어!"

아미카와가 고함을 질렀다. 유미코는 입을 다물었다. 그 침묵을, 지배인과 경비주임이 제각기 해석하고 그 답을 비교해보기라도 하듯 서로의 얼굴을 마주 보았다.

"어떻게 할 거예요?"

아미카와가 공격적인 태도로 나갔다. 형사를 부른다는 말에 지배인과 경비주임이 움찔하는 것을 느꼈기 때문이었다. 호텔 앞에 경찰차가 서고 제복경찰이 나타나면 영업에 좋을 게 없다. 게다가 유미코에게 굴욕적인 언행을 했다는 것이 밝혀지면 더욱 곤란하다.

"이제 됐어. 이 정도면 많이 반성했을 테니까."

선심을 쓰는 듯한 어투로 지배인이 말했다.

"돌아가도 좋아요. 카펫 세탁비와 테이블 수리비는 나중에 청구하지요. 마에하타 시게코 씨에게 보내면 되겠죠? 그 사람이 보내라고 했으니까."

물러날 때가 된 것 같았다. 유미코는 아미카와를 올려다보고, 아미카와는 유미코를 부축하며 발걸음을 옮겼다. 경비주임이 뒤를 따라왔다. 두 사람이 프런트 옆의 통로를 나서자 멈춰 서서 소리를 질렀다.

"빨리 꺼져!"

프런트 종업원들이 호기심 가득한 눈길로 지켜보고 있었다. 회전문을 빠져나와 도로로 나서자, 유미코의 다리가 갑자기 푹 꺾였다. 아미카와는 황급히 유미코를 부축하며 바로 옆의 가드레일에 기대게 했다.

"괜찮아? 얼굴이 창백해."

유미코는 힘없이 고개를 끄덕였다. 조금 전에 일어난 일들이 너무나도 아득하게 느껴졌다. 자신이 바보 같은 짓을 했다는 생각은 들었지만, 실감이 나지 않았다.

아미카와에게 사과해야 한다고 생각했다. 또 그의 도움을 받고 말았다.

"죄송해요."

"그런 말 하지 마."

그는 유미코의 손을 꼭 쥐고 격려하듯 힘차게 흔들었다.

"오늘 일은 나도 책임이 있어. 피해자 유족들이 모인다는 걸 가르쳐 준 게 나니까. 마에하타 씨에게도 무릎을 꿇고 사죄해야 해."

유미코는 눈을 감았다. 자신의 말과 행동이 감은 눈 저 뒤편에서 심한 마찰음을 내며 되살아나고 있었다.

12

시노자키 류이치는 정월 초하룻날에 옷을 갈아입으려고 한 번 집에 돌아간 것을 제외하고는 계속 수사본부에 머물렀다. 혼자서는 명절 기분도 나지 않았고, 집 주변의 가게가 모두 문을 닫아 도시락을 하나 사려고 해도 멀리까지 나가야 했다. 그럴 바에야 차라리 수사본부에 있는 편이 좋았다.

다케가미 에쓰로도 설날 오후에 귀가해서 하룻밤만 자고 이튿날 오후에 다시 나왔다. 시노자키가 회의실에 있는 것을 보고는, 설날에 신사에는 갔느냐고 따지듯이 물었다. 가지 않았다고 하자, 자기도 마찬가지라고 말했다. 그래서 두 사람은 가까운 신사에 가기로 했다.

보쿠도 경찰서 바로 옆에 이름 없는 신사가 하나 있다. 설날 분위기가 전혀 느껴지지 않는 쓸쓸한 신사 경내에서 다케가미는 심하다 싶을 정도로 힘껏 손바닥을 마주치며 오래오래 고개를 숙였다. 시노자키는 그의 뒷머리가 많이 벗어졌다는 것을 그제야 깨달았다.

새해가 되어도 시노자키의 데스크 담당 업무에 달라진 점은 없었다.

사진 속의 여성들 중 남은 네 명의 신원 확인도 난항을 거듭하고 있었다. 수많은 부모, 형제, 친구들이 혹시 자신의 딸, 자매, 친구, 애인이 아닌가 하고 찾아와서는 실망과 안도가 뒤섞인 복잡한 표정으로 돌아갔다. 결국 모습을 감춘 이후 아무도 찾지 않는 젊은 여성들의 수가 상상이상으로 많다는 것을 깨닫고 시노자키는 왠지 기분이 오싹해졌다.

1월 10일이 되자 부모에게서 전화가 걸려왔다. 15일 모임에는 참석할 수 있느냐고, 반은 강압적이고 반은 애원하는 듯한 목소리로 물어왔다. 시노자키는 새해 15일에 친척이 모두 모여 조촐한 잔치를 여는 관습에 대해 올해는 까맣게 잊고 있었다.

시노자키는 야마나시 현의 이사와 온천 가까이에 있는 시골 마을 출신이었다. 아버지는 그 마을에서 유일한 자동차 정비소를 운영하고 있다. 어릴 적부터 차에 전혀 흥미가 없었던 시노자키를 대신해서 바로 아래 동생이 아버지의 뒤를 잇기 위해 열심히 일하고 있다. 그래서 장남이면서도 집안을 돌보지 않는다는 죄책감을 갖고 있는 시노자키는 한 해에 한 번 있는 친척 모임에는 반드시 참석했다. 장남이 도쿄에서 경시청에 근무한다는 것을 자랑스럽게 생각하는 부모님들은 시노자키가 얼굴을 보이면 기뻐했다.

그러나 올해만은 가고 싶지 않았다. 내키지 않는 정도가 아니라, 사실 절대 가고 싶지 않았다. 이유는 간단하다. 다카이 유미코와의 혼담을 주선한 아주머니가 그 일을 화제로 삼을 것이 뻔하기 때문이었다.

아주머니는 결코 나쁜 사람이 아니다. 남의 일 도와주기를 좋아하는 상냥한 사람이다. 그러나 친척들이 다 모인 곳에서 큰 소리로, 귀한 장남을 이상한 아가씨와 엮어줄 뻔했다고 고백하고 사과하는 모습은 보고 싶지 않았다.

시노자키는 다카이 유미코를 동정하고 있었다.

다케가미가 호통을 친 이후로 그녀를 만나는 것은 일단 단념했다. 그러나 마음 한구석에는 그녀에 대한 미안함이 늘 자리잡고 있었다.

이것이 이치에 맞지 않는 감정이라는 사실은 잘 알고 있었다. 사적인 입장에서는 취소된 맞선 상대, 그것도 사진으로만 본 사이다. 첫눈에 반한 것도 아니다. 공적인 입장으로도 모구노 경찰서의 수사본부에 소속은 되어 있지만, 다카이 가즈아키 담당도 아니거니와 사건의 해명에 간여하고 있는 것도 아니다. 데스크에서 서류를 정리하고 남은 시간에는 그 자료를 컴퓨터 데이터베이스에 입력하거나 지도를 그리는 후방 지원부대의 일원이다. 어느 면에서도 그가 다카이 유미코에 대해 죄책감을 가질 이유는 없다.

그런데도 마음이 불편하다.

다카이 유미코는 시노자키를 만나고 싶어한다. 오빠는 범인이 아니라는 것을 호소하고 싶다고 한다. 그런 사실을 알면서도 시노자키는 묵살하고 있다. 다카이 유미코의 해명과 증언을 듣고 조서를 작성하는 일을 하는 담당이 아니라는 이유로 모르는 척하고 있다.

너무도 비겁하다는 기분이 들었다.

시노자키는 어린 시절부터 소극적이라는 말을 자주 들었다. 겁이 많다는 말도 들었다. 실제로 그가 경찰이 된 것을 부모가 기뻐한 것은, 그렇게 겁이 많고 소심한 장남이 용케도 그런 직업을 선택했다는 의외성 때문이었다.

형사 중에는 형사가 되기 위해 태어났다고 이마에 씌어 있는 듯한 타입이 있다. 다케가미가 대표적인 사람이다. 적어도 시노자키의 눈에는 그렇게 보였다. 그리고 자신은 그런 형사들과는 완전히 다르다는 것도 잘 알고 있었다. 그러므로 그런 진짜 형사들 사이에서 경찰관으로 본분을 다하기 위해서 해야 할 일은 오로지 성실하게 일하는 것 하나뿐이라고 생각하고 있었다.

다카이 유미코 건에 관해 다케가미는 그녀에게 직접 접근하지 말고 다카이를 담당하고 있는 동료에게 맡기는 것이 옳다고 했다. 그게 합당하다. 그러나 유미코가 시노자키를 지목하면서 만나고 싶다고 말하는 이상, 모르는 척하고 있을 수만은 없다는 것이 시노자키의 생각이었다.

다케가미는 그건 안 된다고 했다. 감정으로 움직여서는 안 된다. 조직을 흐트러뜨리는 행동을 해서는 안 된다.

시노자키는 다케가미의 충고를 받아들였다. 어떤 다른 의도가 있는 것이 아닌 순수한 충고라는 것을 알기 때문이었다. 다카이 유미코가 자신을 만나는 것을 포기할 때까지 숨어 있기로 했다. 하지만 그것은 비겁하고 불성실한 짓이었다.

인간에 대한 배려가 전혀 없는 행동이지 않은가.

멍청이, 이런 사건에 배려는 무슨 놈의 배려냐, 하고 다케가미는 화를 낼 것이다. 그러나 소극적인 자신의 성격을 극복하기 위해 경찰이 된 시노자키 류이치는 자신이 다카이 유미코라는 사람에게 해줄 수 있는 유일한 그 무엇에 대해 생각하지 않을 수 없었다.

하지만 동시에 다케가미의 비난을 받는 것도 두려웠다. 지금 다케가미는 시노자키를 높이 평가하고 있다. 실제로 다케가미에게는 배울 것이 아주 많고, 그와 같은 노련한 전문가가 되는 길을 걷고 싶다. 언젠가는 본청으로 발령이 날지도 모른다는 은근한 기대마저 품고 있다.

그러므로 다케가미의 뜻에 거슬리는 행동을 해서는 안 된다. 다케가미가 다카이 유미코와 절대 얽혀서는 안 된다고 말하는 순간 그만 기가 꺾여버리고 말았다. 겁쟁이 본성이 또 드러난 셈이다.

그래서 더욱 꺼림칙했다.

결국 어머니에게는 지금은 하루도 수사본부를 벗어날 수 없다고 했다. 장남의 귀향을 기대하고 있던 어머니는 아들의 말을 순순히 받아들였다. 못 보는 건 서운하지만, 중요한 일 때문이라니 자랑거리가 하나 늘어서 좋긴 하다. 그런 솔직한 심정이 목소리에 묻어났다.

13일 밤, 시노자키는 연립주택의 좁은 방으로 돌아왔다. 집주인이 고향에서 소포가 와서 맡아두고 있다고 전화를 했기 때문이었다. 열어보니 옷과 음식 들이었다. 도쿄에서 간단히 살 수 있는 물건을 수고스럽게 굳이 부쳐주다니 참으로 시골 어머니다운 행동이라고 생각하면서 시노자키는 쓴웃음을 지었다. 느긋하게 목욕을 하고 푹 자고 일어나 이른 아침에 집을 나섰다. 다케가미는 아직도 수사본부에 머물고 있다. 시노자키는 자신이 전화 당번을 대신 서면 15일 휴일 하루는 다케가미가 집으로 돌아갈 수 있을 것이라고 생각했다.

역에 도착하자마자 매점에서 신문을 몇 부 샀다. 사건과 관련된 신문이나 잡지 기사를 스크랩하는 것도 데스크 담당의 임무다. 북풍이 불어오는 플랫폼에서 몸을 움츠린 채 사회면을 살펴보았다. 요즘에는 이 사건이 1면에 등장하지 않는다. 새로운 사실이 없기 때문이다.

다음 신문으로 넘어가려는데, 오늘 발매되는 사진주간지의 광고가 눈에 들어왔다. 일단 체크하려고 눈길을 아래로 내리는 순간, 시노자키는 그대로 얼어붙고 말았다.

제목 옆에 다카이 유미코의 사진이 실려 있었다. '용의자 다카이 가즈아키의 여동생, 피해자 모임에서 난동'.

북풍보다 차가운 기운이 몸 안을 뚫고 지나갔다.

문제의 시사주간지를 코트 아래에 감추고 데스크 담당 방으로 들어가자, 동료 하나가 워드프로세서로 서류를 작성하고 있었다. 다케가미는 식사하러 갔다고 했다. 시노자키는 코트도 벗지 않고 파일 서가로

다가가서 다케가미가 지시한 순서대로 정리해놓은 파일들 중에서 관계자의 주소와 연락처를 찾았다. 중요한 파일은 같은 것을 다섯 부 만들어둔다. 그 가운데 세 부는 외부로 나가 있고, 남은 두 부가 지난 주말에 갱신한 최신판이다. 이 파일은 다케가미 혼자서 만들고 관리하고 있다. 보통 때는 허락을 받지 않고서는 볼 수 없다. 지금 시노자키가 하는 행동은 데스크와 다케가미의 원칙에 위배되는 행동이다.

동료는 경쾌하게 자판을 두드리고 있다. 뒤를 돌아보지 않는다. 시노자키는 재빨리 페이지를 들춰 다카이 유미코의 현주소를 찾았다. 사이타마 현 미사토 시였다. 비고란에 다케가미의 필체로 '지인 댁'이라고 적혀 있었다. 그 아래에 적혀 있는, 그녀의 아버지가 입원해 있는 병원 이름도 함께 메모했다.

파일을 제자리에 돌려놓았다. 동료는 여전히 자판을 두드리며 크게 하품을 하고 있었다.

"잠깐 나갔다 오겠습니다."

시노자키가 그 등을 향해 말했다. 동료는 응, 하고 대답하고는 졸음이 가득한 눈으로 뒤를 돌아보았다.

"호출기는?"

"가지고 갑니다."

"그래, 다케가미 씨가 시노자키한테 시킬 일이 있다고 하던데."

심장이 꿈틀했다.

"네, 최대한 빨리 오겠습니다."

그렇게 말하고 회의실을 나섰다. 엘리베이터를 타면 돌아오는 다케가미를 맞닥뜨릴 수도 있어 계단을 뛰어내려갔다. 다카이 유미코는 벌써 이 주간지 광고를 봤을지도 모른다.

그날 아침, 다카이 유미코는 혼자서 텔레비전을 보고 있었다. 일기예보를 보려고 채널을 돌리다가 아침 여덟시 반부터 시작되는 와이드쇼에 시선이 멈추고 말았다. '오늘 발매되는 사진주간지의 톱기사' 코너에, 11일 이다바시의 아크 호텔에서 유미코가 벌인 소동에 대한 보도가 소개되고 있었다.

순간 눈앞이 새카매졌다.

텔레비전 화면에 그 주간지에 실린 사진이 크게 클로즈업되었다. 유미코가 호텔 경비원의 제지를 뿌리치면서 아리마 요시오 쪽으로 다가간다. 그 날카로운 옆얼굴, 치켜올라간 눈, 어린아이의 악몽 속에 등장할 것 같은 악귀처럼 뒤틀린 입매가 그대로 찍혀 있는 사진이었다. 이런 걸 언제 찍은 거지? 누가 카메라를 가지고 있었던 거지?

아미카와 고이치에게서 피해자 유족의 모임이 열린다는 소식을 전해 들은 것은 전날인 10일이었다. 그는 마에하타 시게코에게서 들었다고 했다. 시게코는 취재를 나갈 생각이 없는 것 같았다. 아미카와는, 유족과 접촉할 좋은 기회인데 왜 안 가려고 하는 건지 모르겠다는 표정이었다.

"내가 마에하타 시게코라면 반드시 갈 텐데."

처음에 유미코는 그 말을 그냥 흘려들었다. 유족의 모임 따위 지금의 자신에게는 어울리지 않는 장소이다. 그러나 아미카와가 이런저런 말을 하면서 아리마 요시오라는 두부가게 주인, 후루카와 마리코의 외할아버지이면서 범인에게서 몇 번 전화를 받고 대화를 나눈 그 인물이 그 모임에 참가하는 모양이라고 했다. 그 말을 들은 순간 유미코의 머릿속에서 뭔가가 번쩍했다.

아리마 요시오라는 사람에 대해서는 알고 있다. 유미코가 아직 이번 사건의 국외자이고 일반 시청자와 같은 입장에서 텔레비전을 보고 있었을 때, 화면 속에서 기자의 인터뷰에 응하던 노인의 모습을 기억하고 있다. 그때, 범인의 농간에도 이성을 잃지 않고 슬픔과 분노를 깨물며 고개를 숙이고 있던 모습을 기억하고 있다.

아버지는 말했다. 저 할아버지 정말 대단해서, 남자다운 남자야. 내가 만일 자식이나 손자를 저런 식으로 잃고 범인에게 농락당했더라면 바로 미쳐버렸을 거야. 정말 대단해. 대단한 기골이야.

아버지는 쉽게 남을 칭찬하는 사람이 아니다. 고생에 고생을 거듭해서 가게를 가지게 되기까지 자력으로 인생을 개척해온 것에 대단한 자부심을 가지고 있어, 남에 대해서 따끔한 충고는 곧잘 하지만 칭찬은 거의 하지 않았다. 그런 아버지가 텔레비전이나 신문을 보면서 이 노인에 대해서만은 솔직하게 존경의 뜻을 내비쳤다. 아리마 요시오는 그런 사람이었다.

게다가 텔레비전 방송국의 일부 사람들을 제외하면, 아리마 요시오는 어떤 의미에서 가장 농밀하게 범인과 접촉한 인물이다. 일방적으로 범인이 하는 말을 듣고만 있지 않고, 대화를 주도하기도 하고, 범인이 아무리 도발해도 이성을 잃지 않았다.

유미코는 마치 강바닥에 잠긴 돌이 밝게 내려쪼이는 햇살을 만난 듯, 눈이 환해지는 것을 느꼈다.

아리마 요시오는 구리하시 히로미와 다카이 가즈아키를 어떻게 생각하고 있을까? 아니, 어떻게 느끼고 있을까? 그 두 사람이 범인이라고 생각하고 있을까? 아니면 뭔가 이상하다고 느끼고 있을까?

보도에 따르면 아리마 요시오에게 전화를 걸어 모욕적인 발언을 하고 후루카와 마리코의 목숨을 구걸하게 한 인물은 구리하시 히로미라는 것이 거의 확실하게 밝혀졌다. 두번째 이후의 전화는 경찰이 녹음을 해두어서 성문 감정을 할 수 있었기 때문이다. 즉, 아리마 요시오는 구리하시 히로미의 어두운 내면이 바깥으로 드러났을 때의 모습을 알고 있는 것이다.

그 아리마 요시오는 다카이 가즈아키에 대해 어떻게 생각하고 있을까? 그가 공범자라는 말을 듣고 바로 수긍했을까?

한 걸음 더 나아가 유미코는 이렇게 생각했다. 구리하시 히로미의 어두운 무문에 직접적으로 접속한 적이 있던 아리마 요시오라면 나의 호소에 귀를 기울여줄지도 모른다고. 오빠 가즈아키는 구리하시 히로미라는 인간을 깊은 늪 속에서 끌어올리려고 하다가 그만 그 속으로 같이 빠져들고 만 불운한 친구입니다. 오빠는 범인이 아닙니다.

살아 있는 구리하시 히로미의 사악함을 알고 있는 아리마 요시오라면, 형사나 기자보다 더 귀를 기울여 유미코의 호소를 들어줄지도 모른다. 진정한 범인은 따로 있을지도 모른다는 가능성에 흥미를 느낄지도 모른다.

지금 생각해보면 그것은 유미코의 이기적인 생각에 지나지 않았다. 그러나 그때는 당장이라도 달려가서 아리마 요시오를 만나 이야기를 하고 사건에 대해 그가 어떻게 생각하는지 듣고 싶어 견딜 수 없었다. 그래서 이다바시의 호텔로 간 것이다. 누군가에게 이야기하면 말릴 게 뻔해 단독행동을 한 것이다.

그 결과가 이것이다. 그 행동이 일으킨 여파가 바로 이것이다.

어리석다는 말을 백 번 반복해도 부족하다.

그날 호텔에서 집으로 돌아오자, 마에하타 시게코가 전화로 심하게 화를 냈다. 유미코는 한마디도 못하고 수화기만 들고 있었다. 시게코는 지금이라도 달려가고 싶지만 어머니가 계시니 이번 원고가 정리되면 따로 만나서 이야기하자고 했다. 통화 내내 찬바람이 쌩쌩 부는 말투였다.

전화를 끊기 전 시게코는 호텔에서 집까지 바래다준 아미카와 고이치와 똑같은 말을 했다. 매스컴의 눈을 피해서 그나마 다행이었다고.

지금은 그게 가장 무서운 적이라고.

텔레비전 화면 가득 비치는 자신의 미친 듯한 모습을 보면서, 유미코는 온몸의 힘이 빠져나가는 충격에 사로잡혔다. 이가 맞부딪치는 소리가 들릴 정도로 온몸이 부들부들 떨렸다.

어머니와 가쓰키 아주머니는 어제부터 외출하고 없다. 하마마쓰에서 여관을 하고 있는 가쓰키 아주머니의 오랜 친구를 만나러 간 것이다. 물론 관광도 위로여행도 아니다. 돈을 빌리는 것이 목적이었다.

장수암의 건물을 새로 지을 때 은행에서 받은 대출을 매달 갚아나가야 했다. 가게 문을 열고 있을 때도 겨우겨우 맞춰 내는 정도였다. 지금처럼 수입도 없고 아버지 입원비까지 대야 하는 형편에서는 도저히 저축한 돈으로는 지탱할 수 없다. 가쓰키 아주머니는 집은 있지만 여자 둘을 먹여살릴 만한 재력은 없다. 그래서 몇 사람에게 의논을 했더니, 하마마쓰에 사는 그 사람이 도와주겠다고 나선 것이다. 게다가 빌려주는 것이 아니라 급료를 미리 지불하는 식으로 하겠다고 했다. 즉 이야기가 잘되면 어머니와 유미코는 그 여관에서 숙식하며 종업원으로 일을 할 수 있는 것이다. 그리고 아버지를 그 지역의 병원으로 옮길 수 있도록 수속을 밟아주겠다고까지 했다.

이보다 더 좋은 제안은 없을 것이다. 그 사람의 선의와 가쓰키 아주머니의 열성이 낳은 결과였다. 두 사람에게 있어서는 기적 같은 이야기였다.

그런 기적이 일어난 이후로 한동안 의논을 했다. 특히 마음에 걸리는 것은 경찰이었다. 경찰은 이들이 도쿄를 떠나는 것을 마땅찮게 생각할지도 모른다. 그러나 그건 설득하면 될 것이다. 지금까지 수사에 협력하지 않은 적은 한 번도 없었다. 시키는 대로 다 해주었다. 앞으로도 그럴 생각이다. 그들에게는 수사가 진전되면 가즈아키가 범인이 아니라는 증거가 나오리라는 희망이 있었다. 허망한 희망인지는 모르겠지만, 그래도 포기할 수 없었다.

생활은 해야 한다. 집과 음식이 공짜로 하늘에서 떨어질 리 없다, 일을 해야 한다고 경찰을 설득해볼 생각이었다.

언제까지 가쓰키 아주머니에게 신세를 질 수도 없는 노릇이었다. 요즘 들어 유미코는 심각하게 그런 생각을 하고 있었다. 피해자 유족들의 모임에 달려가는 그런 바보 같은 행동 대신 좀더 미래지향적으로 살아갈 길을 생각해야 할 때가 왔다. 좀더 현실적으로, 오빠의 결백을 증명하기 위해서라도 열심히 살아야 한다. 다시는 그런 실수를 범하지 않을 것이다.

그런데.

그런 결심과 계획이 한꺼번에 무너지고 있었다.

하마마쓰의 친절한 여관 주인은 이 사진주간지를 보고서도 유미코에게 호의적인 태도를 보일 수 있을까? 따스하게 맞이해줄 용기를 가질 수 있을까?

그런 일은 없을 것이다.

내가 모든 것을 망치고 말았다.

병원에 있는 아버지는 어떤 표정으로 이 뉴스를 볼까. 보지 않더라도 같은 방의 환자들에게서 내용을 듣게 될 것이다. 아니면 의사에게서라도. 여전히 혈압이 높고 심장도 불안한데, 자신의 경솔한 행동 때문에 더욱 병세가 악화될 것이다.

어머니, 어머니는? 겨우 생활을 재건할 기회를 잡았는데, 사건 이후 이제야 실낱같은 희망을 찾았는데, 그래서 기력을 되찾으려 하고 있는데. 가쓰키 아주머니는 또 얼마나 실망할까. 우리를 데려온 걸 얼마나 후회할까.

휘청거리는 몸을 벽에 기댔다. 벽에 걸려 있던 달력이 툭 하고 떨어졌다. 그대로 눈을 감고 울었다.

전화벨이 울리기 시작했다. 유미코는 움직일 수 없었다. 누구일까? 무서워서 받을 수 없다. 어머니? 가쓰키 아주머니? 시게코 씨? 누구라도 마찬가지다. 그저 용서를 빌어야 한다.

미안해요. 정말 미안해요.

전화벨이 멈추었다. 하지만 또 울린다. 이번에는 누굴까? 누가 걸었을까? 미안해, 사과할게. 내가 잘못했어. 내가 바보였어.

그러니 제발 그렇게 울려대지 마.

유미코는 벽에 손을 짚고 일어섰다. 전화는 아직도 울리고 있다. 애써 무시하고 그 옆을 지나친다. 복도로 나선다.

오래된 집이라 외풍이 들어 복도는 춥다. 몸을 움츠리고 걷는다. 화장실에 들어간다.

네모난 거울에 자신의 얼굴이 비친다. 저게 누구야. 다카이 유미코가 저런 얼굴이었어? 내 얼굴은 어땠었지?

수납장의 문을 연다.

화장품, 비누, 머리핀. 유미코는 손을 뻗어 그런 물건들 사이를 더듬었다.

가쓰키 아저씨는 전기면도기를 싫어했다. 옛날 이발소에서 쓰던 접이식 면도칼을 가지고 있었다고 했다.

'남편이 죽은 후에도 버릴 수 없어서 그대로 보관하고 있어.'

아주머니의 말이 맞았다. 고풍스러운 면도기 세트가 구석에 놓여 있었다.

유미코는 면도칼을 집어들었다. 접힌 면도기를 펼쳤다.

은색이다. 녹도 슬지 않았다. 잘 들 것 같았다. 가쓰키 아저씨가 건강했던 시절에는 매일 이걸 사용했을 것이다.

칼날에 유미코의 얼굴이 비쳤다. 입술이, 볼이, 그리고 눈이 비쳤다. 잔뜩 일그러져 있어서 사람의 얼굴 같지 않았다. 그렇지만 아까 거울에 비친 얼굴보다 자화상으로 잘 어울린다고 생각했다. 아아, 난 이런 얼굴이었어.

전화벨이 울리고 있다. 마치 서두르고 있는 것 같다. 네, 알았다니까요. 이제 걱정 마세요. 지금, 다카이 유미코를 처치할 테니까요.

전화벨이 멈추었다.

유미코는 면도날을 왼쪽 손목에 대고 숨을 토해냈다.

전화를 걸어도 응답이 없자 시노자키는 바로 전철을 탔다. 있어도 좋고 없어도 좋다. 일단 미사토 시의 그 집으로 가보자. 그의 성격으로는 아주 과감한 결단과 행동이었다.

시노자키는 비교적 지리에 밝아 수도권 교통망에 대해서는 잘 알고 있었다. 아직 출근시간 전이니까 보쿠도 경찰서에서 미사토 시에 있는 그 집까지는 거의 칠십 분 정도 걸릴 것이다. 도쿄 외곽 방향이라 전철도 텅 비어 있었다.

전철을 탄 후에야 휴대폰을 빌려오지 않은 것을 후회했다. 갈아탈 때 다시 전화를 걸어보았지만 여전히 응답이 없었다. 불길한 예감이 들었다. 혹시 일을 하러 나간 건지도 모른다. 아직 사진주간지에 대해 모르고 있을지도 모른다. 알았다 한들 금방 어떤 불길한 행동을 저지르지는 않을 것이다. 상상이 나쁜 방향으로만 치달리는 것은 지금까지 다카이 유미코를 마음에 담고 있었기 때문일까?

이렇게 갑자기 자리를 박차고 나오긴 했지만, 시노자키는 정작 유미코를 만나서 할 말은 딱히 준비해두지 않았다. 이 건으로 경찰에 불려가겠지만 그때는 얌전하게 사과를 하고 다시는 이런 일이 없도록 하겠다고 말하라고, 그리고 할 이야기가 있으면 자신이 들어줄 테니 해보라고 말할 생각이었다.

사진으로만 보았던 그 얌전한 아가씨는 지금 어떤 표정을 짓고 있을까. 과연 자신을 만나주기나 할까. 이런 보도가 나간 후에야 비로소 찾아온 시노자키를 오히려 경계하지는 않을까.

생각에 잠겨 있다가 그만 내릴 역을 놓치고 말았다. 황급히 뛰어내려 개찰구를 빠져나가서는 택시를 잡았다. 다행히 택시 운전사는 주소만 보고 목적지까지 데려다주었다. 작은 정원이 있는 오래된 이층집이었다. 문패에 '가쓰키'라는 성이 적혀 있었다. 메모한 내용과 일치한다. 여기다. 그러나 초인종이 없다.

양옆으로 똑같은 집이 늘어서 있었다. 평일의 조용한 아침이다. 공기는 살을 엘 정도로 차갑지만 하늘은 활짝 개어 있었다.

"실례합니다."

큰 소리로 불러보았다. 현관문 저편은 적막했다. 불투명유리 너머로 빨간 구두의 윤곽이 뚜렷이 보였다. 다카이 유미코의 신발임이 분명하다.

"실례합니다."

다시 불렀다. 대답이 없다. 시노자키는 문손잡이를 잡았다.

문은 그대로 열렸다. 좁고 깨끗한 현관이 나타났다. 마루 위에는 실내화 두 켤레가 놓여 있었다. 시노자키는 문을 닫고 현관으로 올라섰다.

안쪽에서 텔레비전 소리가 들려왔다. 누군가 집 안에 있는 것만은 분명하다. 시노자키는 숨을 한 번 몰아쉬고 안으로 몸을 들이밀며 큰 소리로 외쳤다.

"실례합니다. 보쿠도 경찰서에서 왔습니다. 다카이 유미코 씨 계십니까?"

대답이 없다.

텔레비전 소리만 들려올 뿐이다. 시노자키는 선 채로 귀를 기울여보았다.

이런 아침에 와이드쇼를 하다니. 귀에 익은 캐스터의 목소리가 들린다. 텔레비전에서 나오는 사건에 대한 정보를 체크하는 것도 데스크 담당의 일이라고 해서 시노자키는 오기와 공원 사건 이래로 여태 한 번도 본 적이 없었던 그런 프로그램들을 낱낱이 봐왔다.

와이드쇼.

가슴 저 안쪽에서 무언가 작고 날카로운 악의의 발톱이 내장을 마구 할퀴는 것 같았다. 왜 와이드쇼 같은 걸 보는 거지? 왜 숨어사는 곳에서까지 자신들을 먹잇감으로 삼는 보도 프로그램을 보는 걸까?

왜 텔레비전을 켜두었을까?

신발을 벗고 시노자키는 안으로 뛰어들어갔다. 짧은 복도를 지나자 텔레비전 소리가 또렷이 들렸다. 웃음소리. 시끄러운 음악.

바로 옆이 거실이었다. 텔레비전도 거기에 있었다. 고타쓰가 보인다. 고타쓰 이불이 부풀어올라 있다. 조금 전까지 누군가 거기에 앉아 있었다는 증거다.

벽에서 달력이 떨어져 있다.

"다카이 씨!"

시노자키가 고타쓰 옆에 서서 소리쳤다.

"아무도 안 계세요? 다카이 유미코 씨!"

텔레비전 소리가 시끄럽다. 시노자키는 전원을 껐다. 그리고 다시 불렀다.

"다카이 유미코 씨, 어디 있습니까?"

쿵, 하고 뭔가가 떨어지는 소리가 들렸다. 복도 구석 쪽. 잔향이 있는 소리다. 타일 바닥 같은 곳에 뭔가가 떨어져 울리는 소리다.

시노자키는 다시 복도로 나섰다. 화장실? 욕실? 그런데 이런 찬바람은 어디서 불어오는 거지? 복도가 삐걱거린다. 어린 시절 다니던 학교로 돌아온 느낌이다.

유리문이 열려 있다. 하얀 사기로 된 세면대가 보인다. 거울이 있고, 조금 녹이 슨 수도꼭지에서 물이 방울져 떨어지고, 벽에 달린 수납장의 문이 열려 있다.

시노자키는 화장실로 뛰어들었다. 그리고 바로 옆의 욕조 안에 젊은 여자가 웅크리고 있는 것을 보았다.

순간 숨이 막혔다. 눈이 핑그르르 돌고 시간이 멈추었다.

여자는 빨간 스웨터를 입고 있었다. 무릎이 튀어나온 청바지를 입고 있었다. 어깨까지 늘어질 정도로 긴 머리칼이 푹 숙인 머리 아래로 늘어져 여윈 목덜미를 드러내고 있다. 그녀의 두 손이 바닥에 축 늘어져 있다. 고풍스러운 타일 바닥에 늘어져 있다. 추운 날씨인데도 그녀의 소매는 위로 걷어올려져 있다.

욕실 창으로 비쳐드는 햇살을 받아 여자의 손에서 뭔가가 빛나고 있었다.

면도칼이다. 그것을 인식한 순간 저주에서 풀린 듯이 시간이 흘렀다. 시노자키는 여자의 손을 잡았다. 거의 체온이 없는 그녀의 오른손은 접이식 면도칼을 꼭 쥐고 있었다. 그제야 비로소 바닥에 피가 흘러 있는 것이 보였다. 시노자키의 시간은 평소보다 두 배는 더 빠르게 달리기 시작했다. 그녀의 손에서 면도칼을 빼고, 왼손을 들어올렸다. 면도칼로 그은 몇 줄기 상처를 확인하고는 그녀를 흔들면서 얼굴을 들어올렸다.

"다카이 씨! 다카이 유미코 씨 맞죠?"

젊은 여자의 눈은 동굴처럼 텅 비어 있을 뿐, 초점이 맞지 않았다. 목은 맥없이 흔들리고, 반쯤 열린 입술에는 핏기가 사라져 있고, 숨소리도 들리지 않았다.

사진에서 본 그 얼굴이었다. 사진보다 훨씬 여위었지만 분명 이 얼굴이다. 다카이 유미코다.

시노자키는 면도칼을 세면대 아래로 내던지고 두 손으로 그녀의 어깨를 잡아 일으켜세웠다. 얼굴을 가까이 대고 그녀의 몸을 흔들며 말했다.

"다카이 유미코 씨, 맞죠?"

유미코는 대답이 없다. 눈동자도 움직이지 않는다.

"사진주간지 기사에 대해 안 거죠? 그래서 이런 일을 저지른 거죠? 그렇죠?"

다행히 왼손의 상처는 얕았다. 망설인 흔적이 역력했다. 출혈도 적었다. 급히 달려온 보람이 있었다.

"이러면 안 돼요. 빨리 와서 다행이야. 어쨌든 방으로 가요. 이런 데 앉아 있으면 감기 걸려요."

일으켜세우려 해도 유미코의 무릎은 힘없이 흔들릴 뿐이었다. 양말을 신은 발이 타일에 미끄러졌다. 게다가 의외로 무거웠다. 할 수 없이 그녀를 끌고 욕실을 나와 화장실 벽에 기대게 했다. 면도칼이 바로 옆에 있는 것을 보고 반사적으로 주워 양복 안주머니에 넣었다. 자살하려고 결심한 사람은 잠깐 시선을 떼는 사이에 죽어버리는 경우가 있다. 시노자키는 과거에 그런 예를 많이 보았다.

한심하게도 숨이 가빠졌다. 앞으로 운동을 좀 해야겠다고 생각했다. 그런 생각을 할 만큼 자신이 냉정을 되찾았다는 사실을 깨닫고, 약간의 여유를 가졌다. 시노자키는 그녀의 얼굴을 들여다보며 웃어 보였다.

"괜찮아요. 죽으려고 하면 안 돼요. 가족은 어디 있어요? 어머니랑 같이 살고 있지 않아요?"

유미코의 눈동자가 살짝 움직였다. 어머니라는 말에 반응을 보인 것 같았다. 그녀는 눈을 깜빡거리더니 멍하니 시노자키의 얼굴을 올려다보았다. 눈과 눈이 마주쳤다. 시노자키는 가슴을 쓸어내렸다. 약물을 복용한 것 같진 않았다.

"손목의 상처를 치료해야 돼요. 일어설 수 있겠어요? 미안하지만 내 힘으로는 못 옮기겠어."

여자의 눈이 초점을 되찾았다. 비로소 그녀는 의구심 가득한 눈길로 시노자키를 쳐다보았다.

"누구세요?"

"아, 나는……"

시노자키는 저도 모르게 눈길을 옆으로 돌리고 말았다.

"시노자키 류이치예요. 알겠어요?"

다카이 유미코의 입이 크게 열렸다.

"당신과 선을 보기로 되어 있었던, 보쿠도 경찰서의 형사."

시노자키의 말에 유미코는 고개를 끄덕였다. 몇 번이고 반복해서 고개를 끄덕이고, 그런 다음 갑자기 구겨진 종이처럼 얼굴을 일그러뜨리더니 소리내어 울기 시작했다.

어린아이 같은 울음이었다. 눈물이 뚝뚝 떨어졌다. 그 울음소리가 너무 아프고 슬퍼서 같이 울고 싶을 정도였다. 코끝이 찡했다.

"미안해요, 미안해요."

유미코의 어깨를 두 손으로 쓰다듬으며 시노자키는 말했다.

"좀더 빨리 만나러 올 걸 그랬어요. 그랬으면 이런 일도 없었을 텐데. 정말로 미안해요. 미안해요."

이 집의 주인인 가쓰키라는 여자는 꼼꼼한 사람인 듯, 구급상자가 충실하게 잘 갖추어져 있었다. 유미코의 손목 상처를 치료하기에 충분했다.

왼쪽 손목을 붕대로 감자 다카이 유미코는 더 애처롭고 안쓰러워 보였다. 시노자키는 말을 가리면서 그녀에게 질문을 했다. 그녀가 종종 선후 관계를 착각하며 알아듣기 힘든 말로 대답했기 때문에 시노자키는 약 한 시간에 걸쳐 이야기를 나눈 후에야 겨우 이다바시 호텔에서 벌어진 소동의 상세한 경위와 다카이 모녀의 현재 상황에 대해 알 수 있었다.

"……정말 바보 같은 짓을 하고 말았어요."

유미코는 꺼질 듯한 목소리로 중얼거렸다. 화장실을 나와 햇살이 비쳐드는 거실로 돌아와서도, 그녀는 몸을 떨고 있었다.

"물론 현명한 처신이라고 할 수는 없지만, 지난 일이니 어쩔 수 없어요."

시노자키는 솔직한 심정을 말했다.

"하지만 앞으로는 절대로 피해자 가족과 접촉해서는 안 돼요."

유미코는 고개를 끄덕였다.

"수사본부 쪽도 이 건에 대해 알았으니 아마도 오늘이라도 호출을 할 거예요. 그때는 솔직하게 말하면 돼요."

"나…… 혹시 무슨 법에 걸리나요?"

두렵다기보다 차라리 그러는 쪽이 마음이 편하겠다는 어투였다.

"상대편의 뜻에 따라 달라지겠지만, 지금으로 봐서는 그렇지 않을 거예요. 당신과 마찬가지로 상대편도 조사를 받을 테니까, 그 결과가 나와야 확실히 알 수 있겠지만요."

유미코는 왼쪽 손목에 감긴 붕대를 힐끗 바라보았다.

"이런 거, 진심이 아니라고 생각하겠죠. 자살할 생각도 없으면서 동정을 사려고 쇼를 했다고요."

"그런 생각 하지 말아요."

"나는 항상 말썽만 부리고 다니는걸요."

"자책한다고 좋을 건 없어요."

시노자키는 구급상자를 닫으면서 말했다.

"오빠는 진범이 아니라고 주장한다는 얘길 들었어요."

"……"

"나는 수사에 직접적으로 관여하지 않으니까 자세한 것은 몰라요. 담당 형사는 당신이나 아버지 어머니 이야기를 잘 들어주던가요?"

유미코는 고개를 숙인 채 말이 없었다.

"경찰이 너무 무성의하다 싶으면 그런 주장을 해도 괜찮아요. 아직 가즈아키가 범인이라는 확증이 나온 것도 아니니까."

"그런가요?"

유미코는 혼잣말처럼 중얼거렸다.

"오빠가 범인이라고 이미 결정난 것 아닌가요?"

"내가 아는 한, 아직 결론이 내려지지는 않았어요. 가즈아키만이 아니라, 사건 전체가 그래요."

"경찰이 생각하는 가즈아키는……"

"응?"

"우리 오빠가 아니에요."

말뜻을 이해할 수 없어 시노자키는 유미코의 얼굴을 바라보았다.

"경찰만이 아니라 지금 세상에 보도되고 있는 다카이 가즈아키는 내게 낯선 타인이에요. 오빠는 그런 사람이 아니에요. 그건 다른 사람이에요."

한 사람에 대해 여러 방향에서 정보를 모아 하나의 인물상을 만들어내는 것은 수사에 임하는 형사도 기사를 쓰는 저널리스트도 똑같다. 그러나 그렇게 만들어낸 인물상은 살아 있는 그 사람과 미묘하게, 때로는 심각하게 다르다. 그것은 당연한 일이고, 어떻게 보면 어쩔 수 없는 일이기도 하다. 정보를 수집하는 사람마다 각자의 독자적인 관점이 있고, 부정적이건 긍정적이건 그런 관점 없이는 정보가 모이지 않는다. 유미코의 말도 그런 의미일 것이다. 하지만 그런 식으로 인물상을 만들어내지 않으면 수사란 애당초 불가능하고, 실상에 가깝건 멀건 그 사람이 서시든 범죄의 실체를 재구성할 수만 있다면 경찰은 그것을 받아들인다. 아니, 받아들여야만 한다. 그것이 형사가 할 일이다.

말뜻은 충분히 이해하지만 그것을 유미코가 바깥으로 표현하는 방식이 서툴렀던 것이 혼란의 원인이라고 설명하기 위해 시노자키가 말을 찾고 있는데, 전화벨이 울렸다. 순간, 유미코가 겁먹은 눈길로 시노자키를 바라보았다.

"어머니일지도 몰라요."

시노자키가 안심시키려는 듯이 그렇게 말했다.

"받아보는 게 어때요?"

유미코는 고개를 저었다. 어머니라면 더 받기 싫을 것이라고 시노자키는 생각했다.

"내가 받아도 될까요?"

"부탁해요" 하고 유미코가 고개를 숙였다.

"전화는 이층 올라가는 계단 아래 있어요."

시노자키는 서둘러 계단 쪽으로 갔다. 벨이 열 번이 넘게 울린 후 수화기를 들자, 남자 목소리가 터져나왔다.

"유미코, 유미코야? 괜찮아? 지금 혼자 있어?"

시노자키는 당혹스러웠다. 가능한 한 정중한 어투로 대답했다.

"다카이 유미코 씨는 무사합니다. 누구시죠?"

무거운 침묵이 전해져왔다. 그리고 상대가 물었다.

"당신은 누구죠?"

시노자키는 당혹스러웠다. 자신의 입장을 설명하기가 난처했기 때문이었다.

"보쿠도 경찰서에서 온 사람입니다."

"뭐라고요? 그럼 유미코를 체포하는 건가요?"

"아뇨, 사정을 들어보러 왔을 뿐입니다."

"사진주간지에 대해서요?"

"그렇습니다. 실례지만 누구시지요?"

"난 유미코의 친구입니다."

상대의 목소리가 정중해졌다.

"아미카와 고이치라고 합니다."

"아미카와 씨."

순간 거실에서 겁먹은 얼굴로 엿듣고 있던 유미코가 벌떡 일어섰다. 안도와 기쁨이 드러난 얼굴로 시노자키의 손에서 수화기를 빼앗듯이 받아들었다.

시노자키는 어이가 없었다. 절벽에서 조난당한 다카이 유미코를 구해주려고 로프를 던졌는데, 막상 그녀는 한 걸음 늦게 나타난 사람이 던진 로프를 잡은 것 같은 느낌이었다. 애당초 당신은 안중에 없었다는 듯이.

아미카와라는 남자에게서 온 전화에 유미코는 거의 매달리다시피 했다. 어깨를 들썩이며 울면서도 눈꼬리를 치켜올리지도 않았고 몸을 떨지도 않았다. 면도칼로 손목을 그었다는 말을 할 때도, 잠시만 눈을 떼면 다시 자살을 시도할 것 같던 분위기는 조금도 남아 있지 않았다.

그들의 다른 대화는 곁에서 들어서는 잘 알 수 없었다. 전화 저편의 아미카와 혼자서 말을 하고, 유미코는 대답만 하고, 고개를 끄덕이고, 무슨 말을 들었는지 다시 울먹이고 사과할 따름이었다. 어정쩡한 입장에 놓인 시노자키는 실내의 공기가 갑자기 차가워진 듯한 느낌에 사로잡혔다.

아미카와가 다시 무슨 말을 하자 유미코는 곁눈질로 시노자키를 보았다. 그리고 수화기 저편을 향해 말했다.

"응? 응. 보쿠도 경찰서에서 나를 부를지도 모른대요."

친밀하게 속삭이는 듯한 어투였지만, '보쿠도 경찰서'라는 말을 할 때는 어딘지 모르게 혐오감이 배어 있는 것 같았다. 그런 감정이 시노자키에게 그대로 전해져왔다. 냉정을 되찾는 순간 시노자키가 자기 편이 아님을 생각해낸 것일지도 모른다.

다만 마음에 걸리는 부분이 있었다. 아미카와라는 성은 드물지 않지만, 그렇다고 아주 흔한 성도 아니다. 그런데 어디선가 들은 듯한, 또는 본 듯한 느낌이 들었다. 착각인 걸까?

"저……"

유미코는 시노자키에게 수화기를 내밀었다.

"아미카와 씨가 할 말이 있다고 해요."

시노자키는 수화기를 들고 송화기 쪽을 손바닥으로 가리고 그녀에게 물었다.

"이 아미카와라는 사람, 당신 친구라고 하던데……"

유미코는 깜짝 놀라는 표정을 지었다. 왜지?

"사건 이후로 많은 도움을 주는 사람인가요?"

"그렇습니다."

작은 목소리로 그녀는 대답했다.

"실례지만, 혹시 약혼자?"

유미코는 눈물이 마르지 않은 볼을 발갛게 물들였다.

"그런 사이는 아니에요."

"그래요" 하고 대답하고 시노자키는 전화를 받았다.

"이야기는 전해들었습니다. 유미코가 많은 도움을 받았다고 하더군요."

아미카와 고이치는 매끄러운 말솜씨로 말했다.

"위험한 순간에 구해주셔서 감사합니다. 그런데 혹시 유미코를 지금 보쿠도 경찰서로 데리고 가는 겁니까? 그렇다면 한 시간만 기다려주세요. 나도 동행할 테니까요. 지금 그쪽으로 가겠습니다."

시노자키는 그 순간 많은 것을 한꺼번에 생각했다. 그렇다, 이 남자는 시노자키가 수사 때문에 온 것으로 착각하고 있다. 그런 착각을 풀어줄 설명은 아직 유미코에게도 하지 않았다. 유미코가 자신과 선을 볼 뻔했었고 사건 이후로 오빠의 결백을 주장하기 위해 만나려고 노력했다는 이야기도 아미카와는 모르고 있는 모양이었다.

"여보세요? 왜 말씀이 없으시죠?"

"아, 죄송합니다. 전화로 설명하면 길어질 것 같아요. 사실 난 여기에 공무 때문에 온 게 아닙니다."

상대의 목소리가 갑자기 조심스러워졌다.

"그럼 왜?"

"그것도 나중에 설명하지요. 뭣하면 다카이 유미코 씨에게 설명을 들어도 좋습니다. 괜찮아요, 다카이 씨?"

유미코에게 묻자 그녀는 낭패한 듯 몸을 움츠리면서 고개를 끄덕였다.

시노자키는 수화기를 들고 아미카와에게 말했다.

"괜찮다고 합니다."

"그럼, 바로 가겠습니다."

어쩐지 화가 난 듯한 어투였다.

"형사님, 유미코에게서 눈을 떼지 말아주세요. 자살에 실패한 직후가 가장 위험하다고 합니다. 절대로 혼자 남겨두지 마세요."

말하지 않아도 안다는 말이 목구멍까지 치솟았지만, 알았다고만 간단히 대답하고 전화를 끊었다. 그러자 유미코는 변호사가 사라진 취조실에 형사와 단둘이 남은 용의자 같은 표정으로 바뀌었다. 지금의 그녀가 그런 기분인 것도 무리는 아니라고 생각했다.

어쨌든 기다리는 수밖에 없다. 추우니까 방으로 들어가자고 말하려는데 막 끊은 전화가 다시 울렸다. 시노자키는 반사적으로 수화기를 들었다. 남자의 목소리가 들려오자 시노자키는 식은땀이 났다.

수사본부의 형사였다. 다카이 가즈아키 담당반의 한 사람으로, 시노자키와 같은 보쿠도 경찰서 소속이다. 시노자키는 그가 쓴 보고서를 몇 번이나 읽고 파일로 정리했다.

상대는 시노자키인 줄도 모르고 다카이 유미코를 바꿔달라고 사무적으로 말했다. 망설이지 않은 것은 아니었지만, 숨길 수도 없었다. 시노자키가 이름을 대자 상대는 깜짝 놀랐다. 지금 이쪽으로 올 생각이냐고 하자, 그렇다고 했다.

"사진주간지 때문에요?"

"그럼. 뭐가 어떻게 된 거냐고 위에서 야단이 났어. 대체 무슨 짓을 한 거야, 그 여자? 덕분에 오늘 아침부터 우리가 얼마나 욕을 먹었는지, 정말 분통이 터져. 그런데 시노자키 자네는 거기서 뭐 하는 거지? 데스크 아냐? 언제부터 보병부대로 옮겼어? 마음대로 움직여도 되는 거야?"

"만나서 설명하겠습니다."

그렇게 말하고 수화기를 내려놓았다. 한숨이 절로 나왔다. 관할 형사들에게 욕을 먹는 건 괜찮지만, 다케가미에게 야단맞을 생각을 하니 눈앞이 캄캄했다. 각오는 하고 있었지만 이렇게 빨리 들킬 줄이야. 아니, 사실은 각오 같은 건 되어 있지도 않았다. 원체 간이 콩알만한 인간이 아닌가. 시노자키는 그런 자신을 잘 알고 있기 때문에 더 겁이 났다.

데스크 담당에서 빠질지도 모른다. 다케가미는 부하의 실수를 용서 못 할 사람은 아니지만, 확신범적인 배신을 보고 그냥 넘어갈 만한 사람도 아니다. 충고도 하지 않고 화도 내지 않고 잠자코 시노자키를 버릴지도 모른다. 지금은 아직 현장에 있기 때문에 느끼지 못하지만, 지금 이 상황은 형사 시노자키에게는 심각한 사태였다.

"시노자키 씨?"

유미코가 작은 목소리로 불렀다.

"수사본부에서 온다는군요."

시노자키는 고개를 끄덕였다.

"아마 심한 추궁을 받을 거예요. 사실 유미코 씨가 한 행동은 문제가 많았으니까요."

유미코는 고개를 끄덕였다.

"아미카와 씨가 같이 있어준다니, 혼자가 아니라서 다행이군요."

"시노자키 씨는요?"

"나는 관할 형사들과 같이 돌아가야 돼요."

"그런 말이 아니라, 시노자키 씨는 오늘 일로 곤란해지지 않으세요?"

의외의 질문이라 시노자키는 저도 모르게 유미코 쪽을 돌아보았다. 그녀는 걱정스러운 눈길로 바라보고 있었다.

"괜찮아요."

일을 벌인 이상 그런 대답 외에는 할 말이 없었다.

이런 일이 벌어질 수 있으니까 다케가미는 그만두라고 말했을 것이다. 정말 자신이 바보라는 생각이 들었다. 그러나 다시 똑같은 상황이 벌어진다 해도 역시 이런 행동을 할 것이다. 남 걱정하기 좋아하는 이런 천성은 지옥에 가도 버릴 수 없다.

결국 관할 형사 두 명이 아미카와 고이치보다 빨리 도착했다. 그들의 험악한 얼굴을 보자마자 유미코는 새하얗게 질려 떨었지만, 두 명의 형사는 시노자키에게 따지는 것을 우선했다.

동료간의 대화를 유미코가 듣지 못하게 해준 것 정도가 다케가미의 배려일 것이다. 시노자키의 설명을 듣고 그들은 동시에 시노자키를 바보 취급했다.

"자네 지금 제정신이야?"

"그렇게 여자가 없으면 내가 얼마든지 소개해주지."

"그런 게 아닙니다."

"그렇게 사람만 좋아서 뭘 하겠어, 허참."

"잘 알고 있습니다."

"그 여자, 그냥 내버려둬도 절대로 자살 같은 걸 할 여자가 아냐. 피해자 유족에게 달려들어서 머리를 깨뜨렸어. 그 사람 입원했다는 거 몰라?"

"아직 사실관계는 밝혀지지 않았습니다. 단정하면 안 됩니다."

"자네, 혹시 무슨 말이라도 들었나?"

"아뇨, 두 번 질문하게 될까봐 물어보지 않았습니다."

그들이 도착하기를 기다리는 동안 시노자키가 유미코에게 들은 말이라고는 지금의 상태나 아버지의 건강, 앞으로의 계획 같은 사소한 것들뿐이었다. 유미코는 무슨 영문인지 시노자키에게 그렇게도 말하고 싶어했던 오빠의 결백에 대해서는 아무 말도 하지 않았다. 슬쩍 떠보아도 결국 입을 열지 않았다.

그녀는 나름대로 이런 식으로 시노자키를 끌어들여서는 안 된다고 생각하는 모양이었다. 시노자키는 그런 마음을 느낄 수 있었다. 보기보다 현명하고, 제멋대로 생각하는 여자가 아니라는 것을 알 수 있었다. 시노자키는 조금 마음이 편해졌지만, 이래서는 그녀가 바라는 일에 그가 도움을 줄 수 있는 것은 아무것도 없다. 이런 사정을 다케가미는 과연 알고 있을까. 어쨌건 시노자키가 다카이 유미코에게 힘이 될 가능성은 없다.

두 형사는 한참이나 시노자키에게 화를 내다가 결국 한시라도 빨리 서로 돌아가라고 쫓아냈다. 시노자키 역시 이런 상황에서는 빨리 사라지는 게 최선이라고 생각하면서도 아미카와 고이치가 과연 어떤 사람인지 마음에 걸렸다. 다카이 유미코가 의지하는 남자여서가 아니라, 그 이름을 어디선가 들어본 적이 있는 것 같아서였다.

"지금 오고 있다는 다카이 유미코의 지인 말인데요" 하고 시노자키는 두 형사에게 말했다.

"아미카와 고이치라는 이름입니다. 혹시 들어본 적 있습니까?"

다카이 수사반의 두 형사는 서로 얼굴을 마주 보았다. 그러더니 한 사람이 수첩을 꺼냈다.

"흠, 기억이 나긴 하는데."

"젊은 남자인가?"

"네, 그녀의 친구라고 합니다."

"이 상황에서 유미코에게 연인이나 친구가 있을 리가 없지. 모두 도망쳐버렸으니까."

수첩을 뒤적이던 형사가 오, 하는 소리를 냈다.

"알았다. 한 번 만난 적이 있어."

"누굽니까?"

"다카이 가즈아키의 동창생이야. 초등학교와 중학교를 같이 다녔어."

그랬군. 시노자키는 눈앞의 안개가 걷히는 듯했다. 지나는 길에 그 이름을 보았을 것이다. 형사들은 구리하시 히로미와 다카이 가즈아키의 동창생이라면 별로 친하지 않은 사람들까지 죄다 찾아내서 만나보았다. 아미카와라는 성도 그런 탐문수사 보고서 속에 있었을 것이다.

"하지만 다카이 팀에는 그리 중요한 인물이 아냐. 구리하시 팀이 더 잘 알고 있을 거야."

"왜요?"

"아미카와 고이치는 구리하시 히로미와 친했어. 중학교 동창생들이 다들 그러더군."

시노자키는 입을 다물었다. 구리하시 히로미의 친구.

"그런 인물이 왜 다카이 유미코와 관계되어 있는 걸까요?"

"알 수 없지. 아무튼 이 아미카와라는 남자는 친구들 사이에서 인기가 많았어. 그래서 구리하시도 한 수 접었다고 해. 누구에게 물어봐도 평판이 좋아."

"우등생인가요?"

"그런 모양이야. 당시의 담임선생도 그를 잘 기억하고 있었어. 항상 웃는 얼굴에다 애교가 있어서 '피스'라는 별명으로 불렸다고 해. 우리 팀이 조사를 할 때도 이 이름이 자주 나와서 기억에 남아 있어. 아미카와는 반에서 꼴찌였던 다카이의 공부를 도와주기도 했다더군."

"눈물나는 얘기지."

"구리하시 히로미는 성적도 나쁘지 않고 여자애들한테 인기도 있고 겉보기에는 괜찮은 학생이었지만, 선생들이 다루기 힘든 구석이 있었다고 해. 그러나 아미카와는 그렇지 않았어. 자세한 걸 알고 싶으면 구리하시 팀에 물어봐."

"우등생은 어른이 되어도 우등생인가보군. 살인자 오빠 때문에 고생하는 친구의 여동생을 그냥 내버려둘 수가 없다는 거지."

다카이 팀의 두 형사는 웃었지만 시노자키는 웃을 수 없었다. 뭔가가 마음에 걸렸다.

"그는 지금 뭘 하고 있습니까? 직업은요?"

다카이 팀의 형사는 다시 수첩을 보고는 "학원 강사야"라고 말했다.

"선생이라⋯⋯"

"이런 걸 자네에게 말해봤자지. 자네는 또 알아서 뭐 하게? 빨리 서로 돌아가. 다케가미에게 야단맞을 각오나 단단히 하고."

다케가미의 이름을 듣고 퍼뜩 정신을 차린 시노자키는 서둘러 코트를 들고 바깥으로 나왔다.

현관을 나서서 집 앞에 세워져 있는 경찰차 옆을 지나쳐 걸어가는데, 도로 오른쪽에서 왜건 한 대가 천천히 다가오고 있었다. 집 앞에서 멈춰 서고 문이 열리더니 키가 큰 남자 하나가 운전석에서 내려섰다. 갈색 재킷에 청바지, 조금 긴 머리.

남자는 집 쪽으로 걸어간다. 당당한 걸음걸이였다. 선이 부드럽고 잘 정돈된 얼굴, 잘생겼다기보다 지적인 분위기가 물씬 풍겼다.

두 사람은 스쳐 지나갔다. 거의 어깨가 스칠 듯한 가까운 거리였지만, 남자는 시노자키에게 눈길도 주지 않았다. 시노자키는 지나쳐가다가 뒤를 돌아보았다. 남자의 넓은 등에 가려 문패가 보이지 않았다.

현관까지 가서 남자가 외쳤다.

"실례합니다."

아까 전화에서 들은 그 목소리였다. 분명히 아미카와 고이치였다.

정의의 용사라. 무슨 영문인지 시노자키는 소름이 돋았다.

역으로 가려고 발걸음을 돌렸다. 그때 상의 안주머니에서 호출기가 울렸다. 액정화면에 메시지가 떠 있었다.

'멍청한 놈.'

발신자가 누구인지는 안 봐도 알 수 있었다. 시노자키는 더욱 추위를 느꼈다.

그날, 마에하타 시게코는 늦게 잠자리에서 빠져나왔다. 부스스한 머리칼을 쓸어올리며 부어오른 눈으로 시계를 보니 벌써 열한시였다. 더 자고 싶었지만 쇼지에게 미안한 생각이 들어 억지로 일어난 것이었다.

어젯밤에 『도큐먼트 저팬』의 동료 작가들과 편집자와 함께 신년회 명목으로 술을 마시고 새벽 두시가 지나서야 집으로 돌아왔다. 그 덕분에 오늘 아침은 쇼지가 일어나서 출근하는 것도 모르고 있었다. 늦게 들어온다고 미리 말해두긴 했지만 돌아와서 쇼지가 잠든 모습을 보자 왠지 미안해졌다. 화를 내지는 않을까 걱정이 되기도 했다. 점심때 공장에 들를까. 도시락을 만들 시간은 없지만, 맛있는 거라도 사서 갈까, 하고 생각했다.

'그치만 그것도 골치 아파.'

공장에는 시부모가 있다. 제 발로 야단맞으러 가는 거나 다름없다. 쇼지가 돌아오기를 기다렸다가 사과하는 게 좋을 것 같았다.

어젯밤 술자리는 정말 즐거웠다. 진지한 이야기에서 잡담까지 즐거운 대화를 나누었다. 시게코는 자신이 『도큐먼트 저팬』을 받쳐주는 주요 작가로 인정받고 있다는 실감을 가질 수 있었다. 그래서 시간이 너무 늦었다는 생각을 하면서도 좀처럼 자리를 뜰 수 없었다.

머리가 아팠다. 시게코는 술이 센 편이라 숙취 때문에 고생한 적이 거의 없었다. 피로가 쌓여서 그런가 했다. 그래도 나가기를 잘했다는 생각이 들었다.

머릿속은 르포로 가득 차 있지만, 현실적으로는 역시 집안일도 해야 하고 남편과 시부모의 말에도 귀를 기울여줘야 한다. 논픽션 작가 마에하타 시게코로 돌아와 혼자 컴퓨터 화면과 마주하는 시간은 하루의 반도 안 된다. 연재가 막 시작되었을 때는 며느리가 잡지에 쓴 글이 성공을 거두는 것을 자랑스럽게 생각하던 시부모도, 날이 갈수록 며느리로서 역할을 제대로 못 한다는 데에 불만을 드러내고 있다. 그럴수록 바깥으로 나가 논픽션 작가 마에하타 시게코를 인정해주는 사람들 속에 섞여 있으면 일상의 때가 모두 벗겨져나가는 듯한 충족감을 누릴 수 있었다.

멍하니 커피를 마시는데 바깥 계단으로 누가 뛰어올라오는 발소리가 들려왔다. 그 발소리는 시게코의 방 앞으로 다가와 문을 열어젖혔다. 쇼지가 숨을 헐떡이며 안으로 뛰어들어왔다.

"집에 있었구나. 왜 전화를 안 받아?"

찬 공기에 볼이 새빨개져 있었다. 시게코는 잠이 확 달아나는 기분이었다. 쇼지의 눈에서 심상치 않은 빛이 뿜어져나오고 있었기 때문이었다. 순간 누가 쓰러지기라도 했나 하는 생각이 들었다.

"왜 그래? 아버님이나 어머님한테 무슨 일이 있어?"

두 분 다 고혈압이 심해 약을 꼬박꼬박 챙겨먹어야 한다. 그러나 나이 탓인지 약 먹는 걸 잊어버리기도 하고, 어차피 안 듣는다면서 아예 먹지 않을 때도 있었다.

그러나 쇼지는 시게코의 말에 갑자기 멍한 표정을 지으며 눈을 깜빡거렸다. 그러고는 곧 폭발하듯이 화를 냈다.

"무슨 소리야! 아버지랑 어머니는 팔팔하셔. 대체 무슨 생각을 하는 거야!"

시게코는 당황했다. 쇼지가 이렇게 큰 소리를 내는 건 처음이었다.

"이걸 봐!"

쇼지의 겨드랑이에 잡지가 끼여 있었다. 그것을 빼들어 테이블 위에

탁, 하고 내려놓았다.

사진주간지였다. 시게코는 사태를 바로 파악할 수 없었다. 표지에 적힌 기사 제목을 읽고 그 의미를 깨달을 때까지는 이삼 초의 시간이 필요했다.

'용의자 다카이 가즈아키의 여동생, 피해자 모임에서 난동'.

얼굴에서 핏기가 가시는 소리가 들리는 것 같았다. 잡지를 집어들었지만 손이 떨려 페이지를 넘길 수 없었다. 우물쭈물하고 있는데 쇼지가 잡지를 뺏어들더니 문제의 페이지를 펼쳐 코앞에 들이밀었다.

"너, 이게 무슨 짓이야! 범인의 여동생과 한패가 되어 이런 소동이나 일으키고, 대체 무슨 생각이냐고!"

시게코는 떨리는 손으로 잡지를 받쳐들고 겨우겨우 기사를 읽어내려갔다. 읽으면서 의자 위에 풀썩 주저앉고 말았다. 그래도 억지로 머리를 움직여, 어이없어하는 쇼지를 무시하고 거기 적힌 내용을 정리해보았다.

물론 그것은 그 이다바시의 호텔에서 다카이 유미코가 일으킨 소동에 관한 기사였다. 그녀의 실명은 나오지 않았다. 그러나 피해자 유족 가운데 이 소동으로 피해를 입을 뻔한 아리마 요시오와 논픽션 작가 마에하타 시게코의 이름은 실명으로 실려 있었다. 게다가 시게코가 다카이 유미코를 부추겨 피해자 가족 모임에 찾아가서 오빠의 결백을 주장하도록 만든 것으로 씌어 있었다.

물론 거짓말이다. 세상에 어떻게 이런 거짓말을! 등허리에 찬바람이 불어갔다.

더 읽어나가보니, 그 기사는 표면적으로는 다카이 유미코를 표적으로 삼고 있지만 사실은 마에하타 시게코를 매장하려는 의도가 짙게 깔려 있었다. 마에하타 시게코는 독점 르포를 쓰기 위해서 다카이 유미코를 격리시켜 다른 취재원이 접근하지 못하게 하고 있다. 그것이 경찰 수사마저 방해하고 있다. 또한 시게코는 오가와 공원 사건의 최초 발견자인 소년 A 역시 그를 돌본다는 명목으로 가까이 두고 있는데, 그것은 이 소년이 몇 년 전에 일어난 교사 일가족 살해사건의 피해자이기 때문이다. 이번 르포가 끝나면 마에하타는 이어서 소년 A 사건에 대해서도 르포를 써 작가로서 자신의 입지를 굳히려 하고 있다. 시게코에게 세뇌당한 소년은 그녀의 조수로서 난동 현장에 같이 있다가 결국 큰 상처를 입고 구급차에 실려가는 신세가 되고 말았다.

"피해자는 유족은 물론이고 사건에 말려든 사람들의 상처나 기분은 조금도 고려하지 않고 오로지 팔리기만 하면 된다는 생각으로 가득 차 있는 자칭 '강경파 여성 논픽션 작가'의 정체가 여기서 드러나고 있다. 저널리스트의 정의와 양심을 무엇보다 중시한다는 『도큐먼트 저팬』 편집자는 자신들이 이런 사람을 키우고 있다는 사실에 대해 어떻게 생각하고 있는지 궁금하다."

시게코의 손에서 힘이 빠져나가고, 잡지가 테이블 위에 떨어졌다.

"나……" 하고 겨우 목소리를 냈다.

"나, 나는 이런 짓 하지 않았어. 믿어줘."

쇼지는 말이 없었다. 거칠게 숨을 몰아쉬며 얼굴을 붉히고 있다.

"이건 거짓말이야, 쇼지."

시게코는 남편의 이름을 불렀다.

"이건 모두 음모고 거짓말이야."

쇼지의 얼굴이 고통스럽게 일그러졌다. 머릿속에는 하고 싶은 말들이 가득한데 그것을 억지로 안으로 밀어넣고 있는 것 같았다.

그는 쉰 목소리로 겨우 말을 꺼냈다.

"이웃집 다나카 씨가 가르쳐줬어. 병원 대기실에서 읽었다고."

"이거, 아침에 나온 거야?"

"아침부터 친구가 공장에 전화를 했어. 덕분에 아버지 어머니도 알고 화가 나셨어."

시게코는 이마에 손을 짚었다.

"공장에서 몇 번이나 전화를 했어. 왜 안 받았어?"

"자동응답으로 돌려놨어. 벨소리도 안 나게…… 어제 늦게 자는 바람에 일찍 일어나기 싫어서……"

"대체 무슨 짓이야?"

쇼지는 그렇게 말하면서 시게코와 같은 포즈로 의자에 털썩 주저앉았다. 흥분은 가라앉은 듯했지만 험악한 표정은 그대로였다. 눈동자에는 분노의 빛 대신 그늘이 져 있었다.

쇼지가 맥없는 목소리로 중얼거렸다.

"사람들에게 뭐라고 하지? 창피해서 낯을 들고 다닐 수가 없어."

시게코는 저도 모르게 고개를 들어 남편의 얼굴을 보았다. 그는 어쩔 줄 몰라하며 두 팔을 늘어뜨리고 있었다.

창피하다니.

시게코는 변명할 수 없는 실수를 저질렀다. 그것은 분명하다. 욕을 먹어도 싸다. 당당하게 따귀를 맞고 싶은 심정이다. 그런데, 창피하다니. 때려달라고 얼굴을 내미는데 침을 뱉은 것 같은 기분이었다.

"누구에게 창피하다는 거야? 그게 무슨 뜻이야?"

시게코가 물었다.

쇼지는 시게코를 보더니 다시 얼굴을 찌푸렸다. 시게코의 목소리에 잠겨 있는 분노의 기운에 놀란 것이었다. 그리고 시게코도 쇼지의 그런 태도에 놀랐다. 이 사람은 지금 자신이 한 말이 내게 어떻게 들렸는지, 내 감정이 어떤지 전혀 모르고 있어.

"난 분명히 실수를 했어."

가능한 한 감정을 억누르며 말했다.

"대처방법이 서툴렀어. 그렇지만 기사에 나온 이런 짓은 하지 않았어. 실수는 했지만, 이런 말도 안 되는 짓은 안 했어. 할 리가 없어."

쇼지는 손바닥으로 테이블을 내리쳤다.

"그래도 이런 기사가 나와버렸잖아!"

"거짓말이라고 하잖아!"

"아무리 사진주간지라도 백 퍼센트 거짓말을 할 리는 없어! 네가 뭔가를 했으니까 이런 기사가 나오지!"

시게코는 눈을 동그랗게 떴다. 믿을 수 없다. 이게 내가 아는 쇼지인가? 나를 격려해주던 그 남편인가?

"당신은……"

목소리가 떨려나왔다.

"내 말을 들으려고 하지 않았어. 어떤 사정이 있었느냐고 묻지도 않았어. 갑자기 그게 무슨 말이야? 창피해? 창피하다고 말하면 다야? 그런 당신이야말로 정말 창피해!"

"넌 아무 잘못이 없다는 거야? 내가 잘못했단 말이냐고!"

"그런 말은 안 했어. 봐, 또 내가 하지도 않은 말 가지고 화를 내고 있잖아!"

"마누라가 이런 창피한 기사의 주인공이 되었는데 화내지 않을 남편이 세상에 어딨어!"

"당신은 내가 창피한 짓은 아무것도 하지 않았어도, 전부 새빨간 거짓말이라도, 이런 기사가 나온 것 자체가 싫다는 거야? 그런 말이야?"

"궤변이야 그건!"

"궤변이 아냐!"

당신은 이런 기사에 씌어 있는 것만 그대로 받아들이고, 주변 사람들에게 비난받을 것만 신경쓰고, 어린애처럼 달려와서는 나에게 화를 내고 있어. 무슨 짓을 했느냐고 따지고 있어.

시게코는 목소리를 짜내 외쳤다.

"창피하다는 말을 하기 이전에 왜 내게 진실을 묻지 않아? 이런 기사가 났는데, 어떻게 된 일이냐고 왜 묻지 않느냔 말야!"

쇼지는 순간 기죽은 표정을 지었지만, 금방 다시 어린애처럼 입을 비틀고 말했다.

"네가 무슨 일을 했는지 내가 어떻게 알아."

"내가 쓴 글을 읽었잖아! 왜 그걸 몰라주는 거야!"

당신은 나의 남편이잖아. 나를 누구보다 잘 알고 있잖아.

"내가 네 뒤를 졸졸 따라다니는 게 아니잖아. 무슨 짓을 하는지 내가 어떻게 알겠어. 나가버리면 그만이야. 어젯밤에도 너, 대체 몇시에 들어왔는지 알기나 해?"

시게코는 머리끝까지 피가 솟구쳐 눈이 빙글빙글 도는 것 같았다.

"쇼지, 날 못 믿어?"

"그런 말이 아냐."

"아냐, 지금 그렇게 말했어. 친구들이 이 기사 이야기를 했을 때, 어떻게 대답했어? 시게코가 그런 바보 같은 짓을 할 리가 없다고, 본인에게 물어보겠다고, 그렇게 대답했어?"

"나는……"

"그냥 창피하다고만 한 거야?"

쇼지는 입을 다물었다. 볼이 떨리고 있었다.

"너."

시게코는 왜 이름을 부르지 않느냐고, 내게도 이름이 있다고 속으로 외쳤다.

"다카이 가즈아키 같은 놈의 동생 편을 드는 거야? 살인자의 편을 들 겠다고?"

유미코를 만난 것, 그녀의 이야기를 들은 것은 쇼지에게 알리지 않았 다. 그런 것을 일일이 보고할 필요가 없다고 생각했기 때문이었다. 그 것은 시게코 자신의 직업상의 문제였다.

이야기하지 않아도 믿어주리라 생각했다. 그렇지만 그것은 완전한 착각이었다. 시게코 혼자만의 생각에 지나지 않았다.

"나는 시게코 너를 정말 자랑스럽게 생각했어."

쇼지는 울먹이는 목소리로 말했다.

"그렇게 자랑스러워했는데, 그 결과가 이게 뭐야."

시게코는 감정을 억누르려고 애썼다. 감정의 꼬리를 잡고 끌어당기 려 했다. 그러나 그것은 급류 속에서 튜브를 잡으려고 하는 것만큼이나 어려운 일이었다.

"당신에게 날 자랑스럽게 생각해달라고 부탁한 적 없어!"

아, 왜 이런 말을 하는 거야.

"자랑스럽게 생각하고 안 하고는 당신 마음이야. 그런데 자기 마음에 안 드는 일이 일어나자마자 나한테 책임을 씌워?"

두 사람 사이에 차가운 막이 드리워졌다.

묘하게 싸늘해진 마음속에서 시게코는 문득, 십 년 전 막 작가로 데 뷔했을 때 사귀던 남자를 떠올렸다. 큰 야심을 품은 저널리스트였던 그 는 머리도 좋고 재능도 있었다. 아직 어렸던 탓에 자주 싸웠는데, 그 싸 움은 늘 각자가 간직한 소중하면서도 부서지기 쉬운 뭔가를 집어던지 는 식이었다.

그러나 쇼지와의 싸움은 완전히 다르다. 두 사람 사이에서 오가는 것이 없다. 아무리 집어던져도 쇼지에게는 닿지 않는다. 애당초 그에게는 시게코가 집어던지고 있는 것이 보이지 않는다. 그래서 잡을 수도 없다.

노크 소리가 들렸다. 망설이고 있는 사이에 문이 열리더니 쓰카다 신이치가 우울한 표정으로 들어섰다.

방해가 됐다면 죄송해요.

그는 쇼지를 향해 그렇게 말했다. 쇼지는 문을 등진 채 가만히 앉아 있었다.

"데지마 편집장에게서 내 휴대폰으로 연락이 왔어요. 시게코 씨가 전화를 안 받는다고요."

데지마라는 이름을 듣고 시게코는 몸을 벌떡 일으켰다.

"뭐라고 해?"

"바로 편집부로 오래요."

신이치는 쇼지의 넓은 등을 슬쩍 훔쳐보면서 미안한 듯이 말을 이었다.

"아리마 요시오 씨가 와 있대요. 시게코 씨를 만나러요."

가게를 접을 결심을 했지만 몇십 년이나 계속해온 생활습관은 간단히 버릴 수 없었다. 아리마 요시오는 새벽 네시면 꼭 눈이 떠졌다. 손님이 크게 줄어 어제는 두부 양을 평소보다 반이나 줄였다. 기다의 출근시간도 아침 여섯시로 바꾸었다. 혼자서 멍하니 담배를 피우기도 하고 옛 생각을 하기도 하면서 달팽이처럼 조용히 아침 시간을 보내고 있었다.

그런데 그날 아침은 달랐다. 자리에서 일어나 가스레인지에 불을 켜는데 누가 문을 두드렸다. 문을 열자 기다가 차가운 공기에 얼굴이 새빨개져서 서 있었다. 신문 광고를 보고 편의점에 가서 사왔다며 둥글게 만 얇은 잡지를 내밀었다. 그것을 받아들면서 요시오는 기다도 나처럼 할 일이 없는데도 아침 일찍 일어나는구나 하고 생각했다.

그러나 잡지의 제목을 본 순간, 그런 생각은 소리도 없이 사라져버렸다.

"너무 심하잖아요."

기다는 떨리는 목소리로 말했다.

"세상에 뭐 이런 여자가 다 있어. 사장님도 그렇지, 왜 내게는 아무 말 않았습니까?"

아사이 변호사와 관련된 얘기나 이다바시의 호텔에서 일어난 일에 대해서는 기다에게는 한마디도 하지 않았다. 아사이 변호사 건은 입에 담기도 싫었고, 다카이 유미코에 대해서는 요시오 자신도 아직 마음의 정리가 되지 않았다.

기다가 혼자서 화를 내고 탄식을 하는 동안 아리마 요시오는 여러 생각들을 떠올렸다. 이다바시의 호텔에서의 사건 이후로, 마음속에 앙금처럼 남아 있던 생각이 다시 움직이는 것 같은 느낌이 들었다. 더는 숨길 수도 감출 수도 없는 일이었다.

시계가 다섯시를 지나자 오늘은 휴업이라며 기다를 집으로 돌려보냈다. 가게 앞에 '휴업'이라는 팻말을 내걸고 오늘 작업하려 했던 콩을 물에서 건져낸 다음 전기 스위치를 껐다.

마에하타 시게코의 명함은 보쿠도 경찰서 수사본부의 아리마 담당 형사 명함과 함께 명함첩 뒤에 꽂아두었다. 요시오는 자동응답기 목소리를 듣고는 바로 끊어버렸다. 십 분 후에 다시 걸어보았지만 자고 있는지 여전히 전화를 받지 않았다. 나중에는 기계를 상대로 싸움이라도 벌이는 듯한 기분이 들었다.

전화를 끊고 명함첩과 같이 보관하고 있던 『도큐먼트 저팬』 최근호를 꺼냈다. 뒤표지에 편집부 전화번호가 적혀 있었다. 그 번호로 걸어보았지만 아무도 받지 않았다. 잠시 후에 다시 걸었지만 마찬가지였다.

간단히 아침을 먹고 문단속을 한 다음, 반코트를 입고 마치코가 입원하고 있는 병원으로 갔다. 면회시간은 오후 두시부터지만, 병동의 간호부장은 요시오를 병실로 들여보내주었다.

일곱시가 조금 넘은 시각이었다. 마치코는 아직 잠들어 있었다. 간호사 말로는 어젯밤에는 울기도 하고 비명을 지르기도 하며 한바탕 소동을 벌였다고 한다. 마치코의 두 손은 침대에 묶여 있었다. 발작이 너무심해 어쩔 수 없었다고 했다. 요시오는 정중하게 감사의 말을 하고 마치코의 손을 잡아주었다.

잠든 마치코에게 자신의 생각을 낮은 목소리로 속삭여주었다. 독실이라 아무도 없었지만, 요시오는 자신의 의견을 바깥으로 크게 외치거나 주장해본 적이 없었기 때문에 그런 어색한 행동을 할 때는 자연히 목소리가 작아졌다.

"그래서 말인데, 마치코."

딸의 손을 가볍게 흔들면서 요시오는 말했다.

"만일 다카이 가즈아키가 진짜 범인이라면 난 눈곱만큼도 동정할 생각이 없고, 그 동생 유미코라는 아가씨도 다시는 상대하지 않을 거야. 그래도 확인은 해봐야겠어. 그러니까 만나서 이야기를 들어보려는 거지, 절대로 마리코의 원수를 위로하기 위해서가 아냐, 마치코. 알겠니?"

마치코의 숨결에서 희미하게 약냄새가 풍겼다. 감긴 눈은 꿈쩍도 하지 않았다. 요시오는 문득 나이보다 훨씬 늙어 보이는 딸의 얼굴을 바라보며, 마치 죽은 손녀의 얼굴을 보고 있는 듯한 착각에 빠졌다.

"그럼 다녀올게."

그렇게 말하고 병실을 나서 계단을 내려갔다. 로비의 공중전화에서 다시 마에하타 시게코에게 전화를 걸었다. 여전히 받지 않았다. 요시오는 고개를 젓고는 메모해온 『도큐먼트 저팬』의 번호로 전화를 걸었다. 이번에는 다섯 번 벨이 울리자 남자가 받았다. 이렇게 이른 아침에 누구냐는 듯 깜짝 놀라는 목소리였다. 요시오가 자신의 이름을 대고 사진주간지 건으로 할 말이 있다고 하자 상대는 더 놀라는 눈치였다. 상대가 너무 솔직하게 놀라는 바람에 요시오는 화가 치밀었다. 저널리스트란 두부가게 주인하고는 다르지 않나, 이런 일로 놀라다니 못쓰겠군, 하고 중얼거리면서 역으로 향했다.

히쇼 출판사의 『도큐먼트 저팬』 편집부에는 아까 전화를 받았던 젊은 남자가 기다리고 있었다. 데지마 편집장도 연락을 받고 지금 이리로 오고 있다고 했다. 요시오는 구석의 의자에 앉았다. 편집부 사무실은 마치 동네 헌책방처럼 어지러웠다. 담배 냄새가 벽에까지 배어 있고, 쓰레기통은 쓰레기로 넘쳐나고 있었다. 의자와 책상 위에는 책이 산더미처럼 쌓여 있고, 그 뒤에 침낭 같은 게 놓여 있었다. 잡지사에 왜 이런 물건이 있는 걸까?

아까 그 젊은이는 밤샘을 했는지 졸린 눈으로 멀리 떨어진 책상에 앉아 무슨 작업인가를 하고 있었다. 때로 요시오 쪽을 힐끗 쳐다보기도 하는데, 그 얼굴이 웃는 건지 우는 건지 도무지 구분이 가지 않았다.

"젊은이, 사진주간지 건은 알고 있는가?"

장발의 젊은이는 번쩍 고개를 치켜들고 주위를 둘러보았다. 편집부에는 다른 사람이 없다는 것을 확인하고, 자신의 상대가 할아버지라는 사실을 새삼 깨달은 듯 내키지 않는 몸짓으로 고개를 들어 바라보았다.

"아까 전화로 말씀하신 것 말이죠?"

"응, 그래."

"사실 저는 어젯밤 밤을 샜기 때문에 아무것도 모릅니다."

"아, 그런가."

요시오는 고개를 끄덕였다. 나무라는 것도 아닌데 장발 남자는 변명하듯이 빠른 어투로 말했다.

"저뿐 아니라 우리 편집부 직원들은 아마 아무도 모를 겁니다. 다들 밤늦게까지 있었거든요."

"특종이라는 건 꼭 밤에만 터지는 건가?"

장발 남자는 머리칼을 쓸어올렸다.

"저희 잡지는 딱히 특종을 노리는 성격이 아니니까, 그렇지는 않습니다만…… 그냥 다들 바쁘니까 밤늦게까지 있곤 합니다."

"난 보통 회사처럼 아침 여덟시면 다 나오는 줄 알고 왔는데……"

"점심때까지 아무도 안 나올 때도 있습니다."

"마에하타 씨도 그런가?"

"그 사람은 우리랑 맡고 있는 게 달라서요."

뭐가 다르다는 말인지 요시오는 잘 이해할 수 없었다.

"아침부터 마에하타 씨에게 전화를 했는데, 받지를 않더군."

"아, 그럼 아마 자고 있을 겁니다."

장발의 젊은이는 고개를 약간 갸우뚱했다.

"어젯밤에 특집 팀의 신년 모임이 있었거든요."

"아, 신년 모임……"

데지마 편집장은 좀처럼 나타나지 않았다. 요시오가 보기에 남자는 밤샘 작업이 끝나 당장이라도 돌아가고 싶어하는 눈치였다. 하지만 손님을 두고 갈 수는 없는 노릇이라 커다란 몸을 비틀어대고만 있는 모양이었다.

요시오는 사진주간지 기사가 계속 마음에 걸려 저도 모르게 입을 열었다.

"내가 읽기로는 마에하타 씨뿐 아니라 댁의 잡지에 대해서도 안 좋은 내용이 나온 것 같던데?"

"아마 그럴 겁니다. 안 읽어봐도 짐작이 갑니다."

"신경쓰이지 않나?"

"우리는 그런 일에 익숙하니까요."

"그래……"

"편집장이 오면 이야기를 해줄 겁니다. 잠시만 기다리십시오."

기다리는 건 문제가 아니지만 너무 태평한 게 아닌가 싶었다.

"죄송하지만, 다시 한번 마에하타 씨한테 전화해주면 안 되겠나?"

"예? 제가요? 전화라면 얼마든지 쓰셔도 됩니다."

"여기 전화는 복잡해서 쓰기가 힘들 것 같아서 말야."

벌써 칠팔 년 전의 일이지만, 집 전화기가 고장나 새로 샀을 때도 사용방법을 몰라 고생했다. 여기 전화기는 버튼이 많아서 조작하기가 어려워 보였다.

장발 남자는 귀찮다는 표정을 지었다.

"간단한데……"

"미안하네."

"마에하타 씨의 연락처, 여기 있나? 이건가?"

책상 위를 마구 뒤지더니 이윽고 수화기를 들고 전화를 걸었다.

"역시 안 받는군요. 자동응답기만 나오는데요."

그리고 젊은이는 다시 노골적으로 귀찮은 표정을 지었다.

기다의 말로는 『도큐먼트 저팬』이라는 잡지는 사회정의와 진실을 추구하는 강경파 잡지인 모양이었다. 그러나 그 사회정의와 진리 속에는 복잡한 전화기에 대해 잘 모르는 나이 많은 사람에 대한 배려는 없는 것 같았다. 요시오는 잡지사 같은 낯선 곳에 오다보니 긴장해서 별것도 아닌 일에 화가 나는 거라고 속으로 중얼거렸다.

그러나 마음 한구석에서는, 성실한 사람이라면 전날 아무리 늦게 자서 피곤해도 만원 전철에 흔들리면서 출근해 책상 앞에 앉아 있을 시간에 전화도 받지 않고 늦잠을 자거나 전날 늦게 잤다고 해서 점심때가 지나서야 출근하는 단체가 대체 어떻게 '사회'를 알 수 있을까 하는 생각이 들었다. 그런 단체가 생각하는 '사회'에는 요시오가 오랜 세월 두부를 팔아온 손님들조차 들어가 있지 않을지도 모른다.

이다바시의 사건 이후 요시오는 『도큐먼트 저팬』을 사서 마에하타 시게코의 글을 읽어보았다. 자신과는 관계없는 글처럼 느껴졌다. 마리코가 살해당한 그 사건에 대해 쓴 글 같지 않은 느낌마저 들었다.

우연히 그 연재분에 마리코의 이름이 나오지 않았기 때문은 아니다. 요시오가 체험한 사건에 대한 부분을 다루지 않았기 때문도 아니다. 요시오가 마에하타 시게코의 글을 읽어보려고 마음먹은 것은 직접 만나서 이야기를 나누었을 때의 인상이 무척 성실했기 때문이었다. 실제로 그녀가 쓴 글은 진지했다. 그래도 마음에 와 닿지 않았다.

왜일까? 이유를 알 수 없었다. 그러나 이렇게 하릴없이 『도큐먼트 저팬』의 편집부 사무실에 앉아 있으니 그 해답을 알 것 같은 기분이 들었다.

요시오가 마에하타 시게코의 글에 감동받지 못한 것은 그 글이 모든 것을 다 알고 있다는 식으로 씌어 있기 때문이었다. 그 글은 구리하시 히로미의 어둠이라든지, 다카이 가즈아키의 열등의식이라든지, 자신이 바라는 만큼 사회에 인정받지 못한 자의 비뚤어진 꿈이라든지 하는 여러 가지 표현들을 쓰고 있었다. 그리고 마에하타 시게코는 그런 말의 의미를 제대로 이해하고 사용하는 것 같았다.

그러나 바로 그런 이유 때문에 아리마 요시오의 마음에 와 닿지 않았던 것이다.

왜냐하면, 요시오는 모르기 때문이다. 마리코에게 그런 참혹한 짓을 한 인간이 왜 그런 짓을 했는지, 왜 많은 사람을 죽이고 그 유족을 농락했는지 도무지 알 수가 없었다. 그래서 그 인간을 잡고 물어보고 싶었던 것이다.

그런데 마에하타 시게코는 알고 있다. 『도큐먼트 저팬』은 알고 있다. 대체 어떻게?

애당초 이런 곳에는 와서는 안 되었다. 여기는 다른 세상이다. 여기서 말하는 것들은 이 세계에 사는 사람들에게는 진실된 것이지만, 요시오에게는 아무런 의미도 없는 단순한 '이야기'일 따름이다. 그렇다. 마에하타 시게코는 열심히 취재를 했을 테지만, 그녀가 이해한 것을 쓰고 있는 한, 그것은 어차피 '이야기'에 지나지 않는다. 이곳은 그런 이야기를 생산하는 공장일 뿐이다.

다카이 유미코가 정말로 오빠의 결백을 믿고 있는지, 그녀의 주장이 귀를 기울일 만한 것인지, 요시오는 아직 알 수 없었다. 그러나 마에하타 시게코가 이야기를 만들어내고 있는 이상, 유미코가 그녀에게 간 것은 잘못이다.

"오래 기다리셨습니다. 아리마 씨세요?"

고개를 들어보니 작은 몸매에 눈매가 날카로운 사십대 후반 정도의 남자가 바로 옆에 서 있었다. 노타이 차림이었다.

"편집장 데지마라고 합니다."

요시오는 일어섰다.

"아리마 요시오라고 합니다. 오늘 아침 사진주간지를 보고, 최대한 빨리 다카이 유미코를 만나고 싶어서 찾아왔습니다."

데지마라는 남자는 눈썹을 살짝 꿈틀거렸다.

"이런 기사가 나왔으니 다카이 유미코는 여기저기서 비판을 받게 될 테고, 앞으로 만나서 이야기하기도 힘들어지겠지요. 그래서 빨리 그 사람을 만나고 싶습니다. 꼭 한번 이야기를 들어보고 싶습니다. 다카이 유미코가 마에하타 씨와 친하다던데, 편집장께서 마에하타 씨에게 말해서 나와 만날 수 있게 주선해주시면 고맙겠소이다."

마에하타 시게코가 오기를 기다리는 동안 데지마라는 편집장은 요시오와 많은 말은 나누지 않았다. 그가 말한 것은 단 한 가지, 자신은 마에하타 시게코의 상사가 아니기 때문에 요시오가 바라는 지시를 그녀에게 내릴 수 없는 입장이라는 것뿐이었다. 마에하타 시게코는 프리랜서이기 때문에 편집장인 데지마의 조치가 마음에 들지 않으면 언제든 거부할 수 있고, 극단적인 경우에는 원고를 다른 잡지사에 넘길 수도 있다고 한다. 다만 요시오가 시게코와 대화를 나눌 수 있는 장소는 책임지고 만들어주겠다고 했고, 그 말대로 자고 있는 마에하타 시게코를 불러주었다.

데지마 역시 지금까지 이다바시의 호텔에서 일어난 사건을 모르고 있었다고 했다. 그것 또한 그의 말대로 마에하타 시게코가 그의 부하가 아니니 그럴 수도 있겠다 싶었다. 그는 시게코에게 잔뜩 화가 난 듯했지만, 왜 화를 내고 있는지에 대해서는 요시오에게 설명해주지 않았다.

이윽고 마에하타 시게코가 나타났다. 부스스한 머리에 화장기 없는 얼굴, 양쪽이 다른 양말을 신고 있었다. 생각지도 못하게 그 사건 때 부상을 입었던 소년 쓰카다 신이치가 함께 나타났다. 소년은 단정한 차림이었지만 표정은 어두웠다. 상황을 생각하면 당연한 일이었다.

데지마 편집장은 시게코가 신이치를 데리고 온 데 대해 화를 내려고 했다. 그러나 시게코가 무슨 말을 하기 전에, 신이치가 먼저 나서서 응급실에서 신세를 많이 져서 인사라도 하고 싶어 자신이 억지를 부려 따라왔다고 설명했다. 머리의 상처는 많이 나은 듯, 머리칼을 들추지 않으면 반창고도 보이지 않을 정도였다.

"할아버지 연락처를 몰라서 인사도 못 드렸습니다."

요시오는 고개를 저었다.

"별것도 아닌걸 뭐. 빨리 나아서 다행이야."

"이제 됐어? 자네는 자리를 좀 비켜줬으면 하는데."

데지마가 냉랭하게 말했다.

"마에하타에게 이야기를 전해준 건 고맙게 생각하네. 아침부터 심부름을 시켜 미안해. 하지만 아리마 씨는 마에하타와 할 말이 있다고 하시는군."

쓰카다 신이치는 간단히 물러설 기색이 아니었다.

"이다바시의 호텔 사건은 저도 당사자입니다. 같이 설명할 수 있습니다."

데지마는 눈썹 하나 까딱하지 않았다.

"아리마 씨의 용건은 그게 아냐. 그러니 자네는 관계없네. 나가주게."

신이치는 총명해 보이는 눈을 굴리며 반격할 말을 찾는 것 같았다. 이애는 나름대로 마에하타 시게코를 보호하려 하고 있다. 요시오는 갑자기 신이치가 불쌍해졌다. 정말 운도 없는 아이다. 부모를 잃고, 혼자서 세상을 살아가야 한다. 지난번에는 그가 왜 마에하타 시게코에게 얹혀사는지 물어볼 기회가 없었는데, 혹시 의지할 데가 없어서일까. 그래서 시게코에게 감사하는 마음으로 그녀를 보호하려 하는 것은 아닐까.

신이치가 밖으로 나가자 데지마는 험악한 표정으로 시게코를 쳐다보면서 요시오가 찾아온 이유를 설명했다. 시게코는 깜짝 놀란 듯 눈을 동그랗게 떴다.

"아리마 씨, 그 건에 대해서는 그때 병원에서도 말씀드리지 않았습니까? 저는 아리마 씨가 다카이 유미코를 만나는 게 바람직하지 않다고 생각합니다. 양쪽 모두 상처를 입을 테니까요."

그리고 시게코는 매달리는 듯한 눈길로 편집장을 바라보았다.

"다카이 유미코 건은 저의 불찰입니다. 그 일에 대해선 변명의 여지가 없습니다. 그렇지만 왜 이런 문제로 아리마 씨를 끌어들이는 겁니까!"

"내가 끌어들인 게 아니야. 직접 여길 찾아오셨어."

요시오는 침착하게 말했다.

"당신이 전화를 안 받아서 이 편집장이 당신 상사인 줄 알고 부탁하러 온 거요. 가능한 한 빨리 다카이 유미코를 만나고 싶소. 곧 경찰이 조사를 할 테고, 그러다 괴로우면 어디로 도망가버릴지도 모르니까. 그러면 만나기도 힘들어질 테니, 지금 만나는 게 좋을 것 같소."

마에하타 시게코는 목소리에 힘을 넣었다.

"그러니까 안 된다는 겁니다. 만난다고 해도 유미코는 오빠가 결백하다는 꿈을, 아리마 씨는 손녀를 죽인 범인을 생포할 수 있다는 꿈을 서로 이야기할 뿐입니다. 아무런 해결책도 되지 않습니다."

"아리마 씨는 사건을 해결하려고 하는 게 아니잖아."

데지마가 냉랭한 목소리로 끼어들었다.

"그저 다카이 유미코의 말을 듣고 싶을 뿐이라는 거야. 자네에게 그걸 막을 권리는 없지. 형사도 아니고 카운슬러도 아니지 않나."

"편집장님……"

"그런 소동이 일어나서 유미코와 직접 얼굴을 볼 기회가 없었더라면, 아리마 씨는 이런 요구를 하지도 않았을 거야. 그러나 만난 이상 아리마 씨가 뭔가를 느꼈을 수도 있어. 자네에게는 그런 사태를 불러온 책임은 있을지언정 아리마 씨를 제지할 권리는 없어."

시게코는 새하얗게 질린 얼굴로 입을 다물었다. 부스스한 머리칼을 쓸어올리는 그 손길에 분노와 피로가 배어 있었다.

"아리마 씨가 이런 일을 자네에게 부탁하는 것은 자네가 다카이 유미코와 접촉하고 있기 때문이야. 그 외에는 다카이 유미코를 만날 길이 없으니까. 딱히 자네가 이 일에 대해 아리마 씨에게 충고해줄 만한 사람이기 때문이 아냐. 그걸 착각하면 안 돼."

그런 다음 데지마는 요시오에게 물었다.

"아리마 씨가 다카이 유미코를 만난다는 것을 알면 수사당국이 좋아하지 않을 겁니다. 그 문제는 괜찮습니까?"

요시오는 고개를 끄덕였다.

"지금은 경찰이 우리집 부근에 잠복하지도 않아요. 몰래 만날 수 있소."

"그래도 만일 들키면 좀 시끄러워질 수도 있습니다."

"그런 건 상관없소."

데지마는 얼굴을 조금 찌푸렸다.

"실례지만 경찰의 수사를 불신하고 계십니까?"

"아니오, 늘 감사하고 있다오. 요즘 들어서는 별로 정보를 주지 않지만, 사건이 한참 시끄러울 때는 우리집에 자주 와주었소. 경찰이 최선을 다해 성실하게 대해준다는 건 내가 직접 겪어보았기 때문에 잘 알고 있소."

바로 그 경찰의 실수로 마치코가 지금 같은 지경에 처한 것을 데지마가 알고 있는지도 모를 일이었다. 그러나 요시오는 거기에 대해 말하지 않을 생각이었다. 분명히 그 도리이라는 형사는 형편없는 놈이다. 그러나 공사를 구별하지 않고 비난하는 것은 잘못이다. 자신의 현재 상황이 아무리 나쁘다 해도, 요시오에게 그 정도 분별력은 있었다.

병원에서 마에하타 시게코도 말했지만, 지금으로서는 구리하시 히로미와 다카이 가즈아키가 사건의 진범이라는 추정을 뒤집을 만한 결정적인 증거는 나오지 않고 있다. 경찰의 보강수사도 그 사실을 전제로 진행되고 있을 것이다. 시게코의 말대로 그들이 범행에 사용한 아지트가 발견된다면 다카이 가즈아키에 대한 물증이 나올지도 모른다. 합리적으로 생각하면 충분히 이해할 수 있는 추론이다. 그래서 요시오도 두 사람 외에 범인이 있다는 생각은 하지 않고 있었다.

그러므로 요시오가 다카이 유미코의 변명을 들어줄 만한 구체적인 이유는 없다. 만날 이유도 없는 것이다.

그러나 그녀를 직접 보고 말았다. 그 광기 어린 표정을 보았고, 오빠는 결백하다고 외치는 목소리를 들었다. 그때부터 요시오는 일종의 주술에 걸려든 것인지도 모른다. 어쩌면 유미코의 말이 진실인지도 모르고, 구리하시 히로미의 공범은 따로 있어서 지금쯤 어디선가 자신만만한 웃음을 흘리고 있을지도 모른다. 어쩌면, 어쩌면, 어쩌면……

그 저주를 풀기 위해서는 다카이 유미코의 하소연을 들어줘야 하지 않을까. 그녀의 주장이 터무니없는 것이라면 요시오는 그 주술에서 해방될 수 있다. 사실은 그것을 바라는지도 모른다. 그녀를 만나 피가 끓어오를 듯한 엉터리 변명을 듣는 것이야말로 요시오가 진실로 바라는 바일지도 모른다.

요시오는 그런 생각을 데지마에게 말했다. 조리 있게 말하지는 못했지만 데지마는 심각한 표정으로 그 말을 들어주었다. 마에하타 시게코는 그의 옆얼굴을 반은 비판 어린 눈길로, 반은 사죄하는 눈길로 바라보고 있었다. 데지마는 자신의 생각을 확인이라도 하는 듯이 몇 번이나 가볍게 고개를 끄덕였다. 그리고 자세를 고쳐 앉더니 요시오 쪽으로 몸을 기울였다.

"아리마 씨는 마에하타의 글을 읽어보셨습니까?"

"죄송하지만 전부는 못 봤소. 지난번 소동이 일어난 후에 이번 주에 실린 글을 읽어봤을 뿐이오."

"그런가요. 그렇다면 마에하타가 어떤 관점을 취하고 있는지 모르시겠군요."

줄곧 입을 다물고 있던 마에하타 시게코가 이윽고 고개를 들고 말했다.

"저는 구리하시, 다카이 공범설에 입각해서 글을 쓰고 있고, 그 기본적인 노선에 의구심을 품지 않고 있다는 것을 아리마 씨에게 설명드렸어요."

데지마는 시게코 쪽은 보지도 않고 요시오에게 말했다.

"마에하타가 그런 방침을 세운 것에는 그 나름대로 근거가 있습니다. 우리 편집부가 확보한 루트를 통해 입수한, 경찰의 수사활동 내용이나 관계자의 증언 같은 정보들 말이죠. 물론 그 가운데는 다카이 유미코가 경찰에서 진술한 내용도 들어 있습니다. 공공연히 밝힐 수는 없지만요."

"아, 잘 알겠습니다. 매스컴 사람들은 특별하니까요. 그렇지 않으면 기사를 쓸 수 없겠지요."

요시오의 소박한 말에 데지마는 비로소 표정에 변화를 보이며 쓴웃음을 지었다.

"아까도 말씀드렸다시피, 저는 마에하타의 상사가 아니므로 마에하타가 독자적으로 조사한 취재 내용은 아리마 씨에게 보여드릴 수 없습니다. 그러나 우리 루트를 통해 들어온 정보라면 가능합니다. 우선 그 것부터 보여드리겠습니다. 다카이 유미코가 수사 관계자에게 어떤 증언을 하고 있는지 한번 읽어보십시오. 그런 다음에도 그녀를 만나야겠다고 하신다면 제가 자리를 마련해드리겠습니다. 직접 연락을 해서 다카이 유미코를 설득하겠습니다. 이 경우는 마에하타를 통하지 않겠습니다. 하지만 다카이 유미코가 마에하타에게 많이 의지하고 있는 건 사실이니……"

데지마의 비꼬는 듯한 어투에 마에하타 시게코는 입술을 깨물었다.

"다카이 유미코가 아리마 씨를 만날 때 마에하타가 동석하기를 원할 지도 모릅니다. 그런 경우에는 사전에 의논을 드리겠습니다. 그리고 또 한 가지."

데지마는 둘째손가락을 세워 보였다.

"이번 소동이 왜 일어났는지, 마에하타에게 보고를 받겠습니다. 내가 상사니 아니니 하는 문제가 아니라, 그녀에게는 원고 게재를 계약한 우리에게 해명해야 할 의무가 있기 때문입니다. 지금까지 애써 숨기고 있던 일을 이런 소동 때문에 들키고 말다니 정말로 어이가 없습니다."

데지마의 말은 알겠지만 요시오는 마에하타 시게코도 동정하고 있었다. 어떤 경우라도 눈앞에서 사람이 비판받는 것을 보는 것은 그리 즐거운 일이 아니었다.

"우리 편집부측에서도 이번 건에 대해 독자적으로 조사해서 그 결과를 기사로 실을 것입니다. 마에하타도 자신의 글 속에서 독자에게 설명할 것입니다. 이 두 가지는 반드시 이루어져야 합니다. 지금도 전화가 저렇게 울리고 있으니까요."

그러고 보니 칸막이 저편에서 전화벨이 시끄럽게 울리고 있었다. 몇 대의 전화가 동시에 울리고 있는 듯했다.

"제보 전화도 있을 테고, 독자의 항의 전화도 있겠지요. 실제로 지금까지 마에하타의 글을 읽은 독자들은 마에하타가 도대체 무슨 생각으로 다카이 유미코를 피해자 유족에게 접근시켰는지 알 권리가 있습니다."

마에하타 시게코는 피곤한 듯 고개를 떨어뜨린 채 또렷한 목소리로 말했다.

"저는 다카이 유미코를 아리마 씨에게 접근시키지 않았습니다. 그건 실수였을 뿐, 절대로 고의가 아니었습니다."

"거기에 대해서는 지금부터 이야기를 듣도록 하지."

데지마는 냉랭한 목소리로 말했다.

"어떻습니까? 아리마 씨."

은근히 오늘은 이만 물러가달라고 말하는 것이다. 요시오는 의자에서 일어나 머리를 숙였다.

"잘 알겠소. 신세 많이 졌소이다."

"아닙니다, 당연한 일인데요. 사과는 오히려 제 쪽에서 드려야지요. 심려를 끼쳐 정말 죄송하게 생각합니다."

응접실을 나와 편집부로 들어서자 의자에 앉아 있던 쓰카다가 벌떡 일어서서 요시오의 얼굴을 보았다. 요시오는 기억을 떠올렸다. 일전에 구급차 안에서 이애는 오가와 공원 사건 당일 보쿠도 경찰서 앞에서 요시오와 스쳐 지나간 적이 있다고 말했었다. 이제 생각이 났다. 그때의 표정도 떠올랐다. 자전거에서 떨어져서 엄마가 달래주러 오기를 바라는 어린애 같은 표정이었다.

"마에하타 씨는 아직 할 얘기가 있는 모양이야. 너도 오늘은 그냥 돌아가는 게 좋겠어. 기분은 알겠지만 일에 관련된 거니까 끼어들면 안 돼. 나와 같이 역까지 가지."

빌딩 바깥으로 나와서는 둘 다 입을 다물고 있었다. 역으로 향하는 길에 잔디가 깔린 넓은 공원이 있었다. 그 공원 앞에서 요시오는 소년에게 말했다.

"점심 먹을까?"

신이치는 멍한 표정이었다. 요시오는 다시 한번 말했다. 그러자 그의 복잡한 두뇌보다 훨씬 솔직한 위에서 꾸르륵 하는 소리가 났다.

요시오는 웃었다.

"먹으러 가지."

공원 입구 옆에 햄버거와 핫도그를 파는 노점이 있었다. 오후 두시가 다 되어 슬슬 점심시간 영업을 마무리하는 분위기였다. 요시오는 노점으로 다가가면서 큰 소리로 주인을 불렀다.

"아직 하시오?"

새빨간 앞치마를 두른 남자가 대답했다.

"햄버거는 다 떨어졌어요. 커피는 일인분뿐이고, 우유는 있어요."

"그럼 그걸로 주게나."

요시오가 두 손에 먹을 것을 들고 갔다. 신이치는 얼이 빠진 표정으로 그런 요시오를 바라보고 있었다.

"안 먹어? 핫도그 싫어하나?"

"아, 아닙니다" 하고 신이치는 고개를 저었다.

요시오는 공원 안으로 발걸음을 옮겼다. 다행히 햇살이 비치는 곳의 벤치가 비어 있었다. 건너편 벤치에는 양복 차림의 회사원이 드러누워 자고 있었다. 주간지로 얼굴을 덮고 깊이 잠이 든 듯했다.

신이치는 요시오에게 커피를 건네주려 했지만, 요시오는 노인네에게는 우유가 더 낫다며 사양했다.

"할아버지는 연세가 얼마나 되셨어요?"

갑자기 신이치가 나이를 물었다.

"일흔둘이야."

요시오는 핫도그를 씹으면서 대답했다.

"너는?"

"열일곱이에요."

마치 자신이 아직 십칠 년밖에 살지 않았다는 사실을 깨닫고 놀라는 투였다.

"마에하타 시게코 씨는 몇인지 아나?"

"서른 정도일 거예요."

"남편은 있고?"

"네, 결혼했어요."

"역시 글을 쓰는 사람이겠지. 기자야?"

"아뇨, 철공소 사장이에요."

"오, 그래."

요시오는 놀랐다. 글쟁이는 글쟁이끼리 모여 살 거라고 생각했기 때문이었다.

"자식은 있나?"

"없습니다. 결혼한 지 얼마 되지 않은 것 같아요."

남의 프라이버시에 대해서는 발설할 수 없다고 선을 긋는 어투였다.

"걱정하지 마. 마에하타 씨의 사생활을 캘 생각은 없으니까."

"그런 게 아니라……"

"그런데 너는 왜 마에하타 씨와 같이 있지? 부모님 일은 참 가슴 아프다만, 친척이 없나?"

신이치는 핫도그의 포장지를 구겼다. 대답하고 싶지 않은 것 같았다. 그러나 쓸데없는 참견이라는 표정도 아니었다. 왜 요시오가 그런 걸 묻는지 몰라서 대답하기 어려운 것도 같았다.

쓰카다 신이치에게는 그 또래 소년이라면 으레 가지고 있는 '부주의'라는 것이 없었다. 그런 부주의는 때로 큰 사고나 사건을 일으키는 원인이 되기도 하지만, 그게 없으면 소년답지 못하다. 사실 신이치는 요시오의 눈에 너무 조숙해 보였다.

며칠 전에 텔레비전에서 본 광경이 떠올랐다. 외국의 어느 나라에서 내전 후에 남아 있는 지뢰가 큰 문제가 되고 있다는 내용이었다. 전쟁은 끝났지만 지뢰가 여기저기 깔려 있어 농사도 제대로 짓지 못한다고 한다. 가축을 방목할 수도 없다. 마을 주위도 안전을 확인하지 않고는 통행이 불가능하다. 게다가 그 도로 폭이라는 것이 겨우 삼십 센티미터 정도였다. 나머지는 모두 위험 지역이라고 한다.

신이치에게는 지금의 생활이 바로 그럴 것이다. 소에게 물을 먹이기 위해 키 큰 풀숲을 헤치고 사람이 지나간 자리를 밟으며 나아가는 그 나라 어린아이의 표정이 바로 신이치의 표정이었다. 무슨 일이 일어났는지도 알고, 뭐가 잘못되었는지도 알지만, 자기 혼자 힘으로는 상황을 어떻게 할 수 없어 그냥 참아야만 하는 그런 얼굴이다.

그러나 신이치의 폭 삼십 센티미터의 길이 어떻게 해서 마에하타 시게코라는 작가의 집으로 이어지게 된 것인지 요시오에게는 이해하기 힘들었다.

"저도…… 잘 모르겠어요."

신이치가 중얼거리듯이 말했다. 손바닥에 든 구겨진 포장지를 내려다보면서 작은 목소리로 그렇게 말했다. 그것이 질문에 대한 답인지도 금방 알 수 없었을 정도였다.

"모른다고?"

"시게코 씨의 일을 도우면서,"

거기까지 말하고 신이치는 마구 고개를 저었다.

"아무 도움이 안 되고 있어요. 그냥 거기 머물고 있을 뿐입니다. 시게코 씨 시댁 소유의 연립주택에서 살고 있어요. 집세도 거의 공짜나 마찬가지고요."

"생활은 어떻게 하고 있는가?"

"아르바이트를 하고 있어요."

"자취해?"

"반 정도만요. 나머지는 시게코 씨에게 신세를 지고 있어요."

요시오는 포장지를 구긴 다음 손가락으로 코 아래를 문질렀다.

"학교는?"

"안 다녀요."

"고등학교지?"

"네, 휴학중이에요."

"그럼 복학하고 싶으면 할 수 있겠구나."

신이치는 비쩍 마른 어깨를 으쓱했다.

"마에하타 씨 외에는 돌봐줄 사람이 없는 게로구먼."

요시오는 가능한 한 부드러운 어투로 조심스럽게 말했다.

"후견인 아저씨랑 아주머니가 계시긴 해요."

신이치는 그렇게 말하고 또 고개를 저었다.

"그곳에는 안 가지만요."

"돌아가고 싶지 않은 거니, 돌아가기 힘든 거니?"

그렇게 물은 후, 요시오는 스스로 해답을 냈다.

"양쪽 다겠지."

갑자기 신이치가 얼굴을 들어 요시오를 보면서 말했다.

"정말로 다카이 유미코 씨를 만날 생각이세요?"

지금까지 정석대로 말을 움직이고 있었는데 갑자기 생각지도 않은 수가 날아왔다. 무슨 생각으로 이런 수를 놓은 것일까. 소년의 진의를 알고 싶어 요시오는 신이치의 얼굴을 빤히 들여다보았다.

"그냥 이야기를 들어보고 싶을 뿐이야. 그 아이에게도 하고 싶은 말이 많을 테니까."

"화 안 나세요? 유미코 씨는 자기 오빠는 절대로 그런 일을 저지르지 않았다고 하고 있잖아요."

"물론 화가 나지."

"그런데 왜 만날 생각이세요?"

"만에 하나, 그 아이의 말이 사실이라면."

신이치는 무슨 말을 하려다가 입을 꾹 다물어버렸다.

"아직 잡히지 않은 진범이 다른 곳에 있다면 어떻게 될까. 나는 그게 더 무서워. 그런 생각을 하면 밤에도 잠이 안 와."

그 생각만 하면 저도 모르게 감정이 격해지고 만다. 요시오는 평소와는 달리 말을 짧게 끊으며 단호하게 말했다.

"정말로 나쁜 놈이 어슬렁거리고 있다는 생각을 하면 돌아버릴 것 같아."

"그렇다고…… 유미코 씨를 만난다고 나아지지도 않을 텐데요."

신이치는 토라진 어린애처럼 입을 내밀고 말했다.

"우리 같은 사람은 그 사람이 하는 말이 사실인지 아닌지 알 수 없어요. 그런 건 경찰에 맡기는 게 좋지 않을까요?"

"나도 그렇게 생각했었지. 하지만 그래서는 속이 시원치가 않아."

"그렇다고 만나서 좋은 일도 없을 텐데요."

"마에하타 씨도 그런 말을 했었지. 그애와 내가 제각기 자기의 희망만을 이야기할 뿐일 거라고."

"저도 그런 생각이 들어요. 그 얘기, 옆방에서 들었거든요."

요시오는 웃었다.

"그랬구나. 그럼 또 어때. 마음이 편해지면 좋지 뭐. 경찰 일을 방해하지는 않을 테니까."

그때 갑자기 건너편 벤치에서 자고 있던 회사원이 눈을 감은 채 큰 소리로 외쳤다.

"이 멍청한 새끼!"

요시오와 신이치는 너무 놀라 자리에서 벌떡 일어날 뻔했다. 회사원의 얼굴 위에 덮여 있던 주간지가 바닥에 떨어졌다.

"잠꼬대야."

요시오는 웃었다.

"회사에서 안 좋은 일이라도 있었던 모양이군."

"보기 흉해요."

"본인도 눈을 뜨면 창피할 거야. 혹시 회사에서 짤린 건지도 모르지. 이 벤치에서 시간을 보내는 것 말고는 방법이 없는 건지도 몰라."

일어서서 가까운 쓰레기통에 종이를 버렸다. 벤치로 돌아와보니 신이치는 눈물을 글썽이고 있었다. 먼지가 들어간 것뿐인지도 모르고, 그렇지 않을지도 모른다. 요시오는 담배를 꺼내 불을 붙였다.

"담배 피우나?"

소년은 고개를 저었다. 코를 훌쩍거리고 있었다. 요시오는 자고 있는 회사원의 옆얼굴을 찬찬히 뜯어보면서 연기를 뿜어냈다.

"이렇게 생활해서 뭐가 어떻게 되는 것도 아니에요. 그렇지만 달리 할 일도 없는걸요."

또 코를 훌쩍이며 신이치가 말했다. 콧등이 새빨갰다.

"마에하타 씨의 일을 도와주고 싶으면 그렇게 해."

요시오는 담배를 껐다.

"도움이 될 수 있을 게야."

"그러고 싶었어요."

"그런데 도중에 생각이 달라졌다는 건가?"

"그런 것 같아요."

"처음에는 어떻게 생각했는데?"

손등으로 코를 문지르더니 신이치는 빙긋 웃었다.

"잔인한 범죄가 왜 일어나는지, 그걸 알고 싶었어요."

"아주 좋은 생각이야."

"좋은 생각일지는 모르겠지만, 그건 거짓이었어요. 웃기는 일이었죠. 겉치레뿐이었어요."

요시오는 고개를 갸우뚱했다.

"그래?"

"네, 그래요."

"지금은 거짓말처럼 들릴지도 모르지만 처음에는 진심이었을 게야. 시간이 지나면 생각이란 바뀌기 마련이지. 그렇다고 처음 생각이 거짓이었다고 할 수는 없어."

신이치는 팔로 얼굴을 문질렀다.

"너무 자기 자신을 분석하는 건 좋지 않아. 그런 행동은 절대로 좋은 결과를 가져오지 않아."

요시오는 쓰레기통 쪽으로 눈길을 돌렸다.

"저 쓰레기통은 가득 차 있지? 하지만 철망으로 되어서 아래쪽에 든 것까지 잘 보여. 안 보이는 게 보기 더 좋은데 말이지. 눈에 보인다고 해서 한번 버린 것을 꺼내서 사용하는 사람은 없을 거야. 옛날에는 제 역할을 했다 해도 일단 쓰레기가 되어버리면 그걸로 끝이야. 굳이 끄집어낼 필요는 없지."

어울리지 않는 설교다. 신이치는 입을 꾹 다물고 있었다. 벤치의 회사원은 잠들어 있었다. 저러다가 감기 걸릴 텐데, 하고 요시오는 생각했다. 깨워주는 게 좋지 않을까?

신이치가 기침을 했다. 그러고는 쉰 목소리로 말했다.

"저는 할아버지가 어떻게 유미코 씨에게 그렇게 관대할 수 있는지 잘 모르겠어요. 저…… 저는 그렇게 못해요. 사, 살인자 쪽 인간의 변명은 절대로 들어줄 수 없어요."

속이 울렁거려 토하기 직전처럼 입 주위가 부르르 떨렸다. 신이치는 가족에게 일어난 사건에 대해, 그때 자신이 저지른 과오에 대해, 히구치 메구미에 대해, 그녀에게서 도망친 경위에 대해 이야기했다. 그가 걸어온 폭 삼십 센티미터의 길에 대한 설명이었다.

신이치가 그런 고백을 하는 사이 건너편 벤치의 회사원이 눈을 떴다. 잠이 덜 깬 얼굴로 일어나서 흐트러진 머리를 가다듬고, 이야기에 열중하고 있는 신이치를 힐끗 보았다.

이윽고 신이치가 숨을 헐떡이며 이야기를 멈추자, 건너편의 회사원도 그것을 기다렸다는 듯이 크게 기지개를 켰다. 소년은 깜짝 놀란 표정으로 그쪽을 바라보았다. 회사원은 코트의 주름을 펴고는 자리에서 일어나 천천히 공원 출구 쪽으로 걸어갔다.

"그 히구치 메구미라는 애가 그렇게 끈질긴가? 그 사진주간지에 네가 마에하타 씨의 집에 기거하고 있다는 글이 실렸으니 또 찾아올지도 모르겠구먼."

신이치는 고개를 끄덕였다.

"갈 데는 있니?"

"없습니다."

"그럼 우리집으로 오지 않겠니?"

입 밖에 내고 보니 일시적인 기분으로 그렇게 말한 것이 아니라는 것을 알고 요시오 자신도 놀랐다. 신이치도 깜짝 놀란 표정이었다. 화들짝 뜬 그 눈을 보고, 요시오는 기억 속에 남아 있는 마리코의 맑은 눈을 떠올렸다.

13

다케가미가 이다바시의 호텔에서 다카이 유미코가 일으킨 소동에 대한 보고서와 조서를 접한 것은 문제의 사진주간지가 발매된 지 닷새 후의 일이었다.

그즈음 거의 모든 텔레비전 방송국의 뉴스쇼와 와이드쇼는 이 사건을 다루지 않고 있었다. 석간지나 스포츠 신문 등을 펼쳐봐도 더는 그 사건에 대한 관심을 찾아볼 수 없었다. 유미코의 난동이 보도된 지 이틀 후, 총기를 사용한 잔인한 강도살인사건이 발생해 자연히 그쪽으로 이슈가 옮겨갔기 때문이었다. 세상의 관심은 오로지 총기를 들고 도주 중인 그 사건의 범인에게 쏠려 있었다.

점장과 회계 담당, 그리고 아르바이트 학생이 살해된 이 사건이 발생한 지 열한 시간 후에 하치오지 중앙경찰서에 특별수사본부가 설치되고, 대대적인 수사가 시작되었다. 그 사건의 데스크 업무 지휘를 맡은 이쿠다 경부보는 다케가미의 지인이기도 해서, 자주 전화를 걸어 컴퓨터를 사용한 수사 자료 등의 데이터 관리에 대해 이야기를 나누었다.

그러던 중에 이쿠다가 문득 인터넷으로 사건에 대한 정보를 수집하고 있느냐고 물었다.

"정보 수집이라니, 무슨 말인가?"

"자네는 인터넷 전혀 안 쓰나?"

"딸이 가끔씩 하는 걸 보긴 했지만, 난 잘 몰라."

다케가미 딸의 방에는 아버지와 딸이 반씩 돈을 내서 산 데스크톱 컴퓨터가 있었다. 다케가미는 사실 거실과 같은 가족 공동의 장소에 설치하고 싶었지만, 딸에 비해 집에 있는 시간이 너무 적은데다 조작방법도 잘 모르는지라 어쩔 수 없이 딸의 뜻에 따랐다.

"딸은 자주 써?"

"글쎄, 집사람 말로는 키보드에 먼지가 앉았다고 하던데."

딸은 작년 말부터 남자를 사귀고 있는 모양이었다. 전화로 아내에게 그 말을 전해듣고, 아직 부모에게 얹혀사는 주제에 연애라니 가당치 않다고 화를 낸 것이 바로 며칠 전이었다.

"애인이 생겨서 그쪽에 온통 정신이 팔려 있는 모양이야."

"그래? 그렇다면 모르는 것도 당연하겠군."

인터넷 상에는 수많은 홈페이지가 있는데, 그 가운데는 실제로 일어난 형사사건에 대해 의견을 교환하는 곳도 있다고 한다.

"그중에 주간지에도 글을 싣곤 하는 겐자키 류스케라는 사람이 만든 홈페이지가 있어. 어디서 많이 본 이름이다 싶었더니, 오륙 년 전에 아다치 구에서 여자 전문대생이 남자 스토커에게 살해당한 사건이 있었지? 그 사건에 대한 르포를 쓴 사람이었어. 꽤 강경한 글을 쓰는 작가지."

"그 사람이 자신이 만든 그 홈페이지에서, 현실에서 일어난 범죄에 대한 의견을 모은다는 건가?"

"그런 셈이지. 그런데 방문자가 아주 많아. 아마추어 수사관의 대행진이라고나 할까. 사건에 대해 한마디하고 싶어 몸이 근질근질한 사람이 그렇게 많을 줄은 꿈에도 몰랐지."

"범죄에 대해 이야기만 하는 건 재미있으니까. 그에 비해 형사가 되려는 인간은 조금도 늘지 않아."

"요즘은 모두 범죄심리학자가 되고 싶어해. 진짜 범죄심리학자가 어떤 연구를 하는 줄도 모르면서 상상만 하고 있어."

이쿠다가 조사한 바로는, 그 외에도 비슷한 취지의 홈페이지가 다수 있고, 규모의 차이는 있지만 나름대로 활발한 의견 교환이 이루어지고 있다고 한다.

"그래도 겐자키의 홈페이지는 많은 참고가 돼. 운영을 잘하거든. 그냥 내버려두면 중구난방이 될 텐데, 그가 주제를 정리해서 논의의 방향을 유도하는 거야."

"그런데, 거기서 무슨 정보를 얻을 수 있지? 경찰이 놓친 새로운 관점이 많다는 건가?"

"별로 그런 건 없어. 만약 그렇다면 우린 존재 가치가 없어지고 말겠지. 하지만 어떤 사건이 사회에서 어떻게 받아들여지는지를 아는 좋은 자료는 될 수 있어."

"그건 우리보다는 사회학자가 관심을 가져야 하는 문제 아닌가."

이쿠다는 웃었다.

"그건 아니지. 자네, 앞으로 경찰은 사회학자와 같은 눈을 가지고 사물을 보는 훈련을 하지 않으면 곤란해질지도 몰라."

다케가미는 흥, 하고 웃었다. 옛날부터 학자를 싫어했다. 이쿠다는 가볍게 기침을 하더니 말을 이었다.

"지금 이런 말을 하는 건, 그 겐자키의 홈페이지에 자네가 맡고 있는 사건에 대한 의견이 많기 때문이야."

"지금 히트 치는 상품은 자네 사건이 아니던가?"

"사실은 거기에 몇 건인가 범행 미수 보고가 올라와 있어."

다케가미는 수화기를 고쳐잡았다.

"미수?"

"구리하시와 다카이 두 사람에게 걸려서 자신도 차로 끌려갈 뻔했다는 보고야. 딱 봐도 장난 같은 것이나 글을 올리고 며칠 후에 사실은 거짓말이었다고 고백하는 것들을 제외하면, 내가 체크한 것만 해도 열두 건이야."

그런 종류의 피해 보고라면 수사본부에도 많이 들어오고 있다. 조서나

보고서가 작성된 것만 해도 현재 쉰일곱 건, 그 가운데 스물두 건이 보강 수사의 대상이 되고 있다. 다케가미가 그런 말을 하자 이쿠다는 물었다.

"그 스물두 건, 지역으로 보면 얼마나 퍼져 있어? 다 수도권인가?"

다케가미는 수화기 코드를 당기고 파일 쪽으로 손을 뻗어, 첫 페이지에 있는 지역별 색인을 들춰보았다.

"흠…… 스무 건은 그래. 시즈오카 시와 나고야가 한 건씩이고, 나머지는 수도권, 그것도 거의 다 도쿄 안에서 일어났어. 나고야 쪽은 유보해두고 있어. 장소가 너무 멀고, 우리 사건과 같은 시기에 그쪽에서도 다섯 건의 연속 부녀자폭행사건이 일어났으니까. 아직 범인이 안 잡혀서 일단 파일로 만들어두긴 했지만 다른 사건인 것으로 추정하고 있어."

"스무 건 가운데 도쿄는 몇 건인가?"

"열여섯 건."

"나머지 네 건은?"

"두 건은 훗사와 히가시무라야마 시. 한 건은 요코하마 교외, 또 한 건은 나라시노 시야."

"역시……" 하고 이쿠다는 말을 이었다.

"내가 겐자키의 홈페이지에서 찾아낸 스무 건은 전부 지방 도시야. 이즈, 시모다, 후쿠시마, 기후, 나라, 오타루."

다케가미는 저도 모르게 웃음을 터뜨렸다.

"무슨 텔레비전 형사 드라마 같군."

"처음에는 나도 웃었지."

이쿠다는 진지한 어투였다.

"하지만 얼마 후에, 혹시 이건 웃을 일이 아닐지도 모른다는 생각이 들기 시작했어. 그런 글을 올린 사람은 모두 여자들인데, 왜 그 여자들은 인터넷 홈페이지에 그런 글을 올렸을까? 정말로 피해를 당했고 위험한 지경에 처했었다면 경찰에 신고했을 텐데 말이야. 당연히 수사에도 협력할 테고. 그런데 왜 그러지 않았을까?"

다케가미는 퍼뜩 떠오른 생각을 입에 담았다.

"그게 정말로 구리하시와 다카이였는지 자신이 없어서가 아닐까?"

"그렇겠지. 하지만 수도권에서 스물두 건의 신고자가 나온 것에 비해서 이 열두 건의 보고자가 모두 자신감이 없다는 건 이상하지 않아?"

"그야 거리가 멀기 때문이지. 다소 자신이 없어도 도쿄라면 수사본부가 가까이 있으니까 연락하기 쉬웠을 거야. 자신이 당한 사건을 전화로 설명하면, 경찰이 잘 알겠다고 기록만 하고 끝나지는 않으리란 걸 그녀들도 알고 있을 거야. 이렇게 멀리서까지 굳이 신고할 필요가 있겠냐고 생각하는 건 당연해."

"맞아, 나도 그렇게 생각해. 그래서 그녀들은 겐자키의 홈페이지에 글을 올린 거야. 인터넷이라는 편리한 도구가 없었을 때는 그냥 입을 다물어버리거나, 고작 친구에게 말하는 정도였을 거야. 그런데 인터넷이라는 매체가 나온 덕분에 우리의 눈에 닿는 곳까지 드러나게 됐어."

잠시 생각한 다음 다케가미가 되물었다.

"무슨 말을 하고 싶은 건가?"

"조사해볼 가치가 있다는 거야."

"그 열두 건을?"

"응."

"그런데 글을 올릴 때는 본명을 드러내지 않아도 되지 않나?"

"물론. 닉네임이지."

"그럼 성별도 확실하지 않잖나."

"그건 그래."

"착각이나 망상, 아니 날조한 이야기일 수도 있겠지."

"물론이야."

"누가 글을 올렸는지 조사하려면 아주 힘들 텐데."

"그건 그래. 그렇지만 이런 방법도 있어. 본부 쪽에서 그녀들을 향해 메시지를 보내는 거야. 좀더 자세한 정보를 달라고 하는 거지. 그 반응을 보고 움직이면 되지 않을까?"

다케가미는 신음소리를 냈다.

"전국에 흩어져 있는 이 열두 건의 미수 보고 가운데 한 건이라도 확인될 수 있다면 그것만으로 큰 수확일 거야. 우리가 생각하는 이상으로 구리하시와 다카이의 행동 범위가 넓었다는 사실이 밝혀지면, 놈들의 아지트를 찾는 방침도 바뀌어야겠지. 그리고……"

무슨 이유인지 이쿠다는 잠깐 말을 멈추었다. 역시 마음에 걸리는 것이 있는 모양이었다.

"신경쓰지 말고 말해보게."

"멀리서 일어난 미수사건이 확인되면, 혹시 구리하시와 다카이의 알리바이가 확인될지도 몰라. 특히 다카이의 경우는 지금 분명한 알리바이는 없지만 절대로 없다고도 할 수 없는 아주 어중간한 상황이지 않나."

이쿠다가 무슨 말을 하고 싶은 건지 다케가미는 충분히 짐작이 갔다. 예를 들어, 구리하시와 다카이가 오타루에서 미수사건을 일으켰다고 한다면, 이동거리가 있으므로 당연히 도쿄 내부에서보다 물리적으로 시간이 많이 걸린다. 그들 주위에 있던 사람들의 기억을 환기하기도 쉬워진다. 또한 항공기의 탑승기록이나 지정석권, 숙박지의 기록 등 보강수사의 대상이 될 만한 것도 늘어나게 된다.

지금까지는 신원이 밝혀진 피해자 가운데 가장 멀리서 일어난 사건의 주인공은 군마 현 시부카와 시에서 실종된 이토 아쓰코이다. 수도권에 비교적 인접한 군마와 북부에 뚝 떨어져 있는 오타루는 확실히 의미가 다르다.

다케가미는 이쿠다의 조심스러운 말투에서 어떤 위화감을 느끼고 물었다.

"이쿠다 자네, 혹시 구리하시와 다카이 공범설을 의심하고 있나?"

이쿠다는 다시 기침을 했다. 조용한 장소에서 전화를 걸고 있는 듯했다.

"구리하시에 대해서는 의심이 없네."

그는 천천히 말했다.

"다카이에 대해서는, 있어."

"역시 그랬군."

"자네는 어떻게 생각하나?"

"난 데스크 담당일세. 수사 내용에 대해서 말할 입장이 아냐."

"하긴 그래. 나도 우리 사건에 대해서는 아무 말도 못 하는 입장이야."

"다만, 본부에서도 다카이가 얼마나 범행에 관여했는가에 대해서는 의견이 분분해."

사실은 오후에 회의가 있다고 다케가미는 말했다.

"오늘 의제도 그거야. 윗선에서는 빨리 두 사람을 범인으로 확정짓고 싶어해. 하지만 현장에서는 다른 의견이 많지."

이쿠다가 한숨을 내쉬었다.

"그렇지만 다른 의견이나 의문을 함부로 바깥으로 드러낼 수도 없을 테지."

"그렇지. 혼란이 일어날 테니까."

"모방범이 나올 가능성도 있고. 아니, 인터넷에서는 벌써 나온걸."

연속 유괴살인사건의 자칭 '진범'이 겐자키의 홈페이지에도 글을 올렸다고 한다.

"물론 꾸며낸 이야기였지. 겐자키가 따지고 들자 앞뒤가 안 맞는 말을 하기 시작하더니 금방 들통이 나고 말았어. 그러나 비슷한 놈들이 앞으로 얼마나 더 나올지 몰라."

"그렇겠지……"

"더 맥 빠지는 이야기 하나 해줄까? 지난주에 다카이 가즈아키의 여동생이 소동을 일으켰지?"

"자네가 전화했을 때 마침 그 건의 조서를 철하고 있었어."

"겐자키의 홈페이지에서는 그녀가 일련의 범행에 관련되지 않았을까 하는 추리가 난무했어. 구리하시와 범행을 저지른 자는 가즈아키가 아니고 유미코라는 거지."

"근거도 없이?"

"미국에서 그런 실례가 있었다는군. 남편의 강간살인을 도운 여자 말이야. 즉, 다카이 유미코는 구리하시 히로미에게 반했고, 둘은 연인관계라는 거지."

"말이야 무슨 소린들 못 하겠어."

그래도 그 홈페이지를 한번 살펴는 보겠다며 다케가미는 주소를 메모했다.

"자네가 인터넷에 능한 줄은 몰랐군."

"그 정도는 아냐. 겨우 홈페이지나 보는 수준이지."

"어떤 계기로 시작했나?"

이쿠다는 글을 읽는 듯한 어투로 말했다.

"방화범은 자신이 일으킨 화재의 현장을 보러 오고, 살인자는 범행현장으로 돌아오지. 피해자의 장례식에도 참석하고, 텔레비전 인터뷰에 응하기도 해."

"흠, 자주 듣는 이야기군."

"범죄심리학자들은, 범인이 그런 행동을 하는 것은 무의식에서는 경찰이 빨리 자신을 붙잡아서 벌을 주기를 바라는 충동이 있기 때문이라고 설명해. 그럴지도 모르지. 그렇지만 난 그 이상으로 자신이 한 일을 인정받고 싶고, 확인하고 싶은 충동이 더 강하다고 생각해."

다케가미는 전화기를 향해 고개를 끄덕였다.

"그래서?"

"내가 겐자키의 홈페이지를 체크하기 시작한 작년 2월경에 마침 편의점을 노린 시시껄렁한 강도상해사건이 있었어. 그런데 범인을 잡아보니, 그놈이 신문에도 보도되지 않은 사소한 그 사건에 대해 그 홈페이지에 그럴듯한 의견을 잔뜩 올렸던 거야. 심야의 편의점이 범죄를 유발하는 조건과 도시생활 속에서 인간의 폭력성이 환기되는 이유에 대하여, 라는 제목으로 말이야."

다케가미는 눈을 비볐다. 심야에 혼자서 키보드를 두드리는 젊은이의 그림자가 눈에 떠올랐다. 다케가미의 상상 속에서 그 젊은이의 눈에는 흉포한 빛이 번득이지도 않고, 일상의 권태가 어둡게 가라앉아 있지도 않다. 다만 자신을 표현하는 것을 즐길 뿐이고, 그럴 때면 즐거움으로 눈이 빛난다.

"만일, 이건 어디까지나 만일이지만, 구리하시 다카이 외에 제삼의 인물이 있다면 그놈도 그 강도범과 같은 행동을 할 거야. 사건에 대해 말을 하고 싶어 몸이 근질거릴 테지. 빠르건 늦건 언젠가는 말을 하게 되어 있어. 사건이 진행되고 있을 때 HBS에 전화를 걸었듯이 말이야. 그리고 이번에는 그때처럼 도중에 그만두지 않을 거야. 한번 말을 하기 시작하면 멈출 수 없을 거야. 이번에야말로 기분이 확 풀어질 때까지, 지겨워질 때까지 마구 뱉어놓겠지."

"기분이 풀어지고 지겨워지면 어떻게 할까?"

다케가미의 머릿속에 있는 말을, 이쿠다는 입에 담았다.

"또다시 사람을 죽이기 시작할 거야."

전화를 끊고 잠시 생각한 다음 다케가미는 회의실을 나서서 일층으로 내려갔다. 홀의 공중전화로 집에 전화를 걸었다. 아내가 받았다. 딸에게 메모를 남기고, 갈아입을 속옷이 없다는 말을 한 다음 전화를 끊었다.

이제 곧 회의가 시작된다. 계단을 올라가려고 엘리베이터 쪽으로 향하는데 마침 외근에서 돌아오는 시노자키가 문 안으로 들어서고 있었다. 등교하는 중학생처럼 코트 위에 머플러를 감고, 얼굴은 발갛게 상기되어 있었다. 다케가미를 발견하자 그 볼이 조금 움찔했다.

보쿠도 구청에서 돌아오는 길인 듯, 도면 통을 옆구리에 끼고 있었다. 보수공사가 끝난 오가와 공원의 최신판 지도였다. 다케가미는 먼저 엘리베이터 안으로 들어가 버튼을 눌렀다. 시노자키는 몸을 움츠리며 안으로 들어왔다. 둘 다 말이 없었다.

호출기에 '멍청한 놈'이란 메시지를 보낸 이후로 다케가미는 시노자키와는 단 한마디도 나누지 않았다. 정신없이 일을 시키고는 있지만, 대화는 하지 않았다. 지금도 말을 하고 싶은 기분이 아니었다. 아직도 화가 가라앉지 않았기 때문이다.

다카이 팀 형사들이 불평을 늘어놓았을 때, 다케가미는 허리를 숙이고 사과했다. 너무 저자세로 나와 형사들이 오히려 미안해할 정도였다. 시노자키를 잘라야 한다고 주장하는 형사도 있었고, 윗선에서도 시노자키를 데스크에서 빼라는 권고를 내리기도 했다. 거기에 대해 다케가미는 모든 것이 자신의 불찰이므로 책임은 자신에게 있다고 말했다. 이번 한 번만 관대하게 봐서 시노자키를 수사본부에서 일할 수 있게 해달라고 부탁했다. 다행히 다카이 유미코가 자살을 시도했고 그것을 발견한 것이 시노자키였다는 사실이 매스컴에 의해 보도되었다. 다케가미의 사죄와 그 행운이 겹쳐서 아직은 무사히 자리를 지키고 있다.

보쿠도 경찰서의 낡은 엘리베이터가 힘겹게 올라가는 동안, 시노자키는 몇 번이나 입을 열었다가 닫기를 반복했다. 등을 돌리고 있었지만 다케가미는 그런 기색을 느낄 수 있었다. 그러나 입을 굳게 다문 채 뒤를 돌아보지 않았다.

엘리베이터가 멈추고 문이 열렸다. 다케가미가 먼저 내렸다. 뒤에 남은 시노자키가 수줍어하는 여자처럼 기어들어가는 목소리로 말했다.

"저……"

다케가미는 발걸음을 멈추고 뒤를 돌아보았다. 시노자키는 빈약한 목젖을 아래위로 움직이며 아까보다 더 작은 목소리로 중얼거리듯이 말했다.

"아니요, 아무것도 아닙니다."

다케가미는 노골적으로 불쾌함을 드러내는 거친 발걸음으로 회의실 안으로 들어갔다. 당분간은 시노자키를 용서해줄 마음이 없었다.

수사회의는 세 시간에 걸쳐 진행되었다.

구리하시 히로미의 원룸에서 발견된 사진 속의, 피해자로 추정되는 네 명의 신원이 아직도 밝혀지지 않았다. 젊은 여성이 실종되었으면 주위 사람들이 관심을 가지기 마련이다. 이 네 사람을 둘러싼 인간관계 속에서 누구 한 사람만이라도 혹시 아는 사람일지 모른다고 연락을 해주면 좋으련만, 아직 아무 소식이 없다.

그러나 이 네 사람에 대해 일본 전국이 무관심한 것은 아니다. 여기저기서 들어온 정보는 많았지만 조사 결과 지금까지는 모두 빗나갔다. 다케가미는 피로에 지친 어깨를 늘어뜨린 채 보고를 계속하는 형사의 의견을 들으며 생각해보았다.

'일본 전국이 무관심한 것은 아니라고 할 수도 없다.'

조금 전까지의 자신의 생각을 수정했다.

'제보가 전국 방방곡곡에서 온 것은 아니다. 전 일본이 아니다. 역시 수도권이 중심이다.'

이쿠다와의 통화중에 농담처럼 말했던, 텔레비전 형사 드라마에나 나올 법한 행동력을 구리하시 히로미와 다카이 가즈아키가 가지고 있었다면 어떨까?

'남은 네 명이 홋카이도나 규슈에서 납치되어 죽은 거라면……'

여자들의 몽타주는 전국에 뿌려졌다. 텔레비전 뉴스에도 나왔다. 와이드쇼에서도 다루어졌다. 전국의 사람들이 그것을 보았을 것이다. 이웃에 실종된 여자가 있는 가정이나 직장이 있으면 더더욱 눈여겨보았을 것이다. 그냥 넘어갔을 리가 없다.

'그런데도……'

정보에는 거리가 없다. 그러나 인간에게는 거리가 있다. 살아 있는 인간은 거리로 가로막혀 있는 존재이다. 행방불명된 주위의 누군가가 혹시 도쿄의 구리하시 히로미의 '컬렉션'으로 발표된 여자 가운데 하나가 아닐까 하고 홋카이도나 규슈의 어떤 지역에서 불안에 떨고 있는 부모나 남편이나 연인이 반드시 있을 것이다. 그들이 자리를 박차고 일어나 도쿄로 와서 보쿠도 경찰서를 방문하기까지는 어느 정도의 용기와 에너지가 필요할까?

다케가미에게는 경험이 있었다. 십대 소녀의 시체유기사건에서 피해자의 신원이 밝혀지지 않아 신체적 특징과 사소한 유품을 공개하고 정보를 모았다. 바로 몇 건의 문의가 있었고, 그 가운데는 소녀의 부모도 있었다. 그러나 나중에 어머니에게 들어보니, 경찰을 찾아가야 할지 말아야 할지를 두고 부부가 크게 다투었다는 것이었다.

'남편은 딸이 그런 사건에 휘말려 죽었을지도 모른다는 생각 자체를 하고 싶지 않았던 거예요. 내가 경찰에 간다고 하자, 너는 그렇게 고생해서 낳고 기른 딸이 죽는 게 좋으냐고 화를 냈어요.'

딸이 가출한 지 일 년이 지났는데도 수사 요청도 들어오지 않았었다. 그것도 남편이 반대했기 때문이라고 한다.

'불길한 생각을 하지 않으면, 보고도 못 본 척하면 절대로 나쁜 일은 일어나지 않을 거라는 사고방식이죠. 남편은 눈앞에서 일어난 일이라도 자신의 마음에 들지 않으면 보지 않으려고 해요.'

결국 딸의 유해를 거두어 장례를 지낸 얼마 후 부부는 별거에 들어갔고, 얼마 뒤에 이혼했다. 범인 체포는 그로부터 반년이나 더 지난 후였다. 다케가미가 그 사실을 보고하러 갔을 때 소녀의 어머니는 딸의 작은 위패를 모신 불단 앞에서, 남편은 아직도 딸이 어딘가에 살아 있다고 믿는다고 힘없는 목소리로 말했다.

이 부부의 예만큼 극단적이지는 않다 해도 인간에게는 기본적으로 이런 심리가 있다. 분명히 행방불명은 사망 소식보다 고통스럽다. 길어지면 길어질수록 그 고통도 커진다. 그러나 끔찍한 현실과 마주하고 싶지 않은 것이 인간의 솔직한 심리이다. 그것이 행동에 큰 영향을 끼친다.

게다가 '거리'라는 벽까지 가로막고 있다. 일본의 국토는 그 안에서 살아가는 평범한 사람들에게는 결코 좁지 않다.

또한 정보가 빨리 전달되는 사회이니만큼 그 속도를 따라가기도 힘들어진다. 그 누가 사흘 전의 신문을 정성들여 읽을 것인가. 일주일 전의 주간지를 어느 편의점에서, 어느 서점에서 살 수 있단 말인가.

'추정 피해자 팀' 다음으로 '아지트 수색 팀'이 보고를 계속했다. 이쪽도 난항을 거듭하는 것은 마찬가지였다. 아직 이렇다 할 성과는 없었다.

구리하시 히로미의 원룸에 남아 있던 휴대폰 통화기록은 수사본부에
는 귀중한 정보원이었다. 그의 신용카드 명세서도 마찬가지였다. 그런
데 그 가운데 별장 임대를 주선하는 부동산업자라든지 렌터카 회사, 가
구점, 가전제품 대리점 같은 정보는 하나도 없었다. 그의 원룸에 관련
된 것 말고는.

수확이라고 한다면 구리하시 히로미가 오간 것으로 보이는 술집과
소액을 거래한 사채업체, 텔레폰 클럽, 메시지 다이얼 등 겉으로 잘 드
러나지 않는 인간관계를 탐색할 만한 정보가 많이 포함되어 있었다는
것이다. 구리하시 히로미는 적어도 통화기록이 남아 있는 요 일 년 사
이에 특정 여자와 사귀지는 않은 것 같았다. 한편 다카이 가즈아키에게
는 꽤 자주 전화를 걸었다. 일주일에 한 번이나 열흘에 한 번 정도였다.
다카이는 전용전화가 없어서 가게 전화를 사용하고 있었다. 그 가운데
는 구리하시 히로미가 장수암에 배달을 시키려고 건 전화도 있을 수 있
다. 다카이 가즈아키나 유미코를 범인으로 가정하는 견해는 모두 이런
자료를 근거로 한 것이다. 참으로 미약한 근거라고 생각하면서 다케가
미는 쓴웃음을 지었다.

'아지트 수색 팀'이 히가와 고원을 중심으로 롤러 작전을 펼치고 있
고, 성과가 없으면 대상 지역을 더 확대할 방침이라는 보고를 마치자,
이어서 다카이 팀의 형사가 일어섰다. 다카이 유미코 건을 보고할 것이
다. 다케가미는 자리에 일어나 데스크 팀이 사무실로 쓰고 있는 회의실
로 돌아왔다.

실내에는 네 명의 데스크 담당이 제각기 일에 열중하고 있었다. 시노
자키가 다케가미에게 크게 야단맞은 사실은 모두가 알고 있다. 그 때문
인지 요즘 사무실 분위기가 무겁다. 다케가미는 손뼉을 쳐서 주의를 끈
다음, 저녁 다섯시에 회의를 하겠다고 말했다. 컴퓨터 앞에 앉아 있던

시노자키는 의자를 돌려 앉았을 뿐, 다케가미의 얼굴을 보지는 않았다.

자리에 앉는데 메모지가 눈에 띄었다. 지금 외출하고 없는 담당자가 남긴 것이었다. 딸에게 전화가 왔었다는 내용이었다. 다케가미는 다시 일층 로비로 내려갔다.

집으로 전화를 하자 딸이 받았다.

"아빠, 나한테 무슨 할 말 있다면서?"

"빨리 왔네."

"오후 수업이 휴강이야."

"아르바이트는?"

"오늘은 없어. 무슨 일이야? 지금 쇼핑하러 나갈 건데."

애인에 대해 물어보고 싶었지만 어떻게 말을 시작해야 할지 알 수 없었다. 딸도 그것을 알고 일부러 틈을 보이지 않는다.

다케가미는 메모 준비를 하라고 한 다음, 겐자키 류스케의 홈페이지 주소를 알려주고, 해야 할 일을 설명했다.

"흠…… 재미있겠는데."

"너, 지금 컴퓨터 쓸 수 있어?"

"당연하지."

"그럼 홈페이지를 보고 프린트해서 이쪽으로 보내줘."

"아빠!"

"왜."

"우리집에 프린트가 어딨어?"

"그때 같이 안 샀어?"

다케가미의 따지는 말투에 딸이 역습을 가해왔다.

"아빠가 필요 없다고 했잖아. 이메일만 주고받으면 되지 자리만 차지하는 물건은 필요 없다고."

다케가미는 머리를 긁적였다.

"그럼 사."

"고마워."

"뭐가 고맙다는 거니?"

"엄마한테 말해서 돈 받아갈게."

다케가미는 한바탕 잔소리를 했지만 소용없었다. 마치 적들이 벌써 구멍을 파고 숨어버린 황야에서 기관총을 쏘면서 전진하는 것 같았다.

"아빠, 끊지 말고 잠깐만 기다려봐. 아빠 메모가 맞는지 홈페이지를 확인해볼게."

한참 기다려야 할 것 같아 다케가미는 안주머니에서 담배를 찾았다. 그러나 불을 붙이기도 전에 딸이 다시 말을 꺼냈다.

"여보세요? 아빠, 메일 왔어."

"메일? 무슨 메일?"

"'건축가'한테서 온 거야."

"뭐라고 해?"

"만나고 싶대."

딸은 킥킥 웃었다.

"혹시 이거, 아빠 애인이야?"

"쓸데없는 소리 하지 마."

바로 전화를 걸어보아야겠다고 생각했다. 그런데 왜 메일을 보냈을까. 요즘 다케가미가 자리를 많이 비우니까 집에다 직접 연락을 한 것인지도 모른다.

오 분도 지나지 않아 딸은 겐자키의 홈페이지에 접속했다고 말했다. 다케가미는 결국, 사건이 일단락되면 아르바이트비를 주겠다고 하고 전화를 끊었다.

14

쓰카다 신이치는 마에하타의 연립주택에서 나오기로 마음먹었다. 쇼지와 시게코는 만류했지만, 신이치의 결심은 변하지 않았다.

히구치 메구미도 내의 사신구간시글 보았을 껏이다. 신이치는 긱오를 굳혔다. 조용한 아침이나 한가로운 점심시간에, 또는 모두가 잠든 심야에, 히구치 메구미가 그 새된 목소리로 이름을 불러주기를 기다리고 있었다. 언제 그녀가 찾아와도 이상하지 않았다. 아니, 어차피 당할 거라면 빨리 당하고 싶었다.

그러나 지금까지 히구치 메구미는 모습을 드러내지 않고 있다. 그래도 신이치는 이 집을 나가겠다는 결심을 바꾸지 않았다.

히구치 메구미가 오기를 기다리고만 있는 수동적인 자신이 싫어졌다. 막상 메구미를 만나면 자신은 다시 겁을 먹고 떨 것이다. 또다시 혼란에 빠질 것이다.

하지만 이제는 도망치고 싶지 않았다. 아니, 도망치지 말자고 결심했다. 겁을 먹고 몸을 움츠리고 있더라도 한 자리에 머물러 있으면 뭔가가 바뀔지도 모른다. 뭔가가 보일지도 모른다. 늘 쫓기며 도망치는 것은 단순히 게을러서일지도 모른다는 사실을 깨달았다. 단순히 다른 삶의 길을 찾지 못한 것뿐인데, 그 여자에게서 도망치느라 그럴 여유가 없었다고 스스로에게 변명하기 위해 기계적으로 도망만 치는 게 아닌가 하는 생각을 하기 시작한 것이다.

『도큐먼트 저팬』 건으로 아리마 요시오를 만나 마음을 열고 이야기를 한 것이 하나의 계기가 되었을지도 모른다. 그 사람은 도망치고 있지 않았다. 상처받고 피로에 절어 있을지언정 나처럼 도망치는 데에만 온 힘을 쏟아붓고 있지는 않았다.

'우리집으로 오지 않겠니?'

아리마 요시오의 그 말에는 신이치에 대한 따뜻한 배려가 가득했다. 그것이 엄한 충고나 격려보다 훨씬 깊은 곳에서 신이치의 마음을 흔들었다. 앞으로의 인생을 이런 상냥한 사람들의 그늘에 숨어서, 그 온정에 기대 도망치기만 하면서 살 수는 없다.

1월 19일 오후, 신이치가 간단히 짐을 꾸려 마중 나온 이시이 부부의 차 트렁크에 싣는데, 머리 위에서 눈송이가 떨어졌다. 신이치는 깜짝 놀라 하늘을 올려다보았다. 사람의 눈을 빨아들일 듯한 새파란 하늘 여기저기에 흰 구름이 떠 있다. 이 작은 눈발을 날리는 것도 저 구름일 것이다.

오늘은 너무 춥다. 서 있으면 귀가 아플 정도다. 도쿄에서 이런 추위라니 참 드문 일이라는 생각을 하면서 트렁크를 닫고 어린아이처럼 두 손을 펼쳐 눈을 받았다. 얼굴에 닿아 사르륵 녹아버리는 눈은 천사의 영혼처럼 덧없고 차가웠다.

이시이 부부는 시게코 부부의 방에서 그들과 이야기를 나누고 있었다. 신이치는 그 대화에 끼어들고 싶지 않았다. 짐 정리와 방 청소가 끝났다. 이제 어떻게 시간을 죽여야 하나. 잠시 이대로 눈이나 바라보고 있을까. 북풍이 저 구름을 밀어내면 이 눈도 그칠 것이다.

신이치는 차 문에 기대 내리는 눈을 맞으며 눈을 감았다. 눈이 춤추는 소리가 들려오는 것 같았다. 두 부부가 속삭이는 소리를 들으니 왠지 마음이 편안해졌다. 오랫동안 맛보지 못한 평안이었다. 문득 아득한 옛날처럼 느껴지는 어린 시절의 추억에 젖어들었다.

바로 옆에서 클랙슨 소리가 들렸다. 신이치는 퍼뜩 정신을 차렸다.

어느새 눈이 그쳐 있었다. 바로 뒤에 왜건 한 대가 멈춰 서는 중이었다. 안에는 아미카와 고이치와 다카이 유미코가 앉아 있었다.

"추운데 여기서 뭐 해?"

아미카와는 차에서 내려 신이치에게 다가왔다. 유미코는 몹시 피곤한 얼굴이었다. 그럴 만도 했다.

사진주간지 소동 이후 유미코가 시게코를 만나는 것은 신이치가 아는 한 오늘이 처음이다. 전화로 대화를 나누었을지도 모르지만, 신이치는 거기까지는 모른다. 이다바시의 호텔에서 벌어진 소동에 관한 일은 신이치와는 관계없는 곳에서 이루어지고 있기 때문이었다.

"신이치, 왜 그러고 있어?"

유미코는 아미카와의 그림자에 숨는 듯하며 말을 걸었다.

"오늘은 아르바이트 없니?"

"저, 이사 가요. 이시이 씨 집으로 돌아가려고요."

아미카와와 유미코는 서로 얼굴을 마주 보았다.

"괜찮아?"

아미카와가 걱정스러운 어투로 물었다.

"이시이 씨 집으로 가면 또 그애가 찾아올 텐데?"

아미카와 고이치는 어느새 신이치의 사정에 대해 자세히 알고 있었다. 시게코가 그런 말을 함부로 할 리 없으니 아마도 이런저런 정황으로 상상력을 발휘했을 것이다. 머리 회전이 빠른 남자였다.

"언제까지고 도망만 칠 수는 없으니까요. 게다가 그런 보도가 나갔으니 더는 시게코 씨에게 피해를 끼칠 수 없어요."

다카이 유미코는 어깨를 움츠리면서 중얼거렸다.

"나 때문이구나."

신이치는 입을 다물었다. 유미코가 마음속으로 바라고 있을지도 모를, 당신 탓이 아니라는 말은 하고 싶지 않았다.

그러자 아미카와가 입을 열었다.

"아니야, 유미코. 애당초 내가 함부로 떠들지만 않았어도 그런 일은 절대로 없었어. 유미코의 기분은 생각지도 않고 그런 말을 한 내 잘못이야."

유미코는 고개를 숙이고 있었다. 조금 여위긴 했지만 화장을 하고 머리도 다듬었다. 미사토 시의 버스터미널 앞에서 처음 만났을 때와 비교하면 훨씬 안정되어 보였다.

'아미카와 씨가 곁에 있기 때문인지도 몰라.'

둘은 시게코와 신이치 앞에 처음 나타났을 때부터 함께였다. 아미카와는 거의 보호자처럼 유미코에게서 눈을 떼지 않고, 유미코도 그에게 의지하는 것 같았다.

'이 두 사람이 뭘 어쩌든 내가 알 바 아냐.'

신이치는 냉정하게 생각했다.

아미카와가 신이치를 바라보며 물었다.

"신이치, 지금 갈 거지?"

신이치는 말없이 고개를 끄덕였다. 아미카와의 팔에 매달려 있는 유미코의 모습이 신경에 거슬렸다.

"이제 시게코 씨 일은 안 도와주는 거야?"

"글쎄요, 그건 모르겠어요."

사실 신이치 자신도 앞으로 어떻게 될지 알 수 없었다.

"지금 바로 가려구?"

유미코가 눈을 깜빡이며 물었다.

"저기 나…… 신이치에게 할 말이 있는데."

그렇게 말하고 허락을 구하는 듯이 아미카와의 얼굴을 올려다보았다. 그는 유미코가 무슨 말을 하려는지 알고 있는 것 같았다.

"여기서 말하려고, 유미코?"

유미코는 눈을 아래로 깔고 우물쭈물했다.

"뭔데요?"

신이치가 물었다. 빨리 이 두 사람을 쫓아보내고 싶었다.

"나, 저기……"

유미코는 더듬거렸다.

"신이치를 쫓아다니는 히구치 메구미를 만난 적이 있어."

신이치는 깜짝 놀랐다.

"뭐라고요?"

"히구치 메구미를 만난 적이 있대. 작년 10월이었지?" 하고 아미카와가 끼어들었다.

유미코는 어깨를 움츠리며 말했다.

"정말이야. 우연한 기회에. 분명히 히구치 메구미였어."

"어디서요?"

유미코는 입을 우물거렸다. 아미카와의 얼굴을 보고 신이치의 표정을 살피더니 속삭이는 듯이 말했다.

"오가와 공원에서……"

구름이 걷히고 눈보라가 그쳤지만 오히려 더 추워진 것 같았다. 푸른 하늘 아래, 차가운 바람 속에서 신이치는 유미코의 이야기를 들었다. 가즈아키를 미행해 오가와 공원에 도착했을 때 핸드백을 날치기한 소녀를 잡았는데, 그애가 바로 히구치 메구미였다는 것, 그리고 그후의 경과에 대해서도 자세히 말했다.

"신이치는 이시이 아주머니한테 아무 이야기도 못 들었어?" 하고 아미카와가 물었다.

"네, 전혀요."

"네가 걱정할까봐 말을 하지 않은 거겠지."

아주머니가 히구치 메구미를 집에 들이다니. 신이치는 놀라지 않을 수 없었다. 어쩔 수 없었다고는 하지만 정말 대단한 결단이다.

"아주머니는 히구치 메구미를 죽이고 싶을 정도로 미워해요."

"응, 내가 만났을 때도 그랬어."

"그때 대놓고 무시했던 경찰관이 제일 나쁜 놈이야" 하고 아미카와가 말했다.

"그렇지만 오히려 잘된 일이었어요. 일이 커지지 않았으니까요."

신이치는 다카이 유미코의 풀죽은 표정의 의미를 알 수 있었다.

"유미코 씨, 그 일은 시게코 씨나 경찰에 말하지 않았죠? 그렇죠?"

유미코는 입을 꼭 다물고 다시 아미카와의 팔에 매달렸다.

"말하지 않은 거죠?"

찬바람 속에서 유미코의 대답은 들려오지 않았다. 턱을 아래위로 까딱했을 뿐이었다.

"말을 할 수 없었던 거야" 하고 아미카와가 부드러운 목소리로 말했다.

"하기야 그렇겠죠."

신이치는 갑자기 화가 치밀었다. 그 화를 억누르지 못해 쏘아붙이듯 말했다.

"이 일을 설명하려면 일단 유미코 씨가 왜 오가와 공원에 갔는지 그 이유를 밝혀야 해요. 그러려면 다카이 가즈아키가 아직 사건이 진행중이던 시기에 오가와 공원을 오갔다는 사실이 밝혀질걸요. 그럼 곤란해질 게 뻔하죠? 그러니까 입을 다물고 있었던 거죠? 그렇지 않나요?"

유미코는 아미카와의 등 뒤로 숨으려 했다.

"아미카와 씨, 당신은 그걸 알면서 왜 저 사람을 그렇게 감싸죠?"

아미카와가 유미코의 어깨를 감싸자 유미코는 그의 가슴에 얼굴을 묻고 흐느껴 울었다. 아미카와는 얼굴을 찌푸리며 괴로운 듯 입 끝을 떨면서 신이치를 바라보았다.

"미안해, 이 일에 대해서는 나도 이다바시의 호텔에서 소동이 일어난 후에야 처음 들었어. 나도 놀랐지. 그런 일이 있었다는 것을 유미코는 세득 숨기고 있었으니까."

유미코는 얼굴도 들지 않았다.

"신이치, 네가 화를 내는 건 당연해. 그렇지만 유미코의 심정을 난 이해할 수 있을 것 같아. 오빠에게 불리한 증언을 할 용기가 없었던 거야. 그건 어쩔 수 없다고 생각해."

"정말 상냥하시네요."

"친구니까."

아미카와는 단호하게 말했다.

"끝까지 숨길 수도 있었던 일을 네 앞에서 밝힌 것 자체를 난 높이 사고 싶어. 물론 마에하타 씨에게도 이야기하고 경찰에도 증언할 거야. 내가 책임지고 그렇게 할게. 이다바시 소동 이후로 유미코도 많이 반성했고 또 새로운 목표도 세웠어. 사실은 오늘 마에하타 씨를 만나러 온 것도, 거기에 대해서 이야기를 하고 싶어서야."

"시게코 씨와 무슨 이야기를 한다는 거예요?"

아미카와는 슬쩍 유미코의 얼굴을 들여다보는 시늉을 한 다음 한숨을 내쉬었다.

"마에하타 씨와 더이상 만나지 않겠다는 말을 하러 왔어."

"앞으로는 다카이 가즈아키가 범인이 아니라는 것을 호소하기 위해서 시게코 씨를 이용하지 않겠다는 말인가요?"

"이용하려고 한 적은 한 번도 없어."

"거짓말. 시게코 씨에게 자기 주장을 글로 써달라고 연락한 거잖아요."

"저널리스트인 마에하타 씨에게 이쪽의 생각을 전하고 싶었을 뿐이야."

"그거나 저거나 마찬가지잖아요."

"아냐, 달라."

아미카와가 칼날 같은 눈길로 신이치를 노려보았다.

"너와 이런 일로 말다툼하고 싶지 않아. 너는 이 사건의 당사자가 아니니까. 물론 너도 잔혹한 범죄의 희생자이기는 하지만, 그렇다고 해서 너와 아무 관계 없는 사건에 대해 간섭할 권리는 없어. 피해자의 감정론으로 유미코를 질책하는 것은 좋지 않아."

신이치는 눈을 깜빡거렸다. 이상하게도 아미카와의 얼굴이 비딱하게 보였다. 아미카와를 보는 자신의 마음이 비딱해져 있기 때문일 것이다.

유미코는 창백한 얼굴로 고개를 숙였다.

"미안해, 나 오늘부터 새로운 각오로 살아가려고 해. 오빠의 결백을 증명하기 위해서라도 정신을 바짝 차리고 더 강해질 거야."

그렇게 말하면서 유미코는 머리칼을 쓸어올렸다. 그러자 코트 소매가 흘러내려 그녀의 왼쪽 손목에 감긴 붕대가 드러났다.

"손목이 왜 그래요?"

신이치가 떨리는 목소리로 물었다.

유미코는 황망히 코트 소매를 끌어당겨 붕대를 감추었다.

"자살하려고 했어요?"

유미코는 말없이 고개를 숙였다. 대신에 아미카와가 입을 열었다.

"이다바시 소동이 사진주간지에 실린 것을 알고 눈앞이 캄캄해져서……"

"손목을 그었어요?"

"응, 면도칼로."

신이치가 유미코를 향해 외쳤다.

"진심으로 그런 거예요?"

아미카와가 험악한 표정으로 끼어들었다.

"신이치, 누가 장난으로 손목을 긋겠어. 너 같은 어린애가 그런 심정을 어떻게 알아! 유미코, 됐어, 이제 가자."

아미카와가 유미코의 등을 감싸고 몸을 틀었다. 신이치는 아미카와의 등에 가린 유미코를 향해 힘껏 외쳤다.

"유미코 씨, 당신도 히구치 메구미랑 하나도 다를 게 없어!"

그 순간 유미코의 몸이 휘청했다. 아미카와가 그런 그녀를 부축하며, 두 사람은 신이치에게서 멀어져갔다.

"오가와 공원에서 히구치 메구미를 만났을 때 당신도 생각했을 거잖아요? 저애는 현실을 거부하고 있다고, 자기만 생각한다고 말예요! 당신도 그애와 똑같아, 똑같다구요!"

아미카와와 유미코는 마에하타의 연립주택 문을 열고 안으로 들어섰다.

"그애나 당신이나, 자기가 보고 싶은 것밖에 보고 있지 않아요. 자기가 원하는 것만 알려고 한다구요. 현실이 아무리 뒤틀려 있든 거들떠보지도 않고, 주위 사람들을 끌어들이고, 혼자서 허둥대고, 말썽을 일으키고, 자기의 변명이 인정받을 수만 있다면 무슨 짓을 해도 좋다고 생각하죠? 그렇죠?"

아미카와가 휙 하고 뒤를 돌아 신이치를 노려보고는 난폭하게 문을 닫았다.

"이기주의자!"

신이치가 소리치자, 그 목소리를 휩쓸듯이 북풍이 불어왔다.

마에하타 시게코는 이시이 부부를 배웅하기 위해 문 앞으로 나서고 있었다. 그때 문을 두드리는 소리와 함께 문이 열리더니 아미카와 고이치가 얼굴을 들이밀었다. 눈을 내리감은 다카이 유미코가 그의 팔에 안기듯이 서 있었다.

"무슨 일이야?"

시게코가 놀라서 물었다. 이시이 부부도 코트를 입은 채 놀란 표정으로 두 사람을 바라보았다.

"죄송합니다."

아미카와는 화난 듯한 목소리로 그렇게 말하더니, 시게코의 어깨 너머로 이시이 부부를 향해 거칠게 인사를 했다.

"유미코가 상태가 안 좋은 것 같아서 서둘러 올라왔습니다. 잠깐 실례해도 될까요?"

그 순간 시게코는 요 일주일 동안의 상황과 유미코를 걱정했던 마음, 그리고 언제 한번 전화라도 해서 위로할까 생각했던 일까지 깡그리 잊고 갑자기 심한 불쾌감을 느꼈다. 대체 이놈은 뭐야? 왜 이런 연극 같은 행동을 하는 거지? 한순간이었지만 그 불쾌감은 시게코 스스로도 놀랄 정도로 선명하고도 강렬했다.

"우리는 이제 막 가려던 참이었어요."

이시이 부인이 시게코를 신경쓰면서 부드러운 목소리로 말했다.

"여보, 우린 이만 가죠."

"신이치가 차 옆에서 기다리고 있더군요."

아미카와가 무슨 영문인지 눈을 부라리고 입술을 비틀면서 약간 비꼬는 어투로 말했다.

"빨리 안 가면 감기 걸릴걸요, 그애."

이시이 부부는 그 말투가 마음에 걸려 물었다.

"신이치에게 무슨 일이라도 있나요?"

"아무 일도 없습니다. 아래에 있다는 걸 알려드린 것뿐이에요."

부부는 흘끗 얼굴을 마주 보고 인사도 하는 둥 마는 둥 서둘러 아래로 내려갔다. 거실로 들어선 아미카와와 유미코는 코트를 벗으려고도 의자에 앉으려고도 하지 않았다.

"좀 앉지 그래."

시게코는 그렇게 말하고 거실을 가로질러 도로가 내려다보이는 창가로 다가갔다. 이시이 부부가 탄 차는 도로 쪽으로 나가려 후진하고 있었다.

'신이치에게 직접 잘 가라는 말이라도 할 걸 그랬어.'

아미카와와 유미코는 자리에 앉긴 했지만 여전히 굳은 표정이었다.

"신이치하고 무슨 일이라도 있었어?"

"사소한 말다툼이었어요."

아미카와가 그렇게 말하면서 얼굴을 찌푸렸다.

"그 자식이 유미코에게 심한 말을 했어요."

"제가 잘못한 거예요" 하고 유미코가 말했다.

시게코는 한숨을 내쉬었다. 신이치가 이 집을 나간 것은 유미코가 일으킨 그 소동 때문이다. 시게코가 연재 르포의 계획을 변경해서 이다바시 사건의 진상을 설명하지 않을 수 없게 된 것도 유미코 때문이다. 그리고 유미코가 그런 행동을 한 것은 이다바시의 호텔에서 피해자 유족이 모인다는 사실을 아미카와가 그녀에게 알려주었기 때문이다.

"신이치와 싸웠어?"

"싸운 게 아닙니다."

아미카와가 심각한 표정으로 말을 잘랐다.

"그애, 뭔가 오해하고 있는 것 같아요. 아직 어린애니까 어쩔 수 없겠지만."

유미코는 아무 말 없이 아미카와의 얼굴만 바라보았다.

"이제 그 얘긴 그만 해. 마침 잘 왔어. 나도 두 사람에게 하고 싶은 말이 있었거든."

테이블 위를 정리하고 두 사람을 위해 새로 커피를 끓이면서 시게코는 현재 상황에 대해 설명했다. 시게코의 말이 끝나자 아미카와가 묘하게 예의 바른 목소리로 말했다.

"마에하타 씨, 르포는 마에하타 씨의 자유입니다."

시게코는 웃었다.

"딱 자르는 투네."

금속성의 차가운 공기가 세 사람을 감쌌다. 아니, 아미카와와 유미코가 이 방에 들어온 순간부터 그 공기는 존재하고 있었는지도 모른다. 다만 지금까지 시게코가 그것을 느끼지 못했을 뿐인지도 모른다.

"이번 소동을 통해 확실히 드러난 게 하나 있습니다."

아미카와가 말했다.

"그게 뭐지?"

아미카와는 고개를 숙이고 있는 유미코를 흘끗 보고는, 대각선 너머에 앉은 시게코의 얼굴을 정면으로 바라보았다.

"마에하타 씨는 다카이 가즈아키가 구리하시 히로미의 공범이라는데에 한 점의 의심도 품지 않고 있다는 것입니다. 그렇지 않습니까?"

시게코는 대답하지 않고 아미카와의 다음 말을 기다렸다.

"그렇다면 유미코는 마에하타 씨에게 아무런 희망을 가질 수 없습니다. 르포를 위해 아무리 정보를 제공한들 다카이 가즈아키의 결백을 증명하는 데는 아무 도움이 안 되니까요."

"그래서?"

시게코는 다음 말을 재촉했다.

"결론은?"

"앞으로 유미코는 당신에게 협력하지 않을 겁니다. 지금까지 유미코가 당신에게 한 말도 르포에 이용하는 것을 거부합니다."

아미카와는 확인을 하려는 듯 유미코를 보았다.

"그렇지, 유미코?"

시게코는 고개를 숙이고 있는 다카이 유미코를 바라보면서, 작년 말 처음으로 그녀가 전화를 걸어왔을 때를 떠올렸다. 미사토 시의 버스터미널에서 만났던 때를 생각해보았다. 그때, 유미코의 흔들리던 눈빛을 떠올렸다.

시게코는 무슨 말을 해야 할지 고민하다가 일단 그녀의 이름을 불렀다.

"유미코."

"당신은 유미코를 속였어요."

아미카와가 또 끼어들었다.

"속였다고?"

"그렇죠. 나는 당신과 유미코가 접촉할 때부터 같이 있었어요. 그래서 잘 알고 있습니다. 당신은 유미코의 이야기를 듣고, 유미코를 동정하는 척했어요. 그녀의 생생한 목소리를 듣고 싶어서. 그것이 르포의 중요한 재료가 될 수 있으니까."

크게 숨을 내쉰 다음, 아미카와는 상대를 경멸하는 듯한 표정을 지었다.

"그야 무리도 아니죠. 전 일본의 저널리스트들이 구리하시와 다카이의 유족의 이야기를 듣고 싶어 안달을 하고 있었으니까. 당신보다 유능하고 경험이 풍부한 사람들이 온갖 방법을 동원해도 포기한 일인데 말입니다. 그 멋진 행운을 날려보낼 수 없었겠죠. 가즈아키가 범인이 아닐지도 모른다는 생각은 눈곱만큼도 없으면서."

시게코의 무릎이 떨리기 시작했다.

"그런 계산으로 만난 건 아냐."

"그럴까요?"

아미카와는 입을 비틀었다.

"마에하타 씨, 그런 자각조차 없다니 아주 중증인 모양입니다. 계산을 하고 만났다고 하는 게 오히려 깔끔하지 않을까요?"

"말이 좀 심하네."

시게코도 드디어 화가 치밀기 시작했다.

"아직도 모르는 모양이죠?"

아미카와는 턱을 치켜올리고 눈을 날카롭게 빛내면서 말을 이었다.

"당신이야말로 유미코에게 아주 심한 짓을 했어요. 유미코는 당신에게 이용당하고 있는지도 모른다는 느낌을 가지고 있었어요. 그렇지만 오빠의 결백을 호소하기 위해서는 당신이란 창구가 필요했지요. 그래서 참은 겁니다. 당신의 연극을 모른 척하면서 말이에요. 그런 연극은 이제 그만두세요."

시게코는 팔짱을 꼈다. 그렇게라도 하지 않으면 손이 나가버릴 것 같아서였다.

"유미코가 이다바시의 호텔에서 소동을 일으키고 그게 보도되기까지 하자 당신은 강경한 르포를 쓰는 작가로서 자신의 몸을 지키지 않을 수 없게 되었겠죠. 그래서 본심을 드러낸 거예요. 나는 다카이 유미코의 말을 믿지 않는다, 다카이 가즈아키가 구리하시 히로미와 함께 일련의 사건을 일으킨 것은 분명하다는 인식을 바꿀 수 없다고 말입니다. 그렇다면 유미코도 더는 당신과 만날 이유가 없지요."

"그렇다면 유미코는 오늘 내게 절연을 선언하기 위해 찾아온 거네?"

시게코는 두 사람을 정면으로 바라보며 말했다.

"그렇지, 유미코?"

유미코는 두 손으로 얼굴을 가리고 있었다. 간발의 틈도 주지 않고 아미카와가 말했다.

"유미코를 협박하지 마세요."

"난 협박 같은 건 안 해. 네 입이 아니라 유미코에게 직접 듣고 싶을 뿐이야."

"유미코는 당신에게 이런 말을 해야 하는 걸 괴로워하고 있어요. 그러니 더는 괴롭히지 마세요."

"미안해요."

얼굴을 가린 손가락 틈으로 유미코가 속삭였다.

"앞으로 어떻게 할 거니?"

감정을 억누르고 겨우 입을 열었다. 그렇다, 그것을 알고 싶다. 무슨 다른 길이라도 찾았는지를.

"가즈아키의 결백을 호소하기 위한 다른 방법이라도 찾았니?"

유미코가 두 손 사이로 눈을 내밀었다. 그 눈은 아미카와를 바라보고 있었다.

아미카와는 다시 한번 확인하는 듯이 유미코의 눈을 들여다보더니, 시게코 쪽으로 얼굴을 돌리면서 선언했다.

"내가 르포를 쓸 겁니다."

15

그주 수요일.

아다치 요시코는 저녁 준비를 하기 위해 남편과 두 직원들보다 한 시간 빨리 작업장에서 집으로 돌아왔다. 아직도 욱신거리는 왼쪽 무릎을 손으로 짚으면서 부엌으로 들어섰다. 작업장은 십 년쯤 전에 신축한 콘크리트 건물이지만 사는 집은 지은 지 삼십오 년이나 되는 목조주택이라 이런 계절에는 외풍이 심하다.

서둘러 석유난로를 켜고 주전자에 물을 담아 가스레인지에 올렸다. 잠시라도 앉아서 쉬고 싶었지만 일단 집에 돌아오면 주부로서의 역할을 다해야 하는 요시코에게는 그런 사치가 불가능했다.

작년 9월 초 요시코는 납품하러 가는 길에 교통사고를 당해 왼쪽 무릎에 복합골절상을 입었다. 두 달 동안의 입원생활도 괴로웠지만, 그후의 재활치료는 더욱 가혹했다.

그러나 갑자기 혼자서 집안일을 해야 했던 남편도 힘들기는 마찬가지였다. 보수적인 사고방식을 가진 남편은 혼자서 식사하는 것 자체를 싫어했다. 지금은 적자에 허덕이고 있지만, 부모에게 물려받은 인쇄소도 옛날에는 꽤 번성해서 요시코가 시집을 오기 이전에는 직원들을 하와이로 단체여행을 보내주기도 했다고 한다. 지금보다 직원 수도 많았고, 일요일에도 밤늦게까지 기계를 돌려야 할 정도여서 점심과 저녁 식사도 늘 다같이 했다. 그런 환경에서 자란 남편이니만큼 혼자서 식사하는 것을 꺼리는 것도 당연했다.

그래서 남편은 나름대로의 해결책을 고안해냈다. 직원 가운데 야간 고등학교에 다니고 있는 마스모토라는 스무 살 청년과 함께 식사를 하기로 한 것이다. 마스모토도 어차피 혼자 지내는데다 식비를 절약할 수 있어 기꺼이 제안을 받아들였다.

10월 20일에 요시코가 퇴원한 후에도 마스모토는 요시코가 완전히 건강을 회복할 때까지 부엌일을 도와주었다. 그래서 지금도 셋이서 같이 식사를 하게 된 것이다.

이윽고 부엌의 공기가 따스해졌다. 요시코는 새소를 씻고 냄비를 불에 올리는 등 익숙한 솜씨로 반찬을 준비하고 있었다. 거실의 낡은 시계가 일곱시를 알렸다. 요시코는 거실로 들어가 텔레비전을 켰다. 이제 슬슬 남편과 마스모토가 들어올 것이다.

텔레비전 화면에는 평일 밤 열시 뉴스에 나오는 여성 캐스터가 비쳤다. 요시코는 요일을 착각했나 생각했다. 그러나 특별방송인 것 같았다. 작년 9월부터 11월 초까지 세상을 시끄럽게 했던 연속 유괴살인사건을 다루는 보도 프로그램이었다.

요시코는 방석에 앉아 텔레비전 화면을 바라보았다. 두 젊은이의 사진이 비쳤다. 아마 지금의 일본인이라면 누구나 다 알고 있을 것이다.

오른쪽의 갸름하고 잘생긴 얼굴이 구리하시 히로미. 왼쪽의 조금 뚱뚱하고 눈이 작은 사람이 다카이 가즈아키.

요시코는 다카이 가즈아키를 알고 있었다. 구리하시 히로미는 모르지만, 그의 어머니 구리하시 스미코는 안다. 입원중에 잠깐 같은 병실에 있었기 때문이다. 스미코는 계단에서 굴러떨어져 다쳤는데, 정신적인 병도 있는 사람 같았다. 그때 다카이 가즈아키가 문병을 왔었다.

엘리베이터 앞에서 두세 마디 나눈 정도였지만 잠깐 이야기를 하기도 했다. 아주 상냥하고 착한 청년이라는 인상을 받았었다. 간호부장도 그런 말을 한 적이 있었다. 요시코는 다카이 가즈아키가 스미코의 아들의 친구이고, 인정 없는 아들 대신에 종종 스미코의 문병을 온다는 말을 간호부장에게 전해들었었다.

그래서 요시코는 퇴원한 지 얼마 되지 않은 11월 5일의 임시 뉴스를 보고 심장이 멈추는 듯한 충격을 받았다. 처음에는 다카이 가즈아키가 구리하시 히로미와 같이 교통사고로 죽었다는 사실에 놀랐다. 그러나 그 놀라움은 그 다음에 이어진 소식에 비하면 그야말로 새발의 피였다. 그 다카이 가즈아키가 구리하시 히로미와 함께 젊은 여자를 몇 명이나 유괴해서 감금한 다음 죽이고, 그 시체를 유기하고, 유족에게 전화를 거는 등 악질적인 범죄를 저질렀다는 것이다.

처음에는 설마했다. 구리하시 히로미는 그렇다 쳐도 그렇게 착해 보이던 다카이 가즈아키가 이런 잔혹한 짓을 벌이다니, 이건 뭔가 심각한 착각이라고 생각했다.

그러나 그후의 보도는 요시코의 그런 생각을 무참히 배신해버렸다. 두 사람이 타고 있던 차의 트렁크에서 기무라 쇼지라는 회사원의 시체가 나온 것이었다. 또 사고 직전 주유소에서 두 사람이 함께 있는 것이 목격되었다. 어떻게 생각해도 두 사람이 행동을 같이한 것으로밖에 볼 수 없는 상황이었다고 했다.

게다가 구리하시 히로미의 원룸에서는 끔찍한 사진들이 발견되었다. 사진에 찍힌 여성들 가운데 세 명은 행방불명되었던 여자들로 밝혀졌다. 게다가 다카이 가즈아키가 그 부근에서 목격되었다는 사실도 이웃 주민의 증언으로 확실해졌고, 구리하시 히로미의 휴대폰에는 다카이 가즈아키에게 건 통화기록이 가득했다.

'공범'이라는 말이 그 두 사람의 관계를 설명하는 단어로 사용되고 있었다.

어릴 적부터 친구였던 두 사람은 구리하시 히로미가 대장이고 다카이 가즈아키는 부하 같은 존재로, 구리하시는 성적이 우수하고 인기도 많은 반면 다카이는 늘 따돌림당하는 열등생이었다고 한다. 그래서 이 잔혹한 범죄행위도 구리하시가 먼저 적극적으로 시작했고, 다카이가 그에게 이끌려 범죄에 빠져든 것이 아닐까 짐작하고 있었다.

요시코는 도무지 이해할 수 없었다. 세상에 그런 일이 있을 수 있을까?

인간이란 변한다. 어린 시절에는 우능생이라도 어른이 되면 타락하기도 한다. 어린 시절에는 불량했지만 나중에는 훌륭한 사람이 되기도 한다. 누구든 어린 시절에는 자기를 괴롭히는 사람을 피해 도망치고 누군가에게 찍소리 못 하고 당하기도 한다. 반대로 자기보다 약한 친구를 못살게 굴기도 한다. 그러나 그런 관계가 어른이 되어서도 짙게 남아 있는 경우는 드물다. 적어도 요시코는 그렇게 생각했다.

요시코는 남자애를 키운 적은 없다. 자식은 이미 출가한 딸 둘뿐이다. 그러나 마스모토처럼 젊은 직원을 다룬 경험은 누구보다 풍부하다. 그런 경험으로 판단해보건대, 다카이 가즈아키가 스무 살이 지나도록 구리하시 히로미에게 복종해 살인까지 저질렀다는 설은 요시코의 관점에서는 도무지 이해할 수 없는 이야기였다.

11월 5일 이후 요시코가 입원해 있던 병원으로 많은 경찰과 매스컴 관계자들이 밀려들었다. 지금도 요시코는 열흘에 한 번은 외래 진료를 받기 때문에 입원중에 친해졌던 간호부장이나 간호사들이 불평을 늘어놓는 모습을 자주 접할 수 있었다. 그리고 그들은 구리하시 스미코나 다카이 가즈아키에 대한 많은 정보를 이야깃거리로 삼고 있었다.

요시코와 같은 병실에 있었던 환자들 가운데는 아직 입원해 있는 사람도 있었다. 가끔 진찰을 받으러 가는 길에 문병을 가면, 그녀들도 흥분해서 그 사건에 대해 이야기를 했다.

그녀들의 말에 따르면, 경찰이 관심을 가지는 부분은 다카이 가즈아키와 구리하시 스미코가 어떤 이야기를 했고, 그가 어떤 태도를 취했느냐는 것이었다. 몇월 며칠 몇시경에 찾아왔느냐는 것도 문제였다. 또한 구리하시 히로미가 오지 않았는지에 대해서도 집요하게 확인했다고 한다.

매스컴의 관심도 처음에는 경찰과 마찬가지였지만, 어떤 환자에게서 스미코가 어린아이를 유괴하려다 미수에 그친 일이 있었다는 이야기를 전해듣자 눈빛이 달라졌다.

요시코는 스미코가 일으킨 소동은 그리 중요하지 않다고 생각했다. 그 사건과는 아무런 관계도 없기 때문이다. 그러나 현실은 그렇지 않았다. 스미코의 정신이상은 그대로 구리하시 히로미의 범행을 뒷받침하는 어떤 배경으로 와이드쇼 같은 데서 화제가 되었다. 그들은 같은 병실에 있던 환자들의 말을 인용하며 일주일 이상이나 야단법석을 떨었다.

그러나 요시코가 보기에 그녀들의 말에는 사실과 환상이 마구 뒤섞여 있었다. 엉덩이뼈가 부러져 침대에서 움직일 수 없던 할머니까지 화장실에 갔다 오는 길에 다카이 가즈아키와 스쳐 지났다는 말을 해서 요시코를 황당하게 만들었다. 그 시점에서는 아직 요시코의 집까지 경찰이나 매스컴이 찾아오지는 않았다.

하지만 그로부터 며칠 후 형사 두 명이 집으로 찾아왔다. 구리하시 스미코와 같은 시기에·입원했던 사람들을 차례로 만나보는 것 같았다.

형사들의 태도가 정중하고 부드러워 요시코는 긴장하지 않고 아는 사실을 있는 그대로 이야기할 수 있었다. 형사들은 사전에 여러 가지 조사를 했는지 요시코의 말에 놀라는 기색도 없었다. 퇴원하는 날에 세 번째로 로비에서 다카이 가즈아키를 보았을 때 그가 얼이 빠진 듯한 창백한 표정이었다고 하자 형사들의 눈빛이 달라졌다.

"정말로 이상했어요. 마치 뭐가 쫓아오기라도 하는 것처럼 도망치듯이 허둥대고 있었거든요."

형사들은 요시코의 말을 수첩에 적었다.

"무슨 일이 있었는지는 모르겠어요. 그건 구리하시 스미코 씨에게 물어보면 될 거예요."

뉴스에서는 구리하시 부부가 종적이 묘연하다고 했다. 그러나 경찰이라면 소재지를 알고 있을 것이다.

나이가 많아 보이는 형사의 말에 따르면 스미코에게 사정 설명을 듣긴 했지만 그녀의 정신상태가 불안정해서 증언을 제대로 하지 못했다고 했다.

두 시간 정도 이야기를 한 후 형사들은 돌아갔다. 그후로는 다시 오지 않았다. 요시코는 후회스러웠다. 하고 싶은 말을 다 하지 못한 것 같았다. 다카이 가즈아키는 나쁜 사람으로 보이지 않았고, 몸집이 크고 상냥한 청년이었다고 말하지 못한 것이 후회스러웠다.

발소리와 함께 남편과 마스모토가 거실로 들어섰다.

"오늘 저녁은 뭐야?"

남편이 물었다.

이 사람은 손녀를 볼 나이가 되었는데도 매일 어린애처럼 오늘 저녁 반찬은 뭐냐고 묻는다.

"아주머니, 이거 그 사건 특집이죠?"

"그런 모양이야. 밥 먹을 때는 보기 싫으니까 다른 곳으로 돌려" 하고 요시코는 부엌으로 가면서 말했다.

마스모토는 대답도 하지 않고 선 채로 흥미로운 표정으로 텔레비전을 보고 있었다.

"아주머니."

마스모토가 텔레비전을 보면서 불렀다.

"이거 좀 이상해요."

"이상해? 암튼 살인 이야기는 싫으니까 다른 데로 좀 돌려봐."

"아, 그게 아니고요."

마스모토는 부엌으로 다가오면서 말했다.

"이 방송은 다른 거랑은 좀 달라요."

"텔레비전에서 하는 게 다 그렇고 그렇지 뭘."

"아니에요. 이 캐스터, 진범은 따로 있다는데요?"

마스모토는 텔레비전을 가리켰다.

"봐요, 아주머니, 빨리 와서 좀 보세요."

요시코는 텔레비전 쪽으로 눈길을 돌렸다. 그와 동시에 캐스터가 말했다.

"현재 경찰이 내세우는 견해가 정말로 타당한지, 잘못된 부분은 없는지, 우리 HBS는 독자적인 취재를 거듭해 어떤 추론에 도달했습니다."

그리고 약간의 여운을 두고 화면이 바뀌었다. 화면 가득히 커다란 문자가 춤을 추었다.

'연속살인사건의 주범은 살아 있다.'

그날 저녁은 먹은 것 같지도 않았다. 요시코는 계속 텔레비전만 쳐다보고 있었다. 남편과 마스모토는 기계적으로 식사를 해치우고는 텔레비전에 시선을 고정했다.

"저번에도 텔레비전에서 이런 걸 방송할 때 범인에게서 전화가 걸려왔잖아. 그게 어느 방송국이었더라?"

"같은 HBS였을 겁니다."

요시코의 귀에 둘의 말소리가 잡음처럼 들려왔다.

1. 일련의 사건의 이면에는 지금까지 수사선상에 오르지 않은 제삼의 인물이 있다. 그 인물을 X라고 하자.

2. 사건의 진범은 이 X와 구리하시이며, 주범은 X이다.

3. 다카이 가즈아키는 일련의 범행에는 일절 가담하지 않았지만, 구리하시 히로미가 사건에 관련되었다는 사실을 알게 되었고, 그래서 구리하시와 X에게 협박당했을 가능성이 있다.

HBS의 주장은 크게 이 세 가지였다. 그것을 뒷받침하는 근거는 이러했다.

1. 다카이 가즈아키가 사건에 적극적으로 관계했다는 물증이 거의 없다.

2. 범인들에게 유괴 살해되었을 것으로 추정되는 피해자 가운데 신원이 확인되고 실종일과 장소를 추정할 수 있는 것은 이하 다섯 명이다.

· 후루카와 마리코

1996년 6월 8일 새벽 한시경 도쿄 도 히가시나카노 역 주변

· 히다카 치아키

1996년 9월 23일 저녁(?) 도쿄 도 신주쿠 역 주변

· 기무라 쇼지

1996년 11월 3일 오후(?) 군마 현 히가와 고원 또는 호반지대

· 이토 아쓰코

1994년 3월 15일 오후(?) 군마 현 시부카와 시 산속

· 미야케 미도리

1993년 6월 1일 오후(?) 도쿄 도 다나시 시

현재까지 알려진 한에서 구리하시 히로미에게는 알리바이가 없다. 그러나 다카이 가즈아키는 알리바이가 확인되지 않았다. 다시 말해, 있을 수도 있고 없을 수도 있다.

3. 다카이 가즈아키의 유족은 그가 사건과 무관하다고 주장하고 있다.

4. HBS의 독자적인 조사에서 드러난 동일범에 의한 미수사건의 피

해자 증언에 따르면, 두 범인 가운데 한 사람의 나이와 인상은 다카이 가즈아키와는 다른 특징을 가지고 있어 동일범으로 보기 어렵다.

이런 네 가지 근거 가운데 가장 충격적인 것은 3번과 4번일 것이다. 캐스터는 네 가지 항목을 순서에 따라 설명하겠다고 했다. 그렇다면 자연히 3번과 4번은 방송 후반에 나올 것이다. 시청자를 마지막까지 잡아두려는 테크닉이다.

구리하시 히로미는 범인이지만 다카이 가즈아키는 범인이 아니다. 그러나 범인이 둘이라는 것은 HBS의 특별방송 방영중에 걸려온 범인의 전화 성문 분석으로 명백히 드러났다. 이로 인해 제삼의 인물 X의 존재가 부상한다. 거기까지는 요시코도 이해할 수 있었다. 요시코는 기뻤다. 그렇다. 그 다카이 가즈아키가 범인일 리 없다. 그렇게 상냥한 청년이 잔혹한 살인을 저지를 수 있을 리가 없다.

HBS는 이어서 그 수수께끼의 인물 X가 왜 주범인지를 추론해나갔다. 상식적으로 볼 때 구리하시의 원룸에서 그렇게 많은 사진과 피해자의 백골 유해가 발견되었으므로 구리하시가 주범이라고 결론을 내려야 한다. 그러나 HBS는 범인의 전화 목소리를 제시했다.

당시 광고로 중단되기 이전의 목소리는 구리하시 히로미의 것이라는 사실이 판명되어 있다. 그렇다면 그후에 다시 걸려온 전화 목소리가 바로 X의 목소리라고 할 수 있다. 덧붙여서 다카이 가즈아키의 목소리는 녹음된 것이 없으므로 성문을 비교 감정할 수 없다.

그런데 X의 목소리로 추정되는 후반의 통화에서는 전화를 끊어버린데 대한 유감의 뜻과 HBS와 대화를 계속하고 싶어하는 의욕이 드러나고 있다. 만일 구리하시가 주범이고 X가 그를 따르는 종범이라면 이런 태도를 취할 수 없을 것이다. 구리하시는 자발적으로 통화를 끊지 않았던가.

또하나, 여태 주목하지 않은 사실이 있다. HBS의 특별방송이 방영된 직후에 후루카와 마리코의 외할아버지인 아리마 요시오 씨에게 음성변조기를 사용한 전화가 걸려왔다. 이 전화는 녹음되지 않았으므로 통화 내용에 대해서는 아리마 요시오 씨의 기억에 의존할 수밖에 없지만, 수사본부에서도 이 전화는 구리하시가 건 것으로 단정하고 있다.

그리고 아리마 씨가 수사본부에 증언한 바에 따르면, 이때 전화를 건 구리하시 히로미는 몹시 화를 냈다고 한다. HBS가 전화를 끊었을 때와 똑같은 반응이다.

아리마 씨는 HBS의 특별방송을 보고 있었으므로 그 과정을 알고 있었다. 또한 성문 분석 이야기가 나오기 전에 이미 광고 전과 후의 목소리 주인공이 다르다는 것을 알아차리고 있었다. 당시에는 아직 범인 복수설이 본격적으로 제기되기 전이었으니 대단한 통찰력이라 할 것이다.

아리마 씨는 전화 상대를 향해, 당신 혼자서 저지른 일이 아닐 것이다, 오히려 당신은 누군가에게 이용당하고 있는 게 아니냐고 말했다. 그러자 구리하시 히로미로 추정되는 그 인물은 아리마 씨에게 욕을 퍼붓고는 전화를 끊었다.

수사본부에서는 이 사실에 거의 주목하지 않고 있다. 묵살했다고 할 수 있다. 구리하시 히로미와 다카이 가즈아키 두 사람이 범인이라는 가설에 따라 수사를 벌이고 있기 때문이다. 다른 가설을 받아들이면 모든 것이 원점으로 돌아가버린다.

수사본부는 '구리하시 주범, 다카이 종범'이라는 가설을 밀고 나가려 한다. 그러나 아리마 요시오의 이 에피소드는 작지만 그 가설을 뿌리째 뒤흔들 힘을 가지고 있다.

만일 수사본부가 그린 그림대로 구리하시가 주범이고 다카이가 종범이라면, 주범이 화가 나서 전화를 끊은 이상 방송국에 다시 전화를 걸리가 없다. 또한 백 보 양보해서 '공범자' 다카이 가즈아키가 용기를 내서 HBS와 교섭을 계속하려고 그의 독단으로 전화를 걸었다 해도, 구리하시가 절대로 가만있지 않았을 것이다.

범인들은 늘 휴대폰을 사용했다. 그러면서도 통화 위치를 계속해서 바꾸는 용의주도함을 보였다. HBS나 아리마 요시오 씨를 비롯한 피해자 유족에게 전화를 걸 때 두 사람이 함께 있었는지 알 수 없다. 피해자의 유족에게 전화를 걸 때는 단독행동을 했을지도 모른다는 가정을 해볼 수도 있다.

그러나 HBS의 특별방송에서 구리하시가 화를 내며 전화를 끊은 후의 공범자의 신속한 대응을 보는 한, 적어도 이때만은 두 사람이 같은 장소에 있었으며 구리하시가 전화를 거는 모습을 공범자가 지켜보았을 가능성이 높다. 다만 그 경우 공범이 다카이 가즈아키이고 그가 만용을 부려 전화를 다시 걸었다고 한다면, 구리하시 히로미가 왜 그것을 가만히 보고 있었는지 합리적인 설명이 되지 않는다.

아다치 요시코는 텔레비전 화면을 뚫어져라 보면서 캐스터가 설명하는 내용을 한마디도 놓치지 않으려 노력했다. 남편이 어이없는 표정으로 자신을 바라봐도 상관하지 않았다. 다카이 가즈아키는 절대로 살인을 저지를 만한 사람이 아니었다. 그렇지만 경찰도 뉴스도 그렇게 생각하지 않고 있었다. 마침내 아군이 나타난 기분이었다. 요시코는 주먹을 불끈 쥐었다.

"아주머니, 괜찮으세요?"

마스모토가 걱정스러운 눈길로 바라보았다. 두 시간짜리 프로그램의 전반부가 끝나고 광고가 나오자 요시코는 한숨을 내쉬고는 부엌으로 가서 차를 끓였다.

"당신, 너무 흥분하는 거 같아."

남편이 약간 화난 듯한 표정으로 말했다.

"인간이란 겉만 보고는 몰라. 겉으로는 생글생글 웃으면서 나쁜 짓을 하는 놈이 얼마든지 있어."

"그 정도는 나도 알아요."

광고가 끝나자 다시 캐스터가 등장했다.

"우리 HBS는 이 사건에 대해 새로운 해석을 제시하여 사회에 불안을 조장하려는 것이 아닙니다."

수사본부가 모든 것을 구리하시와 다카이의 탓으로 돌리고 빨리 사건을 마무리지으려는 것은 이런 잔혹한 사건을 미해결상태로 남겨두면 사회적으로 악영향을 끼치기 때문이다. 소동이 오래 지속되면 모방범이 나올 가능성도 있다.

그러므로 하루빨리 해결하려는 그 마음은 충분히 이해가 간다. 하지만 진실을 덮어버리면서까지 사회의 평온을 우선하는 것은 옳지 않다. 캐스터는 그렇게 말하고, 게스트 한 사람을 소개했다.

또 평론가나 학자가 나오리라 예상하고 있던 요시코는 깜짝 놀랐다. 캐스터의 옆에는 언뜻 대학생으로 보이는 청년이 조금 긴장한 표정으로 앉아 있었다.

청년이 캐스터와 인사를 나누었다.

"오늘 게스트로 모신 분은 아미카와 고이치 씨입니다."

캐스터는 카메라를 향해 그렇게 말하고는 청년 쪽을 돌아보았다.

"현재는 학원에서 강의를 하신다지요?"

"네, 그렇습니다. 초중학생을 가르치고 있습니다."

깔끔한 차림에 잘 정돈된 긴 머리카락이 꽤 호감이 가는 청년이었다.

"아미카와 씨는 사망한 구리하시 히로미와 다카이 가즈아키의 동창생이시라고요?"

졸린 눈으로 화면을 바라보던 요시코의 남편이 버럭 고함을 질렀다.

"동창생? 이 자식, 잘도 텔레비전에 나왔구만."

"좀 조용히 해요, 여보."

요시코는 텔레비전의 볼륨을 높였다.

"프로그램의 전반에서 소개한 HBS의 새로운 견해는 사실 우리가 분석한 것이 아닙니다. 물론 우리 HBS도 일련의 사건에 대해 취재를 계속해왔습니다만, 이번에 이런 프로그램을 편성하게 된 계기는 바로 아미카와 씨가 보낸 한 통의 편지였습니다."

화면에 편지를 비추어준다. 목소리가 겹쳐진다. '현재 경찰의 수사 방침에 대해 나는 큰 의문을 가지고 있습니다.'

"아미카와 씨는 아까 말씀드렸듯이 구리하시 히로미와 다카이 가즈아키 두 사람을 잘 알고 있었지요?"

"예, 두 사람과는 어릴 적부터 친구였고 최근까지 자주 연락하는 사이였습니다."

그리고 아미카와는 지금의 상황을 도저히 그냥 보고 지나칠 수 없었다고 말했다.

"친구로서는 참으로 견디기 힘든 일이지만, 그 이상으로 가즈아키의 유족이 받는 고통을 보고 너무 가슴이 아파서 이대로 입을 다물고 있어서는 안 된다는 생각을 하게 되었습니다."

아다치 요시코는 텔레비전에 비친 이 젊은이의 얼굴을 뚫어져라 살펴보았다. 시원스럽게 일직선으로 뻗은 눈썹, 강한 의지를 드러내는 입가, 영리해 보이는 눈길. 오랜 세월 아다치 인쇄소에서 여러 젊은이들을 관찰해온 그녀의 눈에 아미카와 고이치라는 이 청년은 성실하고 믿음직스러운 존재로 보였다.

"다카이 가즈아키의 아버님은 충격이 너무 크신 나머지 계속 병원에 입원해 계십니다. 어머니도 몇 개월 동안 거의 외출도 못 하고 계시고요."

아미카와라는 청년은 그렇게 말하고 말을 끊은 다음 다문 입술에 힘을 넣었다.

"그렇지만 그 가운데서도 가장 불쌍한 건 가즈아키의 여동생입니다. 그녀는 오빠가 그런 사건에 관련되지 않았다고 굳게 믿고 있습니다. 실제로 경찰에도 거듭 그렇게 주장해왔습니다. 가즈아키의 집은 메밀국수집을 경영하고 있습니다. 그래서 가족 모두가 가즈아키의 거의 모든 생활을 알고 있습니다. 경찰은 가즈아키가 가게 문을 닫고 가족이 잠든 후 은밀히 집을 빠져나가 범행을 저질렀다고 하는데, 그건 정말 말도 안 됩니다. 조금만 냉정하게 생각해보면 알 수 있습니다. 가즈아키는 가족과 세끼 식사를 함께 했습니다. 생활이 흐트러진 적도 전혀 없었다고 여동생은 증언하고 있습니다. 도대체 어떤 사람이 같이 사는 가족도 모르게 그런 엄청난 일을 저지를 수 있겠습니까."

청년은 카메라를 향해 호소했다.

"선입견을 버리고 상식적으로 생각하면 금방 알 수 있는 일입니다. 하지만 이런 주장은 도무지 받아들여지지 않고 있습니다. 경찰은 가즈아키가 범인이라고 결정해두고, 모든 것을 그것에 끼워맞추려 하고 있습니다."

흥분하는 아미카와를 제지하며 캐스터가 말했다.

"아미카와 씨, 지금 당신은 다카이 가즈아키와 그 유족에 대해 말씀하셨습니다. 그렇다면 구리하시 히로미 씨의 유족에 대해서는 어떻게 생각하십니까?"

아미카와 청년은 잠시 고개를 숙였다. 심하게 눈을 깜빡거렸다. 그러나 고개를 들었을 때는 결연한 표정이었다.

"친구로서 정말로 괴로운 일이지만, 히로미가 사건의 범인이라는 데는 의심의 여지가 없습니다. 다만, 그에게는 다른 공범이 있었을 겁니다."

캐스터가 HBS의 주장을 정리한 표를 들어 보인다. 1에서 4까지의 항목을 다시 한번 순서대로 가리킨다.

"구리하시 히로미의 공범은 다카이 가즈아키가 아니라 제삼의 인물 X입니다."

캐스터는 고개를 끄덕이고 아미카와는 발언을 계속해나갔다.

"그 X야말로 사건의 주범입니다. 이 가설을 받아들이면 특별방송 때 다시 걸려온 전화의 수수께끼도 간단히 풀립니다. 사건을 계획하고 실행한 주범은 따로 있습니다. 구리하시는 단순한 부하에 지나지 않았습니다."

"하지만 그 경우에는 다카이 가즈아키의 입장이 참으로 미묘합니다."

캐스터는 냉정하게 말을 이었다.

"아까 아미카와 씨는 다카이 가즈아키의 가족이 그의 생활에는 전혀 이상한 점이 없었다고 주장한다고 말씀하셨습니다. 그러나 11월 4일부터 5일 사이의 행동은 명백히 이상합니다. 구리하시 히로미가 불러내자 자신의 차를 몰고 히가와 고원까지 갔습니다. 그리고 그와 친밀하게 뭔가를 의논하던 모습이 목격되었습니다."

"네, 그러니까, 그건."

서둘러 입을 여는 아미카와를 제지하고 캐스터가 말을 이었다.

"사고가 일어난 11월 5일도 다카이 가즈아키가 구리하시 히로미와 행동을 같이했다는 사실이 목격자의 증언으로 밝혀졌습니다. 그 증언에 따르면, 구리하시 히로미는 정신적으로 다소 불안정한 상태였고, 다카이 가즈아키는 그를 감싸는 듯한 행동을 했다고 합니다. 아미카와 씨는 여기에 대해 어떻게 생각하시는지요?"

아다치 요시코는 젓가락을 놓고 두 손을 맞잡았다. 자신과 같은 일반인의 눈으로 보아도 11월 5일의 다카이 가즈아키의 행동에는 이상한 점이 있다. 4일부터 5일에 걸쳐 그는 어디서 시간을 보냈단 말인가? 지금까지의 보도를 보면 구리하시와 다카이는 둘이서 그들의 아지트에 머물렀다고 한다. 5일에 죽은 채로 발견된 기무라 쇼지도 아마 그 아지트에 감금되어 있었을 것이다.

아미카와 청년은 숨을 고르면서 약간 틈을 두었다. 그런 다음, 남자치고는 긴 속눈썹을 들어올리며 천천히 캐스터 쪽을 보았다.

"전 가즈아키가 진범 X에게 협박당했다고 생각합니다."

캐스터가 마른침을 삼키며 아미카와를 응시했다. 실제로 캐스터는 이런 폭탄 발언을 듣는 것이 처음은 아닐 것이다. 생방송이라도 리허설은 했을 테니까, 이 진행은 예정한 순서일 것이다. 그래도 캐스터가 무서울 정도로 진지한 표정을 짓고 있어서 요시코는 소름이 돋았다.

"협박을 당했다……" 하고 캐스터는 잔뜩 분위기를 잡으며 말했다.

"네. 순서에 따라 설명을 하지요. 우선 최초의 단계로, 가즈아키는 어떤 계기로 인해 히로미가 그 사건의 범인이란 사실을 알아버린 게 아닌가 생각합니다."

구리하시 히로미와 다카이 가즈아키는 어릴 적 친구였을 뿐 아니라 어른이 되어서도 계속 이웃에 살고 있었다. 구리하시는 하쓰다이에 있는 원룸에서 혼자 살고 있었지만, 백수 신세인지라 자주 집을 들락거렸다고 한다.

또한 구리하시는 다카이에게서 자주 돈을 빌렸다. 실질적으로는 갈취했다고 보아야 한다. 다카이는 구리하시의 뻔뻔스러운 그 행위에 대해 그다지 저항한 것 같지 않다. 수사당국이 공범이라고 보는 근거이기도 하다.

"경찰은 두 사람이 그런 식의 대장과 부하 같은 관계를 유지하고 있었으므로 가즈아키가 히로미가 시키는 대로 했을 것이라고 생각합니다. 그렇지만, 두 사람이 계속 그렇게 우정을 유지하고 있었으니만큼 구리하시의 범죄에 아무 관계도 없었던 가즈아키가 어떤 기회에 뭔가를 알아차렸을 가능성도 있다고 보아야 합니다."

"그렇지만 아미카와 씨, 구리하시 히로미가 저지른 일은 아주 흉악한 범죄입니다. 그런 중대한 범죄를 친구가 눈치챌 정도로 저지르지는 않을 텐데요? 구리하시 히로미는 결코 바보가 아니니까 말입니다."

아미카와는 괴로운 듯 얼굴을 찌푸리며 말했다.

"제가 알기로는 히로미는 머리가 아주 좋았습니다. 그렇지만 그 반면에 남을 무시하는 버릇이 있었습니다. 그것은 그가 취직해서 석 달 만에 그만둔 증권회사 동료의 이야기로도 알 수 있습니다."

아다치 요시코도 주간지 기사에서 그런 내용을 읽은 적이 있다. 그것은 구리하시 히로미의 중학교 때 친구의 증언이었다.

"그는 특히 가즈아키를 무시했습니다. 가즈아키는 어렸을 때 눈이 나빴습니다. 시력에는 문제가 없었지만 왼쪽 눈이 기능을 하지 않는 시각장애였습니다. 그 때문에 학교 공부를 잘 못해서 머리가 나쁜 아이로 취급당했습니다. 중학교 이삼학년 때 그런 사실을 알고 치료를 받아 성적도 좋아졌던 것으로 알고 있습니다. 그렇지만 히로미는 가즈아키의 옛날의 이미지를 그대로 가지고 있었습니다."

캐스터가 고개를 끄덕였다.

"이 자식, 아마추어 주제에 아주 말을 잘하는데."

남편이 불평하듯이 말했다. 벌써 맥주 두 병을 비웠다.

"그런 히로미였으니 아무것도 모르는 가즈아키 앞에서 일부러 세상을 떠들썩하게 하고 있는 살인사건 이야기를 꺼내 자기 자랑을 했을 가능성도 있다고 봅니다. 히로미에게는 그런 성향이 있었으니까요. 남의 눈에 띄고 싶어하고, 자신감이 넘치고, 좋건 나쁘건 자신이 한 일에 대해 가만히 입을 다물고 있지 못하는 성격이었습니다. 그렇지만 이번 사건은 피해자가 한둘이 아닙니다. 흉악한 살인사건입니다. 아무리 히로미라도 상대를 골라서 말하지 않을 수 없었을 겁니다."

"그래서 다카이 가즈아키에게?"

"그럴 겁니다. 가즈아키를 바보 취급하고 있었으니까 어지간해서는 눈치를 못 챌 거라고 안심한 게 아닐까요? 그렇지만 가즈아키는 히로미가 생각하는 그런 바보가 아니었습니다. 히로미가 무슨 말을 하는지 정확히 이해하고, 그것이 사실인지 거짓인지, 의심해볼 만한 일인지 아닌지 판단을 했을 겁니다."

"그렇지만 그건 어디까지나 아미카와 씨의 상상이지 않습니까?"

"물론 제 추측입니다. 그렇지만 가즈아키의 여동생에게서 이런 이야기를 들었습니다."

캐스터가 사진을 한 장 들었다. 최초에 오른팔이 발견된 오가와 공원의 사진이었다. 사진과 함께 구리하시와 다카이가 사는 네리마에서 오가와 공원에 이르는 노선도가 그려져 있었다.

"시청자 여러분께서도 잘 아시는 것처럼 이것은 사건의 발단이 된 오가와 공원입니다."

캐스터가 재촉하자 아미카와는 다음 말을 이었다.

"10월 중순경에 가즈아키의 여동생은 외출하는 오빠의 뒤를 미행한 적이 있다고 합니다."

"미행했단 말이죠?"

"네, 그렇습니다. 그즈음 가즈아키가 침울해하면서 뭔가를 고민하는 것 같았기 때문이었습니다. 여동생은 혹시 오빠가 여자 문제로 고민하는 게 아닐까 생각했다고 합니다. 그래서 휴일에 오빠의 뒤를 따라간 것입니다."

그러나 다카이 가즈아키는 데이트를 하러 나간 것이 아니었다.

"이 그림을 보시면 알겠지만, 오가와 공원은 네리마에 사는 사람이 굳이 전철을 타고 찾아갈 만한 거리가 아닙니다. 여동생은 왜 오빠가 그 공원으로 들어가는지 이상하게 생각했습니다. 결국 오빠를 놓치고 말았지만 말입니다. 만일 그가 범행에 가담했다면 이런 부주의한 행동은 하지 않았을 것입니다."

"범인은 반드시 현장으로 돌아온다는 말도 있지 않습니까?"

"아닙니다. 이 범인은 그렇게 바보가 아닙니다. 경찰이 그런 것을 알고 수사를 한다는 것 정도는 알고 있습니다. 아마도 범죄 수사에 관련된 서적들을 많이 읽었을 겁니다. 절대로 그런 바보 같은 행동은 하지 않을 겁니다. 가즈아키는 범인이 아니기 때문에 그 공원에 갔던 겁니다."

"그렇다면 뭘 하러 갔을까요?"

"생각을 해보려요."

아미카와는 단정적인 어투로 말했다.

"구리하시 히로미가 언뜻 흘린 그 말을 어떻게 이해해야 할까, 그가 정말로 이 사건의 범인인가. 그 시점에서는 오가와 공원만이 사건의 현장으로 유일하게 밝혀진 곳이었죠. 가즈아키는 그 장소에 서보고 싶었을 겁니다. 구리하시 히로미가 정말로 이곳에 여자의 오른팔을 버리러 왔을까, 진지하게 생각해보고 싶었을 겁니다."

캐스터는 잔뜩 분위기를 잡으면서 천천히 말했다.

"그리고 그 결과, 의구심이 더 강해졌다는 말이로군요."

"그렇습니다. 저는 그를 잘 압니다. 그럴 경우 가즈아키는 혼자서 경찰에 신고하지 않을 겁니다. 그는 정말 착한 친구였습니다. 그래서 히로미에게 먼저 이야기를 했을 겁니다. 만일 정말로 네가 그런 끔찍한

짓을 저질렀다면, 나랑 같이 경찰에 가서 자수하자고요. 그런데 히로미
는 혼자가 아니었습니다. 주범이 달리 있었지요. 그 결과, 그 주범에게
협박을 당한 겁니다. 그러므로 가즈아키의 행동은 절대로 자발적인 것
이 아니었습니다. 협박을 당해서 어쩔 수 없이 끌려다닌 것입니다. 그
리고 그는 히로미가 수범에게 조종당한다는 사실도 알고 있었습니다.
그래서 히로미에게 동정적이었고, 살인을 저지른 다음 정신적으로 무
너지기 시작한 그를 감싼 것입니다."

아미카와의 설명이 끝나자, 캐스터가 한 권의 책을 내밀었다.

'또하나의 살인'이라는 제목이었다. 저자는 아미카와 고이치. 캐스터
는 오늘 이 프로그램이 아미카와의 저서에 따라 전개되었다고 설명했다.

"또한 우리 HBS는 앞으로도 아미카와 씨와 협력하여 사건의 진상을
해명해나가도록 하겠습니다."

"뭐야, 결국 자기가 쓴 책 선전이잖아" 하고 남편이 투덜거렸다. 그
러나 아다치 요시코는 전혀 다른 생각을 하고 있었다.

'이 아미카와라는 청년을 만나러 가자.'

16

다케가미 에쓰로는 약속시간보다 십 분 늦었다. '건축가'는 호텔 라
운지의 의자에 앉아 열심히 책을 읽고 있었다.

다케가미가 잰걸음으로 로비를 가로질러 다가가자 건축가는 책을
덮고 익살스럽게 안경을 약간 내려서 맨눈으로 다케가미의 얼굴을 보
았다.

"자네가 지각을 하다니 희한한 일도 다 있구만."

"미안, 책을 읽다가 내릴 역을 지나치고 말았어."

다케가미는 건너편 소파에 앉았다. 건축가가 읽고 있던 것은 책이 아니라 얇은 논문집 같은 소책자였다.

"뭘 읽고 있었는데?"

다케가미는 낡은 가방에서 책을 꺼냈다. 회색 표지에 '또하나의 살인'이라는 제목이 적혀 있었다. 두께는 이 센티미터 정도. 사진과 도판이 많아서 간단히 읽을 수 있을 것 같았다.

"다 읽었어?"

"아직 조금 남았어."

"이건 나도 읽었지."

어제 발매된 책이다. 그 전날 저자 아미카와 고이치가 HBS의 특별방송에 출연하여 화제가 되었다. 출판사는 논픽션 베스트셀러를 많이 내는 유명한 곳이었다.

"잘 팔리는 모양이야. 이 아미카와라는 놈, 꽤 장사꾼이더군."

"누가 뒤에 있는 거 아닐까?"

"글쎄……"

건축가는 책에 실려 있는 아미카와의 사진을 보면서 고개를 갸우뚱했다.

"자네는 이놈이 나왔던 방송을 봤나?"

"아쉽게도 못 봤어. 데스크 팀에서 녹화해두었으니까 보고 싶으면 언제든 볼 수 있지만. 내용은 책에 나온 것과 별다를 바 없다고 하더군."

"응, 그건 그래. 그러나 생생한 육성을 듣고 얼굴을 보니 꽤 흥미로운 점이 많아."

다케가미는 담배를 꺼냈다.

"자네는 어떻게 생각해? 아미카와가 주장하는 설에 대해."

건축가는 빙긋 웃었다.

"자신의 생각을 먼저 말하지 않고 남의 의견부터 묻다니, 자네도 많이 약해졌어."

다케가미는 담뱃불을 붙이면서 주위를 둘러보았다. 이 호텔은 다케가미가 건축가를 만날 때 이용하는 장소이다. 아직 냉아시 싫은 세 이상하다 싶을 정도로 올 때마다 한산하다. 넓은 로비에 의자와 테이블이 듬성듬성 놓여 있는데, 여태 옆 테이블에 손님이 앉는 걸 본 적이 없다.

"사실은 수사본부에서도 사건에서 다카이 가즈아키의 역할에 대해 달리 보는 견해가 있어."

"그럴 거야. 다른 의견이 있어 마땅하지."

건축가는 고개를 저었다.

"물증이 너무 없어."

"그렇기 때문에 아지트를 찾는 게 중요하다는 건데……"

다케가미는 목덜미를 어루만지며 말했다.

"거기에 대해서는 아직도 단서가 없어. 젊은 형사들 가운데는, 이들이 사실은 특정한 아지트가 없고, 범행을 저지를 때마다 현장 가까운 폐가나 밤중에 사람이 없는 공장이나 학교 같은 곳을 이용하지 않았을까 하는 가설을 제기하는 사람도 있어."

"아지트는 있어."

건축가는 단호하게 말했다.

"특정한 한 군데야. 지금 수사본부의 아지트 수색작전은 옳아."

다케가미는 눈을 들어 건축가를 보았다. 그는 얇은 소책자를 상의 주머니에 찔러넣고, 옆에 놓인 가방 안에서 리포트 용지를 꺼냈다.

"현재 내 의견을 정리해본 거야."

그것을 다케가미에게 내밀었다.

"대단한 내용은 없네. 말로도 충분히 설명이 가능해. 그건 자네가 메모하는 수고를 덜어주기 위해서 만든 거야."

"고마워."

다케가미는 그것을 무릎 위에 올려놓고 첫 페이지를 펼쳤다. 깨알 같은 글씨가 보였다.

"처음부터 변명을 해서 미안하지만, 다케가미, 이번 이 사건은 솔직히 말해 나에겐 너무 어려워. 건물의 전체적인 형태는 고사하고 그 방의 구조조차 그려내기 힘들어."

"아, 그건 어쩔 수 없는 일이겠지."

건축가가 추론의 근거로 사용할 수 있는 거라고는 구리하시 히로미가 모아둔 사진에 찍힌 단편적인 정보뿐이다. 벽의 일부, 기둥의 일부, 천장의 일부, 바닥의 일부.

"그래도 몇 가지는 나름대로 칠십 퍼센트 정도의 확신을 가지고 추론할 수 있는 게 있지. 일단 거기에 대해 말해주겠네. 아, 그리고."

건축가는 말을 끊고 쓴웃음을 지었다.

"나로서는 범인을 짐작할 수 없네. 다만, 복수범이라는 확신을 가지고 있으니 이제부터 범인들을 그들이라고 부르기로 하지."

건축가는 고쳐앉더니 몸을 굽히고 두 손의 손가락을 마주 댔다.

"첫째로 일련의 사진 촬영에 사용된 장소, 즉 그들의 아지트는 일반적인 주택이 아냐. 공동주택도 아닌 단독주택이고. 층고는 이층 이상, 집 내부에는 분명 계단이 있고 이층으로 올라가면 난간 옆으로 방들이 있어. 또 일이층이 뚫려 있는 구조일 가능성이 아주 높아."

다케가미는 리포트 용지를 내려다보면서 고개를 끄덕였다.

"우선 일반적인 주택이나 공동주택이 아니라는 추론의 근거부터 제시하지. 이건 간단해. 방의 천장이 무척 높아."

건축가는 오른손 집게손가락을 들어 호텔의 천장을 가리켰다. 그런 다음 그 손가락을 흔들었다.

"피해자들이 의자에 앉아 있거나 의자 다리에 수갑을 채운 사진이 여러 장 있지 않나? 그것을 전부 늘어놓고 의자가 총 몇 개나 되는지 살펴보았어. 두 개야. 그러니까 이 의자는 그들이 피해자를 감금하고 있는 방에 항상 놓여 있던 것이야. 하나는 목제에다 등받이에 천을 댄 것, 다른 하나는 철제인데, 앉는 부분이 특이하게 완두콩처럼 생겼어. 철제의자는 거의 다리밖에 안 찍혔지만, 한 장에서 언뜻 앉는 부분의 가장자리가 보여."

리포트 속에 그 두 의자의 간단한 스케치가 있었다. 추정치도 적혀 있었다.

"일반적인 의자의 크기와 사진에 찍힌 피해자들의 신장, 문제의 의자의 높이나 폭을 비교해서 추정치를 산출했지. 그래서 이것을 기준으로 의자가 찍힌 사진 한 장 한 장이 어떤 각도, 어떤 높이에서 촬영되었는지를 컴퓨터에 넣어서 시뮬레이션해보니,"

건축가는 손을 뻗어 다케가미의 무릎 위의 리포트를 뒤적였다.

"의자가 찍힌 사진은 전부 쉰여덟장. 그런데 이 방이 표준적인, 즉 건축기준법의 범위 내에서 설계된 천장을 가진 방으로 가정한다면, 이 쉰여덟 장 가운데 최소한 스물두 장에는 천장의 일부가 찍혀야 마땅해. 그런데 실제로는 그 가운데 아홉 장에만 천장이 찍혔어. 그리고 그 아홉 장은 거의 바닥에 카메라를 놓고 천장 쪽을 올려다보듯이 찍은 거야."

다케가미는 고개를 끄덕였다. 어느 사진인지 기억이 났다. 기어가는 피해자의 얼굴을 아래쪽에서 찍은 것이다.

"따라서 이 방은 일반적인 기준을 넘어선 사치스러운 높이의 천장을 갖고 있어. 아파트에서는 절대로 찾아볼 수 없지. 그래서 이 집은 개인

단독주택이라는 결론이 나와."

건축가는 다음 페이지로 넘어가라고 재촉했다.

"이 단독주택은 겨울이면 바깥 기온이 영하로 내려가고 강설의 가능성이 높은 땅에 세워진 것으로 추정돼. 이유는 유리창이야. 문제가 되는 방의 창틀이나 유리창의 일부분이 찍힌 사진은 예순세 장. 그 가운데 창틀과 유리창이 같이 찍힌 것은 마흔일곱 장. 이 사진들을 확대하면, 처음에는 이중 새시였던 것을 개조한 흔적이 보여. 개조 시기는 그리 오래되지 않아. 고작 사오 년 정도일 거야. 아마도 청소나 손질이 어려워서 바꾸었겠지. 대신에 유리창은 방음, 방습성이 뛰어나고, 기밀성이 높은 제품이야. 그리고 아마 같은 시기에 벽에 붙어 있었던 히터가 철거되었을 거야. 아주 조금이지만, 벽지에 흔적이 남아 있어. 귀찮아서인지 돈을 아끼려고 그랬는지 히터를 제거한 후에 새로 도배를 하지 않았어."

건축가는 코에 주름을 잡으며 금방이라도 재채기를 할 것 같은 표정을 지었다. 기분이 별로 좋지 않다는 신호였다.

"범인들의 연속살인에서 첫 피해자는 누구지?"

"그건 아직 판명되지 않았어. 여기 찍혀 있는 것 중 신원이 밝혀지지 않은 여자일지도 모르고, 혹은 사진에는 찍히지 않은 다른 누군가일지도 모르네."

건축가가 고개를 끄덕였다.

"현 시점에서 확실히 알 수 있는 건 마지막 희생자가 기무라 쇼지라는 것뿐이겠지."

"그렇다네."

"나는 이 건물의 거실 개조 시기와 살인의 시작 시기가 일치한다고 생각해. 물론 미묘한 시간차는 있겠지. 우연히 최초의 살인을 저질렀다가 거기에 재미를 들여서, 피해자를 감금해서 괴롭힐 장소가 필요해지자 이 방에서 그런 욕망을 충족시켰을지도 모르고, 또는 범인들이 악마 같은 놈들이어서 처음부터 이 건물의 이 방을 준비해두고서 인간 사냥을 시작했는지도 몰라."

건축가는 자신의 입으로 이런 말을 하는 것 자체가 견딜 수 없다는 듯 얼굴을 찌푸렸다.

"그러나 일련의 연속살인 초기부터 이 방이 사용되었던 것은 분명한 사실이라고 봐. 계속해서 사용하기 위해서는 자기 소유여야 해. 빌린 집에서는 이렇게 자기 마음대로 내부 공사를 할 수 없으니까. 따라서 이 집은 누군가 특정한 개인의 소유물이라고 할 수 있어. 이것이 두 번째 포인트야."

다케가미가 입을 열기 전에 건축가는 서둘러 다음으로 넘어갔다.

"그런데, 사진을 아주 세밀하게 분석해보니 재미있는 사실이 드러났어. 벽지 일부에 곰팡이가 슬고, 마루 판자가 벗겨지기도 하고, 오랫동안 사용하지 않은 조명용 소켓이 천장에 방치되어 있더군. 이건 무엇을 의미할까? 가능성은 두 가지야. 하나는, 이 집은 일상적으로 사람이 사는 집이 아닌 경우. 또하나는 일상적으로 사는 사람이 있긴 하지만 사람 수에 비해 방 수가 많아서 손길이 구석구석까지 미치지 못하는 경우."

"별장인가…… 아니면 크고 넓은 집에서 혼자 사는 독신자?"

"그렇게 되겠지. 그러나 나는 별장일 가능성이 높다고 봐. 그리고 요즘은 별장지에 상주하는 사람도 드물지 않아."

"히가와 고원의 별장지대는 자네가 말했듯이 방한에 신경을 써서 지은 건물이 가득해. 신흥별장지대니까."

"1, 2월은 영하까지 내려가지만 적설량은 많지 않아. 히터나 난방시설이 없는 실내에 하루 이틀 사람을 감금해둔다고 해서 동사할 정도는 아냐."

다케가미는 호텔의 높은 천장을 올려다보았다. 거무스름했다. 사람이 많이 오지 않는다는 증거다.

범인들의 아지트도 전체적으로는 그리 아름답지는 않을 거라는 생각이 들었다. 그러나 개인 소유물이라는 사실에 대해서는 의심하지 않아도 될 것 같았다.

"지은 지는 얼마나 됐을 것 같아?"

"예측할 수 있는 근거는 바닥 판자의 흠집이나 마모 정도뿐이야. 만약 바닥의 판자를 바꾸었다면 계산이 달라지겠지. 그렇지만 일상적으로 살지 않는 집이나, 살고 있어도 사용하지 않는 방의 바닥에 신경쓰는 사람은 거의 없지. 그러므로 바닥 판자가 바뀌지 않았다는 것을 전제로 한다면, 십오 년 정도로 보아야 할 것 같아."

"두 범인 가운데 하나가 중고 별장을 샀을지도 모르지."

"충분히 가능한 이야기겠지. 하지만, 나는 유산 상속이나 증여 쪽이 아닐까 생각해. 이 건물은 절대로 싸구려가 아냐. 천장의 높이도 그렇고, 바닥이나 기둥을 보아도 지을 때 꽤 돈을 들인 것 같아."

건축가는 분하다는 표정으로 고개를 저었다.

"범인은 그리 나이가 많은 놈이 아냐. 성문으로 연령은 알 수 없지만 어투로 추측하건대 이십대 정도야. 한 걸음 물러나 생각한다 해도 삼십대."

"아, 그건 나도 동감이야."

"그런 젊은이가 중고라고는 해도 자기 힘으로 이런 건물을 사기는 힘들지. 물론 살 수 있는 사람도 있겠지. 탤런트나 베스트셀러 작가, 혹은 이른바 청년실업가 같은 족들. 그러나 소유주가 그런 사람이라면 본업이 너무 바빠서 이런 미친 짓은 저지르지 않았을 테지."

범인은 정해진 직업이 없고, 시간을 자유롭게 사용할 수 있는 인간이다. 그건 사건 당초부터 수사본부가 제시한 견해다.

"그렇다면, 부잣집 아들이면서 돈과 시간이 많은 젊은 놈이 될 거야. 본인은 그렇게 부자가 아닐지도 몰라. 그러나 적어도 이 집을 유지할 수 있을 정도는 되고, 주택 융자금을 갚기 위해 미친 듯이 일할 가능성은 거의 없다고 봐야겠지."

다케가미는 리포트의 페이지를 들췄다.

"계단과 이층 구조에 대해서는?"

"이건 사진을 통한 분석이라기보다는 참고로 받은 히다카 치아키의 검시 보고서로 알아낸 거야. 그녀는 질식사했어. 범인은 맨손으로 목을 조르지 않고 로프를 사용했지."

"그래, 로프로 매달았어. 마치 교수형처럼."

"그렇지만 교수대가 있는 건 아니야. 범인들은 아마도 그녀의 목에 로프를 걸고, 어떤 높은 위치에서 밀었을 거야. 일반주택에서 매달려면 그게 가장 간단한 방법이고, 그런 짓이 가능한 장소는 계단뿐이야. 천장이 보통 높이라면 사람의 체중에 견딜 수 있는 고리를 다는 것이 불가능해. 하지만 대들보가 있다면 이야기는 달라지지. 대들보에 로프를 걸면 돼. 그리고 계단 부분의 천장에 대들보가 드러나려면 일이층이 뚫려 있는 구조여야 해. 또는 계단 천장에 창이 있어서 거기서 로프를 늘어뜨렸을지도 모르지만, 그렇게 되면 사람의 몸이 벽에 부딪치기 때문에 여기저기에 타박상이나 찰과상이 남아야 해. 그러나 검시 보고서에는 그런 기록이 없어."

"그 계단이 지하로 이어지는 계단일 가능성은 없을까?"

"있지. 계단 상부에 대들보가 있다는 조건으로 생각해본다면 그럴 가능성도 있을 거야. 그러나 그건 입지조건에 따라 달라. 게다가 피해자가 감금되어 있는 방에는 햇빛이 들어오는 보통 높이의 창이 있어. 그렇다면 이 방은 지하가 아니라는 결론이 나와. 또한 블라인드나 커튼을 치지 않고 피해자의 사진을 찍은 점으로 볼 때, 창밖으로 사람이 지나가다가 안을 들여다볼 수 없는 위치에 있다고 해야겠지. 그렇다면 역시 이층 이상의 높이여야 해. 정원이 넓거나 주위에 인가가 없는 경우도 생각할 수 있을 거야. 누군가를 감금할 경우 가능한 한 도망치기 어려운 방을 선택하는 것이 범인의 자연스러운 심리가 아닐까? 일층보다는 이층, 이층보다는 삼층이 좋지 않겠어?"

"하긴 그래."

"그렇지? 그렇다면 이층이 감금 장소라고 하자구. 그렇게 되면, 히다카 치아키를 매달아 처형하려고 한 범인들은 일층과 지하를 잇는 계단을 사용하기보다는 이층과 일층을 연결하는 계단을 사용하는 편이 심리적으로 자연스럽지 않을까? 그러니 지하실의 존재에 대해서는 주어진 자료로는 판단하기 어려워. 혹시 자네가 특별히 지하실에 집착하는 이유라도 있나?"

다케가미를 고개를 저었다.

"특별히 무슨 이유가 있어서 그런 건 아냐. 그렇지만 어쩐지 그럴 것 같다는 느낌이 들었어. 이미지라고나 할까."

"그런 이미지는 아주 중요해."

건축가는 그렇게 말하고 한쪽 눈을 비볐다.

"난 요즘 계속 이 문제의 사진들과 대면해왔어. 물론 내 목적은 방과 건물의 해석이니까 피해자의 모습은 염두에 두지 않으려고 애를 썼지만, 잠자리에 들어 눈을 감으면 항상 피해자들의 얼굴이 눈앞에 또렷이 떠오르곤 해."

그러고 보니 건축가의 눈 아래에 검은 그늘이 져 있었다.

"몇 번이나 말했지만, 이번 경우는 분석의 대상이 되는 자료가 너무 적어. 그래서 얻은 것도 별로 없었어. 하지만 가만히 들여다보고 있자니 어떤 이미지가 떠올랐네."

"다케가미," 하고 이름을 부르며 건축가는 낮은 목소리로 말을 이어 갔나.

"사진에 찍힌 여자들은 더이상 살아 있지 않겠지."

다케가미는 입을 다물고 있었다. 새삼 입에 담을 필요도 없다. 실종 여성들의 유족을 생각하면 아무도 그런 말을 입에 담지 못한다.

"일곱 명의 유해는 어디 숨겨져 있을까?"

다케가미는 자세를 고쳐 앉았다.

"어디일 것 같아? 무슨 생각이라도 떠올랐어?"

간발의 틈도 두지 않고 건축가가 대답했다.

"이 집 안이야."

"왜 그렇게 생각해?"

"그러니까 이미지라고 했잖나."

건축가는 다시 눈을 비볐다.

"이 집은 아마도 무대가 아닐까 싶어."

"무대?"

"응, 자네는 연극 같은 거 좋아하지 않지?"

"그런 문화생활이랑은 인연이 없네."

건축가는 그럴 줄 알았다면서 빙긋 웃었다.

"난 연극을 좋아해. 특히 살인극이나 미스터리를 자주 봐. 줄거리도 재미있지만, 세트가 아주 흥미로워."

"뭐야, 결국은 건물을 본다는 것 아냐?"

"하기야 그렇지. 미국 쪽에서 히트한 연극은 대체로 세트가 아주 잘 만들어져 있어. 미스터리 극은 실내극이 많으니까."

목을 약간 비틀어 허공을 바라보더니 건축가는 말을 이었다.

"그런 연극에서 집이란 비밀을 감추고 있는 상자나 마찬가지야. 그것도 일이 년이 아니라 몇십 년, 몇백 년이란 오랜 세월에 걸쳐 여러 비밀을 간직하고 있는 곳이지. 바다 건너편의 극작가들은 그런 걸 잘 알고 있어. 역시 역사의 차이라고 봐야겠지."

일본인은 나무와 종이로 집을 짓기 때문에 대체로 한 세대가 지나면 집을 새로 짓는다. 집주인보다 집이 더 오래가는 경우는 드물다. 그러나 유럽에서는 돌이나 벽돌로 집을 짓기 때문에 그 안에 사는 사람보다 집의 수명이 더 길다. 집은 몇 세대에 걸쳐 거기에 사는 사람의 역사를 목격하고, 은밀한 애증을 알고, 사건을 간직한 채 외부의 사람들은 누구도 모르게 그것을 숨긴다.

"그렇지만 숨기기만 해서는 사회생활이 불가능하지. 그래서 집이라는 상자 안에 겉으로 보여주어도 좋은 부분을 만들어두는 거야. 그것이 바로 무대지."

그렇다면 집에 사는 사람은 그곳으로 나올 때만 등장인물이 된다. 스토리도 거기서 진행된다.

"나는 구리하시 히로미가 찍은 이 사진들을 보는 사이에, 뭐라고 할까…… 무대극을 보고 있는 듯한 느낌이 들었어. 잘 표현을 못 하겠지만…… 이 여자들은 말이야, 감금된 방에 들어가는 순간부터 일종의 등장인물이 되어버리는 거지. 그녀들을 괴롭히고 사진을 찍은 범인 역시 등장인물이야. 이야기를 진행시키기 위해서 이런 잔혹한 연기를 하는 거지."

"글쎄, 그건 좀…… 난 이 사진을 찍은 구리하시 히로미가 처음부터 이런 상황을 즐겼던 것으로 보여."

"아, 그건 물론이지. 구리하시 히로미는 즐기고 있었어. 그놈은 이런 짓을 하고 싶어했어. 하고 싶어서 안달하던 일을 해냈으니 얼마나 즐거웠겠어. 다시 말해, 구리하시 히로미는 자신이 등장인물의 하나로 배치되었을 뿐이라는 사실을 조금도 깨닫지 못했다는 거야."

다케가미는 팔짱을 끼고 소파에 등을 기댔다. 신음처럼 한숨을 뱉어냈다.

"그렇다면 자네도 구리하시가 주범이 아니라 또다른 인물이 연출가이고 구리하시는 그 연출에 따라 움직였을 뿐이라는 거로군."

건축가는 뭔가를 측정이라도 하는 듯이 눈을 가늘게 뜨고 다케가미의 얼굴을 바라보았다.

"그렇네. 구리하시는 주범이 아니라 단지 '주역'이었어. 그러므로 무대에서는 가장 눈에 띄지. 그렇지만 연극을 움직이는 위대한 존재는 사실 무대 위에는 없어. 극작가도 연출가도 자신이 무대에 오르는 일은 거의 없으니까."

연극은 관객에게 보이기 위해 만들어지는 것이라고 건축가는 말했다.

"그리고 이 경우, 가장 바깥에 있는 관객이 바로 우리야. 일반 대중이나 매스컴이지. 이것은 '주역'인 구리하시 히로미도 알고 있었을 거야. 그러므로 그의 행동은 도발적이고 그 발언에는 유쾌범적인 요소가 강해. 당연한 일이지. 그는 연기를 하고 있었으니까."

"즐겁게 자진해서 그 역할을 한 거로군. 강제받지 않고."

"그렇겠지. 그렇지만…… 과연 구리하시 히로미가 자진해서 살인에 손을 댄 건지는 의심쩍어. 어이, 그런 표정 짓지 말고 내 말을 끝까지 들어봐."

건축가는 입을 일그러뜨리고 있는 다케가미에게 손을 흔들어 보였다.

"나는 말이야, 누군지는 모르지만 이 무대를 만든 주범의 최초의 관객이 바로 구리하시 히로미였다고 생각해."

"그렇지만 주역이겠지?"

"아, 주역이지. 그러므로 이 주범인 극작가 겸 연출가는, 맨 처음에 구리하시 히로미라는 인간을 위해 그가 가장 연기하고 싶어하는 역할을 주고 그 역할에 어울리는 각본을 쓴 거야. 구리하시는 기꺼이 주역을 연기해. 그리고 그런 자기 자신을 바라보기 위해 이런 사진을 찍었겠지. 이런 잔혹한 짓을 하는 범죄자 역할을 연기하는 자신의 모습을 나중에 보려고 사진으로 남겨둔 거야. 뭐 이리 복잡하냐 하겠지만, 이건 아주 간단한 문제야. 아마추어 연극은 모두 그래. 최초의 관객은 다른 누구도 아닌 자기 자신이야. 이 사건도 아마 그런 식으로 짜여 있을 거야."

피해자들도 같은 입장이라고 건축가는 고통스러운 표정으로 말했다.

"불행하게도 그녀들은 구리하시 주연의 무대에 참가한 공연자이자 관객이 되고 말았어. 피해자 역할을 연기하면서 거기서 일어나는 범죄극을 동시진행으로 보는 거지. 그리고 이 연극은 실로 잘 만들어졌어. 구리하시 히로미는 진심으로 기뻐했고, 피해자들의 공포는 진짜였어. 그래서 극작가 겸 연출가는 생각했겠지. 이제는 좀더 넓은 무대로 나아가야겠다고. 드디어 진정한 의미의 관객을 상대해야겠다고. 극단의 프리뷰 공연이 성공하면 본 공연으로 나아가는 것과 비슷하다고 할까."

그리고 구리하시 히로미는 연기를 계속한다. 나아가 수많은 관객을 향해 연기하는 자신을 바라본다.

"일련의 사건은 대형 프로젝트 연극이야. 주범은 구리하시가 아니라 각본을 쓴 놈이야."

"그래, 구리하시에게는 그런 머리가 없어."

"그보다는,"

건축가는 세차게 고개를 저었다.

"사고사하기 직전에 목격된 구리하시 히로미는 아주 불안정한 상태였다고 했지? 거기에 대해 수사본부가 확인한 바는 있나?"

주유소의 젊은 커플에게 접촉하려 했을 때의 모습이나 비틀거리는 구리하시 히로미를 다카이 가스아키가 부축하여 차에 배우터는 모습 등, 증언은 많았다.

"바로 그거야. 그것이야말로 바로 구리하시가 단순한 연기자에 지나지 않았다는 사실을 말해주는 증거라고 생각해."

"더는 연기를 못 하게 됐다는 건가?"

"아니, 구리하시는 자신이 연기하는 살인자 역할에 자가중독을 일으킨 거야. 배우는 여러 가지 역할을 맡게 돼. 남자배우가 여자 같은 역할을 하기도 하고, 벌레도 못 죽이는 겁쟁이가 살인자 역할을 맡기도 해. 어떤 역할을 연기할 때는 항상 그 캐릭터로 변신하지. 그렇지만 그것은 연극이 끝나면 함께 끝나. 연극 속에서는 실제로 사람을 죽이거나 하지 않아. 살해당하는 상대는 같은 배우일 뿐이야. 현실에 없는 일을 현실처럼 보이기 위해 함께 공동작업을 하는 거야."

그러나 구리하시 히로미의 경우는 달랐다.

"놈은 정말로 사람을 죽었어. 피해자는 죽는 역을 연기한 것이 아니라 정말로 죽어버린 거야. 구리하시가 연기한 각본의 길에는 시체의 산이 쌓여 있었어. 그 손은 피해자의 피와 기름으로 범벅이 되었을 테지."

건축가는 자신의 두 손을 눈앞으로 가져가 가만히 들여다보았다.

"구리하시 히로미가 자신의 충동에 따라 유괴나 살인을 반복했다고 하더라도 역시 똑같은 자가중독 현상이 일어났을 거야. 그러나 그 경우는 중독 증상의 발현방식이 달랐겠지. 증거를 남기거나, 감금된 피해자가 도망을 치거나, 유괴현장에서 누군가에게 목격당하거나. 그러나 구리하시는 그런 실수는 저지르지 않았어. 그렇게 심리적으로 불안정한 상태였음에도 조금의 실수도 없었어. 어떻게 그게 가능했을까? 그것은 그가 제삼의 인물이 쓴 각본에 따라 움직였을 뿐, 자신의 충동이나 감정으로 움직인 것이 아니었기 때문이 아닐까?"

다케가미는 얼굴을 찌푸렸다. 두통이 일었다.

"구리하시는 주역을 그만두고 싶었을까?"

"그렇지는 않았을 걸세. 그에게는 너무 재미있는 역이었으니까. 그러나 온전한 인간으로서 그 상황을 정신이 따라잡지 못했을 거야."

건축가는 그렇게 말하고 두 손으로 눈을 비볐다.

"이야기가 좀 복잡해졌지만, 이게 나의 생각이라네. 다케가미, 그 집은 범인들에게는 단순한 아지트 이상의 의미가 있는 장소야. 바로 무대야. 그리고 무대 뒤에는 대기실이 있고, 자신의 역할이 끝난 출연자는 모두 그곳으로 들어가지."

"그래서? 자네는 살해된 피해자의 유해가 모두 이 집 안에 숨겨져 있다는 건가?"

건축가는 크게 고개를 끄덕였다.

"정원이나 지하실 같은 곳, 또는 다락방일지도 몰라. 큰 냉장고가 있을지도 모르고. 어쨌든 바깥으로 나오지 않았어. 모두 그대로 남겨져 있지. 그러니까 무대만 찾아내면 돼."

"만일 자네 말대로라면,"

다케가미는 크게 숨을 들이쉬었다.

"극작가 겸 연출가도 그 무대에 있다는 건가?"

"그럼. 여기가 그의 장소, 홈그라운드이니까."

사진에 비친 피해자의 모습이 다케가미의 뇌리에 되살아났다. 그런 연극이 행해진 장소. 홈그라운드이자 무대.

"다시 말해 그놈, 즉 진범이자 각본을 쓴 연출가는 다카이 가즈아키가 아니라는 게 자네 의견인가?"

건축가는 약간 슬픈 표정으로 입술 끝을 늘어뜨렸다.

"그렇다네. 그런 점에서 나는 『또하나의 살인』을 쓴 아미카와라는 젊은이와 같은 의견이야. 이 사건은 절대로 세상물정 모르는 얌전한 메밀국수집 청년이 저지를 수 있을 만한 일이 아냐. 이 극작가 겸 연출가인 진범에게 다카이 가즈아키는 갑자기 무대에 올라와 효과를 내주는 엑스트라에 지나지 않았어."

다케가미는 건축가가 말하는 연극을 상상해보았다. 연속살인이라는 주제의 기획물. 관객은 전 국민. 모두가 마른침을 삼키며 이 사건의 진행을 지켜보고 있다. 피해자도 등장인물이다.

그렇다면 피해자들의 유족도 필연적으로 엑스트라로 등장할 수밖에 없다. 그들의 슬픔, 분노, 탄식을 그대로 무대극의 효과음으로 삼는다. 범인인 연출가가 특히 마음에 들어한 유족은 독백 장면도 만들어준다. 예를 들면 아리마 요시오……

다케가미는 눈을 들었다.

"계기는 무엇이었을까?"

"계기?"

"범인이, 연출가가 이런 연극을 시작한 계기. 동기라고 해도 좋겠지. 어떤 동기로 이런 짓을 시작했을까?"

건축가는 눈길을 돌렸다. 머릿속으로 생각하던 해답을 말해야 할지 망설이는 듯했다.

"범인은 살인을 하고 싶었던 게 아니야."

다케가미는 천천히 말을 이었다.

"자네 의견대로라면, 놈은 단지 이벤트를 벌이고 싶었던 거지. 간단히 말하면 창작활동. 그럼, 그 동기는?"

건축가는 테이블을 내려다보는 자세로 입을 열었다.

"창작활동에는 동기 같은 건 필요 없네. 작가나 화가에게 왜 그런 것을 만드느냐고 물으면, 그 사람들은 아마도 모두 똑같은 대답을 할 거야."

'그냥 하고 싶어서.'

두 사람은 약속이나 한 듯이 입을 다물었다. 프런트에 서 있는 종업원이 다케가미 쪽을 바라보고 있다. 무거운 침묵의 파도가 그에게까지 미친 건지도 모른다.

"그렇다면 아주 무서운 일이야."

다케가미의 낮은 목소리에 건축가는 고개를 끄덕였다.

"이놈이 창작가의 열정으로 살인극을 연출했다면, 죄의식 같은 건 눈을 씻고도 찾아볼 수 없을 걸세. 그런 만큼 약점을 드러낼 가능성은 거의 없다고 봐야 해."

범죄 수사란 범인이 저지른 실수를 찾아내는 작업이다. 범죄는 어렵다. 이 세상에서 가장 어려운 일 중의 하나이다. 아무리 머리가 좋은 범죄자라도 단 하나의 실수도 저지르지 않는 법은 없다. 완전범죄는 있을 수 없다. 그리고 범인을 쫓는 경찰은 그들이 저지른 실수들을 쫓는 것이다.

그렇다면 범죄자는 왜 그런 실수를 저지를까? 양심의 가책을 느끼고 실수를 저지르는 경우도 있다. 건축가의 말처럼 자신이 저지른 범죄에 자가중독을 일으켜 자멸하는 경우도 있다. 양심이란 개념을 처음부터 갖고 있지 않은 충동적인 범죄자의 경우가 극단적인 예이다. 놈들에게는 도덕이나 윤리 같은 개념이 없다. 그러나 자신이 저지른 일이 비일상적인 것이라는 의식은 있다. 선악에 관계없이 어쨌든 이질적인 행동이라는 것만은 본능적으로 이해하고 있는 것이다. 때문에 오히려 자신의 흔적을 숨기거나 속이려 노력하지 않는다. 그것을 무언가 다른 차원의 일로 느끼고 행동하는 것이다. 그 결과, 상식을 잣대로 추적하는 쪽에게 큰 단서가 되는 흔적을 남기고 만다.

어쨌든 기존의 범죄자상은 모든 면에서 건축가가 제시한 진범상과는 근본적으로 다르다. 이 진범은 일상과는 다른 무대를 만드는 것을 목적으로 하고 있기 때문이다. 아마도 그의 궁극적인 목적은 살인도, 여자를 감금해서 괴롭히는 것도 아닐 것이다. 그런 거창한 사건을 무대에 올려서 관객을 모으고 열광시키는 것에만 관심이 있을 뿐이다. 그로 인해 어떤 양심의 가책을 느낄 리도 없다. 처음부터 비일상성을 연출하고 있으므로, 좀더 완벽을 기하기 위해 그는 몇 번이고 각본을 뜯어고치고, 사태의 진행이나 그가 선택한 등장인물의 개성이나 역량에 따라 장면을 설정하고 대사를 새로 쓸 것이다.

연극은 지금도 진행중이다. 그리고 거기에서는 어떤 원인에 의해서건 의도하지 않은 실수는 나오지 않을 것이다. 다른 범죄자들과는 근본적인 목적이 다른 이 진범을 잡기 위해서는, 과거와는 다른 형태의 추적방법이 필요하다. 다케가미는 사건의 발단이 되었던 오가와 공원의 쓰레기통을 떠올렸다. 이 범인은 홈리스에게 절단된 팔을 버리도록 하고, 그 광경이 사진에 찍히는 것까지 계산했다.

물론 정말로 사진에 찍힐지 안 찍힐지는 보장할 수 없다. 그러나 설령 찍히지 않았다 해도 실수가 아니다. 단순히 실현되지 않은 연출일 따름이다.

그렇다. 이 진범에게는 실현되지 않은 연출은 있어도, 배우를 잘못 선택한 경우는 있어도, 부분적으로 대사가 매끄럽지 못한 경우는 있어도, 관객의 비난으로 무대의 막을 내리는 경우는 있을 수 없다. 연극의 진행을 중지시킬 수 있는 것은 오로지 연출가뿐이다.

"관객이 떠나면,"

건축가가 입을 열었다.

"연출가는 막을 내리고 돌아가겠지. 한때는 꽤 인기를 모았지만 슬슬 관객들이 지겨워하기 시작하면, 또 다른 걸 만들어내려고 머리를 굴릴 거야."

죄의식은 눈곱만큼도 느끼지 않고.

"자네는 아까 전 국민이 관객이라고 했지? 그러나 경찰이나 매스컴은 관객이면서 등장인물이기도 하겠지?"

건축가는 빙긋 웃었다.

"물론 그렇지. 그들도 무대에 올라갔지. 그런 움직임도 연출가가 의도한 바야. 경찰만이 아니야. 무대를 지켜보고만 있는 일반 관객도 언제 참가해야 할지 몰라. 관객 참가형 연극인 셈이지."

건축가는 다케가미 옆에 놓인 가방 쪽으로 턱짓을 했다.

"그 책, 『또하나의 살인』을 쓴 아미카와 고이치가 바로 그런 전형이야. 그는 연극의 줄거리에 화가 치밀어서 관객석에서 저도 모르게 일어서고 말았어. 그 순간 그에게도 역할이 주어진 거야. 이 등장인물이 참가함으로써 앞으로의 전개에도 변화가 일어날 거야. 그러나 진범은 이 것도 예상하고 있었을 거야. 다카이 가즈아키의 등장에 대한 이의가 제기되기를 기대하고 있었을 거야."

"거기까지……"

"그래, 예상하고 있었을 거야. 다시 처음으로 돌아가서 생각해보게. 구리하시와 다카이의 사고사는 우연이었어. 연출가도 깜짝 놀랐을 거야. 두 사람이 그런 식으로 죽을 줄은 꿈에도 생각하지 못했겠지."

"그렇다면 구리하시와 다카이의 사고사 이전에는 다른 각본이 있었다는 건가?"

"당연하지. 그게 어떤 것이었는지는 모르지만. 다만 그 각본 속에서도 다카이는 아마 중요한 역할을 맡게 되어 있었을 거야."

다케가미는 눈썹을 치켜올렸다.

"자네는 다카이가 왜 구리하시와 함께 행동했다고 생각하지?"

건축가는 다케가미의 가방을 보며 말했다.

"그 책을 어디까지 읽었나?"

"3장까지."

"그럼 거기 나왔을 텐데. 나는 그 의견에 찬성해."

아미카와 고이치는 이렇게 주장하고 있다.

다카이 가즈아키는 구리하시 히로미가 일련의 사건에 관련되지 않았을까 생각해서 그를 자수시키려 했다. 그러나 그 움직임을 진범 X가 눈치채는 바람에 위험에 빠지게 된 것이다.

"아미카와 고이치가 말했듯이, 다카이가 X에게 협박을 당했을 가능성이 있다는 건가?"

건축가는 고개를 저었다.

"거기까지는 모르겠어. 이건 어디까지나 추측에 지나지 않지만, 다카이의 성격과 구리하시와의 관계로 추론하건대, 가족을 해치겠다는 등의 직접적인 협박을 받지 않았더라도 다카이는 구리하시를 X에게서 떼어낼 때까지는 그를 경찰에 고발하지 않았을 거야. 다카이는 구리하시를 지켜주고 싶었어. 가능한 한 상처를 최소한으로 하면서 그를 현실로 돌려놓고 싶었던 거지."

다케가미는 얼굴을 찌푸렸다.

"마치 실제로 본 듯이 말하는군."

건축가는 큰 소리로 웃었다. 그의 웃음소리가 천장으로 울려퍼졌다.

"당연하지. 자네가 원한 게 이런 거 아닌가?"

"아미카와의 견해에 너무 전적으로 동조하는 게 아닐까?"

건축가는 현역 시절의 눈길로 돌아와 다케가미를 바라보았다.

"내가 아미카와의 책을 읽은 건 내 관점을 세운 다음이었네. 구리하시는 주역이긴 하지만 주범은 아니다. 각본을 쓴 놈은 따로 있고, 그놈이 모든 것을 주관했다. 이런 확신을 가지고 모든 것을 맞춰보았지. 그리고 내 생각이 틀리지 않았다면 얼마 안 있어 어떤 형태로든 다카이 가즈아키를 옹호하는 의견이 나올 것이고, 진범은 그것을 기다리고 있을 것이라고 생각했어. 바로 그때, 아미카와가 등장한 거지."

다케가미는 가방에서 아미카와의 책을 꺼냈다. '또하나의 살인'이라는 제목만 봐도 알 수 있듯이, 그는 다카이 가즈아키 또한 진범 X의 희생자에 지나지 않는다고 주장하고 있다.

"본부에서도 진범은 따로 있다는 의견이 제기되었다고 자네도 말하지 않았던가? 그 사람들은 다카이의 위치를 어떻게 설정하고 있나?"

"제각각이야. 우연히 구리하시와 같이 행동했을 뿐 사건에 대해서는 아무것도 몰랐다는 설도 있고, 구리하시와 진범 X를 잘 알고 있으며 그들에게 거역할 수 없어 방관만 하고 있던 제삼자라고 주장하는 설도 있어."

다케가미는 책을 테이블 위에 올려두고 새 담배에 불을 붙이고는, 건축가에게 겐자키 류스케의 홈페이지에 대해 설명했다. 건축가는 눈을 반짝였다.

"그래서 어떻게 하려고?"

"딸에게 그 홈페이지에 접속해서 글을 올리라고 부탁했어. 그래서 미수사건의 보고자들과 개인적으로 메일을 주고받을 수 있게 되었네."

건축가는 몇 번이나 고개를 끄덕였다.

"자네는 그걸 본부에 보고할 생각인가?"

다케가미는 고개를 저었다.

"왜지? 중요한 증언이 될지도 모르는데."

"본부는 인터넷에 올라오는 정보 따위는 거의 쓰레기라고 생각해. 자네도 형사 시절의 사고방식을 한번 떠올려봐. 그곳은 익명의 세계야. 무슨 일이든 있을 수 있어. 그런 데서 오가는 정보는 거의 신빙성이 없다고 봐야 해."

"익명의 제보가 사건 해결로 이어진 경우도 있지 않나."

"물론 그래. 그러나 그 확률은 어느 정도지? 만 분의 일? 인터넷의 정보는 그보다 더 확률이 적어. 일일이 신경써가며 조사하다가는 몇 년이 걸릴지 몰라."

흠, 하고 콧소리를 내더니 건축가는 빙긋 웃었다.

"그래서 딸에게 맡긴 거군."

"그래, 개인적인 조사일세. 나는 데스크 담당일 뿐 본부의 수사에는 일절 관계하지 않아. 취미로야 뭘 하든 상관없으니까."

건축가의 웃음소리가 점점 커졌다.

"다케가미, 만약 그 미수사건의 보고자와 대면해서, 그녀가 자신을 습격한 두 사람 가운데 한 사람은 구리하시 히로미와 비슷하지만 또 한 사람은 다카이 가즈아키가 아니라고 한다면 어쩔 건가?"

"어쩌긴 뭘."

다케가미는 퉁명스럽게 말했다.

"덮어둘 걸세. 그 증언만으로는 뭘 어쩔 수 없어. 목격증언, 게다가 나중에 나온 증언일수록 믿을 만한 게 못 된다는 것이 상식이니까. 그리고 그 미수사건을 저지른 남자가 이번 사건의 두 범인과 동일인물이라는 전제 자체가 이미 잘못되어 있어. 여자를 차에 태우고 폭력을 가하려 한 남자들은 전국에 수두룩하니까."

"그럼 왜 그 홈페이지를 살펴보는 건가? 시간 낭비잖아?"

"그러니까 나의 개인적인 취미라고 했잖나."

다케가미는 담배연기를 내뿜었다.

"난 말일세…… 지금까지 말로는 좀처럼 표현하지 못했지만 오늘 이렇게 이야기를 하는 사이에 뭔가 깨달은 게 있어. 흥미가 생겼어. 그래서 조사해보고 싶네."

"무슨 흥미?"

"이번 사건이 사회에 대해 끼치는 영향."

그렇게 말하고 다케가미는 웃었다.

"그건 너무 추상적이군. ……이렇게 말하는 게 어떨까. 이번 범인들은 연속살인의 실황중계라는 전대미문의 행동을 했어. 그리고 그 중계가 한참 열기를 더해가던 도중 불가사의한 죽음으로 수수께끼를 남겼어. 이런 엄청난 각본이, 직접적으로 사건과 관계없이 지극히 평범한 삶을 살아가는 사람들의 마음속에 어떤 감정을 불러일으키는지, 나는 그것을 알고 싶어. 특히 피해자들과 같은 세대의 여성들이 이런 터무니없는 짓을 저지른 범인들과 그들이 존재하는 이 사회에 대해 어떤 감정을 갖고 있는지, 이것이 어떤 악영향을 남기고 어떤 부정적인 요인으로 계승되어갈지를."

인터넷 상의 미수 보고는 착각일지도 모르고 처음부터 지어낸 이야기일지도 모른다. 그러나, 그렇다고 해도 왜 그런 착각이나 창작이 생겨나는지를 탐구해보는 것에도 의미가 있다. 그런 모래 위의 누각은 사회가 이번 사건을 소화하는 과정에서 필요에 의해 만들어진 것일 테니까.

그리고 그런 창작의 에너지는, 다름아닌 범인들이 사건을 만들어낸 에너지와 같은 뿌리에서 나오는 것이 아닐까, 하고 다케가미는 생각했다.

잠시 입을 다물고 있다가 건축가가 말했다.

"그럼 자네는 내 의견을 듣기 전부터 이번 사건이 거창한 기획물이란 것을 알아채고 있었단 말이 아닌가?"

"그렇게 되나……"

"그럼. 자네는 대히트를 친 이 연극의 어떤 부분이 관객에게 어필하고 있는지, 무엇이 관객을 자극하고 있는지, 그것을 알고 싶다는 거 아닌가."

건축가는 손을 뻗어 『또하나의 살인』을 집어들었다. 표지를 넘기자 아미카와 고이치의 사진이 나왔다.

"새로운 등장인물."

건축가는 그렇게 중얼거리고 다케가미를 바라보았다.

"다케가미, 진범 X는 빠르건 늦건 그에게 접촉해올 거야. 어떤 형태일지는 모르겠지만, 반드시 접촉해올 걸세."

다케가미도 같은 생각을 하고 있었다.

17

달력이 1월에서 2월로 넘어가자마자 쓰카다 신이치는 아리마 두부가게를 찾아갔다. 찬바람이 부는 추운 날이었다. 역에서 내려 오 분 정도 걷자 손가락 끝의 감각이 없어지고 귀가 떨어져나갈 듯이 아팠다.

아담한 가게였다. 정면 셔터가 내려져 있고, 거기에 손으로 글씨를 쓴 종이가 붙어 있었다.

'손님 여러분께. 오랫동안 우리 아리마 두부가게를 사랑해주셔서 감사합니다. 올해 1월 30일로 문을 닫게 되었습니다. 고객 여러분께 진심으로 감사드립니다. 주인 백.'

아리마 요시오가 썼을 것이다.

이시이 부부의 집으로 돌아가자마자 신이치는 아리마 요시오에게 전화를 걸었다. 직원인 듯한 남자 목소리가 들리고, 신이치가 이름을 대자 놀란 목소리로 요시오를 불렀다.

"오, 신이치. 잘 지냈니?"

노인의 목소리는 밝았다. 신이치는 마에하타 시게코의 집을 나와서 이시이 부부 집으로 돌아왔다고 말했다. 이제는 도망치지 않을 거라고 했다.

"흠, 그랬구먼."

노인의 반응은 담백했다. 신이치는 좀 김이 빠졌다. 잘했어, 힘내, 하고 연장자답게 격려의 말을 해주기를 바랐다.

"앞으로는 어떻게 할 생각이지? 학교에는 갈 거니?"

"아직 결정 안 했어요. 아저씨 아주머니랑 의논해볼 생각이에요."

"그래, 그럼 우리집에 와서 좀 도와주지 않겠나? 아르바이트로 말야."

가게 문을 닫을 생각이라고 노인은 말했다.

"지난번에 말했듯이 가게를 닫기로 했는데, 정리하는 게 보통 일이 아냐."

신이치가 대답을 망설이자 노인은 말을 이었다.

"외로운 사람끼리 서로 위로하자는 그런 말이 아니야. 도와줄 사람을 구하기가 영 힘들어. 그렇다고 이삿짐센터를 부르기도 그렇고."

신이치는 알겠다고 했다. 아리마 요시오는 친절하게 대해주었다. 그 마음을 접하면서 뭔가를 배울 수 있을지도 모른다고 생각했다. 그러나 한편으로는 요시오가 걱정되기도 했다.

아미카와 고이치의 『또하나의 살인』이 세상에 나오자 연속 여성 유괴살인사건에는 극적인 변화가 일어났다. 다카이 가즈아키는 구리하시 히로미의 공범이 아니라 오히려 피해자이며, 진범 X는 아직도 건재하다는 아미카와의 주장을 둘러싸고 텔레비전과 잡지에서 연일 시끄럽게 떠들어대고 있었다.

아리마 요시오에게도 취재기자들이 밀려오고, 그 모습이 텔레비전에도 방영되었다. 아미카와 고이치의 주장을 어떻게 생각하십니까? 의견은? 요시오는 아무 대답도 하지 않고, 장사에 지장이 있으니 돌아가라고만 했다. 아미카와의 텔레비전 출연 이후 이삼 일 정도 아리마 두부 가게는 장사를 할 수 없을 정도였다.

히다카 치아키의 어머니도 취재 공세를 받았다. 그러나 아무리 현관 초인종을 눌러도 나오지 않았다. 아미카와 고이치의 등장에 밀린 감은 있었지만, 그녀가 얽혀들었던 아사이 유코라는 가짜 변호사 사건도 사진주간지의 보도로 세간에 알려졌다. 그렇지 않았다면 경찰도 모르고 있었을 사건이었다.

아니나 다를까 아사이 유코와 동료 남자는 사기꾼이었고, 사건의 피해자 유족을 모아 착수금 명목으로 돈을 갈취하는 것이 목적이었음이 밝혀졌다. 아사이 유코는 사기 용의로 체포되었지만, 남자는 도망쳐버렸다. 둘 다 사기 전과자였다.

신이치가 보았던 그 뉴스 프로그램에서 게스트로 등장한 한 변호사는 화를 내면서 열변을 토했다. 앞으로도 흉악사건의 피해자 유족을 타깃으로 삼은 비슷한 사기사건이 일어날 가능성이 있다고 주의를 주었다.

"주위 사람이 갑자기 범죄의 희생양이 되는 일은 일반인에게 너무도 갑작스럽고 익숙하지 못한 상황입니다. 그러므로 피해자 본인이나 유족은 그런 사태에 어떻게 대처해야 할지 모르는 게 당연합니다. 매뉴얼이 없으니까요. 악의를 품은 인간이 친절을 가장하고 접근해와도 막을 수 없습니다. 그러므로 그런 사람에 대해서는 늘 사기가 아닌지 의심해 볼 필요가 있습니다."

그 변호사는 또한 이런 사기꾼의 창궐을 막기 위해서는 국가나 지자체에서 하루빨리 범죄 피해자와 유족을 지원하는 전문기관을 설립해야 한다고 역설했다.

다른 뉴스 프로그램에서는 미야케 미도리의 아버지가 출연해 이다바시의 호텔에서와는 전혀 다른 냉정한 어조로 손해배상 소송 사기와 아사이 유코라는 사기꾼에 대해서는 생각도 하기 싫다고 말했다. 또한 아미카와 고이치와 『또하나의 살인』에 대한 질문에는, 자신은 책도 읽지 않았고 경찰이 아직 수사중이라 뭐라 말하기 힘들다고 했다.

"만일 정말로 진범 X가 따로 있다면 어떻게 생각하십니까?"

물러나지 않는 기자에게 미야케 미도리의 아버지는 떨리는 목소리로 이렇게 대답했다.

"만일? 난 만일이란 표현을 그런 식으로 사용하지 않아요. 만일 미도리가 살아 있다면 얼마 좋을까, 그런 생각뿐이에요. 그게 아닌 만일은 생각해볼 여유도 없습니다."

신이치는 마에하타 시게코에게 유족의 심정에 대해 말한 적이 있었다. 미야케 미도리의 아버지의 그 발언은 바로 그런 심정을 그대로 나타내는 것이었다.

다른 '만일'을 생각할 여유가 없다. 그러나 아미카와 고이치의 주장을 완전히 무시해버릴 수는 없다. 여유가 없는 가운데서도 생각해보지 않을 수 없는 문제를 제기한 것이다.

아리마 요시오도 마찬가지였다.

신이치는 요시오의 연륜을 존경하고 있었지만, 그 노령은 걱정스러웠다. 혹시 자신이 할 수 있는 일이 있다면 하고 싶었다. 요시오는 부정적으로 말했지만, 외로운 사람끼리 서로 위로하는 것도 나쁘지 않다고 생각했다. 그래서 아리마 두부가게로 가기로 결심한 것이었다.

아리마 요시오는 반갑게 맞아주었다. 신이치는 인사를 하고 그 옆에 앉아 있는 삼십대로 보이는 남자에게도 가볍게 목례를 했다.

"수사본부의 형사님이야. 오늘 병원에 갔더니 마치코를 살피러 와주셨더군."

덩치 큰 형사는 자리에서 일어나 신이치에게 인사를 했다.

"반갑네. 아키쓰라고 해."

신이치가 이름을 기억하는 형사는 다케가미라는 중년 형사 한 사람뿐이다. 아키쓰라는 형사는 인상이 좋았다. 후루카와 마치코를 문병했다는 사실 하나만으로도 좋게 평가해도 될 것 같았다.

신이치는 요시오가 내민 파이프 의자에 앉으면서 텅 빈 가게 안을 둘러보았다.

"큰 기계는 모두 가져갔어."

아리마 요시오는 쓸쓸한 표정으로 말했다.

"나머지는 폐기처분할 것뿐이야."

반대편 벽에 작은 벨트 컨베이어가 달린 기계가 붙어 있었고, 거기서 기름 냄새가 풍겼다.

"정말로 닫으시는 겁니까?"

아키쓰 형사가 쓸쓸한 눈길로 요시오를 바라보았다.

"손님도 많았던 것 같은데, 정말 아쉽군요."

"요즘은 그렇지도 않아요. 손님이 영 줄었지."

"사건과 관계도 없는데 말이죠."

"손님에게는 관계가 있지요. 왠지 모르게 찜찜하니까. 나도 아주 이해 못 하는 건 아니오."

"가게를 옮기는 건 어떻습니까?"

"그건 안 돼요."

요시오는 고개를 저었다.

"난 벌써 일흔둘이라오. 다른 곳에서 새로 시작하는 건 무리지."

대화 내용으로 보아 꽤 친밀한 사이 같았다. 아키쓰 형사가 아리마 담당인지도 모른다. 생각해보면 요시오는 단지 피해자의 가족일 뿐 아니라 전화로 범인들과 대화를 나눈 중요한 관계자이기도 하다.

"신이치, 아리마 씨를 도와주러 왔다며?"

아키쓰가 넉살 좋게 말을 걸며 신이치 쪽을 돌아보았다. 신이치는 말없이 고개를 끄덕이고 주위를 둘러보다가 문득 책상 위에 『또하나의 살인』이 펼쳐져 있는 것을 보았다.

"그 책, 읽어봤니?"

아키쓰가 물었다.

"아뇨, 안 읽었어요. 텔레비전만 봤어요."

"저자가 나왔다고 하더군."

신이치는 요시오에게 물어보았다.

"할아버지는 읽어보셨어요?"

"반 정도."

"안 읽어도 된다고 말하고 싶군."

아키쓰가 끼어들었다.

"불안만 조장하는 글이야."

"진범 X는 아직 살아 있다고⋯⋯"

"무책임한 말이야" 하고 아키쓰가 내뱉듯이 말했다.

"피해자의 감정을 전혀 고려하지 않은 발언이라구."

신이치는 알아차렸다. 아키쓰라는 형사가 후루카와 마치코를 문병한 것은 아리마 요시오에게 이 말을 하고 싶었기 때문이다. 현재의 수사본부의 방침에 반대하는 책이 화제가 되자, 그것이 피해자 유족에게 어떤 영향을 끼칠지 걱정이 되어 살피러 온 것이다.

아키쓰는 본부로 돌아가야 한다면서 자리에서 일어섰다. 아리마 요시오는 몇 번이나 감사의 인사를 하고 형사를 배웅했다. 그리고 신이치와 둘만 남자 조금 피곤한 목소리로 말했다.

"경찰도 그 책 때문에 골치를 썩고 있는 모양이야."

신이치는 놀랐다.

"할아버지도 그렇게 생각하고 계셨어요?"

"응, 그렇지만 저 아키쓰라는 젊은 형사는 나쁜 사람이 아냐. 지난번에도 마치코를 살피러 왔고, 가끔 수사 진행상황을 알려주기도 해."

신이치는 책상으로 다가가 책을 집어들었다. 마침 사고 현장인 그린로드의 사진이 실린 부분이었다.

"여기까지 읽으셨어요?"

"전부 읽었어."

아리마 요시오는 웃었다.

"아키쓰 때문에 반만 읽었다고 했지."

"어떠셨어요?"

"아직 모르겠어. 이 내용이 사실인지 아닌지. 경찰의 의견과는 완전히 다르니까. 순순히 받아들일 수도 없지만, 그렇다고 무시할 수도 없어. 스스로의 힘으로 조사해보지 않으면 안 돼."

신이치는 야윈 노인의 얼굴을 바라보았다.

"할아버지?"

사실을 알고 싶다, 그래서 다카이 유미코를 만나고 싶다고 요시오는 말했었다.

"나도 마에하타 씨 흉내를 한번 내볼 생각이야."

요시오는 단호하게 말했다.

"취재라는 게 그렇게 어려운 건가? 사람을 만나서 이야기를 들어보면 되지 않겠나? 나라고 못 할 게 없을 것 같은데."

"진심이세요?"

저도 모르게 묻고 말았다. 아리마 요시오는 진지한 표정이었다.

"물론 진심이지."

"스스로 조사한다는 건, 구체적으로 어떤 건가요? 누구를 만날 생각이세요?"

노인은 손가락으로 콧등을 긁었다.

"아무래도 처음은 다카이 유미코지."

"그 사람이 또 흥분하면 어떡하시려고요?"

"이제 그러지는 않을 거야."

"어떻게 자신할 수 있어요?"

"그후에 우리집에 전화가 왔었어."

"유미코 씨가요?"

"그래, 그…… 이 책을 쓴 아미카와라는 남자를 바꿔주더군."

신이치는 아미카와의 사진을 보았다. 느낌이 좋은 얼굴이었다. 일부러 연출이라도 한 것 같은 얼굴이었다. 무엇을 위해 이런 표정을 연출했지? 하고 자신에게 물어보았다. 누구를 위해서? 나는 왜 이런 생각을 하는 거지?

"나에게 사죄하고 싶다고 전화로 울었어."

"그 사람은 눈물이 무기니까요."

신이치의 신랄한 말에 아리마 요시오는 다시 코끝을 손가락으로 긁었다.

"아미카와 고이치는 무슨 말을 하던가요?"

"그 호텔에서 우리가 모이는 것을 자기가 마에하타 씨에게 듣고 다카이 유미코에게 가르쳐주었다고. 그래서 자신에게도 책임이 있다고 하면서 깍듯하게 사과하더군."

"사과하는 걸로 끝난다면 경찰이 무슨 필요가 있겠어요."

"너무 화내지 마."

아리마 요시오는 파이프 의자를 끌어당겨 앉았다. 콘크리트 바닥에 의자 다리가 긁히는 소리가 났다.

"내가 너한테 아르바이트를 부탁한 게 잘못인지도 몰라."

신이치는 책상 쪽으로 앉아 있어서 아리마 요시오의 얼굴을 볼 수 없었다.

"그렇지만 난 너와 천천히 이야기를 나누어보고 싶었어. 나와 너는 잔혹한 사건의 피해자 유족인 것은 같지만, 입장도 다르고 애당초 사건 자체도 다르니까, 이야기를 해본들 아무 도움도 안 될지도 모르지. 그래도 난 너를 그냥 내버려둘 수 없어. 귀찮은 간섭인지도 모르겠지만 말이야."

신이치는 작은 목소리로 말했다.

"간섭이라도 괜찮아요."

"그래?"

"저도 간섭하고 있잖아요. 할아버지가 걱정돼서 아르바이트를 받아들인 거고요."

노인은 웃었다. 그 목소리는 아주 부드럽고 밝았다.

"이 늙은이를 걱정해주다니 고맙구면."

"제 몸 하나 돌보지 못하는 제가 그런 걱정을 할 자격이 있는지 모르겠어요."

아리마 요시오는 고개를 저었다.

"그렇지 않아. 너 같은 젊은이가 그런 말을 하면 안 되지."

"그런 말이라니요?"

"자기는 자격이 없다는 말. 이러저러한 생각을 하고 그렇게 하려고 했는데, 사실 그건 거짓이었다, 마음속 깊은 곳에는 다른 이러저러한 동기가 숨어 있었기 때문에 그런 실수를 한 것이다, 뭐 그런 말들 말이야."

그 말이 너무도 정확히 자신의 마음을 찌르는 바람에 신이치는 저도 모르게 미소를 지었다.

요시오도 웃으면서 말을 이었다.

"요즘 젊은이들은 어떻게 그런 말을 할 수 있는지, 난 너무 신기해. 그렇게까지 안 해도 되지 않을까. 자기 자신을 너무 깊이 분석하는 건 좋지 않아."

신이치는 책상에 기대 발치를 내려다보았다. 회색 콘크리트 바닥은 깨끗이 정리되어 있었지만 지워지지 않는 얼룩이 군데군데 남아 있었다. 아리마 요시오는 삼사십 년 동안 매일 여기서 두부를 만들고, 그것을 팔아 생활해왔다. 정말 오랜 세월이다. 이 얼룩도 그런 아리마 요시오의 족적이다. 젊었을 때도 지금 같은 인격을 가지고 있었을까? 신이치 정도의 나이였을 때는? 일일이 자신의 마음을 분석하는 일 없이 오로지 일에만 전념했을까?

"자신에게 닥친 불행을 극복하기 위해 악전고투하는 건 나쁜 일이 아냐."

아리마 요시오는 어투를 바꾸어 조용히 말했다. 이윽고 신이치는 눈길을 들어 노인을 바라보았다.

"모두가 그렇게 하고 있어. 나도 그래. 미야케 씨도, 히다카 씨도 있는 힘을 다해 사건의 후유증에서 벗어나려고 몸부림치고 있어."

신이치는 그날, 미야케 미도리의 아버지가 다카이 유미코를 덮칠 때의 그 표정과 말투를 떠올렸다.

"내가 조사하고 돌아다녀봤자 아무 소용이 없을지도 몰라. 경찰이 싫어할지도 모르고. 그렇지만 난 이렇게 가만히 있을 수 없어. 내가 그렇게 한다고 마리코가 살아돌아오지도 않을 테고, 마치코가 제정신을 차리지도 않을 거야. 무언가를 되돌리려고 해봤자 모두 헛일이라는 거지."

헛일이다. 그렇지만……

"그래도 난 발악을 하고 싶은 거야. 나나 마리코나 마치코나 누군가에게 상처를 입히거나 못된 짓을 하고 살아오지 않았어. 적어도 이런 큰 벌을 받아야 하는 잘못은 저지르지 않았어. 그렇지만 마리코는 그렇게 비참하게 죽고, 마치코는 머리가 이상해지고, 나는 가게까지 잃고 외톨이가 되고 말았지. 이대로 잠자코 앉아서, 또 무언가가 다가와 얼마 남지 않은 내 인생을 빼앗아가는 것을 묵묵히 기다리고만 있을 수는 없어."

"그렇지만 결과는 마찬가지일지도 몰라요. 할아버지도 그렇게 말씀하셨잖아요."

"아, 물론 그렇지. 하지만 지금은 결과가 중요하지 않아. 어떤 결과든 받아들이기 힘든 건 마찬가지야. 그렇지만 이제는 주어지는 대로 받아들이는 게 싫어."

요시오는 신이치 쪽으로 몸을 기울였다.

"너도 한때는 마에하타 씨의 일을 도왔지 않나? 왜 이런 잔혹한 일이 일어나는지 알고 싶다며 말이야."

신이치는 세차게 고개를 저었다.

"그건 그냥 해본 말이었어요."

"그래도 좋아. 그때 너는 뭔가를 하려고 했으니까."

"아니에요!"

신이치는 저도 모르게 고함을 치듯이 말했다.

"제게는 그런 적극적인 의도는 없었어요. 시게코 씨 집에 있었던 것도 달리 갈 곳이 없어서였어요. 그래서 르포가 발표되기 시작하자 이제는 범죄라는 말도 듣기 싫어서 집을 나가겠다고 했어요. 사실은 그때 이미 나갈 결심을 했던 거라구요!"

"그럼 왜 그때 바로 나오지 않았니?"

"다카이 유미코가 나타나서 시게코 씨에게 이런저런 말을 하기 시작했고, 그래서 저는……"

신이치는 혀가 꼬여 말을 멈추고 침을 꿀꺽 삼켰다.

"마음에 걸렸어요. 시게코 씨가 그 사람의 말을 그대로 받아들여서 피해자 가족의 심정을 전혀 고려하지 않는 글을 쓰지는 않을지. 그래서 남은 거예요. 유족의 고통을 배려하지 않은 그런 글이 나오지는 않을까 감시하려고 남은 거예요."

"그것도 뭔가를 하고 싶었다는 증거가 아닐까? 그런 생각을 한 것은 아주 옳았다고 생각해."

"그렇지만 사실은 아저씨 아주머니 집으로 돌아갈 결심이 서지 않아서, 그래서 유미코 씨 일을 핑계 삼아서……"

"저 저, 또 저러지. 사실은 그게 아니었다, 사실은 이랬다, 그런 말은 이제 그만둬. 네가 그때 생각한 게 네 진심이야."

신이치는 입을 다물었다. 저도 모르게 입술이 떨렸다.

"너도 늘 뭔가를 하려 했어. 자신의 불행을 넘어서기 위한 길이 없을까 늘 찾고 있었어. 그 순간순간마다 넌 항상 올바른 방향을 택했어. 그렇지만 곧 가슴이 답답해지고 아파오니까, 역시 이건 진심이 아니라며 그만둔 거지. 꼭 누가 야단이라도 치는 것처럼 변명을 만들어내면서. 그렇지만 아무도 너를 탓하지 않아. 네 인생은 네 것이야. 앞으로의 인생도 마찬가지야. 누구한테 일일이 물어보고 행동할 필요 없어. 자신을 위할 수 있는 것을 자유롭게 생각하면 돼."

"그렇지만 전 할아버지하고는 달라요!"

신이치는 외쳤다.

"전…… 저 때문에……"

"그 사건은 네 탓이 아냐."

큰 소리는 아니었지만 단호하고 짧은 그 한마디는 신이치의 입을 다물게 할 만큼 충분한 박력을 가지고 있었다.

"네가 부주의하게 그런 말을 한 건 사실이야. 하지만 그건 친구와 나눈 잡담이었어. 입장을 바꾸어서, 친구가 그런 말을 했다고 하면 넌 그 친구를 질책할 건가? 아닐 거야. 아무도 그러지 않을 거야. 물론 이 사건에서도 유족들은 모두 자책에 빠져 있어. 미야케 씨나 히다카 씨도 마찬가지야. 그때 이랬으면 좋았을걸, 이러지만 않았으면 그런 일은 일어나지 않았을 텐데, 그런 생각뿐이야. 너는 너에게는 자책할 수밖에 없는 이유가 있지만 우리는 그렇지 않다고 했지? 하지만 그렇지 않아. 넌 자신을 책망할 이유가 조금도 없어. 우리와 마찬가지야."

숨이 차는지 요시오는 입을 다물었다.

"시게루가 집을 나갔을 때 어떻게든 설득해서 말렸다면, 이런 사건은 일어나지 않았을지도 몰라. 마리코가 행방불명이 되었을 때 좀더 적극적으로 나서서 텔레비전 같은 데 호소했더라면 마리코가 아직 살아 있었을 때에 범인이 내게 연락을 해왔을지도 몰라. 맨 처음 범인에게서 전화가 걸려왔을 때, 시키는 대로 혼자서 플라자 호텔로 가지 말고 경찰에 연락을 했더라면 마리코를 구할 수 있었을지도 몰라."

"할아버지……" 신이치는 저도 모르게 신음처럼 말했다.

"그렇지는 않아요, 그때는 마리코 씨는 이미……"

"알고 있어. 그건 말할 것도 없어. 하지만 내가 이러지 않았으면 마리코는 죽지 않았을 거야, 하고 하루하루 생각하지 않고는 견딜 수 없어. 네가 친구랑 아무 생각 없이 이야기를 나눈 것 때문에 가족이 죽어버렸다고 자책한다면, 내가 이런 생각을 하며 자신을 괴롭히는 것도 어쩔 수 없는 것 아닌가?"

요시오는 숨이 찬 듯 말을 멈추었다. 깊이 숨을 들이쉬고 다시 입을 열었다.

"하지만 그건 모두 착각이고 잘못이야. 현실을 생각해봐. 마리코를 죽인 건 내가 아니고, 네가 부모와 여동생에게 손을 댄 것도 아냐. 범인은 따로 있어. 그걸 잊어서는 안 돼. 절대로 안 돼."

무릎이 떨려 신이치는 바닥에 주저앉아 두 손으로 머리를 감쌌다. 아리마 요시오는 천천히 의자에서 일어나 신이치에게 다가갔다. 그리고 그 옆에 같이 쭈그리고 앉았다.

"살인이 잔혹한 것은, 살인이 피해자를 죽이는 데 그치지 않고 그 가족의 생활과 마음까지 서서히 죽여가기 때문이야. 하지만 그 가족을 죽이는 것은 살인자 본인이 아니라 그 가족들 자신의 마음이야. 정말 웃기는 이야기지만, 사실이 그래. 난 그게 싫어. 난 아무리 자신을 책망해도, 조금씩 죽어가도, 가만히 이를 악물고 버틸 수 있을 정도로 강한 인간이 아냐. 이제 더이상은 싫어."

요시오는 신이치의 머리에 손을 올리고 말했다.

"이번에는 이 할아버지 옆에서 나를 도와줘. 내가 어떤 발악을 하는지 지켜봐. 그러면서 너도 자신을 용서하는 방법을 터득해나가는 거야."

노인의 손이 가볍게 신이치의 머리를 쓰다듬었다.

"너를 가장 괴롭히고 있는 건 히구치 메구미가 아니야. 바로 너 자신이지. 그애도 그것을 아니까 그렇게 쫓아다니는 것이고, 네가 괴로워하는 것을 보고 어떤 마음의 위안을 느끼는 거야."

신이치는 고개를 들어 노인을 보았다.

"마음의 위안이요······?"

"그럼. 나만 불행한 게 아니다, 내가 나쁜 게 아니라고 그애는 생각하는 거지."

우리는 모두 희생자라고 히구치 메구미는 말했었다.

"너는 이제 도망치지 않는다고 했지. 그건 아주 대단한 일이야. 멋진 결단이야. 그렇지만 도망치지 않고 이 자리에 머문다고 해결되는 건 아니야. 이제 그애에게 말을 해줘. 이제부터 나는 자책하지 않고 어떻게 하면 그 자책에서 벗어날 수 있을지를 생각하고 있다고 말이야."

신이치는 중얼거렸다.

"그애는 먼저 자기 아버지를 만나달라고 할걸요. 내가 잘못했다고 생각한다면 직접 그것을 인정하라고 말이에요."

"그럼 이렇게 말해주렴. 내가 느끼는 죄의식은 내가 알아서 처리하겠다, 너의 지시는 필요 없다, 너도 너의 상처를 어떻게 치유할지 스스로 생각해라, 아버지 핑계를 대지 말라고 말이야."

아버지 핑계를 대지 마.

무슨 말을 하고 싶었지만 신이치는 입술이 떨려 말을 할 수 없었다. 그러나 신이치는 오랜 병마에서 깨어나는 하나의 징후를 본 듯한 기분이었다. 마음 한구석에 자리잡고 있던 검은 덩어리가 빠져나간 느낌이었다. 상처는 아직도 아물지 않았다. 하지만 그 병의 원인은 제거했다.

신이치는 울었다. 길게, 많이 울지는 않았다. 하지만 마음 놓고 눈물을 흘릴 수 있는 기쁨을 누렸다.

아리마 요시오는 신이치를 말없이 안아주었다.

누군가의 팔에 안겨보기는 정말 오랜만이었다. 아주 억세고 따스한 팔이었다. 그것은 단지 부모나 어른의 팔이 아니었다.

고통스러운 길을 함께 걸어갈 동지의 팔이었다.

그날은 둘이서 가게와 집을 청소했다. 저녁에 요시오는 마치코가 입원한 병원으로 향했다. 신이치도 도중까지 같이 가면서 앞으로의 일에 대해 의논했다.

"다카이 유미코를 만나는 것은 경찰에 알리지 않을 생각이야. 마에하타 씨가 알면 좋지 않으니까."

"물론 저는 말하지 않겠지만, 할아버지에게는 오늘처럼 경찰이 오곤 하잖아요?"

"일단은 내가 직접 장수암을 찾아갈 생각이야. 낮 시간은 안 좋으니까, 저녁때."

"유미코 씨가 열쇠를 가지고 있으니까 안 될 건 없을 거예요."

"그리고 다카이 가즈아키의 방을 한번 보고 싶어."

아리마 요시오는 그렇게 말하고 고개를 저었다.

"물론 방을 본다고 해서 뭔가를 알 수 있는 건 아니지만."

"마음 약해지시면 안 돼요. 아까처럼 힘을 내셔야죠."

신이치의 그 말에 노인은 웃었다.

집으로 돌아가는 길에 신이치는 집 앞에 히구치 메구미가 기다리고 있으면 좋겠다고 생각했다. 지금 이 기분으로 그녀에게 말해주고 싶었다.

그러나 현관 앞에는 아무도 없었다. 서쪽 하늘만 붉게 물들어가고 있을 뿐이었다. 문을 열고 안으로 들어서자 이시이 요시에가 얼굴을 내밀었다.

"신짱, 어디 갔었니? 손님이 와 있는데."

"손님이요?"

마에하타 시게코일까?

"안녕. 갑자기 찾아와서 미안해."

밝은 목소리가 들려왔다. 신이치는 신발을 벗다 말고 멍하니 선 채 눈을 크게 떴다.

"화해하려고 왔는데, 괜찮아?"

미즈노 히사미가 두 손을 뒤로 숨기고 수줍은 듯이 웃으며 서 있었다.

18

1월 22일 밤 HBS에 첫 등장한 이래로 아미카와 고이치는 매일같이 방송에 출연하는 몸이 되었다. 진지한 자세, 시원스러운 말솜씨, 단정한 용모와 온화한 웃음. 어디서든 그의 인기는 최고였다. 어떤 방송국은 일부러 그가 주장하는 '진범 X설'에 의문을 제기하는 게스트를 불러 도발적인 질문을 던지기도 했지만, 아미카와는 늘 냉철하고 열정적이면서도 예의를 갖추어 멋지게 답변했다.

그가 등장하는 뉴스 프로그램이나 와이드쇼는 높은 시청률을 기록했고, 그에 따라 책도 날개 돋친 듯 팔려나갔다.

세상의 주목을 한 몸에 받고 있는 아미카와 고이치에 대해 수사본부는 침묵을 지키고 있었다.

1월 30일, HBS는 다시 골든타임에 특별방송을 편성해 아미카와를 출연시켰다. 거기서 그는 아카이 산의 유령빌딩 앞에 섰다. 그의 상대는 HBS의 메인 뉴스 프로그램을 진행하는 남자 캐스터로, 두 사람의 대화는 치밀하고 수준 높은 내용이었다.

민감한 시청자라면 이때 느꼈을 것이었다. 이 남자 캐스터의 말 가운데 어렴풋이 비쳐나는 아미카와 고이치에 대한 의구심을. 이 남자 캐스터는 HBS의 윗선에서 특별방송 편성을 지시하자 거기에 반대하며 출연하고 싶지 않다는 뜻을 전했다. 결국 압력에 못 이겨 출연은 했지만, 그는 가까운 스태프들에게 자신이 아미카와 고이치를 상대하게 되면 그에 대한 어떤 미심쩍은 기분이 대화 속에서 배어나올지도 모르겠다고 말했다. 그의 말대로 이 두 사람의 대화 속에는 어떤 미묘한 긴장감과 불신감 같은 것이 흐르고 있었다.

스튜디오에서 사회를 맡은 사람은 작년 11월 1일의 프로그램에서 사회를 맡았던 아나운서였는데, 그날의 녹화 영상도 다시 등장했다.

생중계 현장인 유령빌딩 앞에서 아미카와 고이치는 말했다. 전국의 시청자를 향해.

"처음 전화는 히로미지만, 다시 걸려온 전화는 절대 가즈아키가 아닙니다. 그는 그런 식으로 말하지 않습니다. 저는 두 사람을 알고 있습니다. 여기에 대해서는 책에서도 이미 상세하게 언급한 바이지만, 논리만이 아니라 직감으로도 알 수 있습니다. 아닙니다. 그건 절대로 가즈아키가 아니에요."

그날 밤.

아카이 산 남사면 기슭에 펼쳐진 신흥주택지, 그린로드의 조명등이 눈높이에서 진주 목걸이의 구슬처럼 보이는 장소.

크림색 사이딩보드로 된 외벽에 파란색 서양식 기와를 올린 세련된 단독주택 이층에서 한 젊은 주부가 아이의 침대 곁에 앉아 있었다. 초등학교 이학년인 큰아이가 편도선이 부어 사흘째 누워 있는 것이다.

아이는 종종 편도선염에 걸리곤 하기 때문에, 체온이 사십 도 가까이 올라가도 어머니는 그리 걱정하지 않았다. 보통 하룻밤, 길어야 이틀이면 내리는 열이 사흘째나 계속되고 있지만 그다지 큰 불안은 느끼지 않았다. 밤중에도 몇 번은 일어나 아이를 살펴보고, 다행히 친절한 의사가 가까운 곳에 살고 있어서 급할 때면 왕진도 와준다. 오늘 왕진 때도 곧 열이 내릴 거라고 했었다.

그러나 이번에는 아들이 스스로 이상하게 불안해하는 것이 마음에 걸렸다. 평소에는 열이 오르면 아이스크림을 많이 먹는데 이번에는 그러지도 않았다. 열이 내리면 동물원도 가고 공원에도 놀러 가자고 말해도 별 반응이 없었다.

그래서 오늘밤은 새벽까지 곁을 지키기로 했다. 손을 잡아주고 머리를 쓰다듬어주면서.

아이는 자다가도 눈을 번쩍 뜨고 어머니의 얼굴을 보고는 다시 안심하고 잠들기를 반복하고 있었다. 그렇게 자정이 지나, 침대에 머리를 기대고 잠들었던 어머니는 소매를 잡아당기는 아이의 손길에 눈을 떴다.

"왜 그러니? 화장실?"

"응."

어머니는 아이를 끌어안고 화장실로 갔다. 아이의 몸은 난로처럼 뜨겁고, 오줌에서는 약냄새가 났다.

"땀을 많이 흘려서 목마르지? 주스 줄까?"

아이는 대답이 없었다. 빨갛게 충혈된 눈에 눈물이 고여 있었다.

"어머, 왜 울어?"

어머니가 끌어안자 아이는 훌쩍거리며 울었다.

"이번 편도선염은 아주 나쁜 놈이네. 그렇지만 괜찮아. 선생님도 그러셨잖아?"

"나, 죽는 거야?"

"죽긴, 절대로 안 죽어."

"나오키네 아빠처럼 병원에 가는 거야? 나오키네 아빠는 병원에 갔다가 안 돌아왔잖아."

"응, 그렇지만 나오키네 아빠는 편도선염이 아니라 더 심한 병이었어. 너는 그게 아니니까 괜찮아."

"엄마."

"응?"

"물건을 훔치면 벌 받는 거야?"

갑자기 무슨 말일까? 열에 들떠 잠꼬대를 하는 건가?

"왜 그런 말을 하니?"

"나, 벌을 받아서 열이 난 것 같아. 나쁜 짓을 해서 그런 거야."

그런 말을 하면서 아이는 울었다.

어머니는 움찔했다. 엄하게 키운 것은 사실이다. 사촌언니의 아이가 중학교에 들어가서 불량배와 어울리다가 몇 번이나 경찰 신세를 지는 것을 보았기 때문에 자식 교육을 엄하게 하리라 결심했었다.

"왜 그런 말을 하니?"

아이의 눈물을 닦아주면서 어머니는 부드럽게 타일렀다.

"나쁜 짓이라니, 그게 뭔데?"

친구와 싸우기라도 한 건가? 누구를 못살게 군 걸까?

"훔쳤어."

"훔쳤어?"

어머니는 갑자기 긴장했다.

"뭘?"

"길에 떨어진 걸 주웠어. 그렇지만 경찰에 신고하지 않았어. 고장났긴 했지만 너무 멋있어서……"

"뭘 주웠는데?"

"전화. 휴대폰. 일요일에 운동장에 갔을 때 주차장 옆 공터에서 주웠어."

아이는 지역의 축구 클럽에 소속되어 있어서 일요일이면 운동장에서 다른 클럽과 교류시합을 가진다. 가족도 차를 타고 가서 응원한다.

"공터 옆에 강이 있잖아. 거기서 주웠어."

강이라기보다 물웅덩이에 가까운 곳이었다. 아카이 산에는 몇 개의 개천이 흐르고 있다. 큰 강으로 흘러드는 것도 있는가 하면, 기슭 가까이에서 실처럼 가늘어져서 커다란 웅덩이로 변하는 것도 있는데, 거기에는 쓰레기가 잔뜩 쌓여 있다. 그런 불결한 장소에서 물건을 줍는 바람에 나쁜 균에 감염된 건지도 모른다. 그렇다면 이번 열은 편도선염이 아닐지도 모른다.

"그 휴대폰 지금 어디 있어?"

"가방 안에."

"계속 거기에 있었어?"

"응."

어머니는 황급히 가방 안을 뒤졌다.

"아, 여기 있네."

아이의 말대로 가방 바닥에 휴대폰이 들어 있었다. 은색 바탕에 엷은 청색이 들어가 있다. 안테나가 부서졌지만, 그렇게 더럽지는 않았다. 그러나 버튼을 눌러도 반응이 없었다. 액정화면도 켜지지 않았다.

"이거 고장났어."

"응."

"누군가가 버린 거야. 고장난 거니까. 쓰레기야."

어머니는 밝게 웃어 보였다.

"쓰레기를 주워서 숨기는 것은 예절에 어긋나지만, 훔친 건 아냐."

아이는 눈을 깜빡거렸다.

"정말?"

"그렇고말고. 그러니까 벌 같은 거 안 받아. 안심해도 돼. 잠만 잘 자고 나면 열도 내릴 거야."

마음이 놓였는지 아이는 금방 잠이 들었다. 열이 내리지 않은 것도 그런 마음의 부담 때문이었는지도 모른다.

문제의 휴대폰을 앞치마 주머니에 넣고 침대 옆에 앉았다. 아이는 아마도 주운 휴대폰을 친구들에게 자랑하고 싶었을 것이다. 이런 고가의 휴대폰을 일부러 버린 것일까, 아니면 잃어버린 것일까.

꾸벅꾸벅 졸면서 이런저런 생각을 했다. 휴대폰, 지난번에 텔레비전에서 보았는데, 남의 이름으로 계약해서 청구서가 오기 전에 본체를 버리는 사람이 있다고 했다. 도쿄 만에는 그런 휴대폰이 수도 없이 잠겨 있다고도 했다.

그때, 뇌리에서 뭔가 번쩍하는 게 있어 어머니는 눈을 떴다. 얼마 전에 휴대폰 때문에 큰 소동이 일어나지 않았던가. 그 사건. 아카이 산의 그린로드에서 죽은 두 사람.

그들의 휴대폰을 찾지 못했다고 하지 않았던가. 사고 당시 차에서 떨어졌고, 가까이 웅덩이도 있고, 그후 비가 내리고 눈이 내려 찾을 수 없게 되었다. 지난번에는 지방신문의 기사에도 나왔다. 휴대폰을 발견하면 파출소에 신고해달라는 전단지를 본 것 같기도 했다.

그렇지만 설마 이게?

그녀는 그런 상념을 아침까지 잊지 않았다. 다음날 아침 아이의 침대 옆에서 눈을 뜨고 작은 이마를 짚어보니 열은 내려 있었다. 그녀는 계단을 내려가 부엌으로 들어갔다. 서랍을 뒤져 아카이 경찰서에서 뿌린 전단지를 찾았다.

그렇다. 경찰은 휴대폰을 찾고 있었다. 구리하시 히로미라는 남자가 가지고 있던 휴대폰을.

그녀는 앞치마 주머니에서 그 휴대폰을 꺼냈다. 아이는 이것을 운동장 근처에서 주웠다고 했다. 아카이 산 그린로드에서 오 킬로미터나 떨어진 곳이다. 하지만 있을 수 있는 일이다. 가벼운 물건이라 비탈에서 미끄러지고 물에 쓸려서……

그녀는 방금 일어난 남편에게 말했다.

"여보, 이것 좀 봐."

19

2월 10일 오후가 지나 다케가미 에쓰로는 보름 만에 집으로 돌아가 딸과 마주 앉았다.

"점심 준비했는데 먹을 거야? 아빠가 좋아하는 오곡밥이야."

아내는 일 때문에 이 시간에는 집을 비운다.

"학교는? 또 휴강이야?"

"응, 오늘 쉬어."

다케가미 노리코는 딱 잘라 대답하고 아버지의 잔소리가 나오기 전에 서둘러 덧붙였다.

"홈페이지에 대해서 아빠에게 보고할 게 있어. 전화보다는 직접 말하는 게 좋을 것 같아서."

아버지와 딸은 부엌의 작은 테이블에 마주 앉았다. 기온은 낮지만 활짝 갠 날씨에 창으로 밝은 햇살이 비쳐들고 있었다. 추위도 조금 누그러든 것 같았다.

그린로드 사건으로부터 백 일 가까이 지났다. 오가와 공원 사건 때부터 헤아리면 벌써 오 개월. 하지만 아직 정확한 희생자의 숫자도 파악하지 못하고 있다.

집에서 창으로 비쳐드는 햇살을 받다보니 갑자기 피로가 밀려왔다. 노리코는 젊은이답게 먹성 좋게 먹으면서 말했다. 마치 입이 두 개라도 되는 것 같았다. 그리고 딸이 보고한 내용 역시 다케가미를 놀라게 만들었다.

"만나볼 거야?"

"응, 내일 두시에 약속했어."

노리코는 무덤덤하게 고개를 끄덕였다.

"하네다 공항까지 마중 나가기로 했어."

다케가미의 부탁을 받고 딸은 열심히 젠자키 류스케의 홈페이지를 살폈다. 그녀가 파악한 바로는, 구리하시와 다카이로 보이는 두 사람의 납치미수사건에 대한 글은 서른세 건이었다. 그 가운데 자신이 납치당할 뻔했다는 내용은 여덟 건.

"요즘 여기서는 『또하나의 살인』이 화제야. 아미카와라는 사람이 제기한 새로운 가설의 신빙성에 대한 논쟁이 벌어지고 있어. 아미카와 씨의 견해를 직접 듣고 싶다며 출판사를 거쳐 그에게 메일을 보내는 사람도 있다고 해."

노리코는 그런 가운데서도 미수사건의 보고자와 메일을 주고받기도 하고, 그 내용의 진위를 따져서 그녀 나름대로 판단을 내리고 있었다.

"신빙성이 낮은 이야기는 금방 알 수 있어. 그런데 납치 이야기가 소름이 돋을 만큼 너무 박진감이 넘쳐서 이건 진짜라고 생각하고 연락을 하면 상대도 열심히 메일을 보내와. 바로 그때, 다른 사람이 또 메일을 보내오는 거야. 논논 씨, 아, 논논은 내 닉네임이야, 당신이 지금 메일을 주고받는 사람은 남자예요, 나도 얼마 전에 속았어요, 뭐 그런 내용이야."

다시 말해, 미수사건은 지어낸 이야기가 대부분이라는 것이다.

"인터넷 상에서는 성별을 알 수 없으니까 이런 일이 비일비재해."

논논은 정보를 탐색하는 과정에서 자신이 형사의 딸이라는 것은 밝히지 않았다.

"그런 메일을 주고받는 사이에 친해진 사람도 있어."

쓰노다 마유미라는 이름의 오타루에 사는 스무 살 난 아가씨였다. 작년 여름에 그녀는 오타루 시내, 그것도 집에서 걸어서 오 분 정도 떨어진 곳에서 위험에 처했다.

"쓰노다 씨는 도쿄 출신인데, 아버지 직장 때문에 고등학교 일학년 때 오타루로 이사를 갔대. 오타루는 유리 공예가 유명하잖아? 지금 그 공예학교에 다니고 있어. 작년에 아버지가 다시 도쿄로 전근되어 가족이 모두 돌아왔지만 자기는 혼자 오타루에 남았대."

"작년이면 고등학생 때?"

"응, 여름방학 동안 국도변의 패밀리 레스토랑에서 아르바이트를 했다는데, 밤에 집에 돌아가는 길에……"

그녀는 스쿠터를 타고 아르바이트를 하러 다녔다고 한다.

"날짜도 확실해. 항상 일기를 썼다니까. 날짜는 8월 7일, 집에 돌아와서 시계를 보니 열시 오분이었다고 하니까, 시간은 열시 훨씬 전이었을 거야."

당시 쓰노다 마유미의 집은 오타루 교외의 신흥주택지에 있었다. 주위에는 숲이 있고, 가로등도 별로 없는 한적한 주택지였다.

"국도에서 두 블록 떨어진 곳인데, 스쿠터를 타고 가고 있었대."

한 블록째 동쪽 모퉁이에 있는 빨간 벽돌 이층집 문 쪽에 짙은 청색 차가 멈춰 서 있었다. 그 집은 꽤 고급이라 가격이 비쌌기 때문에 아직 분양이 안 된 상태였다.

"그래서, 아, 이제 집이 팔렸구나 하고 생각하면서 천천히 그 앞을 지나가는데, 차 안에서 젊은 남자가 나온 거야."

두 손을 크게 흔들면서 남자는 쓰노다 마유미의 스쿠터 앞을 가로막았다. 마유미는 놀라서 멈춰 섰다.

"손을 들고 앞을 막았다고?"

"응, 사고가 나서 도움을 청하려는 것 같았다고 해."

그러나 마유미는 자신이 나타나기 전까지 차 뒤에 숨어 있다가 갑자기 나타난 것이 마음에 걸렸다고 한다. 그녀는 헬멧도 벗지 않고 핸들을 잡은 채 남자의 얼굴을 보았다.

"그 남자는 놀라게 해서 미안하다며, 길을 몰라서 그러니 좀 도와달라고 했대."

차를 몰다가 길을 잃었는데 갑자기 친구가 복통을 일으켰다고, 병원이 어디 있는지 가르쳐달라고 했다.

"청바지에 흰 티셔츠를 입고 옷깃에 선글라스를 걸쳤는데, 스무 살이 조금 넘은 대학생 같은 느낌이었다고 했어."

남자의 키는 백팔십 센티미터 정도. 차의 헤드라이트가 꺼져 있어서 상대의 얼굴은 잘 안 보였다고 한다.

"쓰노다 씨는 여자치고는 키가 큰 편이야. 백칠십삼 센티미터나 돼. 중학교 때는, 배구 선수도 했대. 남자가 수상쩍은 행동을 하면 반격을 가할 수 있을 정도로 단련된 몸이야. 그래서 주택지를 오른쪽으로 돌아 국도로 나간 다음 오타루 시내로 가는 이정표를 찾아서 이 킬로미터 정도만 가면 병원이 있다고 가르쳐 줬대."

그러자 남자는 친구가 많이 아파서 그러니 구급차를 불렀으면 좋겠다고 했다. 혹시 휴대폰이 없느냐고 물었다.

쓰노다 마유미는 휴대폰을 가지고 있었다. 그러나 직감적으로 없다고 하는 편이 좋을 것 같은 느낌이 들어 거짓말을 했다.

"구급차를 기다리는 것보다는, 병원이 가까우니까 직접 운전해서 가는 게 나을 거라고 했대."

남자는 머리를 긁적이면서 슬쩍 마유미의 스쿠터 쪽으로 다가왔다. 그제야 비로소 그녀는 남자의 얼굴을 볼 수 있었다.

"어떤 남자였는데?"

다케가미가 물었다.

노리코는 잠시 틈을 두었다가, 구리하시 히로미, 라고 한 자 한 자 또 박또박 말했다.

"작년이라고 했지? 그런데 정확히 기억할 수 있을까?"

노리코는 홍, 하고 한숨을 쉬었다.

"나는 아빠 딸이야. 일단 내 이야기를 좀더 들어봐."

그런 대화를 나누는 동안에도 차 안에는 사람 그림자가 보이지 않았다. 마유미는 친구가 타고 있다는 건 거짓말이라고 생각했다. 곁눈으로 살펴보니 차의 번호판이 보였다. 삿포로 번호였다. 렌터카인 듯했다.

마유미가 스쿠터에 탄 채 금방이라도 출발할 태세를 보이자 젊은 남자는 은근한 미소를 지으며, 자신은 길눈이 어두우니 병원까지 같이 가면서 길을 가르쳐줄 수 없느냐고 했다. 그러나 그녀는 국도까지만 나가면 길을 잃을 염려가 없다면서 상대의 부탁을 거절했다.

남자는 그녀의 눈길을 살피다가 뭔가를 느꼈는지 물었다. 집이 근처냐고.

마유미는 대답하지 않았다. 이 남자에게 집이 근처라고 말하는 게 좋은지, 멀다고 말하는 게 좋은지 판단이 서지 않았다.

그러나 말을 하지 않아도 남자는 상대의 반응으로 눈치를 챈 듯했다. 남자는 갑자기 마유미의 오른팔을 붙잡았다. 땀에 젖은 손이었다. 마유미는 비명을 지르면서 발을 들어 남자를 걷어차려 했다. 남자는 재빨리 반걸음 물러나 피했다. 그 틈에 팔을 뿌리치고 마유미는 스쿠터를 발진시켰다. 달리면서 고개를 돌려보니, 남자가 두세 걸음 따라오다가 멈추는 것이 보였다. 바로 그때 차 문이 열리면서 다른 남자가 내려섰다. 불빛이 없어 두 남자의 실루엣만 시야에 들어왔을 뿐이지만, 웃음을 띤 조롱기 섞인 목소리를 들을 수 있었다.

마유미는 정신없이 스쿠터를 몰아, 일부러 집 앞을 지나 반대편 출구로 국도로 나서서 시내를 향해 달렸다. 혹시나 해서 뒤를 살펴보았지만 아무도 없었다. 오 분 정도 달려 주유소로 들어가 집에 전화를 걸었다. 어머니에게 사정을 설명하고 커튼 틈으로 바깥을 살펴보라고 했다. 어머니는 아무도 없다고 말했다. 그제야 비로소 마유미는 자신의 두 팔에 남자의 손자국이 뚜렷이 남아 있는 것을 보고 식은땀을 흘렸다고 한다.

"결국 주유소에서 삼십 분이나 시간을 보내고 집으로 전화를 걸어서 아버지가 돌아온 것을 확인한 다음 마중을 나와달라고 했대."

"경찰에는 신고했대?"

"아니. 피해를 입지 않았으니까."

"그런 단계에서 신고하면 경찰도 많은 도움이 되는데."

"아빠는 그렇게 말하지만, 실제로 파출소에 가면 그 정도 일로 소란을 떤다고 무시해버릴걸."

다케가미는 남은 밥을 입에 넣었다.

"쓰노다 씨는 그 일을 까맣게 잊고 있었대. 그런데 그린로드 사건이 일어난 후에 텔레비전에서 구리하시 히로미의 사진을 본 거야."

그 순간 기억이 되살아났다. 그때는 의자에서 떨어질 정도로 놀랐다고 한다.

"그렇지만 그런 기억은……"

"별로 믿을 게 못 된다는 거지? 나도 알아. 그렇지만 쓰노다 씨는 구리하시 히로미의 얼굴 사진을 보고 기억을 떠올린 게 아냐. 그의 이름도 기억하고 있었어."

"이름?"

"응, 아까 말했잖아. 그녀가 도망친 직후에 차에서 내린 다른 남자. 그가 한 말을 기억하고 있었던 거야. '그만둬, 저 여자는 너무 커, 히로미.' 그리고 차에서 내린 남자도 구리하시 히로미와 비슷한 체격이었대. 다카이 가즈아키처럼 통통하지 않았다는 거야. 실루엣으로 보긴 했지만, 분명하대."

다케가미는 얼굴을 찌푸렸다. 그대로 받아들이기 어려운 이야기였다. 설령 그 모든 것이 사실이라고 해도, 필사적으로 도망치면서 들은 대화가 얼마나 정확할지도 의심스러웠다.

그러나 다케가미는 흥분하고 있었다. 건축가와 나눈 대화를 통해 진범 X의 존재설 쪽으로 마음이 많이 기울어 있었기 때문이었다.

다케가미는 젓가락을 내려놓고 자리에서 일어섰다.

"거기까지 이야기를 듣고, 나는 쓰노다 씨에게 사정을 설명했어. 물론 다른 사람에게는 절대로 말하지 말라고 다짐을 두고."

자신은 형사의 딸이고, 아버지의 부탁으로 미수 보고를 조사하고 있다는 말에 당연히 쓰노다 마유미는 놀라는 기색이었다. 그러나 자신이 한 말을 정정하거나 하지는 않았다.

노리코는 자신의 신원을 확실히 하기 위해서라도 한번 만날 수 없겠느냐고 했다. 마유미는 곧장 대답하지 않고, 누군가와 의논을 했는지 며칠 후에 메일로 곧 가족이 있는 도쿄로 가니까 그때 만나자고 했다.

"그래서, 만난 다음에는 어떡하려고?"

"나한테 물어보면 어떡해. 그 다음은 아빠가 알아서 해야지. 나야말로 아빠의 지시를 받고 싶어. 쓰노다 씨를 설득해서 보쿠도 경찰서로 데려가서 정식으로 조서를 작성하게 할까? 아니면 그냥 이야기만 듣고 넘어가?"

"난 홈페이지에 올라오는 미수 보고를 개관해보고 싶었을 뿐이지, 증언자 개인을 직접 만날 생각은 없었어."

노리코는 젓가락을 탁 내려놓았다.

"그럼 그렇다고 빨리 말해야지."

"네가 그렇게 열심히 조사할 줄은 몰랐어. 미안하게 됐어."

노리코는 눈을 동그랗게 떴다. 아버지가 이런 식으로 사과하는 법은 없었기 때문이었다.

"그럼 이제 어쩌지. 쓰노다 씨를 만나도 아무 의미가 없잖아."

"의미가 없는 건 아냐. 그녀가 스스로 경찰에 그 정보를 제공하고 싶어하면, 네가 데리고 보쿠도 경찰서로 가면 되니까."

"그런데 쓰노다 씨의 태도가 명확하지 않아서…… 지금 와서 그런 말을 한다고 경찰이 상대해줄까?"

"물론이지."

"그렇다고 수사방침이 바뀌는 건 아니지?『또하나의 살인』이 그렇게 화제가 되고 있는데, 수사본부는 아직도 구리하시와 다카이의 공범설을 버리지 않고 있잖아."

내부에서는 벌써 오래전부터 의견이 나뉘어 있었다. 그래서 새삼스러운 게 아니라고 다케가미는 딸에게 설명해주었다.

"아빠, 사실을 말해줘. 내부에서 지금 어느 쪽 의견이 더 강해? 구리하시와 다카이 공범설과 진범 X의 존재설 중에서."

"그건 대답할 수 없는 사항이야."

"그럼 아빠의 개인적인 생각은?"

"노코멘트."

다케가미는 그렇게 말하고 역습을 가해보았다.

"네 생각은?"

"나?"

노리코는 손가락으로 코끝을 긁으면서 말했다.

"나는, 음……"

팔짱을 끼고 한참 생각하더니 진지한 눈으로 말했다.

"솔직히 말해 모르겠어. 경찰은 수사과정에서 모든 정보를 공개하지 않잖아? 아미카와의 가설은 꽤 설득력이 있지만, 토대가 되는 사실이 진짜인지 아닌지 판단할 수가 없어. 토대에서 오류를 범하고 있을지도 모르니까, 그의 가설을 그대로 받아들이기는 힘들어."

다케가미는 딸의 말에 감탄하면서도 얼굴에 드러내지는 않았다.

"그렇지만 만일 사건의 전모가 그가 추측한 대로이고, 진범 X가 아직 살아 있다면……"

여대생 딸은 피로에 전 형사 아버지의 얼굴을 똑바로 쳐다보았다.

"진범 X가 아미카와를 그냥 내버려두지 않을 거야. 그에게 어떤 행동을 취할 거라고 생각해."

이 견해는 얼마 전에 건축가가 내린 결론과 동일하다. X는 아미카와 고이치와 접촉할 것이다. 반드시.

"아미카와가 주목을 받는 것을 X는 불쾌하게 바라보고 있을 거야. 무지하게 기분이 나쁠 거야. 사건의 주역을 그에게 빼앗기고 말았으니까."

"그러나 자칫 잘못 움직였다가는 자신의 존재가 드러나고 말 텐데?"

다케가미는 일부러 딸을 자극해보았다.

"숨어 있으면 바보 같은 경찰이 구리하시와 다카이 공범설로 사건을 마무리지을 텐데 말이야. 범인이 일부러 위험한 다리를 건너려고 할까?"

"위, 험."

노리코는 대사를 외우듯이 큰 소리로 부엌 천장을 향해 외쳤다.

"진범 X에게는 어떤 게 위험할까? 경찰에 잡히는 게 위험이라고 생각할까?"

"범죄를 저질렀다는 인식을 하고 있을 테니까."

"범, 죄."

다시 노리코는 큰 소리로 대사를 읽듯이 외쳤다.

"글쎄, 진범 X는 그것을 범죄라고 생각하지 않을 거야, 아빠."

그래 맞아, 그에게는 단지 연극이야. 다케가미는 속으로 놀라고 있었다. 노리코는 건축가와 똑같은 말을 하고 있다.

"그건 네 독자적인 의견이야? 아니면 어디서 들은 거야?"

"극장형 범죄라고들 하잖아. 텔레비전이나 잡지를 보면 알아."

노리코는 혀를 쏙 내밀었다.

"그렇지만 난 애당초 이것이 범죄라는 걸 범인이 인식하고 있었는지가 의심스러워. 이건 내 개인적인 감상이야."

"왜 그런 생각을 하지?"

노리코는 잠시 생각을 정리하려는 듯 식탁 위를 내려다보다가 입을 열었다.

"우리들 여자는 거의 항상 살해당하는 측에 있어."

다케가미는 가슴이 덜컹했다.

"그렇기 때문에 범죄나 사건을 바라볼 때 남자와는 다른 관점을 가지는지도 몰라. 그건 어쩔 수 없는 일일 거야. 이번에도 내가 아는 한 남자 피해자는 기무라 쇼지 한 사람뿐이잖아."

그럴 것이다. 운이 나빴다면 자신도 그 범인의 손에 걸려들었을지도 모른다고 전율하면서 뉴스를 바라보는 것과, 자신의 내면에 그런 폭력적인 부분이 내재되어 있다는 것을 느끼면서 뉴스를 바라보는 것은 완전히 차원이 다르다. 실제로 수사본부가 구리하시와 다카이 공범설을 포기하면, 일단락된 이 사건의 온도를 갑자기 높이는 결과를 초래하고 말 것이다. 사건이 열기가 오르면 유사한 범행을 저지르는 남자가 나타난다. 범죄의 싹은 세상 곳곳에 존재하기 때문이다.

"난 이 범인이 사태를 즐기고 있다는 느낌이 들어."

노리코는 얼굴을 찌푸리며 말했다.

"그것도 범죄 자체를 즐기는 게 아냐. 남이 무서워 벌벌 떠는 모습을 보고 재미있어하는 것하고는 본질적으로 달라. 마치 이벤트를 연출하는 것 같아."

연극이다. 다케가미는 속으로 중얼거렸다. 관객 참여형 연극.

"구경하는 사람들을 즐겁게 해주려 하고 있어. 이 범인은 살해당한 사람들도 즐겼을 거라고 생각할 거야. 피해자들도 이벤트의 참가자니까."

그 말에 다케가미는 입을 딱 벌리고 말았다.

"피해자들도 참가자라고?"

노리코는 세차게 고개를 저었다.

"물론 현실에는 이런 일이 없지. 그렇지만 난 상상해봤어. 이 범인은 피해자를 죽이기 전에 과거의 추억이나 가족에 대해 말하게 만든 흔적이 있잖아? 미국에서 흔히 보는 변태적인 살인범처럼 상대를 생명 없는 물질로 취급하지 않았어. 상대도 인격을 가진 인간이라는 것을 시간을 들여 몇 번이나 확인하고, 그런 다음에 죽였어."

다케가미는 말없이 고개만 끄덕이고 있었다.

"그래서 나는 상상해봤어. 피해자를 죽이기 전에 범인은 여자에게 이렇게 말하는 거야. 너는 죽고 싶지 않다고 애걸하지만, 지금처럼 보잘것없이 살아봤자 뭘 하겠어? 그렇지만 내가 기획한 이 연속살인극에 참가하면 네 이름은 전국으로 알려지게 돼. 모든 사람이 네 이름과 얼굴을 기억해줄 거야. 모든 사람이 너의 죽음을 애도해줄 테고. 이거 너무 멋지다는 생각 안 들어?"

노래하듯이 그렇게 말하고 노리코는 퍼뜩 정신을 차린 듯 눈을 크게 떴다.

"그래서 범인은 피해자들에게 나쁜 짓을 했다는 생각은 눈곱만큼도 안 해. 물론 유족에 대해서도. 당신들의 보잘것없는 삶에 생각지도 않은 스포트라이트를 비춰줬다는 거야. 참가자도 관객도 그걸로 즐거워하니 아무도 손해가 아니라고. 그래서 나는 절대로 나쁜 사람이 아니라고."

노리코는 마치 범인의 영혼을 뒤집어쓴 것처럼 다케가미 쪽으로 몸을 기울였다. 다케가미는 얼굴을 찡그리며 이렇게 말했다.

"인간이 순수한 오락을 위해서 남의 목숨을 희생으로 삼는 방식을 현대의 문명사회는 허락하지 않아. 그런 사회의 룰을 만들기 위해서 몇백 년이란 세월이 필요했지. 이제 와서 그걸 허용하면 인류의 역사는 퇴보하고 말 거야."

"퇴보해서 뭐가 나쁜데?"

노리코가 일부러 도발적인 어투로 말했다.

"재미만 있으면 그만이잖아."

다케가미는 등허리가 서늘해지고 머리가 뜨거워졌다. 딸의 내면에 그가 여태 알지 못했던 다른 인격이 숨어 있는 것 같았다.

"그런 무서운 얼굴로 보지 마."

노리코는 생글생글 웃고 있었다. 어릴 때부터 보아왔던 딸의 얼굴로 돌아와 있었다.

"너, 대학에서 연극이라도 하는 거냐?"

노리코는 소리내어 웃었다.

"아니랍니다. 지금 내가 한 말 설득력이 있었던 모양이네."

"너무 강해서 탈이야."

"이것도 아마 세대차이일걸."

노리코는 그릇을 치우면서 말했다.

"난 물론 지금과 같은 궤변은 인정하지 않아. 절대로 허락할 수 없어. 그렇지만, 그런 식으로 생각하는 인간이 나온다고 해서 놀라지도 않아. 우리 세대에는 그런 지향성이 있으니까."

"생명을 무조건적으로 소중히 여겨야 한다든지, 사회의 안전을 지켜야 한다든지 하는 그런 생각을 조롱하는 지향성?"

노리코는 고개를 저었다.

"그 모든 것보다도, 따분하지 않은 것을 가장 소중히 여기는 지향성이라고 할까?"

그리고 잠깐 생각하고는 덧붙였다.

"응, 맞아. 가장 두려운 것은 인생에서 아무 일도 일어나지 않는 거야. 아무에게도 주목받지 못하고, 아무런 자극도 없는 인생을 보낼 바에야 죽는 편이 낫다는 그런 지향성."

인생을 다 알아버렸다는 듯한 노리코의 그 어투가 보쿠도 경찰서로 돌아오고 나서도 다케가미의 머리에서 떠나지 않았다. 그리고 노리코가 멋들어지게 분석해 보인 진범의 독백도 귀에 쟁쟁하게 울렸다.

'모두를 즐겁게 한다. 나쁜 일이 아니다.'

'당신들의 보잘것없는 삶에 생각지도 않은 스포트라이트를 비춰준 것이다.'

노리코는 그렇게 어려운 말을 사용하지도 않았다. 철학적이고 사회학적인 말을 한 것도 아니다. 다케가미에게 노리코는 자랑스러운 딸이지만, 그렇다고 해서 딸이 평균 이상의 수재라고는 생각지 않았다. 아버지와 마찬가지로 노리코도 근면하고 성실한 보통 사람이다.

그 보통 사람이 평이한 말로 설명할 수 있는 범죄. 이 연속 유괴살인 사건이 그런 성격을 가졌단 말인가. 잔혹하고 냉소적인 그 힘이 동시대 인간이라면 누구나 간단히 이해할 수 있는 그런 근원에서 나온 것이란 말인가.

그렇다면 범인 또한 보통 사람일 것이다.

그날 오후부터 다케가미의 지시로 데스크 반의 두 형사가 지금 단계에서 정리된 미수 보고 사례에 대한 파일을 작성하기 시작했다. 그 사례들은 수사본부에 신고된 것 중 보강조사 결과 기록으로 남겨둘 필요성이 인정된 것들이므로 건수는 그리 많지 않다. 그러나 다케가미는 단독으로, 본부에서 본 건과 관련이 없는 것으로 파악한 미수 사례 가운데 습격자가 복수범인 경우도 파일로 정리하기로 했다.

담당 데스크 인원도 두 명에서 네 명으로 늘리고, 그 네 명을 두 팀으로 나누었다. 1반은 습격자가 구리하시 히로미와 다카이 가즈아키였다고 피해자가 단언하는 사례를 맡는다. 2반은 피해자가 습격자 가운데 한 사람만 목격했거나, 목소리만 들었거나, 범인의 신체적 특징이 구리하시 히로미나 다카이 가즈아키와는 다르다고 보고한 사례를 맡는다.

이렇게 작성한 파일은 조서와 수사원의 현지조사 보고서, 사진 등과 그것을 바탕으로 발생 경과를 지도 위에 표시한 것을 같이 모은 종합적인 서류로, 한 번 읽기만 해도 사건의 경과를 자세히 알 수 있게 되어 있다. 두 팀의 파일이 완성되면 그것을 대조해 어떤 공통점을 찾아낼 수 있을지도 모른다.

각자의 일에 몰두하고 있는 부하들을 죽 돌아보고 다케가미는 시노자키를 불렀다. 시노자키는 거북이처럼 목을 움츠렸다.

"잠깐 와보게."

다케가미는 복도로 나갔다. 시노자키는 이십 초 가까이 망설이다가 떨어지지 않는 발걸음을 질질 끌며 따라나갔다. 다케가미는 그가 채 회의실 문을 닫기도 전에 말했다.

"자네, 여대생 보디가드 한번 해보겠나?"

"그래서 제가 함께 가게 된 겁니다."

시노자키는 땀을 흘리며 설명했다. 재미있어 죽겠다는 표정을 짓고 있던 다케가미 노리코는 기어코 웃음을 터뜨리고 말았다.

"시노자키 씨도 참 별난 윗사람에게 찍혔네요. 좋겠다. 윗사람이 되면 사람도 고를 수 있고. 난 지금 와서 아버지를 선택할 수는 없잖아요."

"아, 네……" 하고 시노자키는 곤혹스러운 듯이 대답했다.

하네다 공항의 국내선 도착 로비는 휴일 오후라서 많이 붐볐다. 두 사람은 도착 게이트의 정면에 섰다.

시노자키는 다케가미의 집에 초대받아 몇 번이나 부인의 요리를 맛보고 목욕도 하고 해서 노리코와는 면식이 있다. 그러나 학교생활에 바쁜 그녀와 직접 대화를 나누어보기는 이번이 처음이었다.

발랄한 아가씨였다. 마른 편이지만 내면에 대단한 에너지를 간직하고 있다는 인상을 받았다. 자세가 곧고, 어투는 명확하고, 움직임은 민첩했다. 큰 목소리와 의지가 강해 보이는 턱의 생김새는 아버지를 쏙 빼닮았다.

"시노자키 씨, 좀 초조해 보이네요."

"에? 아, 예."

"아까부터 우물쭈물 어쩔 줄 몰라하잖아요. 내가 그렇게 무서워요?"

"아니, 그, 그런 게 아니고……"

"맞다, 내가 아니라 아버지가 무서운 거죠? 부하한테는 엄할 테니까. 그렇지만 집에 오면 어머니 앞에서 꼼짝도 못 하는걸요."

"아, 네, 그렇습니까."

"그러니까 그렇게 긴장하지 마세요. 편하게 대하시면 돼요. 지난번에 우리집에서 잘 때 시노자키 씨, 큰 소리로 잠꼬대한 거 알아요?"

시노자키는 머리카락이 거꾸로 서는 것 같았다.

"제, 제, 제가요?"

"그럼요."

"무, 무, 무슨 말을 했나요?"

노리코는 재미있다는 듯이 웃었다.

"그런 걸 내 입으로 어떻게 말해요."

시노자키는 숨이 막힐 것 같았다.

"저, 정말 죄송합니다!"

떨리는 목소리로 사과를 하고 고개를 구십 도로 숙이는데, 노리코의 손이 등을 툭툭 쳤다.

"그만두세요. 내가 뭐 시노자키 씨를 괴롭히려고 그런 말 한 건 아니니까요."

"그, 그렇지만……"

"쓰노다 씨가 도착할 때가 되었으니까 출구를 잘 살펴봐주세요. 내가 입은 빨간 더플코트가 유일한 표시거든요."

쓰노다 마유미는 빨갛고 화려한 더플코트를 입은 젊은 여자를 찾을 것이다. 그렇게 약속을 해두었다. 만일 빨간 더플코트가 여럿 보일 경우는 가까이 다가가서 나프탈렌 냄새가 심한 사람을 찾으면 된다고 했다.

"냄새 심하죠? 그래도 이게 제 역할을 할 거예요. 이렇게 사람이 많을 줄 몰랐네."

시노자키는 퍼뜩 정신을 차리고 다케가미가 지시한 명령을 떠올렸다. 하네다 공항에서 쓰노다 마유미를 만나 그녀가 동의하면 같이 보쿠도 경찰서로 오라는 것이었다.

시노자키는 다케가미가 사적으로 이런 조사를 하고 있었다는 사실에 깜짝 놀랐다. 그리고 호기심이 일었다. 다카이 유미코의 자살미수 소동 이래로 다케가미에게서 멀어져 있었기 때문에 의논할 기회를 잃고 말았지만, 실은 시노자키도 인터넷으로 사건에 대한 정보를 수집하고 있었다. 집에 돌아가서 세탁기를 돌리거나 인스턴트식품을 데우는 동안에 인터넷에 올라오는 정보를 관찰하고 있었던 것이다.

그러나 시노자키는 겐자키 류스케의 홈페이지는 모르고 있었다. 노리코와 대화를 하다보니 자신의 검색방법이 편협했다는 것을 알게 되었다.

"시노자키 씨는 어떤 걸 검색했는데요?"

노리코가 묻자 시노자키는 머리를 긁적거렸다.

"지금까지 유사한 사건은 없었을까 하고……"

노리코는 눈을 동그랗게 떴다.

"네? 그건 경찰 자료를 조사해보면 금방 알 수 있잖아요."

"아뇨, 제가 조사한 것은 현실이 아니라, 픽션 중에 이번 사건과 비슷한 건 없는가 해서……"

그래서 영화나 추리소설, 텔레비전 드라마에 관련된 게시판이나 홈페이지만 들여다보고 다녔다고 했다.

노리코는 저도 모르게 감탄사를 뱉어냈다.

"아! 그런 건 미처 생각지도 못했네요. 그래서, 어떻게 됐어요? 있던가요?"

그것은 '비슷한 것'을 어떻게 정의하느냐에 달렸다.

"복수범에 의한 쾌락살인, 연속살인이라면 미국 미스터리 가운데 꽤 많아요."

노리코는 작은 새처럼 고개를 갸우뚱했다.

"현실에도 많을까요?"

"그렇겠죠. 그쪽은 범죄 선진국이니까요."

남성 쾌락살인자가 여성을 납치해 일정 기간 감금하고, 일방적인 커뮤니케이션을 요구하다가 잘 되지 않으면 살해해 그 시체를 유기하는 패턴의 픽션도 많았다.

"실제로 있었던 쾌락살인범은 검색해보지 않았어요?"

"했습니다. 다만 조건이 있었어요. 그 쾌락살인범을 둘러싸고 수사당국이나 본인, 논픽션 작가가 어떤 글을 발표한 경우에 한해서. 그리고 그것이 일본어로 번역된 것만 조사했지요."

노리코는 한쪽 발에 체중을 옮겨실으면서 팔짱을 꼈다.

"그렇다면 시노자키 씨는 스토리가 잘 짜인 것만 조사한 셈이로군요."

시노자키는 그녀의 머리 회전에 감탄했다.

"그렇습니다. 이번 사건의 특징은 다른 어떤 것보다 범인이 스토리를 만드는 데 중점을 두고 움직였다는 데 있으니까 말입니다."

그렇다면, 과연 그 스토리는 오리지널일까? 다른 모델은 없었을까?

"그래서 결론은요?"

시노자키는 고개를 저었다.

"현재까지 그럴듯한 픽션이나 논픽션은 찾지 못했어요."

"흠."

노리코는 빨간 입술을 깨물면서 고개를 끄덕였다.

"이 범인들이 어떤 모델을 두고 흉내를 내어 범행을 저질렀을 가능성은 적겠지만······"

바로 그때 게이트 앞에서 누군가를 기다리고 있는 듯한 젊은 여성들이 소리를 질렀다. 선글라스를 낀 멋진 여자가 한 남성의 에스코트를 받으면서 빠른 걸음으로 게이트로 나오고 있었다. 주말 밤 열한시부터 한 시간짜리 뉴스를 담당하는 인기 여성 캐스터였다.

노리코는 시노자키의 소매를 잡아당겼다. 여성 캐스터의 뒤를 따라 걸어오는 두 명의 젊은 남자. 여성 캐스터가 뒤를 돌아보며 두 남자에게 무슨 말을 한다. 덩치 좋은 젊은 남자는 하얀 이를 드러내고 웃고, 다른 한 남자는 진지한 표정으로 고개를 끄덕인다.

"저 사람, 아미카와 고이치 아닌가요?"

여기저기서 아미카와를 부르며 환호하는 소리가 들렸다. 시노자키는 사람들 어깨 너머로 아미카와 고이치를 응시하고 있었다. 아미카와는 이 사건이 낳은 유일한 히어로였다.

"왜 그렇게 무서운 얼굴로 보고 있어요?"

옆에 서 있던 노리코가 시노자키의 옆구리를 쿡 찌르며 말했다.

"시노자키 씨는 아미카와를 싫어하죠? 정의의 가면을 쓰고 있지만 시커먼 속이 다 들여다보인다고 생각하죠?"

노리코의 말에 시노자키는 깜짝 놀라며 되물었다.

"시커먼 속?"

노리코는 작은 새처럼 입을 뾰족하게 내밀었다.

"아닌가요? 내가 좀 삐딱해서 그렇게 보이는 건가?"

잠시 생각한 다음 시노자키가 말했다.

"텔레비전이란 참 이상한 세계 같습니다. 저런 사람을 영웅으로 만들어서 돈을 번다니, 정말 재미있다는 생각이 들어요."

노리코가 웃음을 터뜨렸다. 시노자키는 식은땀이 나는 것 같았다.

"아, 죄송합니다. 노리코 씨 말씀은 그런 게 아니었죠?"

그러고는 저도 모르게 '노리코 씨'라고 불렀다는 사실을 깨닫고 더욱 식은땀이 흘렀다.

'다케가미 씨'라고 하기엔 부를 때마다 그녀 아버지의 무서운 얼굴이 눈앞에 아른거리고, '아가씨'라고 하기엔 어딘가 불량배 같아서 망설여졌다. 뭐라 불러야 좋을까?

"시노자키 씨는 겐자키 씨의 홈페이지 봐요?"

손수건으로 이마의 땀을 닦으면서 시노자키는 고개를 저었다.

"아뇨, 안 봅니다. 뭐 새로운 사실이라도 나왔습니까?"

"지금 겐자키의 홈페이지에서 가장 인기 있는 건 '아미카와 사주설' 이에요."

"뭔가요, 그건?"

아미카와 고이치는 진범 X를 이끌어내기 위해 경찰이 고안해낸 캐릭터라는 것이다. 그렇게 해서 아미카와를 영웅으로 만들면 진범이 움직일 것이라는 설이다.

"정말 기발한 생각이네요."

"그렇지만 그럴듯해요. 일본 경찰은 수많은 법적인 규제 때문에 도청 같은 것도 마음대로 못 하잖아요. 그래서 고육지책으로 저런 캐릭터를 등장시켜 범인을 잡으려 한다는 거죠."

시노자키는 웃었다.

"웃을 일이 아니에요."

노리코는 눈을 흘겼다. 형사의 딸로서 오랜 세월 아버지가 고생하는 모습을 지켜봐온 솔직한 감상일 것이다. 과격한 가설이지만 듣기에 따라서는 그럴듯하긴 하다.

"만일 우리들이 아미카와 고이치를 등장시켜 연극을 벌이고 있다면,

그런 극비 작전을 수행할 정도로 수사본부의 내부 의견이 통일되어 있다는 말이 되겠죠. 다카이 가즈아키는 범인이 아니고, 진범 X는 아직 살아서 활동하고 있다고 말입니다."

노리코는 진의를 파악하고 싶다는 듯 시노자키의 눈치를 살폈다.

"진실은 뭐예요?"

"다케가미 씨는 뭐라고 하십니까?"

"말 안 해요. 아빠는 데스크 담당이잖아요. 개인적인 의견을 절대로 말하지 않아요."

시노자키도 이 문제에 대해 다케가미와 이야기를 해본 적이 없었다.

"아, 온 것 같아요."

노리코가 도착 게이트 쪽을 둘러보면서 말했다. 장신의 젊은 여자 하나가 다가오고 있었다.

"쓰노다 마유미 씨세요?"

여자에게 다가가면서 노리코가 물었다. 그녀는 조심스럽게 노리코와 시노자키의 얼굴을 번갈아 바라보며 고개를 끄덕였다.

"다케가미 노리코예요. 이분은……"

시노자키는 경찰수첩을 보이면서 자기소개를 했다. 쓰노다 마유미는 눈을 동그랗게 떴다.

"정말 경찰이세요?"

"죄송해요. 오는 길에 같이 왔어요."

노리코는 솔직히 사과했다.

"시노자키 씨는 우리 아버지의 직속 부하이면서 제 친구이기도 해요. 그러니까 오늘은 수사본부의 일원으로 온 게 아니라 친구로서 나를 따라온 거예요. 쓰노다 씨가 수사본부에 정보를 제공할 마음이 없다면, 시노자키 씨와 저는 더이상 관계하지 않을게요."

그렇게 말하고 노리코는 고개를 갸웃했다. 멀리서는 꽤 건강하게 보였는데, 가까이서 얼굴을 자세히 들여다보니 어딘지 모르게 불편한 것 같았다. 표정에 그늘이 져 있는 것도 단지 긴장해서만이 아닌 것 같았다.

"비행기 멀미라도 한 건가요?"

세 사람은 도착 로비를 나와서 공항 터미널 안을 걸어 비교적 조용한 커피숍에 앉았다. 쓰노다 마유미는 시계를 보았다.

"부모님이 나오기로 했거든요."

"몇 시에요?"

"앞으로 한 시간 반 정도 후에요. 사실은 다음 비행기를 타려고 했는데…… 죄송해요. 오늘 이 일에 대해 가족에게는 알리지 않았거든요. 친구나 동료나 가족, 아무도 몰라요."

몹시 당혹스러운 듯한, 아주 피로한 듯한, 겁을 먹은 듯한 얼굴로 아래를 내려다보며 묘하게 빠른 어투로 말했다. 주문한 커피가 나올 때까지 노리코는 잡담을 나누면서 걱정스러운 눈길로 그녀의 모습을 관찰하고 있었다.

이럴 때일수록 바로 사무적인 이야기로 들어가는 편이 좋을지도 모른다. 종업원이 왔다 간 다음, 시노자키는 수첩을 꺼내 지금까지 노리코가 쓰노다 마유미에게서 들은 증언을 확인하기로 했다.

"저는 노리코 씨에게 전해들은 것밖에 없으니 혹시 틀린 점은 없는지 확인하고 싶습니다."

쓰노다 마유미는 곤란하다거나 협조하겠다는 말도 없이 그냥 얼굴이 새파랗게 질려갔다. 시노자키는 어디가 아픈 건가 하고 생각했다. 시간이 지날수록 그녀의 안색은 점점 창백해져갔다.

"쓰노다 씨, 괜찮아요?"

노리코가 다시 물었다.

"몸이 불편하면 오늘은 이만하고, 그냥 돌아가도록 할까요?"

갑자기 쓰노다 마유미가 두 손으로 얼굴을 감쌌다. 갑작스러운 그 동작에 노리코와 시노자키는 놀라 몸을 뒤로 뺐다.

"아, 어떡하면 좋지……"

그녀는 신음처럼 그런 말만 뱉어냈다.

"어떡하면 좋을지 몰라서……"

"쓰노다 씨."

노리코는 의자에서 일어나 그녀의 옆자리로 옮겼다.

"죄송해요. 제가 너무 경솔했던 것 같아요. 이렇게 괴롭게 할 생각은 없었는데."

쓰노다 마유미는 고개를 들고 매달리는 듯한 몸짓으로 노리코 쪽으로 머리를 기울였다.

"아니에요, 그게 아니라……"

"쓰노다 씨……"

쓰노다 마유미는 긴 팔을 비틀며 말했다.

"어제는 남자친구를 만나 줄곧 삿포로에 있었어요. 그리고 그대로 비행기를 탔어요. 타기 직전까지는 다케가미 씨를 만나도 더는 할 말이 없을 것 같아, 이제 그 이야기를 잊어달라고 말할 생각이었어요."

시노자키는 멍한 눈길로 노리코의 얼굴을 바라보고 있었다.

"남자친구를 만나고 나니까…… 자칫 사건에 관련이 되면 이 사람에게 걱정을 끼칠지도 모른다는 생각이 들어서…… 그 사람은 공무원이라 세상 눈치를 안 볼 수가 없어요. 그이 부모님도 모두 학교 선생님이시고요."

노리코가 부드러운 목소리로 물었다.

"곧 결혼하세요?"

쓰노다 마유미는 소녀처럼 크게 고개를 끄덕였다.

"올 가을에 식을 올리자고 했어요. 이번에 상경한 것도 가족에게 허락을 받기 위해서고요. 그래서 이런 문제가 일어나면 곤란해요. 인터넷에 글을 올릴 때는 아무도 나라는 걸 모르니까 괜찮았지만……"

시노자키는 마음속으로 생각해보았다. 그렇다 하더라도 당신은 이렇게 노리코 씨를 만나러 오지 않았는가. 그것은 자신의 그 위험한 체험을 알려야 한다고 생각했기 때문이 아닌가. 사건을 둘러싸고 많은 억측과 추리와 보도가 소용돌이치고 있는 지금, 자신의 증언이 사건 해결에 조금이나마 도움이 될지 모른다는 생각을 했기 때문이 아닌가.

"그래서 저는 다케가미 씨를 만나도 간단히 인사만 나누고 그냥 가려 했어요. 그런데……"

노리코는 아무 말 없이 손을 뻗어 그녀의 어깨를 쓰다듬었다.

"이륙해서 안전벨트 착용 사인이 꺼지는 순간에 누군가의 목소리가 들렸어요. 텔레비전에서 자주 보는 뉴스 캐스터의 목소리였어요."

"여자 캐스터요?" 하고 시노자키가 말했다.

"네."

고개를 끄덕이는 쓰노다 마유미의 눈이 젖어 있었다.

"삿포로에서 녹화가 있었던 모양이에요. 스태프도 같이 있었고, 그외에 남자 한 사람이 더 있었어요."

노리코가 말을 받았다.

"아미카와 고이치 말이로군요. 아까 게이트에서 같이 나왔어요."

"그렇다면 쓰노다 씨는 그들과 같은 비행기를 탄 거군요?"

쓰노다 마유미는 다시 팔을 꼬기 시작했다.

"네…… 저는 몸집이 커서, 비행기 좌석은 좁아서 불편하니까 비행기를 탈 때는 늘 슈퍼시트에 앉거든요. 아미카와 씨 일행은 저보다 두

줄 앞에 앉아 있었어요."

무슨 영문인지 쓰노다 마유미는 잔뜩 긴장하고 있었다. 아미카와 일행과 같이 탔다는 게 무슨 문제라도 된단 말인가.

"저는 얼마 전에도 그 사람이 텔레비전에 나온 걸 봤어요. 그 사람이 다카이 가즈아키가 사건의 진범이 아니라고 주장한다는 것을 알고 흥미를 느껴서 책도 읽고 사진도 보았어요. 그런데도 못 느끼고 있었어요."

손으로 이마를 닦더니 쓰노다 마유미는 얼굴을 들고 노리코와 시노자키의 얼굴을 똑바로 쳐다보았다.

"비행기 안에서 아미카와 씨가 즐겁게 떠드는 소리를 들었는데, 아마도 스태프 가운데 히로미라는 이름을 가진 사람이 있었나봐요."

이번에는 노리코가 몸을 긴장할 차례였다. 시노자키도 이윽고 쓰노다 마유미가 무슨 말을 하려는지 알아차렸다.

"아미카와 씨가 그 히로미라는 사람의 이름을 불렀어요. 정확히는 기억하지 못하지만, '너무해요, 히로미 씨'라고 했던 것 같아요."

쓰노다 마유미는 크게 숨을 들이쉬고, 주먹을 쥐면서 다시 말을 이었다.

"그 목소리를 듣고, 기억이 떠오른 거예요. 마치 녹화 테이프를 보는 듯한 느낌이었어요. 내가 죽을힘을 다해 도망칠 때, 차에서 내려 조롱하는 듯한 음성으로 구리하시 히로미에게 말하던 그 목소리였어요. '저 여자는 너무 커, 히로미.' 틀림없어요. 육성으로 들으니 그제야 알 수 있었어요. 구리하시 히로미와 같이 나를 덮치려 했던 사람은 바로 그 아미카와 고이치였어요."

20

아미카와 고이치가 인기 여성 캐스터의 인터뷰에 응하고 있다. 장소는 스튜디오가 아닌 홋카이도의 유명한 리조트 호텔이다. 별장 분위기로 꾸민 실내의 커다란 벽난로에서는 불이 활활 타오르고 있다. 창밖에는 눈. 여성 캐스터는 스웨터를 입고 귀에는 커다란 귀고리를 하고 있다. 아미카와 고이치는 심플한 블루그레이색 캐시미어 스웨터에 청바지를 입고 의자에 등을 기댄 채 긴 다리를 꼬고 있다.

"젠장."

마에하타 시게코는 텔레비전 화면을 향해 욕을 퍼부었다.

시게코는 아카이 시의 그린로드 가까이에 있는 비즈니스호텔에서 그 프로그램을 보고 있었다. 구리하시 히로미와 다카이 가즈아키가 사고를 당한 장소에서 이 킬로미터도 떨어지지 않은 곳이었다. 밖에서 간단히 저녁을 해결하고 들어와 텔레비전을 켰더니 마침 이 장면이 나온 것이다. 요즘 아미카와 고이치는 잡지며 텔레비전이며 가리지 않고 마구 출연하고 있는 터라 별로 우연이랄 것도 없었다.

이 프로그램은 아미카와의 인물상에 초점을 맞춘 것이었다. 질문 내용도 사건과는 무관한 어린 시절의 추억이라든지, 인생의 목표라든지, 좋아하는 여성의 타입 같은 것으로 발전해나갔다. 아미카와는 시종 밝은 표정으로, 때로는 겸연쩍은 미소를 머금으며 질문에 대답하고 있었다.

시게코는 냉장고에서 캔맥주를 꺼내 침대 위에 퍼질러앉았다. 마침 그때 아미카와 고이치도 테이블 위의 물잔으로 손을 뻗치고 있었다.

"망할 놈의 자식!"

시게코는 욕을 퍼부었다.

"사기꾼!"

욕을 퍼부어대는 자신의 얼굴이 벽에 걸린 거울에 비쳤다. 시게코는 그 모습을 보고 갑자기 창피해져 한 손으로 괜히 머리칼을 쓸어넘겼다.

『도큐먼트 저팬』의 연재는 거의 파탄이 나고 말았다. 다카이 유미코가 일으킨 그 소동의 전말에 대한 보고가 게재된 이후로 시게코는 더이상 원고를 쓰지 못하고 있다.

아미카와 고이치와 그의 책『또하나의 살인』때문이다.

한 달 전, 아미카와 고이치가 텔레비전에 나와 다음날 발매된다는 그의 저서를 들어 보였을 때, 시게코는 너무 어이가 없어 한참이나 숨도 쉬지 못했다.

저 남자, 어느새 저런 책을 쓰고 있었을까.

아미카와가 유미코를 데리고 찾아와서 시게코와의 결별을 선언하고, 다카이 가즈아키의 결백을 증명하기 위해 자신이 직접 르포를 쓸 것이라고 선언한 것이 텔레비전에 나오기 며칠 전이었다. 『또하나의 살인』은 원고지 칠백 매 정도의 분량으로, 결코 두꺼운 책은 아니다. 하지만 사나흘 만에 쓸 수 있는 양은 아니다. 설령 썼다고 해도 책을 만들 만한 시간은 없다. 교정, 제본, 배본, 아무리 빨라도 원고 완성 이후로 한 달 이상은 걸린다.

즉 아미카와 고이치는 결별 선언을 하기 오래전에 이미 원고를 완성했고, 시게코를 찾아왔을 때는 벌써 제본까지 다 된 상태였을 것이다.

참으로 교활한 인간이다.

작년 말, 다카이 유미코가 처음으로 전화를 걸어와서 미사토 시의 버스터미널에서 만났을 때부터 아미카와 고이치는 그녀와 함께였다. 그날 그는 유미코와 만난 것이 우연이었다고 했다. 유미코의 그 혼란스러운 모습은 연기로 보이지 않았으니 그것은 아마도 사실일 것이다.

그러나 냉정하게 역산해보면 그는 그때 벌써 원고를 쓰고 있었을 가능성이 높다. 반 정도는 완성되어 있었다고 해도 이상하지 않다. 그 상태에서 그것을 세상에 내놓을 타이밍을 가늠하고 있었던 것이다.

그래서 그는 유미코에게 접근한 것이 아닐까? 자신의 책을 효과적으로 판매하기 위해서는 유미코의 협력이 필요했을 것이다. 아니, 유미코를 직접 내세우는 것이 훨씬 효과적이었을 것이다. 그래서 그녀의 신변을 조사하고, 접근할 기회를 노리고 있었던 것은 아닐까.

그것만이 아니다. 연초에 일어난 이다바시의 호텔에서의 소동. 그날 아리마 요시오 일행이 그 호텔에 모인다는 것을 그에게 알려준 사람은 물론 시게코 자신이었다. 그전에는 신이치와 의논하기도 했다.

그러나 가만히 생각해보면 왜 자신이 아미카와에게까지 그런 정보를 흘렸는지 이해할 수 없었다. 지인에게서 정보를 얻은 다음날인가에 유미코를 만났다. 아미카와도 함께였다. 그 자리에서는 절대로 이야기하지 않았다. 유미코에게 말할 성격의 일이 아니었기 때문이다. 아마도 그 다음의 전화에서였을 것이다. 그즈음 아미카와는 유미코가 걱정된다는 핑계로 자주 전화를 걸어왔었다. 그때 그만 말을 하고 만 것이다.

그런 기억을 더듬어보면 또다른 의구심이 일어나는 것이다. 아미카와가 일부러 그런 말을 꺼내도록 교묘하게 부추긴 것은 아닐까.

'이번 사건의 피해자 유족들은 모임을 만들지 않나요?'

'시게코 씨는 유족을 취재하지 않습니까? 기회가 있을 텐데요?'

그런 말로 슬쩍 건드려본 것이 아니었을까.

그렇지 않았다면 아무리 저널리스트로서 경험이 일천한 시게코라 해도 그런 중요한 정보를 함부로 흘리지는 않았을 것이다.

그즈음 시게코는 아미카와를 완전히 믿고 있었다. 동요하는 유미코의 곁에 그가 있어줘서 정말 다행이라고 생각했다. 그래서 마음을 놓고 말았다. 소동이 일어난 후 아미카와가 그 모임에 대해 유미코에게 가르처준 것이 자신이라고 고백하고 사죄했을 때도, 그 태도가 너무도 성실해 보여 깊이 따지고 들지 않았었다.

그러나 지금 생각해보면, 그 모든 것은 계산된 일이었다.

가장 문제가 되는 것은, 그 자리에서 유미코가 소동을 일으켰다 해도 보도만 되지 않았다면 별 문제가 없었을 것이라는 점이다. 하지만 마침 그 자리에는 사진주간지의 카메라맨이 있었다. 그 타이밍은 우연치고는 너무도 공교롭다.

당시에는 우연이라고 생각했다. 도쿄는 좁다. 카메라맨은 많다. 사진주간지도 많다. 그래서 운이 나빴다고 생각했다.

그러나 그게 아니었다. 지금 돌이켜보면 분명히 드러난다. 아미카와가 몰래 카메라맨을 부른 것이다. 유족 모임이 있다는 사실을 알면 유미코가 절대로 가만있지 않을 거라고 계산한 것이다. 또는 그때도 그녀에게 은근슬쩍 무슨 말로 부추겼을지도 모른다. 그리고 소동이 일어난 후 상심해 있는 유미코에게 달려가 그녀를 지켜주는 제스처를 취한 것이다.

이 얼마나 교활한 수법인가.

뭐, 그래도 좋다. 시게코는 냉정을 되찾으려 애썼다. 아미카와 고이치가 악마의 지혜를 가진 사내라 해도, 그가 책으로 쓰고 텔레비전에까지 나와 호소하는 '다카이 가즈아키 결백설'과 '진범 X 생존설'에 강한 설득력이 있고, 그가 오로지 자신의 주장을 위해 주위 사람들을 이용한 것이라면 그나마 양보할 여지가 있다. 그래서 시게코는 『또하나의 살인』이 나오자마자 바로 읽어보았다.

처음에는 끝까지 죽 훑어보고, 그가 말하는 '진범 X 생존설'을 주장하는 부분을 다시 한번 일일이 메모하면서 읽었다. 다카이 가즈아키에게 알리바이가 있을지도 모른다는 것, 범행에 관련된 물증이 거의 없다는 것, 유족의 주장, 알려진 몇 건의 미수사건의 범인 가운데 한 사람은 구리하시와 동일한 인상이지만 다른 한 사람은 다카이와 완전히 다르다는 것. 그리고 HBS의 특별방송에 전화를 걸어온 목소리로 추정할 수 있는 두 범인의 역학관계.

어느 것이나 주장으로서는 근거가 미약했다. 유괴당할 뻔했던 여성의 증언에서 완벽한 신뢰성을 기대하기는 어렵다. 인간의 기억은 비디오테이프와는 다르다. 경찰 수사에서 확실한 알리바이나 물증이 하나라도 발견되면 얼마든지 뒤집힐 수 있다. 범인들이 HBS에 걸어온 전화 역시, 단 한번의 자료를 분석한 결과만을 가지고 나중에 건 전화 목소리의 주인공이 주범이라고 단언하는 것은 경솔하다. 인간관계라는 것은 상황이나 국면, 그날의 컨디션에 따라 변하는 것이다. 이날은 우연히 다카이 가즈아키가 머리를 잘 굴려서 구리하시 히로미의 실수를 질책하고 멋들어지게 뒤처리까지 했는지도 모른다.

시게코는 그런 식의 반론 원고를 쓰기 시작했다. 그리고 일단 완성된 원고를 데지마 편집장에게 들고 갔다. 하지만 데지마는 한 번 훑어보고는 반론으로는 약하다면서 시게코의 원고를 던져버렸다.

"느낌만 가지고 반론해봤자 소용없어."

"왜요? 뭐가 약하다는 거죠? 아미카와 고이치의 주장도 확실한 증거를 근거로 한 게 아니잖아요. 그것도 느낌으로 한 말일 뿐이에요."

"그는 그게 가능해."

데지마의 눈길이 싸늘하게 빛났다.

"그는 구리하시와 다카이의 어릴 적 친구야. 생전의 그들을 잘 알고 있어. 그래서 느낌만 가지고 주장해도 대중은 귀를 기울여. 내가 아는 그 사람은 그런 무서운 짓을 저지를 사람이 아니라고 하면 그만이지. 그러나 자네는 그렇지 않아. 남남이잖아. 그 두 사람의 육성을 들어본 적도 없어. 더 강력한 논리적 근거를 제시하지 않으면 독자들은 자네를 외면할 거야. 이런 글은 억측의 나열에 지나지 않는다고 비판하면서 말이야."

"그럼 나더러 어떡하라는 말이죠?"

"그걸 내게 물으면 어떡하나."

데지마는 깔보는 듯한 눈길로 시게코를 바라보았다. 시게코는 등허리가 서늘해졌다.

"자네는 구리하시와 다카이라는 인물의 이미지를 어떻게 만들어왔나? 거기에 대해 아무런 의구심도 가져보지 않았지? 처음부터 자네 머릿속에서 만들어낸 이미지였지? 그러니까 제대로 된 이야기가 나오자 거기에 정면으로 대항하기 힘들어진 거야."

"그렇지만 경찰은 처음부터 그 둘을 범인이라고……"

"경찰은 자네 르포를 지원해주려고 수사하지 않아. 편집부가 확보한 자료가 경찰 수사 자료의 전부도 아니고. 경찰 내부에서도 의견이 갈리고 있다고 해. 아미카와가 등장하기 전부터 말야."

"그런 걸 내가 어떻게 알아요. 경찰은 취재에 응해주지도 않는데……"

"그건 변명에 지나지 않아. 이제 와서 그런 말을 해봤자 무슨 소용이야?"

시게코는 도망치듯이 편집부를 나와 집으로 돌아왔다. 그 이후로 한 줄도 못 쓰고 있다. 글을 못 쓰겠다면 연재를 중단할 수밖에 없다는 말까지 들었다.

그렇다고 이제 와서 갑자기 다카이 가즈아키는 결백하다는 정반대의 주장을 할 수도 없는 노릇이다.

이제는 시부모조차 아미카와의 뛰어난 연출력과 자기 표현력에 매혹

당해 그의 팬이 되어버렸다. 어릴 적 친구의 주장이니 어떤 근거가 있을 것이라며, 경찰이 함부로 다카이 가즈아키를 범인으로 지목하는 것은 부당하다고 말하는 지경에 이르렀다. 시게코를 절대적으로 지지해주던 쇼지마저 동요하는 모습을 보이기 시작했다. 시게코는 집에 있기도 불편했다.

아침에 쇼지가 공장으로 출근하고 나자 시게코는 서둘러 짐을 쌌다. 어디로 가겠다는 계획도 없었다. 어쨌든 집을 나가야 한다고 생각했다. 쇼지에게는 취재를 간다는 간단한 메모만 남겨두었다.

일단 도쿄 역으로 가서 어디로 갈까 생각했다. 문득 아카이 시의 유령빌딩이 생각났다. 갑자기 가슴이 답답해졌다. 르포가 시작된 장소였다. 아미카와의 책처럼 화려한 조명을 받지는 못했지만, 나름대로 호평을 얻어 뉴스 프로그램에도 초대받아 나갔다. 그때도 유령빌딩에서 촬영을 했다. 다시 한번 거기로 가보자. 초심으로 돌아가기 위해서라도 그곳의 공기를 다시 들이마셔보자.

그렇게 해서 시게코는 정오가 조금 넘은 시각에 아카이 시에 도착했다. 호텔을 잡고 렌터카를 빌려 바로 유령빌딩으로 향했다. 그러나 맑은 겨울 하늘 아래에서 보는 유령빌딩은 기대했던 것만큼의 자극을 주지 않았다. 개발이 중단된 불운한 땅은 주위의 산과 나무들에 둘러싸여 조금씩 자연으로 돌아가고 있었다. 시게코가 르포의 첫머리에서 그렸던 황량한 분위기는 깨끗이 씻겨나가고 있는 듯했다. 아니, 어쩌면 이곳은 처음부터 이랬는지도 모른다. 취재를 위해 처음 이곳을 찾았을 때 시게코가 보았던 '준비된 살인의 무대'는 실은 시게코의 망상일 뿐이었는지도 모른다.

처음부터 그저 지어낸 이야기에 지나지 않았던 걸까?

시게코는 의기소침해져서 호텔로 돌아왔다. 그 이후로 줄곧 아무것도 하지 않고 시간만 보내고 있었다.

텔레비전에서는 여성 캐스터가 아미카와의 말에 까르르 웃고 있다. 저 여성 캐스터는 웃는 모습도 지적이다. 아미카와가 어떤 농담을 했기에 저럴까. 시청자들은 이 남자가 어떻게 해서 매스컴에 등장했는지를 벌써 잊어버린 걸까. 아직 그 연속 유괴살인사건이 완전히 해결되지 않은 상황에서 저렇게 농담을 던지고 웃을 수 있는 것일까.

시게코는 벌떡 일어서서 텔레비전을 껐다. 시간은 벌써 밤 열한시를 넘어서고 있었다.

문득 다시 유령빌딩에 가보고 싶어졌다. 햇빛이 사라진 깊은 밤, 거기에 어떤 유령이 나타난들, 또 그 유령이 어떤 악의를 품고 공격한들, 지금 시게코의 텅 빈 마음에는 어떤 해도 끼칠 수 없을 것이다. 그러나 구리하시와 다카이를 이 아카이 산 속으로 끌어들인 어떤 것이 그 장소에 조금이라도 남아 있다면, 시게코는 그것을 느껴보고 싶었다. 그리고 그것은 본래 밤에만 얼굴을 내미는 것일지도 모른다.

밤의 유령빌딩에는 조명이라고는 하나도 없어 낮과 달리 앙상한 뼈대도 보이지 않았다. 마치 손으로 어둠을 더듬듯이 길을 따라 차를 몰 수밖에 없었다.

차에서 내려 손전등을 켜고 앞으로 나아가는데, 다른 불빛 하나가 앞에서 흔들리는 것이 보였다. 기타 소리도 들렸다. 가만히 귀를 기울여보니 사람 목소리 같았다.

시게코는 그들이 자신을 알아차릴 수 있도록 손전등을 크게 흔들며 다가갔다. 콘크리트 토대 위에 세 명의 젊은이가 앉아 있었다.

"안녕."

시게코가 말을 걸었다.

하나는 남자, 둘은 여자였다. 남자는 기타를 안고 있었다.

"안녕하세요."

여자애가 인사를 받아주었다. 가늘고 높은, 귀여운 목소리다. 얼어붙을 것 같은 밤하늘로 하얀 입김이 뿜어져나간다.

"추운데 이런 데서 뭘 해?"

긴 머리칼을 머리 한복판에서 둘로 가른 여자애가 하얀 입김을 뿜어내며 웃었다.

"그러는 아주머니는 왜 이런 델 왔어요?"

아주머니. 시게코는 쓴웃음을 지었다.

"밤의 유령빌딩을 보고 싶어서."

"심령현상에 흥미 있어요?"

긴 머리 여자애의 눈이 빛을 발했다. 손전등의 불빛이나 달빛 때문인지도 모른다.

"글쎄…… 유령이란 게 정말로 존재하고, 그걸 자유롭게 불러올 수 있는 사람이 있다면 한번 부탁은 해보고 싶어."

긴 머리 여자애가 콘크리트 토대에서 폴짝 뛰어내렸다. 그러고는 팔짱을 끼더니 친구들의 얼굴을 한번 둘러보고는 시게코에게 말했다.

"나, 할 수 있어요. 무당이거든요."

시게코는 터져나오는 웃음을 참느라 배에 힘을 넣었다.

"지금 강령회를 하고 있었어요."

긴 머리 여자애가 옆에 앉은 짧은 머리 여자애의 옆구리를 쿡 찔렀다.

"그렇지?"

짧은 머리 여자애는 시게코의 얼굴을 유심히 살펴보았다. 그러고는 콘크리트 토대에서 내려와 조심스럽게 시게코 앞으로 다가왔다.

"혹시 텔레비전에 나온 적 없어요?"

시게코는 고개를 끄덕였다.

"뉴스 프로그램이었죠? 나 봤어요. 여기 서서 인터뷰를 했잖아요."

귀여운 얼굴이었다. 청바지를 입은 다리도 쭉 뻗어 있고 전체적으로 스타일이 좋았다. 이상하게도 어디선가 본 듯한 얼굴이라는 느낌이 들었다.

짧은 머리 여자애는 털실 장갑을 낀 손으로 자신의 가슴을 치면서 말했다.

"연속살인사건의 범인을 추적하는 프로그램이었죠? 범인들이 죽기 전에 여기 왔다고 해서 그걸 취재하러 왔잖아요?"

"응, 맞아. 그럼 혹시, 주유소에 있던……?"

"그래요, 저예요."

여자애는 고개를 끄덕였다.

"저는 아시하라 기미에예요. 그때 잠깐 이야기했었잖아요. 기억나요?"

기타 청년과 무당과 헤어져 시게코는 아시하라 기미에와 함께 산을 내려왔다. 친구를 두고 내려와도 괜찮으냐고 시게코가 묻자 기미에는 쓴웃음을 지으며 고개를 저었다.

"괜찮아요, 그리 친한 사이도 아닌데요 뭐."

그리 친하지도 않은 남녀가 한밤중에 유령빌딩 같은 데 온다는 건 시게코 세대에게는 이해하기 힘든 일이었다.

아시하라 기미에는 이 지역 고등학교 이학년이었다. 같이 있던 긴 머리 여자애는 같은 반인데, 기미에가 사건의 목격자가 되어 경찰의 조사를 받고 기자들이 찾아오면서부터 함께 다니게 되었다고 했다.

"가즈사 아유미라고 하는데, 좀 특이한 애예요."

"자기가 무당이라고 할 때부터 알아봤어."

기미에는 조수석에서 작게 웃었다.

"남에게는 안 보이는 영이 보인대요. 그렇지만 웃으면 안 돼요. 저는 덕분에 한때 굉장히 도움을 받았거든요."

두 사람은 시게코가 투숙하는 호텔 건너편에 있는 패밀리레스토랑으로 들어갔다. 이십사 시간 영업하는 가게였지만, 이래서 장사가 되나 싶을 정도로 텅텅 비어 있었다.

"저는 사건 이후에 건강을 해쳐서 병원에도 다니고 그랬어요. 잠도 못 자고, 밥도 못 먹고."

그러고 보니 시게코가 처음 만났을 때보다 많이 여윈 것 같았다.

"일종의 PTSD구나."

시게코의 말을 기미에는 금방 알아들었다. 의사에게 들었을 것이다.

"범인들의 사고를 목격했을 뿐 아니라, 살아 있는 그들을 만나기까지 했으니까요. 이건 말했었죠?"

물론 들었다. 구리하시와 다카이가 유령빌딩으로 향하기 전에 그린 로드 입구에 있는 주유소에서 기름을 넣었을 때였다.

기미에는 화려한 반지를 낀 손가락으로 머리를 뒤로 빗어넘겼다. 한 손으로는 카페오레 컵의 손잡이를 만지작거리고 있었다.

"그런 악마 같은 살인자와 겨우 십 센티미터 정도의 거리를 두고 서 있었어요. 그때 사고가 안 일어났더라면 나도 무슨 짓을 당했을지 몰라요. 그런 생각만 하면 견딜 수가 없어요."

시게코는 조용히 고개를 끄덕였다.

"의사를 찾아간 건 잘한 일이야. 마음의 상처가 깊었을 테니까."

기미에는 눈을 깜빡거렸다.

"그렇지만 그런 시간에 유령빌딩 같은 데는 안 가는 게 좋지 않을까? 게다가 그런 이상한 친구하고는."

"아유미는 나에게 달라붙은 그런 나쁜 기운이 잘 보인대요. 시키는 대로만 하면 그걸 깨끗하게 없애줄 수 있다고 했어요."

"정말로 그게 가능하다면 넌 벌써 건강해져 있어야지."

"그건 그래요. 한때는 정말로 믿었어요. 이번에는 거절하는 게 귀찮아서 그냥 따라나선 거예요."

"뭘 하러 갔니? 정말로 강령회를 열었어?"

"아유미가 유령빌딩에 붙어사는 지박령과 접촉할 수 있을 것 같다고 해서요. 같이 있던 남자는 그애 애인인데, 걔가 기타를 치고 아유미는 트랜스 상태가 되는 거예요."

시게코는 커피를 저으면서 목소리를 낮추었다.

"아유미에게 돈을 주기도 했어?"

기미에는 말없이 입술을 핥았다. 시게코도 더이상은 묻지 않기로 했다.

"앞으로는 만나지 마."

기미에는 고개를 끄덕이고 천천히 카페오레를 마셨다.

"마에하타 씨는 유령빌딩에 뭐 하러 오셨어요?"

시게코는 웃으며 대답했다.

"유령빌딩의 기운을 다시 느껴보고 싶어서. 이상하게 들리겠지만, 정말로 그런 심정이었어."

기미에는 시게코의 르포를 읽지 않았다고 했다. 그래서 이다바시의 호텔에서 벌어진 소동도, 시게코의 르포가 진행이 곤란해진 것도 알지 못하는 것 같았다.

"마에하타 씨는 강령술 같은 영능력을 가진 사람이 정말로 있다고 생각하세요?"

"응, 있다고 생각해. 영이 있는지 없는지는 둘째치고라도, 일반적으로 강령이라고 불리는 현상을 일으키는 기술이나 능력을 가진 사람은 있을 거야."

"전 지금은 아유미를 믿지 않아요…… 그애는 그냥 흉내만 낼 뿐이에요."

"내 친구 중에도 그런 애가 있었어."

"그래요…… 저기, 뭐라고 말해야 할지 모르겠지만, 저야말로 그런 무덩 기질이 있지 않나 싶을 때가 있어요."

시게코는 가만히 기미에의 다음 말을 기다렸다. 기미에는 머리칼을 만지작거리고는 카운터 쪽에 시선을 던진 채 말을 이었다.

"중학교 이학년 때 친구가 행방불명됐거든요. 특별히 친한 친구는 아니었지만."

그 소녀, 가우라 마이는 문제아였다고 한다.

"염색을 하고, 귀고리를 하고, 남자애들이랑 놀러 다니고, 뭐 그런 불량학생이었어요."

그래서 삼 년 전 3월 초에 마이가 가출해서 돌아오지 않아도 아무도 사건으로 생각하지 않았다고 한다.

"그런데 그날 밤, 저는 꿈을 꿨어요."

어둠 속에서 마이의 비명이 울려퍼지는 무서운 꿈이었다.

"장소가 어딘지는 알아?"

기미에는 고개를 저었다.

"유령빌딩인 것 같긴 했는데, 확실히는 모르겠어요."

"분명히 마이의 목소리였니?"

더 세차게 고개를 저었다.

"증거도 없고, 녹음을 한 것도 아니니까요."

시게코가 위로하듯이 말했다.

"그렇지만 네게는 분명한 사실이잖니."

기미에의 눈꼬리가 젖어 있었다. 시게코는 그녀가 불쌍하게 느껴졌다. 그녀 역시 분명 일련의 사건과 관련된 이유로 정신의 균형을 잃어버리고 만 피해자 중의 하나인 것이다. 잠깐이나마 구리하시와 다카이를 만났고, 그들의 죽음을 목격한 것 때문에 마음속의 무엇인가가 무너져 그녀의 과거에까지 거슬러 어떤 변형이 일어나고 있는 것이다.

"저는…… 분명히 마이라고 생각했어요. 그때 마이의 몸에 무슨 일이 일어난 거예요. 저에게 그때, 그런 회로가 열린 건지도 몰라요. 그걸 느낄 수 있는 회로가. 그래서 무서워요. 물론 그 두 사람은 죽고 없지만."

"그래, 그놈들은 이미 이 세상에 없어."

기미에는 몸을 앞으로 기울이더니 두 손으로 테이블을 잡았다.

"그렇지만 뭔가가 남았을지도 몰라요. 영혼이라든지, 악의 에너지라든지. 그런 게 내 회로에 남아서 흐르고 있는지도 몰라요."

일부러 상냥한 목소리를 내려고 노력하며 시게코는 물었다.

"그렇다면, 어떻게 될까?"

기미에는 한 손으로 입을 가렸다.

"내가 또 그런 인간을 불러들일지도 몰라요. 그런 인간을 만날지도 몰라요. 그리고 이번에는……"

"이번에는?"

"이번에는 내가 살해당할 차례예요."

시게코는 말없이 아시하라 기미에를 바라보았다. 바로 그때 뇌리의 한구석에서 새로운 생각이 번쩍 떠올랐다.

다음날 마에하타 시게코는 아시하라 기미에의 집에 전화를 걸었다.

그녀의 어머니와 대화를 나누고 싶었다. 다행히 기미에가 바로 전화를 받았다. 시게코의 용건을 전해듣고 기미에는 깜짝 놀란 목소리로 대답했다.

"우리 엄마랑? 내가 있으면 안 돼요?"

"같이 있어주면 좋지. 어머니에게 묻고 싶어. 네 친구 가우라 마이가 가출한 당시의 상황을 자세히 좀 듣고 싶거든."

기미에의 어머니 아시하라 부인은 시게코에 대해 잘 알고 있었다. 인사를 나누자마자 텔레비전에서 보는 것보다 몸집이 작다는 말을 해서 시게코는 쓴웃음을 지었다.

아시하라 부인은 가우라 마이가 가출한 날 밤에 기미에가 무서운 꿈을 꾸고는 마이의 신변에 무슨 일이 일어난 것 같다고 겁에 질려 떨었던 일을 분명히 기억하고 있었다.

"예지몽이니 뭐니 하는 건 잘 모르겠지만요."

"그건 텔레파시야. 마이가 나에게 도와달라는 메시지를 보낸 거야."

기미에는 진지했다. 친구가 어려움에 빠져 도움을 요청했는데도 도와주지 못했다고 진심으로 가슴 아파하고 있는 것 같았다.

시게코는 천천히 자신의 생각을 말했다.

"저는 개인적으로는 텔레파시를 믿지 않아요. 마이가 가출해서 행방불명이 된 날 밤에 기미에가 무서운 꿈을 꾼 건, 그냥 우연이라고 할 수도 있을 거예요."

기미에가 반론하려 하자 시게코가 손을 들어 제지했다.

"그렇지만 꿈속에서 여자의 비명을 듣고 기미에가 그것을 마이와 연관지었다는 것에는 분명 어떤 의미나 이유가 있을 거예요. 친구의 눈으로 볼 때, 마이는 언젠가 그런 위험한 사건에 휘말려들 위험을 늘 안고 있었던 게 아닐까요?"

아시하라 부인은 고개를 끄덕였다.

"그래요. 그애의 행실이 좋지 않다는 건 누구나 알고 있었으니까요. 모르는 남자의 차에도 아무렇지도 않게 탄다고 했어요."

"엄마!"

기미에가 화를 냈다.

"엄마는 거짓말을 하지 않아. 마이가 너의 소중한 친구였다는 건 알아. 그렇지만 너도 마이의 행동에 대해서는 비판적일 거야."

시게코는 메모를 하면서 방금 들은 말에 밑줄을 그었다. 모르는 남자의 차에도 아무렇지도 않게 탄다.

"마에하타 씨, 왜 마이에게 관심을 가지세요?"

기미에가 물었다. 시게코는 조용한 어투로 대답했다.

"가우라 마이가 가출한 게 아니라 사건에 휘말려든 게 아닐까 해서 말야."

기미에의 어머니는 고개를 갸우뚱했다.

"혹시 구리하시와 다카이가 일으킨 그 사건과 관계가 있을지 모른다는 거예요? 마에하타 씨는 그 두 사람에 대해 글을 쓰고 있잖아요. 그래서 관심을 가지는 건가요?"

기미에가 불퉁한 표정으로 말참견을 했다.

"그렇지만 마이가 행방불명된 지는 벌써 삼 년도 넘었어."

"미야케 미도리라고 했던가, 그 아가씨가 실종된 것도 삼 년 전이라고 하던데. 그러고 보니 시부카와 쪽에서 납치된 사람도 있었잖아요?"

"구리하시와 다카이가 왜 그날 기무라 쇼지의 시체를 차에 싣고 유령빌딩에 왔는지, 그게 마음에 걸려요. 일부러 유령빌딩을 선택한 데는 그들 나름의 이유가 있었을 거라고 생각해요. 잘 아는 곳이든지, 이전에도 거기서 사건을 일으켰든지."

기미에는 눈을 동그랗게 떴다.

"마이가 그곳에서?"

"응, 그런 생각이 들었어. 그래서 한번 이야기를 들어보려고."

아시하라 부인은 고개를 저었다.

"그렇지만 마에하타 씨, 사건 후에 경찰들이 와서 샅샅이 조사했어요. 경찰도 같은 생각을 했을 거예요. 그렇지만 아무것도 발견되지 않은 모양이던데요."

"그래요. 경찰로서 해야 할 당연한 일이니 이 부근에서 일어난 실종 신고를 토대로 조사를 벌였겠죠. 하지만 마이의 경우는 애당초 가출로 처리되었기 때문에 경찰의 조사망에서 벗어나 있었어요."

아시하라 부인은 한 손으로 턱을 괴고 생각에 빠져들었다. 기미에는 흥분해서 시게코 옆으로 옮겨앉았다.

"마에하타 씨, 그럼 마이의 행방불명 사건을 조사할 거예요?"

"응, 그렇게 해보려고."

"저도 도울게요!"

기미에는 소파에서 펄쩍 뛰어올랐다.

"꼭 도와드릴게요. 괜찮죠?"

"기미에!"

어머니가 외쳤다.

"그만두지 못하겠니? 학교는 어떡하려고?"

"쉬지 뭐."

"절대 안 돼."

"사회 공부도 중요해!"

"학비는? 학비는 누가 대는데?"

기미에가 버럭 화를 냈다. 볼이 발갛게 물들었다.

"돈? 좋아, 내가 일해서 갚으면 되잖아! 그럼 됐지? 뭐야, 부모라고 그런 말 해도 되는 거야?"

바로 그때 전화벨이 울렸다. 아시하라 부인은 얼굴을 찌푸렸다. 기미에는 벌떡 일어서서 거실로 가서 수화기를 들었다.

"여보세요. 아, 무슨 일이야?"

친구인 모양이었다. 딸이 전화에 정신이 팔려 있는 것을 확인하고 부인은 시게코 쪽으로 다가와 앉았다.

"그만 돌아가주시겠어요?"

"죄송해요. 이럴 생각은 아니었는데……"

"아니에요, 하루에도 두세 번씩 저러니까 신경쓰지 마세요. 사건 이후로 계속 신경이 예민하고 불안정해요."

부인은 길게 한숨을 내쉬고는 말을 이었다.

"마에하타 씨의 일에 딸을 끌어들이지 말아줬음 좋겠네요. 저애에게는 좋은 일이 아닌 것 같아요."

시게코는 아시하라 부인의 눈을 똑바로 바라보며 물었다.

"혹시, 마이의 가출에 대해 뭔가 아시는 게 없나요?"

부인은 기미에 쪽을 살펴보았다. 친구와 열심히 이야기를 나누고 있었다.

"마이의 가족은 아카이 시에 없어요. 마이가 사라진 지 일 년쯤 뒤에 이사를 갔어요. 나쁜 소문이 퍼졌거든요."

부인은 다시 기미에 쪽을 살펴보았다. 딸이 전화에 열중하고 있다는 것을 확인하고 말을 이었다.

"마이의 어머니는 행실이 좋지 않았어요. 마이가 가출할 당시에 젊은 남자랑 동거하고 있었는데, 그 남자가 마이에게 손을 댄 모양이에요. 그래서 그 어머니와 남자가 크게 다투곤 했다고 해요."

부인은 다시 곁눈질로 기미에를 살펴보았다. 전화는 아직도 계속되고 있다.

"나도 기미에가 마이네 집에 놀러가지 못하게 했지요. 우리집뿐 아니라 동급생들 모두가 그 집 가족을 경계하고 있었어요. 마이가 비뚤어진 것도 그런 가정환경 때문이었을 거예요. 어머니의 애인이 마이를 건드렸고, 어머니가 그 사실을 알면서도 젊은 애인을 잡아두기 위해서 마이의 몸을 이용했다는 사실을 절대로 기미에에게 알리고 싶지 않아요."

시게코는 부인의 얼굴을 바라보면서 고개를 끄덕였다.

"그러니까 마이는 제 발로 집을 나간 거예요. 어머니가 딸이 없어져도 크게 놀라지 않은 것도 그런 사정이 있었기 때문이죠. 그애는 가출한 겁니다. 기미에가 그런 꿈을 꾼 것은 아까 마에하타 씨의 말대로 우연에 지나지 않아요."

거기까지 말하고 부인은 갑자기 어깨를 축 늘어뜨렸다.

"기미에는 이상한 망상에 사로잡혀서 언젠가 자신도 위험에 처할지 모른다고 생각하고 있어요."

"저도 그 이야기를 들었습니다. 죽기 직전의 구리하시와 다카이를 만난 것이 그런 망상의 근원이 된 것 같아요."

"카운슬러 선생님도 그런 말을 하시더군요."

시게코는 기미에의 뒷모습을 바라보았다. 전화 코드를 손가락으로 감으면서 이야기에 열중하고 있다. 싱그럽고 부드러운 몸의 곡선이 청바지와 스웨터 위로도 선명하게 드러나 보였다.

"젊은 여자에게 위험이 많은 시대예요. 아무리 조심을 해도 젊다는 이유 하나만으로 사건에 말려들 위험이 많으니까요."

"정말로 그래요. 하지만 나는 설령 마이가 행방불명된 게 그 두 사람의 소행이라고 하더라도 이제 와서 파헤치는 건 아무런 의미가 없다고 봐요."

그러면서 부인은 시게코의 눈을 날카롭게 바라보았다. 시게코는 묵묵히 고개를 숙이고 기미에의 집을 나섰다. 부인은 배웅도 하지 않았다.

시게코는 가우라 모녀가 살던 연립주택을 찾아가 십수인과 이웃들로부터 자세한 이야기를 들었다. 그들은 텔레비전에서 몇 번 시게코의 얼굴을 보았다며 흔쾌히 질문에 대답해주었다.

들으면 들을수록 가우라 마이의 가출은 자발적인 행동처럼 보였다. 한 노인은 어머니와 크게 말다툼을 하던 마이가 저런 남자에게 공짜로 해주는 건 이제 질렸다고, 어린 학생으로서는 도저히 입에 담을 수 없는 말을 하는 것을 들었다고 했다.

그러나 집을 나간 것은 자유의지라 하더라도, 그후에는 과연 어떻게 된 것일까? 그게 마음에 걸렸다. 가우라 마이의 실종에는 뭔가 불길한 기운이 감돌고 있다. 텔레파시 같은 건 믿지 않는다고 말했지만, 사실은 시게코도 기미에가 꾼 악몽에 끌리고 있는지도 몰랐다.

한참을 걷다가 배가 고파 점심이나 먹을까 하고 주위를 둘러보았더니, 국도 건너편에 세련된 통나무집 레스토랑이 보였다.

나무 냄새가 가시지 않은 새 건물이었다. 손님은 시게코뿐이었다. 난로 옆에 앉는 순간 눈앞의 벽에 아미카와 고이치의 웃는 얼굴이 보였다. 『또하나의 살인』을 들고 있었다.

사진에 눈을 고정시킨 채, 시게코는 앉은 자리에서 일어나 벽 앞으로 걸어갔다. 메뉴를 들고 다가오던 종업원이 그 모습을 보고 기쁜 듯이 물었다.

"누군지 아세요?"

시게코는 종업원 쪽을 돌아보았다. 핑크색 스웨터 위에 빨간 앞치마를 두르고 입술을 빨갛게 칠한 예쁘장한 여자였지만, 나이는 시게코와 비슷해 보였다.

"아미카와 고이치잖아요. 나도 책을 가지고 있어요."

종업원은 메뉴를 테이블 위에 올려놓고 사진이 든 액자를 벽에서 떼내 시게코 앞으로 내밀었다.

"이거, 저쪽 창가 자리에서 찍은 거예요."

종업원은 한 손으로 반대편 박스석을 가리켰다.

"지난주 토요일에 텔레비전 방송 촬영차 왔다가 우리집에서 점심을 먹었거든요."

꽤나 자랑스럽다는 어투였다.

"요즘 가장 인기 있는 사람이잖아요. 그런데도 조금도 잘난 체하지 않고, 우리 남편과도 친해져서 다음 저서의 구상에 대해서 말해주었어요."

"그가 다음 책을 낸다고요?"

처음 듣는 말이었다. 『도큐먼트 저팬』에서 일하는 작가들이 아미카와 고이치의 다음 책에 대해 이야기하는 것도 들어보지 못했다. 아미카와의 등장과 함께 찬밥 신세가 되어버린 시게코의 처지를 배려해서 입을 다문 것인지도 모른다.

"역시 그 사건에 대한 책인가요?"

"물론이죠."

종업원은 지금 최고의 화제의 인물인 아미카와 고이치의 최신 정보를 알고 있는 자신이 자랑스럽다는 듯이 신이 나서 떠들었다.

"철저하게 파헤칠 거라고 했어요. 꼭 친구한테 말하는 듯한 투로요."

시게코는 노골적으로 경멸의 뜻을 내비치는 뒤틀린 미소를 머금으며 말했다.

"그 사람, 이번에 아주 큰돈을 벌었을걸요. 책은 베스트셀러가 되었고, 텔레비전이나 잡지에도 자주 나가니까요. 잘나가는 탤런트 못지않을 거예요."

"잘생겼으니까요."

종업원은 마치 아미카와가 자신의 애인이라도 된다는 듯이 말했다.

"화면발이 정말 좋아요. 그렇지만 자기는 탤런트도 아니고, 탤런트 같은 일은 하고 싶지 않다고 아주 진지한 표정으로 말하더라고요."

"그럼 스스로를 뭐라고 생각할까요?"

그제야 종업원은 눈앞의 이 여자가 자신과 똑같은 아미카와의 팬이 아닐지도 모른다는 생각을 한 것 같았다. 의외라는 표정으로 턱을 끌어당기고 시게코를 유심히 살피며 말했다.

"뭐라니요? 저널리스트잖아요?"

"아, 저널리스트."

시게코는 자리에 앉았다. 그냥 가게를 나가버릴까 생각했다. 아미카와 고이치가 의기양양한 표정으로 일장연설을 한 자리에서 커피 한 잔도 마시고 싶지 않았다.

그러나 마음 한구석에서는 아미카와 고이치에 대한 자신의 반감이 딱히 구체적인 근거가 없다는 사실을 인식하고 있었다. 단순히 유미코의 신뢰를 얻기 위한 싸움에서 그에게 졌고, 그의 책 때문에 시게코의 르포가 밀렸기 때문인지도 모른다.

"손님은 아미카와 고이치 씨가 싫으세요?"

종업원이 놀랍다는 듯이 물었다.

"별로 안 좋아해요. 그 남자는 결국 자기 이름을 팔아서 돈을 벌려는 것뿐이니까요."

시게코는 한 손에 가방을 쥐며 말했다.

"책이 팔려서 돈을 벌었다고 나쁘다는 건 이상하네요."

종업원의 그 한마디가 바늘처럼 시게코의 가슴을 찔러왔다.

"그 사람은 원래 부자였어요. 돈을 벌 목적으로 책을 쓴 게 아니에요. 『또하나의 살인』도 처음에는 자비출판을 생각하고 쓴 글이라더군요."

출입구로 향하던 시게코가 발걸음을 멈추고 뒤를 돌아보았다.

"그게 정말인가요?"

종업원은 시게코의 흥미를 끌 수 있게 된 것이 즐겁다는 듯이 웃음을 되찾았다.

"본인이 그러던걸요. 아버지가 회사를 여럿 경영하고 있고 어머니 집도 부자여서 그도 평생 일을 하지 않고도 지낼 수 있을 만큼의 재산을 가지고 있다고 했어요. 그래서 회사에 취직하지 않고 학원에서 학생을 가르친 거예요."

시게코는 다시 한번 종업원이 껴안고 있는 아미카와의 사진을 보았다. 시원스럽게 웃고 있는 모습. 세련된 패션.

"그러고 보니 이 사람의 개인적인 정보는 아무것도 알려진 게 없네요."

시게코는 자기 자신을 향해 확인이라도 하듯이 그렇게 중얼거렸다. 그 말을 듣고 종업원이 보충 설명을 해주었다.

"그건 말이죠. 그 책을 낼 때 부모님께 걱정을 끼쳐드리고 싶지 않아서 일부러 자신의 정보가 흘러나가지 않게 한 거래요. 그래서 지금도 사생활에 관해서는 아무 말도 않고 있잖아요."

"그렇지만 당신에게는 말을 한 셈이네요."

종업원은 더 신이 나서 떠들어댔다.

"우린 정말 말이 잘 통했어요. 그렇지만 그가 부잣집 도련님이란 건 아는 사람은 다 아는 모양이던데요."

"이번에는 무슨 프로그램을 녹화하러 왔다고 하던가요?"

"유령빌딩을 찍으러 왔대요. 뉴스 프로그램 특집 코너랬어요."

예전에 시게코가 나온 것과 같은 기획물이다.

"사고 현장에 꽃을 바친 다음에 우리 가게에 온 거죠. 아주 잘 지었다고 칭찬했어요. 자기도 이런 통나무집을 하나 가지고 있다고 하더군요. 아마 별장이겠죠."

시게코는 종업원의 말을 하나하나 가슴에 새겼다. 어떤 호기심이 머릿속에서 깜빡이기 시작했다.

아미카와 고이치는 어떤 인물일까?

지금까지 아무도 거기에 대해 묻지 않았다. 구리하시 히로미와 다카이 가즈아키의 어릴 적 친구이며 가즈아키의 누명을 벗겨주려고 일어선 정의의 청년. 가즈아키의 여동생 유미코를 자신의 여동생처럼 돌봐주고, 만나는 사람마다 칭찬하게 만드는 매력을 가졌고, 머리 회전이 빠르고, 말을 잘하고, 얼굴까지 잘생긴 젊은이. 그런 분위기와 겉모습에 매혹되어 지금까지 아무도 그의 정체에 대해 의문을 제기하지 않았다.

평생 놀면서 지낼 수 있는 부잣집 도련님이 왜 구리하시 히로미와 다카이 가즈아키와 같은 공립초중학교를 다녔을까?

조사해보면 사실은 별것 아닌 사정 때문인지도 모른다. 그러나……

"그 사람, 명함이라도 주고 갔나요?"

시게코의 물음에 종업원은 고개를 끄덕였다.

"네, 하나 받아뒀어요. 그렇지만 출판사로 연락하게 되어 있어요."

현재 그는 어디에서 살고 있을까? 그의 부모는 어디 있을까? 그의 어린 시절은 정말로 그가 말하는 대로였을까?

"정말 심술궂은 호기심이로군."

전화 저편에서 데지마 편집장은 키득키득 웃으면서 대답했다.

"나도 잘 알아요. 난 심술꾸러기 여자니까요."

시게코는 침대 위에 앉아 취재노트와 주소록, 전화번호부와 지도를 펼쳐놓고 있었다.

"그렇지만 그가 어떤 인간인지는 아주 중요한 정보가 될 수 있어요. 나는 이대로 그의 학교 친구들 집을 돌아볼 생각이에요."

"호적등본이나 주민등록을 마음대로 조사할 수 없다는 건 알고 있겠지?"

"절차를 밟으면 아무 문제 없지 않나요?"

"전화 한 통으로 조사할 수는 없어. 우리는 흥신소가 아니라 잡지사 편집부니까."

"부탁할게요. 마음에 걸려요. 정말로요."

"예를 들어 그에게 이혼 경력이 있거나 자식이 있다면? 그걸 쓸 거야? 와이드쇼처럼?"

"난 아미카와 고이치의 스캔들을 조사하려는 게 아니에요. 다만 그라는 인간을 알고 싶을 뿐이에요. 아무것도 모르고 그가 주장하는 것만 믿을 수는 없으니까요."

"보기 싫은 인간이라도 주장이나 사상은 옳을 수도 있지."

"물론 잘 알고 있습니다."

편집장은 한숨을 내쉬더니 천천히 말했다.

"진범 X가 실재한다면, 자신을 제쳐놓고 세상의 주목을 한 몸에 받고 있는 그를 내버려두지 않을 거야."

"아미카와 본인은 경찰의 움직임을 알고 있나요?"

"공식적으로 알려져 있지는 않겠지만 우리 기자가 느낄 정도니까 아미카와 편을 드는 기자나 작가 가운데서도 경찰의 움직임을 읽고 있는 자가 있을 테지. 그들에게 정보를 전해듣고 있을 거야."

"어차피 목숨이 위태로운 일은 없을 테니까요."

"글쎄, 위험할지도 몰라."

"진범 X도 바보는 아닐 거예요. 노골적으로 움직이면 경찰의 눈길을 끌 수 있으니까요. 하기야 그것도 진범 X가 존재해야 가능한 이야기지만요."

데지마 편집장은 웃으면서 전화를 끊었다. 시게코는 전화를 끊고 주소록을 뒤져 다음으로 연락할 곳을 생각하다가, 일단 자동응답기부터 들어보기로 했다.

열 건 이상의 메시지가 들어와 있었다. 재생 버튼을 눌렀다.

처음 세 건은 업무 연락이었다. 네번째는 동료 작가가 남긴 메시지. 그 다음은 친구. 그 다음은 업무 연락.

그 다음은, 무언.

시게코는 남자처럼 소리내어 혀를 찼다. 녹음시간은 어젯밤이다. 장난전화일 것이다.

다음, 다시 무언. 그 다음도 무언.

시게코는 연필 끝으로 코를 누르며 고개를 갸우뚱했다. 세 개의 무언 메시지는 오 분 간격으로 들어온 것이다.

그 다음.

"……마에하타 씨."

시게코는 눈을 깜빡거렸다. 그 목소리는 다카이 유미코였다.

"저…… 늦은 시간에 죄송해요. 몇 번이나 걸었는데 안 계셔서……"

틀림없이 유미코였다. 약간 발음이 부정확한 목소리.

"드릴 말씀이 있어 걸었는데…… 이제 와서 만나자고 할 면목도 없지만……"

술에 취한 것일까? 시게코가 아는 한 유미코는 술을 잘 마시는 사람이 아니다. 아니면 약이라도 한 걸까?

"저…… 뭐가 뭔지 잘 모르겠어요."

집중하지 않으면 잘 들리지 않는 목소리였다. 메시지는 거기서 끊어졌다. 다음 재생.

"죄송해요."

발음이 심하게 부정확했다. 정상적인 상태가 아닌 것 같았다. 그런데도 늦은 밤에 시게코에게 연락을 했다. 부재중이란 것을 알면서도 말을 하지 않고는 견딜 수 없는 상태인 것이다. 대체 무슨 일일까.

나머지 메시지 역시 모두 유미코였다. 하지만 아무리 집중해서 들어보아도 무슨 말인지 알 수 없었다. 뭐가 뭔지 잘 모르겠다는 말만 반복할 뿐이었다.

유미코에게 무슨 일이 일어난 것일까?

21

『도큐먼트 저팬』의 데지마 편집장의 주선으로 아리마 요시오가 다카이 유미코를 만날 수 있게 된 것은 2월도 이십 일이나 지나서였다.

유미코와 연락을 취하는 것은 간단했다고 데지마 편집장은 말했다. 하지만 그것은 마에하타 시게코가 아니라 아미카와 고이치를 통해서였다.

"지금 그는 마치 다카이 유미코의 보호자인 양 행동하고 있어요. 실제로 그런지도 모르겠지만."

"그래도 나는 다카이 유미코만 만나고 싶은데."

요시오는 데지마 편집장에게 말했다.

"편집장이 동석하는 건 괜찮지만, 그 아미카와라는 청년은 싫소이다."

데지마는 무덤덤하게 되물었다.

"왜죠?"

"아무래도 그 청년은 제삼자이고 타인이잖소. 사건 관계자도 아니고. 나는 그의 말을 듣기 위해 다카이 유미코를 만나려는 게 아니오."

데지마는 알았다며 그렇게 이야기해보겠노라고 했다.

그러나 다카이 유미코는 아미카와를 동반하지 않으면 누구도 만나고 싶지 않다고 했고, 결국은 요시오가 고집을 꺾어서 아미카와와 함께 유미코가 지정하는 곳에서 만날 수밖에 없었다. 요시오는 전화를 끊으며 고개를 내저었다.

"여자애들은 애인이 생기면 그 남자의 말이 세상에서 제일 옳다고 생각하나보지?"

요시오는 미즈노 히사미에게 물었다. 그녀는 콘크리트 바닥을 청소하는 데 열중하고 있었다. 이 미터 정도 떨어진 곳에서는 쓰카다 신이치가 대걸레를 들고 천장 청소를 하고 있었다. 두 사람은 동시에 손길을 멈추고, 얼굴을 마주 보았다.

"무슨 일이세요?" 하고 미즈노 히사미가 물었다.

"아, 아무것도 아냐."

요시오는 손을 흔들었다.

가게를 정리하기 위해 신이치에게 아르바이트를 부탁하자, 여자친구인 미즈노 히사미도 함께 따라왔다. 신이치 자신은 썩 내키지 않는 표정이었지만, 요시오는 곧 미즈노 히사미가 마음에 들었다. 밝고 싹싹한 아이였다. 마리코와 닮은 것은 아니었지만, 그녀를 보고 있으면 마리코 생각이 났다.

큰 기계들의 처분은 이미 끝냈고, 건물을 청소하는 일만 남아 있었다. 젊은 두 사람은 대걸레로 여기저기를 닦고, 요시오는 사무실을 정리하고 있었다.

"모레 일요일, 23일에 다카이 유미코를 만나기로 했어."

신이치와 히사미는 걸레질을 멈추고 서로의 얼굴을 바라보았다.

"아카사카의 메르바 호텔이라는 곳인데, 지금 거기서 생활하고 있는 모양이더군."

"호텔에서요?"

"그렇다는구나. 꽤 돈이 들 텐데 말이야."

"누가 돈을 내주는 걸까요?"

"아미카와가 대주겠지. 수입도 좋으니까 말야."

신이치가 빈정거리듯 말했다.

"아미카와 씨가 유미코 씨를 보살펴주는 거야?"

"이상할 것도 없지 뭐. 그건 그렇고, 할아버지 혼자 가세요? 그쪽은 보호자가 따라오는데 할아버지는 혼자잖아요."

"싸우러 가는 것도 아닌데 뭘 그러냐."

요시오는 그렇게 말하고 빙긋 웃어 보였다.

"하지만 아무래도 긴장할 것 같으니, 끝나면 바로 너희들이랑 같이 어디 맛있는 거라도 먹으러 갈까 하는데 어떠니?"

공교롭게도 그날은 아침부터 차가운 진눈깨비가 내렸다.

약속은 오후 한시였다. 쓰카다 신이치는 오전에 아리마 두부가게의 창고를 정리했다. 이른 점심을 요시오와 둘이서 먹고, 열두시에 집을 나서는 그를 배웅하고는 우산을 받쳐들고 역으로 향했다.

료고쿠 역 입구에서 오후 한시 반에 미즈노 히사미와 만나기로 했다. 요시오와 다카이 유미코의 이야기가 끝날 때까지 메르바 호텔 커피숍에서 기다리기로 한 것이었다.

저 멀리 빨간 체크무늬 우산을 쓴 미즈노 히사미가 보였다. 차갑던 몸이 그 순간 따뜻해지는 것 같았다. 스커트 아래로 쭉 뻗은 다리와 부츠, 마치 차가운 겨울 숲에서 갑자기 나타난 요정 같았다.

미즈노 히사미는 좁은 길 반대편에서 걸어오는 신이치의 모습을 확인하고 밝게 웃었다. 그러나 그 얼굴은 갑자기 얼어붙고, 눈동자에는 검은 그림자가 깔렸다. 그녀의 시선은 신이치의 등 뒤를 향하고 있었다.

신이치는 뒤를 돌아보았다. 우산 끝에서 물방울이 튀었다. 그 물방울이 닿을 만한 거리에 히구치 메구미의 창백한 얼굴이 있었다.

비닐 비옷을 입은 몸은 마지막으로 만났을 때보다 더 여위어 보였다. 이시이 부부의 집으로 돌아온 이후로 신이치는 늘 각오를 하고 있었다. 아리마 두부가게로 갈 때, 아침에 일어나 창문을 열 때, 편의점에 물건을 사러 갈 때, 로키를 데리고 산책을 할 때도 늘 준비를 하고 있었다. 전신주 뒤나 길모퉁이에 숨어 있는 히구치 메구미의 모습을 상상하면서.

그러나 메구미는 여태까지 모습을 드러내지 않았다. 주먹처럼 딱딱해진 심장이 고동치는 소리를 들으면서 숨을 죽이고 있었지만, 추적자는 모습을 드러내지 않았다. 혹시 그애가 모든 것을 체념했을지도 모른다는 한 조각 희망이 가슴 한구석에서 피어오르기 시작했다.

그러나 히구치 메구미는 오늘 모습을 드러냈다. 어쩌면 지금까지의 잠적은 오늘의 출현을 장식하기 위해 계산된 것이 아니었을까 하는 생각마저 들었다.

하지만 신이치는 그녀가 무섭지 않았다. 적어도 지금까지 느껴왔던 그런 두려움은 없었다. 가까이서 히구치 메구미의 여윈 턱을 바라보면서, 지금까지 도주, 추적, 대결, 도주를 거듭하는 동안은 한 번도 가져보지 못했던 용기 같은 것을 느끼고 스스로 놀랐다.

'이젠 절대로 도망치지 않을 거야.'

그렇다. 숨바꼭질은 이제 끝이다.

"무슨 일이야?"

자신의 목소리가 너무도 평온해 신이치는 더욱 용기를 얻었다.

"아직도 나를 쫓아다니는 거야? 할 말이 있으면 이런 식으로 하지 마."

히구치 메구미는 동사 직전의 동물처럼 생기 없는 눈을 깜빡였다. 신이치는 그 눈길을 똑바로 맞받았다. 여태 한 번도 없었던 일이었다.

"난 지금 가봐야 돼."

신이치는 우산을 고쳐쥐며 그렇게 말했다. 미즈노 히사미의 모습이 눈에 들어왔다. 아까와 같은 자세로, 웃음을 지운 채 우산 손잡이를 두 손으로 받쳐들고 서 있었다.

"친구랑 약속이 있거든. 그래서 얘기할 시간이 없어. 다음에 봐."

히구치 메구미는 맨얼굴이었다. 볼은 흙빛이고 입술은 갈라터져 있었다. 그 눈동자가 너무 삭막해서 신이치는 한기를 느꼈다.

"나랑 이야기할 마음이 있긴 해?"

메구미가 물었다.

"물론이지. 제대로 된 장소에서, 네가 제대로 된 태도만 보인다면."

"난 늘 그래."

"그건 생각하기 나름이지. 어쨌든 이런 식으로 불쑥 나타나지 말고 정식으로 연락을 하고 와. 얼마든지 이야기를 들어줄 수 있으니까. 이건 진심이야."

그렇게 선언하고 신이치는 그녀에게서 등을 돌리고 길을 건넜다. 미즈노 히사미가 잰걸음으로 인도 끝까지 다가왔다.

히구치 메구미는 갑자기 책이라도 읽는 듯한 어조로 크게 외쳤다.

"우리는 이렇게 비참한 지경에 처해 있는데, 너는 뻔뻔하게 데이트나 해도 되는 거야?"

신이치는 돌아보지 않았다. 말없이 미즈노 히사미를 건물 아래로 이끌어 둘이서 동시에 우산을 접었다. 히사미는 잠시 신이치의 얼굴을 바라본 다음 도로 건너편에 서 있는 히구치 메구미를 흘끗 돌아보았다.

"이제야 알겠어. 저애는 신이치에게 달라붙은 유령이었어."

미즈노 히사미는 그렇게 속삭이고는 신이치의 손을 꼭 잡았다.

메르바 호텔 일층에는 작고 세련된 커피숍이 있었다. 두 사람은 창가 자리에 앉았다. 사람들은 많았지만 시끄럽지는 않았다. 케이크 뷔페가 있는 것을 보고 히사미가 기쁜 듯이 말했다.

"아르바이트비도 받았으니까 내가 살게. 좋아하는 거 먹어."

신이치는 웃으면서 커피숍 안을 둘러보았다. 그때 커피숍 입구에서 몸집이 작고 통통한 중년 여성과 아마도 그녀의 아들로 보이는 체격 좋고 성실해 보이는 젊은이가 어색한 몸짓으로 커피숍 안을 기웃거리는 것이 보였다. 중년 여성은 두 손으로 『또하나의 살인』을 소중한 보물처럼 가슴에 끌어안고 있었다.

'약속을 한 걸까?'

아미카와 고이치의 책을 표시로 삼아 어떤 사람과 만날 약속을 한 것일까? 지금 그 아미카와가 이 메르바 호텔에 묵고 있다는 것을 생각하면 정말 묘한 우연이다. 아니, 과연 우연일까?

커피숍 구석에서 서른 살 정도로 보이는 양복 차림의 남자가 일어서서 잰걸음으로 두 사람에게 다가갔다. 책을 든 중년 여성에게 말을 걸자, 그녀는 열심히 고개를 끄덕였다.

주위가 조용한 덕분에 그들의 대화 내용이 들려왔다.

"카메라맨도 곧 올 겁니다."

"두 분이신가요?"

"아직 선약이 안 끝나서요."

모자로 보이는 두 사람은 그 남자의 테이블로 가서 앉았다.

"저 사람들 보여?"

신이치는 그 테이블 쪽을 가리키며 히사미에게 말했다. 히사미가 고개를 돌렸다.

"카메라맨이 어쩌고 하는 걸 보니 잡지 취재인 모양이야. 아미카와가 할아버지를 만난 뒤에 인터뷰가 있나봐."

히사미가 미간을 찌푸렸다.

"아리마 할아버지와 다카이 유미코 씨가 만나는 건 매스컴 일보다 훨씬 중요한 거야. 그런데 같은 시간에 일정을 잡다니, 말도 안 돼."

"그렇게 화내지 마. 그냥 내 추측이야."

그러나 신이치도 마음에 걸렸다. 잡지 기자 같은 사람과 카메라맨이 오고, 머리 위 어딘가에서는 아리마 할아버지와 다카이 유미코 씨가 만나고 있다. 그 자리에는 아미카와 고이치가 있다.

신이치는 벌떡 일어섰다. 놀란 눈으로 쳐다보는 히사미에게 잠깐 기다리라고 하고는, 커피숍을 나가 프런트로 향했다.

외출하기 전에 아리마 요시오는 프런트에서 아미카와의 방 번호를 물어서 올라오면 된다는 이야기를 들었다고 했다. 그렇다면 프런트에서 바로 방 번호를 알 수 있을 것이다.

예상대로였다. 1101호실. 서둘러 엘리베이터를 타고 십일층에서 내렸다. 미로 같은 긴 복도를 달려서 방 앞에 가보니, 놀랍게도 커다란 카메라 가방과 기재를 바닥에 내려놓은 여성 카메라맨이 멍하니 앉아 있었다.

신이치는 여성 카메라맨에게 말을 걸었다.

"취재하러 오셨어요?"

서른 살 정도나 됐을까, 깔끔한 얼굴에 건강해 보이는 여자가 부드러운 미소를 지으며 말했다.

"그렇긴 한데, 약속시간이 지났는데도 아무도 안 오네. 여기서 만나기로 한 게 아닌가?"

"아미카와 고이치 씨의 방은 여기가 맞죠?"

"응, 맞아."

"그럼 제가 들어가서 물어볼게요."

신이치는 노크도 하지 않고 조용히 문을 열었다. 여자는 신이치를 어느 매스컴의 조수 정도로 생각한 듯 그대로 들여보내주었다.

파스텔 톤의 세련된 소파에 앉은 아미카와와 다카이 유미코의 모습과 아리마 요시오의 등이 보였다.

아미카와가 먼저 신이치를 발견했다. 단정한 그 얼굴이 우스꽝스러울 정도로 놀라움에 일그러졌다. 그는 그 자리에서 벌떡 일어섰다.

"어, 신이치?!"

아리마 요시오가 뒤를 돌아보며 역시 놀란 표정을 지었다.

"무슨 일이니?"

신이치는 앞으로 나아가 아리마 요시오 옆에 섰다.

"방해해서 죄송해요, 할아버지."

그러고는 아미카와 쪽을 바라보며 말했다.

"카메라맨이 복도에서 대기하고 있어요. 어떻게 된 거죠?"

하늘이 뻥 뚫린 듯한 침묵이 찾아왔다. 아리마 요시오는 신이치를 보고, 그런 다음 아미카와 고이치를 보았다. 다카이 유미코도 아미카와를 보고 있었다.

"이게 무슨 말이오?"

"잠깐만요, 사정이 좀 있습니다."

침착한 정의의 청년으로 되돌아온 아미카와가 아리마 요시오에게 말했다.

"여기 잠깐만 기다려주세요."

"그렇지만 자네……"

"기다려주세요!"

아미카와가 고함을 쳤다. 다카이 유미코가 작은 고양이처럼 어깨를 움찔했다.

"설명하겠다고 하잖아요. 무슨 착오가 있을 겁니다. 너, 나 좀 따라와."

신이치는 멍하니 서 있었다. 팔을 잡아끄는 힘을 느끼고서야 아미카와가 '너'라고 부른 것이 자신이었음을 깨달았다.

아미카와가 급히 출입구로 달려가 문을 열었다. 아까의 그 카메라맨과 커피숍에서 보았던 세 사람이 놀란 표정으로 서 있었다. 양복 차림의 남자는 문손잡이를 잡으려고 손을 앞으로 내미는 참이었다.

"처음 뵙겠습니다. 저는 아다치 요시코라고 합니다."

커피숍에서 보았던 중년 여성이 자기소개를 했다. 꽤 긴장한 듯, 화장을 한 얼굴에서 땀이 흘러내리고 있었다. 같이 온 청년은 아들이 아니라 남편이 경영하는 인쇄소의 직원인 마스모토라고 했다.

그제야 비로소 신이치는 이 방이 스위트룸이라는 사실을 알았다. 사람들이 갑자기 우르르 들어와도 답답한 느낌이 들지 않은 이유가 있었던 것이다.

메르바 호텔은 그리 규모가 크진 않지만, 인테리어는 꽤나 고급스러웠다. 숙박비도 꽤 비쌀 것 같았다. 아미카와가 아무리 부자라고 해도 고작 세 사람이 만나는 데 이런 스위트룸까지 빌리지는 않을 것이다. 슬쩍 둘러보아도 생활의 흔적은 전혀 보이지 않았다. 그렇다면 이 스위트룸을 마련한 것은 어떤 매스컴이고, 이건 세트고, 현재의 이 사태는 의도적으로 기획된 것이 분명하다.

"정말 죄송합니다."

아미카와 고이치는 의자에서 일어나 깊이 머리를 숙였다. 옆에 있는 다카이 유미코는 거의 울상이었다. 처음 버스터미널에서 만났을 때의 유미코의 얼굴에는 자신의 의지나 열정 같은 것이 있었다. 그러나 지금 신이치의 눈앞에 있는 유미코는 아미카와의 부속물에 지나지 않는 존재였다.

"여기 아다치 씨와 마스모토 씨는 생전의 다카이 가즈아키의 어떤 에피소드를 알고 있습니다. 그래서 가즈아키가 절대로 살인자가 아니라고 믿고 저를 찾아와주셨습니다. 이쪽은 『주간 저팬』 분들인데, 이 두 분과 저를 취재하기 위해 찾아오신 겁니다. 이 약속은 오늘 오후로 되어 있었는데……"

"우리가 좀 빨리 도착해서요."

양복을 입은 남자가 끼어들었다. 묘하게 붙임성이 있었다. 명함에는 '주간 저팬 데스크 시로시타 마사루'라고 찍혀 있었다.

"저희는 결코 아리마 씨와 유미코 씨의 회견에 끼어들 생각은 없었습니다. 이렇게 자리를 같이하게 된 것은 착오가 있어서입니다."

신이치는 가슴 안쪽에서 어떤 반감이 솟구쳐오르는 것을 느꼈다. 커피숍에서는 분명 카메라맨이 늦게 온다고 말하지 않았던가.

"난 여기서 다카이 유미코 씨와 만난 사실을 매스컴에 알릴 생각은 없소."

침묵을 지키고 있던 아리마 요시오가 손에 들고 있던 시로시타의 명함을 유리 테이블 위에 내려놓으면서 조용히 말했다.

"이걸 기사로 쓸 줄 알았더라면 난 애당초 여기 오지 않았을 거요."

시로시타는 아미카와의 눈치를 살폈다. 그러나 아미카와는 본 척도

하지 않고 아리마 요시오를 향해 머리를 숙였다.

"기분이 상하셨다면 정말 죄송합니다. 저도 유미코와 아리마 씨의 만남을 매스컴에 공개할 생각은 없습니다. 이 건은 순전히 착오입니다. 다만,"

연극적인 몸짓으로 얼굴을 들어올리며 아미카와는 말을 이었다.

"아다치 씨의 이야기는 아리마 씨께서도 꼭 들어주셨으면 합니다. 그래서 감히 이렇게 같은 장소로 정한 것입니다. 그건 이해해주셨으면 합니다."

요시오는 미간에 주름을 잡고 조용히 듣고 있었다. 아까까지 이 자리에서 과연 어떤 이야기가 오갔을까 하고 신이치는 생각해보았다. 아리마 요시오는 실망하고 있을까, 화를 내고 있을까. 아니면 단지 지친 것뿐일까.

"부탁드립니다. 꼭 아다치 씨의 이야기를 들어봐주십시오."

아미카와가 다시 한번 고개를 숙였다.

"물론 절대로 기사화하지 않겠습니다."

시로시타도 열심히 머리를 조아렸다.

"사진도 찍지 마세요."

아미카와가 여성 카메라맨에게 지시했다. 신이치의 눈에는 그 모든 것이 싸구려 드라마처럼 보였다.

"아다치 씨, 부탁합니다."

요시오가 승낙도 하지 않았는데 아미카와는 아다치 요시코를 재촉했다. 그녀가 이야기를 시작했다. 그러나 사람들 앞에서 이야기해본 경험이 없는 주부인데다 분위기 때문에 긴장했는지, 무슨 말을 하고 싶은 건지 알 수 없는 횡설수설이 되고 말았다.

그때 갑자기 마스모토라는 청년이 입을 열었다.

"아주머니가 긴장하신 것 같아서, 제가 설명하겠습니다. 아주머니와 사장님과 제가 같이 텔레비전 특별방송을 보던 장면부터 시작하겠습니다."

마스모토 청년은 어휘력은 부족했지만 아다치보다 요소요소를 정확히 짚으면서 요령 있게 설명했다. 신이치는 그 이야기의 내용을 충분히 이해할 수 있었다. 이 사람은 구리하시 히로미의 어머니, 구리하시 스미코와 같은 병실에 입원해 있다가 문병을 온 다카이 가즈아키를 만나 잠깐 이야기를 나누었다고 한다.

아리마 요시오가 몇 번이나 질문을 던지고, 아다치가 대답하고, 마스모토가 보충 설명을 했다. 아미카와 고이치는 긴장된 표정으로 그 대화를 지켜보고 있고, 다카이 유미코는 고개만 숙이고 있고, 기자와 카메라맨은 안절부절못하고 있었다.

"범인은 음성변조기를 사용했으니까, 아주머니가 들은 다카이 가즈아키의 목소리와 범인의 전화 목소리를 비교해도 아무 소용이 없겠죠."

마스모토의 말에 요시오는 고개를 끄덕였다.

"그건 그렇지."

"그렇지만 목소리는 몰라도 말투는 쉽게 바뀌지 않을 겁니다. 아주머니는 병원에서 만난 다카이 가즈아키의 말투와 HBS에서 들은 전화 목소리의 말투는 완전히 다르다고 합니다. 그렇죠?"

아다치가 힘있게 고개를 끄덕였다.

아리마 요시오는 아다치 요시코의 얼굴을 한참 들여다본 다음 입을 열었다.

"이야기는 잘 들었습니다, 부인."

요시오가 그렇게 말하자 아다치는 머리를 숙이더니, 거친 손으로 입을 가리며 갑자기 눈물을 글썽였다.

"죄송합니다…… 정말 죄송합니다."

"아주머니!"

마스모토가 부인을 달래려 했다.

"귀여운 손녀를 잃고 얼마나 가슴이 아프시겠어요. 그걸 알면서도 이런 말씀을 드려서 정말 죄송합니다."

요시오는 말없이 고개를 저었다.

"조금 전까지 다카이 유미코 씨의 이야기를 듣고 생각해봤지만, 역시 이야기만으로는 안 됩니다."

유미코가 고개를 들었다.

"오빠가 살인을 할 사람이 아니라고 믿는 건 가족으로서 당연해요. 환자를 그렇게 상냥하게 대하던 젊은이가 재미로 여성을 유괴하고 죽일 리 없다고 생각하는 것도 자연스러운 일입니다. 그렇지만 아다치 씨, 나는 역시 이야기만으로는 마음의 평온을 되찾을 수 없어요. 마리코를 죽인 범인은 분명 이놈이다, 하고 확인하고 마음의 짐을 내려놓고 싶어요. 그러기 위해서는 증거가 있어야 합니다. 움직일 수 없는 증거 말입니다."

마스모토가 고개를 끄덕이며 아다치의 어깨에 손을 올리고 위로해주었다.

"구리하시 히로미의 경우는 성문 감정을 했지요. 그래서 그를 의심할 여지는 없습니다. 그러나 다카이 가즈아키는 그게 없어요. 생전에 목소리를 녹음한 테이프만 있으면 문제가 해결되겠지만요."

솥뚜껑을 닫아버린 듯한 침묵이 찾아왔다. 모두 고개를 떨구고 있었다.

"그런 물증이 나오기만 한다면, 우리도 이런 고생을 안 해도 되겠죠."

아미카와가 입꼬리를 살짝 비틀며 말했다. 요시오는 그 말에는 대꾸

하지 않고 유미코를 향해 입을 열었다.

"오빠의 목소리가 녹음된 테이프 같은 게 있는지는 경찰이 많이 찾아 봤겠지?"

직접 질문을 받은 유미코는 움찔하더니 아미카와의 눈치를 살폈다. 아미카와도 그녀를 보았다. 두 사람 사이에 흐르는 무언가를 자르려는 듯한 기세로 요시오가 말했다.

"우리 같은 세대에 우리 같은 서민은 기계에 녹음된 자신의 목소리를 듣는다는 것 자체를 상상도 못 해. 자동응답기도 쓸 줄 모르고. 있다면 라디오 정도겠지. 왜, 라디오를 듣다보면 전화로 청취자 퀴즈 같은 걸 하잖나? 그 정도뿐이야. 자네 오빠의 목소리가 녹음되어 있을 만한 뭔 가를 머릿속에 떠올릴 수 없어. 그건 오로지 자네 몫이야. 경찰이 많이 물었을 테지만, 다시 생각해봐주게."

다카이 유미코는 눈에 띌 정도로 벌벌 떨고 있었다. 그런 그녀의 모 습이 신이치의 눈에는 너무도 흉하게 보였다. 그러다 문득, 히구치 메 구미에게서 도망치는 자신의 모습을 거기서 연상했기 때문에 그런 기 분을 느끼는지도 모른다는 생각이 들었다. 신이치는 갑자기 식은땀이 흐르는 것을 느꼈다.

"아리마 씨, 그건 좀 어려운 요구가 아닐까요?"

아미카와가 말했다.

"아리마 씨의 괴로운 심정은 잘 알겠지만, 우리는 이제 가즈아키의 결백을 증명하기 위해서는 많은 정황증거와 심증을 끌어모을 수밖에 없다는 각오를 굳히고 있습니다. 이해해주시면 고맙겠습니다."

아리마 요시오가 아미카와의 말을 가로막았다.

"당신이 각오를 굳히는 건 자유지만, 내가 거기에 따라야 할 이유는 없지 않소. 그건 동생 쪽도 마찬가지고."

어설프게 포장되어 있던 평화로운 분위기는 완전히 무너지고 말았다. 한순간이지만 아미카와의 얼굴에 분노의 표정이 떠올랐다. 아리마 요시오는 느긋한 표정으로 그 얼굴을 바라보고 있었다. 그것은 지금까지 아미카와가 출연한 어떤 텔레비전 프로그램에서도, 어떤 인터뷰에서도 나타나지 않았던 새로운 상황이었다.

신이치는 순간 통쾌한 기분을 느꼈다. 이 자리에 있는 사람들은 입장과 의견은 달라도 모두 정의를 추구하는 사람들이므로 그런 감정을 느끼는 것 자체가 불순한 것일지도 모르지만, 그래도 그런 감정은 속일 수 없었다.

"라디오……" 하고 마스모토가 중얼거렸다. 모든 사람의 시선이 그에게 집중되자 그는 얼굴을 붉혔다.

"아, 죄송합니다."

"괜찮아요. 말씀하세요" 하고 아리마가 재촉했다.

"네, 저기…… 아주머니는 기억하세요? 아까 아리마 씨가 말씀하신 것처럼 라디오 방송국에서 공개녹음을 하러 근처에 온 적이 있잖아요. 벌써 오륙 년 전이던가요?"

아다치 요시코는 잠시 생각하더니 둥근 얼굴에 미소를 머금었다.

"맞아, 있었어."

"그렇죠? 우리 인쇄소에서는 나가지 않았지만, 다른 가게 사람들이 나가서 녹음한 방송을 나중에 들어봤었어요."

아미카와가 노골적으로 초조한 기색을 드러내 보였다.

"그래서, 대체 하고 싶은 말이 뭐죠?"

"아, 그러니까 다카이 씨 집은 메밀국수집이잖아요? 그것도 그 동네에서 오랫동안 가게를 했구요. 그러니까 혹시 공개녹음 같은 걸로 라디오에 나온 적은 없을까 해서……"

"설령 공개녹음을 했다 해도 가즈아키는 그런 데 나가서 말을 할 친구가 아니에요. 당신은 생전의 그를 모르니까 그런 추리를 하는 거예요."

아미카와의 반격에 마스모토와 아다치는 몸을 움츠렸다. 그때 꺼질 듯한 목소리가 들려왔다.

"라디오……는 아닐 거예요."

다카이 유미코였다. 신이치가 이 방에 들어온 이후로 그녀가 자발적으로 입을 연 것은 처음이었다.

"아니라고?" 하고 아리마 요시오가 물었다.

"네, 오빠는 내성적인 성격이라서요."

"라디오에 대해서는 경찰이 언급한 적 없었나?"

"지금 처음 들어본 말이에요."

유미코가 마스모토의 턱 부근을 바라보면서 말했다.

"이건 시간 낭비일 뿐입니다. 그런 막연한 생각만 가지고는 아무것도 풀리지 않아요" 하고 아미카와가 내뱉듯이 말했다.

그때, 신이치의 머릿속에서 뭔가가 번쩍했다. 그것이 무엇인지를 포착하기 위해서 잠시 의식을 집중해서 생각하지 않을 수 없었다. 신이치는 생각하고 또 생각하다가 입을 열었다.

"아미카와 씨, 그리고 유미코 씨, 두 분은 다카이 가즈아키 씨가 구리하시 히로미의 이상한 행동을 깨닫고 그것 때문에 고민했다고 주장하고 있죠?"

"그렇지만 아무 근거도 없이 주장하는 게 아냐. 그렇게 생각하는 것이 합리적이라는 거지."

아미카와의 말을 무시하고 신이치는 유미코에게 물었다.

"가즈아키 씨는 혼자서 해결할 수 없는 문제를 끌어안고 있을 때, 누구에게 의논을 했나요?"

유미코는 당혹스러운 표정을 지으며 아미카와의 눈치를 살폈다.

"당신에게 묻는 거예요, 유미코 씨. 가족이잖아요? 한 지붕 아래 살았으니까 오빠에 대해서는 누구보다 잘 알고 있겠죠."

시로시타가 다리를 달달 떨면서 끼어들었다.

"자네는 대체 무슨 말을 하고 싶은 건가? 유미코 씨에게 따져서 뭘 어쩌려고? 자네에게는 그런 권리가 없어."

유미코는 구세주를 만난 듯 눈길을 돌리더니, 소리도 없이 일어서서 방 안쪽으로 사라졌다. 문이 닫히는 소리가 들렸다. 화장실인 것 같았다.

이어서 아미카와도 벌떡 일어서더니 유미코의 뒤를 따라갔다. 남은 사람들 사이에 어색한 침묵이 흘렀다. 그 침묵을 깨기 위해 누군가가 말을 꺼내기도 전에 아미카와가 자리로 돌아왔다. 그는 자리에 앉자마자 신이치에게 말했다.

"너는 말을 좀 조심하는 게 좋겠어. 구경꾼은 함부로 입을 놀리는 게 아냐. 불쌍하게도 유미코가 동요하고 있잖아. 얌전하게 있지 않을 거면 여기서 나가줘."

"이애는 내 가족이나 다름없네."

요시오가 말했다.

"구경꾼이 아닐세. 신이치가 생각하는 게 뭔지 나도 듣고 싶어."

"그럼 집에 돌아가서 이야기하면 되잖습니까!"

아미카와는 거기 있는 모든 사람이 눈을 동그랗게 뜨고 놀랄 정도로 큰 소리로 외쳤다. 사람들의 그런 표정을 보고 자신이 흥분했다는 것을 깨달았는지, 갑자기 눈을 내려깔고는 한 손으로 이마를 짚고 한숨을 내쉬었다.

"죄송합니다."

시로시타가 달달 떨던 다리에 힘을 넣더니 애써 애교 있는 미소를 지으며 말했다.

"아미카와 씨는 요즘 너무 바빠서 밤에 잠도 제대로 못 자고 있습니다. 피곤해서 그런 거니까 이해해주세요."

화장실에서 나온 유미코가 어색한 분위기를 느꼈는지 소파 뒤에 멀뚱하게 섰다. 화장을 고치고 왔는지 립스틱 색깔이 선명해져 있었다. 아리마 요시오가 일어서며 말했다.

"신이치, 그만 돌아가자. 더 이야기할 것도 없을 것 같아."

신이치는 조용히 고개를 끄덕였다. 아다치 요시코는 멈칫거렸다. 그러자 마스모토가 침착한 자세로 아리마 요시오와 시선을 마주치며 그녀의 팔을 부드럽게 잡았다.

"아주머니, 우리도 돌아가요. 아미카와 씨에게 하고 싶은 말은 다 하셨죠?"

아들 같은 직원의 손에 이끌려 마음이 놓였는지 그녀도 조용히 일어섰다. 시로시타가 다급한 목소리로 말했다.

"잠깐만요, 우린 당신들과 아미카와 씨가 만나는 걸 기사로 쓰기로 되어 있단 말입니다. 그래서 카메라맨까지 불러서……"

마스모토가 말을 가로막았다.

"그렇지만 아주머니랑 저는 사전에 그런 이야기는 듣지 못했습니다. 잡지에 나가는 건 아주머니의 뜻이 아니에요."

"괜찮아요, 시로시타 씨."

아미카와가 고개를 숙인 채 날카로운 어투로 말했다.

"그만 됐어요."

시로시타는 불만스러운 표정으로 입을 다물었다.

"유미코."

아미카와가 소파 뒤에 서 있는 유미코를 불렀다. 날카로운 그 목소리에 유미코는 어깨를 부르르 떨었다.

"네가 로비까지 배웅해드려."

유미코는 이번에는 아리마 요시오와 신이치의 눈치를 살폈다. 무엇 하나 자신의 의지로는 결정하지 못하는 것 같았다.

"그럴 필요는 없네."

아리마 요시오가 조용히 말했다.

그러자 아미카와는 얼굴을 들고 희미한 미소를 머금으며 말했다.

"어서 배웅해드리고 와. 나 때문에 유미코와 이야기할 기회도 없었다는 말은 듣고 싶지 않거든. 일층에 커피숍이 있으니까 거기서 이야기를 나누고 와. 그러면 아리마 씨도 불만이 없으실 테니까. 죄송하지만 전 좀 쉬어야겠습니다. 괜찮을까요, 시로시타 씨?"

"아, 물론이지. 좀 쉬어."

일행은 말없이 엘리베이터를 타고 내려갔다. 로비로 나서자 신이치는 성큼성큼 커피숍으로 향했다. 유미코도 천천히 그 뒤를 따랐다. 신이치는 뒤를 돌아보며 그녀에게 툭 던지듯이 말했다.

"하나에서 열까지 아미카와의 말에 따를 필요는 없지 않아요? 전 지금 제 친구를 만나러 가는 거예요."

미즈노 히사미는 신이치를 기다리고 있었다. 멍하니 창밖을 바라보고 있다가 신이치가 다가가자 안도하는 눈빛으로 반겼다.

"너무 오래 기다리게 해서 미안해."

신이치는 아다치 요시코와 마스모토를 소개하고 사정을 설명했다. 히사미의 시선이 혼자 뒤에 떨어져 있는 유미코를 향했다. 아리마 요시오가 다카이 유미코라고 소개해주었다.

미즈노 히사미는 눈을 동그랗게 뜨고 유미코를 찬찬히 살펴보았다.

히사미는 약간 사시여서, 신이치는 늘 그 시선에서 어떤 신비감을 느낀다. 그녀는 자신의 그런 눈으로 다른 사람의 눈에는 보이지 않는 뭔가를 볼 수 있을 것 같은 느낌이 들었다.

"무섭지 않나요?"

히사미가 물었다. 유미코는 눈을 들어 그녀를 바라보았다.

"무섭다고?"

"이렇게 사람이 많잖아요."

유미코는 휴, 하고 한숨을 토해냈다.

"아뇨, 괜찮아요. 이 호텔 안이라면요."

그리고 다시 겁을 먹은 듯 어깨를 움츠리며 신이치를 보았다.

"아까 이야기가 중간에서 끊어졌었죠? 그 다음을 듣고 싶어요. 오빠는 고민이 있으면 누구에게 의논을 했냐고 물었었죠?"

일행은 모두 커피숍에 자리를 잡고 앉았다. 신이치가 설명을 시작했다.

"이건 추측일 뿐이지만, 혹시 가즈아키 씨가 전화상담실을 이용하지는 않았을까 해서요."

시게코의 글이 호평을 받고 있을 즈음에 성우 가와노 레이코가 잡지 대담에서 말한 내용을 떠올리며 그렇게 말했다.

"사건의 범인이 아직 밝혀지지 않았을 때, 전화상담실에 많은 전화가 왔다고 해요. 내가 범인이다, 또는 내 친구가 범인이다, 그런 내용들이요."

아, 하고 마스모토가 탄성을 질렀다.

"그렇지, 그럴 수도 있겠어."

"가즈아키 씨는 내성적인 성격이라 가족에게도 그런 고민을 말하지 않았어요. 그렇다면 익명으로 상담할 수 있는 곳으로 전화를 했을 가능성이 있지 않을까요?"

유미코는 손을 입에다 대고 가만히 생각하고 있었다. 그때 옆자리에 앉아 있던 히사미가 신이치의 소맷자락을 끌어당기며 작은 소리로 말했다.

"카메라야. 누가 사진을 찍고 있어."

신이치는 황급히 뒤를 돌아보았다.

"어디?"

날카로운 목소리로 물었다. 히사미가 신이치의 소맷자락을 잡은 채 속삭였다.

"건너편 왼쪽 기둥 뒤."

보였다. 분명히 있었다. 아까 보았던 여성 카메라맨이 신이치의 시선을 눈치채고 카메라를 내린 채 머뭇거리고 있었다.

"왜 그래?"

아리마 요시오가 묻자 신이치는 자리를 박차고 일어나 그쪽으로 달려갔다. 여자는 도망치지 않고 그 자리에서 카메라를 만지작거리고 있었다.

"필름 내놓으세요."

신이치가 오른손을 내밀었다. 로비를 지나는 사람들이 무슨 일인가 하고 바라보았다. 여자는 못 들은 척하고 있었다.

"필름 내놓으시라구요."

신이치가 큰 소리로 말했다.

"지금 몰래 찍은 필름 말입니다. 우리는 사진 찍어도 된다고 하지 않았어요."

"사회적으로 가치가 있는 정보야."

여자는 고개를 들고 애써 시선을 피하면서 말했다.

"보도할 권리가 있어."

"무슨 가치? 주간지를 팔면 돈이 된다는 가치요? 그리고 이름도 날리고?"

"그렇지 않아. 아미카와 씨의 노력 덕분에 피해자의 유족인 아리마 요시오 씨도 다카이 가즈아키의 결백설을 받아들인다는 사실을 세상에 알릴 수 있다는 거야."

신이치는 세차게 고개를 저었다.

"아리마 씨는 다카이 가즈아키 결백설을 받아들이고 있지 않아요. 아까 이야기는 당신도 들었잖아요."

"그렇지만 다카이 유미코와 사이좋게 차를 마셨잖아. 그건 가치 있는 정보야."

"사진을 공개하면 그런 식으로 치우친 생각을 퍼뜨리게 돼요. 아미카와는 그걸 노리고 있어요."

여자는 입술을 비죽거리며 말했다.

"내 마음대로 결정할 수 있는 문제가 아냐."

"왜요? 촬영한 사람은 당신 아닌가요? 그 나이에 그런 판단도 혼자 책임지고 못 하나요?"

여자의 눈동자에 분노의 불꽃이 이글거렸다.

"고이치 씨에게 물어봐야 한단 말야!"

신이치 곁에서 누군가가 마른침을 삼키고 있었다. 놀라서 돌아보니 다카이 유미코였다. 새파랗게 질린 표정으로 두 손을 가슴에 대고 있었다.

여성 카메라맨이 유미코에게 말했다.

"뭐야? 무슨 말을 하고 싶어?"

떨리는 목소리로 유미코가 말했다.

"필름 주세요."

여자의 눈썹이 일그러졌다.

"무슨 말을 하는 거니? 넌 가만있어."

유미코는 단호한 어투로 다시 말했다.

"필름 주세요."

그리고 갑자기 목소리를 낮추어 여자의 눈을 들여다보며 말했다.

"고이치 씨에게는 내가 말할 테니까요."

여자는 유미코를 노려보았다. 유미코는 고개를 숙이고 자신의 손톱을 내려다보고 있었다.

갑자기 여자가 손에 들고 있던 카메라에서 필름을 꺼내 신이치에게 던지듯이 건네주었다. 그러고는 엘리베이터 쪽으로 달려가버렸다.

여자의 모습이 사라진 것을 확인한 후, 유미코는 신이치의 손에 들린 필름을 바라보며 속삭이듯이 말했다.

"미안해요."

또 사과를 하고 있다.

"사실은 고이치 씨가 같이 로비로 내려가서 아까 그 사람이 사진을 찍을 때까지 잡아두라고 했어요."

신이치는 할 말이 없었다. 화가 치미는 가운데서도 뭔가가 걸리는 게 있었다. 심장이 마구 뛰기 시작했다. 이와 비슷한 일이 전에도 있었다. 이와 비슷한 일이……

"전 그만 돌아가야 해요."

유미코는 눈길을 돌린 채 중얼거리더니 발길을 돌리려 했다.

신이치는 재빨리 말했다.

"유미코 씨, 이다바시의 아크 호텔에서 사진 찍혔던 거 기억해요?"

유미코는 발걸음을 멈추고 신이치의 눈을 바라보았다.

"그 사진주간지요?"

"그래요, 당신이 아리마 씨 일행을 만나러 와서 소동을 벌인 날."

유미코는 여윈 손목을 들어 이마를 눌렀다.

"미안해요. 그때 다치셨죠?"

"그런 말을 하려는 게 아녜요. 생각해보세요. 그때 유족들이 그 호텔에 모인다는 걸 당신에게 가르쳐준 사람이 누구였죠?"

유미코는 손을 내리고 의아하다는 듯이 고개를 갸우뚱했다.

"아미카와 씨였죠? 시게코 씨는 당신의 기분을 생각해서 입을 다물고 있었고. 그렇지 않나요?"

유미코는 창백한 얼굴을 똑바로 들고 신이치를 바라보았다. 화를 내는 건지 놀라는 건지 표정으로는 알 수 없었다.

"전 방금 이런 생각을 했어요. 그때도 지금과 같은 상황이 아니었을까요?"

신이치는 단호하게 말했다.

"아미카와 씨는 당신에게 아크 호텔에서 모임이 있다는 걸 알려주고, 거기 가면 아리마 씨를 직접 만날 수 있다, 직접 대화해서 이해시킬 수 있을지도 모른다는 희망을 심어주면서, 당신을 부추겼어요. 당신이 아크 호텔로 갈 것을 기대하고 말이에요."

신이치의 가슴은 더 격하게 뛰기 시작했다. 신이치는 숨을 몰아쉬고 말했다.

"그리고 그곳에 카메라맨을 대기시켜두고, 그걸 특종이라고 주간지에 판 거예요."

유미코의 얼굴이 더 창백해졌다.

"그때 당신의 정신상태로 봐서 소동을 일으키리란 걸 알았던 거예요. 사진을 찍게 한 것이 그의 노림수였어요. 나중에 시게코 씨에게 들었는데, 그날 그는 당신을 위해서 아크 호텔로 달려왔다고 하더군요.

당신을 도우려고. 그후에 당신이 자살미수를 했을 때도 그가 달려왔어요. 그렇게 해서 당신의 신뢰를 얻은 후에 그는 책을 출판하고, 시게코와 당신을 헤어지게 해서, 자신은 인정 많고 용감한 정의의 기사가 되어 매스컴에 등장한 겁니다."

유미코는 그 자리에서 굳어버렸다.

"당신은 그에게 이용당하고 있어요. 처음부터 그의 손바닥 안에서 놀아나고 있었던 건지도 몰라요."

순간 신이치의 볼에서 짝 하는 소리가 났다. 아픔이 느껴지지 않아 자신이 뺨을 맞았다는 사실을 몰랐다. "신이치!" 하고 미즈노 히사미가 소리치며 달려왔다.

유미코는 자신의 손을 내려다보고 새파랗게 질린 얼굴로 미간을 찌푸리며 신음처럼 중얼거렸다.

"어떻게 그런 말을……?"

히사미가 반격을 가하려 하자, 신이치는 그녀의 어깨를 토닥이며 달랬다.

"괜찮아. 내가 유미코 씨를 화나게 한 거야."

아리마 요시오는 커피숍 입구에 서서 걱정스러운 눈길로 그쪽을 바라보고 있었다. 신이치는 그에게 눈길을 보내며 가볍게 고개를 끄덕였다. 그런 다음 유미코를 바라보았다.

"이제 방으로 돌아가는 게 좋겠네요. 사진 찍는 데 실패했다고 아미카와가 화를 낼걸요. 그가 당신에게 어떤 태도를 취하고, 어떤 말을 하는지 잘 지켜보세요. 뭣하면 지금 내가 한 말을 그에게 직접 해보는 건 어떨까요? 그가 뭐라고 할까요?"

유미코는 두 손으로 얼굴을 가리며 달려갔다.

어느새 아리마 요시오가 곁으로 다가와 재촉했다.

"어쨌든 빨리 여기서 나가자. 아다치 씨와 마스모토 씨는 벌써 돌아갔어. 연락처도 받아두었고."

신이치는 말없이 고개를 끄덕였다.

식당에 들어가서 자리에 앉자마자 신이치는 커피숍 로비에서 유미코에게 말했던 내용을 요시오와 히사미에게 설명했다. 요시오는 신이치를 나무라는 말은 하지 않았고, 히사미는 슬픈 표정으로 말없이 듣고만 있었다.

"네 말이 맞는 것 같아."

요시오가 닭고기를 집으면서 그렇게 말했다.

"그렇지만 그런 짓을 해서 무슨 이득이 있지? 목적이 뭘까?"

히사미가 젓가락을 내려놓으면서 말했다.

"책을 많이 팔려는 거지" 하고 신이치가 망설이지 않고 대답했다.

"그것뿐일까? 글쎄, 『또하나의 살인』은 딱히 유미코 씨가 없어도 충분히 화제가 될 수 있는 내용이잖아."

아리마 요시오는 무언가를 생각하면서 신이치와 히사미의 얼굴을 번갈아 바라보았다. 신이치는 고개를 저었다.

"전 그렇게 생각하지 않아요. 아미카와 고이치가 나오기 전까지, 세상은 구리하시와 다카이 공범설에 어떤 의문도 갖지 않았어요. 물론 경찰이 다카이를 진범으로 단정할 결정적인 증거를 찾지 못한 것 사실이지만, 흐름상 두 사람이 범인이라는 인식에는 별 이견이 없었잖아요."

요시오가 고개를 끄덕이며 말했다.

"맞는 말이야. 그런 분위기 속에서 『또하나의 살인』이라는 책만 불쑥 튀어나왔다면 지금처럼 큰 화제는 되지 않았을 거야."

"그래도 '진범 X 생존설'은 충격적이지 않아? 충분히 화제가 될 수 있는 내용이야."

"너무 자극적이라 가짜 같은 느낌이 들어. 그것만으로는 좀 약해. 다카이 가즈아키는 누가 봐도 수상해. 자발적으로 구리하시와 같이 행동했고, 자신의 차에 기무라 쇼지의 시체를 싣고 운전했으니까."

"응" 하고 히사미는 젓가락을 깨물었다.

"그렇기 때문에 아미카와의 주장은 그런 기존의 인식을 완전히 뒤집어엎을 정도로 인상적인 방식으로 등장할 필요가 있었어. 그래서 준비작업이 필요했던 거야. 우선 유미코가 아크 호텔에서 피해자 유족을 만나 소동을 일으키게 만들고, 그것을 기사화해서 그녀의 절박한 심정을 세상을 알리는 거지. 그게 제1단계야. 그 다음에는 그녀가 그런 소동을 벌이게 된 계기를 제공한 것이 구리하시와 다카이 공범설을 바탕으로 한 르포로 화제가 되고 있는 마에하타 시게코라는 사실을 세상에 알려 사람들을 깜짝 놀라게 만드는 것. 그것이 제2단계. 그 다음 단계가, 자살을 시도할 만큼 궁지에 몰린 친구의 여동생을 대변해 사람의 마음을 마구 짓밟아버리는 지금의 저널리즘, 대표적으로 마에하타 시게코에 대해 더는 참을 수 없다고 정의의 칼을 빼들고 나서는 아미카와 고이치의 등장이야."

요시오가 고개를 끄덕였다.

히사미는 음식이 끓고 있는 냄비를 노려보고 있다가 입을 열었다.

"신이치, 꼭 탐정 같아."

히사미는 젓가락을 들고 냄비 안을 휘저었다. 그리고 요시오에게 야채를 권하며 말했다.

"신이치, 아미카와는 네가 말한 대로 자신을 부각시키기 위해 유미코를 이용하고 있을 가능성이 높아. 그렇다 하더라도 그의 주장에는 귀를 기울여야 하지 않을까? 난 『또하나의 살인』을 읽고 고개를 끄덕이지 않을 수 없었어. 다카이 가즈아키는 일련의 유괴살인사건에는 관여하지 않았을 거야. 그는 사건에 말려든 것뿐이야. 원래 성격이 소극적이라서 미처 빠져나오지 못한 걸 거야."

"그럼 진범 X가 아직 살아 있다는 말이야?"

"그렇게 되는 거지."

아리마 요시오는 두 사람의 대화를 들으며 아무 말 없이 국물을 마시고 있었다. 그리고 그릇을 깨끗이 비운 후, 이렇게 말했다.

"진범 X가 정말로 있다면, 그놈은 아미카와 고이치를 어떻게 생각하고 있을까?"

22

이쪽에서 먼저 움직일 필요도 없었다. 그 다음날 바로 아미카와 고이치에게서 전화가 걸려왔다. 이시이 요시에는 눈을 동그랗게 뜨고 신이치에게 수화기를 내밀었다.

"아미카와 씨라면, 그 책을 쓴 사람이지? 언제 아는 사이가 됐어?"

"그런 사정이 있어요."

신이치는 거실 시계를 보았다. 아침 여덟시. 오늘은 두부가게 아르바이트도 없어서 늦잠을 자려 했지만 로키가 산책을 나가자고 컹컹거리며 짖는 바람에 그만 눈을 뜨고 말았다.

"이 번호는 어떻게 알았어요?"

인사도 하지 않고 바로 그렇게 따지듯이 말했다.

"놀라게 했다면 미안해. 사과하려고 전화한 거야. 어제는 본의 아니게 실례를 한 것 같아서."

의식적으로 감정을 억누르고 부드럽게 말하고 있었다.

"나보다는 아리마 씨와 아다치 씨에게 사과해야 할걸요. 전 그냥 따라갔을 뿐이니까요."

"두 분에게도 전화를 했어. 아리마 씨는 집에 안 계시더라고. 아침 일찍 어디를 가셨는지. 그 할아버지는 가게 하시지 않아?"

"가게 문 닫았어요."

"그래…… 가게 문을 닫았구나."

정말 가슴 아프다는 어투였다.

"어쨌든 나에게는 사과할 필요 없어요. 아주머니가 걱정하시니까 앞으로는 전화하지 말아주세요."

"잠깐, 끊지 마. 할 말이 더 있어. 어제…… 사람들이 돌아간 후부터 유미코가 좀 이상해. 입을 꾹 다물고 생각에만 빠져 있어."

신이치는 벽을 향해 얼굴을 찌푸렸다.

"전 그 사람이 오래전부터 이상해 보이던데요. 매스컴 주변을 어슬렁 거리면서 호텔에 머무는 것 자체가 이상하지 않나요? 대체 그 사람 가족은 어떻게 된 거죠?"

"어머니는 도쿄를 떠나서 어느 온천여관에 있고, 아버지도 거기서 가까운 병원에 입원중이야. 유미코를 혼자 내버려두고 말야."

"어머니가 유미코를 내버려둔 게 아닐걸요. 당신이 그녀를 잡아두고 있잖아요. 빨리 도쿄를 떠나서 어머니 곁으로 가는 게 좋지 않을까요?"

"모녀끼리 서로 상처를 위로해야 한다고? 그러다가는 둘 다 자살해 버리고 말걸."

아미카와는 신이치가 반격할 기회도 주지 않고 말을 이어나갔다.

"이런 말은 우리 만나서 하는 게 어떨까?"

허를 찌르고 들어왔다.

"나 같은 사람은 만나서 뭘 하려고요? 잡지사에 팔 수도 없을 텐데요."

"어른에게 그런 말버릇은 좋지 않아."

아미카와의 어투는 여전히 냉정하고 침착했다. 신이치는 어제의 일이 떠올라 은근히 화가 치밀었다.

"너는 불행한 사건으로 가족을 잃은 피해자야. 용감한 생존자잖아."

신이치는 입을 다물었다.

'내가 그렇게 간단히 넘어갈 줄 알고? 어림없어.'

아미카와는 신이치가 무슨 말을 하리라 기대하고 있었던 듯, 잠시 입을 다물고 있었다. 그러나 대답이 없자 그대로 말을 계속했다.

"그런 의미에서 유미코와 같은 입장이라 할 수 있지. 유미코도 피해자야. 너도 잘 알지? 그래서 네 조언을 구하고 싶은 거야. 유미코의 상처는 누구보다 네가 잘 이해하고 있을 테니까."

아미카와가 말을 하는 동안 그가 왜 자신을 만나려 하는지 그 이유를 추측해보았다. 어제의 그 커피숍에서 있었던 일이 떠올랐다. 그 여성 카메라맨은 언뜻 보기에도 꽤 매력적인 여성이었다. 필름을 넘겨달라고 하자 그녀는 망설였다.

'왜요? 촬영한 사람은 당신 아닌가요? 그 나이에 그런 판단도 혼자 책임지고 못 하나요?'

'고이치 씨에게 물어봐야 한단 말야!'

그녀는 '고이치 씨'라고 불렀다. 꽤 친밀한 듯이. 보통은 '아미카와 씨'라고 할 것이다. 그런데 고이치 씨라니. 유미코는 그걸 듣고 놀라는 표정을 지었다. 그리고 두 여자 사이에 기묘한 기류가 흘렀다. 유미코는 그 여성 카메라맨과 아미카와의 관계에 의심을 품었는지도 모른다. 그래서 상태가 이상해진 것이 아닐까?

아미카와는 그 상황을 모른다. 그러나 유미코가 갑자기 이상해졌다는 것은 안다. 그래서 그는 어제의 상황을 알고 싶은 것이다. 그래서 신이치에게 이야기를 듣고 싶어하는 것이다.

아미카와 고이치가 궁지에 몰린 유미코를 보호하고 있다는 것 자체가 그에게는 전략적으로 무척 큰 힘이 되고 있다. 유미코는 이다바시의 아크 호텔에서 일으킨 소동 때문에 온 세상에 히스테릭한 여자로 낙인이 찍혔다. 그러나 아미카와는 교묘한 연출로 유미코에게 오빠의 무고함을 증명하기 위해 고군분투하는 용감한 여동생이라는 이미지를 만들어주었다. 참으로 멋진 솜씨였다. 또한 그것은 자신이 그녀를 위해 싸우는 정의의 기사라는 이미지를 만들어내는 데도 큰 역할을 했다.

신이치의 내면에서 비뚤어진 호기심이 솟구쳤다. 소중한 전략적 무기인 유미코가 틀어져서 아미카와 고이치가 곤란을 겪고 있다. 그 얼굴을 한 번 봐주는 것도 나쁘지 않을 것 같았다.

"좋아요. 전 어차피 시간이 남아도는걸요. 꼭 만나고 싶다면 만나요. 다만 취재는 안 됩니다."

"물론이지. 나는 같은 실수를 두 번 범하지 않는 사람이야. 네 집 가까운 곳으로 가지. 장소를 정해봐."

조금 망설이다가 결국 신이치는 오가와 공원을 선택했다. 그곳은 사건의 '폭심지'이지만 이제는 취재진도 구경꾼도 없다.

약속시간인 열시보다 삼십 분이나 일찍 신이치는 로키를 데리고 나갔다. 힘차게 줄을 끌고 나아가는 로키를 바라보면서 신이치의 마음은 현실을 떠나 수많은 추측과 의혹의 바다 속을 헤엄쳤다.

동물에게는 신비로운 힘이 있다. 자신에게 내린 재앙만을 생각하고 지내던 나날 속에서도 로키를 데리고 걷는 동안만은 마음의 상처가 씻겨나가는 느낌을 받았었다. 개의 힘찬 근육과 건강한 피의 흐름이 그대로 자신의 몸에 전해져오는 것 같았다. 그런 개를 바라보면서 자신의 현실에 대해 거리를 두고 생각할 수 있게 되었다.

아미카와의 말대로 신이치는 생존자다. 그러나 책임이 있는 생존자다. 범죄의 계기를 만들어준 죄인이다. 그것은 민낯의 시시가 없는 사실이다.

지금에야 아무도 그런 이야기를 꺼내지 않지만 히구치 히데유키가 막 체포되고 아직 사건의 상세한 내막이 밝혀지지 않았을 무렵에는 그들이 신이치가 흘린 정보를 듣고 범행을 저질렀다는 사실 하나만을 들어 신이치도 그들과 한패가 아니냐고 의심하는 사람들도 있었다. 그것도 타인이나 경찰측이 아닌 친척들이. 신이치가 부모와 곧잘 다투었던 건 사실이다. 동생과 말싸움을 하다가 손찌검까지 한 적도 있었다. 사춘기 자녀들이 있는 가정이라면 얼마든지 일어날 수 있는 일이다. 하지만 그런 지극히 평범한 사실들마저 신이치를 향한 의심의 눈초리를 불러오는 결과를 낳은 것이다.

주위의 눈이란 그런 것이다. 진실이 자신에게 직접 닥쳐와 도망칠 수 없는 상황에 놓이지 않는 한, 인간은 그것과 직면할 수 없다. 자신에게 가장 편하고 안락하며, 고개를 끄덕일 수 있는 설득력을 지닌 해석을 '진실'로 채택하는 것뿐이다. 신이치를 의심한 사람들은 그가 아무 생각 없이 흘린 말이 참사를 불러왔다는 무서운 가능성에 직면하기보다, 신이치도 그들과 한패라는 설을 선택하는 편이 마음이 편했던 것이다. 친구와의 대화가 사건의 원인이었다는 이해 불가능한 현실을 부정하고, 부모와 동생에 대한 흉악한 살의를 마음속 깊은 곳에 품고 있던 얌전한 소년을 현실화하는 것이 보다 받아들이기 쉬웠던 것이다. 단지 그것뿐이다.

하지만 그 '그것뿐'이 문제다. 지금 아미카와 고이치를 대하는 신이치 역시 그와 같은 오류를 저지르고 있는 것은 아닐까? 확실히 신이치는 아미카와가 싫었다. 소름이 끼쳤다. 사람들 앞에 나가 정의의 사도 행세를 하는 모습을 눈뜨고 봐주기 힘들었다. 하지만 그렇다고 해서, 그를 부정하는 것이 마음이 편하다는 이유로 그쪽으로만 치우쳐 생각하는 것은 공평하지 못한 일이었다.

아미카와는 진심으로 유미코를 동정하고 다카이 가즈아키가 덮어쓴 누명에 분개해 과감히 일어선 남자인가. 아니면 그냥 세상에 이름을 날릴 기회를 잡으려는 저널리스트 지망생에 지나지 않는가.

적어도 처음에는 분개해서 움직였을 것이다. 그러다 시간이 흐름에 따라 점점 명예욕을 가지게 된 것인지도 모른다. 인간이란 참으로 나약한 동물이다. 전국적으로 이름을 알린다는 것이 그리 쉬운 일인가. 그런 명예욕에 눈이 어두워져 아미카와가 초심을 잊고 말았다 해도 충분히 이해가 가는 면이 있다. 그것을 나무랄 수야 없는 일이다. 자신이 세상에서 유일한 유미코의 아군이며 백마 탄 기사라는 태도를 취하면서 그가 한편으로 몰래 다른 여성을 만나고 있다 하더라도, 애당초 아미카와는 유미코의 애인으로 등장한 것이 아니므로 그것을 두고 배신이라고 나무랄 권리는 그녀에게 없다.

그러나 한 가지 분명한 것은, 유미코가 자신의 힘으로 일어서야 한다는 것이다. 아무리 괴롭고 현실이 가혹하다 해도 정면으로 마주해야 한다. 누군가의 도움을 받는다 하더라도 모든 것을 그에게 맡기고 그 뒤에 숨어버려서는 안 된다. 유미코가 자신의 의지를 가지면 아미카와에게 이용당하지 않고 그의 협력을 얻어낼 수도 있을 것이다. 요컨대 유미코는 자신의 삶을 자신의 의지대로 움직여야 하는 것이다.

오가와 공원에 도착해 약속 장소인 벤치에 앉으면서 신이치는 결심했다. 아미카와에게 솔직하게 물어보기로. 당신은 유미코 씨를 어떻게 생각하고 있습니까? 유미코 씨에게 더 심한 상처를 주지 않으려면, 백마 탄 기사 역할을 그만두고 그녀를 자립하게 돕는 것이 옳지 않을까요?

신이치의 곁에 앉아 있던 로키가 고개를 치켜들었다. 아미카와가 공원 산책로를 따라 걸어오고 있었다.

신이치의 심장이 심하게 고동치기 시작했다. 왜일까? 이런 감정은 어디서 오는 것일까? 영문 모를 반감이 스멀스멀 몸을 타고 기어오르고 있었다.

아미카와가 걸어온다. 마치 모델처럼. 난 역시 이놈을 믿을 수 없어. 강렬한 직감이 신이치의 가슴을 때렸다. 논리적인 추론에 의해서가 아니었다. 왜? 왜 이런 감정이 일어나는 걸까?

갑자기 로키가 짖었다. 아미카와가 발걸음을 멈추고 이쪽을 바라보았다. 선글라스를 이마 위로 올리고 눈을 가늘게 뜨고 신이치를 확인하고는 잰걸음으로 다가왔다.

신이치는 로키의 목을 쓰다듬어주었다. 로키는 얌전한 개여서 사람을 보고 이렇게 짖은 적이 없었다. 신이치를 올려다보는 로키의 검은 눈동자는 마치 무언가를 물어보고 싶어하는 것처럼 보였다.

"기다리게 해서 미안해."

아미카와는 경쾌한 동작으로 신이치 옆에 앉았다. 신이치가 아무 말이 없자 로키를 향해 미소를 보냈다.

"좋은 개로군. 네가 기르는 건가?"

신이치는 마음의 동요가 가라앉을 때까지 아미카와의 눈을 보고 싶지 않았다. 아미카와의 손이 개를 만지려 했다. 신이치의 손이 반사적으로 뻗어나가 그 손을 뿌리쳤다.

아미카와는 눈을 화들짝 뜨고 이상하다는 듯이 신이치의 얼굴을 바라보고는 다시 자신의 손을 내려다보았다.

"개가 낯을 많이 가려서요."

신이치는 내뱉듯이 말하고 로키를 무릎 앞으로 끌어당겼다.

"아주머니가 의심하실까봐 산책시키러 간다고 했어요."

아미카와는 부드러운 미소를 머금었다. 주변에 텔레비전 카메라가 있는 것이 아닌가 싶을 정도로 잘 꾸며진 미소였다.

"나도 어릴 적에 개를 키웠어. 독일셰퍼드였는데, 아주 영리했지."

옛날을 그리워하는 듯한 목소리였다.

"그 개랑 같이 있으면 이 세상에 무서울 게 없었어. 가장 친한 친구였지."

"구리하시 히로미나 다카이 가즈아키보다 더 친했나요?"

순간 아미카와의 얼굴에서 표정이 사라졌다. 신이치는 놀랐다. 한순간이지만, 아미카와가 이렇게 무방비한 표정을 보이기는 처음이었다.

"그럼, 개는 특별한 동물이야. 특히 어린아이에게는."

아미카와의 표정에 웃음이 되살아났다.

"그렇지만 히로미와 가즈아키도 소중한 친구였어."

"당연히 그랬겠지요."

신이치는 의도적으로 비아냥거리는 뉘앙스를 담아 크게 고개를 끄덕이며 말했다. 하지만 아까와 같은 효과는 없었다.

"나와줘서 고마워. 넌 나를 믿지 않지? 그건 나도 알고 있어. 그래서 이 만남이 더 소중한 건지도 몰라."

"난 당신 애인도 아니니까 그런 대사는 필요 없지 않을까요?"

아미카와는 웃음을 터뜨렸다.

"널 뭐 어떻게 하려는 게 아냐."

"유미코 씨는 오늘 뭘 하고 있어요?"

"그냥 호텔에 있지. 머리가 좀 아프다면서 누워 있어."

아미카와는 어깨를 으쓱했다.

"어제부터 그래."

"그래서 당신은 아리마 할아버지와 내가 유미코 씨에게 무슨 말을 했는지 알고 싶은 거죠?"

"무슨 말이야 했겠어?"

신이치는 망설였다. 객관적인 사고와 본능적인 혐오 사이에서 흔들리고 있었다. 말하고 싶은 것도, 듣고 싶은 것도 많았지만 어디서부터 어떻게 말을 시작해야 할지 알 수 없었다. 자신보다 훨씬 고수임이 분명한 이 사람을 상대하려면 장기판의 첫 말을 어떻게 움직여야 할까. 어떤 수를 두어도 완벽하게 반격당할 것만 같았다.

결국 단도직입적으로 물어보았다.

"아미카와 씨는 애인 있어요?"

아미카와는 놀란 듯 눈을 깜빡거렸다.

"왜 그런 걸 물어?"

"유미코 씨가 애인인가요?"

아미카와는 입술에 힘을 넣고 눈을 내려떴다.

"연극은 하지 마세요. 전 그냥 사실을 알고 싶을 뿐이니까요."

아미카와는 쓴웃음을 지었다.

"그러고 보니 넌 참 젊구나. 아니, 어려. 너야말로 여자친구 없어?"

"지금 제 이야기를 하자는 게 아니에요."

아미카와는 검지로 코를 문지르며 잠깐 생각하는 표정을 지었다.

"사람을 좋아하는 데는 여러 가지 형태가 있을 거야. 사랑에도 여러 가지 색깔과 모양이 있어. 자기는 사랑이라고 생각했는데 사실은 우정일 때도 있고, 가족 같은 사랑을 느낄 수도 있어. 어쩌면 두 사람 사이에 똑같은 감정을 주고받는 연애도 있을 수 있겠지. 그렇지 않을까?"

아마 아미카와는 학원 학생들을 이런 식의 말로 사로잡는 모양이었다. 그러나 이 정도 화술에 넘어갈 만큼 신이치는 어리지 않았다.

"연설은 됐어요. 나는 그냥 단순한 의미로 물었을 뿐이에요. 당신과 유미코 씨는 호텔에서 생활하고 있어요. 상식적인 눈으로 보면 애인이죠, 그건."

"방은 따로 써."

"애인인가요, 아닌가요? 당신은 유미코 씨 외에도 다른 여자가 있죠?"

"왜 그런 걸 묻지?"

"유미코 씨가 이상해진 건, 당신에게 배신당했다고 생각하기 때문이에요."

신이치는 여성 카메라맨에 대해 말했다. 아미카와는 시종 무표정했지만, 그녀가 아미카와와 친한 듯이 말하는 것을 유미코가 들었다는 이야기에는 눈썹을 살짝 찌푸렸다. 그러나 금방 웃는 얼굴로 되돌아와 한숨을 내쉬면서 말했다.

"뭐야, 그런 거였어?"

"그런 거라뇨? 유미코 씨는 당신에게 모든 걸 의지하고 있잖아요."

"나를 고이치 씨라고 부르는 여자들은 많이 있어."

"그렇다고 해도 유미코 씨는 여태 그런 경우를 한 번도 못 봤겠지요. 당신과 그 카메라맨과의 관계를 의심하고 충격을 받았는지도 몰라요."

"나랑 그 여자는 특별한 관계가 아냐."

아미카와는 여유를 되찾은 듯, 긴 다리를 느긋하게 꼬았다.

"유미코가 나를 의지한다는 건 잘 알아. 나도 그녀의 신뢰에 부응하고 싶어. 그렇지만……"

"연애감정은 없단 말인가요?"

아미카와가 신이치를 흘끗 쳐다보았다. 그리고 한숨을 내쉬며 말했다.

"그래, 연애는 아니지. 그렇지만 유미코는 그걸 몰라. 유미코는 착각을 하고 있어. 사실은 얼마 전부터 우리 사이에 이게 문제가 되고 있어."

"유미코 씨는 당신을 연인으로 생각한단 말이죠?"

아미카와는 고개를 숙였다.

"……그래."

"당신이 오랫동안 그런 착각을 하게 만들었으니 당연하죠."

아미카와는 천천히 고개를 저었다.

"그건 오해야. 나는 그런 생각을 갖게 하지 않았어."

"말도 안 돼!"

신이치는 단호하게 말했다. 머리 꼭대기까지 피가 솟구쳤다.

아미카와는 고개를 갸우뚱하며 조금 슬픈 눈길로 신이치를 바라보았다. 연민에 가득 찬 그 눈길에 신이치는 몸서리가 쳐졌다.

"너는 가족을 잃은 사건 때문에 상처를 입었어. 유미코도 마찬가지지. 생각해봐. 만약 너에게도 그 상처를 치유해주려고 헌신적으로 노력하는 미인이 곁에 있으면 어떻겠어? 그 사람이 좋아지지 않을까?"

신이치는 아미카와의 시선을 똑바로 받았다.

"당신은 의사가 아니에요. 착각도 정도껏 하세요."

떨리는 목소리를 숨기기 위해 신이치는 입을 반쯤만 벌리고 말했다. 그렇지 않으면 분노로 폭주해버릴 것만 같았다. 객관적으로 보겠다던 아까의 다짐은 흔적도 없이 어딘가로 사라져버렸다.

아미카와는 은근한 눈길로 신이치를 바라보았다. 그리고 타이르듯이 말했다.

"정말 안됐어. 너도 도움이 필요해. 지금의 너는 마치 생쥐처럼 공격적이야."

신이치는 주먹을 불끈 쥐었다. 머릿속에서 아미카와의 얼굴에 주먹을 날리는 장면이 떠올랐다.

로키가 으르렁거리고 있었다. 신이치의 곁에서 머리를 숙이고, 온몸에 힘을 넣어 당장이라도 아미카와에게 달려들 태세를 갖추고 있었다.

개는 주인의 뜻을 안다. 개는 주인의 마음을 읽는다. 상대가 신이치의 적이라는 것을 로키는 느끼고 있는 것이다.

신이치는 천천히 주먹을 풀고 로키의 목을 쓰다듬어주었다. 눈을 내려뜬 채 아미카와의 표정을 슬쩍 살펴보았다. 그는 옆얼굴을 반쯤 신이치 쪽으로 내보인 채 개를 내려다보고 있었다. 그 순간, 신이치는 아미카와의 빈틈을 보았다.

그리고, 놀라운 것을 느꼈다.

아미카와의 눈동자 속에서는 이런 상황에서는 결코 생겨날 리 없는 감정이 소용돌이치고 있었다. 요람 위의 과일칼처럼, 꽃다발 속의 아이스픽처럼, 노골적으로 그 공격성을 드러내고 있었다.

아미카와는 재미있어하고 있다.

신이치는 그것을 손에 잡힐 듯이 생생하게 느꼈다. 그의 쾌락을, 그의 기쁨을, 그의 열락을.

이놈은 나의 분노, 나의 혼란, 나의 공격성을 장난감 삼아 놀고 있다.

이놈은 처음부터 이런 상황을 기대하고 온 것이다.

"정말 좋은 개야. 신이치, 너는 절대 혼자가 아냐. 이렇게 마음 든든한 친구가 있으니까. 안심해도 좋아."

신이치는 발바닥이 차가워지는 느낌에 사로잡혔다.

이놈은 모든 것을 계산하고 있다.

눈을 떴다. 그리고 말했다.

"역시 그랬어. 일부러 그런 거야. 과대망상이 아니었어."

아미카와는 무슨 말인지 모르겠다는 표정이었다.

"뭐라고?"

"일부러 그런 거야. 이다바시의 아크 호텔에서 벌어진 소동 말이야. 당신은 그날 아리마 할아버지 일행이 거기 모인다는 걸 일부러 유미코 씨에게 가르쳐줬어. 그리고 그녀를 부추겼어. 당신은 그런 소동이 일어나리란 걸 알고 있었어. 그래서 일부러 그녀에게 가르쳐준 거야."

그 사건을 통해서 그는 매스컴의 총아가 되었다.

유미코는 그의 노예다.

그의 주위에는 팬이 가득하다.

그러나 그것만으로는 충분하지 않다. 아미카와는 탐욕스럽다. 신이치도, 아리마 요시오도 모두 장악하고 싶다. 순서대로, 멋들어지게 작전을 세워 모두 자신의 손아귀에 넣고 싶다. 그것이 이놈의 바람이다. 지금의 신이치는 거친 야생마다. 길들일 때까지 시간이 걸릴 것이다. 그러나 그런 만큼 재미있다. 그래서 기뻐서 어쩔 줄 몰라하는 것이다.

이것이 이놈의 정체란 말인가.

압도적인 직감이 소용돌이쳐 신이치는 입을 열 수도 없었다. 아미카와는 다시 신이치 쪽으로 몸을 기울이고 무슨 말을 하려다 눈을 동그랗게 뜨고 신이치의 뒤쪽을 바라보았다.

"아는 사람인가?"

시선을 등 뒤로 고정시킨 채 그렇게 물었다.

신이치는 뒤를 돌아보았다. 히구치 메구미가 서 있었다. 놀라지 않았다. 섬광처럼 찾아온 아미카와에 대한 통찰 때문에 다른 감각이나 생각이 끼어들 여지가 없었다.

히구치 메구미는 늘 그렇듯이 원망스러운 눈길로 신이치를 노려보고 있었다. 신이치가 반응하기도 전에 그녀가 먼저 다가와 아미카와 앞에 섰다.

"혹시 아미카와 고이치 씨?"

그녀가 물었다. 혈색은 여전히 안 좋았지만 깨끗하게 커트한 머리였다.

"그런데? 신이치의 친구니?"

히구치 메구미는 신이치 쪽은 쳐다보지도 않았다.

"아뇨, 난 이애 적이에요."

짧게 내뱉고는 아미카와의 얼굴을 유심히 살펴보았다.

"책을 써줬으면 좋겠어요. 우리 아빠 얘기를 책으로 써주지 않을래요?"

신이치는 갑자기 머리가 멍해졌다. 땅바닥이 흔들리는 느낌이었다. 우리 아빠? 아빠에 대해 책을 써달라고?

"신이치의 적이라고?"

아미카와 고이치는 신이치와 히구치 메구미의 얼굴을 번갈아 바라보았다. 그 눈의 한구석에서 또 그 빛이 번득이고 있었다. 일이 재미있어졌어, 정말 유쾌해, 하고 말하는 눈빛.

"혹시, 신이치 가족의 사건과 관계가 있어?"

"그래요."

히구치 메구미는 당당하게 고개를 끄덕였다. 신이치의 존재는 완전히 무시해버리고 있었다.

"우리 아빠가 그 사건의 주범이에요. 그렇지만 사연이 있어요. 우리 아빠는 사람을 죽일 그런 사람이 아니거든요. 그 사정을 책으로 써줬으면 좋겠어요."

신이치가 외쳤다.

"웃기지 마! 난 절대로 허락 못 해!"

"네 허락은 필요 없어."

히구치 메구미는 신이치를 무시하고 다시 말했다.

"이건 우리 가족 문제야. 왜 아무 관계 없는 남이 끼어들려고 해?"

신이치의 눈앞이 새빨갛게 변했다. 가슴속에서 뜨거운 핏덩어리가 치고 올라왔다. 손발이 먼저 움직였다. 어느새 주먹을 쥐고 히구치 메구미를 때리려 하고 있었다.

"그만두지 못해!"

아미카와가 재빨리 신이치를 밀치고 히구치 메구미를 감쌌다. 신이치는 벤치에 엉덩방아를 찧었다. 아미카와가 신이치의 두 어깨를 눌렀다.

"폭력은 안 돼. 아무 의미도 없어, 그건."

냉정한 목소리였다. '남'이라는 히구치 메구미의 말과 '폭력은 안 돼'라는 아미카와의 말이 산소 대신에 신이치의 폐를 가득 채워 안쪽에서부터 신이치를 부수려 하고 있었다.

"정신 차려. 때린다고 해결될 문제가 아냐. 알았어?"

마치 싸움을 말리는 듯한 말투였다. 신이치는 멍한 머리로 생각해보았다. 이건 싸움이 아니다. 우리 가족이 살해당했다. 내 인생이 살해당한 것이다. 그런데 싸움을 말리듯이 나를 제지하다니, 관계없는 남이라니.

아미카와는 신이치에게 얼굴을 들이대고는 너무도 친밀하게, 마치 공범자처럼 친밀하게 속삭였다.

"나에게는 경찰 경호가 붙어 있어. 그러니까 여기서는 소동을 일으키지 않는 게 좋아. 형사가 오면 귀찮아져."

신이치는 이윽고 눈의 초점을 되찾고 아미카와의 얼굴을 쳐다보았다.

"경호가 붙었다고?"

아미카와는 고개를 끄덕였다.

"진범 X가 나에게 접근해올지도 모르니까. 그들은 그걸 기대하고 있어. 나를 미끼로 삼아서 말이야. 그건 다시 말해, 경찰도 내 말의 신빙성을 인정하고 있다는 뜻이야."

신이치는 갑자기 피로를 느꼈다. 무엇 때문에 여기에 왔는지, 아까까지 무슨 이야기를 하고 있었는지조차 생각나지 않았다.

"아미카와 씨, 내 이야기 안 들어줄 거예요?"

아미카와는 두 손으로 신이치의 어깨를 툭 치고는 메구미에게 다가갔다. 재킷 호주머니에서 명함을 꺼내 그녀에게 건네주었다.

"오늘밤에 여기로 전화해. 다른 날로 약속을 잡아서 천천히 이야기하지."

히구치 메구미는 명함을 받아들더니 빙긋 웃었다. 그러고는 처음으로 신이치에게 눈길을 보냈다.

"나, 당신한테 편지를 썼었어요. 출판사로 보냈는데, 답장이 안 왔어요."

"내 앞으로 오는 편지가 너무 많아서 그래."

"그래요. 그렇지만 오늘은 운이 좋았어. 어제 당신이 텔레비전에 나와서 애 얘길 했잖아요?"

히구치 메구미는 턱으로 신이치를 가리키며 말했다.

"그걸 보고, 신이치 뒤를 미행하면 언젠가 당신을 만날 수 있을 거라고 생각했어요. 그렇지만 이렇게 빨리 만날 줄은 몰랐어."

"이제 그만 가봐."

아미카와는 히구치 메구미에게 손을 내저으며 말했다.

"그리고 조금이라도 신이치의 입장에서 생각해봐. 너에게 쫓기는 신이치가 어떤 기분인지 상상해본 적이 있어?"

히구치 메구미는 대답도 하지 않고 발길을 돌려 달려가버렸다. 그 경쾌한 발걸음을 보자 신이치는 뒤쫓아가서 때리고 싶은 충동이 다시 일었다. 그러나 다리가 움직이지 않았다. 몸이 무거웠다. 짙은 패배감이 밀려들어 이대로 땅속으로 사라져버리고 싶었다.

아미카와는 잠시 신이치를 내려다보고는 속삭이는 듯한 목소리로 말했다.

"아까 저애가 말한 그 텔레비전 프로그램, 너는 안 봤지?"

보지 않았다. 그런 방송 자체도 모르고 있었다.

"당신이 나오는 텔레비전 같은 걸 누가 봐?"

아미카와는 여전히 침착했다.

"봤으면 좋았을걸. 난 네 기분을 알아. 자신을 질책하는 그 기분도 알아. 네가 마에하타 시게코에게 붙어서 그녀가 구리하시 히로미와 가즈아키를 악독한 범죄자로 만드는 것을 돕는 건, 다른 범죄의 관계자를 비난함으로써 조금이라도 네 마음의 짐을 가볍게 하고 싶은 거야. 그래서 넌 사실을 냉정하게 바라보지 못하는 거야."

"당신 말은 듣기 싫어."

"물론 네 이름은 말하지 않았어. 문제는 마에하타 시게코니까. 그 여자가 너의 그런 심리를 이용한 거야."

"시게코 씨는 그런 사람이 아니에요."

신이치는 머리칼을 쥐어뜯으면서 겨우 정신을 차리고 아미카와를 올려다보며 말했다.

"히구치 히데유키에 대한 책 따위는 절대로 못 쓰게 할 테니까 그리 알아요."

아미카와는 연민 어린 눈길로 고개를 저었다.

"저널리스트를 막을 수 있는 건 없어."

"당신이 저널리스트라고?"

"그럼 뭐든 너 좋을 대로 불러. 난 쓰고 싶은 건 쓰는 사람이니까. 알겠어, 신이치?"

아미카와는 신이치에게 얼굴을 가까이 갖다댔다. 신이치는 눈을 돌렸다. 그의 숨결이 귓전에 느껴졌다.

"인간은 누구나 마음속에 어둠을 지니고 있어. 범죄자만 사악한 게 아냐. 너나 나나, 다 똑같이 시커먼 부분을 갖고 살아가고 있어. 난 그걸 글로 쓸 거야. 가즈아키의 오명을 씻을 수 있게 되면 그 다음에는 히로미에 대한 글을 쓸까 해. 그가 끔찍한 일을 저지른 건 사실이지만, 거기에는 그럴 수밖에 없었던 이유가 있을 거야. 그리고 사람들은 그에 대해 알고 싶어해. 왜냐하면 모두들 자신의 마음속에 구리하시 히로미와 닮은 부분이 숨어 있다는 것을 알기 때문이지. 그러니까 무서워하고, 또 흥미를 느끼는 거야. 나는 그곳에 빛을 비춰주고 싶어. 나라면 아마 마에하타 시게코보다 훨씬 더 잘해낼 수 있을 거야."

당신의 그 그럴듯한 소신 속에 희생자들이 들어설 자리는 어디에 있지? 신이치가 겨우 말을 찾아내서 그렇게 물으려고 눈을 들었을 때는, 아미카와는 이미 그 자리에 없었다.

다케가미의 이름을 떠올리기까지 꽤 시간이 걸렸다. 명함을 받아둘걸, 하고 신이치는 후회했다. 그날 보쿠도 경찰서에서 단 한번 대화를 나누었던 형사를 이런 식으로 찾아가게 될 줄은 상상도 하지 못했다.

구리하시와 다카이 사건의 수사본부에 근무하는 형사에게 매달린들 아미카와 고이치가 히구치 히데유키에 관해 글을 쓰는 것을 막을 수는 없을 것이다. 그러나 신이치는 이 분노를, 이 불안을 털어놓지 않을 수 없었다. 모든 논리와 이성적인 사고는 강렬한 감정 앞에서는 바람 앞의 낙엽과도 같았다. 이런 말도 안 되는 이야기가 어디 있단 말인가? 세상은 늘 살인자의 변명에만 귀를 기울이는 건가? 진범 X가 접근해오기를 기대하면서 경찰이 아미카와에게 경호를 붙이고 있다고? 그의 주장이 그렇게 옳은가? 수사본부는 아미카와에게 굴복하고 만 것인가? 아미카와 고이치가 그렇게 신뢰할 만한 인물이란 말인가?

먼저 전화를 하고 가야겠나는 생각도 들지 않았다. 그래서 모구도 경찰서의 안내 데스크에서 한참을 기다려야 했다.

"네가 쓰카다 신이치니?"

눈앞에 안경을 쓴 약해 보이는 남자가 서 있었다. 다케가미 형사가 아니었다.

"다케가미 씨를 만나러 왔는데요. 어려운 일이 있으면 의논하러 오라고 하셨거든요."

젊은 형사는 그 말을 듣고 고개를 끄덕였다.

"다케가미 선배는 지금 일이 있어서 본청에 가셨어. 일단 나더러 잠깐 이야기를 들어보라고 해서."

미안한 표정으로 더듬거리며 그렇게 말했다.

"난 시노자키라고 해. 여기 수사과에 있는데, 지금은 특별수사본부에서 다케가미 선배 밑에서 일하고 있어. 여긴 좀 그러니까 저쪽으로 가지."

시노자키는 신이치를 좁은 회의실 안으로 안내했다. 책상 한구석에 노트북이 놓여 있고, 파일이 어지럽게 쌓여 있었다.

"자, 앉아."

시노자키는 신이치에게 의자를 권하고 자신은 컴퓨터 옆에 자리를 잡았다.

"우선 이 말부터 해야 되겠군. 나는 완전히 다케가미 선배를 대신할 수는 없는 입장이야. 다만 내가 대답할 수 있는 것은 대답하도록 하지."

인상은 좋은 것 같지만 어쩐지 무능해 보이는 사람이었다. 그래서 그냥 돌아가야겠다고 생각했다.

"상처는 괜찮니? 흉터가 안 남아야 할 텐데."

갑작스러운 말에 신이치는 놀랐다.

"상처라니요?"

"이다바시의 호텔에서 다친 거 말야. 너였지?"

"어떻게 아세요?"

"나도 주간지 정도는 읽거든. 다케가미 선배의 지시로 와이드쇼와 뉴스를 늘 체크하고 있어. 물론 네 이름은 안 나왔지만, 나중에 전해듣고 꽤 걱정했었어."

"다케가미 씨는 왜 부하에게 제 얘기를 하는 거죠?"

신이치의 어투가 조금 공격적으로 변했다.

"아무한테나 말하고 다니는 건 아니야. 그냥 걱정이 돼서 그러는 거지."

또 겁을 먹은 듯이 머뭇거리며 말한다. 정말 심약한 사람 같았다.

"아미카와 고이치 씨의 신변을 경찰이 보호한다는 게 사실인가요?"

시노자키 형사는 볼에 미소의 흔적을 남긴 채 그대로 굳어버렸다.

"정말이에요?"

신이치의 목소리에 가시가 돋쳐 있었다.

"누구에게 들었어?"

"사실이었군요."

시노자키는 컴퓨터 쪽으로 눈길을 돌리더니 웅얼거리는 소리로 대답했다.

"그래, 사실이야."

신이치는 볼이 뜨거워지는 것 같았다. 자리에서 벌떡 일어섰다.

"이만 돌아가겠습니다."

"어이, 이봐."

"말도 안 돼. 경찰은 도무지 믿을 수가 없어요."

"자, 잠깐만. 왜 그렇게 화를 내?"

"화를 내는 게 당연하죠. 수사도 제대로 못 하면서 왜 그런 놈을 특별 취급하는 거예요? 신변 경호를 한다는 건 그놈의 '진범 X 생존설'을 인정한다는 거잖아요?"

"하기야 그런 셈이지."

시노자키는 눈을 내리깔았다.

"그놈 완전히 득의양양해 있어요. 말로는 자신이 미끼라고 하면서도 사실은 제 세상을 만난 것처럼 거들먹거려요."

"본인이 그렇게 말했어?"

"아주 콧대가 하늘을 찌르던데요."

"아니, 그 말이 아니라, 자신이 '미끼'라고 말했어?"

"그랬죠. 조금 전에 이 귀로 들었으니까요."

시노자키는 테 없는 안경 안쪽에서 가느다란 눈을 크게 떴다.

"그 사람을 만났어?"

"그 사람이 나를 불렀어요."

"왜 아미카와가 너를?"

눈을 깜빡거리면서 형사는 신이치의 얼굴을 응시했다.

"혹시 오래전부터 그 사람을 알았어? 학원에서 그의 강의를 들었다든가."

"말도 안 돼요. 놈은 단지 내가 자기에 대해 어떻게 생각하는지 떠보려고 온 거예요. 유미코 씨한테 실수한 게 있으니까."

"유미코 씨라면, 그 다카이 유미코 씨 말이야?"

시노자키 형사의 목소리가 열기를 띠기 시작했다.

"유미코 씨에게 무슨 일이라도 있었어?"

이번에는 신이치가 형사의 얼굴을 멀뚱히 바라볼 차례였다. 지금의 그 말투에는 어딘가 개인적인 감정이 배어 있는 것 같았다.

"형사님, 다카이 유미코 씨를 알고 계세요?"

"물론 알지. 관계자니까."

"그게 아니라 개인적으로 말예요."

시노자키는 안경을 벗고 렌즈를 닦다가 눈을 들었다. 안경을 끼지 않은 얼굴이 묘하게 어린애처럼 보였다.

"넌 마에하타 시게코 씨의 르포 작업을 도왔었지?"

"네. 별로 도움은 안 됐지만요."

"그 다카이 유미코 씨를 마에하타 씨가 취재하고 있었지. 그런데 지금은 아미카와에게 가 있어. 나는 그 사정이 좀처럼 이해가 안 돼. 괜찮다면 설명 좀 해주겠니?"

신이치는 한숨을 내쉬었다. 형사는 초조한 눈길로 재촉했다.

"네가 싫다면 안 해도 돼."

신이치는 고개를 저었다.

"이야기할게요. 잘 설명할 수 있을지는 모르겠지만. 경찰들이 자주 말하는 편견이나 예단이 들어갈지도 몰라요."

"그래도 괜찮아. 어제 텔레비전에서 아미카와도 마에하타 씨에 대해 꽤 일방적인 비판을 했으니까, 피장파장이지 뭐."

마에하타 시게코와 만난 것부터 설명하다보니 이야기가 꽤 길어졌다. 시노자키 형사는 메모를 하면서 때로 날짜를 확인하는 것 외에는 질문다운 질문은 하지 않았다.

감정을 억제하려고 꽤 노력했지만, 종반에 이르러서는 아미카와에 대한 불신과 혐오 때문에 머리가 뜨거워졌다.

"참 여러 가지 일들이 있었군."

시노자키 형사는 연필을 내려놓고는 안경을 벗고 콧등을 문질렀다. 볼이 약간 불그레해져 있었다.

"사실은 나도 아미카와 고이치를 한 번 만난 적이 있어."

"취조나 조사 때문에요?"

형사는 쓴웃음을 지었다.

"그건 아냐. 이야기의 앞뒤가 바뀌어서 미안하지만, 우리는 데스크라고 해서 서류 일을 담당하고 있어. 다케가미 선배는 이 분야의 전문가여서 여러 가지로 배우고 있어."

즉, 수사담당이 아니라는 말이다.

"어디까지나 후방지원인 셈이야. 물론 모든 수사 자료를 다루기 때문에 그것들을 보고 개인적인 의견을 가질 수는 있지만, 어지간한 경우가 아니고는 수사회의에서 발표하거나 하지는 않아."

신이치는 맥이 빠졌다.

"다케가미 씨도 마찬가진가요?"

"그렇지. 우리는 수사본부의 공식적인 견해를 지지할 수밖에 없는 입장이야. 하지만 다케가미 선배는 베테랑이라서 어느 정도 영향력이 있어. 아미카와 고이치의 신변 경호를 제안한 것도 바로 그 사람이야."

그 형사도 아미카와 고이치의 신자였단 말인가. 신이치의 얼굴에는 낙담의 빛이 역력했다. 시노자키 형사는 그런 신이치의 모습을 가만히 관찰하고 있었다. 그리고 천천히 입을 열었다.

"좀 혼란스럽겠지?"

"혼란이요?"

"그래. 네 생각은 잘 알겠어. 아미카와가 눈앞에서 히구치 메구미의 제안을 받아들이는 태도를 취한 건 무신경한 정도가 아니라 정말로 잔인한 짓이야. 하지만 그 건과 지금 이 본부에서 다루는 연속살인사건에서 그가 관련된 문제는 엄밀히 구분해야 해."

신이치는 말없이 젊은 형사의 얼굴을 보았다. 그는 컴퓨터 쪽으로 몸을 돌렸다.

"나도 아미카와가 싫어. 신뢰할 수 없는 인물이라고 생각해."

시노자키는 망설이지 않고 단정적으로 말했다.

"지독한 이기주의자야."

"책을 쓴 것도, 유미코 씨 편을 드는 것도 모두 이름을 팔기 위한 행동이란 건가요?"

말을 가리는 듯 형사는 고개를 저었다.

"이름을 파는 건 아니라고 봐. 아마 그도 자신이 지금처럼 매스컴의 총아가 되리라고는 상상하지 못했을 거야. 물론 어느 정도 화제가 될 거라는 기대는 했겠지만."

"하루아침에 유명인이 되었으니까요."

"응."

시노자키 형사는 다시 안경을 썼다.

"그 때문인지 너무 흥분해서 그만 약점을 드러내고 말았지."

"그건 무슨 뜻인가요?"

형사는 신이치를 향해 빙긋 웃었다.

"그렇지 않아? 여기서 너에게 상처를 입히고 화를 내게 하다니, 절대로 그래선 안 될 일이지. 게다가 구리하시 히로미에 대한 책을 쓴다고? 물론 언젠가는 쓰겠지. 쓰지 않을 수 없을 거야. 『또하나의 살인』의 독자들은 모두 그걸 기대하고 있으니까. 그러나 그건 이 사건이 공식적으로 종결되고, 구리하시 히로미와 다카이 가즈아키가 살인자로 인정되고, 사회가 그것을 완전히 받아들인 다음의 일이야. 지금은 시기상조지. 여론이 그의 편이 된 건 그가 어디까지나 '알려지지 않은 또하나의 희생자'일 가능성이 짙은 다카이 가즈아키를 변호하기 위해 일어섰기 때문이지, 그가 사건 전체를 분석하고 있기 때문이 아니야. 그걸 착각했다가는 그도 하루아침에 인기를 잃고 말걸."

"그럼 우리 가족 사건에 대한 책도……?"

"바로 쓰면 감점이야. 이 사건이 끝나지 않은 동안에는 뭘 쓰건 마찬가지야. 그는 다카이 가즈아키와 유미코를 위해 일어선 정의의 용사니까. 그 싸움이 끝나기도 전에 한눈을 팔면 안 되지. 그 머리 좋은 인간이 그걸 모르겠어?"

한순간이지만 시노자키 형사의 눈이 날카롭게 빛났다. 신이치는 놀랐다. 언뜻 너무도 나약해 보이는 이 사람에게서 이런 놀라운 기운이 뿜어져나오다니. 형사들은 모두 이런 걸까.

"녀석은 너무 흥분했어."

시노자키는 다시 입을 열었다.

"너에게 그런 말을 해버리다니. 혹시라도 그가 텔레비전에 나와서 그런 말을 해주면 좋겠는데 말야. 금방 반발을 살걸. 그럼 녀석도 당황할 테지. 지금 필요한 건 그놈을 당황하게 하는 거야."

신이치의 가슴이 뛰기 시작했다. 뭔지 모를, 신이치도, 아미카와도, 세상도 모를 뭔가를 수사본부는 생각하고 있는 게 아닐까.

"형사님은 아까 아미카와가 이름을 팔려고 활동하는 게 아니라고 하셨죠? 이렇게 갑자기 스타가 될 줄은 상상하지 못했을 거라고 했죠?"

"응, 그랬지."

"그렇다면 그의 목적은 뭘까요?"

시노자키는 천천히 눈을 깜빡이더니 컴퓨터 쪽으로 시선을 두고 조용한 목소리로 말했다.

"모든 상황을 자신의 뜻대로 주무르는 거지. 그것뿐이야."

"상황을 주물러요?"

"그래. 무대의 연출가. 그를 중심으로 모든 일들이 움직이는 것. 모든 것을 장악하는 것. 그만이 알고 있는 것을 세상에 알리는 것. 인기나 돈은 모두 부산물에 지나지 않아."

신이치는 이해하기 힘들었다. 모든 것을 장악한다니, 대체 무슨 말이지?

"도무지 이해할 수 없네요."

"모르는 게 당연하지. 나도 사실은 잘 모르겠어. 그래서 아미카와 고이치를 관찰하고 있는 거야. 그리고 아미카와가 네 가족 사건에 대해 책을 쓰겠다고 한 건 걱정하지 않아도 돼. 절대로 그렇게 할 수 없게 할 테니까."

그렇게 말하고 시노자키는 부드러운 미소를 머금었다. 자신감이 넘치는 말투였다. 신이치는 오히려 더 초조해졌다. 자리에서 일어서려는 시노자키를 보고 황급히 물었다.

"형사님, 아까 아미카와를 한 번 만난 적이 있다고 했죠? 어디서 만났나요?"

시노자키는 당황하는 기색이 역력했다. 안경이 콧등에서 흘러내렸다.

"제가 괜한 걸 물었나요?"

"아냐, 그렇지 않아."

"혹시 형사님이 유미코 씨를 잘 아는 게 아닌가 해서요. 아시겠지만 그녀는 지금 아미카와랑 같이 있어요."

"호텔에 있다고 했지?"

"네. 지금도 유미코 씨를 조사하거나 하나요?"

"요즘은 거의 그렇지 않아. 가족에게 확인해야 할 새로운 사실이 나오지도 않았고……"

신이치는 망설이다가 말을 꺼냈다.

"요즘 유미코 씨 상태가 좋지 않아요."

"상태가 좋지 않다니?"

"그래요. 아미카와가 그렇게 인기를 끌면서 여기저기 바쁘게 돌아다니지만, 사실 그건 유미코 씨를 위한 게 아니라…… 그러니까, 지금 아미카와한테는 여자들이 달라붙잖아요? 그놈도 별로 싫어하는 것 같지 않고. 아무래도 유미코 씨는 뒷전이에요."

"그래, 외톨이가 된 기분이겠지."

시노자키는 연애소설같이 말을 돌려 표현했다. 하지만 그 감정은 신이치에게도 충분히 전해졌다.

"하지만 그런 건 우리 힘으로 어떻게 할 수 있는 일이 아냐. 가능하다면 네가 힘이 되어주면 고맙겠는데…… 넌 유미코 씨와 충돌할 수도 있으니 아무래도 힘들겠지."

젊은 형사는 한숨을 쉬며 말했다. 그 말투에는 어딘지 모르게 슬픔이 배어 있었다. 혹시 경찰은 유미코에게 좋지 않은 어떤 사실을 알고 있는 게 아닐까. 지금은 밝힐 수 없지만 곧 공개할 어떤 사실 때문에 유미코를 연민하는 것은 아닐까.

"형사님에겐 제게 말할 수 없는 뭔가가 있는 모양이네요."

신이치가 그렇게 넘겨짚자, 시노자키는 맥없이 웃었다.

"다케가미 선배가 돌아오면 아마 전화를 할 거야."

"그렇지만 아무것도 가르쳐주지 않겠죠."

"그건 어떨지 모르지."

형사는 진지한 표정으로 고개를 저었다.

"하지만 우리는 모두 혼신의 힘을 바쳐서 수사에 임하고 있어. 이런 사건은 두 번 다시 있어서는 안 되니까 말이야. 수사하는 우리들도 인간이라는 존재에 대한 사고방식을 바꾸지 않으면 안 될 정도의 사건이지."

과거에도 여성을 노린 연속살인사건이 있기는 했다. 사람의 목숨을 종잇장처럼 여기는 범죄자들도 존재한다. 확실히 이번 사건은 끔찍하긴 하지만, 시노자키 형사는 왜 이렇게까지 절실한 걸까? 신이치의 마음속에 그런 의문이 생겨나 가시처럼 가슴을 찔렀다. 그리고 오가와 공원에서 오른팔을 발견했을 때도 느끼지 못했던, 깊은 곳에서 스며나오는 한기에 몸을 떨었다.

23

집으로 돌아가는 길에 마에하타 시게코는 이번 일에 대해 쇼지에게 사과하리라 다짐했다. 아무래도 말없이 집을 나온 건 잘못인 것 같았고, 그때보다 머리도 훨씬 맑아져 다시 취재할 힘도 되찾았다. 일단 한시라도 빨리 쇼지와 화해하고 다카이 유미코에게 연락을 취하기로 마음먹었다. 빠를수록 좋다. 자동응답기에 남긴 메시지가 아무래도 마음에 걸렸다.

그러나 현관문을 열자마자 그런 계획은 산산이 부서지고 말았다.

"그런 뻔뻔스러운 얼굴로 잘도 돌아왔군."

그것이 쇼지의 첫마디였다. 시게코는 얼굴에서 핏기가 가시는 소리가 들리는 것 같았다.

"취재 간다고 메모 남겼었잖아."

시게코는 턱을 당기고 침착하게 쇼지의 눈을 바라보며 말했다.

"싸우고 화해도 안 하고 그대로 나간 건 미안해. 그렇지만 그런 상태로는 같이 있어도 좋을 게 없을 것 같았어. 갑작스럽게 취재할 일이 생긴 것도 사실이고."

쇼지는 작업복 차림으로 옷장 앞에 서 있었다. 뭘 하고 있었을까. 지금은 공장에 있어야 할 시간이 아닌가.

"공장 일은 괜찮아?"

쇼지는 아무 말 없이 입을 비틀며 그 자리에 가만히 서서 시게코를 노려보고 있었다. 창백한 얼굴이었다. 내가 잠깐 집을 나간 게 그렇게나 충격적인 일인가?

쇼지가 무겁게 입을 열었다.

"아버지가 쓰러지셨어."

"뭐? 언제?"

"네가 집을 나가고 한 시간 정도 후에. 머리가 아프다고 먼저 집으로 돌아가셨는데, 조금 있다 어머니한테서 연락이 왔어. 아버지 상태가 이상하다고. 아무리 깨워도 일어나지를 않는다고. 그래서 구급차를 불렀어."

감정이 격해졌는지 쇼지는 잠시 말을 멈추었다.

"뇌졸중이야. 계속 의식이 없는 상태고, 병원에서는 회복 가능성은 반반이라고 해."

"또 혈압 약 먹는 걸 잊으신 거 아냐? 그렇지?"

쇼지의 눈꼬리가 위로 치켜올라갔다.

"그래서, 자업자득이란 거야?"

입술을 파르르 떨면서 그렇게 말했다.

"쓰러져서 돌아가실지도 모르는데, 그게 본인 책임이라고?"

"그런 뜻으로 한 말이 아냐."

"그럼 무슨 뜻이야? 어디 한번 설명해봐."

"왜 그렇게 화를 내고 그래? 너무 흥분한 것 같아, 쇼지."

쇼지는 갑자기 옷장 서랍을 발로 찼다.

"아버지가 돌아가실지도 모르는데 흥분 안 할 수 있는 사람이 어딨
어?"

시게코는 두 손으로 가슴을 감쌌다. 심장이 밖으로 튀어나올 것 같았
다. 슬프다기보다 무서웠다. 더이상 말대꾸를 하다가는 맞을 것 같았
다. 남편 쇼지가 낯선 타인처럼 느껴졌다.

이대로 도망치고 싶었다.

"쇼지, 타월은 찾았니?"

등 뒤에서 목소리가 들렸다. 뒤를 돌아보니 시어머니가 문 쪽에 서
있었다. 시게코와 눈이 마주치자 충혈된 눈이 크게 떠지고, 입가가 비
틀어졌다.

"어머나, 너도 있었구나."

"아버님 얘긴 방금 들었어요."

시게코는 시어머니를 향해 될 수 있는 한 부드럽게 말했다.

"일 때문에 집을 비우는 바람에 바로 연락 못 드려서 죄송해요. 저기,
지금 병원에 가시는 거죠? 저도 같이……"

시게코 쪽은 보지도 않은 채 시어머니가 잘라 말했다.

"너한테는 이제 볼일 없다."

시게코는 입을 다물고 시어머니를 바라보았다. 시어머니는 곁눈으로
시게코를 노려보고는 어딘지 의기양양한 투로 말을 이었다.

"아무 말 없이 집을 나가서 며칠씩이나 맘대로 돌아다니고는, 돌아왔
다고만 하면 다니? 정말 애가 어쩜 그렇게 뻔뻔스럽니?"

"화내시는 것도 당연하지만요, 어머님. 저도 아버님이 쓰러지신 걸 알았으면 나가지 않았을 거예요. 타이밍이 나빴던 거예요…… 저도 당연히 아버님이 걱정돼요. 같이 병원에 가겠어요."

옷장에서 타월이며 옷들을 꺼내 가방에 싸고 있던 쇼지가 갑자기 입을 열었다.

"그런 말은 이제 안 해도 돼. 무리하지 마."

시게코는 그 자리에 얼어붙었다.

"뭐라고?"

"무리하지 말라고 했어. 너는 일이 더 중요하잖아? 같이 일하는 동료들이랑 노는 게 더 즐겁잖아? 그럼 그쪽을 우선시하면 돼. 이제 우리집에는 안 있어도 된다고."

시어머니도 말을 보탰다.

"그래, 너랑은 이제 연을 끊자. 이제 시어머니도 며느리도 아니야."

"어머니, 가요."

쇼지는 시어머니의 손을 잡고 문을 열었다. 당장이라도 시게코에게 등을 돌리고 나갈 태세였다.

"잠깐만요! 이건 너무해요!"

시게코가 소리치자 쇼지는 등을 돌린 채로 발을 멈추었다. 시어머니에게 짐가방을 맡기며 먼저 가 있으라고 하고는 문을 닫았다.

목이 메어 말이 나오지 않았다. 쇼지도 묵묵히 서 있었다.

"정말로 나가라는 거야?"

겨우 그렇게 물었다. 갑자기 눈물이 나올 것 같아 시게코는 고개를 떨어뜨렸다.

"이제 안 되겠어."

쇼지는 작은 목소리로 말했다.

"아까, 타이밍이 나빴다고 말했지? 그러니까 그 말은, 하필 네가 없는 사이에 아버지가 쓰러지신 거란 뜻이지?"

"그래, 그거 말고 다른 무슨 뜻이 있겠어?"

"넌 그렇게밖에 생각 못 해?"

쇼지는 어깨를 늘어뜨리고 한숨을 쉬었다.

"무슨 소리야?"

"그런 변명을 생각해내기 전에, 집을 비워서 미안했다, 정말 힘들었겠다, 앞으로는 안 그러겠다는 생각은 안 들었냐고?"

"그러니까…… 그래서 타이밍이 나빴다고 말했잖아."

분명 자신은 아무것도 모르고 가족들에게 폐를 끼쳤는지도 모른다. 하지만 그렇다고 놀러 다닌 것도 아니다. 꼭 르포라이터 같은 직업이 아니라도 이렇게 어긋나는 일은 생길 수 있다. 그런데 왜 먼저 사과부터 해야 하는 거지? 나쁜 짓을 한 것도 아닌데.

"난 내 일이 있어. 그쪽에도 무책임할 수는 없어. 집을 비운 건 미안해. 하지만 그만큼 지금부터 열심히 하면 되잖아?"

쇼지는 천천히 고개를 저었다.

"그거 가지고는 안 돼."

"뭐가 안 되는데!"

"내 사고방식이 구식인지도 몰라. 하지만 시게코, 나는 아무래도 내 부인은 집안일을 제일 우선으로 생각했으면 좋겠어. 자기가 없는 사이에 가족이 병에 걸려도 일 때문에 어쩔 수 없었다고 변명하는 여자를 나는 용납할 수가 없어."

"쇼지, 하지만 그건 처음부터 알고 있던 거였잖아? 나는 결혼 전부터 이 일을 하고 있었어. 당신은 계속 내 일을 응원해주었고. 그렇지 않아? 내 르포가 호평을 받을 때는 당신 친구들에게 자랑도 하고 그랬잖아.

우리 부인은 정말 대단하다고. 그랬었잖아?"

시게코는 쇼지에게 한 발 다가갔다.

"그렇지만 이런 일을 하다보면 좋은 일만 있는 건 아냐. 사회적으로 평가받는 결과를 내려고 하다보면 희생해야 할 것도 있어. 당신이 자랑하는 르포라이터로 일하면서 아내로서, 또 며느리로서의 역할까지 완벽하게 해내는 건 내게는 너무 힘들어."

"그러니까 이제 안 되겠다는 거야."

차갑다기보다 담담한 말투였다.

"우리는 이제 같이 살 수 없어."

시게코는 겨우 렌즈의 초점이 맞은 듯한 기분이었다. 쇼지는 헤어지자고 말하고 있다. 스스로를 진정시키기 위해 시게코는 손가락을 꼭 쥐었다.

"당신은, 이혼같이 중요한 일을 이렇게 짧은 시간에 결정하는 거야? 겨우 이 정도 트러블로, 결론을 내버리는 거야?"

"난 이번 일이 단순한 트러블이라고 생각하지 않아. 아주 중요한 문제야."

"아버지가 쓰러지셨을 때 내가 집에 없었던 게 그렇게 큰 문제야? 인생을 바꿀 정도의 중대사야?"

"그래."

쇼지는 조용하게 대답했다.

"나한테는 그래."

다람쥐 쳇바퀴 도는 꼴이다. 시게코는 그렇게 생각하고 입술을 깨물며 말을 삼켰다.

"시게코, 내가 문제라고 하는 건 네가 집에 없었다는 것만이 아냐. 집을 나가고 전화 한 통 없이 가족을 내버리는 네 사고방식이 문제라는 거야. 아무리 바쁘더라도 집에 무슨 일이 없나 하고 연락하는 건 일 분만 시간을 내도 할 수 있는 일이야."

"싸우고 나왔으니까 전화하기 힘들었어."

"그런 문제가 아냐."

쇼지는 이미 결론을 내린 것이다. 시게코는 점점 몸이 얼어붙는 것 같았다.

"너도 너의 진심을 깨닫지 못하고 있어. 지금의 너라면 집안일 따위 안중에도 없는 게 당연해. 바깥 사회가 훨씬 재미있고, 너한테 어울리니까."

시게코는 눈길을 들어 쇼지를 바라보았다.

"어울린다고?"

"그래. 나는 머리도 나쁘고, 공고도 겨우 졸업했어. 아버지나 어머니도 제대로 된 교육을 받지 못했어. 난 네가 하는 일을 따라갈 수 없고, 네 발목만 잡고 늘어질 뿐이야."

"그렇지 않아. 날 응원해줬잖아?"

"뭔지는 잘 모르겠지만 사람들이 다들 대단하다고 하니까 나도 그런가보다 했을 뿐이야. 텔레비전에 나오고, 잡지에 실리니까, 굉장하다, 유명인이네, 하는 정도였어. 나는…… 나는, 내가 따라갈 수 없을 정도로 훌륭한 일을 하는 아내보다, 머리는 나빠도 가족 중에 누군가가 아프면 달라붙어서 간호를 해줄 수 있는 그런 상냥한 아내를 더 원했어. 난 잘못 생각했던 거야. 제대로 생각도 해보지 않고 응원한다느니, 네 편이라느니, 그럴듯한 말만 늘어놓았어."

시게코는 아무 말도 할 수 없었다. 일을 그만두고 가정에 충실하겠다, 상냥하고 말 잘 듣는 아내가 되겠다, 그런 말을 할 수는 없었다.

"왜 좀더 빨리 말해주지 않았어?"

"나도 스스로 바뀔지도 모른다고 생각했어. 아니, 바뀌어야만 한다고 생각했어. 시게코를 응원하겠다고 약속했으니까, 그 약속을 끝까지 지켜야 한다고 생각했어."

시게코는 눈에 눈물이 고이는 것을 느꼈다.

"고마워."

"고맙다는 말 안 해도 돼."

쇼지도 처음으로 울먹이는 소리를 냈다.

"결국 이렇게 됐잖아. 아버지가 쓰러지시고 나서 난 절실하게 느꼈어. 더는 나를 속일 수 없어. 더이상은 시게코의 삶의 방식에 맞출 수가 없어."

시게코는 천천히 고개를 끄덕였다. 마음은 정리되지 않았지만 반박할 말은 없었다. 쇼지는 지금 감정적으로 말하는 것이 아니다.

"시게코, 지난번에 왜 범죄 르포를 쓰는 거냐고 내가 물었을 때 이렇게 대답했었지. 인간 속에 감추어진 어둠을 들여다보기 위해서라고. 그 어둠을 알고 싶다고."

시게코는 쓴웃음을 지었다.

"응, 그랬어."

"난 그 말을 듣고 시게코가 정말 대단하다고 생각했어."

쇼지는 중얼거리듯이 말을 이었다.

"그렇지만 난 가족의 인생을 생각해주는 상냥한 아내가 필요해. 인간의 내면에 감추어진 어둠 같은 건 몰라도 좋고, 머리가 텅 비어도 좋아. 그게 나의 바람이야. 이제야 그걸 알았어."

시게코는 입을 다문 채, 몇 번이나 고개를 끄덕였다. 미안해, 하고 속삭이듯이 말하고 쇼지는 문을 닫고 나갔다.

시게코는 짐을 싸기 시작했다.

24

"네, 아다치 인쇄소입니다."

"여보세요? 아다치 씨 댁 맞죠?"

"그런데요?"

"혹시 마스모토?"

"네, 그런데요?"

"아, 나 아미카와 고이치야."

"아, 안녕하세요."

"일요일에는 찾아와줘서 고마웠어. 그런데 그런 소동이 생겨서 미안하게 됐네."

"아닙니다, 전 괜찮아요."

"아다치 씨도 마음 상하지 않았으면 좋겠는데."

"괜찮아요. 아주머니는 그런 걸로 마음 상하실 분이 아니세요."

"그럼 다행이고. 아다치 씨의 증언은 다음 책에 꼭 쓸 생각이야. 물론 방송에서도 말을 할 테고. 가즈아키의 인간성을 증명할 소중한 증언이니까."

"아주머니에게 볼일이 있으세요? 지금 장 보러 나가셨는데요."

"아, 괜찮아. 사실은 아주머니가 아니라 네게 볼일이 있어서 말야."

"네? 저한테요?"

"응. 지금 혼자야?"

"네, 사장님은 지금 은행에 가 계세요."

"그래, 마침 잘됐네. 마스모토, 네게 부탁할 게 있어. 전화로는 이야기하기 어려운데 오늘밤이라도 좀 만날 수 없을까?"

"어, 그건 좀 곤란한데요. 지금 바빠서요."

"그럼 내일은?"

"저…… 무슨 일인데요?"

"중요한 일이야. 전화로는 말할 수 없어. 얼굴을 보지 않고서는 말할 수 없는 일이 있잖아. 너도 사회인이니까 잘 알겠지."

"그래도…… 저기, 전 그런 거 잘……"

"어려울 거 없어. 그냥 나를 좀 도와주면 돼."

"그건 안 돼요. 저 같은 사람이 책 쓰는 분 일을 어떻게 도와요?"

"그런 게 아냐. 아주 간단한 일이야. 내일 나에게 전화를 좀 해줬으면 해. 낮에 와이드쇼에 나가거든."

"방송에 전화를요?"

"응. 그리고 나를 협박하는 투의 말을 해줬으면 해. 내용은 내가 생각할 테니까, 너는 방송국에 전화해서 그걸 읽기만 하면 돼."

"협박이요?"

"너도 알지? 경찰은 내 주장을 믿지 않아. 아무리 진범 X가 존재한다고 해도 들은 척도 안 해. 그러니까 그들을 이해시키기 위해서는 진범 X가 실제로 전화를 하는 게 제일 효과적이야."

"무슨 말인지 모르겠는데요."

"그러니까, 네가 진범 X 흉내를 내서 방송국에 전화를 하는 거지. 길거리의 공중전화 같은 데서 걸면 그만이야. 음성변조기도 내가 준비해둘게."

"그럼 경찰과 방송국 사람들을 속인다는 건가요?"

"그렇긴 하지만, 경찰을 움직이게 하기 위한 거야. 그냥 간단한 연극이라고 보면 돼."

"그런 거짓말은 저 못 해요."

"괜찮아, 넌 머리가 나쁘지 않으니까 알 거 아냐?"

"전 머리 나쁘지만, 그래도 그게 거짓말이라는 건 압니다."

"실망인데. 아주머니 의견에 동의하지 않아? 내게 협력하지 않는다는 건 아주머니의 의견에 반대한다는 거나 마찬가지야."

"그렇지 않아요. 전 중학교를 졸업하고 계속 여기 있었기 때문에 잘 알아요. 아주머니는 그런 거짓말을 싫어하세요. 사람을 속이는 건 절대 안 된다고 하셨어요."

"목적이 있어서 그런다니까."

"안 되는 건 안 돼요."

"섭섭하군. 네게 기대하고 있었는데. 나랑 같이 일할 사람으로 점찍어놨었는데 말야."

"그만 끊을게요."

"알았어. 이 얘긴 아주머니에게 하지 마. 괜한 걱정 하실 테니까."

전화는 끊어졌다. 아미카와 고이치는 휴대폰을 쥔 채, 젠장! 하고 소리쳤다.

"이런 바보새끼! 머리도 텅 빈 게 왜 곧이곧대로 말을 안 듣는 거야!"

마스모토는 수화기를 내려놓고 한참 생각에 빠져 있었다. 일요일 메르바 호텔에서 여러 가지 일들이 있었지만, 결과적으로는 다행이었다. 무엇보다 아주머니는 가슴에 품고 있던 말을 다 할 수 있었다. 아주머니가 생각하는 다카이 가즈아키는 절대 그런 끔찍한 범죄를 저지를 사람이 아니었다. 그 이야기를 들어주는 사람을 만날 수 있어서 정말 다행이었다.

그리고 그애. 쓰카다 신이치라고 했던가. 다카이 가즈아키의 목소리가 전화상담실에 녹음되어 있을지도 모른다는 말. 여태 그런 생각을 한 사람은 아무도 없었다. 적어도 마스모토가 아는 한에서는.

그런 아이디어를 경찰에 알리는 것도 좋을 것이다. 그후로 계속 전화를 할까 생각했다. 비록 내 생각은 아니지만, 쓰카다 신이치의 의견이라고 밝히고 경찰에 알리면 되지 않을까. 경찰이라면 각지의 전화상담실을 조사해서 다카이 가즈아키의 목소리를 찾아낼 수 있을지도 모른다.

하지만 한창 가게가 바쁜데 괜한 일을 벌여서 사장님과 아주머니를 성가시게 하는 것도 내키지 않았다.

"다녀왔어."

아다치 사장이 은행에서 돌아왔다.

"점심 먹었어?"

"네, 사장님 식사도 차려뒀어요."

"그럼 어디 먹어볼까."

웃으면서 사무실로 들어가는 사장의 얼굴을 마스모토는 가만히 바라보았다. 말을 해야 하나, 말아야 하나.

쓰카다 신이치의 의견뿐 아니라 지금 받은 이상한 전화에 대해서도. 그 아미카와 고이치라는 놈은 알고 보면 아주 엉터리일지도 모른다. 그런 말도 안 되는 제안을 내가 순순히 받아들일 거라고 생각하다니, 정말 웃기는 놈이다. 사람을 뭘로 보고.

'그렇지만 아주머니는 그놈을 칭찬했잖아.'

"왜 그래, 내 얼굴에 뭐라도 묻었어?"

"아, 아닙니다."

"그놈, 싱겁기는."

사장은 웃었다. 마스모토는 생각했다. 말을 해야 하나, 말아야 하나.

25

가버렸다.

그는 가버렸다.

다카이 유미코는 호텔 방에서 혼자 침대에 앉아 멍하니 벽을 바라보고 있었다. 아침도 점심도 먹지 않았다. 옷은 겨우 갈아입었지만, 양말은 신지 않아 맨발이었다. 며칠째 이 상태다. 오늘이 며칠이지? 며칠이나 지났을까.

유미코의 상태가 이상하다는 것을 아미카와 고이치도 이미 눈치채고 있을 것이었다. 지금의 유미코는 내면의 동요를 감출 만한 기력도 없었고, 실은 자신의 혼란을 아미카와가 알아주기를 바라는 마음에 일부러 감정의 기복을 얼굴에 드러내기도 했으니 당연한 일이었다.

그러나 그는 나가버린다. 약속이 있다면서, 바쁘다면서, 매일 나가버린다. 유미코를 홀로 남겨두고.

혼자 있고 싶다고 했다. 생각할 게 있다고 했다. 그렇게 말한 건 유미코였다. 그러나 마음은 그 반대였다. 지금까지는 이렇지 않았다. 유미코가 혼자 있고 싶다고 해도 아미카와는 늘 곁에 있어주었다. 혼자 있는 건 좋지 않다면서, 이런저런 이야기를 하면서 유미코를 달래주었다. 그가 유미코의 말을 액면 그대로 받아들인 건 이번이 처음이었다.

토요일 밤에는 어둠을 견디지 못해 마에하타 시게코에게 몇 번이나 충동적으로 전화를 걸었다. 물어보고 싶었다. 시게코 씨, 나 지금 잘못하고 있는 건가요? 아미카와 씨와 함께 오빠의 결백을 증명하기 위해 싸워왔어요. 그렇게 생각했어요. 그런데, 과연 다른 사람 눈에도 그렇게 보일까요?

시게코 씨의 눈에는 나의 진심이 보이나요?

난 아미카와 씨를 좋아해요. 아미카와 씨와 같이 있고 싶어요. 아미카와 씨가 나만을 생각해주었음 좋겠어요. 아미카와 씨가 나를 지켜주었음 좋겠어요.

언젠가부터 내 속에서, 오빠의 오명을 씻겠다는 다짐보다 그 사람에 대한 생각이 더 커지고 말았어요.

시게코 씨, 이런 내 마음이 보이세요? 시게코 씨의 눈에 보이면 세상 사람들의 눈에도 보이겠죠. 내가 한심한가요? 나는 착각하고 있는 건가요?

마에하타 시게코는 전화를 받지 않았다. 자동응답기에 말을 남길까도 했지만, 한심한 생각이 들어 결국 그만두었다. 자동응답기에는 울먹이는 소리만 남아 있을 것이다.

그것을 듣고 마에하타 시게코는 어떻게 생각할까? 이제 와서 무슨 소리냐고 화를 낼까? 내가 아미카와의 대리물이냐고 코웃음을 칠까? 무서워서 다시 전화를 할 수가 없었다.

책이 팔리고 이름이 알려지면서 아미카와는 변했다. 아니, 그가 변했다기보다는 그와 유미코의 관계가 변했을 것이다. 상냥함과 친절함과 배려로 유미코를 대하는 것은 변함이 없지만, 분명 두 사람 사이에는 틈이 벌어지고 있다.

책이 나오기 전에는 두 사람은 동지였다. 아미카와는 강한 전사였고 유미코는 나약한 존재였지만, 그래도 다카이 가즈아키라는 불운한 청년의 결백을 호소하는 전우라는 입장은 같았다.

그런데, 지금은 달라졌다.

길을 걸으면 여자들이 아미카와를 보고 소리를 지른다. 격려 편지가 산더미처럼 쌓인다. 그중에는 러브레터에 가까운 것들도 있다. 사진을 동봉하거나 전화번호며 메일 주소를 가르쳐주면서 만나고 싶다고 하는 여자들도 적지 않다.

아미카와 고이치는 영웅이 되었다. 불행한 소꿉친구를 위해 용감히 세상의 편견에 맞서 싸워 사람들의 시선을 끌었다. 지금은 경찰까지도 그의 주장을 받아들이고 있다. 일주일 전부터는 아미카와에게 경호를 붙이기도 했다. 수사본부가 그의 의견을 받아들인다는 확고한 증거다.

그리고 유미코는 홀로 남겨졌다.

유미코는 영웅이 아니다. 이제 아미카와와 같은 자리에 설 수 없다. 영웅의 그림자를 밟으며 소리없이 고개를 숙이고 걸어야 하는 처지다. 아무도 유미코를 보지 않고, 신경도 쓰지 않는다. 전설이나 신화 속에서는 영웅이 괴물에게 잡힌 공주를 구해내면 두 사람은 손을 마주 잡고 민중의 환호를 받으며 귀환한다. 유미코는 그렇게 착각했다. 아미카와가 이름을 날리면 그녀도 거기에 함께 서 있을 수 있으리라 생각했다.

그러나 전설과 현실은 달랐다. 유미코는 처음부터 공주가 아니었다. 영웅의 손에 구원받기는 했지만, 그녀는 여전히 이름 없는 시골 아가씨에 지나지 않았다. 영웅과 시골 아가씨는 맺어질 수 없다.

유미코는 착각하고 있었다.

영웅이 시골 아가씨를 사랑했기 때문에 구원의 손길을 뻗은 것이라고 믿었다.

세상에 나온 아미카와의 주위에는 그에게 어울리는 수많은 공주들이 다가왔다. 모두 유미코보다 아름답고, 세련되고, 머리도 좋았다. 아미카와는 그런 공주들과 즐거운 시간을 보내고 있다. 연상의 인기 여성 캐스터와 당당하게 대화를 나누고, 웃고, 농담을 던지는 아미카와를 바라보고 있노라면 유미코의 가슴도 두근거렸다. 그러나 착각의 꿈에서 깨어나고 보니, 그녀에게는 아미카와를 자랑스럽게 생각할 권리조차 없었다.

'고이치 씨.'

그 여성 카메라맨과 그가 친하게 지낸다는 것은 알고 있었다. 바에서 둘이 늦게까지 술을 마신 적도 자주 있었다. 그렇지만 그건 일 때문이라고 생각했다. 아니, 그렇게 생각하려 했다. 그렇게 유미코는 자기 자신을 속여왔다. 냉웅이 시슬 아가씨와 맺어진다 해도 진혀 이상할 게 없다고 믿었다. 자신과 아미카와는 다카이 가즈아키의 혼에 의해 연결되어 있다고 굳게 믿었다.

그러나 그것은 허망한 착각에 지나지 않았다. 아미카와는 사전에 아무런 의논도 없이 마음대로 취재 일정을 짜서 아리마 요시오와 쓰카다 신이치를 화나게 만들었다. 그러더니 또 유미코를 이용해서 그들을 속이려 했다. 처음부터 끝까지, 유미코는 그저 장기판의 말에 지나지 않았다. 그는 모든 것을 그 여성 카메라맨과 의논하고 실행했다. 그 여자가 그를 '고이치 씨'라고 부르는 것을 듣는 순간, 유미코는 더는 안개 속에 몸을 숨기고 자신을 속일 수 없다는 것을 깨달았다.

그리고 그는 가버렸다.

유미코만을 남겨두고 가버렸다.

초인종이 울렸다. 유미코는 천천히 얼굴을 들어 문 쪽을 보았다.

다시 울렸다. 초조와 짜증이 섞인 듯한 소리였다. 침대에서 일어나 문 앞까지 가는 동안에도 쉬지 않고 울려댔다.

문을 열자, 십 센티미터 정도의 틈으로 그 여성 카메라맨이 안을 살피고 있었다. 두 개의 눈동자가 유미코의 눈을 보았다. 그녀는 안으로 들어와 한 손으로 문을 짚은 채 입을 삐죽 내밀고 유미코를 노려보았다.

"괜찮아?"

마치 괜찮으면 안 된다는 투였다.

유미코는 말없이 그녀 옆을 스쳐 복도로 나가려고 했다. 그러자 여자가 팔을 잡았다.

"오늘 아침에 아미카와 씨가 네가 걱정된다면서 한번 살펴봐달라고 해서 와본 거야. 네가 좋아서 온 게 아냐."

유미코는 뒤를 휙 돌아보고는 일부러 강조해서 물어보았다.

"아미카와, 씨가요?"

"응, 고이치 씨가 부탁했어."

유미코의 가슴이 다시 아려왔다. 절대로 이길 수 없는 싸움이란 것을 깨달았다.

여자는 쾅 하고 문을 닫더니 유미코와 문 사이에 섰다.

"너 지금 뭔가 오해하고 있는 모양인데, 고이치 씨가 누구랑 사귀든 누굴 애인으로 삼든, 너한텐 간섭할 권리가 없어."

유미코는 말없이 바닥을 내려다보았다.

"그렇게 슬픈 얼굴을 하고 있으면 누가 동정이라도 해줄 줄 알지만, 어림도 없어. 고이치 씨도 요즘 들어 너에게 넌더리를 내고 있다구."

그녀의 말이 점점 더 빨라졌다. 말이 입을 떠나 혼자서 마구 내달리는 것 같았다.

"넌 절대로 비극의 여주인공이 아냐. 눈을 크게 뜨고 현실을 똑바로 봐."

유미코는 눈을 들어올려 그녀를 뚫어져라 바라보았다. 상대가 움찔했다.

"지금 그 이야기, 아미카와 씨가 내게 말하라고 한 거예요?"

여자는 입을 다물었다. 유미코는 다시 물었다.

"당신에게 그 말을 해달라고 부탁한 건가요?"

"그 사람은 그렇게 무신경한 사람이 아냐. 너도 잘 알잖아. 아니까 그에게 의지하는 걸 테고."

유미코는 문을 열었다.

"가세요."

"유미코, 너 말야."

"말하고 싶지 않아요. 나가주세요."

"어머, 그래?"

여자는 안쪽 호주머니에 손을 찔러넣더니 봉투를 하나 꺼냈다.

"이거."

그리고 그것을 유미코의 코앞으로 들이밀었다.

"프런트에 있더라. 어머니가 보낸 모양이야."

유미코는 봉투를 받아들었다. 우표가 비뚤게 붙어 있고, 발신인란에
는 작게 '어머니가'라고만 씌어 있었다.

여자를 내보낸 다음 문을 닫아 체인을 걸고, 침대로 돌아가서 봉투를
열었다.

봉투 안에서 두 장의 스냅사진이 떨어졌다. 이상한 사진이었다. 전체
적으로 어두웠다. 피사체가 일그러져 있었다. 무슨 편지 같은 것을 찍
은 것 같았다. 유미코는 눈을 가까이 댔다.

확실히 그것은 편지를 찍은 사진이었다. 손으로 쓴 글씨가 빽빽한 편
지였다. 표면이 일정하지 않아서 글자를 읽기 힘들었다. 유미코는 얼굴
을 찌푸렸다. 이건?

글자를 힘겹게 읽어나가는 동안 바닥이 흔들리는 듯한 느낌에 사로
잡혔다. 침대 커버를 움켜쥐고 겨우 몸을 지탱했다.

이건…… 대체……?

봉투를 잡고 안에 든 종이를 끄집어냈다. 한 장의 복사용지에 워드프
로세서로 친 글이 찍혀 있었다.

다카이 유미코에게

현실을 직시해라.

이 사진은 다카이 가즈아키가 남긴 유서의 일부를 찍은 것이다. 유서에서 다카이는 구리하시 히로미와 함께 저지른 잔혹한 범죄에 대해 모든 것을 인정하고 고백하고 있다. 그들의 사고사는 적어도 다카이에게는 각오한 자살이었다. 다카이는 오직 죽음으로써 구리하시의 지시에 따라 저지른 자신의 죄를 씻을 수밖에 없었다.

이 유서는 아미카와 고이치에게 부쳤던 것이다. 그는 오랫동안 이것을 숨기고 있었다.

사건이 구리하시와 다카이 두 명에 의해 일어났다는 것을 그는 처음부터 알고 있었다. 알면서 숨기고 있었던 것이다.

나는 아미카와의 주변을 조사하던 끝에 마침내 이것을 촬영하는 데 성공했다.

물론 필름은 나에게 있다. 이 사진을 없애도 사실은 절대로 숨길 수 없다.

이 진상이 폭로되면, 무슨 일이 일어날까.

아미카와도 너도 이제 끝이다.

아미카와에게 이 편지를 보여라.

나는 거래를 원한다.

너는 이제 물러설 수 없다.

남 흉내내는 연극으로 세상을 농락하면 반드시 그 대가를 치를 것이다. 각오해라.

보낸 사람의 이름은 없었다. 날짜도 없었다.

유미코의 손에서 편지가 떨어졌다. 한 호흡을 두고 그녀는 그대로 바닥에 주저앉아버렸다.

현실을 직시해라.

얼마나 오래 앉아 있었을까. 워드프로세서의 글자가 머릿속에서 소용돌이치고, 문장 하나하나가 마구 흩어졌다가 다시 이어지고, 둥근 원을 그렸다가는 흩어지고, 유미코를 조소하는 듯이 빛났다가 눈 뒤쪽에서 난무하기 시작했다.

어쩌면, 나는 의식을 잃고 있었는지도 몰라. 그래서 악몽을 꾸었는지도 몰라.

그러나 내려다본 자신의 손에는 그 편지가 그대로 있었다. 손가락이 단단히 부여잡고 있었다. 발아래에는 사진 두 장이 바닥에 떨어져 있었다. 분명히 존재한다. 이 현실은 지울 수 없다.

현실을 직시해라.

오빠가, 범행을 고백한 유서를 남겼다. 그리고 고이치 씨는 그것을 알고 있었다.

초인종이 울렸다. 아까와는 달리 느긋한 울림이었다.

유미코는 침대 곁의 디지털시계를 보았다. 벌써 밤이다. 유미코가 얼어붙어 있는 동안 많은 시간이 흐른 것이다.

문을 두드리는 소리가 들렸다. 이름을 부르고 있다. 유미코, 유미코, 안에 있니? 문 좀 열어줘.

아미카와다. 외출에서 돌아온 것이다.

유미코는 자신이 둘로 분리되는 듯한 느낌에 빠져들었다. 하나의 유미코는 달려가서 문을 열고 그의 가슴에 안겨 울음을 터뜨리려 하고 있다. 또하나의 유미코는 이대로 죽음처럼 침묵에 잠긴 채 짐을 정리해 그의 곁을 떠나려 하고 있다.

하지만, 그래서 어디로 가야 하지? 갈 곳이라도 있을까? 이 엄청난 사실을 가슴에 안고 대체 이 세상 어디로 간단 말인가?

경찰? 신문사? 아니면 마에하타 시게코의 집? 그녀라면 기꺼이 이야기를 들어줄 것이다. 이 사진과 편지는 움직일 수 없는 증거다. 마에하타 시게코는 옳았다. 그녀의 정보원이자 신념의 근거이기도 한 경찰도 옳았다. 다카이 가즈아키는 정말로 살인자였다. 그것을 증명할 수 있는 증거품을 들고 달려오는 유미코를 마에하타 시게코가 어떻게 물리칠 수 있단 말인가.

하지만 그후에 유미코는 어떻게 될까.

마에하타 시게코는 어차피 타인이다. 그녀는 사건과는 아무런 관계도 없다. 취재를 하고 르포를 쓸 뿐이다. 실적을 올리기 위해서이다. 유미코의 인생을 지켜주기 위해서가 아니다.

"유미코, 자고 있어?"

아미카와의 목소리가 들린다. 유미코는 침대를 붙잡고 일어나 문 앞으로 다가갔다. 손잡이를 잡고 돌렸다. 왜 이 문은 이렇게 무거울까. 열어서는 안 된다고 말하는 것 같다.

아미카와는 두 눈을 크게 뜨고 유미코의 얼굴을 바라보았다. 유미코도 그의 얼굴을 보았다. 그의 눈동자를 정면에서 바라보기는 정말 오랜만이었다.

"들어오세요."

"괜찮아?"

두 사람의 말이 겹쳐져 의미 없는 불협화음을 만들어냈다.

"보여줄 게 있어요."

유미코는 등을 돌리며 말했다.

"편지가…… 편지가 왔어요. 사진도 들어 있어요."

여기에서 떠나려 했던 또하나의 유미코가 유령처럼 조용히, 그리고 슬프게 허공에 떠서 아래를 내려다보고 있었다. 유미코는 그 시선을 느끼면서 아미카와에게 편지를 건네주었다.

길고긴 침묵.

정체불명의 협박자에게서 온 편지를 읽고, 아미카와 고이치는 소파에 앉아 턱에 손을 대고 오랫동안 생각에 잠겼다. 돌아왔을 때는 그렇게 밝았던 표정이 지금은 침울하게 가라앉아 있다. 유미코는 침대에 앉아 그가 무슨 말을 해주기를, 웃어주기를, 분노로 얼굴이 달아오르기를 계속 기다렸다.

아미카와는 무슨 생각을 하고 있을까. 지금 이 사태에 대해 무슨 생각을 하고 있을까. 기계적으로 시간의 경과를 알리는 디지털시계를 바라보면서, 유미코는 문득 이대로 가만히 앉아 있으면 저런 편지도 사진도 없어지고, 끔찍한 사건에 대한 기억도 모두 씻은 듯이 사라지고, 세상 사람들도 사건에 대해 죄다 잊어버리고, 모든 것이 해결되어 평온한 미래로 이동할 수 있지 않을까 하고 생각했다. 사건을 거역하고 흐름에 역행하려 했기 때문에 이렇게 괴로운 것이다. 가만히 몸에 힘을 빼고 흘러가는 대로 놔두었으면 훨씬 좋은 결과가 나왔을지도 모른다.

디지털시계의 액정이 자정을 표시했다.

그때 유미코의 귀에 무슨 소리가 들렸다. 사람의 목소리 같았다. 옆방에서 들려오는 소리인가 하고 사방을 둘러보았다. 그때, 깨달았다.

불끈 쥔 주먹을 입에 대고 고개를 숙인 채, 아미카와가 큭큭거리며 웃고 있었다. 눈꼬리에 주름이 잡혔다. 웃을 때 잡히는 저 주름을 유미코는 좋아했다. 유미코는 갑자기 마음이 놓여 물었다.

"이거, 역시 장난 맞죠?"

아미카와는 계속 웃고 있었다. 테이블 위에 펼쳐놓은 편지와 사진을 보며 웃고 있었다.

유미코는 침대에서 내려와 의자를 끌어당겨 그를 향해 돌아앉았다. 아미카와는 마치 유미코에게 얼굴을 보이지 않으려는 듯이 고개를 숙인 채 계속 웃고 있었다.

"뭐가 그리 우스워요? 난 처음에 이 편지를 읽었을 때 심장이 멈추는 것 같았어요."

아미카와는 한숨을 내쉬었다. 너무 웃어서 힘이 빠졌다는 듯이. 그리고 다리를 바꾸어 꼬고는 즐거운 표정으로 유미코의 얼굴을 빤히 들여다보았다.

"유미코, 이 사진에 찍힌 유서의 글씨가 정말로 가즈아키가 쓴 거라고 생각해?"

의외의 질문이었다. 유미코는 생각도 해보지 않은 의문이었다.

"그건……"

사진을 손에 들고 다시 살펴보았다. 자신이 없었다. 글씨가 너무 작고 내용도 단편적이라 잘 읽히지 않았다. 유미코는 솔직하게 그렇게 말했다.

"오빠는 글씨를 잘 못 썼어요. 배달 주문을 받아 메모한 것도 알아보기 힘들어서 엄마와 내가 뭐라고 했을 정도였어요."

아미카와는 사진을 향해 고개를 끄덕였다.

"이 글씨도 아주 악필이지. 그래서 아무런 의심도 안 했을 거야."

실제로도 충격이 너무 커서 거기까지는 생각이 미치지 않았다. 유미코는 고개를 끄덕였다.

"그럼 장난이란 거죠? 이 유서라는 것도 가짜죠?"

아미카와는 입가에 미소를 머금기만 할 뿐 대답이 없었다.

"오빠가 이런 유서를 쓸 리가 없어요. 대체 누가 이런 악질적인 장난을 한 거지? 호텔 프런트에 와 있었대요. 어머니가 보낸 것처럼요. 그렇게 해두면 반드시 내가 뜯어볼 거라고 생각한 거예요."

아미카와는 얼굴 각도는 그대로 둔 채 눈만 돌려 유미코를 보았다. 마치 흥미로운 동물을 관찰하는 것 같은 눈길이었다.

"그거, 진짜야."

그의 미소를 보고 함께 웃고 있던 유미코는 그 표정 그대로 굳어버리고 말았다.

"편지 내용도 사실이야. 처음부터 끝까지, 모두 진짜야."

유미코는 사진을 떨어뜨렸다. 사진이 손에서 움직인 것 같았다. 저항하는 듯 몸을 비틀며.

"말도 안 돼……"

숨이 막힌다. 바닥이 꺼지는 것 같다. 아래로 아래로, 점점 빨려들어간다.

"가즈아키의 유서는 그들이 그린로드에서 죽은 다음날 내게 도착했어."

아미카와는 대사를 읽듯이 그렇게 말했다. 유미코에게서 시선을 돌리고 창 쪽을 바라보고 있었다. 눈이 부신 듯 눈을 가늘게 뜨고.

"그걸 읽고 얼마나 놀랐는지 몰라. 사건에 대해서는 뉴스를 통해 알고 있었어. 큰일이라고 생각했지. 엄청난 증거를 내가 갖고 있는 거였으니까."

"그렇다면…… 왜……"

"바로 경찰에 알리지 않았느냐고?"

아미카와는 그렇게 되묻고는 쓴웃음을 지으며 고개를 저었다.

"두 사람이 연속 유괴살인사건의 진범이라는 것은 이미 결정난 사실이니까. 텔레비전 뉴스도 처음부터 그렇게 단정짓고 있었고. 그래서 굳이 이런 걸 경찰에 가져갈 필요가 없다고 생각했지. 괜히 매스컴의 집중포화를 받고 경찰의 조사를 받는 건 싫었어. 자칫하다가는 나까지 사건에 관련되었다고 생각할지도 모르니까."

유미코는 몸이 휘청거리는 것 같은 충격에 사로잡혔다.

머릿속에 떠오르는 것도, 목까지 치밀어오르는 것도 오로지 한마디뿐이었다. 왜? 왜?

"그래서 나는 유서를 잊기로 했어."

아미카와는 담담하게 말을 이었다.

"하지만 보도를 접하는 사이에 수사가 너무 허술하다는 것을 알았지. 가즈아키에 관한 증거는 하나도 없고, 두 사람이 사용한 아지트도 발견되지 않았어. 성문 감정을 할 자료도 없었어. 있는 게 없었지."

그리고 조금 강한 어조로 말했다.

"그래서 생각해본 거야, 이거 꽤 재미있겠다고 말야."

유미코는 앵무새처럼 그의 말을 따라했다. 재미있겠다? 재미있겠다고?

"유미코, 디베이트라고 알아? 토론회 같은 건데."

유미코는 멍하니 아미카와를 바라보았다. 응? 뭐라고?

"대학 때 몇 번 해본 적이 있는데, 아주 재미있어. 거의 진 적이 없었어."

디베이트는 순수하게 토론의 기술을 겨루는 장이다. 거기에서 주장하는 내용이 자신의 신념에 반하는 경우도 있다. 예를 들면 개인적으로는 안락사에 반대해도, 디베이트의 장에서는 안락사 옹호파로서 논리를 전개할 수 있다.

"나는 그걸 응용해보려고 했어. 나는 일본에서 유일하게 가즈아키가 범인임을 말해주는 움직일 수 없는 증거를 가지고 있지만, 그것을 뒤집어서, 가즈아키는 피해자이며 히로미와 짜고 범죄를 저지른 진범 X는 따로 있다는 가설을 세상에 설득시킬 수 있을지 도전해보려고 한 거야."

유미코의 얼굴에서 핏기가 빠져나갔다. 그의 말을 도무지 따라잡을 수 없었다. 그러나 아미카와는 왜 자신이 이런 말을 하는지조차 잊고 있는 것 같았다. 즐겁게, 자랑스럽게 말을 이어나갔다.

"정말 어려운 일이었어. 올려다봐야 될 정도로 높은 허들이었어. 연속살인에 익숙하지 못한 바보 같은 경찰은 그렇다 치고, 세상 사람들마저 그 두 사람이 범인이라고 단정해버렸으니까. 왜냐면, 그들은 빨리 안심하고 싶어하거든. 무서운 살인범은 죽었다, 이제 괜찮다, 그렇게 생각하고 싶기 때문이지. 그것을 뒤집어엎으려면 대단한 에너지가 필요해. 타이밍을 잡는 것도 어려워. 대중을 불안에 빠뜨리는 작업은 무엇보다 타이밍이 제일 중요해."

그래서 경찰이 허둥지둥하며 수사하는 것을 잠시 지켜보기로 한 것이다.

"그런데 마침 마에하타 시게코라는 어리석은 여자가 경찰의 견해를 그대로 옮겨놓은 르포를 써서 화제를 모았지. 그래서 바로 이때다 하고 판단한 거야. 수사본부라는 막연한 조직을 상대하기보다는 개인의 의견에 반론을 펴는 것이 대중에게 어필하기에 훨씬 효과적이니까."

유미코는 무슨 말을 하고 싶었지만 너무 혼란스러워 입을 다물고 말았다. 아미카와는 그런 유미코를 보고는 조금 위로하는 듯한 투로 이야기를 계속했다.

"물론 유미코에게는 미안한 일이었지만, 죄를 저지른 것은 가즈아키지 부모님과 유미코는 아무 관계도 없어. 하지만 일본이란 나라에 사는 사람들에게는 정말 안 좋은 버릇이 있어. 가족이라는 단위에 대해 절대적인 신앙을 가지고 있기 때문에 죽은 가즈아키를 대신해서 유미코에게 책임을 지우려고 한 거야. 나는 그런 우매한 대중의 공격에서 유미코를 구해주고 싶었어."

겨우 유미코는 입을 열 수 있었다.

"난…… 난 그렇지만…… 정말로 오빠가 범인이 아니라고 믿었는데……"

아미카와는 몸을 앞으로 기울이고 유미코의 팔을 가볍게 토닥였다.

"유미코, 어른이 되면 아무리 가족이나 친구라 해도 그 사람의 내면을 바닥까지 다 알 수는 없어. 가즈아키의 마음에는 유미코에게는 결코 보여줄 수 없는 어둠이 있었어. 그 부분에 대해서는 마에하타 시게코의 소설 같은 분석도 아주 틀리진 않았지. 뭐, 그 여자는 낭만주의자니까. 여자란 모두 그렇긴 하지만."

"마에하타 씨가……?"

"그럼. 그 여자의 글을 읽어봤어? 문장이 일본어로 되어 있을 뿐, 기본적인 사고방식은 미국의 범죄 논픽션을 그대로 따라한 거야. 흉내를 내는 것도 정도껏 해야지. 도무지 사실을 있는 그대로 보려고 하지 않아. 결국 자신이 쓰고 싶은 것을 현실로 전이시켜서 썼을 뿐이야."

유미코는 얼굴을 들었다. 눈물이 흘러 테이블 위로 떨어졌다. 아미카와는 우는 아이를 달래는 아버지처럼 유미코의 얼굴을 내려다보고 있었다.

"난 성공했어."

단정하는 말투였다.

"지금은 형세가 완전히 역전됐지. 전 일본이 내 편이야. 경찰조차 수면 아래에서는 내 가설을 믿고, 진범 X가 나에게 접촉해오기를 기대하고 있어. 유미코는 지금은 비극의 히로인이야. 바깥에 한번 나가봐. 처음에는 마치 귀신이나 괴물이라도 보는 눈길로 널 바라보던 사람들이 이제는 네게 다가와 끌어안아줄 거야. 당신의 비극은 나의 비극이기도 하다면서 말야. 당장이라도 널 신부로 삼고 싶다는 남자도 분명 있을 거야."

유미코는 더이상 할 말이 없었다. 무슨 말을 해야 좋을지 알 수 없었다.

"이 비겁한 협박자는 걱정할 필요 없어."

아미카와는 그렇게 말하고 사진을 집어들었다.

"누가 보낸 건지 대충 짐작이 가. 내가 아니라 유미코에게 보낸 걸 보니 꽤 머리를 쓴 것 같지만, 사실은 겁쟁이야. 나를 정면으로 대할 용기가 없는 거야. 괜찮아. 이놈이라면 간단히 물리칠 수 있어. 어차피 돈이 목적이겠지."

아미카와는 유미코의 마음을 다 안다는 투로 말했다. 유미코는 반드시 그의 의견에 찬성할 것이라고 믿는 것이다. 그래서 유미코는 혼란 속에서도 열심히 말을 찾아 내뱉지 않을 수 없었다.

"사실을 알려야 해요."

아미카와는 텔레비전에 나오는 개그맨처럼 눈을 크게 뜨고 과장되게 놀라는 표정을 지었다.

"사실이라니?"

"이 유서에 대해서요."

"알려서 어떡하겠다는 건데?"

"어떡하다니요? 이게 진실이잖아요."

"그래서 다시 쫓기는 몸이 되고 싶어? 아버지 어머니도 겨우 안정을 찾으셨는데, 다시 떠돌이 신세로 돌아가겠다고? 아버지 상태가 더 안 좋아지셔서 돌이킬 수 없게 될지도 몰라."

알고 있다. 말하지 않아도 너무나 잘 알고 있다. 하지만.

"머리로 아는 것하고 몸으로 받아들이는 건 달라. 이제 와서 새삼 유서를 세상에 내보내겠다니. 유미코, 그런 건 어린아이의 정의감이야. 그런 짓을 해서 누가 이득을 보지? 고작 마에하타 시게코가 콧구멍을 벌름거리며 텔레비전에 나오는 정도겠지. 그러나 그 여자는 유미코를 위해 아무것도 해주지 않아."

그렇다. 마에하타 시게코는 어차피 타인이다. 유미코의 인생을 대신해줄 수 없다.

"그뿐만이 아냐. 너를 둘러싼 상황은 처음보다 더 나빠질 거야. 예를 들어 네가 나를 배신하고 유서를 세상에 공개한다고 쳐. '진실'을 밝혀야 한다고 생각했다고, 눈물을 흘리며 설명한다고 쳐. 그렇지만 세상 사람들이 그런 이야기를 받아들여줄까? 전부 아미카와 고이치가 제멋대로 한 일이고, 나는 아무것도 몰랐습니다, 그런 말을 듣고 깜짝 놀랐습니다, 라고 한들 누가 믿어줄까? 교활한 여자라고 할걸. 처음부터 모든 것을 알고 있었으면서 거짓말을 한 거다, 아미카와와 그렇게 붙어다녔는데 몰랐을 리가 없다고 할걸. 지금 와서 유서를 공개한 것도 경찰이 가즈아키가 범인이라는 결정적인 증거를 잡았기 때문이라고 생각할지도 몰라."

유미코는 혼란스러워 정신을 차리기도 힘들었지만, 아미카와의 그 말만은 머리에 들어왔다. 그렇다. 그의 말이 옳다. 이제 와서 진실을 드러낸들 유미코에게는 한 사람의 아군도 없을 것이다.

"그러니까, 유미코."

아미카와는 소파에서 일어나 유미코 곁으로 다가와 무릎을 꿇었다.

"이 편지와 사진은 그냥 잊어버려. 응? 없었던 일로 해줘. 우리도 일종의 공범자야. 그러니까 나를 배신하지 말고 곁에 있어줘. 나도 유미코가 절대로 손해보지 않도록 노력할게. 우리는 동지잖아."

유미코는 두 손으로 얼굴을 감쌌다. 아미카와를 보고 싶지 않았다. 얼굴을 보여주고 싶지도 않았다.

손바닥의 작은 어둠 속에서 떠오르는 것은 오빠의 웃는 얼굴이었다. 그것은 이 세상 누구에게도 손톱만큼의 공격성도 드러내지 않는 선한 얼굴이었다. 유미코가 늘 믿고 있던 얼굴이었다.

추운 밤이었다. 얼어붙을 것 같은 밤이었다. 맑은 겨울 하늘에서 빛나는 별들도 잘게 갈아서 뿌려놓은 얼음 가루 같아 보였다.

깊은 밤에 일어난 일이라 바로 큰 소동이 일어나지는 않았다. 새벽세시. 메르바 호텔 부근에는 사람의 통행이 거의 없었다.

그래도 소리는 들렸을 것이다. 아미카와 고이치는 첫 발견자가 택시 운전사일 거라고 생각했다. 그러나 실제로는 호텔 종업원이 이상한 소리를 듣고 바깥으로 나와 발견한 것이었다.

아미카와의 방에 연락을 취한 젊은 종업원은 당황하는 기색이 역력했다. 손이 떨리고, 얼굴은 새파랗게 질려 있었다. 벨을 누르고 문을 두드려 손님을 깨우는 것은 매뉴얼에 위배된다는 사실 따위는 까맣게 잊은 듯했다.

아미카와는 놀라지 않았다. 일이 어느 쪽으로 굴러가든 확률은 반반이라고 생각했다. 어느 쪽이냐에 따라 앞으로의 계획은 완전히 달라진다. 그래서 그는 머릿속으로 이런저런 시뮬레이션을 하면서 잠을 이루지 못했다. 불을 끄고 잠옷으로 갈아입었지만, 자리에 눕지 않고 의자에 앉아 어둠만 바라보고 있었다.

덕분에 문을 연 종업원과 얼굴을 마주했을 때는 금방 잠에서 깨어난 사람처럼 눈이 부셔 어쩔 줄 몰라했다. 오히려 그것이 더 효과적이었다. 종업원이 들고 온 뉴스에 금방 놀라거나 재빨리 반응할 수 없었다. 뭐야, 어떻게 된 거야? 이게 꿈이야 현실이야? 악몽을 꾼 거 아냐? 그런 인상을 주기 위해서는 잠에서 막 깬 듯한 표정이 제일 적절했다.

"아, 알았습니다. 빨리 갈게요. 옷 갈아입고. 아니, 어쨌든 빨리 갈게요."

오랫동안 혼자 말없이 자리에 앉아 있은 탓에 혀가 잘 돌아가지 않았다. 그것도 효과적이었다. 종업원은 울먹이는 목소리로 말했다.

"네, 네. 경찰에는 벌써 연락했습니다."

"구급차는?"

"아, 불렀을 겁니다."

"겁니다가 뭐야, 빨리 불러!"

"아, 네, 죄송합니다."

젊은 종업원이 사라지자 아미카와 고이치는 천천히 문을 닫고, 문에 기대섰다.

여기가 몇층이더라? 꼭대기층, 그래, 십일층이다. 그렇다면 구급차를 불러도 소용이 없다.

메르바 호텔을 선택한 것은 도심지에 모여 있는 출판사나 방송국으로 이동하기 편하고 주위가 조용해서였다.

근대적인 고층 호텔과 달리 객실 창문을 열면 바로 바깥으로 통한다는 것은 이 호텔에 오고 난 후에야 알았다. 그때는 특별한 느낌이 없었다. 당시에는 계속 이곳에 머물지 어떨지도 알 수 없었기 때문이었다.

그러나 결과적으로는 옳은 선택이었다.

다카이 유미코는 뛰어내렸다. 십일층 창문에서, 지상으로.

아미카와 고이치는 커튼이 쳐진 창을 바라보았다. 여기서 커튼을 열고 아래를 내려다보아야 할까. 눈을 크게 뜨고, 자신도 떨어질지도 모를 정도로 몸을 내밀고, 유미코가 떨어진 장소를 확인해야 하지 않을까.

그러나 그는 움직이지 않았다. 귀찮았다. 알고는 있었지만, 무섭기도 했다. 어쨌든 앞으로가 큰일이다. 지금까지 이상으로 신중하게 처신해야 할 것이다. 울어야 할 필요가 있을지도 모른다. 내키지는 않지만.

어렸을 때부터 어떤 표정도 자유자재로 지을 수 있었다. 어떤 태도라도 완벽하게 연기할 수 있었다. 장소에 따라, 때에 따라, 상대가 바라는 대로. 때로는 상대가 무의식적으로 바라는 태도나 표정까지 날카롭게 알아차리고 먼저 연기할 수 있었다.

천부적인 자질이라고 생각했다.

그래도 우는 것만큼은 정말 싫었다. 거짓 울음은 멋지게 성공한 적이 없었다.

다카이 유미코의 자살에는 아마도 그의 눈물이 필요할 것이다. 자신이 지켜주어야 할 공주를 잃은 정의의 기사는 눈물을 흘려야 한다. 그러나 그것이 거짓 눈물이라는 것을 들킬 정도라면, 아예 울지 않는 편이 현명하다. 냉정한 인간이라고 생각할지도 모를 위험을 감수하는 편이 거짓 눈물을 들키는 것보다는 낫다.

그 사진과 워드프로세서로 만든 협박장은 유미코의 손에서 회수해두었다. 이런 건 가지고 있어도 소용이 없잖아? 오늘은 이만 자. 그렇게 말하고 그는 유미코의 방을 나섰다. 그녀는 멍하니 앉아 있었다. 얼굴에는 아무런 표정도 없었다. 버려진 꼭두각시 인형 같았다.

구리하시 히로미와 다카이 가즈아키가 죽은 후로 11월 한 달 내내 아미카와 고이치는 오로지 기다렸다. 수사가 진전되기를. 발견될 물증을. 목격증언을. 그 가운데 단 하나라도 자신을 향한 것이 있다면 신속하게 적절한 행동을 취해야 했기 때문이었다.

기다리기만 하는 것은 참으로 고통스러웠다. 그래서 그는 많은 것을 만들었다. 다카이 가즈아키의 유서도 그중 하나였다. 그것은 산장에서 썼다. 두 사람이 그렇게 죽은 이상 가짜 유서 따위는 필요가 없었지만, 그래도 썼다. 심심풀이였다. 히가와 고원 일대의 도로 봉쇄가 풀리기까지 산장에 몸을 숨길 필요가 있었다. 시간은 얼마든지 있으니까.

그리고 하늘은 아미카와 고이치의 편이었다.

구리하시가 가지고 있던 휴대폰이 끝내 사고 현장에서 발견되지 않았을 때는 쾌재를 불렀다. 그걸 조사하면 그가 피스와 자주 통화를 했었다는 사실이 드러나고 만다. 그게 가장 위험하다. 그러나 발견되지 않았다.

그 산장은 그의 명의가 아니다. 어머니의 소유물이다. 그러나 성이 다르기 때문에 어지간히 열을 내서 수사하지 않고서는 이 산장과 아미카와 고이치를 연관시키기 어려울 것이다. 기무라 쇼지의 납치 장소가 장소인 만큼 산장 가까이까지 경찰의 수색의 손길이 뻗칠 가능성이 많았지만, 이 주위에는 주택과 별장이 밤하늘의 별처럼 많다. 단순한 조사로는 그가 주목을 끌 일은 없을 것이라는 자신이 있었다.

산장을 오갈 때는 절대 유료도로를 이용하지 않았으므로 그의 모습이 카메라에 포착되었을 가능성도 없다. 그것도 늘 조심했다. 처음부터, 언제나, 계속.

그러니 사고 현장과 차에서 그와 구리하시 히로미를 직접적으로 연결지을 만한 물증이 없으면 안전권에 들었다고 보아야 한다. 게다가 연일 이어지는 보도에서는 다카이 가즈아키의 외로운 사생활이나 그의 시각장애까지 그의 범행에 동기를 부여했다는 식으로 이야기하고 있었다.

다카이 가즈아키는 생각했던 것 이상으로 제 역할을 해주었다. 아미카와 고이치의 대리이자 희생양으로서.

12월에 들어서자 아미카와는 자신의 안전을 확신했다. 경찰은 수사를 계속하고 있었지만, 그것은 구리하시 히로미의 원룸에서 사진들이 나왔기 때문이었다. 그가 산장에서 도쿄로 그 자료를 가지고 간 것은 일 년 정도 전이었을 것이다. 아미카와는 약간 찜찜했지만, 여자들의 소지품이나 옷은 절대로 가져가선 안 된다는 다짐을 두고는 더는 아무 말도 하지 않았다. 현상은 산장의 암실에서 했기 때문에 필름은 그대로 남아 있다. 구리하시의 뒤틀린 정신이 그런 사진을 바라보는 데서 만족을 얻는다면 그것을 관찰해보는 것도 좋은 경험이 되지 않을까 하는 생각도 있었고, 심하게 반대하면 다툼이 일어날지도 모른다는 생각도 있었다. 구리하시는 자신이 대단한 두뇌의 소유자라고 과신하고 있었지만 사실은 멍청이였다. 앞뒤 가리지 않고 무슨 짓을 할지 모른다. 히다카 치아키 건이 그 대표적인 경우다. 그러니 크게 문제가 되지 않는 범위 안에서는 그가 하고 싶은 대로 놔두는 게 좋다. 그래도 도저히 제어할 수 없는 상태가 된다면 내버리는 수밖에 없다.

그래서 일이 확대되기 시작하면서부터는 가능한 한 빨리 구리하시 히로미를 '처분'하려고 생각하고 있었다.

구리하시에게 다카이를 붙여서 아카이 산으로 가게 했을 때는 일단 다카이에게 죄를 뒤집어씌운 다음 적당한 기회에 구리하시를 자살하게 만들 생각이었다. 그 시점에서 세상은 다카이를 화제로 삼고 있을 테니 그의 소꿉친구이자 그보다 평판이 나빴던 구리하시가 자살하면 반드시 연속 여성 유괴살인사건으로 연결될 것이었다. 그러면 끝이라고 생각했다.

그런데, 현실은 그렇지 않았다. 두 사람이 한꺼번에 정리되어 아미카와는 오히려 더 편해졌다. 게다가 행운에 행운이 겹쳐 아미카와는 완전히 사건 바깥으로 밀려났다.

그대로 잊혀져도 좋았을 것이었다. 그래야 할 것이었다.

그러나 뭔가가 부족했다. 뭔가 만족스럽지 못했다. 사회가 이렇게 떠들썩해 있는 사건에 좀더 깊이 관계하고 싶었다. 관계할 권리가 있다. 가장 중심에 서 있던 당사자가 아닌가.

그런 때에, 텔레비전에서 마에하타 시게코를 보았다. 그녀의 르포를 읽었다. 연재 첫회는 감상적인 서론이었다. '절망이 약속된 장소'니 뭐니 하는 내용. 그게 화제가 되어 마에하타는 주목받았다. 그러나 아미카와 고이치의 관점에서 보면 그저 유치한 작문에 지나지 않았다.

화가 치밀었다. 짜증이 났다. 나라면 더 멋진 글을 쓸 수 있을 거라 생각했다. 이런 어중간한 여자 작가가 인기를 끌 수 있을 정도라면, 나는 그보다 더 높은 곳까지 올라갈 수 있을 것이다.

애당초 이건 내가 쓴 각본이다. 나의 드라마다. 마에하타 시게코 따위는 아무 관계도 없다. 아무런 권리도 없다. 경찰도 아니고 변호사도 아니고 범죄심리학자도 아니고, 어디서 들어본 듯한 그렇고 그런 비유와 수사 없이는 글 한 줄도 못 쓰는 여자에게 자신이 쓴 드라마의 주도권을 빼앗기고 어떻게 가만히 있을 수 있단 말인가.

되찾으리라 다짐했다. 나의 드라마를, 내 손으로.

그러나 출발이 늦은 만큼 마에하타와 같은 길을 걸어서는 안 되었다. 다른 루트를 열어서 이 사건에 다른 조명을 비추어야 했다.

그러기 위해서는 다카이 가즈아키의 결백을 주장하고 진범 X의 존재를 부각시키는 것이 가장 효과적이었다. 화려하게 사람들의 눈길을 끌어야 했다. 사람들은 그 다음 이야기를 기다릴 것이다. 더이상 바랄 것이 없을 정도로 멋진 스토리를.

그래서 아미카와 고이치는 그것을 만들어냈다. 모두가 바라는 것을 만들어냈다.

그에게는 그런 능력이 있었으므로.

진범 X. 그건 다름아닌 아미카와 자신이다. 그러나 자신이 의심받을지도 모른다고는 꿈에도 생각하지 않았다. 그렇지 않은가. 아미카와가 진범 X라면, 왜 일부러 다카이의 결백을 주장하겠는가? 가만히 숨어 있으면 경찰도 매스컴도 사회 전체도 자동적으로 구리하시와 다카이를 범인으로 생각하고 사건을 종결할 것인데.

모두 그렇게 생각할 것이다. 실제로도 그렇게 생각하고 있다. 아미카와는 그 맹점을 찌르고 들어갔다. 그것은 어린 시절부터 그의 주특기였다. 누구에게도 보이지 않는 곳에 몸을 두는 것. 숨을 필요마저 없는 장소에.

다카이 유미코가 오빠의 결백을 주장하고 있다는 사실은 친한 동창생이라는 입장으로 그 가족에게 다가가는 것만으로 금방 알 수 있었다. 그녀는 자신의 그런 의견을 숨기려 하지 않았다. 다카이 가즈아키의 중학교 시절 은사인 가키자키 선생에게도 이야기를 한 모양이었다. 그 선생이라면 뭔가를 알지도 모른다고 생각해 연락을 취했더니 바로 이야기를 들을 수 있었다. 아미카와는 새삼 학생 시절의 자신이 얼마나 선생들의 호의와 신뢰의 대상이었는지를 알 수 있었다.

가키자키 선생은 다른 학교 교장이 되어 있었지만, 이 건에 관해서는 소극적이었다. 무슨 수술인가를 받아서 몸이 많이 쇠약해진 모양이었다.

"다카이 유미코는 참 안됐지만, 지금의 나로서는 아무것도 해줄 수가 없어. 다른 동창생들도 그럴 거야. 그렇지만 자네만은 아무리 사소한 일이라도 좋으니 유미코에게 힘이 되어주게. 자네는 구리하시와 다카이의 가족이 어떻게 지내는지 걱정해서 나에게 전화한 유일한 사람이니까."

"알겠습니다. 제가 할 수 있는 일이라면 뭐든 하겠습니다."

아미카와는 그렇게 약속했다. 그래서 유미코가 어머니와 집을 떠나 몸을 숨기고 있을 때도 가키자키 선생을 통해서 그녀의 행방을 알아낼 수 있었던 것이다.

그 다음에는 그녀에게 접근해서 모습을 드러낼 타이밍을 기다리는 것뿐이었다. 그리고 그것도 생각지도 않은 행운과 함께 나타났다. 어느 날 미사토 시의 버스터미널로 가는 유미코를 미행했을 때도 그녀가 무슨 목적인지는 도무지 알 수 없었다. 하지만 그 결과 유미코의 신뢰를 얻고 동시에 마에하타 시게코에게 접근할 기회까지 잡을 수 있었다.

유미코를 계속 이용해도 상관없었다. 처음에는 경찰이 진범 X를 찾는 것을 포기하고 구리하시와 다카이 공범으로 사건을 종결지을 때까지 유미코를 곁에 잡아둘 생각이었다.

그런 다음에도 아미카와는 다카이의 결백을 주장한다. 퍼포먼스를 계속한다. 그러나 매스컴은 서서히 멀어질 것이다. 그러면 자신도 자연스럽게 물러나면 된다.

그리고 나서 다음 책을 쓰는 것이다. 소재는 범죄도 좋고 교육문제도 좋다. 그것이 화제가 되면 매스컴은 다시 다가올 것이다. 구리하시와 다카이 건은 어떻게 되었느냐고 물으면, 자신의 생각은 바뀌지 않았다고 말해줄 것이다. 계속 그것을 주장하기 위해서라도 저널리스트로서 활동을 계속할 생각이라고 대답하면 된다.

그런 과정에서 유미코와는 자연스럽게 손을 끊으면 된다. 그녀 쪽에서 차였다고 생각하지 않도록 적당히 거리를 유지하면서.

그러나 일요일의 그 사건 후로 유미코가 자신을 바라보는 눈이 달라졌다. 의심하거나 책망하는 것은 아니었지만, 기대에 어긋났다는 표정을 짓고 있었다. 그 여자는 제 주제를 모르고 아미카와 고이치를 자신의 남자로 생각하고 있었다. 그리고 그것이 자신의 착각에 지나지 않았음을 깨닫자 배신감에 젖어들기 시작했다.

난처한 전개였다.

그래서 그는 거기에 덫을 놓았다. 그 협박장과 가짜 유서의 사진을 보냈다. 그리고 그녀에게 사실은 가즈아키가 범인이고, 자신은 처음부터 그 사실을 알고 있다고 말해주었다.

그녀가 어떻게 반응할지, 확률은 반반이었다. 아미카와의 말을 믿고, 다시는 세상의 손가락질을 받기 싫다는 일념으로 그의 명령에 따르는 꼭두각시로 살 것인가.

아니면 죽음을 선택할 것인가.

다카이 유미코는 후자를 선택했다.

덕분에 아미카와 고이치는 잠시 동안 망자의 혼을 위로하는 연기를 하지 않으면 안 된다.

이윽고 경찰차의 사이렌이 들려왔다. 맑은 밤공기를 뚫고 다가오고 있다.

새로운 막이 열렸다. 아미카와는 천천히 몸을 일으키며 빙긋 웃었다.

당분간 사람들 앞에서는 웃는 얼굴을 보이면 안 된다. 꾹 참고 침통한 표정을 짓지 않으면 안 된다. 지금 웃어두지 않으면 스스로가 불쌍하다고 생각했다.

26

다카이 유미코의 자살은 엄청난 파장을 몰고 왔다.

쓰카다 신이치는 이른 아침 로키가 산책을 재촉하며 짖는 소리에 잠에서 깨어났다. 옷을 갈아입고 있는데 이시이 아주머니가 뛰어들어왔다. 그리고 그 소식을 전했다. 계단을 뛰어내려가 거실로 가자 아저씨도 텔레비전에 시선을 고정하고 있었다.

"언제요?"

아직 잠에서 덜 깬 머리를 흔들며 신이치는 물었다. 아니, 잠은 이미 달아난 지 오래였다. 머리가 움직이지 않는 건 충격 때문이었다.

"어제 새벽 세시쯤이야."

"호텔 창에서 뛰어내렸대. 저기, 저것 봐."

회색 콘크리트 위에 하얀 초크로 사람 윤곽이 그려져 있었다. 꽃이 놓여 있고, 노란 금줄이 둘러쳐져 있고, 호텔 현관에는 보도진이 모여 있었다.

"대체 왜?" ·

신이치는 저도 모르게 외쳤다. 아저씨는 멍하니 텔레비전 화면만 바라보고 있었지만, 아주머니는 불안한 듯 미간을 찌푸리고 신이치를 보았다.

"신짱, 괜찮니?"

신이치는 화장실로 뛰어들어갔다. 찬물을 몇 번이나 얼굴에 끼얹었다. 수도꼭지를 튼 채로 머리를 숙이고 세면대 가장자리를 양손으로 붙잡았다.

지난 일요일의 일이 떠올랐다. 그때의 그녀의 얼굴. 그 여성 카메라맨과 대치했을 때의 유미코의 그 표정.

그리고 자신이 한 말. 기억을 떠올려보았다. 그때만이 아니었다. 마에하타 시게코의 집을 나올 때도 그랬다. 지금까지 신이치는 몇 번이나 유미코에게 심한 말을 했었다. 화가 나기도 했지만, 정말로 그렇게 생각했기 때문에 말한 것이었다.

'당신도 히구치 메구미랑 하나도 다를 게 없어!'

'이기주의자!'

그렇다. 그렇게 생각했었다. 유미코는 도망치고 있다고 믿었다. 신이치는 그런 그녀를 비난하고 있었다. 그녀가 불쌍하게 느껴지기도 했지만, 비난하는 기분이 더 컸다. 하지만 그 비난 속에는 정말로 그녀가 정당하게 받아들여야 하는 부분은 거의 없었던 것은 아닐까? 비난의 대부분은 신이치의 내부에 있던 분노, 불공평한 운명에 대한 불만이었고, 단지 그것을 가까이 있던 표적인 유미코에게 향했던 것이 아니었을까?

일요일 이후로 유미코에게 무슨 일이 있었을까? 그 여성 카메라맨 때문에 아미카와와 다투기라도 했을까? 아니면 그냥 잠자코 모른 척하고 있었을까?

아니, 그렇지 않다. 그렇게 단순한 일이 아니다. 다카이 가즈아키가 죽은 이후로 유미코는 늘 절벽 끝에 서 있었다. 그리고 그녀의 등 뒤에서는 강한 바람이 불어오고 있었다. 반걸음만 움직여도 그녀는 떨어지게 되어 있었다.

그 바람 속에는 쓰카다 신이치의 힘도 분명 섞여 있었을 것이다.

현관 초인종이 울렸다.

"안녕하세요! 아침 일찍 죄송해요."

미즈노 히사미의 목소리가 들려왔다.

"아, 미즈노!"

"뉴스를 보고 깜짝 놀랐어요. 신이치는요?"

아주머니가 신이치를 불렀다. 신이치는 대답도 하지 않고 턱끝으로 물방울을 뚝뚝 떨어뜨리면서 망연히 서 있었다. 급한 발소리가 들리고, 화장실 문이 열렸다.

"신이치!"

히사미가 뛰어들어왔다. 추위에 볼이 발갛게 상기되어 있었다.

"유미코 씨 소식 들었어? 괜찮아?"

신이치는 무어라 말을 하려고 했지만 제대로 말이 되어 나오지 않았다.

"응?"

히사미가 다가와 신이치의 팔을 잡으려 했다. 신이치는 움찔하며 팔을 끌어당겼다.

"방금 뭐라고 했어?"

히사미의 눈동자가 활짝 열렸다. 양손을 반쯤 신이치 쪽으로 내밀고, 손가락을 이쪽으로 향하고 있었다.

신이치는 겨우 목소리를 쥐어짜냈다.

"왜 다들 나보고 괜찮으냐고 묻는 거지?"

"응?"

신이치는 히사미의 눈을 바라보며 말했다.

"어째서 다들 누가 죽으면 나에게 괜찮으냐고 묻는 거지? 내 탓도 아닌데."

"신이치…… 그런 뜻으로 물은 게 아냐. 난 그냥……"

그녀의 말이 귀에 들어오지 않았다. 신이치는 혼잣말처럼 말했다.

"정말 그럴까? 내 탓이 아닐까? 정말로 내 탓이 아닐까?

"무슨 말을 하는 거니?"

"내 주위에서 계속 죽는 사람이 생기고 있잖아. 계속 죽어나가고 있잖아."

오가와 공원의 쓰레기통에 들어 있던 팔. 자주색 매니큐어를 칠한 손톱이 신이치를 똑바로 가리키고 있었다.

사신. 사신. 쓰카다 신이치, 너는 사신이야. 너야말로 사신이야. 산 자를 속일 수는 있지만, 죽은 자의 영혼은 절대로 속일 수 없어. 너는 네

수명을 늘이기 위해서, 네 마음속의 시커먼 악의를 토해내고 편해지기 위해서 주위에 죽음을 휘두르고 있어.

"이렇게 사람들이 죽어가는데 왜 나는 안 죽고 있는 거지? 그냥 죽어버려도 되는 인간인데, 왜 나만 살아 있는 거야?"

시간이 멈춘 듯한 침묵이 흘렀다. 차가운 공기가 몸을 휘감았다.

미즈노 히사미가 숨을 들이쉬고 한 걸음 앞으로 나아갔다. 손을 들어올려 신이치의 따귀를 때렸다.

짝, 하는 선명한 소리가 울렸다. 신이치의 눈 안쪽에서 불꽃이 튀었다.

히사미는 신이치와 눈이 마주치자 손을 내렸다. 신이치의 뺨을 친 오른손을 내려다보았다. 손바닥이 빨개져 있었다. 마치 거기에 뭔가 중요한 것이 적혀 있기라도 한 듯, 히사미는 자신의 손바닥을 바라보았다.

그러고는 그 손을 쥐고는 입을 막고 눈물을 흘리기 시작했다.

"왜, 왜 그런 말을 하는 거야?"

울면서 그렇게 말했다.

신이치는 그냥 멍하니 서 있었다. 히사미는 눈을 꼭 감더니 신이치에게 달려들었다.

"왜, 그런 말을 하는 거야? 왜 죽는다는 말을 하냐고! 왜 모두들 신이치 걱정을 한다는 걸 모르는 거야!"

작은 주먹을 꼭 쥐고 신이치의 몸을 마구 때리면서 외쳤다. 신이치의 몸을 잡고 마구 흔들었다.

"나 여기 있어! 신이치도 여기 있고! 왜 앞을 안 보는 거야? 어떻게 해주기를 바라? 어떻게 하면 돼? 가르쳐줘, 어떻게 하면 널 도울 수 있어? 난 그러고 싶어, 네가 힘을 내고, 죽고 싶다는 말 같은 건 안 하도록 만들어주고 싶어. 응? 그러려면 어떻게 해야 돼? 뭐가 부족한지 가르쳐줘. 부탁이니까 좀 가르쳐달라구! 그럼 뭐라도 해줄 테니까, 내가 할 수 있는 일이라면 뭐라도 해줄 테니까!"

오열하면서 히사미는 신이치를 부여잡고 그 자리에 털썩 주저앉고 말았다.

천천히, 천천히, 몸의 저 안쪽에서 오래도록 잠들어 있던 뭔가가, 그림자처럼 희미한 뭔가가 눈을 뜨기 시작했다. 그는 몸을 굽혀 두 손으로 히사미의 어깨를 잡았다.

"미안해."

처음에는 한숨 섞인 목소리였다.

"미안해."

다시 한번, 이번에는 또렷한 목소리로 말했다.

히사미는 고개를 들었다. 눈물로 얼굴이 엉망이었지만, 신이치의 눈에는 그렇게 보이지 않았다.

"바보!"

히사미는 울면서 신이치를 끌어안았다. 신이치도 팔에 힘을 주어 히사미를 안았다. 히사미의 눈물이 귀를, 뺨을, 이마를 적셨다. 서로를 안고 있으면서도 히사미는 신이치를 흔들어댔다. 신이치가 거기 있다는 것을 확인하듯이, 계속해서.

두 사람이 아리마 요시오를 찾아갔을 때는 텔레비전에서 본격적인 보도가 시작되고 있었다. 노인은 가게 구석 자리에 앉아 그것을 보고 있었다. 줄담배를 피운 듯 재떨이에 꽁초가 산더미처럼 쌓여 있었다.

"할아버지!"

신이치가 부르자 노인은 놀라 뒤돌아보았다.

"아, 어서 오렴."

"괜찮아요?"

"괜찮지. 왜 그런 걸 물어?"

그러나 노인의 얼굴은 갑자기 더 늙은 것 같아 보였다.

"아직 자세한 것은 모르는 모양이야. 유서가 있다는 데도 있고 없다는 데도 있고."

처음 듣는 말이었다. 신이치와 히사미는 얼굴을 마주 보았다.

"유서가 있으면 무슨 사정인지 알 수 있을 텐데."

히사미가 중얼거리듯이 말했다.

노인은 담배를 끄고 자리에서 일어섰다.

"역시 내가 찾아간 게 실수였는지도 몰라."

신이치는 세차게 고개를 저었다.

"그렇지 않아요. 저도 같이 갔잖아요. 전 그전에도 유미코 씨에게 화를 낸 적이 있어요."

요시오는 말없이 신이치의 얼굴을 바라보았다. 신이치도 그 눈길을 바로 받았다.

"그런 생각을 하기 시작하면 끝이 없어요."

"그건 그래요."

히사미가 거들고 나왔다.

"그래도 확실한 건, 유미코 씨가 그런 생활을 하게 내버려두어서는 안 되었다는 거예요. 아미카와와 같이 있어서는 안 되는 거였어요."

신이치는 아미카와와 따로 오가와 공원에서 만났던 일을 이야기했다. 거기에 히구치 메구미가 나타난 것도, 그녀가 아미카와에게 자신의 아버지 사건에 대한 책을 써달라고 말한 것도, 아미카와가 승낙하는 투로 대답한 것도 전부 얘기했다. 그 때문에 동요한 자신이 보쿠도 경찰서에 찾아가 시노자키라는 형사를 만나 이야기를 나눈 것도.

"이제 와서 이런 말을 한들 유미코 씨에게 아무런 위로도 안 되겠지만, 시노자키라는 형사의 말투로 봐서는 뭔가 수사에 다른 움직임이 있는 것 같았어요."

"그냥 움직이기만 해서야 뭐가 되겠나."

"뭔지는 모르겠지만, 아미카와와 관련되어 있다는 느낌을 받았어요."

아리마 요시오는 미간에 주름을 잡으며 물었다.

"어떤 식으로?"

"구체적으로는 말하지 않았지만, 아미카와를 당황하게 만들 수 있으면 좋겠다는 식으로 얘기했어요. 그건 아마도 아미카와에게 뭔가가 있다는 것을 제게 간접적으로 전하려고 한 말인 것 같은 느낌이 들어요. 어쩌면 완벽한 증거를 확보해서 아미카와의 주장을 뒤집을 수 있다는 말인지도 몰라요."

요시오는 씁쓸한 표정으로 리모컨을 들어 텔레비전을 꺼버렸다.

"오늘은 장수암에 가볼 생각이었어. 이웃 사람들을 만나서 다카이 가즈아키가 어떤 인물이었는지 들어보려고 했었지. 그렇지만 관뒀어. 당분간은 아무것도 못 하겠어."

신이치와 히사미도 그 말에 대해서는 동감이었다.

"이 사건으로 더이상 사람이 죽는 걸 보고 싶지 않아."

요시오는 어깨를 늘어뜨리며 말했다.

"대체 이건 언제 끝나는 걸까. 언제가 되면, 끝이 보이는 걸까."

27

같은 텔레비전 보도를 마에하타 시게코는 『도큐먼트 저팬』의 편집부에서 보았다.

첫날은 하루 종일 텔레비전을 보았다. 누가 신문을 사오면 구석구석까지 읽고 또 채널을 바꾸어가며 뉴스 프로그램을 찾아보았다. 식사도 잊어버렸다.

다음날부터는 텔레비전을 전혀 보지 않았다. 스태프들에게 유미코의 유서가 발견되거나, 아미카와 고이치가 조사를 받거나 인터뷰를 하거나 기자회견을 여는 듯한 움직임이 보이면 가르쳐달라고 부탁하고는 책상으로 돌아갔다. 지치면 책상에 엎드리거나 책상 아래로 들어가 담요를 뒤집어쓰고 잠을 잤다.

집을 나온 이후로 시게코는 계속 여기서 생활하고 있었다.

『도큐먼트 저팬』 편집부에서 책상을 하나 얻어 일을 하다가 밤에는 소파에서 잤다. 적당한 방을 찾을 때까지 있게 해달라고 데지마 편집장에게 부탁하자 그는 무덤덤한 표정으로 침낭이나 하나 사오라고 했다. 작가나 기자들은 처음에는 호기심 어린 눈길로 지켜보았지만 자세한 사정을 물으려 하지는 않았다.

시게코는 『도큐먼트 저팬』 편집부에서 유미코의 죽음을 안 후로 아미카와의 행동을 관찰하고 있었다. 그는 유미코의 죽음으로 동요하고 있는 듯해 보였다. 적어도 그가 리포터가 내미는 마이크를 피하고, 신문 취재를 거절하는 모습을 보인 것은 등장 이후 처음이었다. 각 텔레비전 방송국에는 유미코의 장례식이 끝난 후 기자회견을 열 테니 그때까지 기다려달라고 했다. 누구보다 자신이 가장 충격을 받았으니 그 심정을 이해해달라고 했다.

그럴 만도 하다고 시게코는 생각했다. 다카이 유미코의 '백마 탄 기사'라는 간판을 잃어버렸으니 발판이 흔들릴 수밖에 없을 것이다. 적어도 구리하시와 다카이의 사건이 공식적으로 종결될 때까지는 아미카와는 유미코의 보호자 역할을 해야 하는 입장이었다. 그런데 그 유미코가 죽어버렸다. 돌이킬 수 없는 실수다.

그렇다, 이건 아미카와에게는 생각할 수도 없는 실책이었다. 시게코는 그것이 의아했다. 도대체 그는 무엇을 어떻게 잘못한 것일까? 그 역시 세상 경험이 부족한 젊은이에 지나지 않았던 것일까. 유미코라는 부담스러운 존재를 등에 지고 가기에는 힘이 부족했던 것일까.

그런 생각을 하던 도중 자동응답기에 남아 있던 유미코의 애절한 목소리가 떠올랐다.

'저…… 뭐가 뭔지 잘 모르겠어요.'

유미코는 무엇을 잘 모르겠다고 한 것일까? 아미카와와의 관계? 그의 진의? 아니면 사건의 진상에 대한 확신? 혹은 오빠가 범인이 아니라는 확신이 흔들리고 있다는 말이었을까?

그때 왜 바로 유미코를 찾아가지 않았을까. 쓸데없는 자존심 때문이었다. 자신을 버리고 아미카와의 품으로 달려간 행동을 용서하지 못했기 때문이었다.

그렇다. 나는 화를 내고 있었던 것이다. 시게코는 새삼 깨달았다. 아미카와와 행동을 같이하고 때로 자신이 비극의 주인공인 듯 행동하는 그 모습에 화가 났던 것이다. 너는 희생자가 아냐. 진짜 희생자는 후루카와 마리코를 비롯한 살해당한 여성들이야. 착각하지 마. 마음속으로 그렇게 외치고 있었다.

그래서 도와주고 싶지 않았던 것이다.

그래서 자동응답기에 남겨진 유미코의 메시지를 듣고 그녀의 상태에 불안을 느끼면서도 먼저 연락을 하지 못했다. 내버려두었다. 물론 시게코 자신도 이혼의 위기에 직면하는 바람에 그럴 경황이 없기도 했다. 하지만 그건 어차피 변명이다. 유미코에게 상관하고 싶지 않았다. 그래서 그녀를 못 본 체한 것이다.

그러나 지금은 그럴 때가 아니다. 당장 해야 할 일이 있다. 아미카와의 과거를 파헤치는 일. 그가 어떤 인물이고, 어디서 왔는지를 알아야 한다.

그 작업은 조금이나마 진전이 있었다. 그의 신변에 대한 조사는 많은 노력이 필요하긴 했지만 결코 어려운 일은 아니었다. 왜 아무도 여태 이 작업을 하지 않았을까 하는 생각이 들 정도였다.

그것이 맹점이기 때문이었다. 그의 주장, 그의 존재 자체가 너무도 선명했기 때문에 아무도 그가 스포트라이트를 받기 전까지 어떤 삶을 살아왔는지 조사해보려 하지 않았다. 따지고 보면 그는 등장한 지 얼마 되지 않았다. 희생자가 많은 큰 사건이라 착각하기 쉽지만 사실 이 사건이 드러난 지도 일 년이 채 되지 않았다. 오가와 공원에서 오른팔이 발견된 것이 작년 9월 12일. 아카이 산 그린로드에서 구리하시 히로미와 다카이 가즈아키가 사고로 죽은 것이 11월 5일. 그리고 아미카와가 HBS에 나와 사건 속에 등장한 것은 올해 1월 22일. 그 다음날, 『또하나의 살인』이 서점에 진열되었다.

그리고 오늘이 3월 6일. 그가 등장한 지 고작 사십 일밖에 되지 않았다. 아무리 반짝 스타라 해도 사십 일 만에 사라지지는 않는다. 과거의 스캔들이 발굴되기도 어려운 기간이다.

그러나 경찰은 어떨까. 수사본부는 벌써 아미카와의 신변을 조사하고 있을지도 모른다. 경찰은 조직적이고 치밀하게 움직이지만 그 움직임은 눈에 띄지 않고, 밝혀진 사실도 좀처럼 공표하지 않는다. 그러므로 지금 시게코가 하고 있는 일은 이미 수사본부가 조사를 마치고 성과를 얻지 못해 그만둔 것을 헛되이 더듬어가는 것뿐일지도 모른다. 결국 아무것도 나오지 않을지도 모른다.

스스로도 잘 알고 있었다. 그래서 시게코는 때로, 자신이 단지 유미코의 자살이라는 사실을 직면해야만 하는 때를 조금이라도 더 연기하고 싶어 시간을 벌고 있는 것은 아닌가 하고 자문하지 않을 수 없었다. 그런 생각이 들 때마다 기운이 빠졌다. 책상에 앉아 있어도 전화를 하고 있어도 문득 모든 것을 내던지고 어딘가로 숨어버리고 싶어지는 것이었다.

"뭘 하고 있어? 그렇게 머리를 싸쥐고."

데지마 편집장이 놀리는 듯한 말투로 물었다. 시게코는 얼굴을 들어 올렸다.

"자네가 찾던 옛날 전화번호부야."

두터운 전화번호부를 던지듯 건넸다. 1976년 판 도쿄 직업별 전화번호부였다. 이제 조사를 시작할 수 있다.

시게코가 찾고 있던 것은 1976년 당시 초등학생이었던 아미카와 고이치가 어머니와 살던 임대연립주택의 관리를 맡고 있던 부동산 회사의 연락처였다. 그 연립주택 자체는 지금도 존재하고 있지만, 중개관리를 맡은 회사는 팔 년 전에 다른 회사로부터 업무를 인계받았기 때문에 아미카와와 그의 어머니가 입주해 있을 당시에 대해서는 아무 기록도 남아 있지 않았다. 전 회사는 '조토 에스테이트'라는 이름의 유한회사인데, 현재는 어디에서도 찾을 수 없었다. 지금 회사의 사장은 전 회사에 관한 자료는 모두 폐기했고, 사장 이름조차 기억나지 않는다고 했다.

"조토 에스테이트는 아마 폐업했을 겁니다. 그래서 자신들의 일을 모두 다른 회사에 넘긴 게 아닐까요? 사장은 당시에도 이미 예순이 넘었으니 은퇴할 생각이었을 겁니다. 그런데 뭘 알고 싶으신 거죠?"

시게코는 아미카와와 그의 어머니가 임대연립주택에 입주할 당시 누가 보증을 섰는지를 알고 싶었다. 시게코의 추측이 맞다면 그는 분명 '아마타니 히데오'라는 인물일 것이었다.

아미카와 고이치는 1967년 4월에 치바 현 이치가와 시에서 아미카와 게이스케와 아미카와 기요미 사이에서 태어났다. 다른 형제자매는 없다. 아미카와 부부가 결혼한 것은 그가 태어나기 다섯 달 전이고, 그가 태어난 지 일 년 후에 이혼했다.

이혼과 함께 고이치의 양육권은 어머니가 맡았고, 그는 어머니의 호적에 들어갔다. 기요미는 결혼 전의 성으로 돌아가지 않고 아미카와라는 성을 그대로 사용했다. 그녀의 본적지는 도쿄였고, 모자의 새로운 본적지도 마찬가지였다.

그런데 그로부터 이 년 후, 아미카와 고이치가 세 살 때 아미카와 기요미는 갑자기 세타가야 구에 있는 아마타니 히데오라는 인물의 양녀가 되어 아마타니로 성을 바꾸었다. 상식적으로는 기요미의 아들인 아미카와 고이치도 아마타니라는 성을 가져야 하는데, 무슨 영문인지 그때 고이치는 아버지 아미카와 게이스케의 호적으로 옮겨졌다. 아미카와 게이스케는 재혼한 상태였고, 새로 맞은 아내와의 사이에 딸이 하나 있었다.

하지만 이것은 어디까지나 호적상의 사실이고, 고이치는 여전히 어머니와 같이 살고 있었다. 당시 기요미와 고이치의 주소지는 아마타니 히데오의 자택과 같은 곳이었다. 기요미는 거기서 몇 년을 지낸 후 조토 에스테이트의 중개물건인 임대연립주택으로 이전하고 주소지도 그쪽으로 옮겼다. 물론 고이치도 함께였다. 이렇게 해서 구리하시 히로미와 다카이 가즈아키가 전학생 아미카와 고이치를 만나게 된 것이다.

참 묘한 이야기라고 시게코는 생각했다.

아마타니 히데오는 1927년 9월에 태어났으니 나이는 기요미의 아버지뻘이지만, 그에게는 아내와의 사이에서 낳은 아들 셋과 딸 둘이 있었고, 그 아이들은 기요미와 거의 비슷한 세대이다. 그렇다면 기요미를 양녀로 삼은 것이 대를 잇기 위해서나 노후를 봐줄 자식을 원해서가 아닌 것만은 분명하다. 아무리 저 세대라 해도 자식이 다섯이나 있는 것도 드문 일이다.

뿐만 아니라 아마타니는 자산가였다. 수도권에 다수의 부동산을 소유하고 있어 그 임대 수입만으로 여유로운 생활이 가능했다.

세타가야의 자택도 부지만 이백 평이 넘고, 넓은 정원에 크고 작은 건물이 세 채 있었다. 시게코가 확인한 한에서는 그 가운데 한 채에 아마타니 부부가, 한 채에 장남 부부가, 그리고 제일 작은 집에는 일하는 사람이 살고 있었다. 장남 외의 자식들도 모두 독립했지만 부모의 부동산에 살고 있었다.

'양녀' 기요미를 제외하고는.

그렇다면 양녀는 어떤 구실일 것이다. 누구나 쉽게 짐작할 수 있는 사실이다. 기요미는 분명 아마타니의 애인이었을 것이다. 자산가가 법의 보호를 받을 수 없는 입장에 있는 애인에게 어떤 형태로든 재산을 남겨주고 싶을 때 활용하는 것이 이런 양자 제도이다. 아내가 될 수 없으니 자식으로 혈연관계를 맺는 것이다.

그리고 거의 백 퍼센트 확률에 가깝게, 아미카와 고이치는 기요미와 아마타니 히데오 사이에서 태어난 아이일 것이다. 아미카와 게이스케와 기요미 사이의 기묘하게 짧은 결혼 기간을 생각해보면 그렇게밖에 생각할 수 없었다.

꽤나 복잡한 가정환경이다. 아미카와 고이치는 어머니에게 누가 아버지라고 듣고 자랐을까.

아미카와 게이스케? 아니면 아마타니 히데오?

아니, 실은 그의 어머니 자신도 누가 아버지인지 확실히 모를 가능성도 있다. 그녀가 아미카와 게이스케와 아마타니 히데오를 동시에 만나고 있었다면 충분히 있을 수 있는 이야기다. 어쨌든 기요미는 임신했다. 두 남자에게 알린다. 아마타니는 처자가 있는 몸이라 책임을 지기가 힘들다. 아미카와 게이스케는 어떨까? 그가 아마타니 히데오의 존재를 모르고 기요미를 사랑하고 있었다면 그 소식을 기뻐하지 않았을까?

그리고 두 사람은 결혼한다. 고이치가 태어난다. 행복의 절정이다. 그러나 기요미가 아마타니와 손을 끊을 수 있었을까? 아마타니도 그러기 힘들었을 것이다. 고이치가 자신의 자식일지도 모르므로.

그런 복잡한 관계 속에서 일 년 후 기요미는 이혼한다. 그후 기요미가 아마타니 히데오의 양녀가 되기까지의 이 년이 조금 못 되는 시간은 아마타니 가의 분규를 조정하는 기간이었을 것이다. 또는 이 시기에 아마타니와 고이치 사이의 친자 감정이 이루어졌을지도 모른다.

그런데 기요미가 아마타니의 양녀가 되었음에도 불구하고 고이치가 아미카와 게이스케의 호적으로 돌아간 것은 또 무슨 이유일까? 부인과 자식들의 저항 때문에 기요미 하나만 호적을 옮기자는 타협안이 나온 것일까? 아니면, 친자 감정 결과 아미카와가 친부라는 사실이 밝혀진 것일까?

아미카와 게이스케 쪽도 당혹스러웠을 것이다. 재혼해서 새로운 인생을 살아가려 하고 있는데 갑자기 고이치라는 과거를 강요당하는 그의 심정은 어떠했을까? 과연 아버지로서 애정을 가질 수 있었을까? 그에게는 너무도 가혹한 일이다. 결과적으로 고이치는 어머니 곁에 머물고, 이윽고 모자는 아마타니의 영역에서 벗어나야 했을 것이다.

그러나 아마타니의 지원 없이는 생활이 불가능했을 것이다. 조토 에스테이트의 사장이나 사원이었던 이들을 찾아가 물어보면 그 주변 사정을 알 수 있을지도 모른다. 회사 자체는 이미 존재하지 않으니 가벼운 마음으로 옛날 이야기를 해줄지도 모른다.

하지만 이런 식으로 너무 상상력을 발휘해도 좋지 않다. 시게코는 머리를 흔들고는 생각을 정리해보았다. 어떤 경위가 있었건 한 가지 확실한 사실이 있다. 유년기에서 사춘기에 걸쳐 아미카와 고이치는 자신의 자리를 찾기 힘든 삶을 살아야 했다는 것이다. 자신이 누구의 자식이건 그것을 달갑지 않게 여기는 사람이 있다. 화를 내는 사람이 있다. 차라리 그가 없어졌으면 좋겠다고 생각하는 사람이 분명히 있다.

아미카와 고이치의 호적등본을 보면, 그는 지금도 아버지와 새어머니, 이복동생과 같이 사는 것으로 되어 있다. 만일 다른 기자가 아미카와 고이치에 대해 흥미를 느끼고 조사를 했다 하더라도 이 호적등본만으로는 아무것도 건지지 못했을 것이다. 키포인트는 아마타니 기요미라는 여성이다. 그녀를 조사해야만 이 기묘한 인간관계를 이해할 수 있다.

태어나면서부터 안정된 자리가 없었던 아이. 어디를 가나 장애물 취급을 받은 아이. 그것이 아미카와 고이치였다. 늘 웃는 얼굴이라 '피스'라는 별명을 가지고 있지만, 사실은 불안한 가정환경 속에서 의지할 데라곤 불안정한 어머니 한 사람밖에 없었던 외로운 아이였다.

아미카와 고이치가 남의 눈에 드러나려고 저렇게 몸부림치는 이유도 그런 콤플렉스 때문이 아닐까. 자신이 유능하고 특별한 인간이라는 사실을 어필해서 자신의 설 자리를 만들고 싶은 것이 아닐까.

안이하게 그를 동정하거나 그에 대해 모든 것을 알았다는 생각을 해서는 안 된다. 시게코는 스스로에게 그렇게 다짐하며 전화번호부를 펼쳤다. 조토 에스테이트라는 회사는 두 개가 있었다. 메모를 하고 하나씩 전화를 걸었다. 하나는 지금도 영업중이었고, 문제의 그 임대연립주택을 관리한 적이 없다고 했다. 다른 쪽으로 전화를 걸었다. 폐업을 했다면 전화가 연결되지 않을 것이다.

"네."

노인의 목소리가 들렸다. 시게코는 사정을 설명했다.

"아, 기억하고 있지요. 아마타니 씨 말이죠. 내가 회사를 접기 전에 마지막으로 받은 고객이니까요."

"아마타니 씨에게 연립주택 임대를 중개한 건 1976년이죠? 그러니까 그게 마지막이 아닐 텐데요? 폐업은 팔 년 전이잖아요."

노인은 웃었다.

"아, 그럼, 그럼. 내가 말한 건 중개가 아니라 다른 일이에요."

시게코는 잠깐 수화기를 귀에서 떼고 그것을 내려다보았다.

"실례지만, 전 사장님 맞으시죠?"

"그럼요."

"회사를 접었는데 전화는 살아 있네요."

"우리집 전화니까요. 회사라고는 하지만 아주 작아요. 가내수공업 같은 거죠."

"그러시군요. 죄송하지만 아마타니 기요미 씨와 그녀의 아들에 대해 좀 여쭤볼 게 있는데 잠깐 찾아봬도 될까요?"

"나야 괜찮지만, 아마타니 씨를 만나고 싶으면 직접 가지 그래요."

"어디로요?"

"히가와 고원이요."

시게코는 순간 자신의 귀를 의심했다.

"뭐라고요?"

그날 밤 아홉시 오분. 마에하타 시게코는 히가와 고원 역에 내려섰다. 플랫폼에서 에스컬레이터를 타고 내려가 개찰구를 빠져나가서 역 앞의 서점에서 지도를 샀다. 이번에는 택시를 잡았다. 나이 든 운전사에게 조토 에스테이트의 사장이 가르쳐준 번지를 알려주었다.

"저…… 여긴 별장지죠?"

"히가와 고원 중에서도 가장 이른 시기에 개발된 별장지죠. 손님, 이쪽은 처음이신가요?"

대답을 하는 둥 마는 둥 하고 시게코는 한숨을 내쉬었다. 여긴 히가와 고원이고, 조토 에스테이트의 사장이 가르쳐준 번지도 실새하고 있다. 믿을 수 없었다. 무슨 악몽을 꾸는 것 같았다.

도쿄를 출발할 때부터 가슴의 고동을 억누를 수 없었다. 숨이 막힐 지경이었다. 차의 진동에 맞춰 심장이 뛰었다.

아미카와 고이치의 어머니 아마타니 기요미는 팔 년 전에 그녀의 양아버지이자 애인인 아마타니 히데오에게서 히가와 고원 북쪽의 별장을 넘겨받았다. 다른 곳도 아닌 히가와 고원. 기무라 쇼지가 납치되어 살해당한 곳이며, 수사본부가 구리하시와 다카이의 아지트가 존재할 확률이 높은 것으로 주목하는 그 장소.

거기에 아미카와의 어머니가 별장을 소유하고 있다.

사장은 갑작스러운 전화에 싫은 기색도 없이, 그 산장의 명의를 아마타니 히데오에서 아마타니 기요미로 변경한 것이 자신의 마지막 업무였다고 설명해주었다.

"아마타니 씨는 오랫동안 우리 단골이었지만, 내가 당뇨병이 심해져서 일을 계속할 수 없게 되고 말았어요."

정말 느긋한 어투였다. 이 정보가 얼마나 중대한 건지 모른다는 말인가? 벌어진 입을 다물지 못한다는 말은 바로 이럴 때를 위해 존재하는 것 같았다.

"자, 잠깐만요, 사장님. 아마타니 씨와 기요미 씨 사이에 아들이 하나 있다는 거 아세요?"

"그럼, 알지요. 산장의 명의를 변경한 것도 그 아이를 위한 거였으니까요. 그 외에도 주식과 채권을 물려주었죠. 가능한 한 증여세가 나오지 않게 안배해서 말이에요."

"그 아이…… 이제는 어른이 되었겠지만, 어디 있는지 아세요?"

"글쎄, 그건 모르겠어요. 일을 그만두었으니까. 아마타니 씨와는 매년 연하장을 주고받고 있지만, 작년에 큰 병을 앓아서 지금은 누워 지낸다고 해요."

"기요미 씨의 근황에 대해서는 아세요?"

"그러니까 그 산장에 살고 있다니까요. 명의 변경했을 때, 본인이 도시는 싫다고, 공기가 좋은 곳에서 살고 싶다고 했어요."

만일 아마타니 기요미가 산장에 살고 있다면, 그곳에 살고 있지는 않더라도 가끔 그곳에 머문다면…… 시게코는 발바닥에서 등허리까지 서늘한 기운이 솟구치는 것 같았다. 아지트로 사용되었는지도 모르는 산장. 아마타니 기요미는 일련의 범행을 목격했을 수도 있지 않을까?

아니, 이제는 놀랄 일도 아니다. 아미카와 고이치가 진범 X일지도 모른다는, 천지가 뒤집어지는 가능성을 인정한 이상, 어떤 가능성도 존재할 수 있다. 무슨 일이 있어도 이제 놀라지 않는다.

시게코는 통화를 잠깐 멈추고 재빨리 메모를 해서 데지마 편집장에게 건넸다. 그 메모를 읽은 데지마의 안색이 변하는 것을 보고 시게코는 저도 모르게 웃었다. 조금 전에는 자신이 저런 얼굴이었을 것이다.

"그런데 사장님, 한 가지 알고 싶은 게 있어요. 팔 년 전에 어떤 연유로 재산을 분배한 건가요? 아마타니 씨는 당시에는 아직 건강했을 텐데요."

사장은 그제야 자신에게 이런 질문을 던지는 상대에 대해 의문을 느낀 것 같았다.

"댁은 아까 잡지 기자라고 했는데, 대체 뭘 조사하고 있는 거죠?"

"그건 말씀드리기 곤란해요."

"아마타니 씨가 소유하고 있는 긴자의 빌딩 때문인가요?"

아무래도 자산가인 아마타니는 다른 곳에서도 말썽이 많은 모양이었다. 시게코는 대충 얼버무렸지만 사장은 그렇다고 판단한 듯했다.

"그 문제라면 나도 잘 몰라요. 그 빌딩은 기요미 씨와는 관계가 없으니까."

"아, 네. 그렇지만 기요미 씨는 아마타니 씨의 양녀잖아요. 아마타니 씨에게 만일의 일이 일어날 경우에는 다른 자식들과 똑같이 유산을 상속할 권리가 있지 않나요?"

"그런데 말이야, 그게 그렇지 않다니까."

사장은 왠지 즐거운 듯했다.

"그렇게 되지 않도록 본처와 자식들이 아마타니 씨를 닦달해서, 팔년 전에 기요미 씨에게 재산을 나누어준 거죠. 그래서 기요미 씨는 더는 요구하지 않겠다는 각서를 썼고 말입니다."

"아, 그렇게 된 거군요. 그렇지만 두 사람 사이에서 난 자식의 몫은요?"

"그게 정말 어려운 문제였죠."

아마타니 히데오는 기요미와 아미카와 고이치를 동시에 양자로 받아들일 생각이었다고 한다.

"기요미 씨는 그렇다 치고, 아이는 아마타니 씨의 자식으로 인정받는 게 가장 바람직했죠. 그런데 본처가 너무 강력하게 반대하는 바람에 어쩔 수 없이 둘 다 양자로 받아들이는 방책을 생각해낸 거예요."

그리고 그때 본처와 자식들의 강요로 친자 감정을 했다.

"그런데, 애석하게도 그 결과가 그렇지 않았던 거예요."

고이치가 아마타니의 자식일 가능성이 이십 퍼센트 정도라는 결과가 나온 것이다.

"기요미 씨는 결혼을 했었으니까, 남편의 자식이겠네요."

"그렇겠죠. 그래서 양자로 들일 수가 없었죠. 아마타니 씨는 기요미 씨에게 푹 빠져 있었으니 자신의 자식이 아니라도 괜찮다고 했지만, 주위 사람들이 인정하지 않았어요. 나중에 기요미 씨가 아마타니 가에 남지 못하고 참새 눈물만한 재산만 받고 물러나야 했던 것도 다 그 아들 때문이었어요. 그렇지만 기요미 씨도 자식을 버릴 수야 없었겠죠."

"호적상으로는 버린 것으로 되어 있는데요. 아버지 쪽으로 호적을 옮겼으니까요."

"아, 그런가요?"

"기요미 씨는 계속 아들과 같이 살았던 것 같아요. 아들도 도쿄에서 학교를 다녔고요. 지금은 뭘 하는지 모르겠지만."

"그래서 당신은 기요미 씨의 주소를 알려고 하는 거군요."

"그렇습니다. 그런데 사장님, 아마타니 씨와 기요미 씨 사이에서 난 아들 이름은 기억나세요?"

"글쎄…… 고지라고 했던가……"

사장은 한참을 생각하더니 그렇게 대답했다. 시게코는 감사의 인사를 하고 전화를 끊었다.

데지마가 어느새 뒤에 와서 서 있었다.

"아마타니 기요미는 삼 년 전에 주소지를 히가와 고원으로 옮겼어."

시게코는 자리에서 일어섰다.

"다녀올게요."

"손전등 챙겨가. 아미카와 게이스케와 그 가족에 대해서는 이쪽에서 조사해보지."

산길로 접어들자 택시가 더 심하게 흔들리기 시작했다. 시게코는 무롤 위에 올려놓은 가방을 꼭 끌어안았다. 손전등, 휴대폰, 카메라, 수첩, 소형 테이프리코더. 지금도 많이 무겁지만 돌아가는 길에는 더 무거운 물건을 담아가고 싶었다. 움직일 수 없는 물증이란 이름의 물건을.

한겨울의 숲속 길을 나아가면서 운전사는 당혹스러운 표정으로 어둠 저편을 응시했다.

"아마 여기 어디쯤 될 텐데…… 우리도 이쪽으로는 거의 오지 않아서요."

"저기 아래쪽에 별장 두세 채가 있는 것 말고는 집도 없네요."

"그렇네요. 손님, 정말 여기서 내려도 되겠어요?"

운전사가 걱정스러운 표정으로 돌아보았다. 하지만 시게코는 숲속에서 얼굴을 내밀고 있는 삼각형 지붕의 실루엣에 시선을 빼앗겨 대답을 하지 못했다.

저기다. 저 산장이다.

"저 건물이에요. 가까이까지 가서 내려주세요."

시게코는 손전등을 꼭 쥐었다.

어두웠다. 사방이 시커먼 어둠에 싸여 있고 땅바닥은 얼어붙어 미끄러웠다. 히가와 고원은 피서지로 인기가 있지만 한겨울에는 삭막하기 이를 데 없다. 걷기 편할 것 같아 운동화를 신었는데, 바닥이 너무 미끄러워 오히려 위험했다. 시게코가 비틀거릴 때마다 손전등의 불빛이 힘찬 유령처럼 어둠 속에 서 있는 나무들 사이를 헤집었다.

산장은 거기 있었다. 가까이 가자 점점 전체적인 모습이 눈에 들어왔다. 근사한 삼각형 지붕. 넓은 포치. 굴뚝이 두 개 보인다. 덧문이 닫힌 창. 위성방송용 안테나가 지붕 꼭대기에 달려 있다. 이 건물이 현실의 인간이 사는 집이라는 것을 말해주는 유일한 물건이었다. 그것이 없었다면 산속에 갑자기 나타난 유령 산장으로 보였을 것이었다.

불빛이 없다. 집 옆의 경사지를 깎아서 조성한 주차공간에도 차는 한 대도 보이지 않는다.

숲이 쏴, 하고 흔들렸다. 북풍이 시게코의 귓불을 잘라내는 것 같았다. 가죽장갑을 꼈는데도 손가락이 곱을 정도였다.

천천히 현관으로 다가가는데 갑자기 뒤에서 발소리가 들리는 것 같았다. 발걸음을 멈췄다. 찬바람이 귀를 스쳐 지나갈 뿐이다. 자신의 심장 고동 소리가 들린다. 두터운 방한복을 입었지만 그 모든 것이 심장으로 변해버린 것 같은 느낌이었다.

마음을 다잡고 다시 발걸음을 옮겼다. 몇 걸음 가지 않아서 다시 사람의 기척을 느꼈다. 누군가가 머리칼을 잡아당기는 것 같다. 뒤를 돌아본다. 아무도 없다.

숨결이 거칠어진다. 무서워서 그런 건지 흥분해서 그런 건지 알 수 없다.

산장 입구로 이어지는 계단을 올라간다. 운동화의 고무 밑창이 나무를 밟는 소리가 난다. 탁, 탁, 탁. 그리고 시게코는 현관 앞에 섰다. 무겁고 튼튼해 보인다. 손잡이를 잡고 돌린다. 잠겨 있다.

문 오른쪽 옆에 폭 오십 센티미터 정도의 창문이 하나 달려 있다. 높이는 일 미터 정도. 겉옷을 벗으면 겨우 들어갈 수 있을지도 모른다. 요즘 들어 살이 빠진 게 다행이라고 시게코는 하얀 입김을 뿜어내며 웃었다. 이가 떨릴 정도로 추웠지만 피는 점점 뜨거워지고 있었다.

자, 가자. 시게코는 발아래를 둘러보았다. 빈 화분이 하나 보였다. 그것을 집어들고 창문 유리를 향해 휘둘렀다.

그 팔을, 누군가가 잡았다.

28

"깜짝 놀랐습니다."

시게코 옆에서 덩치 큰 형사가 말했다.

경찰은 용의자를 차에 태울 때는 반드시 뒷좌석 한복판에 앉히고 양옆으로 형사가 앉아서 포위한다. 경찰차의 뒷문은 안쪽에서 열리지 않기 때문에 용의자가 도망칠 수 없다는 이야기를 들은 적이 있었다.

시게코의 지금 상태가 영락없이 그 꼴이었다. 게다가 아키쓰라는 형사는 키도 크고 덩치도 커서 반대편 창은 아예 보이지도 않았다.

차는 평범한 흰색이었다. 아미카와 고이치 어머니의 별장에서 언덕길을 조금 내려간 곳의 숲속에 세워져 있었다. 그리고 짙은 회색 차가 한 대 더 있었다.

형사는 모두 다섯 명이었다. 그 가운데 키가 가장 작고 머리가 흰 사람이 지휘관인 듯했다. 그 외에 그 지휘관과 동년배로 보이는 사람이 하나 있었다. 그리고 아키쓰와 그 후배로 보이는 젊은 형사가 하나. 마지막 한 사람은 히가와 경찰서 소속으로, 이 지역에서 꽤 높은 직위에 있는 사람인 듯했다.

별장 앞에서 시게코의 팔을 잡은 사람은 아키쓰였다. 시게코는 심장이 멈출 정도로 놀랐지만, 그는 빙긋 웃고 있었다.

그들은 시게코보다 먼저 여기에 도착해서 막 떠나려던 참이었던 것 같았다. 그때 멀리서 택시 한 대가 다가오자 라이트를 끄고 지켜보았던 것이다. 시게코가 별장으로 이어지는 언덕길 앞에서 내려 걸어가자 아키쓰가 그 뒤를 따라갔다. 그리고 시게코가 별장에 침입하려는 순간을 포착하고 잡은 것이다.

그들은 차가 있는 곳까지 시게코를 데리고 와서 자신들의 신분을 밝혔지만 왜 여기에 왔는지, 무엇을 하러 왔는지에 대해서는 설명하지 않았다. 그러면서도 시게코가 무슨 목적으로 여기 왔는지에 대해서는 엄하게 따지고 들었다. 경찰이 사람을 대하는 방식은 늘 이렇다. 대답은 없고 질문만 있다.

시게코는 쓸데없는 고집은 부리고 싶지 않았다. 그보다 현재의 상황에 대해 설명을 듣고 싶은 마음이 앞섰기 때문에 먼저 자신이 온 목적부터 밝혔다.

그러자 그들은 시게코를 차에 밀어넣고 옆에 있는 형사에게 감시를 하게 한 다음, 다른 한 대의 차 쪽으로 가서 뭔가를 의논했다. 지휘관으로 보이는 형사는 무선인지 전화인지로 연락을 취했다. 그들의 하얀 숨결이 멀리서도 보였다. 아키쓰가 담배를 피우는 걸 보고 시게코도 담배가 피우고 싶어져 젊은 형사에게 재떨이가 어디 있느냐고 물었다. 그는 무뚝뚝하게 차 안은 금연이라고 말했다.

그렇게 삼십 분이 흘렀다. 이윽고 아키쓰가 돌아왔다. 젊은 형사가 물러나고 그가 시게코 옆에 앉았다. 곧 지휘관으로 보이는 형사가 와서 조수석에 앉았다. 젊은 형사는 운전석에 앉았다.

"그래서요?"

시게코는 룸미러를 바라보며 말했다. 거기에는 누구의 얼굴도 비치지 않았다.

"그래서라니?"

아키쓰가 되물었다. 처음부터 지금까지 그가 가장 침착하고 재미있어하는 듯이 보이는 것은 시게코의 착각일까.

"난 어떻게 돼요? 주거침입미수로 현행범 체포인가요?"

아키쓰는 커다란 손바닥으로 얼굴을 문지르고 코트 호주머니에서 구겨진 담뱃갑을 꺼내더니, 갑 안이 텅 비어 있는 것을 보고 혀를 끌끌

찼다.

"나도 담배를 피우는데, 이 젊은 형사분이 여기는 금연이라고 하던데
요."

아키쓰는 웃었다.

"창을 열면 되지, 안 그래?"

후배 형사는 민망한 듯 고개를 끄덕였다.

"당신이나 나나 꽤 골초인 것 같군요."

노래하듯이 아키쓰가 시게코에게 말을 걸어왔다.

"당신이 담배를 한 대 주면, 내가 불을 제공하지요."

"아키쓰."

조수석의 형사가 불렀다.

"장난치지 마."

"아, 예이."

아키쓰는 대답을 할 때도 멜로디를 넣었다. 그 순간, 시게코는 느꼈
다. 이 형사들도 자신처럼 흥분하고 있다는 것을.

시게코가 담배를 꺼내자 아키쓰가 불을 붙여주었다. 말없이 한 모금,
두 모금을 빨아들였다.

조수석의 상사가 정면을 바라보며 시게코에게 말을 걸었다.

"마에하타 씨, 우리 얘기 좀 해야겠는데요."

시게코는 그를 보았지만 목덜미밖에 보이지 않았다. 그러나 룸미러
에 그의 눈이 비치고 있었다. 경찰은 이렇게 룸미러를 조절하면서 뒤에
탄 범죄자와 대화를 나누는 모양이다.

"얘기니 뭐니 하기 전에 난 당신이 누군지도 몰라요. 경찰이라는 것
외에는 계급도, 입장도, 이름도 몰라요. 왜 여기 있는지도 설명하지 않
았잖아요."

이 사람들은 아직 아키쓰를 제외하고는 이름도 말하지 않았다. 모두 경찰수첩을 보여주긴 했지만, 이런 어두운 숲에서 한 번에 다섯 명의 이름을 다 외울 수야 없는 노릇이다.

시게코가 자신들의 이름이나 계급, 수사본부에서의 직위를 알면 그 것을 자료로 삼아 글을 쓰거나 다른 사람에게 말을 할지도 모른다는 것을 경계하는 것 같았다.

"하긴 그래."

아키쓰는 담배를 문 채 말했다.

"당신은 나에 대해서는 알 겁니다. 취재 요청을 했다가 거절당한 적이 있으니까."

시게코는 생각했다. 수사본부에 전화를 걸어 누구라도 좋으니 잠깐이라도 만나 이야기를 나누고 싶다고 한 적이 있었다. 그때 거절했던 남자의 목소리, 바로 그 사람이었다.

"그럼 당신에게 물을게요, 아키쓰 씨."

시게코는 덩치 큰 형사 쪽을 돌아보며 말했다.

"대체 무슨 얘기를 하자는 거죠?"

그는 재떨이에 담배를 비벼끄고는 담배연기와 함께 길게 숨을 뿜어냈다.

"당신은 여기가 아미카와 고이치 어머니 소유의 별장이란 것을 알고 조사하러 온 겁니다. 그렇죠?"

"그래요. 난 솔직하게 말했어요."

"좋아요. 솔직하고 정직하게 말해줘서 고맙습니다. 그러니까 그 자세로 계속 대답해주십시오. 대체 누구의 부탁을 받고 조사하러 온 겁니까?"

시게코는 그의 눈을 쳐다보았다.

"누구에게 부탁을 받긴요. 내가 스스로 조사하러 온 거예요."

"르포를 쓰려고요? 그 잡지 연재?"

"읽어보셨나요? 그것 참 영광이네요."

"우리는 안 읽어요. 데스크에서 자료로 스크랩해뒀을 뿐이죠. 그리고 그 연재는 지난주부터 쉬고 있지 않나요? 쓰다가 막혔나보죠?"

시게코는 대답하지 않았다.

"아니면 새로운 발견이 있어서 보강조사를 하고 있는 겁니까?"

탐색하는 눈길이라는 것을 깨닫고 시게코는 입을 굳게 다물었다.

"우리도 당신과 같아요. 아미카와 고이치의 어머니가 그녀 명의의 별장을 여기에 가지고 있다는 것을 알고 조사하러 온 겁니다."

시게코는 몸을 부르르 떨었다. 추워서가 아니었다. 차 안은 히터 때문에 따뜻했다.

엄청난 사실을 알아버렸다. 그런 생각이 새삼 치밀어올랐다.

"우리 수사본부의 지휘관이 고혈압이라서 말이죠. 처음 이 정보를 잡았을 때는 혈관이 터지지나 않을까 걱정했습니다. 그 순간의 혈압을 측정했더라면 아마 기네스북에 올랐을 거예요."

조수석의 지휘관도 웃었다. 진지한 표정을 유지하고 있는 사람은 운전석의 젊은 형사뿐이었다.

"바로 현지로 가서 그 별장이 정말로 거기 있는지, 그냥 폐가인지, 정말로 실재하는 것인지, 무슨 환상은 아닌지, 눈으로 직접 보고 오라고 하더군요. 그래서 우리가 여기 온 겁니다. 히가와 경찰서장의 안내까지 받아서요."

역시 그랬던 것인가.

"그런데 당신이란 사람이 나타난 겁니다. 아까 보고했더니, 그 고혈압이라는 윗분이 또 쓰러지려고 하더군요. 지금 바로 달려와서 목을 비틀어버리겠다고요. 저널리스트라고? 그것도 여자라고? 다 틀렸어, 목을 비틀지 않는 한은 절대로 입을 막을 수 없어, 라고 말이죠."

시게코는 그만 웃음을 터뜨리고 말았다. 아키쓰도 웃었다.

"그래서 내가 이렇게 말했지요. 진정하세요, 경부님. 우리가 먼저 오고 그녀가 나중에 왔거든요. 그 순서가 반대였으면 어쩔 뻔했습니까, 생각해보세요."

"그랬더니?"

"이런 멍청이! 하고 전화를 끊더군요."

시게코와 아키쓰는 소리내어 웃었다. 조수석의 지휘관은 웃지 않았다.

웃으면서 시게코는 안정을 되찾았다. 그리고 천천히 이렇게 말했다.

"나는 저널리스트가 아니에요."

아키쓰는 눈을 깜빡거리며 시게코를 바라보았다.

"진짜 저널리스트가 아니에요. 물론 르포를 쓰고 있긴 하지만, 그런 걸 쓴다고 다 저널리스트인 건 아니잖아요. 진짜 저널리스트라면 절대로 저지르지 않을 실수를 얼마나 많이 하는지 몰라요. 저널리스트가 될지도 모른다는 꿈을 가졌던 건 큰 착각이었어요."

그것은 진심에서 하는 말이었다. 단 한 조각의 거짓도 없었다. 시게코의 본심이었다.

"그렇다면 왜 글을 쓰고 있지요? 그리고 조사는 왜 하는 겁니까?"

시게코는 어깨를 으쓱했다.

"글쎄요, 나도 잘 모르겠어요. 다만 내가 저지른 착오의 크기를 확인해보고 싶었는지도 몰라요."

피곤했다. 마음을 놓은 탓인지도 모른다. 더이상은 자신의 힘으로 할 수 있는 일이 없다는 것을 알았기 때문인지도 모른다. 따스한 차 안의 공기에 졸음이 몰려오는 것 같았다.

"안심하세요. 약속할게요. 아무에게도 말하지 않을 테니까요."

시게코는 고개를 끄덕이며 자신을 향해 확인하듯이 말했다.

"경찰 수사를 방해할 생각은 없어요. 처음부터 이 장소를 찾아낸 다음에는 무엇을 어떻게 할지 아무 생각도 없었어요."

"하지만 아까 용감하게 별장으로 잠입하려 했잖습니까."

"그냥 한번 그래본 거죠."

"움직일 수 없는 증거를 찾으려고요?"

아키쓰가 확인하듯이 말했다.

"아미카와 고이치가 일련의 사건에 관련되었다는 물증. 피해자의 유류품이나 사진 같은 거 말입니까?"

"아키쓰!"

앞자리의 상사가 외쳤다. 너무 많은 걸 말한다는 경고일 것이다.

"네, 맞아요. 그런 걸 찾으려고 했죠. 지금까지의 경과를 보면 반드시 뭔가 남아 있을 가능성이 있어요. 그것을 찾아내려고 온 거예요."

"찾아내서는 어떻게 할 생각이었습니까?"

"몰라요. 경찰에 갔을지도 모르죠. 적어도 텔레비전 방송국에 연락해서 중계차를 부를 생각은 없었어요."

아키쓰는 크게 숨을 토해냈다.

"다행이에요. 우리나라의 재판소는 미국에 비해 아직 증거 채용 기준이 약해요. 우리보다 앞서 당신이 저 별장에서 뭘 찾아내서 물증으로 삼을 수도 있겠지요. 그렇지만 개인이 그렇게 증거들을 건드리면 수사에는 큰 지장을 초래했을 겁니다. 우리는 우선 가택수색을 위한 영장부터 신청해야 하니까요."

잠시 생각한 다음 시게코가 말했다.

"만일 내가 그런 행동에 나선다면 아미카와 고이치는 반격을 가할 테지요. 발견한 유류품이나 증거물은 모두 마에하타 시게코가 자신을 함정에 빠뜨리기 위해 날조한 것이라고 말예요."

아키쓰는 입을 다물었다. 엔진 소리만 들렸다.

잠시 후 아키쓰가 작은 목소리로 물었다.

"별장 전체가 당신이 날조해낸 것이라고 말할까요?"

"그 사람이라면 가능하죠. 그 정도쯤이야."

흠, 하고 조수석의 남자가 소리를 냈다.

"약속할게요. 나는 침묵을 지키죠. 단, 한 가지 조건이 있어요."

"조건?"

"지금 이 장소에서 내 질문에 대답해주세요. 경찰은 일반인에게 함부로 수사 내용을 발설하지 않는다는 것은 나도 알아요. 그러니까, 말을 하지 않아도 좋아요. 내가 말을 할 테니까 옳은 말이면 그냥 입을 다물고 있어주세요. 다를 경우는 다르다고 말해주세요. 그럼 됐죠?"

아무도 입을 열지 않았다. 받아들인다는 의미다.

시게코는 다시 룸미러를 보았다. 거기에는 시트밖에 비치지 않았다.

"아미카와 고이치가 진범 X죠?"

대답이 없다.

"경찰이 그를 의심하게 된 건, 여기에 그의 어머니 소유의 별장이 있기 때문인가요? 아니면 다른 의심할 만한 요소가 나왔기 때문인가요?"

아키쓰가 기침을 했다.

"다른 게 있군요."

대답이 없다.

"그렇다면 그에 관한 수사는 어제오늘 시작된 게 아니군요. 암암리에 수사를 하고 있었군요."

대답이 없다.

"알았습니다. 고맙습니다."

시게코는 그렇게 말하고 눈을 감았다.

"그를 반드시 체포해주세요. 유미코를 구하지는 못했지만, 진실은 반드시 밝혀져야 합니다. 그가 아무리 교묘하게 변명을 해도 꼼짝 못 할 증거를 확보해주세요. 그리고 그를 잡아주세요."

그렇게 말하고 고개를 숙였다. 그러고는 울었다. 잠시 후 아키쓰가 등을 두드려주었다.

"갑시다."

차가 움직이기 시작했다. 꽤 오래 침묵을 지키고 있던 아키쓰가 말했다.

"저 별장은 우리의 아지트 수색작전 속에 포함되어 있었습니다. 설령 다른 곳에서 성과가 없었다 하더라도 결국 우리는 저기에 가게 되어 있었어요."

낮지만 힘찬 목소리였다.

"아미카와 고이치는 아주 교묘하게 행동했습니다. 그가 한 행동은, 만일 그가 진범이라면 절대로 할 수 없는 것뿐이었으니까요. 적어도 지금까지 우리가 가지고 있던 상식으로는 이해할 수 없는 행동이었습니다. 그게 우리의 맹점이었지요. 그에 대한 다른 의문이 나올 때까지 그의 성문 감정을 해보려는 생각도 못 했어요. 어떤 방송국도 하지 않았죠. 그럴 필요가 없었으니까요. 진범 X를 찾기 위해 전 일본의 남자들을 하나하나 붙잡아 조사한다 해도 아미카와 고이치는 제일 먼저 제외될 수 있어요. 모두 그렇게 생각하고 있어요. 당연합니다. 진범은 숨어 있다고 다들 믿고 있으니까요. 제 발로 밝은 장소로 기어나올 리 없다고요.

아미카와 고이치는 그런 과거의 상식으로는 가늠할 수 없는 인간이었습니다. 그것은 아마도 그가 범죄를 저지른 동기가 우리로서는 상상하기 힘든 무엇이었기 때문일 겁니다. 솔직히 말해, 아직도 우리는 믿을 수가 없습니다. 아미카와 고이치가 대체 무엇을 위해, 어떤 목적으로 이런 짓을 벌였는지 이해할 수 없습니다. 상사 중 한 명은 그저 거대한 한 편의 연극을 벌이고 싶었던 거라고 설명했지만, 그것도 이해하기 힘들어요. 우리가 알 수 있는 것은 단지 그가 대단한 거짓말쟁이라는 것뿐입니다. 무서울 정도로 말을 잘하는 놈이지요.

그렇지만, 마에하타 씨. 거짓말의 유효기간은 짧아요. 그 거짓말이 화려하면 화려할수록 말이죠. 그가 세상에 나온 것은 1월 22일. 오늘까지 며칠이 지났습니까? 사십 일도 넘었습니다. 지금까지 오래 버텨온 셈이에요. 하지만 이제 한계입니다. 놈은 이제 끝이에요."

시게코는 아무런 반응도 보이지 않았다. 아키쓰가 얼굴을 들여다보았을 때, 그녀는 잠들어 있었다. 창에 머리를 기대고 어린아이처럼 잠들어 있었다.

29

시간은 느리게 흘렀다. 해가 지고 해가 뜨는 것이 굼벵이보다 느린 것 같았다.

언제 어디서 뉴스가 터져나올지 모른다는 생각을 하면 시게코는 잠을 잘 수가 없었다. 편집부 가까운 곳에 비즈니스호텔을 빌려 머물기로 했다. 하루 종일 텔레비전을 켜두었다. 전화도 받지 않았다. 이대로 잘려도 상관없다. 어차피 르포는 끝장이다. 작가로서 마에하타 시게코는 끝장이다.

하루하루가 초조했다. 위가 아파왔다. 위에 구멍이 뚫려 몸속의 것들이 모두 빠져나가 발아래로 쏟아지는 것 같았다. 먹지도 않고, 잠도 자지 않았다.

수사본부는 아직도 발표를 미루고 있는가. 언제가 되어야 움직일까. 이렇게 뭉그적거리는 사이에 다른 누군가가 아미카와 고이치의 신변을 조사할지도 모른다. 그 인물은 참지 못하고 그것을 아미카와에게 알릴지 모른다. 설령 그것이 아미카와와 대결을 벌이기 위한 행동이라 하더라도, 결과적으로 수사에 대한 정보를 아미카와에게 알려주는 행위가 되고 말 것이다. 의심받고 있다는 사실을 아미카와가 깨달아서는 안 된다. 그에게 뭔가 계획을 짤 틈을 주어서는 안 된다. 은밀하게 그를 감시하지 않으면 아미카와는 또 미꾸라지처럼 도망칠 곳을 찾아 빠져나갈 것이다.

나흘 동안 시게코는 어금니를 깨물고 참았다. 그리고 닷새째, 더는 참지 못해 아키쓰에게 전화를 걸려는데 휴대폰이 울렸다.

데지마 편집장이었다.

"지금 어디야?"

"호텔이에요. 무슨 일 있어요?"

"혼자서 파업을 하고 싶으면 얼마든지 해. 프리랜서가 파업을 하는 건 제 목을 조르는 짓이나 다름없다는 걸 알아야지. 나는 아무 상관 없다고."

대답할 기분이 아니었다. 아니, 지금이라도 가슴을 열고 데지마에게 모든 것을 털어놓고 싶었다. 그러나 나는 경찰과 약속을 했다. 참아야 한다.

"텔레비전에서 출연의뢰가 들어왔어. HBS의 특별 보도 프로그램인데, 나갈래?"

시게코는 움찔했다.

"갑자기 왜요?"

"지금까지의 과정을 모두 정리하는 프로그램이래."

"그런데 내게 무슨 용건인 거죠?"

"놀라. 나만 그 프로그램에 아미카와도 나온다고 해. 다카이 유미코의 자살 이래로 생방송에 출연하는 건 처음이라더군."

시게코는 수화기를 고쳐잡고 의자에서 일어섰다. 안절부절못하고 방 안을 오갔다.

"아미카와는 뭘 하려는 걸까요?"

"글쎄, 알 수 없지. 하지만 이런 때 그가 생각할 법한 것이나 방송국에 제공할 만한 아이디어를 상상해볼 수는 있을 것 같아."

"그게 뭐죠?"

"다카이 유미코의 자살 이후로 그의 입장이 좀 곤란해졌잖아? 당연하지, 지켜야 할 주인공을 죽게 놔뒀으니까. 머리회전이 빠른 놈이니 바로 기자회견을 열겠지 했는데 그러지 않더군. 아마도 자신이 생각한 것 이상으로 분위기가 차가워졌기 때문일 거야."

시게코는 고개를 끄덕였다.

"그러니까 이번에 한번 만회해보겠다는 거겠지."

"뭘로 만회할 생각일까요?"

"다카이 유미코를 지키지 못한 것은 유감이지만 그건 자신의 탓이 아니라고 할 거야."

"주장하는 건 자유지만, 그게 받아들여질까요?"

"잘하면 받아들여주겠지. 간단해. 다른 범인을 하나 만들어내면 되니까."

시게코는 창가에 서서 아래를 내려다보았다. 아침부터 흐렸다. 일기

예보에서는 저녁에 눈이 올지도 모른다고 했다.

"다른 범인?"

누구를? 당연하다. 유미코를 버린 인간이다. 유미코의 호소에 귀를 기울이지 않고, 그녀의 주장을 부정한 사람이다.

"그래."

"나로군요. 그래서 출연하라는 건가요?"

"당연하지. 내가 아미카와라도 그렇게 할걸. 현명한 방법이라고는 생각하지 않지만."

의외였다.

"그런가요?"

"응. 지금은 오로지 다카이 유미코를 애도하는 제스처를 취하는 것 말고는 아미카와에게 남은 길이 없어. 아무리 그럴듯한 이유를 대도, 설령 그 상대에게 진짜로 책임이 있다 하더라도 그가 제삼자를 지목하고 비난하면 책임을 회피하는 것처럼 보일 거야. 어떻게 하더라도 말야. 그런 것도 모르다니, 아미카와도 둔해진 걸까. 아니, 원래 겉보기만 예리한 놈인지도 모르지."

시게코는 데지마의 말을 천천히 음미해보았다.

"그렇지만 아미카와는 그렇게 할 거라는 거죠?"

"그래. 혹시 그 작자에게 꼬리를 밟힌 거 없어? 다카이 유미코를 비난하는 편지를 보냈다든지, 전화를 걸었다든지."

"없어요. 적어도 자살 직전에는요. 관계가 거의 끊어져 있었어요."

시게코는 자신의 말에 스스로 놀라면서 웃었다.

"그렇지만 편집장님, 어차피 그런 건 상관없어요. 그는 이야기를 만들어낼 테니까요. 필요한 만큼 얼마든지. 지금까지 그래온 것처럼."

시게코의 말에 어떤 힘을 느꼈는지 데지마 편집장은 입을 다물었다.

"자네가 그의 꼬리를 잡았다는 거야?"

시게코는 미소를 지었다. 데지마에게 자신의 얼굴이 안 보이는 게 다행이다 싶었다. 전화 목소리만 듣고 이 정도까지 파악할 정도니, 얼굴을 보면 모든 것을 알아버릴 것이다. 그가 슬쩍 건드리면 시게코는 모든 것을 털어놓을지도 모른다.

"언제죠?"

"방송? 오늘밤이야. 저녁 일곱시부터. 늦어도 오후 네시까지는 스튜디오에 가야 해."

"나가면 내가 어찌 될지 뻔하군요."

"아마도. HBS는 처음부터 그를 상업적 수단으로 여기고 있어. 어디까지나 그의 편을 들겠지. 아미카와도 그걸 잘 알고 있어."

"안 나가면요?"

"도망쳤다고 마음껏 떠들겠지. 그런 의미에서 자네는 어느 쪽을 선택하기도 힘든 운명이야."

생방송이 오늘인데 이렇게 시간 여유를 주지 않고 연락을 한 것도 시게코가 거절하리라 생각했기 때문일 것이라고 데지마는 말했다.

"나가건 안 나가건 결과는 똑같겠네요."

"그렇게 되는 셈이지."

"그래도 내가 출연하면 텔레비전을 보고 아까 편집장님이 말한 것처럼 그가 책임을 회피한다고 생각하는 사람이 많아지지 않을까요?"

"많을지 적을지는 몰라. 그러나 있다는 것만은 확실해. 모든 사람이 다 바보는 아니니까."

시게코는 입술을 깨물었다. 그리고 대답했다.

"나가죠, 뭐. 나간다고 전해주세요."

의외였는지 데지마는 움찔했다. 전화로나마 데지마 편집장이 이렇게 주저하는 모습은 처음이었다.

"괜찮아?"

"괜찮아요. 편집장님의 말에 한번 걸어보죠."

아니, 수사본부에 걸어보는 것이다. 오늘밤에는 얼마든지 당해도 좋다고 생각했다. 어떤 비난을 당해도 좋다. 진실이 밝혀지기만 한다면, 아미카와가 유미코를 속였다는 것이, 그가 바로 냉혹한 진범 X라는 사실이 밝혀진다면, 오늘밤의 방송 또한 아미카와 고이치라는 인간의 정체를 폭로하고 그것을 만천하에 알리기 위해 유용한 요소가 될지도 모른다.

"알았어. 내가 연락을 하지."

"좋아요."

"마에하타."

"네?"

"무슨 생각을 하는지 모르겠지만,"

데지마는 적당한 말을 찾는 듯했다.

"조심해."

"그러죠. 고마워요."

시게코는 생각했다. 방 안을 빙글빙글 돌고, 침대에 올라갔다가 내려왔다가, 거울을 보았다가 머리칼을 매만지기도 했다.

좋아, 때리면 때리는 대로 맞아주자. 나는 당신의 정체를 알고 있지만, 당신은 그걸 모르고 있어. 그러니까 마음대로 해봐. 하고 싶은 대로 다 받아주지.

그러나 속에서 끓어오르는 분노를 참을 수 없었다. 가만있으면 미쳐버릴 것 같았다. 이런 지경에 이르러서도 아미카와는 유미코를 이용하

려 하고 있다. 유미코의 죽음을 이용하려 하고 있다. 그것만은 용서할
수 없다. 도저히 용서할 수 없다.

반격하는 건 간단하다. 이렇게 물으면 된다. 그런데 아미카와 씨, 당
신 어머니가 히가와 고원에 별장을 가지고 있지 않습니까? 당신은 거기
간 적이 있나요? 어머니 성이 달라서 조사하기 힘들 것 같지만, 그건 분
명히 어머니 명의의 별장이죠? 한 번도 가본 적이 없나요?

그러나 그런 말을 해서는 안 된다. 약속을 했다. 시게코는 진짜 저널
리스트가 아니다. 특종 보도 같은 건 시게코가 갈 수 없는 세계의 일이
다. 아키쓰 형사와 한 약속을 성실하게 지키는 것이 시게코의 의무다.

그렇지만, 이대로 가다가는 미쳐버리고 말 것 같았다. 아미카와와 얼
굴을 마주하면 그런 감정이 눈에 그대로 드러나고 말 것이다. 그리고
아미카와에게 꼬투리를 잡힐지도 모른다.

그래도 한 방이라도 좋으니 힘껏 날리고 싶다. 언젠가는 밝혀질 진리
를 통해서가 아니라, 이 손으로 한 방을 날려 그 눈이 뒤집히는 것을 보
고 싶다.

정말 대단한 인간이다. 아직까지 누구도 하지 못한 일을 했다. 자신
의 손으로 사람들을 마구 죽여놓고, 그 죄를 남에게 뒤집어씌우고, 그
가족을 자기 편으로 만들다니. 인간이 이런 짓을 할 수 있으리라고 누
가 상상이나 했을까? 그래서 그는 지금까지 숨어 있었다. 사람들이 모
르는 곳에서 계획을 세우고, 각본을 짜고, 거기에 따라 연출을 했다. 너
무도 멋들어진 솜씨였다.

그는 의기양양해 있을 것이다. 작가이면서 연출가이면서 주연배우이
기도 하다. 그런 독창적인 각본은 지금까지 어디에도 존재하지 않았다.
그가 스스로 만들어낸 것이다. 뭔가를 흉내낸 것도 아니다. 완전히 오
리지널이다.

문득, 시게코의 머리 한구석에서 누군가와 나눈 대화가 떠올랐다.

'인간이란 모두 누군가의 흉내를 내고 살아, 시게코.'

시게코는 우뚝 멈춰 섰다.

그렇다. 누군가와 그런 대화를 나눈 적이 있다. 동료 작가였던가? 그래, 그는 이렇게도 물었다. 구리하시와 다카이가 애니메이션이나 만화 팬이었어? 그들이 그걸 보고 따라한 거야?

'그렇지는 않겠지. 만일 그렇다면 누군가가 모델이 된 작품을 찾아내서 소동을 벌였을 테니까.'

그래, 그랬어.

아미카와의 범죄에는 모델 따위는 없다. 모두 그가 만들어낸 것이다.

속으로 그는 얼마나 안타까워하고 있을까. 지금까지의 모든 과정이 그가 자신의 상상력으로 만들어낸 것이라고 말하지 못해 얼마나 입이 근질거릴까. 이렇게까지 근사하게 해내고 있는데. 지금이라도 모든 것을 밝혀서 사람들을 놀라게 하고 싶을 것이다.

그러나 언젠가는 그렇게 된다. 머지않아 그렇게 된다. 그가 체포되면 전 일본이 이 사건은 아미카와 고이치 각본, 연출, 주연의 연극이었다는 것을 알게 될 것이다. 모두가 놀랄 것이다.

어쩌면 그는 이것도 염두에 두고 있는지 모를 일이다. 의식하지 않을지는 모른다. 그렇지만 마음 깊은 곳에서는 그런 줄거리를 그리고 있는지도 모른다. 설령 체포되어도 아미카와 고이치는 전 일본을 속였다는 '성과'를 자랑할 것이다. 아무도 상상하지 못한 일을 해냈으니까.

시게코는 두 손으로 뺨을 눌렀다. 어느새 땀이 흐르고 있었다.

그 '성과'에 상처를 입힐 수 있다면?

전국의 시청자 앞에서 그의 연극, 그의 연기가 흉내에 지나지 않는다고 말한다면?

거짓말이라도 좋다. 그래도 그 말은 남는다. 그것이 아미카와가 해온 일이다. 말한 사람이 이긴다. 얼마나 빨리, 얼마나 설득력을 가지고 자신이 믿어온 것을 널리 전할 수 있는가. 중요한 것은 바로 그것이다. 사실이나 진실이 아니다.

그렇다면 똑같은 수법으로 그에게 복수한다면?

시게코는 다시 방 안을 빙글빙글 돌기 시작했다. 이번에는 생각해야 할 일이 정해져 있었다. 수단, 방법, 재료가 문제다. 그것을 정하고 이번에는 전화를 걸었다. 세번째 전화로 목적한 인물과 통화를 할 수 있었다.

"여보세요? 아, 야마다 씨, 오랜만이야. 갑자기 전화해서 미안해. 정말 오랜만이지? 급한 용건이 있는데 부탁 좀 해도 될까? 요새도 외국의 미스터리나 범죄 논픽션을 모으고 있어? 일본어로 번역 안 된 것까지 모두 있다고 했지? 응, 그래. 당신은 원문을 읽을 수 있으니까. 대단한 컬렉션이라고 들었어. 저기, 그중에서 한 권만 빌려줘. 내용은 상관없어. 가장 알려지지 않은 것, 오래된 거라면 뭐든 좋아."

30

HBS는 시게코를 마치 중요인물처럼 다루었다. 도착하자마자 대기실로 안내하고 프로듀서를 소개해주었다. 그는 프로그램의 진행을 설명한 다음, 화제의 흐름에 따라 자연스럽게 말해달라고 주문했다. 사회자가 있긴 하지만 이야기를 주도적으로 끌어가지는 않을 것이라고 했다. 시게코는 조용히 고개를 끄덕였다. 다만 사건에 대한 상세한 기억에 착오가 없도록 스튜디오에 파일 하나를 들고 들어가겠다고 말했다. 프로듀서는 흔쾌히 승낙했다. 파일의 내용물을 확인하려고도 하지 않았다.

다른 스태프들은 아무도 말을 꺼내지 않았다. 말을 걸지 말라는 지시를 받은 것인지도 모른다. 시게코를 격리시키고 도망가지 못하게 잡아두려는 의도일 것이다.

바라는 바였다. 시게코는 마음을 가라앉히고 조용히 때를 기다렸다.

다섯시가 지나서 누군가가 노크를 했다. 문을 열자 단정한 표정의 중년 남자가 서 있었다. 양복을 입고 넥타이를 매고, 메이크업도 했다.

"마에하타 시게코 씨죠? 오늘 잘 부탁드립니다."

사키사카 아나운서였다. 11월 1일의 특별방송에서 사회를 본 사람이고, 지난달인가 아미카와 고이치가 유령빌딩에서 생방송을 했을 때도 사회를 맡았다.

사키사카 아나운서는 대기실 안으로 들어와 문을 닫았다. 시게코는 간단히 인사를 하고, 그가 무슨 할 말이 있는 것 같아 눈을 바라보며 기다렸다.

"갑자기 부탁드렸는데 이렇게 와주셔서 감사합니다."

사키사카 아나운서는 정중하게 머리를 숙였다.

"괜찮습니다."

이 사람, 왜 이렇게 긴장하고 있지? 오늘밤 이 프로그램이 그렇게나 중요한 것일까? 어쩌면 편집장이나 자신이 상상하지도 못한 어떤 의도가 숨어 있는 건 아닐까?

"프로그램 직전에 사회자인 제가 무슨 말을 하러 왔나 궁금하시죠?"

아나운서다운 매끄러운 어투였다. 시선을 시게코의 어깨 부근에 고정시킨 채 움직이지 않았다.

"그건 그래요."

"전 저의 개인적인 의지로, 사전에 말씀드리고 싶은 게 있어 이렇게 찾아왔습니다."

"네?"

"오늘밤 프로그램에서는 사건을 다시 검증해보고, 다카이 유미코 씨의 자살에 대해서도 다룰 생각입니다."

"그게 프로그램의 원래 목적이 아닌가요?"

사키사카 아나운서가 고개를 끄덕였다.

"맞습니다."

"그 정도는 저도 잘 알고 있습니다. 그 때문에 제가 책임 추궁을 당할 거라는 것도요. 실제로 책임이 있는지 없는지는 당사자니까 뭐라고 말하기 힘듭니다. 그렇지만 그녀에게 친절하게 대해주지 못했다거나, 자살을 막을 수 있었는데 그러지 않았다고 비난해도 할 말이 없습니다. 기꺼이 비판을 받을 생각이니까 걱정하지 마세요."

사키사카 아나운서는 다시 머리를 숙였다. 그러고 나서야 시게코의 눈을 똑바로 바라보았다.

"저는 프로그램의 주제가 뭐든 간에, 마에하타 씨 한 사람만을 비판의 대상으로 삼을 생각은 없습니다."

시게코는 상대의 눈을 보았다.

"지금은 그럴 때가 아닙니다. 다카이 유미코 씨의 일도 마에하타 씨 혼자만의 책임은 아니라고 생각합니다."

사키사카 아나운서는 단호하게 말했다. 시게코가 무슨 말을 하기를 기다리고 있는지도 모른다. 그러나 시게코는 입을 다물었다.

"마에하타 씨는, 방송계에는 어떤 비극이건 잔혹한 범죄건 시청률을 올릴 수 있고 재미만 있으면 그만이라고 생각하는 사람들만 있다고 생각하실지도 모르겠습니다. 유감이지만 그것도 현실의 일부분입니다. 하지만……"

"하지만?"

"우리도 진실을 추구하는 인간입니다. 무엇이 올바르고 무엇이 그른지, 진지하게 생각하지도 않고 방송을 내보내는 것처럼 보일지 모르겠지만, 그렇지 않습니다. 전 일개 아나운서에 지나지 않지만, 이것만은 꼭 마에하타 씨에게 말해두고 싶었습니다."

숨을 한 번 들이쉬더니 그는 자세를 가다듬었다.

"실례했습니다" 하고 머리를 숙이고, 사키사카는 문을 열고 나갔다.

"저, 사키사카 씨, 혹시……?"

두 사람은 서로의 표정을 살폈다. 두 사람은 서로에게서 자신과 똑같은 사고의 흔적을 찾으려 했다. 그러나 확신은 가질 수 없었다.

"아, 아니에요."

시게코는 고개를 저었다.

"일부러 찾아와주셔서 감사합니다."

사키사카 아나운서가 나간 뒤, 시게코는 의자에 앉아 거울을 마주 보았다.

아까 이렇게 물을 뻔했다. 사키사카 씨, 혹시 당신도 아미카와 고이치를 의심하는 건 아닌가요?

그러나 물을 수 없었다.

사키사카 아나운서는 사건이 크게 움직이기 시작할 때부터 그 자리에 있던 인물이다. 11월 1일, 그는 스튜디오에서 구리하시를 대신해 전화를 건 범인과 대화를 나누었다. 그리고 그후, 아미카와 고이치를 만났다. 그와 이야기를 나누었다. 그가 출연하는 프로그램의 사회도 보았다.

아나운서는 말을 다루는 직업이다. 인간의 목소리를 다루는 데 있어서 프로다. 그런 프로의 귀로 아미카와의 말투나 단어 선택에서 뭔가를 느꼈을지도 모른다. 그런 의구심을 어디에도 털어놓을 수 없어서 그런 말을 한 게 아닐까?

'메이크업을 하니까 더 늙어 보이네.'

거울 속의 자신을 바라보며 시게코는 그런 생각을 했다. 이제 때가 온 것인지도 모른다. 꾸벅꾸벅 졸고 있던 신이, 자신의 눈을 피해 온갖 못된 짓을 하던 아미카와 고이치라는 존재를 알아차리고 슬슬 움직이려 하는 건 아닐까.

이제 곧 전국의 시청자들 앞에서 몰매를 맞을 몸으로서는 그리 나쁜 생각이 아니었다. 절대로, 나쁜 생각은 아니었다.

31

방송은 시작 부분만을 봐서는 그리 나쁘지 않았다. 스튜디오도 심플했고 출연자도 적었다. 테이블이 둘로 나뉘어져 한쪽에는 사키사카 아나운서와 여성 아나운서, 그리고 아미카와 고이치가, 다른 한쪽에는 마에하타 시게코와 HBS의 보도기자, HBS의 메인 뉴스를 담당하는 남성 캐스터가 앉았다. 그도 풍부한 취재경험을 가지고 있는 인물로, 그의 프로그램은 시게코도 옛날부터 자주 보아왔다. 설마 이런 식으로 나란히 앉게 될 줄은 상상도 하지 못했다.

사키사카 아나운서는 우선 사건의 내용을 총괄하고 최신 수사 정보를 소개한 다음, 그 가운데서 다카이 유미코의 자살에 대한 내용을 집어내어 그녀가 왜 죽음을 선택했는지, 그녀의 죽음을 둘러싼 몇 가지 의문점을 검토하는 것이 이 프로그램의 목적이라고 밝혔다.

이번에도 특설 스튜디오에 전화가 설치되어 있었다. 보조 여성 아나운서가 전화와 팩스 번호를 안내했다.

사건에 대한 총괄은 주로 녹화영상으로 진행되었다. 시게코에게는 거의 이야기할 기회가 주어지지 않았다. 무더운 스튜디오 안에서 장식품처럼 가만히 앉아 있으면 그만이었다.

다행히 공개방송이 아니라 시청자와 얼굴을 직접 마주 보지 않아도 되었다. 아무리 각오를 하고 있다 해도, 자신에게 돌을 던지는 사람의 눈을 마주 보는 건 괴로운 일이다. 진실이 밝혀지면 그들도 놀랄 것이다. 그러나 지금은 아무것도 모른다. 그런 이들에게 비판당하고 싶지 않았다.

아미카와 고이치는 더할 수 없이 침울한 표정이었다. 사키사카 아나운서가 말을 시켜도 짧게만 대답했다. 이런 모습은 처음이었다.

그러나 프로그램이 진행되고, 특설 스튜디오를 불러 지금까지 팩스와 전화로 들어온 시청자의 목소리를 소개하는 짧은 코너가 지나자 분위기가 달라졌다.

얼굴에 드러내지 않으려 애썼지만, 시게코는 놀랐다. 데지마의 예상이 맞아떨어졌다. 시청자 의견에는 물론 아미카와를 격려하고 여전히 그를 응원한다는 내용도 있었지만, 유미코가 자살했는데 그가 텔레비전에 나오는 것이 이상하다는 목소리도 많았다. 다카이 가즈아키의 결백을 증명하려면 텔레비전에 나오기보다는 경찰 수사에 협력하는 게 좋다는 의견도, 아미카와가 쓸데없는 짓을 하지 않았더라면 유미코가 자살하지 않았을 것이라는 의견도 있었다.

아미카와는 그런 의견을 주의 깊게 듣는 척하고 있었다. 그러나 그것은 어디까지나 제스처였다. 시게코의 눈에는 그것이 보였다.

숨은그림찾기다. 누군가가 가르쳐주어서 숨은 그림을 찾아내면, 그다음부터는 노력하지 않아도 그 그림을 볼 수 있다. 아미카와의 정체를 알아버린 시게코에게는 그의 작위가, 그의 연극이, 그의 얼굴에 나타나는 감정이 우스울 정도로 잘 보였다.

　그리고 문득, 바로 옆에 앉은 남성 캐스터도 시게코처럼 아미카와에게서 거리를 두고 있다는 것을 알 수 있었다. 하나하나를 뜯어보면 이상하지 않았다. 말투. 대화의 완급. 대답하는 방식. 하지만 그 안에 담긴 감정은 확실히 느낄 수 있었다.

　화제는 이윽고 유미코의 자살로 옮겨갔다. 아미카와는 더는 참지 못했는지 갑자기 달변을 늘어놓기 시작했다. 유미코가 창에서 떨어질 때 그는 옆방에서 원고를 쓰고 있었다고 했다. 각자의 방으로 돌아가기 직전에 대화를 나누었는데, 그녀가 너무 가라앉아 있는 것 같아 격려해주었다고도 했다.

　"그런데도 그녀가 갑자기 창을 열고 뛰어내렸을 때, 저는 그 자리에 없었습니다. 가장 중요한 때, 그녀가 저를 가장 필요로 했을 때, 저는 벽을 향해 앉아 있었습니다."

　말을 하면서 얼굴을 찌푸리고, 눈에는 눈물을 글썽이고, 주먹을 쥐었다. 유미코에 대한 경찰의 엄격한 조사도 비난했다. 그녀의 주변, 특히 이웃의 냉혹한 태도를 비난하고, 유미코가 이다바시의 호텔에서 소동을 부린 것을 보도한 사진주간지에 대해서도 분노했다.

　이야기가 드디어 중심으로 들어섰다. 이제 올 것이 왔다고 시게코는 몸을 떨었다.

　"유족 모임에 대한 것은 저에게도 책임이 있습니다. 하지만 마에하타 씨, 그때는 저보다도 당신이 유미코에게 가까웠지요. 그녀는 당신을 믿고 있었습니다. 그 사건 이후에 당신은 그녀를 버렸지만, 저는 당신이 조금 더 유미코의 힘이 되어주기를 바랐습니다. 유미코를 버리지 말기를 바랐습니다. 이제 와서 이런 말을 한들 책임전가밖에 안 되겠지만, 저는 당신을 비난하지 않을 수 없습니다."

말하고 싶은 대로 말하게 내버려둔 후에 시게코는 담담하게 말했다. 당시로서는 유미코의 주장을 받아들일 수 없었고, 그런 뜻은 그녀에게도 명확히 밝혔다. 하지만 유족 모임에 대해 알린 것은 자신의 실수였다. 사전에 막지 못한 건 정말 가슴 아프다.

시게코는 상대가 되어주지 않고, 아무도 아미카와 편을 들어주지 않았다. 명백히 아미카와는 초조해하고 있었다. 보도기자는 범죄사건 취재와 보도의 애로점에 대해 말하고, 피해자나 용의자 가족에 대한 접근방식을 다시 생각해보아야 할 것이라는 일반론을 늘어놓았다. 그러자 그는 기자가 그런 일반적인 말만 해서는 안 된다고 비난했다. 잠시 스튜디오의 공기가 어색해졌다.

광고가 나오는 동안 아미카와의 얼굴은 빨갛게 상기되어 있었다. 여성 아나운서가 열심히 아미카와를 달랬다.

남은 시간은 앞으로 이십 분. 다시 시청자 코너가 시작되었다. 아나운서가 특설 스튜디오와 이야기하는 동안 아미카와는 대화 중간중간에 끼어들었다.

"잠깐, 거기에 대해서는 한마디 해야 되겠습니다. 이건 너무 심합니다."

"그 의견은 제가 아니라 유미코를 공격하는 말이 아닌가요?"

"전 제가 할 수 있는 일을 할 뿐입니다. 앞으로도 그럴 겁니다."

시게코는 초조해지기 시작했다. 마지막에 출연자 모두에게 발언 기회가 주어진다. 그러나 이렇게 나가다가는 자신에게 십 초도 돌아오지 않을 것 같았다. 그런 짧은 시간에 과연 해낼 수 있을까.

사키사카 아나운서가 이야기를 정리하고, 이윽고 시게코에게도 차례가 돌아왔다. 아미카와 차례는 마지막인 모양이었다. 다행이었다.

"마에하타 씨는 지금도 르포를 쓰고 계실 텐데, 사건에 대해 어떻게 생각하시나요?"

사키사카 아나운서의 질문을 받고, 시게코는 얼굴을 들어 카메라를 똑바로 바라보았다.

"사실은, 최근에 어떤 걸 발견하고 깜짝 놀랐습니다."

"발견이라뇨?"

시게코는 가지고 온 파일을 열었다. 거기에는 삼백 페이지 정도 되는 두께의 책 한 권이 들어 있었다. 너덜너덜해진 검은 바탕 표지에 흰색과 빨간색 글자로 제목과 저자 이름이 적혀 있었다.

"이건 십 년 전에 미국에서 출판된 논픽션입니다."

시게코는 카메라 앞에 책을 들어 보였다.

"저자는 전 뉴욕타임스 기자로, 실제로 일어난 범죄를 바탕으로 한 논픽션을 여러 편 발표한 작가입니다. 이것도 그 가운데 하나입니다. 아쉽게도 일본어로 번역이 되지 않아 거의 알려지지 않았습니다."

시게코는 미리 생각해둔 대로 말했다. 지인에게서 이번 연속 여성 유괴살인사건이 이 책에 나오는 사건과 비슷하다는 연락이 왔다. 나는 영어를 잘 읽지 못해서 그가 정리해준 대충의 줄거리만 봤는데, 그의 말대로였다.

"사건의 과정이 비슷하다고요?"

남성 캐스터가 물었다.

"범인이 두 명이라는 건가요?"

"아닙니다. 범인은 한 명입니다."

"그럼 여성 피해자를 선별했다는 것, 보도기관이나 피해자 가족에게 연락을 했다는 부분이 비슷하다는 것입니까? 그것이 이 사건의 특징이니까요."

"네, 그렇습니다. 그렇지만 그것뿐만이 아닙니다."

시게코는 카메라를 향해 말했다. 모습은 보이지 않지만, 전국에 존재하는 시청자를 향해서.

"가장 큰 유사점은, 이 책에서 다룬 사건에서도 최초로 범인으로 지목된 사람이 죽은 다음에……"

"용의자가 죽는다고요?"

"네, 그 다음에 그가 살인범이 아니라고 주장하는 인물이 나옵니다. 범인으로 지목된 사람의 친구죠."

아미카와의 얼굴이 돌처럼 굳어졌다. 스튜디오 안에서 누군가가 탄성을 질렀다.

시게코는 말을 계속했다.

"실제로 그 주장에는 꽤 설득력이 있어서 매스컴은 그것을 크게 다룹니다. 사망한 청년이 범인이라고 지목한 주 경찰도 재조사에 들어가고, 연방수사국도 움직이기 시작합니다. 그런데, 최종적으로 판명된 사실이 정말로 충격적입니다."

시게코는 잠시 입을 다물었다. 스튜디오 안이 적막에 싸였다.

"사실은 죽은 용의자는 결백하고, 그가 살인자가 아니라고 주장해 화제를 모았던 그 친구가 바로 사건의 진범이었던 것입니다. 그리고 결정적인 물증이 몇 가지 발견되어 도망칠 수 없게 된 그는, 왜 그런 짓을 했느냐는 질문에 이렇게 대답합니다. '재미있었으니까. 정의의 편을 드는 척하면서 사람들의 주목을 받는 게 유쾌했으니까.'"

시게코가 손에 든 책의 제목은 'JUST CAUSE'. 번역하자면 '왜냐하면' 정도의 뜻일 것이다. 물론 내용은 완전히 다르다. 범죄소설이긴 하지만 전혀 다른 내용이다. 단지 책 제목이 마음에 들어서 빌려온 것뿐이었다.

"엉터리 같은 소리 지껄이지 마."

아미카와 고이치의 목소리가 들렸다.

출연자들뿐 아니라 스튜디오 안의 모든 사람들이 그를 바라보았다. 지금까지 한 번도 본 적이 없는 눈으로 그의 얼굴을 보았다. 방금의 그의 목소리가, 지금까지 한 번도 들어보지 못한 목소리였기 때문이었다.

시게코는 의사에서 무릎을 소금 옆으로 빼내 아미카와 쪽을 바라보며 조용히 말했다.

"엉터리가 아니에요."

심장이 고동치고, 무릎이 떨리기 시작했다. 손바닥에는 땀이 고이고 손가락이 저려왔다.

"모두 이 책에 적혀 있습니다. 사실이에요. 십 년 전, 아니, 정확히 말하자면 사건이 일어난 것은 십일 년 전입니다. 저는 우리가 다루고 있는 이 사건도 십일 년 전의 이 사건을 아는 범인이 이 내용이 일본에 알려져 있지 않다는 것을 알고 그것을 흉내내 저지른 것이라고 생각합니다. 치졸한 흉내입니다. 거창한 모방범이지요. 읽으면서 제가 다 부끄러워질 정도였으니까요."

아미카와 고이치는 주먹을 불끈 쥐고 자리에서 반쯤 일어섰다.

"말도 안 되는 소리 하지 마!"

갈라터진 목소리였다. 시게코는 보았다. 숨은그림찾기의 배경은 사라졌다. 지금까지 아름다운 과일의 그림자 뒤에 숨어 있던 아미카와 고이치의 얼굴이 또렷이 드러났다. 캔버스 위에는 그의 얼굴밖에 존재하지 않는다. 그리고 그의 얼굴은 모나리자처럼 미소짓고 있지 않다. 영원한 수수께끼라 불리는 그 미소는, 그곳에 없다.

오로지 상처입은 자존심이 뿜어내는 분노밖에는.

보이죠, 여러분, 보이지 않나요?

"자, 잠깐만요, 마에하타 씨."

보도기자가 손을 뻗어 시게코의 책상 앞을 가볍게 쳤다.

"지금 말씀하신 게 사실이라고 하더라도, 이번 사건이 하나에서 열까지 모두 십일 년 전의 그 사건과 똑같다고 할 수는 없지 않을까요? 그게, 만일 똑같다고 한다면, 아미카와 씨가……"

진범이라는 말이 되고 마는 것이다. 거기까지 말하면 시게코는 웃으면서 슬쩍 넘어갈 생각이었다. 그렇죠, 저도 그렇게까지 말할 생각은 없습니다. 그 순간 프로그램은 끝이다. 말한 자가 이긴다.

그러나 보도기자의 발언이 가로막혔다. 다른 누구도 아닌, 아미카와 고이치에 의해.

그는 벌떡 일어섰다. 의자가 뒤로 밀리면서 시끄러운 소리를 냈다. 그러나 그의 목소리는 어떤 소음에도 지지 않았다. 스튜디오 안에 그의 목소리가 울려퍼졌다. 전국에, 그 목소리가 울려퍼진다.

"당신은 내가 흉내를 냈다는 건가?"

시게코를 손가락으로 가리키며 아미카와 고이치가 소리쳤다.

"내가, 나 아미카와가, 남의 각본을 빌려서 자기 것인 양 했다고? 내가? 나 아미카와가?"

한 마디 할 때마다 아미카와는 손바닥으로 자신의 가슴을 쳤다. 내가, 나 아미카와가?

아미카와의 눈은 돌처럼 굳어 있었다. 그것은 생전의 구리하시 히로미가 두려워하고, 피스의 내면에 감추어진 불가해한 수수께끼로서 경원하던 바로 그 눈이었다. 아미카와 고이치라는 존재가, 외부의 어떤 것도 받아들이지 않고, 그 가장 밑바닥에 있는 시스템, 치졸한 에고만으로 움직이기 시작했음을 알리는 흉조였다.

지금 마에하타 시게코는 그것을 보고 있었다. 예전에 구리하시 히로미가 보았던 것을. 다카이 가즈아키가 꿰뚫어보았던 것을.

아미카와 고이치는 잔인하게 입을 비틀면서 비웃고는, 더 큰 목소리로 외쳤다.

"웃기지 마! 내가 그런 흉내를 낼 것 같아? 이건 나의 오리지널이야! 모든 게 나의 창작물이야! 내가, 내 머리로 생각해서, 혼자서 만들어낸 거야!"

아무도 입을 열지 않았다. 엉거주춤하니 몸을 일으키고 있던 보도기자가 의자에 털썩 주저앉았다.

눈과 입이 멍하니 열려 있었다.

"난 남의 흉내 같은 건 내지 않아! 절대로!"

아미카와 고이치는 외쳤다. 목에 핏대를 올리며 큰 소리로 외쳤다. 어떤 음향효과에도 지지 않을 만큼 분명하게, 그 자신의 목소리로 외쳤다.

"나는 멍청한 모방범이 아냐. 마에하타 시게코, 당신이야말로 모방범이야! 흉내를 낸 건 당신이야. 내가 이룬 것을, 내가 만든 각본을 그대로 가져와서는 구리하시 히로미의 마음속 어둠이니, 다카이 가즈아키의 뿌리 깊은 열등의식이니, 아는 척은 있는 대로 다 하면서 글을 쓴 건 바로 당신이잖아! 당신은 제 머리로는 아무것도 만들어내지 못해. 안 그래? 그렇지? 인정해. 그렇다고 말해!"

거의 절규에 가까운 목소리로 아미카와는 마에하타 시게코에게 따지고 들었다.

"그렇지만 나는 달라! 나는 내 스스로 생각해! 전부 내가 생각해낸 거야! 처음부터 끝까지! 모두 오리지널이야! 구리하시도 꼭두각시에 지나지 않았어. 그놈은 각본 같은 건 생각도 못 했어. 그저 여자를 죽이고 싶었을 뿐이야. 다카이 가즈아키를 끌어들인다는 계획도 모두 내가 생각해낸 거야. 내가 각본을 쓰고 실행한 거란 말이야! 모델은 없어! 흉내가 아냐!

나는 모방범이 아냐!"

이미 방송시간은 끝났을 것이다. 텔레비전에서는 광고가 나가고 있을까. 나, 잘한 걸까. 눈에는 눈, 이에는 이. 머릿속에는 그런 생각만 가득했다. 시선을 아미카와 고이치에게 고정한 채, 시게코는 손가락 하나 까딱하지 않고 마비된 사람처럼 의자에 달라붙어 있었다.

보고 있나요, 여러분?

"아미카와 씨."

남성 캐스터의 목소리가 들렸다. 아득히 먼 곳에서 들려오는 듯 희미한 목소리. 혹시 내 정신이 이상해진 걸까.

아미카와에게 지지 않을 정도로 또렷하게, 그러나 훨씬 냉정한 목소리로 그는 물었다.

"지금 그 발언은 당신 스스로가 진범이라는 것을 인정하는 것으로 들립니다. 그렇게 이해해도 되겠습니까?"

32

그날 신이치는 정오가 지나서부터 아리마 요시오와 같이 부동산을 돌고 있었다. 요시오가 이사할 집을 구하기 위해서였다.

"가게도 정리했고 여기서 혼자 살기엔 돈도 많이 드니까, 마치코가 있는 병원 가까이로 옮길 생각이야."

그래서 신이치는 자기도 같이 가겠다고 했다. 노인 혼자서 방을 찾게 할 수 없었다.

"지금까지도 혼자 살긴 했지만 기다가 있어서 아침 점심을 늘 같이 먹었지."

"그럼 앞으로는 정말 외로워지실 텐데요."

"마치코가 퇴원하면 괜찮아."

"기다 씨는 어디서 가게를 열어요?"

"바로 근처야. 괜찮은 건물이 있어서 말이야."

그럼 그 가게를 그대로 쓰고 뇌시 않느냐고 말하려다 신이치는 입을 다물었다. 그럴 순 없을 것이다.

둘이서 부동산을 꽤 여러 군데 돌아다니고, 몇 군데 방을 보러 가고, 괜찮아 보이는 곳의 광고지를 받았다. 요시오는 수첩에 메모를 했다. 노인의 윗도리 호주머니에 들어 있는 작은 수첩은 콩 도매상이 고객들에게 나눠주는 것이었다. 은행이나 신용금고에서 주는 수첩은 쓰기 불편하다며, 노인은 연필로 꼼꼼하게 글씨를 써넣으며 말했다.

저녁때가 되자 요시오는 그길로 마치코의 병원으로 간다고 했다.

"괜찮으면 저도 같이 가면 안 될까요?"

"아, 좋지. 그럼 마치코를 본 다음에 둘이서 저녁이라도 먹자. 오늘 수고해줬으니까 내가 사지."

후루카와 마치코는 사인실의 창가 침대에서 조용히 텔레비전을 보고 있었다. 안색이 안 좋았지만, 여윈 것만 빼면 괜찮아 보였다. 상처는 거의 다 나았지만 아직 걸어다니기는 불편한 모양이었다.

신이치가 인사를 하고 요시오가 부드럽게 이름을 불렀지만 마치코는 아무 대답도 하지 않았다. 멍한 눈길로 어딘가를 보고 있었다. 요시오는 마치코에게 저녁을 먹이면서 방을 구하러 다녔다는 것, 기다의 가게가 다음주에 문을 연다는 것을 말해주었다.

"내일 또 오마."

요시오는 병실을 나서 계단을 내려가면서 신이치에게 말했다.

"담당 선생은 마치코가 곧 좋아질 거라고 해. 우리 목소리도 다 듣고 있고, 자신이 지금 어떤 처지에 있는지도 안다는 거야. 다만 그것을 받아들이고 바깥으로 나올 용기가 없을 뿐이라는 거지."

"그렇군요."

신이치는 고개를 끄덕였다.

"인간의 마음이란 게, 너무 슬프거나 두려운 일이 있으면 그렇게 안으로 닫히고 만다는구나. 한때는 정말로 고장나버린 것 같았지만, 마치코 안에는 정상적인 부분도 틀림없이 남아 있어. 선생은 오히려 다리가 더 걱정이라는군. 저런 상태니 혼자 재활치료도 못 하고 있고, 어쩌면 퇴원하더라도 한동안은 휠체어 신세를 져야 할지도 몰라."

"그럼 이사할 집도 넓은 게 좋겠네요."

"그래. 집세가 문제지."

"후루카와 씨…… 마리코 씨 아버지는 뭐라고 해요?"

요시오는 고개를 저었다.

"도와준다는 걸 내가 거절했어. 그놈도 나름대로 괴로워하고 있을 테지. 그건 인정해줄 수 있을 것 같아. 예전엔 너무 화가 나서 그러지 못했지만."

시게루도 소중한 딸을 잃은 건 사실이니까, 하고 요시오는 작게 중얼거렸다.

병원 건물을 나서자마자 신이치는 휴대폰 전원을 켰다. 미즈노 히사미의 메시지가 들어와 있었다. 십 분쯤 전에 온 전화였다. 전화를 걸자 히사미는 다짜고짜 지금 어디냐고 물었다.

"걷고 있어. 할아버지하고 저녁 먹으러 갈 건데, 올래?"

"가고 싶긴 하지만, 텔레비전 봐야 해. 지금부터 마에하타 씨가 나온대. 아미카와랑 같이."

신이치는 놀라서 되물었다.

"왜?"

"몰라. HBS인데, 유미코 씨의 자살에 대해 다룬대. 왠지 걱정돼서 전화한 건데……"

결국 세 사람은 대충 저녁거리를 사서 요시오의 집에서 텔레비전을 보게 되었다. 딱히 새로운 소식은 없을 것 같았다. 다만 유미코의 죽음이 영향을 끼친 듯, 시청자 의견 가운데는 아미카와를 비난하는 말이 많았다. 신이치는 그것이 의외였다.

그런데 마지막에 이르러 극적인 전개가 펼쳐졌다.

"나는 모방범이 아냐!"

아미카와가 새파랗게 질린 얼굴로 그렇게 외치는 모습이 클로즈업되고, 갑자기 청량음료 광고가 흘러나왔다.

모두 입을 다물고 있었다. 음식을 들고 오던 히사미가 쟁반을 바닥에 떨어뜨렸다. 쨍그랑! 하는 소리가 났다. 신이치는 깜짝 놀라 히사미 쪽으로 달려갔다.

"안 다쳤어?"

그러나 히사미는 그 말을 무시하고 요시오 쪽으로 달려갔다.

"할아버지! 할아버지, 정신 차리세요!"

요시오의 얼굴은 조금 전까지 화면에 비치던 아미카와보다 더 창백했다. 몸을 부르르 떨고 있었다. 앉은 자세 그대로 돌처럼 굳어버린 채 주먹을 꽉 쥐고 있었다.

"숨을 쉬세요, 할아버지! 숨을 쉬어야 해요, 빨리요!"

"구, 구급차."

히사미가 바닥을 기면서 전화기 쪽으로 나아갔다.

"괘, 괜찮아."

요시오가 턱을 덜덜 떨면서 신음처럼 말을 뱉었다. 천천히 손가락을 펴고, 그것이 움직이는 것을 확인하듯이 가만히 두 눈으로 노려보았다.

"괜찮아, 나는, 괜찮아."

둘의 얼굴을 바라보며 요시오는 말했다.

광고가 끝나고 화면이 아까의 그 스튜디오로 바뀌었다. 아나운서와 남성 캐스터만이 남아 있었다. 스태프가 화면 앞을 재빨리 지나가고, 사키사카 아나운서가 화면 아래쪽의 누군가를 향해 뭐라고 말을 하고 있었다.

"아까 그거, 진짜였어. 정말로 생중계였어."

신이치가 떨리는 목소리로 말했다.

남성 캐스터가 화면을 향해 말을 하기 시작했다. 애써 침착한 척하고 있었다. 화면 아래서는 아직도 스태프들이 바쁘게 오가고 있다.

"이게 무슨 일이람."

요시오는 탄식하듯이 말했다.

"대체 이게 무슨 일이야. 그놈이 범인이라고? 전부 그놈이 저지른 짓이라고?"

아미카와 고이치가 스튜디오에서 뛰쳐나간 후, 시게코는 스태프의 보호를 받으며 대기실로 갔다. 누가 데리러 올 때까지 가만히 있으라고 했다. 움직이고 싶어도 움직일 수 없었다. 온몸이 부들부들 떨렸다. 의자를 뺄 힘도 없어 그 자리에 털썩 주저앉고 말았다.

바깥 복도에서 사람들이 바쁘게 오가는 소리가 들렸다.

"이쪽, 이쪽이야! 카메라 빨리 돌려! 사층이야, 사층!"

시게코는 눈을 꼭 감았다. 고마워, 정말 고마워, 다행이야, 잘됐어.

전화가 울렸다. 대기실 테이블에 올려둔 시게코의 휴대폰이었다. 그러나 일어나서 손을 뻗을 수 없었다. 손이 떨리고, 다리에 힘이 들어가지 않았다.

시게코는 겨우 휴대폰을 집어들었다. 그것을 귀에 대고는 다시 자리에 주저앉았다.

"여보세요?"

남자의 목소리였다.

"여보세요? 여보세요? 시게코, 시게코! 거기 있어?"

마에하타 쇼지의 목소리였다.

"시게코? 시게코 맞지! 대답해!"

"여, 여보세요? 쇼지?"

시게코는 대답도 제대로 할 수 없었다.

"시게코! 아, 다행이야. 괜찮아? 지금 어딨어? 안전한 곳에 있는 거야?"

울음이 터질 것 같아 시게코는 손으로 입을 막았다.

"응…… 괜찮아."

"혼자야? 어디야?"

"아직 방송국, 대기실."

"혼자 있으면 안 돼! 위험해! 내가 거기로 갈게!"

시게코는 울면서 웃었다.

"쇼지, 괜찮아. 나 아무렇지도 않아."

"바보 같은 소리! 아미카와가 아직 거기 있어, 텔레비전에 나왔단 말이야! 어딘가에 숨어 있댔어, 방송국 안에!"

그랬구나. 그래서 사층에 카메라를 돌리라고 난리였구나.

"괜찮아. 텔레비전에서 정말 그렇게 말했어?"

"그래, 스튜디오를 나와서 건물 밖으로 도망가려다가 제지당해서 지금 어딘가에 처박혀 있대. 아직 확실한 건 몰라."

"혼란스럽겠지. 하지만 이 층에는 없는 것 같아. 조용해."

"그래, 다행이야."

쇼지는 길게 한숨을 내쉬었다.

"그래도 일단 내가 그쪽으로 갈게. 시게코 남편이라고 말하면 들여보내주겠지?"

"모르겠어."

시게코는 또 웃으면서 눈물을 흘렸다.

"하지만 지금은 경찰도 와 있을 텐데, 들여보내줄까? 아미카와에게 계속 경찰이 붙어 있었대잖아."

"그래? 그럼 경찰도 그놈을 의심하고 있었단 거야?"

"꽤 오래전부터야. 하지만 이건 비밀이야. 아무한테도 말 안 하겠다고 약속했어."

"경찰이랑?"

"응."

잠시 침묵이 흘렀다. 그리고 쇼지는 흥분한 목소리로 말했다.

"시게코, 정말 잘했어. 대단해. 네가…… 네가, 놈을 자백하게 만들었어."

"응."

시게코는 대답했다. 울음이 터져나와서 말하기가 힘들었다.

"그래, 네가 놈을 자백하게 만든 거야."

쇼지도 울고 있었다.

"시게코, 정말 대단해. 잘했어. 정말 잘했어."

"……응."

"그러니까, 이제 됐어. 아미카와가 잡힐 때까지 숨어 있어. 알았지? 눈에 띄지 않도록 숨어 있어. 아직 안심할 순 없어. 어떤 더러운 수법을 써서라도 도망칠지 모르는 놈이니까, 내가 갈 때까지 숨어 있어. 내가 부를 때까지, 누가 불러도 나가면 안 돼. 알았지?"

시게코는 대답했다.

"응!"

아미카와 고이치는 HBS 본관 사층 자재실에 숨어들었다. 인질은 없었다. 혼자 들어가 안쪽에서 자물쇠를 걸어버렸다. 우선 방송국의 경비원들이, 그 다음에는 그를 지키고 있던 경찰 감시반이 자재실을 포위했다. 안쪽을 향해 아미카와를 불렀으나 대답은 없었다.

HBS는 모든 방송 예정을 변경하고 아미카와가 숨은 사층과 스튜디오를 번갈아가며 비추면서 상황을 보도했다. 다른 방송국도 모든 예정을 중단하고 속보를 내보내기 시작했다. HBS의 보도 스튜디오 모니터 화면에서는 각 방송국의 카메라가 늘어서 있었다. 사층을 단독으로 중계하고 있는 HBS를 제외한 다른 모니터에서는 여러 화면이 바뀌어가며 등장했다. 보도 스튜디오, HBS 사옥 앞에서의 중계, 아까의 특집방송의 녹화영상, 아미카와 고이치의 사진, 예전에 그가 출연했던 다른 방송국의 녹화영상, 여성 캐스터와 웃으면서 이야기하는 아미카와, 다카이 가즈아키의 무죄를 호소하는 아미카와.

후루카와 마리코의 웃는 얼굴을 내보내는 모니터도 있었다. 교복을 입은 히다카 치아키의 모습을 내보내는 모니터도 있었다. 화면이 바뀌면서 아미카와와 마리코의 얼굴이 나란히 비치는 순간도 있었다. 다카이 가즈아키와, 구리하시 히로미가 나란히 비칠 때도 있었다.

휴대폰이 울렸을 때, 신이치는 계속 아리마 요시오와 같이 있었다. 미즈노 히사미도 바로 옆에 있었다. 텔레비전 앞에서 신이치에게 바짝

다가앉아 그의 팔에 매달려 있었다.

"누구야?"

신이치가 전화를 받자 히사미가 물었다. 요시오는 계속 텔레비전을 보고 있었다.

"여보세요?"

대답이 없다. 히사미와 마주 보며 고개를 갸우뚱하는 순간, 그 목소리가 들려왔다.

"신이치?"

순간 심장이 망치로 얻어맞은 듯이 세차게 뛰기 시작했다.

"신이치 맞지? 들려?"

아미카와 고이치였다. 히사미가 누구냐고 다시 물으려다가 신이치의 얼굴을 보고는 움찔하며 몸을 뗐다.

"누군데 그래?"

신이치는 손 안의 휴대폰을 내려다보았다. 그리고 천천히 귀에 갖다 댔다.

"여보세요?"

잘못 들었을 리가 없다.

요시오도 무슨 일이냐는 듯이 이쪽을 보았다. 히사미가 다시 신이치의 팔을 붙잡았다.

그녀의 팔을 가만히 잡고, 조금 있다가 신이치는 입을 열었다.

"잘 들려요. 신이치입니다. 아미카와 씨죠?"

히사미가 양손으로 볼을 감싸고는 순간 뒤로 물러났다. 마치 신이치가 아미카와 고이치이기라도 한 것처럼, 그가 마법에 걸려 신이치의 몸으로 나타난 것처럼, 그렇게 무서운 존재에 닿은 것처럼.

요시오가 몸을 일으켜 신이치 쪽으로 다가왔다. 신이치에게서 눈을 떼지 않은 채 손을 더듬어서 리모컨을 찾아 텔레비전을 껐다.

"그래, 나야."

아미카와는 대답했다. 여전히 침착한 목소리였다. 본의 아니게 신이치의 귀에 익숙해져버린 원래의 자기 말투로 돌아와 있었다.

"지금 어디 있는 거죠?"

아미카와는 조금 웃었다.

"알면서 왜 물어? 방송 봤지? 난 HBS에 있어. 갇혀버렸어. 나갈 수가 없어."

"텔레비전에서는 당신이 제 발로 숨어들어갔다고 하던데?"

"그렇게 보이겠지."

"나오고 싶으면 나오면 되잖아. 문만 열면 될 텐데."

"그러고 싶어지면 그럴 거야. 하지만 지금은 아냐."

"시간 끌어봐야 소용없어. 당신은 이제 절대로 도망칠 수 없어."

"정말로 그렇게 생각해?"

너무도 자신만만한 목소리라 신이치는 당황했다.

"경찰이 포위하고 있잖아."

"물리적으로는 그렇겠지. 하지만 그뿐이야."

"다른 게 또 있다는 말이야?"

"인간의 마음은 아무도 가둘 수 없고 잡을 수도 없으니까."

아미카와는 웃었다. 정말로 즐거운 듯했다. 이런 상황까지 와서도 즐거운 듯했다.

"너에게 전화한 건 그걸 가르쳐주기 위해서야. 당분간 외부에는 전화를 걸 수 없을 테니까. 아마 교도소에 들어가기 전까지는."

비겁한 놈. 또 궤변을 늘어놓고 있다. 전국의 시청자 앞에서 시게코에게 보기 좋게 당한 것을 이런 식으로 조금이라도 만회하려 하고 있다. 비겁한 놈이다. 부끄러운 줄을 모르는 놈이다.

그런데, 왜 이렇게 불안해지는 걸까?

"난 계속 쓸 거야. 앞으로도 계속 각본을 만들어낼 거야. 대중에게 어필할 수 있는 그런 각본을 말야. 내 발언에 귀를 기울여줄 젊은이들에게 안겨줄 각본을. 그건 누구도 막을 수 없어. 그리고 내 언어는 인간의 어둠을 밝히는 빛이 되어서 그들의 앞을 비춰줄 거야."

이번에도 잘되어가고 있었다고, 조금 억울하다는 듯 중얼거렸다.

"다카이 유미코가 자살해버린 건 내 실책이었어. 그걸로 흐름이 바뀌고 말았어. 그건 인정하지. 좀더 신중했어야 했어. 그렇지만 난 어차피 유미코에게 싫증이 난 참이었어. 감정에 흔들려서는 안 된다는 소중한 교훈을 얻었지."

마치 중요한 시합에서 진 감독이 패인을 분석하는 듯한 어투였다. 네, 오늘은 졌습니다. 하지만 내일은 더 노력하겠습니다.

"뭐든 하고 싶은 말이 있으면 해봐. 어차피 당신은 사형당할 테니까. 교훈은 무슨 교훈이야, 그런 건 이제 당신에게는 아무 필요 없어."

"아니지, 설령 사형선고를 받는다 해도 확정까지는 시간이 있어. 십년, 십오 년, 아니 이십 년이 걸릴지도 몰라. 그 다음에는 집행하기까지 또 시간이 있고. 나는 얼마든지 일을 할 수 있어."

신이치는 팔을 들어 땀을 닦았다. 요시오는 신이치의 귀 옆에 머리를 대고 있고, 미즈노 히사미는 아직도 떨고 있었다.

"재판은 아주 재미있을 거야. 다들 내 이야기를 들어주겠지. 나만이 아는 진실을 듣고 싶어할 거야. 사건의 전모를 밝히려면 내 협력이 필요하니까. 저널리스트들은 앞다투어 나를 만나려 하겠지. 범죄심리학자들은 나를 분석할 거야. 그리고 내가 한 일이 기록으로 남을 거야. 책도 몇 권이나 나오겠지. 물론 나도 쓸 거고. 쓰고 싶은 놈들은 얼마든지 쓰라고 해. 얼마든지 취재를 받아주지. 질문에 대답해주지. 그리고 상대에 따라 다른 대답을 해줄 거야. 제각각 놈들이 원하는 답을 말해줄 거야. 그리고 그놈들이 쓴 책이 내가 쓴 책, 내 진실의 고백과 얼마나 다른지를 비교해서 망신을 당하게 만들어줄 거야. 어리석은 대중은 나를 분석할 수 없어. 단지 내 존재를 인정할 뿐이야.

분노를 넘어서 순수한 의문이 몸 깊은 곳에서 솟구쳐올랐다. 신이치는 그 의문을 그대로 입 밖에 냈다.

"당신, 도대체 정체가 뭐야?"

대체 무슨 짓을 하려는 거야?

"나는 아미카와 고이치."

그는 대답했다.

"그 누구도 잊을 수 없는 이름이지."

신이치는 눈을 감았다. 그대로 전화를 끊어버리려 했다.

"히구치 메구미가 기다리고 있어."

아미카와는 말했다.

"뭐라고?"

"HBS 건물 옆의 주차장에, 내 차 안에서 기다리고 있어. 오늘밤 느긋하게 식사라도 하면서 그애 이야기를 들어줄 생각이었거든."

"이야기?"

"지난번 오가와 공원에서 만났을 때 기억해? 나에게 히구치 히데유키의 사건을 책으로 써달라고 부탁했었잖아. 나는 그 부탁을 받아들였어. 그리고 그녀와 연락을 해왔어. 요 며칠 사이는 그애가 나타나지 않았지? 내가 책을 써주기로 했기 때문에 안심하고 있는 거야."

피가 몸 밖으로 빠져나가는 것 같았다. 호흡을 해도 몸 안까지 산소가 들어오지 않는다. 심장까지 다다르지 않는다.

"나한테는 경찰이 붙어 있잖아? 그래서 방송국이 아닌 옆 건물 주차장에 차를 대놨어. 그애는 거기서 얌전히 나를 기다리고 있지. 아마 이런 상황이 된 것도 전혀 모르고 있을 거야. 내가 갈 때까지 차 안에서 푹 자고 있으라고 했거든."

그애는 이제 너에게 접근하지 않을 거야, 하고 아미카와는 말했다.

"그러니까 지금이 만나서 이야기할 마지막 기회야. 앞으로는 아무리 네가 연락을 하려고 해도 받아주지 않을 테니까."

"왜 내가……"

"만나서 이야기를 들어주는 게 좋을 거야. 아니면 각오가 안 될 테니까 말이야. 난 히구치 히데유키에 대한 책을 쓸 거야. 그 딸인 히구치 메구미의 주장을 충분히 받아들여서. 너는 인터뷰하지 않을 거야. 네가 한 짓은 실수였을지 모르지만, 그건 너무나 큰 실수였어. 너는 가족의 죽음에 책임이 있어. 나는 그걸 쓸 거야. 네 변명은 듣고 싶지 않아. 사실만으로 충분해."

미즈노 히사미가 신이치의 팔을 잡았다. 휴대폰을 들고 있지 않은 손으로 신이치는 그 손을 꼭 잡았다.

"구속되기 전에 너에게 말해두는 게 공평할 것 같았어."

아미카와는 주차장 위치를 알려주었다.

"그리 넓지 않으니까 한 대씩 확인하면 금방 찾을 수 있을 거야. 뭣하면 그애 앞에서 무릎이라도 꿇는 건 어때? 아미카와 따위에게 책을 쓰게 하지 말아달라고 말이야, 아무도 보고 있지 않을 테니까 전혀 부끄러워할 필요도 없어."

웃고 있다.

"그 말만은 꼭 해주고 싶었어. 그럼 이만."

그때, 옆에서 가만히 있던 아리마 요시오가 휴대폰을 낚아챘다.

"아직 거기 있나?"

노인은 힘있는 목소리로 말을 걸었다.

"어라?"

"아리마 요시오다. 후루카와 마리코의 할애비야."

"오…… 신이치랑 친구가 되신 모양이군요?"

요시오는 그 말에 대답하지 않았다. 휴대폰을 꽉 고쳐잡고는, 떨지도 않고, 망설이지도 않고, 한마디 한마디 또렷한 목소리로 선고하듯이 말했다.

"난 네놈 이야기는 듣고 싶지 않아. 허나, 하고 싶은 말은 있어. 그러니 지금부터 잘 들어둬."

아미카와는 침묵하고 있었다.

"네놈은 지금까지 이것저것 떠들어왔지. 지금도 그렇고. 잘난 척하고 어깨에 힘을 잔뜩 주고 떠들어댔어. 하지만 넌 말이야, 네가 어떤 놈인지 전혀 모르고 있어."

"그런가요? 그럼 내가 어떤 놈인지 가르쳐주시지요, 아리마 씨."

아리마 요시오는 대답했다.

"사람 같지도 않은 놈이지. 살인자야."

화를 내는 것같이 보이지 않았다. 오랫동안 고통 속에 몸부림치게 만들었던 수수께끼가 드디어 풀렸다. 오히려 속이 시원한 것 같아 보이기까지 했다.

"인간은 말이야, 그냥 재미로, 사람들의 눈길을 받으면서 화려하게 살면 되는 그런 게 아냐. 네가 하고 싶은 말을 하고, 하고 싶은 짓을 저지르고, 그래서 되는 게 아니라고. 그건 틀렸어. 넌 많은 사람들을 속였지만 결국 그 거짓말은 들통이 나고 말았지. 거짓말은 반드시 들통이 나. 진실이란 건 말이지, 네놈이 아무리 멀리까지 가서 버리고 오더라도 반드시 너한테 다시 돌아오게 되어 있어."

신이치는 귀를 기울이고 가만히 듣고 있었다. 요시오의 말을. 단지 그것만을.

"아까부터 대중이 어쩌고저쩌고 했지? 어리석은 대중이니, 대중에게 어필하느니. 네가 말하는 그 대중이라는 건 대체 뭐지? 너는 대중이니 젊은이니 하는 말을 그렇게 쉽게쉽게 쓰면서 모든 걸 한꺼번에 묶어서 말하고 있지만, 그런 건 모두 환상이야. 네 머릿속에 있는 환상. 그 대중이라는 환상도 누군가가 말했던 걸 그대로 빌려온 거겠지. 그게 네 특기니까. 넌 흉내나 내는 원숭이나 다름없어."

아미카와가 갑자기 소리쳤다.

"마에하타 시게코가 한 말은 거짓이야! 나는 다른 사람 흉내 같은 건……."

"닥치고 들어!"

요시오는 일갈했다.

"네가 비참하게 죽인 건 네가 말하는 대중이니 뭐니 하는 무리 속에 끼웠다 뺐다 하는 부품이 아냐. 어느 누구나, 한 사람의 어엿한 인간이었어. 죽은 이들 때문에 상처입고 슬퍼하는 사람들도 마찬가지야. 모두 한 사람 한 사람의 인간이야. 그리고 네놈도 마찬가지야. 아무리 발버둥친다 한들, 아무리 그럴듯해 보이는 궤변을 늘어놓는다 한들, 네놈 역시 한 사람의 인간에 지나지 않아. 비뚤어지고, 망가지고, 어른이 될 때까지 소중한 것이라고는 무엇 하나 손에 쥐지 못한 불쌍한 인간에 지나지 않는단 말이야. 그리고 너는 모든 사람들 하나하나의 눈에 그런 너의 모습을 보였어. 그런 네놈을 가만히 지켜보고 있었던 것은, 네 머릿속에서 맘대로 꾸며낸 말 잘 듣는 착한 대중이 아니었지."

휴대폰을 고쳐잡고는, 요시오는 조금 더 목소리에 힘을 주었다. 마치 눈앞에 아미카와가 숨어 있는 자재실의 문이 있는 듯이 시선을 고정하고 말을 계속했다.

"네놈은 아까 그 누구도 네 이름을 잊지 못할 거라고 했지? 하지만 그건 틀렸어. 모두 잊어버릴 거야. 네놈 따위를 누가 기억하지? 구차하고, 비겁하고, 숨어서 서샛발이나 지껄이는 살인자 따위를. 하지만 너는 잊을 수 없겠지. 모두가 네놈을 잊어버려도, 넌 너 자신의 존재를 잊을 수 없어. 그래서, 사람들이 어떻게 널 잊어버릴 수 있는지, 네놈 따위는 처음부터 이 세상에 존재하지도 않았던 것처럼 어떻게 잊어버릴 수 있는지 이해할 수 없어서 머리를 싸쥐게 될 거야. 아무리 해도 이해할 수 없겠지. 그게 네놈이 받게 될 제일 큰 벌이야."

아미카와는 작은 목소리로 뭐라고 말했지만, 신이치는 알아들을 수 없었다.

"세상을 얕보지 마. 만만하게 보면 안 돼. 네놈에게는 이런 사실을 가르쳐줄 어른이 주위에 없었겠지. 어렸을 때 그걸 확실히 머릿속에 심어줄 어른이 없었던 거야. 그래서 이렇게 돼버리고 말았어. 이, 사람 같지도 않은 살인자! 내가 하고 싶은 말은 이것뿐이야."

말을 끝내고 요시오는 신이치에게 휴대폰을 내밀었다. 신이치는 그것을 받아들고 손가락에 힘을 주어 종료 버튼을 꾹 눌렀다.

"갈 거니?"

"네, 다녀올게요."

바깥에는 어느새 진눈깨비가 섞인 비가 내리고 있었다.

"우산 가지고 가. 그리고 자, 돈도 갖고 가."

"괜찮아요. 차비 정도는 있어요."

"그래도 무슨 일이 생길지 모르니까 가지고 가."

요시오는 서둘러 지갑을 뒤져서 만 엔짜리와 오천 엔짜리 지폐를 꺼내 신이치의 호주머니에 찔러주었다.

"그럼, 빌리는 걸로 할게요."

하늘을 올려다보고 우산을 펼쳤다. 차가운 빗방울이 볼에 떨어졌다.

"곧 돌아오는 거지?" 하고 히사미가 물었다.

"응."

용감한 어린아이처럼 신이치는 웃었다. 히사미는 고개를 끄덕였다.

"기다릴게."

아미카와가 가르쳐준 주차장은 아카사카 거리 한 모퉁이에 있었다. 그의 말대로 아주 작은 무인주차장이었다.

떨어지는 빗방울 사이로 머리 위로 우뚝 솟은 HBS 건물이 보였다. 모든 창에 불이 켜져 있고, 서치라이트의 기둥이 하늘을 비추고 있었다.

아미카와의 차는 금방 찾을 수 있었다. 어두컴컴한 주차장의 불빛 속에서, 뒷자리에서 몸을 둥글게 말고 잠들어 있는 히구치 메구미의 모습이 보였다.

창을 두드렸다. 몇 번이나 두드렸다. 이윽고 메구미는 고개를 들고 이쪽을 바라보았다.

우산을 쓴 채로 신이치는 창문으로 다가갔다. 메구미는 몇 번 눈을 깜빡이고는 머리를 흔들었다. 차 안의 시계는 거의 자정에 가까웠다. 메구미는 작동법을 모르는 듯 잠깐 끙끙대다가 창문을 열었다.

"뭐야? 너 여기서 뭐 하는 거야?"

잠이 덜 깬 듯 갈라진 목소리였다.

"아미카와는 안 와."

"뭐?"

"사정을 모르는 모양인데, 암튼 안 와. 나중에 라디오라도 들어봐."

"무슨 소리야?"

신이치는 오른손에서 왼손으로 우산을 바꿔쥐었다. 비는 차가웠지만 소리는 그다지 크지 않았다. 바람도 불지 않았다. 큰 소리를 내지 않고 또 하고 싶은 말을 확실히 선날할 수 있었다.

"난 역시 너를 용서할 수 없어."

메구미는 험악한 눈길로 신이치의 얼굴을 노려보았다.

"그렇지만 너도 희생자라는 사실을 알았어."

"이제 와서 무슨 소릴 하는 거야?"

"그렇지만 나는 널 도와줄 수 없어. 네 아버지를 도울 수 없는 것처럼, 너도 도울 수 없어. 그러니까 나 말고 다른 사람을 찾아봐."

메구미는 손으로 눈을 비볐다. 꿈을 꾸고 있는 듯한 얼굴이었다.

"하지만 조심해. 세상에는 나쁜 인간이 많으니까. 나나 너처럼, 불행한 일을 당해서 혼자서는 아무것도 못 하고 고통 속에 괴로워하는 사람마저도 속이고 뭔가를 빼앗고 이용하려는 인간이 잔뜩 있으니까."

비가 내린다. 세상을 은색으로 물들이며.

"그렇지만 좋은 사람도 많을 거야. 너도 그런 사람을 찾아. 정말로 너를 도와줄 수 있는 사람을. 내가 할 수 있는 말은 그것뿐이야."

잠시 신이치의 눈을 가만히 노려보다가 메구미는 말했다.

"아미카와 씨는?"

"그놈은 이제 오지 않아. 그놈은 너를 도울 수 없어. 처음부터 널 도와줄 생각도 없었어. 단지 이용하려 했던 것뿐이야."

"하지만 나는,"

"정말로 네 말을 들어주는 사람을 찾아봐. 네가 네 아버지를 도와주듯이, 널 도와줄 사람이 어딘가에는 있을 거야."

"그런 사람을 만나면 난 또 말할 거야. 네가 나쁘다고. 모두 네 잘못이라고."

"괜찮아. 마음대로 해. 그게 네가 할 말이니까."

"거짓말을 할지도 몰라. 넌 그래도 괜찮아?"

"응, 괜찮아."

신이치는 미소를 지으려 했지만 그럴 수 없었다. 대신 우산을 다시 다른 손으로 바꿔쥐었다. 요시오가 빌려준 우산을.

"거짓말을 해서 속이 시원해진다면 그렇게 해. 난 괜찮아. 내가 한 일은 내가 잘 알고 있으니까. 그리고……"

"그리고?"

"진실은 아무리 멀리까지 가서 버려도 언젠가 반드시 되돌아와. 그러니까 괜찮아."

메구미의 얼굴에 여태 신이치가 한 번도 보지 못했던 표정이 떠올랐다. 아주 오래되지는 않은 때, 다카이 유미코라는 여자를 만났을 때, 그녀가 메구미에게 위로의 눈길을 던졌을 때 어렴풋이 떠올랐었던 그 표정이.

"여기 계속 있으면 경찰이 찾아올지도 몰라."

"경찰?"

"그러긴 싫지? 빨리 가. 갈 데는 있어?"

"엄마한테."

"그럼 가. 돈은 있어? 전철이 곧 끊어질 텐데."

메구미는 대답이 없었다. 신이치는 호주머니 속의 지폐를 집어서 메구미에게 건네주었다.

"이건 내 돈이 아냐. 아리마 요시오라는 사람에게서 빌린 거야."

"나중에 갚으라는 거야?"

"그렇진 않아. 하지만 누구에게 빌린 돈이라는 것 정도는 아는 게 좋잖아?"

"너한테 빌려준 거 아냐? 그걸 나한테 줘도 돼?"

"괜찮아. 아리마 할아버지는 내가 이럴 줄 알고 빌려준 거야. 그런 분이시니까."

메구미는 돈을 받아들었다.

"다른 데 가지 말고 집으로 가."

그렇게 말하고 신이치는 발길을 돌렸다. 주차장을 나와 역으로 향했다. 뒤돌아보지 않았다. 그래도 어둠 속에 메구미의 얼굴이 떠올랐다. 지금까지 몇 번이고 그녀의 얼굴을 보아왔다. 겁에 질려 떨면서, 화를 내면서, 도망치면서. 그 얼굴이 너무도 악몽 같았기에 한 사람의 인간으로서의 히구치 메구미의 얼굴과 목소리를 기억할 수 없었다. 언제 보아도 처음 보는 것 같은 얼굴이었다. 그래서 만날 때마다 아물어가던 상처가 다시 벌어져 피를 흘린 것이다.

하지만 이번에는 달랐다. 등을 돌리고 멀어져가도, 전철을 타도, 진눈깨비를 맞으며 밤길을 걸어도, 오랫동안 신이치의 머릿속에는 메구미의 얼굴이 남아 있었다.

그리고, 드디어 그 얼굴에 작별을 고할 수 있었다.

새벽 네시 이십육분, 아미카와 고이치는 자재실 문을 열고 나와 경찰에 투항했다. 마에하타 시게코와의 대결로부터 일곱 시간 반 후의 일이었다.

33

　구속된 후 아미카와는 전혀 입을 열지 않았다. 철저하게 묵비권을 행사했다.

　그러나 산장은 웅변을 토해냈다. 수사본부는 가택수사를 통해 수많은 물증을 발견해냈다. 피해자들의 유류품. 머리카락. 옷 조각. 지문.

　유해의 수색도 시작되었다. 이 넓은 산장의 정원에는 대체 몇 구의 유해가 묻혀 있는 것일까.

　산장은 차례차례 진실을 드러냈다. 백골화한 피해자의 유해도 함께. 신원 확인까지는 시간이 더 필요했다. 수사본부는 현 단계에서는 사건이 어느 정도의 규모였는지, 최초의 범행은 언제였고 최종적으로 몇 명이 살해되었는지 아직 추측조차 할 수 없다고 발표했다.

　조기에 신원이 확인된 유해 가운데는 아미카와 고이치의 어머니 아마타니 기요미의 유해도 있었다. 정원의 북동쪽 구석에 사지가 구부러진 채 묻혀 있었다. 묻혀 있는 구멍이 다른 유해들보다 훨씬 얕아서 비교적 빨리 드러난 것이었다.

　그것이 아미카와 고이치의 최초의 살인이었다. 기요미가 산장으로 옮겨와 혼자 살게 되자, 그는 그녀를 죽이고 묻어버렸다. 아마타니 가와 절연한 그녀에게 사실상 가족이라고는 고이치밖에 없었다. 그녀의 안위를 걱정할 사람은 이 땅에 아무도 없었다.

　그는 왜 어머니를 죽였는가. 산장과 그녀의 돈을 자기 것으로 만들기 위해서? 아니면 다른 이유로?

　아미카와는 대답이 없었다. 지금은 아직 때가 아니기 때문이다. 준비가 필요하기 때문이다. 아직 각본이 완성되지 않았기 때문이다.

　그러나 산장은 아미카와가 대답하기 전에 많은 의문에 답을 던져 주었다. 어떤 설명보다 분명하게, 거기에서 벌어진 참혹한 사건을 사실 그대로 드러내주었다.

수사가 진행되면서 조용하던 산속은 경찰과 보도진들로 붐볐다. 구경꾼들도 몰려들었다. 출입금지지역까지 밀려들어와 경찰들과 소동을 일으키는 이들도 나올 정도였다.

그러던 11월 4일 밤, 구리하시 히로미가 다카이 가즈아키를 불러내 만났던 카페 '은하'에 한 부부가 나타났다. 몸집이 작은 부인에게 기대 겨우 걸음을 옮기는 남편은 언뜻 보기에도 병색이 완연했다. 볼은 쑥 들어가 있고 얼굴은 흙빛이고 다리도 비틀거렸다.

그들을 테이블로 안내한 종업원은 그날 구리하시 히로미를 젊은 음악가로 착각하고 말을 걸었던 사람이었다. 그녀도 한동안 경찰과 매스컴의 취재에 시달리다가 겨우 안정된 참이었다.

"카페오레 둘."

주문을 받고 가려는 종업원을 부인이 불러세웠다.

"저기, 좀 이상한 질문인 것 같지만요."

"네?"

"이 가게, 11월 4일 밤에 구리하시와 다카이가 들렀던 곳 맞죠?"

"네, 그런데요?"

종업원은 경계했다. 이 사람들도 혹시 취재하러 온 건가?

"어느 테이블에 앉았었나요?"

부인은 그렇게 물은 후 종업원의 표정을 보고 말을 덧붙였다.

"우리는 구경꾼이 아니에요. 남편이 그애들을 알고 있어서요."

의자에 기대 있던 남자가 천천히 눈을 뜨고 종업원을 향해 고개를 끄덕였다.

"남편은 교사였어요. 특히 다카이에 대해 잘 알고 있었죠. 수영부 고문이었거든요."

가키자키 교장은 경찰의 조사에는 응했지만 매스컴의 인터뷰에는 일절 대답하지 않았다. 당연히 종업원은 눈앞에 있는 이 환자가 중학교 시절 다카이 가즈아키의 시각장애를 알아채고 그의 인생에 희망을 안겨준 교사였다는 것을 알 수 없었다.

사정이 어떤지는 잘 모르겠지만 아무튼 구경하러 왔다는 거 아닌가? 종업원은 그렇게 생각했다

"두 사람이 여기 오긴 했지만, 어느 테이블에 앉았는지는 잘 모르겠어요. 점장님도 기억하지 못할 거예요."

"그런가요. 그럼 됐습니다. 미안해요."

부인은 힘없이 미소를 지었다.

"우리들은 그애들이 죽기 전에 들렀던 장소를 전부 돌아보고 있어요. 의사는 말렸지만 남편이 막무가내로 고집을 부려서…… 좀 있다가는 그린로드에 갈 거예요."

그때 처음으로 종업원은 남자의 눈에 눈물이 맺혀 있는 것을 깨닫고, 급히 말투를 바꾸었다.

"저기, 그 다카이 씨라는 분은 나쁜 사람이 아니죠? 자세히는 잘 모르겠지만, 그저 사건에 말려든 것뿐이지 않나요?"

"네, 그래요."

부인은 남편의 코트 깃을 여며주면서 말했다.

"다카이 씨는 어떤 사람이었나요?"

대답이 없었다. 종업원은 그만 카운터로 돌아가려 했다. 그때 메마른 목소리가 들려왔다.

"착한 애였어."

환자로 보이는 남자가 말했다. 몸을 가까이 하지 않으면 들리지 않을

정도로 작은 목소리였다.

"착한 애였어."

가키자키 교장은 다시 중얼거렸다. 위로하듯이. 감싸안듯이.

"정말로 착한 애였어. 마음씨도 곱고, 착한 애였어. 착한 애였어."

다케가미가 지휘하는 데스크 반은 사건 초기처럼 수면부족에 시달렸다. 공적인 서류, 정리해야 할 파일, 컴퓨터에 기록해야 할 데이터. 일은 해도 해도 계속해서 눈사태처럼 밀려왔다.

시노자키는 업무과다로 또 안경 도수를 높여야 했다. 아키쓰는 그런 그를 여전히 '아가씨'라고 놀렸지만, 다케가미는 그런 아키쓰를 말리거나 하지 않았다.

"여기서 경험한 것이 다음 사건에 도움이 될지 모르니까, 하나도 놓치지 말고 전부 기억해둬."

시노자키는 성실하게 일했다. 고향에서 선을 보라고 야단이었지만, 바쁘다는 핑계로 모두 거절했다.

"결혼 같은 건 언제든 할 수 있어."

다케가미는 말했다.

"상대가 있어야 말이지요."

"지금은 다카이 유미코를 추억하면서 참아."

"선배님……"

"아 참, 노리코가 말 좀 전해달라고 하던데."

"네?"

"내가 아무리 말려도 녀석은 자네가 마음에 든 모양이야. 메일 친구라면서?"

"선배님이 메일 친구라는 말도 아세요? 무슨 말을 전해달라고 하던가요?"

"시간 나면 영화 보러 가자더군. 누가 형사 딸 아니랄까봐 총 들고 쏘
아대는 영화 아니면 안 봐."

"저도 그런 거 좋아하는데요."

"그럼 마음대로 해. 난 몰라. 다만, 시노자키."

"네?"

"우리집에 오더라도 노리코의 샴푸는 손대지 마."

"어이, 다케가미."

"아, 마침 내가 전화하려고 했는데 미안하네."

"바쁘다는 거 알아."

"자네 분석, 정말 멋졌어. 고맙네."

'건축가'는 재미있다는 듯이 웃었다.

"별 도움도 못 됐어. 결국에는 피해자를 구할 수 없었잖아. 우린 시합
이 끝난 후의 평론가였어."

"그렇긴 하지."

"그런데, 정 고맙다는 표시를 하고 싶다면 부탁이 하나 있는데."

다케가미가 눈치를 채고 먼저 말했다.

"수사가 끝나면 산장을 한번 보여달라는 거지?"

"맞아."

"알았어. 언제가 될지는 모르겠지만 꼭 데리고 가주지. 구석구석까지
보여줄게."

"고마워."

"자네도 역시 뼛속까지 경찰이구만."

"그럴까? 어차피 계속 경찰생활을 했다 해도 난 언젠가 제 발로 나갔

을 거야. 내 수사방식이 워낙 별나야 말이지…… 하지만 아미카와의 산
장을 봐두면 다음에 또 그런 놈이 나타났을 때는 정말로 도움을 줄 수
있을지도 몰라. 누군가 죽기 전에 구할 수 있을지도 모르지. 안 그래?"

"그래."

"하지만 사실은 내가 자네를 도와야 할 일이 일어나면 안 되지. 그런
일이 없길 바라네."

"나도 알고 있어."

"눈을 크게 뜨고 다녀야 돼, 다케가미."

"난 이제 노안이야."

"무슨 소리야."

"자네는 자유인이니까 나보다는 오래 살겠지? 내가 어느 날 쓰러지
면 부하들을 잘 부탁하네. 다음번에 한번 인사시킬 테니까."

"그래, 그것도 재미있겠어. 이렇게 계속되는군. 뭔지는 모르겠지만,
우리 일은 이렇게 계속되는 것 같아."

"그래."

다케가미는 대답했다.

"계속할 거야, 지금 하고 있는 일을."

마에하타 시게코는 결국 이전 집으로 돌아가지 않았다. 바로 이사하
기로 결정한 것이다.

그러나 이번에는 혼자가 아니었다. 쇼지와 함께였다.

트럭 짐칸에 시게코의 컴퓨터 의자를 실으면서 쇼지가 말했다.

"어머니가 불만이 많은 모양이지만, 시간이 지나면 괜찮아질 거야.
아버지도 이제 많이 좋아지셨고."

"그럼 좋겠는데."

"시게코, 정말 괜찮아?"

"뭐가?"

"내가 너무 심한 말을 많이 했잖아."

"그건 나도 마찬가진걸."

시게코는 웃으면서 다가가 그의 목에 감긴 타월을 끌어당겼다.

"그래서 다시 시작할 기회를 줘서 너무 고맙고 기뻐."

쇼지는 어색한지 눈을 내리깔았다.

"생각해보니, 우리 계속 부모님이랑 사느라 신혼이란 게 없었던 것 같아."

"시부모님만 계셨던 게 아녔지."

"또 뭐가 있었는데?"

"CIA도 있었잖아."

"아, 그 할머니!"

두 사람은 웃으며 남은 짐을 날랐다.

"시게코, 작가 일은 계속할 거야?"

"계속하고 싶어도 아무도 날 써주지 않을 거야. 『도큐먼트 저팬』에서는 짤려버렸고, 예전에 일하던 잡지도 배신한 전적이 있으니까."

"그래도 찾아보면 어딘가 있을 거야…… 나 말야, 시게코가 쓰는 먹거리나 요리 기사 좋아했어. 그건 정말 멋진 일이라고 생각해."

"고마워. 한때는 그걸 잊고 있었어. 남의 집 잔디가 더 푸르게 보인 거지. 그래서 할 수도 없는 일에 손을 뻗쳤었어."

"그래도 꽤 잘했었잖아. 난 시게코가 세상을 놀라게 할 르포를 쓰지 않아도 훌륭한 작가라고 생각해. 무슨 내용을 쓰느냐에 따라 작가의 가치가 달라지는 건 아니잖아."

"맞아, 나도 좀더 빨리 그걸 깨달았어야 했어."

"그래도 시게코가 『도큐먼트 저팬』에서 한 그런 일도 필요해. 좋고 나쁘고를 떠나서, 필요는 하다고 봐."

"……"

"아미카와만큼 악랄하진 않더라도, 그놈을 축소한 또 어떤 놈이 나올지도 모르니까."

"응."

"그때도 또 시게코가 나서서 그놈은 거짓말쟁이라고 밝혀줘. 여러분, 이놈은 사기꾼입니다, 하고 손가락질하면서 크게 외치는 거야."

시게코의 눈앞에 아미카와의 영상이 떠올랐다. 자신을 향해 말도 안 되는 소리라고 외치던 아미카와의 얼굴이.

"혹 앞으로 그런 놈이 안 나온다고 해도, 아미카와 그놈은 살아 있잖아. 그놈이 또 무슨 소리를 할지 몰라. 몇 년쯤 지나서 사건이 잊혀지기 시작하면 또 그 엉터리 같은 소리를 믿고 따르는 놈들이 생겨날지도 모르지. 한때는 우리도 모두 아미카와의 말을 믿었잖아. 앞으로 그러지 말란 법도 없어. 특히 요새 애들은 자신의 머리로 생각해보지도 않고 무조건 믿어버리니까. 그럴 때는 진실을 먼저 안 사람이 큰 소리로 외쳐야 해. 이놈이 하는 말을 믿으면 안 된다, 잘 생각해봐라, 정말로 이놈 말이 제대로 된 소리인가, 이렇게 큰소리로 말해줘야 돼. 응? 그렇지?"

"맞아. 하지만 이젠 내가 하지 않아도……"

"물론 이젠 시게코 혼자만이 아니야. 모두가 해야 되는 일이야. 하지만 시게코도 할 수 있지? 이건 꼭 필요한 일이야. 시게코는 한 번 해냈잖아. 또 할 수 있을지도 몰라. 할 수 있어."

시게코는 쇼지의 얼굴을 빤히 쳐다보았다. 그러자 그의 얼굴이 점점 빨개졌다.

"그때가 되면 나도 시게코를 도와줄게. 이젠 불평 같은 거 안 할 거야."

시게코는 웃음을 터뜨렸다. 쇼지는 처음에는 웃음을 참다가 이윽고 소리내어 웃기 시작했다. 아파트 사람들이 무슨 일인가 하고 내다볼 정도로, 티끌 한 점 없이 맑고 밝은 웃음소리였다.

34

체포된 지 열흘째, 드디어 아미카와 고이치가 일련의 범행을 인정하고 구체적인 진술을 시작했다는 보도가 흘러나왔다.

그날 밤늦게 신이치가 방에 앉아 있는데 전화벨이 울렸다. 기다 다카오였다.

"늦은 시간에 미안해. 놀랐지? 전화번호부 보고 번호를 알았어."

"괜찮아요. 무슨 일이세요? 혹시 할아버지에게 무슨 일이라도 있나요?"

"응, 저녁 때 잔뜩 취해서 우리 가게에 오셨어. 내가 붙잡았지만 이대로 술 마시고 죽어버리겠다면서 어디론가 가버리셨어. 가게 문을 닫고 근처를 다 찾아봤지만 안 보여. 혹시 그쪽에 가셨나 해서……"

"안 오셨어요. 전화도 없었고."

"그래……"

"이전 가게는요? 혹시 취해서 옛날 집으로 가신 거 아닐까요?"

"아냐, 가봤는데 안 계셔. 어쩐다, 사장님은 간이 나빠서 계속 약을 먹고 계시거든. 젊을 때는 곧잘 술도 마시고 하셨다지만…… 그렇게 취하시면 정말 사람이 확 달라지셔."

"주위를 한번 더 찾아봐주세요. 저도 찾아볼게요."

기다에게 휴대폰 전화번호를 가르쳐주고 신이치는 재킷을 입었다. 짚이는 곳이 한 군데 있었다. 아마 틀림없이 그곳일 것이다.

아리마 요시오는 오가와 공원의 쓰레기통에 기대 있었다. 아무도 없는 공원 바닥에 주저앉아, 잔뜩 취했지만 계속 술병을 쥐고 있었다.

급히 달려간 신이치는 노인이 목이며 팔을 조금씩 움직이고 있는 것을 보고 겨우 안심했다. 발소리를 죽이며 다가갔지만 말을 걸기도 전에 노인이 먼저 알아차렸다. 흐린 눈으로 신이치를 올려다보았다.

"어, 신이치냐? 무슨 일이야?"

"이런 데 계시면 감기 걸려요."

"감기가 뭐 어쨌는데, 엉? 지금 와서 그런 게 뭔 소용이야, 끅."

신이치는 가까이 다가가서 쭈그리고 앉았다. 술냄새가 확 끼쳤다.

"얼마나 드신 거예요?"

"왜, 마시면 안 되냐?"

"몸에 안 좋잖아요."

노인은 또 뭐라고 투덜거렸다.

맑은 밤하늘이었다. 별이 가득했다. 이곳 저곳 할 것 없이 빛나고 있었다.

잠시 혼잣말을 중얼거리다가 요시오는 쓰레기통에 기댄 채 말했다.

"아미카와가 입을 열기 시작했다지."

"뉴스에서 그랬어요."

"그랬지. 엉. 그러더군."

요시오는 또 딸꾹질을 하면서 하늘을 올려다보았다.

"이것으로 드디어 사건이 해결되었습니다, 라고 말야."

신이치는 입을 다물었다.

"해결, 그래, 해결이라고 하시더군."

요시오는 술병을 든 손을 들어올려 항의하듯이 하늘을 향해 휘저었다.

"해결이라고? 끝났다고?"

신이치는 아무 말 없이 가만히 보고만 있었다.

"끝났다고, 다 끝났단 말이지?"

풀죽은 목소리로 중얼거리는가 싶더니, 갑자기 요시오는 고함을 질렀다.

"웃기지 마!"

맑은 하늘에 노인의 목소리가 울려퍼졌다.

"뭐가 끝이란 거야! 하나도 끝나지 않았어! 마리코는 돌아오지 않았다고. 돌아오지 않았단 말이야. 그렇지? 엉?"

술병을 던져버리고는 요시오는 신이치를 잡고 늘어졌다. 소매를 붙잡고, 어깨를 붙잡고, 신이치를 흔들어대며 계속해서 큰 소리로 외쳤다.

"안 그래? 안 그렇냐고! 끝나지 않았어. 마리코는 돌아오지 않았어. 마리코를 돌려줘. 마리코를 돌려달라고! 내 손녀를 돌려줘…… 하나뿐인 내 손녀야. 제발 돌려줘."

신이치는 흔들리는 대로 가만히 있었다. 요시오의 기분이 풀릴 때까지 가만히 있자고 생각했다.

비명에 가까운 소리를 지르며 요시오는 신이치를 밀쳐버리고 두 팔로 머리를 감쌌다.

"마리코는 돌아오지 않아. 이제 돌아오지 않아…… 돌아오지 않을 거야."

신이치는 겨우 몸을 일으켜 요시오에게 팔을 뻗었다. 언젠가 노인이 그에게 그랬듯이 말없이 그를 끌어안았다.

그리고 아리마 요시오가 처음으로, 만난 이후 처음으로, 사건이 일어난 후 처음으로, 어린애처럼 목 놓아 우는 소리를 온몸으로 듣고 있었다.

3월의 햇살 속을 젊은 어머니가 어린 딸의 손을 잡고 걷고 있다. 지금 시장 보러 가는 거지? 나, 엄마랑 시장 보는 거 제일 좋아.

어머니는 길모퉁이에서 발걸음을 멈추었다. 셔터가 내려진 가게 앞이었다. '아리마 두부가게'라는 낡은 간판은 비바람에 페인트가 거의 다 벗겨져 있었다.

집은 빈집이 된 순간에 갑자기 황폐해진다. 가게도 마찬가지구나, 하고 어머니는 생각했다.

"두부가게, 오늘 노는 날이야?"

"응…… 여기 두부가게 할아버지 그만두셨대. 이제 장사 안 하신대."

"그렇구나."

아이를 데리고 곧잘 이곳에 두부를 사러 왔었다. 조금 비싸지만 맛이 좋았다. 두부가 들어간 요리를 만들 때 이곳의 두부를 쓰지 않으면 남편은 바로 알아채고 불평을 했다. 오늘 두부는 맛이 없네. 슈퍼마켓에서 사온 거지?

가게 주인 할아버지는 지금 뭘 하고 있을까. 그의 손녀를 덮친 불행에 대해서는 물론 알고 있었다. 뉴스나 신문에서만이 아니었다.

'마리코 씨라고 했지?'

그 유해가 발견되었던 날, 그녀는 마침 이곳에 두부를 사러 왔다. 그때도 아이와 함께였다.

그때는 아리마 요시오에게 무슨 말을 해야 할지 몰랐다. 손녀가 행방불명이었던 동안에는 "할아버지, 힘내세요"라고 말한 적도 있었지만,

그때만은 뭐라 말해야 좋을지 알 수 없었다.

지금은 어떻게 지내고 있을까. 아리마 씨. 간판에 이름이 씌어 있었지만 늘 '두부가게 할아버지'라고만 불렀으니, 이런 일이 없었더라면 이름은 기억하지 못했겠지.

"할아버지 두부 맛있었는데."

색 바랜 간판을 올려다보며 어머니는 딸에게 말했다.

"아빠도 여기 두부 좋아했어."

"그치?" 하고 딸도 말했다. 사랑스러운 그 얼굴. 어머니는 갑자기 가슴이 뜨거워지는 것을 느꼈다. 이 아이만은 지켜주고 싶다. 무슨 일이 있어도, 어떤 불행이 닥쳐와도, 이 아이만은 지켜내야지. 꼭 지켜낼 테니까, 하느님, 그런 힘을 제게 주세요.

"할아버지는 잘 지내실 거야."

어머니는 딸에게 웃어 보였다.

"그치?" 딸도 대답했다.

"자, 엄마랑 시장 보러 가자."

"응."

두 사람은 손을 잡고 걸어갔다.

겨우 온기를 띠기 시작한 바람이, 문 닫힌 아리마 두부가게의 셔터를 성급한 방문자처럼 두드렸다. 아무도 대답하지 않는다. 누군가가 돌아오지도 않는다. 바람은, 다시 조용히 그곳을 스쳐 지나갔다.

옮긴이의 말

　고도자본주의 사회인 선진국일수록 범죄나 폭력을 다루는 하드보일드 소설이 많이 생산되고 많이 읽힌다. 하드보일드 소설의 인기가 그 사회가 선진인지 아닌지를 가늠할 수 있는 척도가 될 수도 있을지도 모르겠다. 좀 묘한 잣대이긴 하지만 말이다. 어쨌든 일본에는 이런 유의 소설이 많이 읽힌다.

　이 소설은 오 년에 걸쳐 잡지에 연재한 것이라 한다. 원고지 육천 매가 넘는 긴 소설인데, 등장인물의 심리를 다루는 문장들이 작가의 만만치 않은 역량을 웅변해주고 있다. 연속 유괴살인사건에 관련된 세 명의 등장인물은 모두 도쿄의 작은 동네에서 같은 학교를 나온 동창생이다. 늘 얼굴에 웃음을 달고 다니는 우등생 피스, 쇠락한 약국 아들인 히로미, 그리고 메밀국수집 아들인 순수한 청년 가즈아키가 중심인물이다. 피스는 살인을 기획하고 연출하는 감독이고, 히로미는 자신의 능력을 과신하는 배우이며, 가즈아키는 어릴 적 친구인 히로미를 구원하기 위해 애쓰는 순진한 청년이다.

　범죄의 중심에 있는 피스와 히로미에게는 공통점이 있다. 어린 시절, 이 둘은 부모에게서 지울 수 없는 마음의 상처를 입었다. 피스는 태어나서 자라는 동안 자신이 안주할 자리를 갖지 못했다. 엄밀한 의미에서 아버지와 어머니가 없는 아이로 유복하게 자랐고, 그 과정에서 비뚤어진 심리의 소유자가 되었다. 히로미는 자신이 어머니가 죽인 누나를 대신해서 세상을 사는 존재라는 사실을 알고부터 우등생에서 불량한 청년으로 변질되어버린다. 그 상처들이 두 사람의 짐승 같은 범죄의 무의식을 형성하게 된다. 무의식이 개인적 삶의 역사에 의해 만들어진다는 정신분석학의 원리가 그대로 적용되는 경우라 하겠다. 아마도 그들이 공동체가 숨을 쉬는 장소에서 살았더라면 부모에게 받은 상처가 있다 하더라도 그 공동체가 가진 치유의 기능으로 많은 부분 회복되었을지도 모른다. 그러나 거대도시는 그렇지 않다. 개인의 내면적 상처를 치유하기보다는 그것을 악화시키는 방향으로 작용하기 쉽다. 물론 도시라는 공간 속에서도 이웃이나 친구, 직장 동료, 또는 개인적 각성이 서로 어우러져 개인의 아픔을 위무해주는 경우도 있을 것이다. 그러나 범죄자에게는 그런 따스한 공간을 일거에 파괴해버릴 힘이 있다. 그 힘은 다른 존재의 고유성을 인정하지 않는 데서 나올 것이다. 그들이 딱히 대단한 내면의 힘을 가진 것이 아니다. '나'가 아닌 타인의 의미를 인정하지 않는 순간, 괴물 같은 힘이 질주하기 시작한다. 그들은 오히려 인간적으로 볼 때 나약하기 짝이 없다. 범죄란 원래 그런 것이 아니겠는가. 범죄의 무의식적 충동이 어디서 비롯하는지를 드러내면서, 그 범죄가 일어난 이후에 매스컴이나 무기력한 개인들이 일으키는 혼란과 충동의 모습을 극명하게 묘사하는 소설적 구성방식이 읽는 사람에게 스릴과 조바심을 느끼게 만든다. 긴 소설이지만, 그래서 단숨에 읽힌다.

2006년 7월
양억관

옮긴이 **양억관**

울산 출생. 현재 전문번역가로 활동하고 있다. 옮긴 책으로 『언더그라운드』 『색채가 없는 다자키
쓰쿠루와 그가 순례를 떠난 해』 『세상의 끝, 혹은 시작』 『제로의 초점』 『고역열차』 『중력 삐에로』 『단
테의 신곡』 『당신이 모르는 곳에서 세상은 움직인다』 『러시 라이프』 『달빛의 강』 『조제와 호랑이와
물고기들』 『LAST』 『자정 5분 전』 『69』 『나는 공부를 못해』 『SPEED』 『인간 동물원』 『교코』 『코인로커
베이비스』 『남자의 후반생』 『바보의 벽』 『성화 이야기』 『흑냉수』 『들돼지를 프로듀스』 『용의자 X의 헌
신』 『나는 모조인간』 『내 인생, 니가 알아?』 『사고루 기담』 등이 있다.

문학동네 블랙펜 클럽
모방범 3

1판 1쇄 2006년 8월 10일
1판 21쇄 2011년 10월 28일
2판 1쇄 2012년 3월 9일
2판 21쇄 2024년 10월 30일

지은이 미야베 미유키
옮긴이 양억관

펴낸곳 (주)문학동네 | 펴낸이 김소영
출판등록 1993년 10월 22일 제2003-000045호
주소 10881 경기도 파주시 회동길 210
전자우편 editor@munhak.com | 대표전화 031) 955-8888 | 팩스 031) 955-8855
문의전화 031) 955-1927(마케팅) 031) 955-1917(편집)
문학동네카페 http://cafe.naver.com/mhdn
인스타그램 @munhakdongne | 트위터 @munhakdongne
북클럽문학동네 http://bookclubmunhak.com

ISBN 978-89-546-1773-4 04830
      978-89-546-1770-3 (세트)

잘못된 책은 구입하신 서점에서 교환해드립니다.
기타 교환 문의 031) 955-2661, 3580

www.munhak.com